송선생의 **중국문학교실**

송선생의 중국 문학 교실

둘째권 - 송나라부터 아편전쟁까지

초판발행일 2008년 6월 15일

펴낸이 | 유재현
글쓴이 | 송철규
기획편집 | 유재현 이혜영 김석기
마케팅 | 안혜련 장만
인쇄제본 | 영신사
필름출력 | ING
종이 | 한서지업사
라미네이팅 | 영민사

펴낸곳 | 소나무
등록 | 1987년 12월 12일 제2-403호
주소 | 121-830 서울시 마포구 상암동 11-9, 201호
전화 | 02-375-5784
팩스 | 02-375-5789
전자우편 | sonamoopub@empal.com

ISBN 978-89-7139-068-9 04820
      978-89-7139-066-5 04820 (전3권)

소나무 머리 맞대어 책을 만들고, 가슴 맞대고 고향을 일굽니다

새 천 년 을 여 는 삼 천 년 의 지 혜

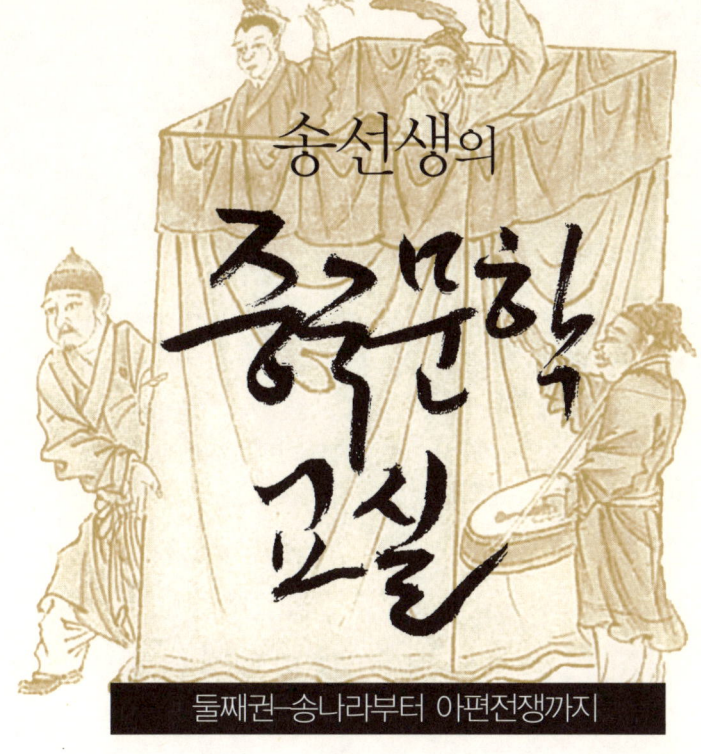

송선생의

중국문학

교실

둘째권 - 송나라부터 아편전쟁까지

송철규 지음

소나무

차 례

역사의 굴곡과 중국 문학의 다양성

송나라 이후 중국 문학의 흐름을 한마디로 정리하자면, '아雅문학의 심화와 속俗문학의 발전'이라 할 수 있다.

먼저 송나라 때에는 기존의 '아문학 장르'인 시가와 산문이 성리학의 영향을 받아 심화되고 정리된다. 성리학은 유가 경전을 새롭게 해석하면서 당시의 모든 사상적·철학적 사고를 집대성했다. 그리고 '정통正統'과 '도통道統' 및 '문통文統'의 개념을 문예 분야에 적용시키려 했다.

그 결과 송나라의 시문도 성리학의 영향에서 벗어날 수 없었다. 따라서 전체적으로 보면 송시는 비록 뜷지만, 그만큼 사색적이고 철학적인 내용을 담고 있다.

소재의 폭도 확대되어, 일상적이고 작은 일에 이르기까지 다루지 않는 것이 없을 정도가 되었다. 풍부한 감성으로 넘실대던 '당시'와 비교하여, 송시는 이지적이고 섬세해졌다.

반면 부정적인 영향도 있었다. 거대한 사상 체계로 자리 잡은 성리학은 문학을 압도하려 했다. 그래서 예술성을 무시하고 "문학은 도리를 담아야 한다(文以載道)"며 실용성을 강조하기에 이른다. 따라서 기존의 시와 산문의 형식은 송나라 때 모든 가능성을 펼쳐 보인 뒤, 더 이상 새롭게 발전하리라 기대할 수 없게 되었다.

그러한 빈자리는 '사'라는 형식이 훌륭하게 대신했다. 당이 시의 시대였다면, 송은 '사'의 시대였다. 『전송사全宋詞』에 실린 작품만 하더라도 1,300여 명의 작가가 남긴 2만여 수의 작품이 실려 있다. 크게 '호방'과 '완약' 두 가지 사풍으로 나뉘어 사의 발전을 주도했다.

민간 가요에서 출발한 사가 송나라 때 성행한 이유는, 그만큼 문학의 저변이 확대되었기 때문이다. 지식인이 늘어나 자연스럽게 작가층이 확대되고, 경제 발전과 도시의 성장으로 유한계층이 늘어 독자층이 확대되었다. 따라서 대중문학이라 할 수 있는 화본話本소설이나 남희南戲 등도 성장했다. 이 과정에서 '정제된 글'인 문언文言과 달리 '대화체의 글'인 백화白話가 새롭게 힘을 얻는다. 나중에 사는 문인들의 창작 과정에서 차츰 정형화되면서 특유의 활력을 잃는다.

또한 송나라의 문학은 민족 사이의 모순이 첨예하게 대립하면서, 일부 작가들은 애국적 정서를 부각시키려고 노력했다.

원나라가 들어서며 통치 민족이 바뀌자, 문학의 상황도 크게 변화했다. 잘 알다시피 원나라는 몽골족이 중국 대륙을 통치하던 시기이다. 이질적인 문화에 충격을 받고, 그를 수용하면서 중국 문화의 폭도 확대되었다. 곧 과거제의 폐지와 민족 차별 및 한화漢化 억제 정책 등 때문에 기존의 한족 문화 체계가 인정받지 못하면서, 문학 분야에서도 커다란 변화가 일어났다.

출세의 관문이었던 과거제가 폐지되어, 한족 지식인들은 하루아침에 사회의 최하층으로 내몰리고 말았다. 그들에게 시문詩文은 더 이상 궁구해야 할 대상이 아니었다. 또한 정형화되어 많은 제약이 따르는 사詞도 새로운 문학 환경에는 맞지 않았다. 그 결과 지배 민족인 몽골족의 취향과 북쪽의 노랫가락 등이 합쳐져 산곡散曲이 탄생했다.

대부분 일정한 곡조가 필요한 사와 달리, 곡은 당시 유행하던 여러 가락을 흡수하여 새로운 곡을 지은 것이다. 이러한 산곡과 정부에서 장려한 오락 문화를 바탕으로 종합예술이라 할 수 있는 잡극雜劇이 발달한다.

노래와 대사와 몸동작 및 춤이 어우러진 잡극은, '북쪽 가락(北曲)'을 바탕으로 이루어졌기에 말 그대로 '북곡'이라 부르기도 했다. 한편 남쪽에서는 이 '북곡'의 영향을 받지 않은 '남희南戱'가 송나라 때에 이어 꾸준히 성장했다.

이처럼 '잡극'과 '남희'가 모두 '연극(劇, 戱)'이란 이름을 달고 있지만, '노래가 우선'이었다. 이러한 특징은 이후 중국 고전극의 전통이 된다.

몽골족의 통치를 종식시키고 한족의 자존심을 되찾은 명나라 정권은 '한족의 전통 회복'이란 기치 아래 '복고復古'를 주장했다. 성조成祖 때에 3천여 명의 학자를 소집하여 22,877권의 『영락대전永樂大典』의 편찬을 이끈 것도 그 한 예라 할 수 있다.

그럼에도 불구하고 전통 시문의 복고 운동은 모방과 답습이라는 폐단만을 남긴 채 더 이상의 부흥을 보여주지 못했다. 아울러 지식인의 대량 증가와 왕양명의 심학心學 등의 영향으로, 그간 '속문학'으로 비하되던 소설과 희곡 장르가 크게 성장했다. 그래서 '사대기서四大奇書'를 비롯하여 풍몽룡과 능몽초의 단편소설이 완성되었다.

아울러 송대 화본의 맥락을 이어 백화가 소설 창작의 주요 도구로 사용되었다. 희곡 분야에서는 북곡이 쇠퇴하고 남희의 뒤를 이어 '전기傳奇'가 등장했다. 그런데 이후 전기는 장편화되고 체계화되는 과정에서 '볼거리'와 '읽을거리' 중심의 희곡으로 나뉘어 발전했다.

만주족에 의해 건립된 청나라는 몽골족에 비해 한족에 대한 민족 차별이 그리 심하지 않았다. 오히려 청나라 정부는 적극적인 한화정책을 폈다. 그래도 한족에 대한 통제는 피할 수 없어서 수차례의 필화 사건(文字獄)을 빌미로 한족 지식인들을 압박했다.

한편, 통제 정책의 일환으로 '고대 문헌의 총정리 사업'을 시행했다. 그 결과물로서 『사고전서四庫全書』가 완성되었고, 훈고학과 고증학 등의 학문 연구방법이 주류를 이루었다. 아울러 과거 시험을 위한 문장인 팔고문八股文이 성행했다.

이런 상황 속에서 기존의 장르들은 새로운 활력을 찾기가 어려웠다. 오직 『홍루몽』을 비롯한 몇몇 장편 소설과 백화 소설들이 등장하여 문학사의 한 면을 장식했다. 이제 소설은 더 이상 '비주류'가 아니었으며, '고급화된 주류 문학 장르'가 되었던 것이다.

희곡 분야에서는 초기에 『장생전』과 『도화선』 등 몇몇 대작이 나오긴 했지만, 이후 답보 상태를 면치 못했다. 희곡 역시 고급화되어 다양한 관중의 요구에 부응할 수 없었다. 대신에 각 지역을 대표하는 지방 희곡이 성장하여 훗날 경극의 성립에 밑거름이 되었다. 아울러 고대 중국 희곡의 성과를 총결산하는 이론 작업이 명대에 이어 계속되었다.

이후 아편전쟁으로 시작되는 시대 변화 속에서 중국의 문학은 새로운 전환을 맞이하게 된다.

송나라의 문학

송나라를 세운 조광윤

송나라 초기의 작가들

1

왕우칭王禹偁

유영柳永

장선張先

안수晏殊

안기도晏幾道

오대 십국 때 한희재韓熙載가
그린 「밤잔치」의 일부.

송나라 초기의 문단 상황

송나라는 북송과 남송으로 나뉜다. 먼저 북송을 연 임금은 조광윤 趙匡胤이다. 그는 원래 오대 후주後周의 대장이었다. 나중에 개봉 근 처 진교陳橋에서 장교들의 추대를 받아, '황제의 옷'인 황포를 걸치 고 임금이 되었다. 그는 나라의 이름을 '송宋'으로 하고, 서울을 오늘 날의 개봉開封으로 잡았다. 당시에는 그곳을 변경汴京 또는 동경東京 이라고 불렀다.

송은 중국을 통일했으나, 개국 초기부터 해결해야 할 숙제가 많았 다. 국토는 한나라나 당나라처럼 넓지 않았다. 또 요遼·하夏·금金 등 북방의 소수민족 정권에게, 수시로 비단과 재물을 바쳐야 했다. 그야말로 빈약하기 이를 데 없는 나라였다.

그 결과 금 정권의 세력이 커지자, 송은 다시 남방으로 근거지를 옮길 수밖에 없었다. 그때 고종高宗 조구趙構는 항주杭州에 임시로 수 도를 만들었다. 당시에는 그곳을 임안臨安이라고 불렀다. 중국 역사 에서는 이 시기를 '남송'이라 부른다.

그 뒤에는 몽골족이 세력을 키워 금과 송을 차례로 멸망시키고, 세 계 제국을 건설했다. 따라서 송은 960년에 건국해 1278년에 망하여, 3백여 년의 역사를 마감했다.

송나라 때 문단에서 가장 높은 성취를 이룬 장르는 단연코 '사詞' 라 할 수 있다. 그래서 '당시, 송사'라고 한다. 유영, 소식, 육유, 신 기질, 이청조 등이 모두 사의 대가였다. 수적으로 볼 때 송나라 때 작 품을 남긴 사 작가는 1천 4백여 명이다. 그리고 지금까지 전하는 작 품만도 2만여 수에 이른다.

이에 비해 시는 좀 떨어진다. 물론 새로운 풍격과 유파가 생기고, 뛰어난 시인과 작품도 적지 않게 나오는 등 어느 정도 발전했다. 하지만 전반적으로는 당시를 따라가지 못했다. 송나라 때로 좁혀 보면, 선두 자리를 사에게 내주어 자연히 위축된 모습이었다.

송나라 때의 산문은 고대 중국의 산문 발전사에서 최고의 경지에 올랐다. 산문의 고수들을 일컫는 '당송 팔대가' 가운데 여섯 사람이 송나라 때 나왔다. 구양수가 선도한 새로운 고문 운동은, 한유의 문학적 주장을 계승하여 송나라의 산문이 발전하는 데 튼튼한 기초를 마련했다. 그 영향은 명나라와 청나라 때까지 이어졌다. 사람들이 구양수를 '송나라의 한유'라고 부르는 이유를 알 만하다.

또 송나라 때에는 희곡과 화본 소설도 꾸준히 발전했다.

먼저 송 초기의 문학 상황을 살펴보기로 하자. 그때는 개국과 더불어, 정치와 경제 등 사회 전반에 걸쳐 새로운 기운이 넘쳤다. 그러나 문단만은 이렇다 할 새로운 움직임이 없었다. 오히려 만당과 오대의 화려한 글과 내용 없는 문풍에서 벗어나지 못하고 있었다.

아울러 시단에서는 '서곤체西崑體'의 시가 유행했다. 당시 임금의 총애를 받던 문인 양억楊億이 『서곤수창집西崑酬唱集』이라는 책을 엮었다. 그 안에는 10여 명의 어용 문인들이 지은 250수의 근체시가 실려 있다. '서곤체'란 명칭은 바로 여기에서 유래했다.

서곤파의 주요 작가로는 양억, 유균劉筠, 전유연錢惟演 등이 있다. 그들이 지은 시는 대부분 궁중의 여가 생활을 다루었다. 시의 제목도 「한밤의 연회(夜宴)」나 「가을밤 달을 보며(秋夜對月)」, 「무제無題」 등으로서, 진실한 감정을 가진 작품은 많지 않았다. 다만 시를 위해 시를 지었다고 할 수 있다. 이러한 서곤체가 송나라 초기에 수십 년 동안 문단을 장악했다.

한유와 유종원을 존경한 사람

　서곤체의 시풍이 천하를 주름잡고 있을 때, 엄숙하고 진지한 자세로 문학 창작에 임하던 문인이 있었다. 그는 바로 유개柳開(947~1000)이다.

　유개의 자는 중도仲塗이고, 대명大名(오늘날의 하북성에 속함) 사람이다. 그는 자신의 책에서 스스로를 '동교야부東郊野夫' 또는 '보망선생補亡先生'이라 불렀다. 그는 진사에 합격하여 관리가 되었다.

　유개는 십대에 이미 한유의 문장을 즐겨 읽었다고 한다. 그는 스스로 공자를 스승으로 삼고, 맹자를 친구로 삼으며, 양웅과 한유를 문장의 모범으로 삼는다고 공언했다.

　한때는 자신의 이름을 '견유肩愈'와 '소원紹元'으로 바꾸기도 했다. '한유와 어깨를 나란히 하고,' '유종원을 잇는다'는 뜻이다. 이로 보아 그가 한유와 유종원을 얼마나 존경했는지 알 수 있다.

　이런 영향으로 유개는 공자, 맹자, 양웅, 한유의 문장과 그 속에 담긴 진리(道)를 배워야 한다고 주장했다.

　그는 송나라 문단에서 처음으로 '복고'를 주장한 사람이다. 그의 글은 비록 이론적 주장을 충분히 따르지는 못했지만, '최초의 시도'였다는 점에 가치가 있다.

　한유와 유종원의 글과 정신을 배워야 한다고 주장한 다른 한 사람은 목수穆修(979~1032)이다. 그의 자는 백장伯長이고, 운주鄆州(오늘날의 산동성 운성현鄆城縣) 사람이다. 그도 진사에 합격했다. 하지만 강직한 성품으로 다른 사람과 잘 어울리지 못해 일생 동안 자신의 포부를 마음껏 펼치지는 못했다.

그는 한유와 유종원을 너무나 존경하여, 친구에게 돈을 빌려 그들의 문집을 수백 권 찍어냈다. 그리고는 자신이 직접 책을 들고 동경東京의 대상국사大相國寺에 가서 행상을 하기도 했다.

그러나 그도 유개처럼 이렇다 할 작품은 남기지 못했다. 따라서 '복고'를 주장했던 이들의 외침은 사람들의 관심을 끌지 못했다.

대기실 벽에 붙인 글

그들과 달리 왕우칭王禹偁은 좋은 산문 작품을 남겼다. 왕우칭(954~1001)의 자는 원지元之이고, 제주濟州 거야巨野(오늘날의 산동성 거야현) 사람이다.

그는 가정 형편이 어려웠으나, 열심히 노력해 진사에 합격하여 관리가 되었다. 그러나 강직한 성품 때문에 여러 번 파면을 당하는 불운을 겪었다. 하지만 그는 이에 굴하지 않고 「삼출부三黜賦」를 지어 자신의 입장을 당당하게 밝혔다. 곧 자신의 몸은 꺾일 수 있지만 '진리(道)'는 왜곡될 수 없으며, '진리(正道)'를 간직하고 있는 한 백 번의 파면도 달게 받을 수 있다고 했다.

그의 글은 그의 사람됨처럼 공명정대하고 간단명료했다. 그의 「대루원기待漏院記」는 대표적인 정치 논설문이다. 대루원은 재상이 조회에 오르기 전에 잠시 머물며 쉬던 곳이다. '누漏'란 누각漏刻, 곧 '물시계'를 가리킨다. 따라서 '대루원'이란 '조회에 나갈 시간을 기다리는 곳'이란 뜻이다.

왕우칭은 이 글을 써서 대루원의 벽에 붙여, 재상이 볼 수 있도록 했다. 재상은 대루원에서 잠시 기다리면서 무슨 생각을 할까?

이 글은 재상의 마음을 상상하여, 세 가지 각기 다른 생각을 그리고 있다. 만일 어진 재상이라면, 그의 머릿속은 온통 나라와 백성을 위한 걱정으로 가득찰 것이다. 어떻게 하면 백성이 편안할까? 어떻게 하면 외교 문제를 원만하게 처리할 수 있을까? 어떻게 하면 널리 인재를 등용할 수 있을까? 어떻게 하면 간사한 무리를 멀리 할 수 있을까? 이런 생각으로 가득 찼으리라.

만일 사리사욕에 눈이 어두운 재상이라면, "사사로운 마음이 켜켜이 쌓여(私心懵懵)" 어떻게 하면 승진하고 돈을 벌 수 있을까 나쁜 궁리만 할 것이다. 왕우칭은 이런 재상을 "옥에 가두어 죽이거나 오지로 쫓아내야 한다(下死獄, 投遠方)"고 주장하며, 그런 사람은 어떻게 처치하든 상관없다고 했다.

또 하는 일도 없이 "관직을 도적질하여 구차하게 나라의 녹을 먹고, 관리들 속에 섞여 자기 한 몸만 보전하려는(竊位而苟祿, 備員而全身)" 재상은 취급할 가치도 없다고 했다.

왕우칭의 예리한 붓 끝은 지체 높은 재상에게도 조금의 양보가 없었다. 만일 정말로 떳떳치 못한 재상이 대루원 벽에 붙은 이 글을 읽었다면, 바늘방석에 앉은 듯 앉으나 서나 불안했을 것이다.

한편 「황강죽루기黃岡竹樓記」는 왕우칭이 지은 아름다운 서정 산문 가운데 하나이다. 그가 황주黃州(오늘날의 호북성 황주시)에 폄적되어 자사로 있을 때, 그곳에서 흔하게 나는 대나무를 베어다 누각을 짓고 지붕을 이었다. 이 글은 그 대나무 누각 위에서 느낀 감정과 즐거움을 표현했다.

멀리 산빛을 머금고 평화로이 강여울을 끌어안은 듯, 그윽하고 고요하며 아득하고 멀어서 하나하나 다 형용할 수 없구나. 여름에는 소나기 소리가 들을 만하니 폭포 소리가 있고, 겨울에는 고운 눈이 볼 만하니 옥을 부수는 소리가 있다네. 거문고를 타기에 마땅하니 거문고 가락이 조화롭게 어울리고, 바둑을 두기에 마땅하니 바둑알 놓는 소리가 땅땅 울리며, 투호 놀이하기에 마땅하니 화살 소리가 쟁쟁하다. 모두가 죽루의 도움을 받아 생기는 것이지.

遠呑山光, 平挹江瀨, 幽闃遼敻, 不可具狀. 夏宜急雨, 有瀑布聲; 冬宜密雪, 有碎玉聲. 宜鼓琴, 琴調和暢; 宜詠詩, 詩韻清絶; 宜圍棋, 子聲丁丁然; 宜投壺, 矢聲錚錚然. 皆竹樓之所助也.

이런 누각에서 살면 확실히 그 묘미가 말할 수 없을 정도로 뛰어날 것이다. 그러나 작자는 "4년 동안 분주하여 여가가 없었던(四年之間, 奔走不暇)" 자신의 처지를 회상하면서, 여기서도 오래 머물지 못하리라는 걱정을 앞세운다. 그러나 왕우칭의 걱정은 기우에 지나지 않았다. 불행인지 다행인지 그는 평생을 그곳에서 머물다가 생을 마감했다.

왕우칭의 문장은 한유와 유종원을 배웠고, 시는 두보와 백거이를 배웠다. 특히 그는 두보의 '삼리,' '삼별'과 백거이의 「진 땅의 노래」를 높이 평가했다.

그의 「큰 눈을 만나(對雪)」는 50구에 달하는 장편시이다. 여기에는 작자의 진솔한 감정이 잘 나타나 있다. 작자는 상서로운 눈을 만나 풍년을 기약하며 술잔을 들다가, 홀연히 변경에서 고생하는 백성과 군인들을 떠올렸다. 그들은 이 혹한의 날씨에 말할 수 없는 고생을 할 텐데, "땅 한 뙈기 갈지 않고, 화살 하나 잡지 않으며(不耕一畝田, 不持一只矢)" 하릴없이 자리만 차지하고 있는 자신의 모습을 생각하면서

필자가 찍은 송의 도읍지 변경의 모습. 오늘날은 개봉이라고 하는데, 송나라 때 번화한 도시의 모습을 재현해 놓았다.

심한 부끄러움을 느꼈다.

　이것이야말로 두보와 백거이 시의 격조이다. 이는 당시에 유행하던 서곤체의 시풍과는 전혀 다르다. 결론적으로 왕우칭은 높은 성취를 이룬 문인으로서, 북송 초기의 문단에서 독보적인 존재였다.

기녀들의 오빠

　북송 초에 들어 '사'는 번영의 시기를 맞이했다. 이 시기에 가장 두드러진 작가로는 '북송사의 선구자'라 할 수 있는 유영柳永이다.

　유영(태어나고 죽은 해를 알 수 없음)의 자는 기경耆卿이고, 본명은 삼변三變이다. 집안에서 일곱째 항렬이었기에 유칠柳七이라고도 불렀다.

숭안崇安(오늘날의 복건성에 속함) 사람인 그는 관리 집안에서 태어나 청년 시절을 방종하게 보냈다. 날마다 술집과 기루에서 지낸 유명한 한량이었다. 그는 언제나 춤추고 노래하는 기녀들과 어울리면서, 그녀들에게 사를 지어 주고 노래하게 했다. 자연히 사의 내용은 대부분 부녀자의 생활을 다루었다. 또 그는 속어를 써서 사를 지었다.

그는 관계로 진출하려는 욕심이 있었다. 하지만 시험에 떨어지자 한동안 낙담하며 지냈다. 그 시기에 「학 하늘 높이 날다(鶴沖天)」란 작품을 지었다.

합격자 명단 위	黃金榜上
선두 자리는 놓쳤지만	偶失龍頭望
현명한 조정은 어진 이 잠시 버려두는 법	明代暫遺賢
어디로 갈까나	如何向
청운의 푸른 기개 펼치지 못했으니	未遂風雲便
어찌 마음껏 방랑하지 않으리오	爭不恣狂蕩
얻은 것 잃은 것 따질 거 뭐 있나	何須論得喪
지식인인 사 작가는	才子詞人
본디 백성의 관리라	自是白衣卿相
꽃 같은 기녀 가득한 이 골목 저 골목	煙花巷陌
그림 그려진 병풍 뒤로 숨어보세나	依約丹靑屛障
다행히 마음에 둔 아가씨 있어	幸有意中人
기꺼이 그녀를 찾아가도다	堪尋訪
또 이렇게 그녀와 눕고 지고	且恁偎紅依翠
풍류의 일이란 게	風流事

평생 동안 막힘이 없는 것	平生暢
젊음도 한때라	靑春都一餉
헛된 명성 미련 없어	忍把浮名
술잔 기울이고 나지막이 노래하는 것으로 바꾸었네	
	換了淺斟低唱

작품 전체가 사람을 앞에 두고 말하는 듯하다.

작자의 생각은 명백했다. 합격자 명단에 이름이 없으니, 자신의 꿈은 사라진 것이다. 청렴한 정치가 행해지는 시대가 어진 인재를 저버리니 어떻게 할 도리가 없었다. 마음속 부푼 꿈은 접어놓고 통쾌하게 놀아 볼 따름이다. 이해득실을 따질 필요도 없었다. 관복만 입지 않았을 뿐, 풍류를 즐기는 지식인이자 유명한 사 작가인 자신은 공경대부 및 재상과 다름없다는 생각이었다.

그렇다면 어디 가서 위안을 받을까? 작자는 꽃다운 아가씨들이 있는 곳을 떠올렸다. 그녀들만이 가식 없이 마음 붙일 수 있는 친구들이었기 때문이다. 마음에 둔 아가씨와 눕고 지고하면 얼마나 좋을까! '헛된 명성' 때문에 곧 사라질 청춘을 허비할 수는 없다는 것이 작자의 솔직한 심정이었다.

전하는 말로는 인종仁宗이 이 작품을 전해 듣고는 언짢아했다고 한다. 때마침 어떤 사람이 유영을 관리로 추천하자, 인종은 이렇게 말했다.

"그 사람이 바로 사를 짓는 유삼변이냐? 술잔이나 기울이고 나지막이 노래나 부르면 되지, 헛된 명성은 뭐 하러 구하려고 한다더냐? 사나 계속 지으라고 해라."

사실 "헛된 명성 미련 없어 술잔 기울이고 나지막이 노래하는 것으로 바꾼" 일은 일시적인 체념이다.

그는 완전히 관리의 꿈을 버리지 못했다. 그래서 결국 쉰 살이 되었을 때, 이름을 유영으로 바꾸고 마침내 진사에 합격할 수 있었다. 이후 몇몇 관직을 맡아 꿈은 이루었지만, 썩 마음에 들진 않았다.

그는 죽을 때까지 독신으로 지냈다. 전하는 말로는 그가 죽은 뒤 장사를 치러 줄 사람이 없자, 평소 친하게 지내던 기녀들이 돈을 모아 장사를 지냈다고 한다. 그 뒤 기녀들은 해마다 잊지 않고 '유영을 위한 추도 모임'을 열었다고 한다.

외로운 나그네

유영은 언제나 사방을 전전하면서 이별의 고통과 여행길의 고독을 느꼈다. 그의 사 작품에는 이런 모습이 잘 반영되어 있다. 「우림령雨霖鈴」을 예로 들어보자.

늦매미 처절한 울음 속에	寒蟬凄切
장정의 저녁 마주하니	對長亭晚
소낙비 막 개었네	驟雨初歇
도성 문에 장막치고 술 마시니 마음 어수선하여	都門帳飲無緖
한참을 머뭇거릴 때	方留戀處
목란배는 떠나기를 재촉하네	蘭舟催發
손잡고 눈물 고인 눈을 마주보며	執手相看淚眼
끝내 말없이 목메어 흐느꼈다네	竟無語凝咽

가도 가도 끝없을	念去裏
안개 서린 천리 물결	千里煙波
저녁 안개 자욱한 남녘 하늘 아득하구나	暮靄沈沈楚天闊
예로부터 다감한 사람은 이별을 슬퍼하는 법	多情自古傷離別
더욱 어떻게 견딜까	更那堪
쓸쓸히 맑은 가을날을	冷落淸秋節
오늘밤 술 깨면 어디쯤일까	今宵酒醒何處
수양버들 늘어선 강가에	楊柳岸
새벽바람 불고 조각달 걸렸으리	曉風殘月
이번에 떠나 세월이 흐르면	此去經年
호시절 좋은 경치 헛되이 펼쳐지리라	應是良辰好景虛設
설사 갖가지 애정 우러난다 한들	便縱有千種風情
또 누구와 더불어 이야기 하리	更與何人說

　이 작품은 작자가 서울을 떠나면서 마음속의 연인과 헤어질 때 지은 것이다. 해가 저물고 가을비가 막 그친 뒤, 가을 매미가 처량하게 우는 가운데 착잡하게 술을 마시고 있다. 갈 길을 재촉하는 배를 앞에 두고 손을 맞잡은 한 쌍의 연인은, 말 한 마디 없이 눈물을 머금고 흐느낄 뿐이었다. 앞길엔 강물이 끝없이 펼쳐져 있고, 저녁 안개가 자욱이 깔려 있었다.

　작품의 전반부에서는 눈앞에 펼쳐진 광경을 묘사하고, 후반부에서는 미래의 모습을 상상했다. 가뜩이나 고통스러운 이별인데, 처량한 가을철에 맞이하는 이별이니 그 마음이 어떻겠는가?

　작자는 한탄에 잠겨 이렇게 말을 잇고 있다. 이 밤이 지나 새벽에 술이 깨면 배는 어딘지 모를 곳을 지나고 있을 텐데, 그때 사랑하는 임은 어디서 마음을 졸일까? 새벽바람만이 강가의 버들가지를 쓰다듬고, 조각달이 배를 비추면 나그네의 애타는 마음 견딜 수 없으리라. 흐르는 세월 속에서 틀림없이 좋은 경치와 또 다른 인연을 만날 테지만, 당신이 없다면 무슨 소용 있겠는가?

이 작품의 구조는 구름과 강물이 흐르듯이 자연스러워, 이음새의 흔적을 찾을 수 없다. 이별의 시간과 장소에 이어, 헤어지는 모습을 담았다. "가도 가도 끝없는"이란 구절부터는 앞길의 느낌을 암시하면서, 자연스럽게 그날 밤과 앞날에 있을 상황을 연상하게 한다.

작자는 되도록 감정을 자제하면서 경치에 기대어 표현했다. "수양버들 늘어선 강가에 새벽바람 불고 조각달 걸렸으리"라는 구절은 처량한 심경을 절묘하게 그렸다. 작자의 뛰어남이 바로 이런 점에 있다.

언제 지었는지 모르는 「팔성감주八聲甘州」라는 작품도 「우림령」과 함께 읽을 만하다. 외지를 전전하며 고향과 친지를 그리워하는 내용이다.

바라보니 강 하늘에 저녁비가 부슬부슬	對瀟瀟暮雨灑江天
한바탕 맑은 가을 씻는구나	一番洗淸秋
점차 서릿바람 세차게 불어	漸霜風凄緊
산하는 쓸쓸한데	關河冷落
석양이 누각에 비친다	殘照當樓
곳곳마다 꽃 지고 잎 떨어져	是處紅衰翠減
아름다운 경치 빛을 잃는구나	苒苒物華休
장강의 물결만이	惟有長江水
말없이 동쪽으로 흐르네	無語東流

참지 못해 높은 곳 올라 시선을 멀리하니	不忍登高臨遠
아스라이 고향이 바라보여	望故鄉渺邈
돌아가고픈 마음 거둘 길이 없어라	歸思難收
지난해 돌이켜 생각해보니	歎年來蹤迹
무슨 일로 타지에서 고생했던가	何事苦淹留
그려보네 사랑하는 님	想佳人
단장하고 누대에 올라 애타게 기다릴	妝樓顒望
몇 번이나 잘못 알았을까	誤幾回
하늘 끝자락 넘어 돌아오는 배에 내가 있으리라고	
	天際識歸舟
내 마음 어찌 알까	爭知我
난간에 기대어	倚欄杆處
이렇게 수심에 빠져 있는 줄을	正恁凝愁

　역시 비 개인 가을날의 황혼 무렵이라 강가의 하늘은 세수한 듯 말끔했다. 갈바람 불어와 산과 강이 쓸쓸한 가운데, 누대는 저녁놀을 맞고 있었다. 난간에 기대어 멀리 바라보니, 들판의 붉은 꽃과 푸른 나무들은 아름답던 옷을 벗고 "장강의 물결만이 말없이 동쪽으로 흐를" 뿐이었다. 이처럼 "아름다운 경치가 빛을 잃으면서" 끝없이 반복되는 변화는 읽는 이의 가슴을 저미게 한다.

　후반부에서는 서정에 치중한다. 높은 곳에 올라 눈길을 멀리 하니 고향이 손에 잡힐 듯한데, 어떻게 고향 생각을 막을 수 있겠는가? 지난 한 해의 삶을 돌이켜보니 이렇게 고생할 만큼의 가치가 있었던가? 고향에 계신 임은 나를 애타게 기다리고 있을 텐데! 수평선 넘어 다가오는 배를 보면서 내가 타고 있으리라 스스로를 위로했던 적이 몇 번인가? 나 역시 이렇게 난간에 기댄 채 풀리지 않는 시름에 잠겨 있음을 임도 알고 있을까?

　유영은 다른 작가의 아름다운 구절을 자신의 작품에 끌어들여 소화하는 데 뛰어났다. 예를 들어 위에 나오는 "몇 번이나 잘못 알았을까, 하늘 끝자락 넘어 돌아오는 배에 내가 있으리라고"라는 구절을 보자. 이 구절은 "하늘 끝자락에 돌아오는 배 보이고, 구름 속에서 강가의 나무들 보이는구나(天際識歸舟, 雲中辯江樹)"라는 사조謝朓의 시구와 "천 척 돛단배 다 지나가도 모두 님이 아니신 걸(過盡千帆都不是)"이라는 온정균의 사구를 떠올리게 한다.

백성들의 인기 작가

　유영이 등장하기 전에 사 작품은 대부분 짧은 '소령小令'이었다. 그런데 유영의 선도 아래 사는 차츰 편폭이 긴 '장조長調'나 '만조慢調'로 변화했다. 가장 길다고 하는 「척씨戚氏」는 2백여 자로서 3편으로 나뉘어 있다. 이는 부賦에 맞먹는 분량이다.

　또 유영은 자주 속어를 써서 사를 지었다. 예를 들어 「정풍파定風波」에 나오는 다음 구절들은 더할 나위 없이 통속적이다.

……
참을 수 없는 것은　　　　　　　　　　無那
무정한 사람 떠나고 나서　　　　　　　恨薄情一去

송나라 화가 장택단張擇端이 그린 「청명상하도淸明上河圖」의 부분. 큰 다리와 포구, 많은 인파가 송나라 경제의 번영을 말해주고 있다.

편지 한 통 없는 거라네	音書無個
진작 이럴 줄 알았더라면	早知恁麼
애당초	悔當初
왜 그의 말안장을 잠궈 두지 못했을까	不把雕鞍鎖
……	
영원히 그와 더불어	鎮相隨
버리거나 숨는 일 없이	莫抛躲
곁에 앉아 한가로이 바느질하며	針線閑拈伴伊坐
나랑 지내도록 할 수 있다면	和我
……	

이런 면 때문에 사대부들은 그의 작품을 "거룩한 문학의 전당(大雅之堂)"에 오를 수 없다며 무시했다.

그러나 백성들은 그의 작품을 매우 좋아했다. 서하西夏에 갔다가 돌아오던 어느 사신은 이렇게 말하기까지 했다.

"우물물이 있는 곳마다 유영의 사를 노래하고 있었다."

우리나라 『고려사』 「악지」에도 그의 사가 여러 편 실려 있으니, 당시 그의 인기가 어땠는지 짐작할 만하다.

유영은 전설적인 인물로서, 전문적으로 사를 지은 최초의 문인이었다. 황제와 사대부들은 그를 싫어했지만, 백성들은 그의 친구였다. 결과적으로 그는 송나라 사단에서 확실하게 자리매김했다.

그림자 작가

유영보다는 어리지만, 그와 함께 이름을 날린 작가로 장선張先이 있다. 장선(990~1078)의 자는 자야子野이고, 호주湖州 오정烏程(오늘날의 절강성 호주시) 사람이다.

그는 만사를 잘 지었으나, 소령에 더 뛰어났다. 그의 「천선자天仙子」 가운데 하편을 살펴보자.

모래 위 원앙 한 쌍 연못 위로 해 지고	沙上并禽池上暝
구름 헤치고 달 돌아 꽃이 그림자 희롱하네	雲破月來花弄影
겹겹이 주렴 내려 등불을 가로 막고	重重簾幕密遮燈

바람은 오락가락	風不定
사람들 비로소 잠잠해지니	人初靜
내일이면 떨어진 꽃잎 오솔길에 가득하리라	明日落紅應滿徑

이 작품은 봄날의 황혼 무렵과 밤 풍경을 읊어, 가는 봄을 아쉬워하는 마음을 담았다. "구름 헤치고 달 돋아 꽃이 그림자 희롱하네"란 구절에는 작자 스스로도 매우 만족스러웠다. 그래서 그는 다른 사에서도 이 소재를 썼다.

| 아리따운 아가씨 느지막이 일어나니 | 嬌柔懶起 |
| 내려 친 발이 꽃 그림자 누르고 있네 | 簾壓捲花影 |

또 이런 구절도 있다.

| 버들길에 사람 없고 | 柳徑無人 |
| 떨어져 날리는 버들개지 그림자도 없어라 | 墮飛絮無影 |

그래서 사람들은 농담 삼아 그를 '장삼영張三影'이라고 불렀다. '장선은 그림자가 세 개다'라는 뜻이다.

신동의 아들

안수晏殊(991~1055)도 장선과 같은 시기에 활동한 사람이다. 그의 자는 동숙同叔이고, 무주撫州 임천臨川(오늘날의 강서성 무주시) 사람이다. 어려서 '신동' 소리를 듣던 그는, 열네 살 때 '신동 시험'에 응시했다. 임금도 특별히 이를 허락하여, 천여 명이 넘는 진사와 함께 시험을 보도록 했다. 그는 조금도 두려워하지 않고 빠르고 명쾌하게 답안을 작성했다. 결국 '진사 출신과 동급'이라는 자격을 얻었고, 나중에는 재상까지 지냈다.

그의 '사'는 청신함으로 유명하다. 그 가운데 「완계사浣溪沙」가 가장 뛰어난 작품이다.

새로 지은 사 한 곡 그리고 술 한 잔　　　一曲新詞酒一杯
지난해 그 날씨 그리고 옛 정자　　　去年天氣舊亭臺
서쪽으로 지는 석양 언제 다시 오려는지　夕陽西下幾時回

지는 꽃 어찌할 수 없는데　　　　　無可奈何花落去
언젠가 본 듯한 제비 다시 돌아와　似曾相識燕歸來
작은 정원 향긋한 길 홀로 배회하누나　小園香徑獨徘徊

이 작품 역시 사라지는 봄을 아쉬워하는 내용이다.

"지는 꽃 어찌할 수 없는데, 언젠가 본 듯한 제비 다시 돌아와"라는 구절은 후배들에게 "하늘이 낳은 기발한 대구이다(天然奇偶)"라는 칭찬을 받았다. 스스로도 이 구절에 매우 만족했다.

안수의 일곱째 아들인 안기도晏幾道(약 1030~1106) 역시 사에 뛰어났다. 사람들은 아버지와 함께 '이안二晏'이라고 불렀다. 그의 자는 숙원叔原이고, 호는 소산小山이다.

그의 사는 아름답고 부드러우면서도, 명백하고 유창하여 아버지에 비해 조금도 손색이 없다. 그런 그의 작품은 애정을 다룬 것이 많다. 「임강선臨江仙」도 그 가운데 하나이다.

꿈 깬 뒤 누대는 높이 잠겨 있고 　　　　　夢後樓臺高鎖
술 깨니 장막은 낮게 드리워 있네 　　　　　酒醒簾幕低垂
지난해 봄날의 한 다시 밀려올 때 　　　　　去年春恨却來時
떨어지는 꽃 속에 사람 홀로 섰는데 　　　　落花人獨立
가랑비 속 제비는 짝지어 나는구나 　　　　微雨燕雙飛

소빈을 처음 본 날 생각해 보면 　　　　　　記得小蘋初見
마음 심자 겹쳐 놓은 비단옷 입고 　　　　　兩重心字羅衣
비파의 현으로 그리움을 말했지 　　　　　　琵琶絃上說相思
그때의 밝은 달 그대로구나 　　　　　　　　當時明月在
소빈이 돌아가던 길을 비추던 　　　　　　　曾照彩雲歸

이 사는 소빈이라는 기녀를 그리워하며 지은 작품이다.

상편에서는 꿈과 술에서 깨어난 뒤, 작자가 느낀 고독감과 적막감을 묘사했다. 쌍쌍이 날아가는 제비가 작자의 외로움을 증폭시킨다.

하편에서는 소빈과 처음 만났을 때의 장면을 회상했다.

마지막 구절에서 작자는 비애에 잠겼다. 달빛은 예나 지금이나 변함없는데, 예전처럼 함께 지낼 수 없는 임을 그리면서!

안기도는 귀공자로 태어났다. 하지만 평생을 궁핍하게 지냈다. 그러나 그는 결코 자신의 가난을 앞세워 남에게 구걸하지 않았다. 그가 겪어야 했던 고통과 근심이 아버지를 능가했기 때문에, 그의 작품에도 더욱 짙은 애수가 배어 있다. 그래서 안씨 부자를 남당의 이씨 부자에 견주는 사람도 있다. 사의 풍격도 조금 비슷한 점이 있기는 하다.

사패詞牌

당나라 말기에 사가 유행한 것은, 먼저 사방에서 새롭고 이국적인 음곡音曲이 전해졌기 때문입니다. 이 음곡을 사패라고 합니다.

수나라와 당나라 초기의 음악을 크게 두 가지로 분류하면, 궁중음악과 민간음악 계열로 나눌 수 있습니다. 각각 태상곡太常曲과 교방곡敎坊曲이 그것을 대표합니다. '태상'은 조정의 예악을 맡은 관청이고, '교방'은 음악과 가무의 기예를 가르치고 익히는 기관입니다. 외래 음악인 연악燕樂은 두 부류의 음악에 편입되었습니다.

이 두 부류에 속해 있던 악곡들이 나중에 사패의 성립에 영향을 주었습니다. 그 가운데 교방곡의 영향이 절대적이었습니다. 교방에서는 수많은 신곡新曲을 창작했을 뿐만 아니라, 외래 악곡과 민간 속곡의 수집과 전파에 큰 역할을 했지요.

사는 이렇게 만든 악곡을 취사선택하고, 가사를 붙여 발전할 수 있었습니다. 따라서 우리가 송사에서 보는 사패들, 예를 들어 「완계사浣溪沙」, 「낭도사浪淘沙」, 「망강남望江南」, 「보살만菩薩蠻」, 「임강선臨江仙」, 「우미인虞美人」, 「천선자天仙子」, 「파진악破陣樂」, 「오야제烏夜啼」 등의 곡조는 태상곡과 교방곡에서부터 전용되었습니다.

당나라 말기까지는 사패가 180개 정도였습니다. 그 가운데 교방곡이 절반 이상이었지요. 결과적으로 교방곡이 당나라 말 송나라 초기 사패의 주요 근원이라 할 수 있습니다.

또 다른 이유는 자유로운 시민 계층이 대두했다는 점에 있습니다. 왕조 흥망의 관점에서 보면, 당나라 말기 5대 10국의 시기는 '쇠락한 시기'였습니다. 그러나 사회 전반의 활력과 자유로운 분위기에 초점을 맞추어 보면, 분명 '활발한 시기'였습니다. 이는 그동안 중국 사회를 주도하던 귀족 사회의 붕괴가 불러온 결과였습니다.

'읽는' 시를 대신하여 '부르는' 사가 성행한 것도, 그러한 사회 변화를 반영하고 있습니다. 사의 주제가 주로 '연애'라는 것도 그 한 예입니다. 귀족적인 겉치레를 대신하여, 서민적인 솔직함이 시대의 분위기를 장식했습니다.

문단의 개혁자들 2

가슴 속에 수만 병사를 품은 범중엄.

수만 병사를 가슴에 품은 사나이

앞에서 안수와 안기도의 사를 설명했다. 사실 안수는 한 나라의 재상으로서 처리해야 할 업무가 많았다. 따라서 사를 짓는 일은 여가 활동에 지나지 않았다. 특히 그는 교육을 중시하고, 인재를 추천하는 일에도 앞장섰다. 범중엄范仲淹과 한기韓琦, 부필富弼 등은 모두 그의 추천을 받아 관리가 된 사람들이다.

범중엄(989~1052)의 자는 희문希文이고, 진사 출신이다. 본적은 빈주邠州(오늘날의 섬서성 빈현)이나 오현吳縣(오늘날의 강소성 소주시蘇州市)에서 자랐다. 정치가이자 군인이었던 그는 북쪽 국경수비대에서 오랫동안 근무했다. 일설에는 국경을 마주하고 있던 서하西夏 정권이 그를 두려워하여, '가슴 속에 수만 병사를 품은 사람'이라고 불렀다고 한다.

범중엄은 시간이 나면 사를 지었다. 그가 지은 사의 기세는 당·오대의 사와 큰 차이를 보인다. 그의 「어가오漁家傲」가 가장 유명한 작품이다.

변방에 가을 오니 풍경이 사뭇 다르고	塞下秋來風景異
형양 가는 기러기는 머물 뜻이 없구나	衡陽雁去無留意
사방 변방의 소리 뿔피리 소리에 이어 울고	四面邊聲連角起
첩첩산중	千嶂裏
안개 속에 해는 지고 외로운 성 닫혀 있네	長煙落日孤城閉
탁주 한 잔에 집은 만리 밖이라	濁酒一杯家萬里
연연산 승리 거두지 못해 돌아갈 날 기약 없구나	燕然未勒歸無計

강족의 피리 소리 길게 이어지고 땅에는 온통 서리가 깔려

羌管悠悠霜滿地

나그네는 잠 못 이루네

人不寐

장군의 백발이여 병사의 눈물이여

將軍白髮征夫淚

　방대한 규모와 힘 있는 필치로 광활한 경지를 만들었다. 그 비장함이 과연 '가슴 속에 수만 병사를 품은' 장군의 솜씨답다. '춤추는 소매,' '봄날의 적삼,' '꽃,' '달' 등을 노래하는 사들과는 확연한 차이를 보인다. 따라서 범중엄은 사의 소재 영역을 넓히는 새로운 길을 열었다고 할 수 있다.

　범중엄은 그 유명한 「악양루기岳陽樓記」의 작가이기도 하다. 이 작품은 그가 친구의 부탁을 받고 지은 것이다. 당시 그의 친구인 등자경滕子京이란 사람이 어떤 사건에 연루되어 호남 악양에 좌천되어 있었다. 그 동정호洞庭湖에는 유명한 악양루가 있었다. 악양루는 악주岳州 성의 서문에 있는 누각이다. 동정호가 한눈에 내려다보이는 곳에 자리 잡고, 반짝이는 기와를 머리에 인 아름다운 누각이었다.

　등자경은 이 악양루를 새롭게 보수한 뒤, 범중엄에게 이를 기념하는 글을 부탁했다. 범중엄은 먼저 몇 마디 말로 악양루를 보수한 시간과 이유를 설명했다. 이어서 사람들이 악양루에 올라 느꼈을 감정들을 서술했다.

　악양은 사통팔달 교통의 요충지로서, 예로부터 "유배된 사람과 시름에 잠긴 사람(遷客騷人)"들이 빠지지 않고 들렀던 곳이다. 그들은 악양루에 오르기 위해 악양에 왔다. 그러나 동정호의 날씨에 따라 누대 위에서 경치를 바라보는 사람들의 마음도 달라졌다. 그들의 희로애락은 전적으로 바깥 경치의 변화와 개인의 처지에 따라 좌우되었다.

보수에 보수를 거쳐 잘 단장된 악양루의 모습. 동정호와 악양루는 역대 문인들은 단골 소재였다.

그러나 범중엄은 그런 태도를 마땅치 않게 여겼다. 진정으로 "옛 어진 이(古之仁人)"의 마음을 가졌다면, "천하의 근심에 앞서 근심하고, 천하의 즐거움 뒤에 즐거워해야 한다(先天下之憂而憂, 後天下之樂而樂)"고 말했다. 세상의 모든 사람들이 근심하기 전에 그들의 근심에 대한 대책을 마련하고, 세상 모든 사람들이 안락한 삶을 살 수 있도록 한 뒤에 그들과 함께 즐거움을 누려야 함을 지적한 것이다. 이것이야말로 한 인간이 가질 수 있는 올바른 태도라 할 수 있다.

「악양루기」를 지을 당시 범중엄도 변방에 있었다. 부수상 격인 참지정사參知政事가 되어 정치 개혁을 시도했으나, 보수파의 반대로 뜻을 이루지 못하고 좌천된 것이다. 따라서 "천하의 근심에 앞서 근심하고, 천하의 즐거움 뒤에 즐거워해야 한다"는 말은 등자경을 권면하는 말이자, 스스로를 위로하는 것이기도 하다.

붕당론

문학사에서 구양수歐陽修의 지위는 범중엄보다 훨씬 높다. 범중엄보다 열 살쯤 적은 그였지만, 범중엄과 함께 관리가 되어 뜻을 같이하는 동지가 되었다.

구양수(1007~1072)의 자는 영숙永叔이고, 길주吉州 여릉廬陵(오늘날의 강서성 길안시吉安市) 사람이다. 스스로를 '취옹醉翁,' 곧 '술 취한 늙은이'라 부르고, 노년에는 '육일거사六一居士'라고도 했다. 육일거사란 평생의 취미였던 '책, 골동품, 거문고, 바둑, 술과 이를 즐기던 자신'을 일컬어 지은 말이다.

그는 네 살 때 아버지가 세상을 떠나, 홀어머니가 그를 교육시켰다. 어린 시절에는 종이와 붓을 살 돈이 없어서 갈대 줄기를 꺾어 땅바닥에 글씨를 쓰며 공부했다고 한다. 하지만 남달리 총명하고 스스로 노력을 게을리 하지 않아, 스물세 살에 진사가 되었다.

그즈음 범중엄은 조정의 정책을 비판하는 글을 올렸다가 좌천되었다. 이에 조정의 관리들은 모두 그의 억울함을 동정했다. 하지만 유독 고약눌高若訥이라는 관리만 고위층의 뜻대로 범중엄을 비난했다. 그러자 구양수는 그에게 편지를 보내 수치를 모르는 뻔뻔한 인간이라며 관직을 내놓고 물러날 것을 요구했다. 이 편지가 바로 유명한 「좌사간 고약눌에게 주는 편지(與高司諫書)」이다.

화가 난 고약눌은 임금에게 편지를 보여주고, 이 때문에 구양수도 좌천될 수밖에 없었다. 나중에 재기한 범중엄은 구양수에게 자신의 서기관이 되어 달라고 청했다. 구양수는 웃으면서 이렇게 거절했다.

"당시에 제가 당신을 위해 나섰던 것은 개인의 영달을 위함이 아니었습니다 당신과 함께 좌천되었다고 해서 당신과 함께 승진할 필요는 없지요. 저는 괜찮습니다."

나중에 구양수는 범중엄과 함께 정치 개혁 운동에 적극적으로 참여하여 많은 업적을 남겼다.

구양수가 고문을 좋아한 것은 하루 이틀 일이 아니었다. 앞에서 얘기했듯이 그는 어려서 가난 때문에 책을 살 수 없었다. 그런데 마침 같은 마을에 큰 부잣집이 있었다. 한번은 그 집에 놀러 갔다가, 다 떨어진 광주리 안에 가득한 옛 책들을 발견했다. 광주리를 열고 한 권을 꺼내니 뒤죽박죽된 『창려선생문집昌黎先生文集』이었다. 바로 한유의 문집이다.

구양수는 친구에게 그 책을 얻어 와, 집에서 읽고 또 읽었다. 세월이 흘러 그가 만 권이 넘는 책을 가졌을 때에도 그는 다 떨어진 그 문집을 끝내 버리지 않았다고 한다.

송이 건국되고 나서 과거에 응시하는 학생들 사이에는 '태학체太學體'라고 하는 생경하고 난삽한 문장이 유행했다. 구양수는 예부禮部의 진사 시험을 주관하면서 이런 태학체의 글을 단호하게 배척했다. 그래서 시험이 끝나면 낙방한 학생들 가운데 일 꾸미기를 좋아하는 사람들이 그의 말을 가로막고 항의하는 소동이 벌어지곤 했다. 길가의 포졸들도 그들을 막을 수 없었다. 그러나 이를 계기로 시험장의 문풍이 평이하고 간결하면서도 내용이 충실한 문풍으로 바뀌었다.

구양수 자신의 문장은 소박하고 자연스러운 가운데 재주가 충만했고, 글의 길이와 강약을 알맞게 조절할 줄 알았다. 간결하면서도 명쾌하고, 논리력과 설득력이 뛰어났다. 그의 「붕당론」, 「고사간에게 주는 편지」, 「취옹정기」, 「풍악정기豊樂亭記」, 「농강천표瀧岡阡表」 등은 시대를 불문하고 널리 읽히는 산문의 명작이다.

특히 「붕당론朋黨論」은 그의 대표적인 정치 논설문이다. 당시 구양수가 범중엄, 한기, 부필 등과 함께 혁신 정치를 펼치자, 이에 불만을 품은 보수 인사들이 붕당을 조성한다는 이유로 그들을 비난했다. 그리고는 자신들도 종파를 만들어 소수집단을 형성해 맞섰다. 그러자 구양수는 이 글을 지어 그들을 반박했다.

글은 이렇게 시작한다.

붕당 이야기는 예전부터 있었습니다.
朋黨之說, 自古有之.

그리고는 이어지는 글에서 붕당의 성질을 구분하는 것이 중요함을 강조한다. 나아가 군자에게는 벗(朋)이 있으나, 소인에게는 벗이 없다는 이론을 펼쳤다. 소인은 사리사욕 때문에 잠시 모임을 만들지만, "이익이 사라지면 사이가 멀어져(利盡交疏)" 눈을 부릅뜨고 원수가 되기도 한다. 반면 군자는 이렇다.

지키는 것은 도의이고, 실천하는 것은 충성과 신의이며, 귀하에 여기는 것은 이름과 절개이다. 이러한 마음으로 심신을 수련하니, 뜻을 같이 하고 서로에게 이익을 준다. 이러한 마음으로 나라를 섬기면 서로의 마음을 열어 함께 구제될 수 있다. 처음과 끝이 한결같다.
所守者道義, 所行者忠信, 所惜者名節; 以之修身, 則同道而相益, 以之事國, 則同心而共濟, 始終如一.

이것이야말로 '참 벗(眞朋)'이라는 것이다.
그리고 임금된 이는 그러한 "소인들이 만든 가짜 붕당을 물리치고,

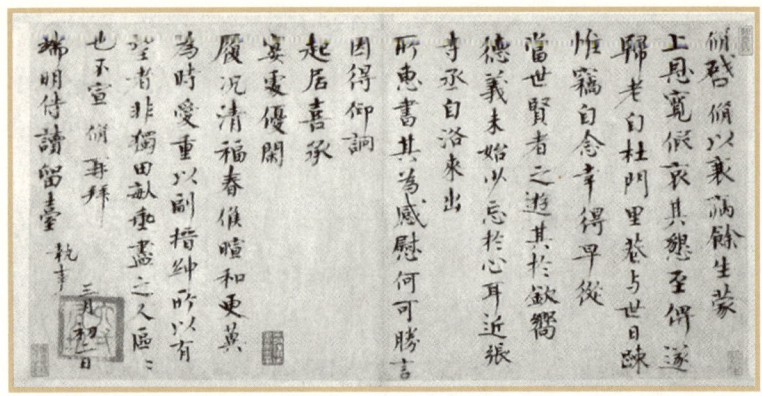

구양수가 사마광과 주고받은 편지. 소식은 구양수의 글씨를 "글자 모양은 납작하고, 붓끝을 생긴 대로 놀리며, 또 먹을 조금만 묻혀 쓸 때가 많다"고 평가했다.

군자들로 이루어진 올바른 붕당을 등용(退小人之僞朋, 用君子之眞朋)"해야만 백성과 영토를 잘 다스릴 수 있다고 했다.

이어서 구양수는 요, 순, 상, 주, 한 말, 만당 때 벌어졌던 일련의 예를 들어 이를 증명했다.

이 글은 문장 전체의 요점이 분명하고, 논증에 힘이 있어 읽는 이에게 신뢰감을 준다. '붕당'이란 말은 원래 좋지 않은 의미였는데, 구양수의 새로운 해석으로 거듭났다. 이것이야말로 변론의 힘이다.

술 취한 늙은이

구양수가 지은 「취옹정기醉翁亭記」는 아름다운 서정 산문이다. 이것은 혁신 정치가 실패한 뒤, 저주滁州(오늘날의 안휘성 서주시徐州市)에 좌천되어 있을 때 지은 작품이다. 당시 작자는 마음이 우울하고 혼란스러워, 언제나 사방을 돌아다니며 술과 시에 빠져 지냈다. 이러한 자신의 모습을 보면서 서른아홉의 젊은 나이였음에도 스스로를 '술 취한 늙은이(醉翁)'라고 했다.

저주 낭야산琅琊山에 이름 없는 정자가 있었다. 구양수는 그것을 '취옹정'이라 이름하고, 이 기행문을 지었다. 글머리에서는 취옹정 주변의 지리 환경과 '취옹'이라고 명명한 내력을 적고, "취옹이라고 해서 반드시 술을 마시며 즐기는 데 뜻이 있는 것은 아님(醉翁之意不在酒)"을 지적했다.

이어서 아침저녁과 사계절의 변화에 따른 산의 풍경을 담은 뒤, 태수와 백성이 즐거움을 함께 하는 모습에 중점을 두어 묘사했다.

…… 짐을 짊어진 이는 길에서 노래하고, 지나가는 나그네는 나무 그늘에서 쉬며, 앞 선 사람이 부르면 뒤에 오는 사람이 대답하고, 허리를 구부리고 손에 손을 잡아, 오고 감이 끊이지 않는 것은, 모두가 이곳 저주 사람들이 노는 모습이다. 시냇가에 다다라 고기잡이를 하니, 시냇물은 깊고 물고기는 통통하다. 양천의 물로 술을 빚으니, 샘물이 향기로워 술이 맑다. 산에서 난 안주와 야채를 뒤섞어 앞에 죽 늘어놓은 것은, 태수의 잔치라. 잔치에서 술 마시며 무르익는 즐거움은, 현악기와 관악기의 도움 때문이 아니라, 화살을 쏘아 맞히고, 바둑을 두어 이기며, 벌주잔과 산가지가 뒤섞여, 일어났다 앉았다 하며 왁자지껄 떠들어, 여러 손님들이 기뻐하는 것이다. 푸르죽죽한 얼굴과 흰 머리카락의 사람이, 그 사이에 넘어져 있는 것은 태수가 취한 모습이다. …….

…… 至於負者歌於塗, 行者休於樹, 前者呼, 後者應, 傴僂提攜, 往來而不絕者, 滁人遊也. 臨溪而漁, 溪深而魚肥. 釀泉爲酒, 泉香

而酒洌; 山肴野蔌, 雜然而前陳者, 太守宴也. 宴酣之樂, 非絲非竹;
射者中, 奕者勝, 觥籌交錯, 起坐而諠譁者, 衆賓歡也. 蒼顔白髮,
頹然乎其間者, 太守醉也 …….

어느 순간 "저녁 해가 산 끝에 걸리면, 사람들의 그림자는 어지러
이 흩어지고(夕陽在山, 人影散亂)," 태수도 돌아가고 나면 마침내 숲은
들짐승과 날짐승의 세계가 되었다.

　　그러나 짐승들은 산과 숲의 즐거움은 알지만, 사람의 즐거움은 모른
다. 사람들은 태수를 따라 놀며 즐거워할 줄은 알지만, 태수가 모든 사
람들의 즐거움을 자기의 즐거움으로 하고 있음은 모른다.
　　然而禽鳥知山林之樂, 而不知人之樂. 人知從太守遊而樂, 而不
知太守之樂其樂也.

태수는 왜 즐거워했을까? 그것은 "백성과 함께 즐거움을 나눌 수
있다(與民同樂)"는 생각에서였다.
거의 모든 문장을 '야也'로 끝맺었는데, 통틀어 21번을 썼다. 그러
나 단조롭고 중복된다는 느낌보다는, 조화롭고 예스러워 색다른 맛
을 준다.
「취옹정기」의 언어는 매우 정련되어 있다. 첫마디에 저주의 지리
를 개괄하면서 "저주를 빙 둘러 모두 산이라(環滁皆山也)"는 다섯 글자
로 표현했다. 가장 처음 원고를 본 사람에 따르면, 원래는 수십 자에
걸쳐 저주 주위의 여러 산을 묘사했다고 한다. 하지만 결국은 모두
빼고 다섯 글자만 남겼다. 이처럼 글이 간략하면서도 이해하기 쉬운
것은 작자가 끊임없이 정련한 결과이다.

구양수는 사학자이기도 했다. 『신당서新唐書』의 편찬에 참가하고, 『신오대사新五代史』를 저술했다. 그가 쓴 역사 기록은 문장마다 생동하고 유창하여, 사람들을 황홀하게 만든다. 각 편의 앞뒤에 붙는 서발문 또한 간결하면서도 명쾌하다. 「영관전伶官傳」 서문에서는 연극 배우를 사랑하다가 나라를 잃은 후당後唐 장종莊宗에 얽힌 사실을 설명하면서 이런 진리를 밝혔다.

> 근신하여 부지런히 노력하면 나라를 일으킬 수 있고, 안일하여 놀기에만 힘쓰면 일신을 망칠 수 있다.
> 憂勞可以興國, 逸豫可以亡身.

나중에 이 글은 "시대를 초월한 빼어난 문장(千古絶調)"이며, 『오대사』 가운데 "가장 뛰어난 글(第一篇文字)"이라는 영예를 얻는다.

이밖에도 구양수는 『귀전록歸田錄』이라는 수필집을 남겼다. 대부분 짧은 수필로 이루어져 있다. 말은 간결하지만, 그에 담긴 의미는 매우 심오하다. 마치 '기름 파는 노인'의 이야기처럼.

고위 관리인 진요자陳堯咨는 뛰어난 활솜씨로 모든 이의 칭찬을 받았다. 그런데 오직 기름 파는 노인만은 "손에 익어서일 뿐(手熟而已)"이라며 그에게 갈채를 보내지 않았다. 아울러 자신의 기술도 진요자에 못지않다고 말했다. 그는 동전을 호리병 위에 얹은 다음, 기름을 한 방울도 묻히지 않고 동전 구멍에 부어 병을 채울 수 있다고 했다. 이 말을 듣고 진요자도 고개를 끄덕이며 그의 견해를 인정했다.

송나라 때에는 이런 수필 소품이 크게 성행했는데, 이는 구양수의 선도적 역할에 힘입은 바가 크다.

구양수는 시와 사에도 재능을 보였다. 특히 서정시가 뛰어났다. 그
가운데 유명한 시구를 들면 이렇다.

빽빽한 나무 푸르러 삼협은 어둡고	萬樹蒼煙三峽暗
한 배 가득한 달빛 속에 원숭이의 울음소리	滿船明月一猿哀

눈 녹자 문 밖의 첩첩 산 푸르고	雪消門外千山綠
꽃 피자 강변의 이월 날씨 개이네	花發江邊二月晴

모두 아름다운 시구이다.

그의 사는 안수의 풍격과 비슷하다. 영주潁州(오늘날의 안휘성 부양시
阜陽市)의 서호西湖를 예찬한 「채상자采桑子」 10수 가운데 하나를 살펴
보자.

온갖 꽃 시들어도 서호는 아름다워	群芳過後西湖好
낙화는 어지러이 날리고	狼藉殘紅
버들가지 자욱이 날리며	飛絮濛濛
난간 밖 버들가지 온종일 봄바람에 날린다	垂柳欄干盡日風
생황의 노랫가락 흩어지고 놀던 이들 돌아가니	笙歌散盡游人去
비로소 봄의 허전함을 느끼네	始覺春空
창문에 주렴 드리우니	垂下簾櫳
보슬비 속 제비들 쌍쌍이 날아오네	雙燕歸來細雨中

그림처럼 펼쳐진 장면을 통해 적막하고 실의에 빠진 느낌이 잘 드러나 있다.

결론적으로 구양수의 문학적 재능은 다방면에 걸쳐 발휘되었다. 특히 산문 창작에서 이룬 바는 대단했다. 고위 관리라는 지위도 한 시대의 문풍을 선도하는 데 큰 역할을 했다. 그래서 그는 송나라 시문 혁신의 지도자가 되었다.

당나라 말기에서 송나라 초기에 이르기까지 문단을 장악하고 있던 바람직하지 못한 풍조는 구양수에 와서 완전히 개선되었다. 그는 '송나라의 한유'로서, 당시 지식인들에게 스승으로 떠받들어졌다.

'당송팔대가'에 속한 송나라 때의 작가는 구양수를 포함하여 6명인데, 나머지 왕안석, 소순, 소식, 소철, 증공이 모두 구양수의 지도와 격려를 받았다. 그의 문풍은 이후 청나라 때에 이르기까지 계속하여 영향을 끼쳤다.

십대에 품은 뜻

왕안석王安石(1021~1086)의 자는 개보介甫이고, 호는 반산半山이며, 무주撫州 임천臨川(오늘날의 강서성 임천시) 사람이다. 그는 송나라 때에 가장 유명한 정치 개혁가였다.

왕안석은 열일곱의 나이에 큰 뜻을 품고 진사에 합격한 뒤, 지방관으로 관리 생활을 시작했다. 나중에는 중앙 조정으로 올라가 재상까지 지냈다. 희녕熙寧 때(1068~1077)에는 변법變法을 주관하여 정치 개혁을 실행했다. 그의 개혁은 맹렬한 기세와 엄청난 규모 때문에 보수파의 필사적인 저항을 받았다. 결국 몇 번의 힘겨루기 끝에 변법은 실패하고 말았다. 그 뒤 왕안석은 강녕江寧으로 물러나, 문을 닫아걸고 독서에만 몰두하다가 울분을 삭이지 못하고 세상을 떠났다.

왕안석의 문장은 원래 맹자와 한유를 본받았다. 구양수는 이렇게 지적했다.

"맹자와 한유의 문장은 더할 나위 없이 뛰어나지만, 모방에 급급하면 헤어날 길이 없다. 그들 문장의 핵심은 자연스러움을 따르는 것이다."

구양수의 이런 지적을 새겨들은 왕안석은 일가를 이룰 수 있었다.

특히 왕안석은 논설문이 가장 뛰어나다. 장편의 상소문과 단편의 수필을 막론하고 각각의 특색을 지니고 있다. 「맹상군 열전을 읽고(讀孟嘗君傳)」는 단문의 모범이라 할 수 있다. 그 전문을 살펴보자.

세상 사람들은 모두 맹상군을 칭찬하여 이렇게 말한다. 곧 선비를 잘 얻는다고. 맹상군이 선비를 좋아하기 때문에 그에게 모여 들고, 마침내 그들의 힘에 의지하여 호랑이와 표범 같은 진나라에서 벗어날 수 있었다고. 아! 그러나 맹상군은 다만 닭소리 내고 개 도둑질하는 사람들의 우두머리일 뿐이니, 어찌 그것을 가지고 선비를 얻었다고 말할 수 있겠는가? 그렇지 않았다면, 제나라의 부강함을 한 손에 쥐었을 것이고, 제대로 된 선비 한 명만 얻었어도, 마땅히 임금이 되어 진나라를 제압할 수 있었을 텐데! 어찌 닭소리 내고 개 도둑질하는 사람들의 힘을 빌릴 필요가 있겠는가? 닭소리 내고 개 도둑질하는 사람들이 그의 문하에서 나왔다는 것은, 제대로 된 선비가 오지 않았기 때문이다.

世皆稱孟嘗君能得士, 士以故歸之, 而卒賴其力以脫于虎豹之秦.

嗟呼! 孟嘗君特鷄鳴狗盜之雄耳, 豈足以言得士? 不然, 擅齊之強, 得一士焉, 宜可以南面而制秦, 尚何取鷄鳴狗盜之力哉? 夫鷄鳴狗盜之出其門, 此士之所以不至也.

백 자도 안 되는 단문임에도 문장마다 힘이 있고, 자신의 주장을 명확하게 관철시키고 있다. 중국 역사에서 맹상군은 줄곧 인재를 아끼는 '백락伯樂'의 모습으로 여겨 왔다. 그러나 왕안석은 간단한 말을 가지고 그러한 결론을 완전히 뒤집었다.

'백락'은 춘추시대 진秦나라의 손양孫陽인데, 그는 뛰어난 말을 잘 고르는 사람으로 유명했다. 그 뒤에는 '안목이 있으며 인재를 선별하여 잘 활용하는 사람'이란 뜻으로 쓴다.

「사마광의 지적에 답하는 글(答司馬諫議書)」도 유명하다. 사마광은 고위 관리인 동시에 유명한 문학가이자 역사학자였다. 그의 주관 아래 편찬한 『자치통감資治通鑑』은 너무나 유명한 편년체 역사서이다.

그러한 사마광은 정치적으로 보수파에 속하여, 왕안석의 변법을 완고하게 반대했다. 그는 3천 자에 달하는 장문의 편지를 써서 왕안석이 "관직을 침범하고 쓸데없는 일을 만들며, 사리사욕을 추구하고 충고를 거절함으로써 천하를 원망하고 비방하기에 이르렀다(侵官生事征利拒諫, 以致天下怨謗也)"고 비난했다. 왕안석은 이런 사마광의 지적을 반박하기 위하여 이 글을 썼다.

그는 신법을 비난하는 사마광의 의

개혁가 왕안석.

견을 조목조목 반박했다. 상나라 때 반경으로 천도했던 예를 들어, 다수의 의견이라고 반드시 옳은 것은 아님을 설명했다. 아울러 '의義'에 합당한 일이라면, 일단 결심한 이상 어떠한 후회도 없음을 밝혔다.

이 글은 3백 자의 단문이지만, 논리가 정연하고 기세가 충만하다. 말투 또한 강경하다. 어떤 사람은 이 글을 일컬어 "힘 있고 단호하며 깔끔하면서도 엄격하니 잔가지가 없다(勁悍廉厲無枝葉)"고 하여 글의 핵심을 정확히 파악했다.

왕안석의 여러 작품

왕안석은 특히 비평문(議論)을 좋아했다. 「포선산을 다녀와서(遊襃禪山記)」는 원래 기행문이지만, 작자는 이 글 속에 비평을 담고 있다.

작자는 친구와 함께 포선산 화산동華山洞 탐험에 나섰다가, 중도에 포기하고 돌아오면서 이렇게 생각했다.

세상의 기이한 장관은 눈에 익은 경치에 있지 않고, 멀고 험한 곳에 있다.
世之奇偉瑰怪非常之觀, 常在於險遠.

그곳에 가자면 먼저 뜻을 세워야 하고, 아울러 힘과 도구를 갖추어야 한다. 그런 다음 최선을 다했는데도 목적지에 이르지 못했다면 후회할 일이 아니다. 이것이 작자의 생각이었다. 왕안석의 결론에 담긴 진리는 여행과 탐험에만 머물지 않았다. 학문을 연구하고 정치를 개혁하는 일도 이와 같았다.

「중영을 슬퍼하며(傷仲永)」는 후세의 교육자들이 여러 번 언급한 글이며, 또 반드시 읽어야 할 글이다. 왕안석은 이 글에서 방중영方仲永이라는 다섯 살 난 신동을 말한다. 그 아이는 천재였으나, 부모의 무관심 속에 제대로 교육을 받지 못해 결국 평범한 사람이 되었다. 왕안석은 이 아이의 천부적인 재능이 이처럼 뛰어남에도 교육을 받지 못하고 평범한 사람이 되었으니, 천부적인 재능이 없으면서 교육도 받지 못한다면 어떤 사람이 되겠느냐며 한탄했다.

또 왕안석은 많은 시도 남겼다. 그의 시는 백성을 동정하고 병사들을 위로하며, 옛일을 회상하고 역사를 돌이켜보는 등 다양한 내용을 담고 있다. 「호음선생의 집 벽에 쓰다(書湖陰先生壁)」처럼 경치를 읊은 짧은 시도 사람들의 사랑을 받았다.

언제나 깔끔하고 이끼 없이 깨끗한 정원	茅檐常掃靜無苔
이랑 이룬 꽃과 나무를 손수 기르네	花木成畦手自栽
한줄기 냇물 밭을 감싸 녹음을 두르고	一水護田將綠繞
두 산이 문을 열면 푸름 보내온다	兩山排闥送靑來

"냇물 밭을 감싸고," "산이 문을 여는" 등 시인의 붓을 통해 자연이 살아 움직이고 있다.

「과주에 배를 대고(泊船瓜洲)」는 더욱 잘 알려져 있다.

경구와 과주는 강 하나 사이	京口瓜洲一水間

종산은 몇 겹 산이 놓여 있을 뿐이네 　　　鐘山只隔數重山

봄바람에 강남의 언덕 다시 푸를 터인데 　　春風又綠江南岸

언제면 밝은 달이 귀향하는 날 비추랴 　　明月何時照我還

"봄바람에 강남의 언덕 다시 푸를 터인데"에서 '푸를(綠)'의 쓰임은 남달리 뛰어나다.

시의 초고에는 원래 '이르다(到)'라고 했다가 다시 '지나다(過)'로 고쳤다고 한다. 그 뒤에도 몇 번을 고친 끝에 결국 '푸른'으로 결정했다. 이처럼 왕안석도 구양수와 마찬가지로 글자를 선택하는 데 각별한 주의를 기울였다.

증공의 산문

당송팔대가의 한 사람인 증공曾鞏(1019~1083)은 구양수 문하에서 가장 뛰어난 학생이었다. 그의 자는 자고子固이고, 건창建昌 남풍南豊(오늘날의 강서성 남풍현) 사람이다. 그는 진사에 합격한 뒤 역사 편찬실에 근무하면서, 『전국책戰國策』과 『설원說苑』 등의 고적을 정리했다.

증공의 문장은 자연스럽고 순박하며 꾸밈을 중시하지 않아, 구양수의 문풍을 가장 많이 닮았다. 「묵지기墨池記」는 증공이 서예의 대가로 유명한 왕희지王羲之가 머물던 임천臨川의 묵지를 둘러보고 지은 글이다. 전하는 바에 따르면 그 연못은 원래 맑았는데, 왕희지가 주변에서 글씨 연습에 몰두하면서부터 연못물이 검은 색으로 변했다고 한다.

제남에 있는 남풍사는 증공을 기리는 사당이다. 필자 사진.

이 글에서는 특히 성실한 자세로 온갖 고통을 참는 노력의 중요성을 강조했다.

왕희지의 글씨는 나이가 들어서 더욱 뛰어났으니, 그렇게 될 수 있었던 이유는 스스로 노력했기 때문이다. 천부적인 능력이 아니었다.

羲之之書晩乃善, 則其所能, 蓋亦以精力自致者, 非天成也.

「월주조공구재기越州趙公救災記」는 월주의 책임자(知州)였던 조변趙抃이 재난을 이긴 상황을 기록한 글이다. 조변이 어떻게 재난 상황을 조사하고, 어떻게 구제 대책을 펼치고, 어떻게 부자와 빈민을 구분하여 처리하고, 어떻게 전염병 예방하려고 했는지 등을 자세하면서도 싫증나지 않게 기록했다. 언뜻 보면 일기장처럼 평범하고 담담하지만, 자세히 읽어 보면 백성을 동정하고 청렴하고 어진 관리를 사랑하는 마음이 그 안에 숨어 있다. 이 글에는 글보다 진리(道)가 먼저라는 증공의 주장이 잘 나타나 있다.

증공의 문장은 그가 살아 있을 때부터 이름을 떨쳐, 사람들은 "손으로 베끼고 입으로 욀 수는 있으나 그의 경지에는 이르지 못한다(手抄口誦惟恐不及)"고 말했다.

증공의 문장은 남송에서 청나라 때에 이르도록 끊임없는 사랑을 받았다. 그를 팔대가의 한 사람으로 꼽은 것은 결코 우연이 아니다.

'소·매'의 시

팔대가 말고도 두 사람의 시인을 잊어서는 안 된다. 그들은 바로 매요신과 소순흠이다. 그들의 시문은 구양수와 이름을 나란히 하여, 당시에 '구·매' 또는 '소·매'라는 소리를 들었다.

매요신梅堯臣(1002~1060)의 자는 성유聖兪이고, 선성宣城(오늘날의 안휘성 선성현) 사람이다. '매완릉梅宛陵' 또는 '완릉선생'이라고도 불렀다. 그는 주부主簿나 현령 등 말단 관직을 전전하며 일생 동안 궁핍한 삶을 살았다. 그의 시집의 서문은 구양수가 써 줬는데, 구양수는 그의 삶을 정확히 지적했다.

시를 짓기 때문에 가난해진 것이 아니라, 반대로 가난과 어려움이 있기에 좋은 시가 생기는 것이다.

非詩之能窮人, 殆窮者而後工也.

매요신은 하층사회에 가까이 다가가 많은 사람들의 어려움을 목격했다. 「농가의 말(田家語)」이나 「여강 가의 가난한 여인(汝墳貧女)」은 백성의 처지를 동정한 대표적인 작품이다. 「도공(陶者)」도 같은 종류의 시이다.

기와 굽느라 문 앞 진흙 다 썼으나	陶盡門前土
지붕 위엔 기와 한 장 없건만	屋上無片瓦
열 손가락에 진흙 한 번 안 묻히고도	十指不沾泥
비늘 같은 기와 얹은 큰 집에 사는 사람들	鱗鱗居大廈

당시 불평등한 사회의 모습이 잘 나타나 있다. 매요신은 경치를 읊은 서정시도 적지 않게 지었다. 「노산魯山 산행山行」을 예로 들어보자.

마침 산을 좋아하는 나의 취미와 맞아	適與野情愜
높고 낮은 산들이 연이어 있네	千山高複低
빼어난 봉우리의 모습 곳에 따라 바뀌고	好峰隨處改
깊은 산길 홀로 걷다 길을 잃었네	幽徑獨行迷
서리 내려 곰은 나무로 올라가고	霜落熊升樹
텅 빈 숲 속 사슴이 개울물을 마시네	林空鹿飲溪
인가는 어드메 있는가	人家在何許
구름 너머 들려오는 닭 울음소리	雲外一聲鷄

나그네가 산속에서 바라본 정경을 읊고 있어서 자연미가 물씬 풍긴다. 시인의 눈길이 이동하면서 시를 서술하여, '산행'이란 제목과 잘 어울린다.

매요신은 시 창작에 관하여 다음과 같은 명언을 남겼다.

묘사하기 어려운 경치를 눈앞에 있는 듯, 무궁한 뜻을 담아 글의 차원을 넘어 보여주어야 한다.
狀難寫之景如在目前, 含不盡之意見於言外.

그래야만 최고의 시가 될 수 있다고 생각했다. 위의 시가 바로 이러한 조건을 갖춘 훌륭한 작품이다.

생활을 반영하는 시

다음으로 소순흠蘇舜欽(1008~1048)의 자는 자미子美이고, 스스로를 '창랑옹滄浪翁'이라고 불렀다. 본적은 재주梓州 동산銅山(지금의 사천성 중강현中江縣 남쪽)이었으나, 나중에 개봉으로 이사했다.

매요신의 시풍이 '평담平淡'하다면, 소순흠의 시풍은 '호탕'하고 자유분방하다. 「'회강에서 뒷바람을 만나'에 화답하여(和淮上遇便風)」는 그러한 모습을 잘 보여준다.

호탕하고 푸른 강물 하늘과 함께 흘러	浩蕩清淮天共流
만리에 부는 바람 귀향 배를 재촉하네	長風萬里送歸舟
시끄런 부두에 오래 머물까 걱정될 뿐	應愁晚泊喧卑地
푸른 하늘 날아올라 자유를 만끽하리	吹入滄溟始自由

시인은 시끌벅적한 부두에 오래 머무는 것을 원치 않았다. 만리에 부는 바람에 실려 푸른 하늘을 날아오르고 싶었다. 시인은 진사 출신으로서, 중앙의 관리였을 때 직언을 서슴지 않아 기득권층의 미움을 사서 관직을 박탈당했다. 이 시는 바깥 경치를 빌어 자신의 감정을 담은 것이다. 마치 마음속의 울분을 토하는 듯하다.

소순흠은 시가 생활을 반영해야 한다고 주장했다. 그래서 서곤체에 반대하고 새로운 시풍을 제창했다. 그 결과 소순흠은 매요신, 구양수와 함께 송시의 새로운 경지를 개척했다.

『자치통감

資治通鑑』

『자치통감』은 송나라 초기의 문인이자 강직한 정치가로 유명한 사마광司馬光 (1019~1086)이 편찬한 294권의 편년체 통사서입니다.

당나라 때까지 중국의 역사서는 『사기』의 전통을 이어받은 기전체 서술을 정 사正史로 인정했습니다. 또 '왕조'를 단위로 '집권 정부'가 기록하는 것이 일 반적이었습니다. 그러한 방식은 당연히 왕조 사이의 비非연계성, 집권 정부에 의한 사실 왜곡, 기전체 형식이 갖는 비非공정성 같은 단점을 불러왔지요.

송나라 때에는 합리성을 중시하는 학문 풍토가 조성되면서, 이러한 단점을 개선하려는 노력들이 나타났습니다. 그들이 모델로 삼았던 역사서는 바로 『춘추좌전』이었습니다. 그 결과 『자치통감』이 탄생하지요.

『자치통감』을 완성하는 데에는 19년이란 세월이 걸렸습니다. 처음에는 왕의 칙명으로 1065년에 집필하기 시작했습니다. 하지만 당시 사마광은 왕안석에 반대하는 보수파의 주동자로 지목되어 정계를 떠나야 했지요. 그 덕분에 『자 치통감』을 완성할 수 있었습니다.

『자치통감』은 다른 말로 『속수통감涑水通鑑』 또는 『온공통감溫公通鑑』이라고도 합니다. '속수'는 그의 본적인 섬주陝州 하현夏縣 속수향涑水鄕(오늘날의 산서성 하현 서쪽)에서 비롯한 것입니다. 또 '온공'은 철종哲宗이 그에게 내린 시호입 니다.

『자치통감』이 나온 뒤로 많은 관련서가 나왔으며, 넓게는 한자 문화권 전체 에 크나큰 영향을 끼쳤습니다. 우리나라에서도 조선시대에는 물론 근대에 이 르기까지 『자치통감』은 교양서이자 필독서로서 널리 읽혔습니다.

삼부자의 힘 3

소순蘇洵

소식蘇軾

소철蘇轍

소씨 부자의 고향인 사천성 미산현에 있는 삼소사三蘇祠. 삼부자의 문학적 업적을 기리고 있다.

만학의 결실

당송팔대가에는 소씨가 세 명 있다. 재밌게도 이들은 모두 한 가족이다. 바로 소순蘇洵은 아버지이고, 소식蘇軾과 소철蘇轍은 그의 아들들이다. 이들 삼부자는 유명한 문학가로서, '삼소三蘇'라고 불린다.

소씨 삼부자는 미주眉州 미산眉山(오늘날의 사천성 미산현) 사람이다. 소순(1009~1066)의 자는 명윤明允이고, 호는 노천老泉이다. 전하는 바로는 그가 스물일곱 살이 되서야 발분저서發憤著書했기 때문에, 후인들은 그를 대기만성大器晚成의 전형으로 손꼽는다고 한다. 그래서 누군가 나이를 많이 먹어 공부하기에 늦었다고 말하면, "소로천을 좀 보아라"라고 말하곤 했다.

그처럼 소순은 독한 마음을 먹고 10년을 정진한 끝에 큰 진전을 보았다. 그래서 두 아들을 데리고 서울로 가서 구양수를 찾았다. 구양수는 삼부자에게 많은 관심을 보이는 한편, 소순의 문장이 가의賈誼와 유향劉向에 필적할 만하다고 추켜세웠다. 구양수의 추천과 선전에 힘입어 소순의 이름은 널리 알려졌다. 나중에는 조정에서도 그를 비서성秘書省 교서랑校書郎에 임명했다.

소순은 역사서를 읽고, 병법 이야기를 즐겼다. 그가 지은 『권서權書』, 『기책幾策』, 『논형論衡』 등은 모두 전문적인 군사 연구서이다. 그 가운데 「육국론六國論」은 뛰어난 산문으로 이름이 높다. 이 글의 주요한 논지는 이렇다.

여섯 나라가 멸망한 것은, 전세가 불리하거나 전투 능력이 부족해서가 아닙니다. 자신들의 영토를 떼어 진나라에 바쳐 힘을 낭비한 것이야말로 멸망의 첩경입니다.

六國破滅, 非兵不利, 戰不善, 弊在賂秦. 賂秦而力虧, 破滅之道也.

작자의 분석은 이 논지를 둘러싸고 타당한 논리를 들며 하나하나 파헤쳐 나간다. 글의 끝부분에 가서는 자신의 창작 의도를 밝힌다.

무릇 여섯 나라는 진나라와 같은 제후국이었으나 그 세력은 진나라에 뒤졌습니다. 그러나 여전히 영토를 떼어 주지 않고 진나라를 무찌를 수 있는 세력도 갖고 있었습니다. 만일 이처럼 넓은 영토를 갖고도 여섯 나라가 멸망할 수밖에 없었던 전철을 다시 밟는다면, 이는 우리나라가 그 여섯 나라보다 못함을 보여주는 것입니다.

夫六國與秦皆諸侯, 其勢弱於秦, 而猶有可以不賂而勝之之勢. 苟以天下之大, 而從六國滅亡之故事, 是又在六國下矣.

소순이 이 글을 쓸 때, 송 왕조는 해마다 북방의 요遼와 서하西夏에게 돈과 비단을 바치고 있었다. 소순은 위와 같은 역사의 교훈을 들어 조정에 충고한 것이다.

샘솟는 문장

'삼소' 가운데 재주와 성취가 가장 뛰어났던 사람은 소식이다. 소식(1037~1101)의 자는 자첨子瞻이고, 호는 동파東坡이다. 그는 어려서부터 부모의 엄격한 교육을 받으며 자라, 청년이 된 뒤 아름다운 문장을 쓸 수 있었다.

그는 스무 살이 되던 해에 아버지를 따라 동생과 함께 사천四川을 떠나 서울로 가서 과거에 응시했다. 그리고 다음해에는 둘이 나란히 진사가 되었다. 당시 시험 총감독이던 구양수는 원래 소식을 1등으로 뽑으려 했다. 하지만 답안지의 어투를 보니, 자신의 문하생이던 증공의 글인 것 같아 2등으로 뽑았다고 한다.

소식의 문장은 확실히 뛰어났다. 그는 자신의 글밑천을 콸콸 용솟음치는 샘물에 비유했다. 어느 때 어느 곳에서나 끊임없이 솟구쳐 나오고, 그 기세도 대단하여 "하루에 천리를 가듯(一日千里)" 하며 변화가 풍부했다.

소식은 문학적으로 깊이 깨달은 바가 있어서 붓을 어떻게 놀려야 하는지, 어떻게 끝맺어야 할지를 알고 있었다. 그는 "떠가는 구름과 흐르는 물(行雲流水)"처럼 자유로운 문장을 최고의 경지로 여겼다. 소식의 글은 매력이 충만하고 임기응변에 능하여, 언제나 기상천외한 모습을 보여준다.

그 뒤 과거를 준비하는 선비들은 그의 글을 모범으로 삼아 열심히 갈고 닦았다. 그래서 이런 말이 나올 정도였다.

소식의 글을 익히면 양고기를 먹는다. 소식의 글을 모르면 풀죽밖에 못 먹는다.
蘇文熟, 吃羊肉. 蘇文生, 吃菜羹.

소식은 관계에 처음 진출했을 때 애국심으로 가득했다. 봉상부鳳翔府의 통판通判으로 있을 때는 많은 보고서를 통해 여러 폐단을 시정하

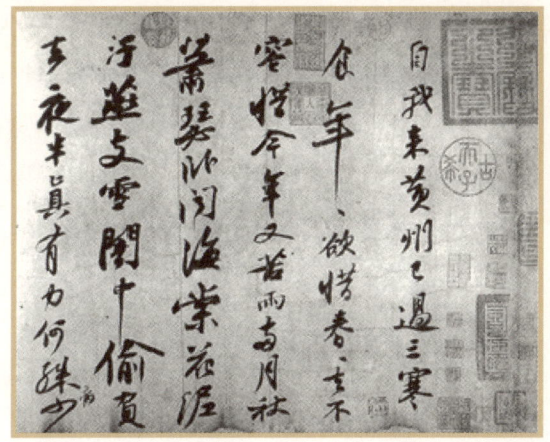

소식은 서예에도 뛰어나 송나라 4대가의 한 사람으로 불렸다. 이 글은 한식날을 읊은 자신의 시를 소식이 직접 쓴 것이다.

라고 요구하여 조정의 국면을 전환시키려고 노력했다. 「전투와 방어를 가르침(敎戰守策)」 등이 바로 이때 쓴 글들이다.

그는 「전투와 방어를 가르침」에서 붓을 들자마자 사회 안에 잠재되어 있는 위기를 의식하여 이렇게 꼬집는다.

> 편안함만을 알고 위기를 알지 못하며, 놀 줄만 알지 힘쓸 줄은 모른다.
>
> 知安而不知危, 能逸而不能勞.

그리고는 지난 역사를 들어 이를 설명했다. 곧 백성을 사랑하여 그들의 삶의 질을 높이고자 노력한 선왕들의 노력과 사치와 향락에 빠져 환난을 불러왔던 후세의 경험들을 하나하나 제시했다.

또 전국의 상황을 분석하여, 조만간 전쟁이 일어날 것을 지적했다. 따라서 백성에게 닥칠 환란을 막으려면 해마다 엄격한 군사훈련을 실시하고, 군사 제도를 확립해야 한다고 역설했다.

글의 말미에서는 백성이 모두 전투에 능한 전사가 된다면, 겁 없이 날뛰는 반란군도 '단 한 번에' 물리칠 수 있다고 부충했다.

소식의 식견은 매우 탁월하고 문장도 설득력이 뛰어났다. 그는 고금을 넘나들며 깊이 있게 해설하고, 비유와 실례를 적재적소에 활용했다. 따라서 논설문이지만 매우 형상적이고 생기발랄하다. 이처럼 다방면의 논증을 펼치면서도 논의의 중심을 잃지 않았다. 예를 들어 예상을 뛰어넘는 마지막 한 마디에 힘을 실음으로써 독자에게 깊은 인상을 심어 주었다.

초연하게 풍파를 넘기고

소식이 서른한 살에 아버지 소순이 병으로 돌아가셨다. 그는 소철과 함께 아버지의 영구를 메고 고향으로 돌아갔다.

그가 희녕熙寧 2년(1069)에 다시 조정으로 돌아왔을 때에는 왕안석이 신법을 추진하고 있었다. 소식도 당시 정치 상황에 불만을 가지고 있었지만, 왕안석의 개혁 사상과는 차이가 있었다. 그는 개혁 조치를 좀 더 천천히 온건한 방법으로 시행하길 바랐다. 그래서 인력의 배치와 입법 과정에 좀 더 심혈을 기울일 것을 주장하는 한편, 이익과 성과에 급급해 하는 것에 반대했다. 생각나면 무엇이든 표현해야 직성이 풀리는 소식인지라 말과 글을 통해 끊임없이 이러한 자신의 의견을 피력했다. 그러나 그의 의견은 받아들여지지 않았고, 결국 항주杭州의 통판으로 좌천되었다.

항주는 경치가 뛰어난 곳이었다. 소식은 공적인 일을 마치면 곧바로 경승지를 유람하며 「비오고 갠 뒤 호숫가에서 술을 마시며(飮湖上初晴後雨)」 같은 적지 않은 시를 지었다.

물살 하느작거려 갠 날의 전망 아주 멋지고　　水光瀲灩晴方好

비오는 모습과 어우러진 산의 경치 또한 기차다　山色空濛雨亦奇

만일 이 서호를 미녀 서시에 비교한다면　　　若把西湖比西子

엷은 화장 짙은 화장 어우러져 아름답다 하리라　淡粧濃抹總相宜

시인은 서호를 월나라의 미녀 서시에 비유했다. 서시라면 전국시대 오나라의 임금 부차夫差가 총애하던 월나라의 미녀를 말한다. 앞서 '동시효빈東施效顰'이란 고사성어를 언급하면서 이야기한 적이 있다.

맑게 갠 날, 햇빛을 받아 반짝이는 서호는 짙게 화장한 서시와 같다 하고, 비 오는 날 빗물에 젖은 서호의 경치는 엷게 화장한 서시와 같다고 했다. 그래도 서호의 자연적인 아름다움을 다 표현할 수 없었다. 이 시를 지은 이후 서호는 '서시의 호수(西子湖)'라는 감동적인 이름을 얻었다.

소식은 항주에서 3년 동안 통판으로 있은 뒤, 자청하여 밀주密州로 갔다. 그곳은 제남濟南과 가까웠는데, 당시 소철이 거기에서 근무하고 있었다.

소식은 19년 동안 관리로 지냈다. 하지만 집안 살림은 나날이 어려워졌다. 그래도 소식은 이 모든 것에 초연했다. 그는 마당에 조그마한 단을 쌓고 '초연대超然臺'라고 이름을 지었다. 그리고는 「초연대기」를 지어 자신의 속내를 밝혔다.

인간의 욕망은 끝이 없으나 그 욕망을 채울 만한 물질은 한정되어 있다. 그러니 "물질적인 것을 뛰어넘어 유유자적한다면(遊於物之外)"

"어디를 가나 즐겁지 않은 곳이 없으리라(無所往而不樂)"고 했다.

그는 기분이 좋으면 사냥을 나가기도 했다. 「강성자·밀주에서 사냥을 나가다(江城子·密州出獵)」라는 사 작품에서 그때의 상황을 적고 있다.

늙었어도 젊은 시절의 패기를 부려	老夫聊發少年狂
왼손엔 사냥개 끌고 오른손엔 매를 받쳐 들었다	
	左牽黃, 右擎蒼
함께 온 장수들 많아 온 숲을 말아 엎을 듯	錦帽貂裘 千騎卷平岡
지역 백성 뜻 받들어 나를 따라 나섰구나	爲報傾城隨太守
직접 호랑이 사냥에 나서 그 옛날 손권을 생각하노라	
	親射虎, 看孫郎

마음껏 마시고 기뻐하니 기세 더욱 등등하여	酒酣胸膽尚開張
귀밑머리 희끗하나 거칠 것이 무어랴	鬢微霜, 又何妨
풍당을 보내 사면의 공문을 전할 날 언제일런가	
	持節雲中, 何日遣馮唐
활을 보름달 모양처럼 있는 힘껏 당겨서	會挽雕弓如滿月
서북쪽 바라보며 오랑캐 향해 쏘고야 말리라	西北望, 射天狼

내용이 호탕하고 과장되며 기세가 대단하다. 전체적으로는 마을의 모든 사람들이 모여 태수가 호랑이를 잡는 광경을 지켜보는 모습이 기세 좋게 펼쳐져 있다.

상편 마지막 구절에는 손권 이야기가 나온다. 『삼국지』「오지吳志·손권전孫權傳」에 보면 손권이 직접 말을 타고 호랑이를 사냥했다는 기록이 나온다. 말이 호랑이에게 상처를 입을 정도로 위험했으나, 손권이 창을 던져 호랑이를 위축시켰다. 결국 부하 장수의 도움에 힘입어 사냥에 성공했다는 내용이다. 소식은 이 이야기를 빌어 몸소 사냥에 나선 자신의 모습을 부각시켰다.

하편에 보이는 풍당은 『사기』 「풍당열전」에 근거했다. 한나라 문제 때 위상魏尙이라는 사람이 운중군雲中郡의 태수로 있었다. 그는 수하 장교와 사병들을 잘 이끌어 흉노와의 전투에서 큰 공을 세웠다. 그런데 공문서에 기재된 살육한 흉노의 수가 실제와 다르다는 이유로 관직을 박탈당했다.

나중에 풍당馮唐이라는 인물이 위상을 변호하여, 마침내 관직을 되찾을 수 있었다. 풍당은 복권되었다는 내용을 담은 "대나무 조각을 들고(持節)"가 위상에게 그 소식을 알렸다. 당시 소동파는 비록 태수의 자리에 있었지만, 정치적으로 불합리한 대우를 받고 있었다. 이에 위상의 이야기를 빌어 자신의 바람을 나타냈다.

호랑이 사냥이라는 상황 때문에, 작자의 의욕이 넘쳐 젊은이가 된 것 같은 느낌이다. 그러나 소식의 웅장한 기개는 결코 사냥과 호랑이 몰이에 그치지 않았다.

활을 보름달 모양처럼 있는 힘껏 당겨서,　　會挽雕弓如滿月,
서북쪽 바라보며 오랑캐 향해 쏘고야 말리라.　西北望, 射天狼.

그는 나라에서 다시 자신을 불러 주면, 서북 지방의 국경으로 달려가 침략자인 요나라, 서하와 자웅을 겨루고 싶었던 것이다.

하편 마지막 구절에 나오는 '천낭天狼'은 별이름으로서, '개의 별(犬星)'이라고도 한다. 예로부터 침략을 주관하는 별이라고 한다. 여기서는 북송을 침범하는 요나라와 서하를 가리킨다.

호방한 풍격

　당나라 말기에서 송나라 초기의 사풍은 화려하면서도 연약했다. 그러나 소식에 이르러서는 웅장하고 호방한 풍격으로 변했다. 이때부터 사단에는 호방파의 조류가 형성되었다.

　그의 또 다른 대표적인 호방사인 「수조가두水調歌頭」도 밀주에서 지은 작품이다.

보름달은 언제부터 있었는가	明月幾時有
술잔을 잡고 푸른 하늘에 묻노라	把酒問青天
알 수 없구나, 하늘 위 궁궐에는	不知天上宮闕
오늘 저녁이 무슨 해인지	今夕是何年
바람 타고 돌아가고 싶건만	我欲乘風歸去
두려워라 경루와 옥우	又恐瓊樓玉宇
높은 곳은 추위를 못 견딜까	高處不勝寒
일어나 춤추어 맑은 그림자 희롱하니	起舞弄清影
어찌 인간 세상에 있는 것만 하겠는가	何似在人間
붉은 누각을 돌아	轉朱閣
비단 창문에 드리워	低綺戶

잠 못 이루는 사람을 비추고 있구나	照無眠
한을 품어서는 안 되련만	不應有恨
어째서 오직 이별할 때만 둥글단 말인가	何事長向別時圓
사람에겐 슬픔과 기쁨 이별과 만남이 있고	人有悲歡離合
달에겐 흐림과 개임 둥글 때와 이지러질 때가 있는 법	
	月有陰晴圓缺
예로부터 어느 하나만 지킬 수는 없었노라	此事古難全
다만 바라건대 사람은 영원토록	但願人長久
온 땅에 아름다운 달과 함께 하기를	千里共嬋娟

이 사의 서문에는 이렇게 적었다.

　병진년 한가위에 즐겁게 술잔을 기울여 새벽까지 마셨다. 많이 취하
여 이 사를 짓고 자유를 그리워하노라
　丙辰中秋, 歡飮達旦. 大醉, 作此篇, 兼懷子由.

　'자유'는 동생 소철의 자였다. 당시 소식은 7년이나 동생과 떨어져
살았다.
　사의 앞부분에서 작자는 술잔을 잡고 달에게 묻는다. 그리고는 하
늘의 궁궐을 상상하며 나래를 펼친다. 결론은 하늘이 아무리 좋다 하
나, 인간 세상만 못하다는 것이다.
　뒷부분에서는 차고 기우는 달을 노래하면서, 자연스럽게 오랜 세
월 헤어져 있는 형제를 떠올렸다. 그러나 이런 괴로움도 그의 넓은
마음에 곧 수그러들고 만다. 즐거움과 슬픔, 만남과 헤어짐은 달이
밝거나 흐리고, 차거나 기우는 것처럼 늘 있는 일이다. 그러니 건강

하게 오래 살면, 어디에 있건 머리를 들어 같은 달을 볼 수 있다는 것으로 위안을 삼았다.

사에 담긴 뜻이 여러 번 변하고 감정이 오르락내리락 하면서 기세 좋게 작품을 이끌고 있다. 작품 가득 흐르는 찬란한 광채는 둥근 보름달처럼 이후 중국의 사단을 비추었다.

밀주에서 2년 동안 태수 생활을 한 뒤, 형제는 다시 각각 서주徐州와 호주湖州의 태수가 되어 서로 멀어졌다. 그런데 호주로 간 지 석 달이 지난 어느 날, 갑자기 조정에서 파견한 관리가 관아로 들이닥치더니 이렇다 할 설명도 없이 소식을 서울로 끌고 갔다.

어사중승御史中丞 이정李定이란 사람이 소식의 시를 읽다가, 황제와 조정을 '비방'하고 '풍자'한 내용을 보고는 처벌을 내린 것이다. 여기에 새로 들어온 몇몇 관료들도 이정의 비위를 맞추어 떠들어대자, 소식의 죄목은 더욱 커졌다. 이것이 바로 북송 시대의 유명한 필화筆禍 사건인 '오대시 사건(烏臺詩案)'이다.

그러나 근거 없이 날조된 죄명은 결국 성립하지 않았다. 덕분에 소식의 이름은 더욱 알려졌다. 그러자 황태후도 그를 변호하고 나섰다. 몇 달 동안의 소동을 거쳐 소식은 결국 감옥에서 풀려났다. 하지만 황주黃州(오늘날의 호북성 황강현黃岡縣)의 단련부사團練副使로 좌천되었다. 이때부터 황주에서 지낸 5년의 유배 생활이 시작된다.

적벽을 마주하고

소식은 황주에 가자마자 절에 머물면서, 스님들과 한솥밥을 먹으며 친분을 나누었다. 그러자 한 친구가 허가를 받아, 그를 위해 작은 땅을 밭으로 일구고 집까지 지어주었다. 사람들이 그곳을 '동쪽 언덕(東坡)'이라고 불러서, 소식도 새로 지은 집에 '동파설당東坡雪堂'이라고 이름을 지었다. 그가 자신의 호를 '동파거사'라고 부른 것은 이때부터이다.

황주는 양자강을 끼고 있으며, 부근에는 유명한 명승지인 적벽赤壁이 있다. 당시 사람들은 '적벽'을 삼국시대의 적벽대전이 있었던 전쟁터라고 생각했으나, 사실은 이름만 같을 뿐이었다. 소식이 지은 「염노교 · 적벽에서 옛일을 떠올리다(念奴嬌 · 赤壁懷古)」와 두 편의 「적벽부赤壁賦」는 모두 그곳을 소재로 했다.

먼저 「염노교 · 적벽에서 옛일을 떠올리다」를 살펴보자.

거대한 강 동으로 흘러	大江東去
물결로 모조리 쓸어버릴 듯	浪淘盡
역사를 주름잡은 영웅들	千古風流人物
옛 보루의 서쪽	故壘西邊
사람들은 얘기하지	人道是
삼국시대 주유의 적벽이라고	三國周郎赤壁
사방으로 뻗은 바위 구름을 찢고	亂石穿空
성난 파도 강둑을 할퀴며	驚濤拍岸
거대한 눈덩이를 말아 올린다	卷起千堆雪

| 강산은 그림 같건만 | 江山如畫 |
| 피고 진 호걸들 얼마나 많았던가 | 一時多少豪傑 |

되짚으면 당시 주유는	遙想公瑾當年
소교와 막 결혼한 상태에서	小喬初嫁了
영웅의 모습과 지략을 뽐냈지	雄姿英發
선비 차림의 제갈량과	羽扇綸巾
담소하는 사이에	談笑間
돛대와 노는 재로 날고 연기로 없어졌도다	檣櫓灰飛煙滅
고향으로 마음을 내달리면	故國神遊
다정한 사람은 마땅히 웃으리라	多情應笑我
벌써 백발이 났느냐고	早生華髮
인간 세상 꿈과 같으니	人生如夢
한 잔 술을 또 강의 달에 붓노라	一尊還酹江月

중국에서 사를 지은 이래 이처럼 웅장하고 호방한 작품은 없었다고 말할 만큼 훌륭하다. "거대한 강 동으로 흘러"라는 첫 구절부터 독자를 극도로 광활한 경지로 이끈다.

"사방으로 뻗은 바위 구름을 찢고, 성난 파도 강둑을 할퀴며, 거대한 눈덩이를 말아 올린다." 이처럼 몇 마디 말로 강에 이는 파도를 놀랄 만한 기백으로 생생하게 표현했다.

상편에서는 적벽의 빼어난 경치만 읊었지만, 끝부분에서는 잠시 패권을 장악하려는 호걸들의 모습을 다루었다. 하편에서는 전적으로 고대의 영웅들만 다루었다. 적벽대전을 지휘했던 젊은 장군 주유周瑜를 멋지고 씩씩하게 그렸다. 그가 세운 전공은 많은 사람들에게 부

금나라 때 무원직武元直이 그린 「적벽도」. 소식 일행이 배를 타고 적벽을 둘러보는 장면이
담겨 있다.

러움을 샀다.

그런데 현실로 생각을 돌이킨 작자의 심정은 왠지 모르게 착잡할
뿐이었다. 이미 쉰 살을 바라보는 나이에 황주로 밀려나 있던 소식으
로서는 언제 다시 공적을 세울 기회가 있을지 알 수 없었다. 그는 어
쩔 수 없이 '꿈같은 인생'이라고 스스로를 위로하면서 술로 시름을
달랠 수밖에 없었다. 그렇지만 끝부분의 애조가 작품 전체를 일관하
는 호방하고 장엄한 정서를 덮지는 못한다. 이렇듯 「염노교」는 세월
의 흐름 속에서도 모두가 인정하는 호방사의 대표작이다.

적벽에 배를 띄우고

적벽과 관련된 또 다른 작품으로는 「적벽부」가 있다. 어느 해 음력
7월, 소식은 나그네와 함께 적벽 아래 양자강에 배를 띄웠다. 그날
밤 강물은 놀라 파도를 일으켜 강기슭을 때리다가, "맑은 바람이 서

서히 불어와 물결이 잔잔해져(淸風徐來, 水波不興)" 평정한가 온유함을 되찾았다.

소식은 나그네와 함께 술잔을 기울이고, 시를 지으며 유유자적했다. 달이 동산에서 떠오르자 달빛에 젖은 "흰 이슬이 강물 위에 비껴 있고, 물빛은 하늘에 닿아(白露橫江, 水光接天)" 한 빛으로 이어졌다. 모두들 물빛과 달빛에 잠긴 채 작은 배에 의지하여 자유롭게 흘러가니, 그 거침없음이 인간 세상을 벗어나 신선의 세계로 들어가는 듯했다.

그때 한 나그네가 퉁소를 불었는데, 그 소리가 하도 애달파서 모두들 깊은 시름에 잠겼다. 그러자 한 나그네가 인생의 덧없음을 말하며 탄식했다. 그러나 소식의 생각은 달랐다.

"그대도 강물과 달을 잘 알지 않습니까? 저 강물은 밤낮없이 흘러가지만 마른 적이 없고, 달은 차기도 하고 기울기도 하지만 자체의 모습에는 조금의 변화도 없지요. 이렇듯 모든 일을 변화의 개념으로 보면, 천지 만물은 눈 깜짝할 사이도 가만있지 않는 것이요. 불변의 개념으로 세상을 대하면, 만물은 우리와 더불어 무궁무진한 것입니다. 그러니 어째서 헛되이 장강을 부러워하겠습니까? 강 위로 부는 맑은 바람과 산 위에 뜬 밝은 달이야말로 대자연의 보물이자 축복이니, 마음껏 누리면 되지 않을까요?"

소식의 말을 듣고 나그네도 웃음을 지었다. 그리곤 강물에 잔을 씻어 다시 술잔을 나누었다. 술과 안주가 다하고 잔과 접시가 어지럽게 흩어진 가운데, 서로의 몸을 베개 삼아 배 안에서 잠이 드니 동이 트는 줄도 몰랐다고 한다. 이것이 바로 「전적벽부」의 내용이다.

글 전체에 풍경과 감정이 잘 어우러져 있고, 철학적 의미가 가득하다. 소식은 역경 속에서도 낙관적 자세를 잃지 않고 이처럼 드넓은 사상을 가슴에 품었던 것이다.

같은 해 10월 소식은 친구와 함께 다시 적벽에 다녀와 「후적벽부」를 지었다. 이 글은 풍경 묘사를 위주로 했다. 때는 초겨울이었다.

서리와 이슬이 내려, 나뭇잎이 모두 떨어져 있었다. …… 강물은 소리 내어 흐르고, 깎아지른 강 언덕은 천 척의 높이였다. 나뭇잎을 벗은 산은 더욱 높아 보이고 달은 작아 보이며, 강물이 줄어 바윗돌이 드러나 있었다.

霜露既降, 木葉盡脫. …… 江流有聲, 斷岸千尺, 山高月小, 水落石出.

몇 달 전과는 전혀 다른 모습이었다. 이밖에도 높고 위태로운 바위와 괴석, 고목 등을 언급하여, 읽는 이가 직접 현장에 있는 것 같은 느낌을 준다. 또 특별히 꿈속에서 도사로 변한 학의 모습을 그려서 글의 신비함을 한층 더했다.

전·후 「적벽부」는 비록 부체賦體로 썼지만 한, 위, 육조의 사륙병려체의 장편 부와는 크게 다르다. 오히려 산문에 가까워 글자 수가 일정하지 않고, 압운에 매이지 않아 참신하면서도 유창하다. 그래서 예술적으로 매우 높은 경지에 올랐다.

소식의 봉급은 형편없었던지라 황주에서의 생활은 매우 옹색했다. 그래도 소식은 계획을 세워 살림을 꾸렸다. 월초가 되면 봉급을 30일분으로 나누어 대들보 위에 올려놓고, 날마다 아침에 한 묶음씩 꺼내어 썼다. 어쩌다가 돈이 남으면 대나무 통에 모았다가 손님을 접대할 때 쓰곤 했다.

마흔아홉 살이 되던 해 소식은 여주汝州의 단련부사로 발령받았다. 그래서 4월에 장강을 건너 임지로 부임했다. 소식은 황주를 떠날 때

3 삼부자의 힘 ●

멀어지는 북소리를 들으며, 4년 동안 몸담았던 '둥파'를 돌아보고 저도 모르게 눈물을 흘렸다. 때마침 그의 아들 소매蘇邁가 관리가 되어 덕흥德興으로 가야 했기에, 그를 전송하여 호구湖口까지 왔다가 근처의 석종산을 유람하고 「석종산기石鐘山記」를 지었다.

석종산이란 이름은 그곳에 있는 절의 스님이 어느 날 동자에게 도끼를 주며 산의 바위들 가운데 한두 개를 두드리게 했더니, '땅—따앙' 소리가 나서 그렇게 붙였다고 한다. 소식도 처음에는 스님의 말을 듣고 믿기지 않아 웃음을 지었다.

그날 밤 소식은 아들과 함께 절벽 아래에 배를 띄웠다. 사방이 모두 깎아지른 듯한 절벽과 울창한 나무들로 가득했다. 사람들 모두 짙은 어둠 속에서 가슴 졸이고 있는데, 갑자기 강물 위로 청아한 소리가 들렸다. 알고 보니 산 밑자락의 암벽에 크고 작은 동굴을 강물이 치고 지나갈 때마다 그런 소리를 냈던 것이다.

소식도 직접 배를 타고 둘러보며 그 광경을 직접 목격하고는 신기했다. 그러면서 아들에게 웃으며, 주周 경왕景王의 무역종無射鐘과 진晉 대부 위강魏絳의 노래하는 종(歌鐘)을 닮았다고 말했다.

무역종이란 주나라 경왕 23년에 만든 종인데, '무역'이란 중국의 고대 음계를 나타내는 12율의 하나이다. 노래하는 종이란 노래 반주에 사용되던 종을 말한다. 크고 작은 종들을 걸대에 죽 걸고 소리에 맞게 두드리던 종인데, 그것이 바로 노래하는 종이다.

이 일을 계기로 소식은 몸소 체험하지 않고 제멋대로 단정하거나 상상해서는 안 됨을 깨달았다.

중심을 지킨 사나이

소식은 쉰 살이 되던 해에 새로운 전환기를 맞는다. 신종神宗이 죽고, 철종哲宗이 뒤를 이어 연호를 원우元祐(1086)로 고치면서 다시금 보수파 인사들을 기용했다. 사마광이 정권을 장악하자, 소식을 수도로 불러 중서사인中書舍人과 한림학사翰林學士에 임명했다. 억눌려 지내던 세월이 가고 기를 펴고 활동할 시기를 맞이했다.

그러나 소식은 결코 원칙을 무시하면서까지 권력을 탐하는 사람이 아니었다. 그래서 일마다 시비곡직을 분명히 하고, 일체의 신법을 불신하는 사마광의 정책에도 동의하지 않았다. 그러자 보수파 안에서도 그에 대한 불만이 쌓였다. 이에 소식은 더 이상 정치투쟁의 소용돌이 속에 휘말리고 싶지 않아 여러 번에 걸쳐 지방 발령을 요청했다. 마침내 쉰네 살에 항주 태수로 발령을 받았다. 항주와 두 번째 인연을 맺은 것이다.

그가 부임한 다음해, 항주 지방에는 가뭄이 들고 전염병까지 겹쳤다. 소식은 이를 수습하느라 무진 애를 써야 했다. 그는 쌀값 폭등을 억제하고, 병자들을 치료하도록 했다. 한편으로는 백성들을 모아 서호를 준설하는 작업을 시행했다. 이리하여 이재민의 살길을 마련함과 동시에 수리 사업을 정비하는 이중성과를 얻을 수 있었다.

호수 밑바닥에서 퍼 올린 진흙은 호수를 가로지르는 긴 제방을 쌓는 데 쓰고, 그 위에는 각종 꽃과 버드나무를 심었다. 사람들은 이 제방을 일컬어 '소공의 제방(蘇堤)'이라 했다. 지금도 '소공의 제방'은 당나라 백거이가 만든 '백공의 제방(白堤)'과 어깨를 나란히 하고 있다.

'백공의 제방'으로 이어지는 단교斷橋의 모습.

그 뒤로도 소식은 영주潁州, 양주揚州, 정주定州의 태수를 거치면서 적지 않은 업적을 쌓았다. 그러나 보수파의 득세도 오래가지 않았다. 소성紹聖 원년(1094) 조정이 발칵 뒤집혀 다시 개혁파가 집권했다. 따라서 원우 시기에 등용되었던 보수파 인물들은 대부분 관직에서 물러날 수밖에 없었다. 소식도 예외는 아니어서 곧 혜주惠州로 폄적되었다. 혜주는 오늘날의 광동성에 속한 소도시인데, 당시에는 오지 가운데 오지였다.

혜주에 머물던 2년 동안 소식의 생활은 비참했다. 끼니를 거르는 일이 다반사였고, 자신이 먹을 푸성귀는 직접 길러야 했다. 그러나 소식은 이제 그런 고통에 익숙했다. 그는 아무 일 없다는 듯이 태연하게 잠도 달게 잘 수 있었다. 이 시기의 삶을 어느 시에서 이렇게 말했다.

선생의 달콤한 잠에 보답하고자   爲報先生春睡美
도인은 한밤의 종소리를 약하게 치는구나   道人輕打五更鐘

이 시구를 서울에 있던 개혁파 인사가 보고 깜짝 놀랐다.

"뭐? 소식이 이렇게 즐겁게 산단 말이야!"

그리고는 명령을 내려, 그를 담주儋州로 보냈다. 담주는 혜주보다 더한 오지이다. 해남도海南島에 있어서 예로부터 땅 끝 마을이라 불리던 곳이었다. 지금은 고급 휴양지로 각광을 받지만, 당시에는 가장 후미진 곳이었다.

소식이 담주에 왔을 때, 그는 말 그대로 빈털터리였다. 그래서 끼니를 위해 술잔도 팔아야 할 형편이었다. 하지만 그 와중에도 손에서 책을 놓지 않았다. 이 시기에는 특별히 유종원과 도연명의 시를 즐겨 낭송했다.

그는 언제나 조롱박에 술을 담아 들판을 거닐면서 마시고 노래하기를 반복했다고 한다. 많은 벗을 사귀고, 집집마다 돌아다니며 시골 노인들과 한담을 나누고, 언제나 병든 이웃을 보살폈다.

그렇게 2년이 흐른 뒤 철종이 병으로 죽고 휘종徽宗이 즉위(1101)했다. 이에 소식은 사면을 받아 고향이 있는 북쪽으로 돌아갈 수 있었다. 소식 자신도 살아서 돌아갈 수 있으리라곤 꿈에도 생각하지 못했다. 7년의 유배 생활 동안 9명의 가족이 죽었으니, 그의 생활이 얼마나 고통스러웠는지 짐작할 수 있다.

백성들은 이 위대한 시인을 잊지 않고 있었다. 그가 윤주潤州를 거쳐 상주常州로 향할 때, 운하 양쪽에는 수많은 군중이 모였다. 그들은 배를 따라 움직이며 모진 고통을 이긴 위대한 시인을 보고자 앞을 다투었다. 그러나 그는 이미 병으로 쇠약해진 몸을 이끌고 오랜 여행을 한 뒤라, 피로를 이기지 못하고 1101년 7월 예순여섯의 나이로 상주에서 세상을 뜨고 말았다.

문학적으로나 인격적으로나 그의 위대함을 부인할 사람은 아무도 없을 것이다. 그는 확고한 주관을 갖고 있었으며, 나라와 백성에게 보탬이 되도록 언제나 최선을 다했다. 아울러 어느 당파의 일원이기를 원치 않았다. 그래서 어느 당파가 집권하든지 그는 늘 배척당하고 소외되었다.

「서림의 벽에 적다(題西林壁)」라는 매우 철학적인 소식의 시 한 수를 읊어 보자.

옆에서 보면 산맥을 이루건만 곁에서 보면 우뚝한 봉우리

橫看成嶺側成峰

여산의 산들은 원근과 고저가 제 각각이라   遠近高低各不同

여산의 참모습 알지 못함은   不識盧山眞面目

이 내 몸이 여산 속에 있기 때문이라   只緣身在此山中

거리낄 것 없는 마음

이제 마지막으로 '삼소'의 한 사람인 소철을 살펴보자. 소철蘇轍 (1039~1112)의 자는 자유子由이다. 그는 아버지와 형의 영향을 많이 받았는데, 한편으로는 형 때문에 피해를 입기도 했다. 소식이 '오대시 필화 사건'에 연루되어 투옥되자, 소철은 자신의 관직을 내놓으면서까지 형의 속죄를 탄원했다. 그 때문에 소철 자신도 폄직을 당하기까지 했다.

그의 글은 기력이 넘쳤다. 대표작으로는 산문인 「황주 쾌재정(黃州

快哉亭記」이 있다. 쾌재정은 황주 적벽赤壁 부근에 있는 정자이다.

（그곳에 앉으면）남북으로 100여 리와 동서 30리를 볼 수 있었다. 양자강의 용솟음치는 파도와 모이고 흩어지는 비바람도 보였다. 낮에는 돛단배들이 정자 앞에 출몰하고 저녁에는 어룡이 정자 아래에서 울부짖었다. 시시각각으로 변하는 경치는 보는 이의 넋을 잃게 할 정도여서 감히 오래도록 보지 못했다. …… 서쪽으로는 무창 일대의 산이 보이는데, 산봉우리가 들쭉날쭉 솟아 있고, 초목이 줄지어 서 있었다. 안개가 걷히고 태양이 떠오를 때면 어부와 나무꾼의 집이 훤히 드러나 하나하나 셀 수 있을 정도였다.

南北百里, 東西一舍, 濤瀾洶涌, 風雲開闔. 晝則舟楫出沒於其前, 夜則魚龍悲嘯於其下. 變化倏忽, 動心駭目, 不可久視. …… 西望武昌諸山, 岡陵起伏, 草木行列, 煙消日出, 漁夫樵父之舍, 皆可指數.

이처럼 단지 보는 것만으로도 쾌활하다. 작자는 그곳이 옛날에 유명했던 전쟁터임을 알고 있었다. 이것 또한 읽는 이들의 마음을 통쾌하게 한다.

이어서 작자는 송옥宋玉의 작품 「바람(風賦)」의 글을 인용한다. 송옥은 「바람」에서 바람을 '대왕의 수파람'과 '서민의 암파람'으로 나누었다. 그러나 소철은 생각이 달랐다.

바람 자체에 수파람과 암파람의 구별이 있는 것이 아니라, 사람에게 득의할 때와 부득의할 때에 변화가 있다.

風無雌雄之異, 而人有遇不遇之變.

곧 마음에 거리낄 것이 없으면 어느 곳에서든 쾌활하지 않겠으며, 마음에 꺼림칙한 것이 있으면 어느 곳에서든 편할 수 있겠는가라는 논리이다.

이렇듯 「황주 쾌재정」은 유창한 필치로 경치에 자신의 감정을 담아냄으로써, 명작의 반열에 오를 수 있었다.

소식의 문하생들 4

황정견黃庭堅
진사도陳師道
진관秦觀
장뢰張耒
하주賀鑄
주방언周邦彦

"참새들이 해를 불러, 동트는 새벽 처마 밑에서
우짖는구나." – 주방언

소식의 제자들

소식이 북송 후기의 문단에 끼친 영향은 정말 대단했다. 이 시기에 성취를 이룬 문인은 동료와 후배를 막론하고, 모두 소식과 밀접한 관계를 맺고 있다.

그 가운데 황정견과 장뢰, 조보지, 진관은 모두 소식의 제자이다. 그들은 '소식 문하의 네 학자(蘇門四學士)'라고 불린다. '소식 문하의 여섯 군자(蘇門六君子)'라고 하면, 앞의 네 사람에다 진사도와 이천을 넣는다. 하주라는 사람도 소식과 왕래하면서 지도를 받았다. 오직 주방언만이 예외일 뿐이다.

'네 학자'이건 '여섯 군자'이건, 그들은 소식의 예술 풍격을 곧이 곧대로 받아들이진 않았다. 각자 나름대로 장점과 특색을 지니고 있다. 이는 본래 소식이 도식화된 문학적 가르침을 강요하지 않고, 자연의 변화를 존중했기 때문이다. 또한 소식의 타고난 재능은 시와 사를 조금도 힘들이지 않고 지을 수 있었다. 그래서 남들이 배우려 해도 배울 수 없는 것이기도 했다. 그래도 소식의 제자들은 뼈를 깎는 노력으로 이 점을 보완하여, 각자 성취를 얻었다.

산골짝 늙은이

소식의 제자들 가운데 먼저 황정견黃庭堅을 살펴보자. 황정견

(1045~1105)의 자는 노직魯直이고, 스스로 자신을 '산골짝 늙은이(山谷老人)'라고 불렀다. 그는 강서 분녕分寧(오늘날의 강서성 수수현修水縣) 사람이라서, 그가 이끈 시파를 '강서시파'라고 부른다.

그의 아버지와 외삼촌, 장인어른은 모두 시인이었다. 그들은 모두 두보의 시를 좋아했다. 이처럼 문학의 향기가 물씬 풍기는 집안에서 자란 황정견은, 자연스럽게 어려서부터 문학적 소양을 쌓을 수 있었다. 전하는 바에 따르면 그는 너무 총명하여, 다섯 살 때 이미 오경을 암송했다고 한다.

황정견은 배움의 폭이 넓고, 깊이가 있었다. 더구나 남들이 보기 힘든 많은 책들을 찾아 읽곤 했다. 그래서 시를 지을 때에도 남다른 견해를 가지고 있어, 이렇게 자신의 견해를 밝혔다.

"두보가 시를 짓고, 한유가 문장을 지을 때면, 어느 한 글자도 근원이 없는 것이 없었습니다. 후학들은 책 읽기를 게을리 하여, 그러한 글을 한유와 두보가 만든 것으로 압니다. 하지만 이는 어림없는 생각이지요."

또 정말로 글을 잘 쓰려면, 세상 만물을 자신의 작품 속에 녹일 수 있어야 한다고 주장했다. 선배들이 썼던 진부한 말을 자신의 작품에 끌어와 새롭게 바꾸는 능력도 필요하다고 지적했다. 그러면서 "쇳조각을 녹여 금을 만든다(點鐵成金)"는 말과 "탯줄을 떼고 뼈를 바꾼다(脫胎換骨)"는 말을 했는데, 이 말은 이후 강서시파의 중요한 창작 기준이 되었다. 우리가 흔히 쓰는 '환골탈태'라는 말이 여기서 나왔다. 이는 모든 사물이 새로운 모습으로 거듭난다는 뜻으로 쓴다. 문학적으로는 '남이 지은 글의 뜻을 본떠서 지었으나, 더욱 아름답고 새로운 글이 됨'을 일컫는다.

황정견 스스로도 작품 창작에 각고의 노력을 기울여, 전고 하나와

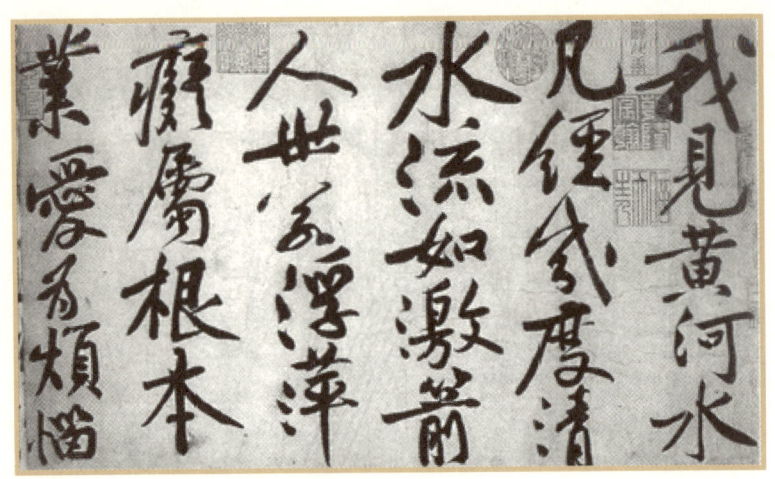

송나라 4대 서예가로 꼽히는 황정견의 힘찬 글씨.

글자 하나도 쉽게 넘기지 않았다. 그리고 유명한 선배들을 진지하게 연구하고 분석하여, 그들의 장점을 종합했다. 아울러 시의 기교에도 힘써 자신만의 풍격을 만들었다. 이리하여 그는 송나라 때의 시단에서 가장 중요한 유파인 강서시파를 열었다. 이 유파는 이후 청나라 때까지 영향을 미쳤다. 그래서 황정견의 이름은 소식과 어깨를 나란히 하여, '소·황'이라고 불렸다.

칠언 율시인 「황기복에게 부치다(寄黃幾復)」는 이러한 황정견의 시가 가진 특색을 잘 보여준다.

> 나는 북해에 그대는 남해 끝에 서로 떨어져 있는데
>> 我居北海君南海
> 기러기에게 부쳐 그대에게 편지를 보내려 하나 그것도 안 될 일
>> 寄雁傳書謝不能
> 옛날 봄바람 불 때 복사꽃 살구꽃 밑에서 술을 나누었는데

桃李春風一杯酒

이제 고향에 비 내리는 밤에 옛날 그 등불 그대로 켜져 있을까

江湖夜雨十年燈

집에는 네 벽 안에 아무것도 없는 텅 빈 상태라

持家但有四立壁

어려움을 겪지 않고서도 사람은 처세의 명의가 될 수 있음직하건만

治病不蘄三折肱

그런데 그대는 책을 읽으며 이미 머리 센 모습으로

想得讀書頭已白

강 건너 독기 어린 등나무에 매달려 우는 원숭이 소릴 듣고 있겠지

隔溪猿哭瘴溪藤

황기복은 황정견의 친구이다. 그는 당시 광동성 사회현四會縣의 현령으로 있었다. 시인은 남북으로 10년 동안 헤어져 있는 친구를 그리워하며 이 시를 지어서 부쳤다.

이 시에서는 거의 각 구절마다 전고를 썼다. 첫째 구는 『좌전』에 나오는 이 구절에서 따왔다.

군주께서는 북해에 계시고, 과인은 남해에 있습니다.
君處北海, 寡人處南海.

이는 제나라의 군주가 연합군을 이끌고 주 왕실에 공물을 바치지 않은 초나라를 징벌하러 오자, 초나라의 군주가 사신을 보내 변명한 말이다.

이어 "풍마우불상급風馬牛不相及"이란 말이 이어진다. 발정기의 말

과 소가 암수 서로 암내를 풍겨 짝을 맺고자 한다. 하지만 둘은 도저히 만날 수 없을 만큼 멀리 떨어져 있음을 일컫는 말이다. 이후에는 의미가 확대되어, 전혀 관계가 없음을 가리키게 되었다.

둘째 구에 보이는 기러기가 소식을 전한다는 전고는 『한서』 「소무전蘇武傳」에 나오는 이야기로서, 사람들에게 익숙한 내용이다. 흉노에게 사로잡혀 북에 갇혀 있던 소무가, 고국에 소식을 전하려고 기러기 발목에 편지를 매어 보낸 데서 비롯되었다.

셋째 구는 두보의 시 「봄날 이백을 되새기며(春日憶李白)」에 나오는 다음 시구에 근거한다.

| 언제 다시 그대와 함께 술 항아리 놓고 | 何時一樽酒 |
| 이런저런 문학 이야기 나눌 수 있으리오 | 重與細論文 |

넷째 구는 이상은의 「비오는 밤 북쪽에 부치다(夜雨寄北)」란 제목의 시에 나오는 이런 시구를 따른 것이다.

| 언젠가 서창에서 함께 촛불 심지 자르며 | 何當共剪西窓燭 |
| 파산의 비 오던 밤 얘기할 날 오리라 | 却話巴山夜雨時 |

다섯째 구는 『사기』 「사마상여 열전」에 "집에는 네 벽만이 있을 뿐이었다(家居徒四壁立)"라는 구절에서 취했다. 앞서 사마상여가 탁문군과 눈이 맞아 야반도주한 일을 말한 적 있다. 그리고 집에 돌아와 보니, 사는 게 형편없었음을 뜻한다.

여섯째 구는 『좌전』의 다음과 같은 글에서 내용을 따왔다.

여러 번 팔을 꺾는 실수를 되풀이한 뒤에야, 명의가 될 수 있다.

三折肱, 始爲良醫.

옛날에는 팔을 여러 번 꺾어 본 사람이 좋은 의사라고 여겼다. 그런 과정을 많이 겪을수록 치료 경험을 풍부하게 쌓을 수 있기 때문이다. 시인은 황기복이 이미 치국(治病)의 능력을 갖추어서, 굳이 그런 과정을 다시 거칠 필요가 없다고 생각했다. 하지만 정부에서는 아직도 그를 등용하지 않고 재야에 버려두니, 이를 안타까워하는 내용이다.

이 시의 전체 요지는 황기복이 청렴결백하고 치국의 능력도 뛰어나지만, 가난한 집안과 나라에서 그를 중용하지 않음을 안타까워하는 것이다. 그래서 앞 구절에서는 가난한 집안 살림을 이야기하고, 이 구절에서는 치국의 능력을 이야기했다.

마지막 연의 시구에서도 이하의 시 「남쪽 정원(南園)」에 나오는 이 시구가 떠오른다.

요동과 발해 지역의 연이은 전쟁을 보지 못했는지

不見年年遼海上

글은 어쩌자고 가을바람 타령만 읊고 있는가　文章何處哭秋風

결국 이 시는 재주를 마음껏 펼치지 못하는 친구를 안타까워하는 마음을 표현한 것이다.

그리고 설명한 것과 같이 전체 여덟 구가 "어느 한 글자도 근원이 없는 것이 없을(無一字無來處)" 정도이다. 그럼에도 진솔한 감정이 일관되게 흐르고 있어, 읽는 이에게 꿰어 맞추었다는 느낌을 주지 않는다. 어찌 보면 자신의 박학함을 과시하려는 것처럼 보이기도 한다.

아무튼 이것이 바로 황정견이 말한 '점철성금'이자, '탈태환골'이다.

둘째 연은 사람들에게 "기막힌 말솜씨(奇語)"라는 칭찬을 얻었다. '복사꽃 살구꽃(桃李)' '봄바람(春風)' '한 잔 술(一杯酒)' '고향(江湖)' '비 내리는 밤(夜雨)' '옛날 그 등불(十年燈)' 등은 원래 모두 너무나 흔한 말이었다. 그런데 이를 두 문장으로 엮어 앞 구절에서는 친구와 즐겁게 놀던 때를 회상했다. 그리고 뒤 구절에서는 이별한 뒤의 적막함과 쓸쓸함을 묘사했다. 그 안에 담긴 의미가 너무나 깊어 사람들의 감동과 찬사를 받았다.

감람 열매 같은 맛

「빗속에 악양루에 올라 군산을 바라보며(雨中登岳陽樓望君山)」 2수도 황정견의 칠언 절구 가운데 명작으로 꼽힌다.

오지에 던져진 몸 죽을 고비 넘기느라 흰머리만 가득한데

投荒萬死鬢毛斑

천만다행으로 살아서 구당협과 염여 관문을 들어섰다

生入瞿塘灩澦關

아직 강남이 아니더라도 먼저 웃고 볼 일이라　未到江南先一笑

악양루에 올라 군산을 마주한다　　　　　　岳陽樓上對君山

강의 비바람 온몸으로 맞으며 홀로 난간에 기대니

상아의 열두 쪽진 머리인 양 맺혀 있구나　滿川風雨獨憑欄
안타까워라 호수 위에 배 띄워　　　綰結湘娥十二鬟
은빛 물결 속에서 푸른 산을 바라볼 수 없음이　可惜不當湖水面
　　　　　　　　　　　　　　　　銀山堆裏看青山

이 시는 유배되었다가 다시 돌아오면서 감격에 겨워 지은 작품이다. 앞에서도 살펴보았듯이 왕안석이 신법을 시행한 이후, 송나라의 정계는 구법파와 신법파의 당쟁이 끊임없이 이어졌다. 원우 시기 (1086~1094) 철종의 황태후 고씨가 섭정할 때에는 구법파가 득세했으나, 원우 8년(1093) 고씨가 죽고 철종이 직접 정치를 하자 다시 신법파가 득세했다. 당시 황정견도 '원우구당元祐舊黨'에 속해 있었기 때문에, 소성紹聖 3년(1096)에 사천 지방으로 유배를 가 6년 동안 고생했다. 그 뒤 숭녕崇寧 원년(1102) 봄에 사면을 받아 고향으로 향했다. 이시는 강릉江陵을 출발하여 호남성의 악양岳陽을 지날 때 지은 것이다.

앞의 시에서는 오지로 추방되어 머리가 허옇게 센 모습을 그리고 있다. 그러나 구사일생으로 살아서 장강 삼협을 돌아 나오게 되었다. 그때의 기쁨이란 이루 말할 수 없었다. 비록 강남에 다다르지는 않았지만, 악양루에 올라 군산을 바라보며 시인은 미소를 지었다.

뒤의 시에서는 빼어난 솜씨로 경치를 그렸다. 그는 군산의 여러 봉우리를 상부인湘夫人의 쪽진 머리에 비유했다. 또 자신이 너무 높이 서 있어서 밑에서 올려다볼 때의 장관을 볼 수 없음을 한탄했다. 은백색의 물결이 이는 강 위에서 검푸른 산봉우리를 올려다본다면, 틀림없이 장관이리라 상상했다. 이처럼 시인의 기발한 상상력 때문에 한 폭의 정경에 선명한 색채와 충만한 감동이 전해진다. 시인의 감정도 이와 더불어 크게 흔들렸다.

장강 삼협의 거친 모습. 그 옛날 조각배에
의지해 삼협을 지나던 나그네들은 목숨을
걸고 이곳을 지났을 것이다.

신기함을 추구하는 강서시파의 특징은 이 시를 통해서 유감없이
드러난다.

황정견은 주로 시 분야에서 많은 성취를 이루어 송시의 대표자라
할 만하다. 전고를 즐겨 쓰고, 기교를 중시하며, 신기함을 추구했기
에 조금은 생소하고 떫은맛을 피할 수 없다. 또 시 속에 자신의 의견
을 담길 좋아했다. 이 모든 것이 송시의 특징으로 굳었다.

이에 다음과 같은 견해가 생겼다. 그것은 당나라 때의 시인들이 시
의 장점을 모두 발휘했기에, 송시는 그 틈새에서 발전을 추구하다가
결국 당시를 뛰어넘을 수 없었다는 주장이다.

아울러 당시와 송시 모두 나름의 특색이 있다는 주장도 있다. 당시
는 여지와 같아서 한 입 깨물면 입 안 가득 단맛이 가득하다고 한다.
또 송시는 감람 열매와 같아서 처음 입에 물면 떫지만, 씹으면 씹을
수록 맛이 난다고 했다.

달팽이가 쓴 글씨

　황정견은 또한 처음으로 두보와 그의 시를 떠받든 사람이다. 덕분에 이후 강서시파는 "한 분의 조상과 세 분의 종실(一祖三宗)"을 내세웠다. '한 분의 조상'은 바로 두보이고, '세 분의 종실'은 황정견과 진사도와 진여의를 말한다.

　진사도陳師道(1053~1101)의 자는 이상履常 또는 무기無己이고, 호는 후산거사後山居士이다. 팽성彭城(오늘날의 강소성 서주시徐州市) 사람으로 '소식 문하의 여섯 군자' 가운데 한 사람이다. 그는 강서 지역 출신은 아니지만, 황정견의 시풍을 이어서 강서시파로 분류한다.

　진사도는 황정견을 좇아 두보의 시를 열심히 배웠다. 그런데 격률과 구조 및 구법 등만 배웠을 뿐, 두보처럼 일반 백성의 생활을 깊이 이해하지는 못했다. 더욱이 그의 학업 능력은 황정견만큼 깊이를 갖지 못해, 시를 지을 때면 언제나 이리저리 틀어막기에 급급했다. 그래서 황정견의 시에 보이는 넉넉함과 유창함을 따를 수 없었다.

　그래도 칠언 율시인 「봄날 드는 생각을 이웃에게 보이다(春懷示鄰里)」처럼 우수한 작품도 적지 않다.

잘린 벽 위로 달팽이가 지나며 글씨를 쓰고	斷墻著雨蝸成字
오랜 집엔 인기척 없자 제비가 집을 지었다	老屋無僧燕作家
문을 나서 즐거움을 누리고자 해도	剩欲出門追語笑
돌아오는 길에 먼지 뒤집어쓸까 두려울 뿐이라	却嫌歸鬢著塵沙
바람이 거미줄을 끊어 삼면을 열어 놓고	風翻蛛網開三面
천둥에 놀란 벌들이 호위병인 양 여왕벌을 감싼다	雷動蜂窠趁兩衙

번번이 뒤로 미뤘던 남녘 이웃의 초대를 　屢失南鄰春事約

오늘에나 지키려 나서 보지만 꽃은 아직 피지 않았으리라

只今容有未開花

벽 위로 달팽이가 지나간 자리는 전서체篆書體를 닮았고, 오랫동안 사람이 살지 않은 집에는 제비가 둥지를 틀었다.

밖으로 나가 소일거리를 찾아볼까 생각했지만, 머리에 먼지를 집어쓸까 두려웠다. 그래서 집안에 가만히 앉아 바람에 흔들리는 거미줄과 붕붕거리며 분주한 벌집을 보고 있으려니, 그런 곤충들이 오히려 자기보다 활기차게 생활하고 있었다. 한 번 놀러 오라던 이웃의 성의도 번번이 뒤로 미루곤 했다. 오늘이라도 찾아갈까 몸을 움직여 보지만, 그의 꽃밭에는 아직 꽃이 피지 않았으리라 짐작한다.

가난 속에서도 사물을 대하는 모습이 참 담백하고 아름답다. 이 시에 담긴 내용이 바로 그의 일상생활이었기 때문이다.

첫날밤을 위해 시험을 치른 사나이

이제 '소식 문하의 네 학자' 가운데 진관을 살펴보자. 진관秦觀(1049~1100)의 자는 소유少游 또는 태허太虛이고, 호는 회해거사淮海居士이다. 양주揚州 고우高郵(오늘날의 강소성 고우시) 사람인 그는 소식이 가장 아끼던 학생으로, 소식의 추천으로 관리가 되었다. 그러나 결국 소식과 연루되어 관직을 박탈당하고, 일생 동안 가난과 설움 속에서

살았다.

민간의 전설에 따르면, 진관이 소식의 여동생인 소매小妹를 아내로 맞아 "소소매가 신랑을 세 번 시험했다(蘇小妹三難新郎)"는 이야기가 전해 내려온다. 하지만 사실은 전혀 근거가 없는 이야기이다. 소식에 게는 여동생이 없었고, 진관의 아내도 소씨가 아니었다.

그래도 이 이야기를 한 번 살펴보자.

진관과 소매가 결혼하던 날 밤, 소매는 방문을 닫아걸고 진관에게 세 가지 문제를 냈다. 그리고 그걸 풀어야 합방하겠다고 조건을 걸었 다. 그것은 주어진 시구에 근거하여 문제를 푸는 문학 문제였다.

진관은 두 문제는 잘 풀었지만, 마지막이 걸림돌이었다. "문을 닫 고 창 앞의 달을 떠민다(閉門推出窓前月)"는 구절에 맞는 대구對句를 지 어야 했다. 언뜻 보면 평범한 내용이지만, 방에 들어오려는 신랑을 떠밀어 문을 닫았다는 이중적 의미를 담고 있다.

대구를 찾지 못해 쩔쩔매는 진관을 본 소식은 그를 도와주려고 마 음먹고, 조그마한 돌멩이를 집어 정원의 항아리를 향해 던졌다. 심각 한 고민에 빠져 있던 진관은 돌멩이에 부딪히는 항아리 소리를 듣는 순간 영감이 떠올라, "돌을 던져 물속에 잠긴 하늘을 깨어 열리라(投 石衝開水底天)"는 구절을 지었다. 소매는 이 구절이 너무 맘에 들어 미 소를 지으며 신랑을 맞아들였다. 사실 여부를 떠나서 소씨 가문의 문 학적 능력을 새삼 되새기게 한다.

진관은 어려서 아버지를 여의고, 홀어머니를 모시며 어렵게 공부 했다. 덕분에 소식은 그의 부를 일컬어 "굴원과 송옥의 재주(屈宋之 才)"라 했다. 왕안석도 그의 시를 칭찬하여, "청신하기가 포조와 사조 의 시를 닮았다(清新似鮑謝)"고 했다.

그러나 진관이 가장 뛰어났던 분야는 바로 사詞였다. 그의 사는 그가 살아 있을 때에도 이미 이름을 드날렸다. 하지만 진관의 사는 소식의 호방사와는 다른 길을 걸었다. 그는 전형적인 완약파 사인이었다. 남녀의 애정을 즐겨 다루고, 그 속에 자신의 처지를 잘 녹였다. 그 가운데 「만정방滿庭芳」이 가장 유명하다.

산에는 엷은 구름 비끼었고	山抹微雲
시든 풀은 하늘 저편까지 펼쳐 있는데	天連衰草
호각 소리 망루에서 애절히 들려온다	畵角聲斷譙門
잠시 떠나갈 배 멈추고	暫停徵棹
함께 이별의 술잔 드는데	聊共引離尊
갖가지 회계에서의 옛일 떠올라	多少蓬萊舊事
공연히 머리 돌려 바라보니	空回首
안개만 자욱하네	煙靄紛紛
해 기우는 저편에	斜陽外
싸늘한 까마귀 몇 마리 점점이 있고	寒鴉數點
흐르는 물은 외로운 마을 감돌고 있네	流水繞孤村
애타는지고	銷魂
이리 되니	當此際
몸 여위어 향주머니 어느새 느슨해지고	香囊暗解
비단 띠도 헐거워졌다	羅帶輕分
부질없이 기생집만 드나들다 매정한 자란 이름만 얻었다	
	謾贏得靑樓薄倖名存
이제 가면 언제 다시 만나려나	此去何時見也
옷자락엔	襟袖上

공연히 눈물 자국만 얼룩졌구나	空惹啼痕
가슴 아파	傷情處
높은 성 올라 바라보니	高城望斷
어느덧 황혼 속에 등불만 깜박이누나	燈火已黃昏

　이 작품은 사실 유영의 「우림령雨霖鈴, 한선처절寒蟬凄切」을 따라 지은 것이다. 전하는 바에 따르면, 소식은 이 작품을 싫어했다고 한다. 그러나 이에 상관없이 이 작품은 그 옛날 유영의 사가 그랬던 것처럼 널리 유행했다.
　소식이 매우 좋아한 작품으로는 「답사행踏莎行 침주의 여관(郴州旅舍)」이 있다.

누대가 짙은 안개에 감싸였고	霧失樓臺
포구는 아스라한 달빛이 둘려 있다	月迷津渡
멀리 도화원을 바라보지만 찾을 길이 없고	桃源望斷無尋處
외진 역사는 싸늘한 봄바람에 닫혀 있구나	可堪孤館閉春寒
꾀꼬리의 울음 속에 뉘엿뉘엿 해가 진다	杜鵑聲裏斜陽暮

친구가 매화를 보내오고	驛寄梅花
편지도 보내와 위로하니	魚傳尺素
헤아릴 수 없는 서러움이 더더욱 깊어진다	砌成此恨無重數
침강은 본래 침산을 둘러 흐르건만	郴江幸自繞郴山
왜 다시 상강으로 흘러가려 하느냐	爲誰流下瀟湘去

　이 작품은 진관이 침주로 유배되었을 때 지은 것이다. 침주는 매우

'소식 문하의 네 학자' 가운데 한 사람인 진관을 그린 그림.

외진 마을로서, 전설 속의 도화원이 멀지 않은 곳이다.

상편에서는 타향의 풍경과 작자의 심정을 묘사하고, 하편에서는 작자의 고독을 부각시켰다. 마지막 두 구절에는 서러움과 절망이 짙게 배어 있다. 침강의 강물도 뒤돌아보지 않고 앞으로만 흘러가는데, 시인만 외로운 성에 갇혀 더할 나위 없는 설움을 곱씹고 있다.

이런 상징은 너무나 의미심장하다. 아니나 다를까 이후에 소식도 이 두 구절을 부채에 적어 놓고는, 이렇게 감탄했다고 한다.

"아! 소유가 세상에 없으니, 만 명의 사람과도 바꿀 수가 없구나."

진관은 특히 아름답고 품위 있는 말을 중시했기에, 완약파 사인들에서도 '언어의 마술사'로 이름이 높았다.

뚱보 시인

소식의 제자들은 풍격이 제각각이었다. 그래서 장뢰의 시는 진관의 사와는 완전히 다른 풍격을 보여준다. 장뢰張未(1054~1114)의 자는 문잠文潛이고, 호는 가산柯山이며, 초주楚州 회음淮陰(오늘날의 강소성 청강현淸江縣) 사람이다.

그는 시로 이름을 떨쳤다. 그의 시는 평이하고 여유로운 시풍을 가지고 있었다. 그는 시를 지으려면 애써 고심하거나 공들여 꾸밀 필요가 없다고 주장했다.

> 마음 가득 감정을 드러내고, 입으로 편하게 표현할 수 있어야 한다.
> 滿心而發, 肆口而成.

이처럼 자연스러운 멋을 숭상하는 그의 주장은, 강서시파의 길에서 크게 벗어나 있었다. 장뢰의 시는 너무 쉽게 써서 그런지, 좋은 구절이 많지 않다. 정성을 들이지 않고 대충대충 썼기 때문이다. 그는 백거이와 장적의 시 같은 평이함을 좋아했다. 하지만 그들이 보이지 않게 고심하고 공들인 노력은 미처 보지 못한 것이다.

그래도 「노동가(勞歌)」 같은 시를 보면, 백성을 대하는 장뢰의 마음을 살필 수 있다.

한더위 석 달을 비 한 방울 없으니	暑天三月元無雨
구름 모이지 않고 먼지만 날린다	雲頭不合惟飛土
깊고 깊은 부잣집 낮잠 못 자 짜증쿠나	深堂無人午睡餘

조금만 움직여도 비오는 듯 땀 솟으니	欲動身先汗如雨
그런데 저 길가에 짐 진 백성 가련하다	忽怜長街負重民
근육은 천 근짜리 활 당기듯 불거지고	筋骸長殼十石弩
이리 깁고 저리 기워 등만 가린 한평생	半衲遮背是生涯
힘으로 돈 벌어 아들 딸 먹인다네	以力受金飽兒女
부잣집 소와 말 나무 밑에 묶어 놓고	人家牛馬繫高木
소 몸에 더위 들까 걱정들 하고 있네	惟恐牛軀犯炎酷
하늘이 사람 낼 땐 정성깨나 들였으련만	天工作民良久難
우마보다 복 없을 줄 누가 알았겠는가	誰知不如牛馬福

시인은 아주 뚱보였다. 그래서 그의 친구는 그를 배가 나온 미륵불에 비유했다. 그는 한여름의 더위와 씨름하면서, 불현듯 길가에서 무거운 짐을 나르며 연명하는 백성들을 떠올렸다. 그들의 운명은 소나 말보다 못했다. 결과적으로 이 시는 백거이의 「진중의 노래(秦中吟)」에 속하는 부류의 작품이라 할 수 있다.

소식 문하의 학생이었던 장뢰의 일생도 고생의 연속이었다. 그는 일찍이 황제에게 다음과 같은 글을 올렸다.

"제가 조정에 들어온 이후 언제나 전전긍긍했으며, 자리를 잡고 나서도 밥이 뜸 들 만큼의 시간조차 없이 여기저기를 옮겨 다녀야 했습니다."

그렇지만 그는 자신의 지조를 굳게 지켜 나갔다. 「밤에 앉아(夜坐)」란 시를 읽어보자.

인적 끊긴 뜨락과 집안에 밝은 가을 달	庭戶無人秋月明
서리가 내리려는 듯 밤기운이 차구나	夜霜欲落氣先淸

오동나무는 쇠락함을 인정할 수 없다는 듯	梧桐眞不甘衰謝
잎사귀로 바람 맞으며 신음을 내는구나	數葉迎風尚有聲

이 시를 보고 우리는 가을밤 스삭이는 낙엽 소리에서, 자신의 지조를 꺾을 수 없다며 자세를 가다듬는 시인의 의지를 읽을 수 있다.

매실 시인

소식 문하의 제자들과 어깨를 나란히 한 문인으로는 하주가 있다. 하주賀鑄(1052~1125)의 자는 방회方回이고, 본적은 산음山陰(오늘날의 절강성 소흥시)이다. 그는 태조 하賀 황후의 후손이었다.

전하는 바에 따르면, 하주는 기괴한 외모에, 검푸른 얼굴을 하고 영웅적 기개를 풍겨서 "귀신의 얼굴을 한 하주(賀鬼頭)"라는 별명을 얻었다고 한다. 성격도 패기 있고 의협심이 강하여, 조정의 관리더라도 마음에 들지 않으면 대놓고 욕을 퍼붓곤 했다.

그는 처음에는 무관으로 관리 생활을 시작했다. 그러다 나중에는 소식의 추천으로 문관이 되었다. 그러나 언제나 술을 즐기고 상사와 마찰이 끊이지 않아, 평생 동안 높은 직책은 맡을 수 없었다.

하주는 시와 사, 산문 모두에 능했다. 그래도 스스로는 시에 가장 많은 공을 들였다. 그러나 성취에서는 사를 꼽을 수 있다.

그의 「도련자擣練子」 5수는 국경 지역으로 수자리를 나간 남편을 그리워하는 부녀자를 묘사했다. 당시에서는 이러한 제재를 자주 썼지만, 송사에서는 흔치 않은 것이다. 그 가운데 「도련자擣練子, 일 년 같은 하룻밤(夜如年)」을 살펴보자.

차가운 달은 지고   斜月下

삭풍은 불어오는데   北風前

끊임없이 내리치는 빨랫방망이는 돌판을 부술 듯

　　　　　　　　　　　　　　　　萬杵千砧擣欲穿

임의 옷을 위해 이토록 잠 못 자고 밤새 고생함이 아니라

　　　　　　　　　　　　　　　　不爲擣衣勤不睡

빨래를 핑계 삼아 긴긴밤 고독한 시간을 죽이려 함이라

　　　　　　　　　　　　　　　　破除今夜夜如年

옛날에는 빨래할 때 시냇가 빨래터에 있는 돌 위에 옷을 올려놓고, 방망이로 두드려 때를 빼곤 했다. 이 여인은 찬바람이 부는 밤에 달빛을 맞으며 방망이를 두드리고 또 두드렸다. 이는 결코 빨래를 깨끗이 빨려고 그러는 것이 아니라, 임 그리는 마음에 잠 못 이루는 일 년같이 긴 밤을 보내려고 해서이다.

　　하주의 또 다른 사 「청옥안靑玉案」도 매우 유명하다. 이 작품은 사랑 노래이다. 마지막 부분은 이렇게 전개된다.

묻건대 부질없는 시름 모두 얼마나 되는가   試問閒愁都幾許

냇가엔 온통 안개와 풀 뿐이고   一川煙草

성 가득히 버들 솜 바람에 날리는데   滿城風絮

부슬비 속에 매실 누렇게 익어간다   梅子黃時雨

맘속에 담은 임을 볼 수 없자, 작자는 한없는 수심에 사로잡혔다. 그러자 안개에 쌓인 채 냇가에 가득한 풀과 성 안 가득 바람에 날리는 버들 솜, 남쪽 지방에서 매실이 익을 무렵 끊임없이 내린다는 부슬비를 노래한다. 이 세 가지 사물을 가지고 한없이 애타는 마음을 비유했다. 하주는 바로 이 유명한 비유 때문에 '하주의 매실(賀梅子)'이라는 영광스러운 호를 얻었다.

하주는 위의 작품들과 완전히 풍격이 다른 사도 지었다. 「육주가두六州歌頭」처럼 호방한 기세를 갖춘 작품이 그것이다. 이 작품은 소식의 작품을 닮았다.

대성사파의 창시자

주방언은 소식의 제자이지만, 그의 영향을 받지 않은 특이한 작가이다. 전당錢塘(오늘날의 절강성 항주시) 사람인 주방언周邦彦(1056~1121)의 자는 미성美成이고, 스스로는 청진거사淸眞居士라고 했다. 그도 하주처럼 시, 사, 산문, 부 등 모든 문학 형식에 능통했다. 그 가운데 사에 가장 뛰어났다.

그는 젊었을 때에는 풍류를 즐기는 청년이어서, 언제나 기생들과 어울리며 방만하게 생활했다. 덕분에 이렇다 할 명성을 얻지는 못했다. 그래도 그의 재능은 누구와도 비교할 수 없었다. 그는 청년 시절에 수도인 변경汴京(오늘날의 개봉시)으로 가서, 황제에게 무려 7천 자에 달하는 「변도부汴都賦」를 지어 바쳤다. 그러자 신종神宗은 친히 그를 불러 앉히고는, 시종에게 그 작품을 낭독하게 했다.

높은 학문 수준을 자랑하던 주방언인지라, 글을 낭독하던 시종은 번번이 말을 멈추고 대충 뜻을 짚어 가며 읽을 수밖에 없었다. 그는 이후 여러 번 황궁을 드나들면서 황제의 신임을 얻었다. 이는 「변도부」가 결정적인 역할을 한 결과였다.

휘종徽宗이 재임했을 때에는 대성악부大晟樂府의 제거관提擧官이 되었다. 대성악부는 음악을 전문적으로 관리하는 기관이었다.

그는 음악과 격률에 정통했다. 그래서 사를 지으면 성조가 절묘하게 어우러져, 읊고 듣기에 너무나 아름다웠다. 그래서 귀족과 지식인은 물론 기생들에게도 인기가 대단했다. 남송 말기까지도 그의 사가 항주 일대에서 불릴 정도였다.

주방언 사의 내용은 꽃, 버들가지, 진주, 보석 일색이었다. 그래도 몇몇 작품은 나그네의 설움과 옛일에 대한 추억이나 풍경 등을 묘사하여 감동을 주기도 한다. 「소막차蘇幕遮」도 그 가운데 하나이다.

짙은 향을 태워	燎沈香
눅눅한 여름 공기를 날리는데	消溽暑
참새들이 해를 불러	鳥雀呼晴
동트는 새벽 처마 밑에서 우짖는구나	侵曉窺檐語
햇살은 나뭇잎 위에 얹힌 지난밤의 빗물을 말리고	
	葉上初陽幹宿雨
물 위에 빛나는 둥근 연잎들	水面清圓
바람 맞아 일일이 연꽃을 받쳐 든다	一一風荷舉
고향은 멀어	故鄉遙

언제나 돌아갈런지	何日去
집은 소주인데	家住吳門
오랫동안 장안의 나그네 되었어라	久作長安旅
오월이라 고향의 어부는 나를 기억할는지	五月漁郎相憶否
조그만 배에 올라 작은 노를 저으며	小楫輕舟
연꽃 가득한 포구로 들어서는 날 꿈꾸노라	夢入芙蓉浦

이 사의 상편에서는 경치를 읊고, 하편에서는 심정을 읊어 분명한 대조를 보인다.

여름날 새벽 방안에 짙은 향을 피워 눅눅한 습기를 날려 보낸다. 날이 밝자 참새들이 처마 밑에서 짹짹거리며 아침을 알린다. 그리고 막 비추기 시작한 햇살은, 지난밤 내려 나뭇잎에 달려 있던 빗물을 말린다. 이윽고 여름 바람이 불어오자, 윤기를 내며 물 위에 떠 있던 둥근 연잎들이 춤추기 시작한다. 여기에 '받쳐 든다(擧)'는 말을 써서, 하늘하늘 흔들리는 연잎과 연꽃의 생동한 모습을 절묘하게 묘사했다.

이처럼 바람에 흔들리는 연꽃을 보며, 작자는 고향을 떠올린다. 오랫동안 장안에서 나그네 생활을 하니, 고향은 왜 그렇게 멀게만 느껴지는지! 고향에 있을 때 자주 보던 어부들은 아직도 나를 기억하고 있을까? 일엽편주에 올라 작은 노를 저어 연꽃 가득 핀 고향 포구에 들어서는 모습을 그려보지만, 지금은 꿈에서나 가능하겠지? 이런저런 생각에 작자는 가슴을 저민다.

이 작품의 정취는 청신하고 담담하면서도 우아한 기품을 가지고 있다. "물 위에 빛나는 둥근 연잎들, 바람 맞아 일일이 연꽃을 받쳐 든다"는 구절은 이후 사람들의 입에 쉬지 않고 오르내렸다.

지금까지의 사는 풍경 묘사와 감정 표현을 중시했다. 하지만 그는 사건 서술도 사의 영역으로 끌어들여, 풍경 묘사와 감정 표현의 기초로 삼는 시도를 했다. 「소년유少年遊」가 그 대표적인 작품이다.

병도는 물과 같이 퍼렇고	并刀如水
오 지방의 소금은 눈보다 더 희다	吳鹽勝雪
섬섬옥수로 새 귤을 쩌는데	纖手破新橙
비단 장막은 막 온기가 돌고	錦幄初溫
짐승 모양의 향불은 쉬지 않고 타오르니	獸香不斷
서로 마주앉아 생황을 탄다	相對坐調笙
나지막한 소리로	低聲問
오늘 누구 집에 가서 주무시겠냐고 묻는다	向誰行宿
이미 성 밖은 삼경이니	城上已三更
말은 미끄러지고 눈은 수북하오	馬滑霜濃
쉬어 감만 못하오	不如休去
바로 사람들 다니는 것 적지 않습니까	直是少人行

여기서는 남녀가 은밀히 만나는 광경을 묘사했다.

상편에서는 두 사람이 마주앉아, 귤을 까먹으며 생황을 탄다. 물처럼 시퍼런 칼과 눈처럼 새하얀 소금은 마치 한 폭의 정물화를 보는 듯하다. 희고 섬세한 손으로 신선한 귤을 자르는 동작은, 앞선 한 폭의 정물화에 쾌활한 분위기를 더한다. 비단 장막에 온기가 돌고, 향로의 향불이 쉬지 않고 타오르는 모습은 얼마나 부드럽고 안락한 환경인가.

하편에서는 오로지 남녀의 대화만 다루고 있다. 여인은 애인을 붙잡고 싶은 마음에 낮은 목소리로 묻는다.

"오늘밤 어디서 묵으시렵니까?"

성루에 있는 종은 이미 한밤을 알리고, 서리가 많이 내려 말을 타기에는 미끄럽다. 그래서 남자는 다니는 사람도 적으니, 하룻밤 머물러 가는 것이 좋겠다고 말한다. 연인 사이에 나누는 다정한 속삭임이 너무나 사랑스럽고 실감난다. 작품 속에 남녀의 대화를 끌어들여 사실적인 인물 형상을 만들었다는 점이 주목을 받기에 충분하다.

앞서 언급했듯이 주방언은 음악 이론 분야에도 뛰어났다. 그는 대성악부의 동료들과 더불어 고대의 음조를 정리하는 한편, 새로운 음악을 창작하여 후대 사인들의 모범이 되었다. 그래서 그를 주축으로 하는 유파를 '대성사파'라고 불렀다. 남송 때의 강기와 오문영 등이 바로 이 사파의 일원이다.

마지막으로 소식의 제자 가운데 조보지와 이천을 살펴보자.

조보지晁補之(1053~1110)는 '소문사학사' 가운데 한 사람이다. 그의 자는 무구無咎이고, 제주濟州 거야巨野(오늘날의 산동성에 속함) 사람이다. 그는 시와 사, 산문은 물론, 그림에도 뛰어난 소질을 보였다.

그는 열일곱 살에 아버지를 따라 항주를 유람하면서, 그곳의 경치를 「칠술七述」이란 글에 담았다. 이 글로 소식의 칭찬을 받고 그의 제자가 되었다.

그의 기행문인 「신성유북산기新城遊北山記」는 심산유곡의 경치를 빼어난 솜씨로 묘사했다. 그는 산속에서 밤하늘에 뜬 별을 바라보며 이렇게 읊었다.

때는 9월이라 하늘은 높고 푸르며, 낙엽을 떨군 산은 허전하여 달은 더욱 밝다. 고개를 들어 별들을 바라보니 모두가 영롱하게 빛을 발해 내가 마치 인간 세상에 쫓겨 온 신선처럼 느껴진다.

於時九月, 天高露淸, 山空月明, 仰視星斗皆光大, 如適在人上

이 모두 도시에 사는 우리가 흔히 볼 수 없는 광경이다.

'소문육군자' 가운데 한 사람인 이천李薦(1059~1109)의 자는 방서方叙이고, 화주華州(오늘날의 섬서성에 속함) 사람이다. 그의 문학적 성취는 다른 작가들에 비해 좀 떨어진다. 전하는 바로는 소식이 그의 글을 매우 좋아했다고 한다. 그는 과거 시험에 여러 번 떨어진 뒤로는, 집 안에만 틀어박혀 더 이상 응시하지 않았다.

그의 사「우미인虞美人」의 마지막 구절은 이렇다.

사방 가득 푸른 풀에 뒤덮여 소식은 감감한데 碧蕪千里信悠悠
가랑비 내리는 중에 쓸쓸히 남녘땅을 꿈꿀 따름이라
　　　　　　　　　　　　惟有霎時凉夢到南州

전하는 바에 따르면, 그가 꿈속에서 그리워한 대상이 바로 소식과 황정견, 진관 등 스승과 친구들이었다고 한다.

북송의
여러 학파

첫째로 신학파新學派가 있습니다. 대부분 강서와 복건 출신으로 왕안석이 중심인물이었지요. 그들 세대를 전후하여 관료층으로 상승한 사람들로서, 공리주의적 경향이 강했습니다.

둘째는 삭학파朔學派입니다. 여기서 '삭朔'이란 황하 이북 지역을 일컫습니다. 이들은 가장 보수적인 사상과 정치관을 갖고 있었습니다. 이들은 도덕적 지도력이 국가의 기본 원리가 되어야 한다고 생각했습니다. 따라서 개혁에 정면으로 반대했지요.

셋째는 낙학파洛學派입니다. 이 명칭은 귀족적 전통이 강한 그들의 출신지 낙양에서 유래했습니다. 대부분 남방 출신이 많았습니다. 낙학파는 수신과 함께 형이상학을 중시하여, 그것을 통하여 이상적인 사회질서와 국가 체제가 자연히 구현된다고 믿었습니다. 이러한 생각은 남송때의 주자학으로 이어집니다. 낙학파도 삭학파만큼은 아니더라도 신학파의 개혁에 반대했습니다.

넷째는 촉학파蜀學派입니다. 소식을 비롯한 중심인물들의 출신지인 사천에서 그 명칭이 유래했습니다. 이들은 불교와 도가 사상의 낭만성에서 영향을 받았고, 체계와 깊이보다는 재기발랄한 논의로 잘 알려졌습니다.

이들은 공리주의적 요소의 중요성을 인정했지만, 전면적이고 급진적인 개혁에는 반대했습니다. 아울러 보수파의 극단성에도 반대했습니다. 이처럼 개혁과 보수 세력 모두를 비판했으나, 어떠한 체계적 대안을 제시하지 못한 채 소수파로서 주변 활동에 그쳤습니다.

전란의 소용돌이 속에서 5

악비岳飛
이청조李淸照
진여의陳與義
양만리楊萬里
범성대范成大
장효상張孝祥

여류 시인 이청조의 초상.

못다 핀 충정

소식이 죽은 뒤 26년 만에 금나라가 황하를 건너 변경을 공격했다. 송의 흠종欽宗과 이미 태상황太上皇의 자리에 올라 있던 휘종徽宗은 금의 군대에 붙잡혀 북쪽으로 끌려가고, 북송은 멸망했다.

그러나 휘종의 또 다른 아들인 조구趙構가 항주에 정착해, 작은 규모의 정권을 세웠다. 이 조구가 바로 남송南宋의 첫 번째 황제인 고종高宗이다.

고종과 진회秦檜라는 재상은 중원은 잃었지만, 작은 규모의 정권만이라도 유지하려고 금나라와 타협하자고 주장했다. 그에 반해 장군 악비는 그들과 결연히 맞서 싸워야 한다고 주장하는 주전파였다. 그러니 당연히 고종 정부에게 악비는 눈엣가시 같은 존재였다.

한번은 악비가 '악가군岳家軍'이라고 하는 자신의 군대를 이끌고 주선진朱仙鎭을 공격하자, 조정에서는 하루에도 열두 번씩 금패金牌를 내리면서 곧바로 조정으로 회군하라고 명령했다. 결국 나중에는 억지 죄명을 씌워 악비를 살해하기에 이른다.

악비岳飛(1103~1142)의 자는 붕거鵬擧이고, 상주相州 탕음湯陰(오늘날의 하남성 탕음시) 사람이다. 잘 알려져 있듯이 악비는 장군이지만, 그의 사 작품도 그 못지않게 널리 알려져 있다. 그의 작품 가운데 하나인 「만강홍滿江紅」을 보자.

관을 찌르는 성난 머리칼　　　　　　怒髮衝冠

난간에 기대서니　　　　　　　　　　憑欄處

오던 비도 그친다	瀟瀟雨歇
눈을 쳐들고 멀리 바라보며	擡望眼
하늘 우러러 길게 포효하나니	仰天長嘯
장사의 가슴에 피가 끓누나	壯懷激烈
삼십년 공명이 티끌 같은데	三十功名塵與土
전선 팔천 리 길 구름과 달빛만 스칠 뿐이라	八千里路雲和月
잠시도 한가히 기다릴 수 없나니 검은 머리 어느새 세었고	
	莫等閑白了少年頭
허허로운 슬픔만이 간절하다	空悲切
정강의 피맺힌 치욕이여	靖康恥
아직도 설욕하지 못했나니	猶未雪
신하된 자의 애끓는 한	臣子恨
언제면 없어지려나	何時滅
전차를 몰아서	駕長車
하란산의 허점을 돌파하리라	踏破賀蘭山缺
굳센 이 맘 주리면 오랑캐 살을 씹고	壯志饑餐胡虜肉
담소하다 목마르면 오랑캐 피를 마시리	笑談渴飲匈奴血
진두에 서서 빼앗긴 산하를 모두 수복하고 나면	
	待從頭收拾舊山河
천자에게 돌아가 조회하리	朝天闕

　악비는 이 작품을 대략 서른일곱 살 때쯤 지었다. 그때 그는 이미 10여 년 동안 갖가지 전투를 치르고, 수없이 승리한 백전노장이었다. 그에겐 더 이상 전공을 얻고자 하는 욕심은 안중에도 없었다. 오로지

"저차를 몰아서 하란산의 허점을 돌파하여" 황제가 잡혀 간 '정강의 치욕(靖康之恥)'을 씻자는 일념뿐이었다. 이는 당시 모든 한족 백성들의 소망이기도 했다.

항주 서호의 서북쪽 끝자락에 있는 악비의 묘 앞에는 간신 진회가 결박당한 채 자신의 죄를 비는 상이 있다.

영웅의 기개를 지닌 문신

악비 같은 무장이 아닌 문신에서도 결연한 태도를 보인 주전파 인물들이 있었다. 그 가운데 호전胡銓(1102~1180)이라는 사람이 있다.

호전의 자는 방형邦衡이고, 호는 담암澹庵이며, 길주吉州 여릉廬陵 (오늘날의 강서성 길안시吉安市) 사람이다. 그는 진사가 되고난 뒤, 추밀원樞密院 편수관編修官을 지냈다.

소흥紹興 8년(1138) 진회와 왕륜王倫 등 주화파 사람들이 금나라와 굴욕스럽게 화해하자, 그는 황제에게 상소문을 올려 대담하게 진회의 행위를 비판했다. 이 글이 바로 유명한 「무오년 고종에게 글을 올려 화친을 중단하도록 촉구하다(戊午上高宗封事)」이다.

이 글은 이치가 뚜렷하고, 대의명분이 확실하다. 그는 당시 전국의 형세를 분석한 뒤, 고종에게 금나라의 말을 믿지 말라고 충고했다. 금에게 무릎을 굽혀 그들의 신하임을 자청하면 더더욱 안 된다고 호소했다.

아울러 진회로 대표되는 주화파의 속셈을 폭로하면서, "같은 하늘 아래 진회 등과 더불어 의로움을 나눌 수 없다(義不與檜等共戴天)"는 의지를 표현했다.

끝부분에서는 차라리 "동해로 뛰어들어 죽을지언정(赴東海而死)" "작은 규모의 정부에 남아 살려고 급급하지(處小朝廷求活)" 않겠다는 결심을 내비친다.

그의 말은 황제의 귀까지 들어가고, 그 결과 이 글은 조정에 한바탕 소용돌이를 일으켰다. 특히 백성들은 글의 내용을 통쾌히 여겨, 전단을 만들어 강남 곳곳에 붙여 놓았다고 한다. 금나라 사람들까지도 비싼 돈을 내고 이 글의 사본을 샀다고 한다.

물론 진회는 그를 가만두지 않았다. 그래서 호전은 진회가 살아 있을 때에는 유배지를 전전할 수밖에 없었다. 진회가 죽은 뒤에야 조정으로 복귀했지만, 결국 주화파 관리들과 어울릴 수 없어서 관직을 버리고 낙향했다.

이처럼 호전은 관직을 버리고 목숨의 위험을 느끼면서도, 나라와 백성을 위해 할 말을 당당히 하는 용감한 사람이었다. 그 뒤 호전은 영웅의 기개를 지닌 사나이로 중국인의 자랑이 되었다.

비운의 여류작가

소식이 좋아한 사람에는 이격비李格非라는 인물도 있다. 그는 산문에 뛰어났다. 그가 지은 「낙양의 유명 화원(洛陽名園記)」은 낙양의 개인 저택들 가운데 유명한 화원만 전문적으로 다루었다. 그는 이 글을 통해 당시 권문세가들에게 경각심을 심어 주려고 했다. 개인의 향락만 추구하고 국가의 운명을 잇는다면, 당신들도 더 이상 그런 좋은 화원을 가질 수 없다는 논리를 폈다.

그런데 여기에서 다루려는 사람은 이격비가 아니라, 그의 딸 이청조이다. 이청조李清照(1084~약 1151)는 제남濟南(오늘날의 산동성 제남시) 사람이다. 그녀는 자신을 이안거사易安居士라고 불렀다. 그녀는 묵향墨香이 가득한 집안에서 태어나, 어려서부터 문학을 좋아했다.

열여덟에는 당시 태학太學의 학생이던 조명성趙明誠과 결혼한다. 둘은 이후에도 책을 즐겨 읽고, 서예 작품과 골동품 감상에 취미를 가졌다. 생활은 그리 넉넉하지 않았으나, 행복이 가득한 나날이었다. 나중에 조명성이 관리가 되자, 문물을 수집하는 일에도 열을 올렸다. 그래서 그들의 집에는 서책과 서화, 청동기, 벼루, 붓 등이 십여 칸의 방을 가득 채울 정도였다.

그즈음 금의 군대가 쳐들어왔다는 소식이 들렸다. 그때 조명성은 새로운 임무를 맡아 타지에 가 있던 상태였다. 이청조는 할 수 없이 혼자서 귀중한 문물을 수습하여, 열다섯 대의 수레에 나눠 싣고는 피난길에 나섰다. 하지만 얼마 뒤 조명성이 임지에서 병을 얻어 죽었다는 소식을 듣는다.

이에 홀몸이 된 이청조는 살기 위해 이리저리 뛰어다녔다. 그러면서 애써 모은 문물도 파손되거나 도난당하여, 열에 한두 개도 남지 않을 정도가 되었다. 이런 상황에서 이청조는 어느 날 우연히 남편이 쓴 『금석록金石錄』을 발견한다. 그녀는 이를 읽고는 한없는 슬픔에 잠겼다.

일찍이 조명성은 살아 있을 때 30권에 달하는 『금석록金石錄』을 편찬했다. 이에 이청조는 『금석록 후서』를 지어, 결혼 초기 행복했던 두 사람의 생활과 많은 문물을 수집한 이야기부터 분실한 일에 이르기까지 자초지종을 풀어냈다. 남아 있는 문물을 보며 남편을 그리는 애잔한 모습이 읽는 이의 눈물을 자아냈다.

이청조의 사는 대강의 윤곽을 제시하며 되도록 전고의 사용을 자제했다. 일부 작품은 자연스럽고 활발하여, 일상적인 대화를 연상케 한다.

먼저 「여몽령如夢令」을 살펴보자.

지난 밤 비는 성기고 바람은 급하더니　　　昨夜雨疏風驟

깊은 잠에도 술기운이 가시지 않았어라　　　濃睡不消殘酒

발을 걷어 올리는 하녀에게 물으니　　　　　試問捲簾人

도리어 해당은 여전하다 하는구나　　　　　却道海棠依舊

아는가 아는가　　　　　　　　　　　　　知否知否

마땅히 푸른 잎은 살찌고 붉은 꽃은 야위어 있으리

應是綠肥紅瘦

이 작품은 읽는 이에게 "한밤 내 비바람 소리에 꽃은 얼마나 떨어졌을까"라는 맹호연의 시구를 연상케 한다. 그러나 이청조는 그와는 완전히 다른 형태로 비 개인 봄날의 정경을 표현한다. 전날 마신 술은 '깊은 잠'에도 불구하고 아직 깨지 않은 채였다. 그런데 간밤에 비바람 소리를 들었으니, 보지 않아도 꽃들이 적지 않게 떨어졌으리라 짐작할 수 있다. 그러나 시녀는 관찰력이 예민하지 못해, 해당화는 여전하다고 말한다. 그러자 이청조는 이렇게 대답한다.

"너는 아니? 틀림없이 푸른 꽃잎은 살찌고, 붉은 꽃은 야위었을 거야."

「여몽령」의 다른 구절에서는 술에 취해 집으로 돌아가는 길을 잃었던 기억을 적고 있다.

늘 생각나는 것은 강변 정자에 해가 질 무렵 　常記溪亭日暮
너무 취해 돌아가는 길 잃었던 일이라 　　沈醉不知歸路
흥을 가라앉히고 밤늦게 배에 올라 돌아오던 길에

　　　　　　　　　　　　　　　　興盡晚回舟
연꽃 가득한 곳으로 잘못 들고 말았지 　　誤入藕花深處
어떻게 헤쳐 갈까 어떻게 헤쳐 갈까 　　爭渡爭渡
여울에 있던 갈매기와 백로가 놀라서 날아올랐다네

　　　　　　　　　　　　　　　驚起一灘鷗鷺

　강변의 정자에서 술을 마시고 취해, 배를 저어 집으로 돌아다가 연꽃 가득한 곳으로 길을 잘못 들었다. 어떻게 여기를 빠져 나갈 수 있을까? 초조한 마음에 배를 이리저리 돌리자 여울에 있던 갈매기와 백로가 푸드덕푸드덕 날아올랐다. 작품 전체가 너무 생기발랄하다.
　또 「취화음醉花陰」이란 작품은 중양절의 느낌을 담은 사이다. 이 사는 이렇게 끝을 맺는다.

넋이 빠지지 않는단 말 하지 마세요 　　莫道不銷魂
주렴이 서풍에 말려 올라가니 　　　簾倦西風
사람은 국화보다 더 여위었어요 　　　人比黃花瘦

　전하는 바로는 조명성이 이 구절을 읊고 찬탄을 금치 못했지만, 속으로는 자존심이 상했다고 한다. 그래서 문을 닫아걸고는 먹지도 자지도 않은 채, 꼬박 사흘 밤낮을 고심하여 50수의 사를 지었다. 그리고는 이청조의 「취화음」 사를 중간에 끼워 친구에게 보였다. 사를 꼼꼼히 읽은 친구가 이렇게 말했다.

"여기 이 세 구절이 가장 뛰어나군."

어떤 구절인지 묻는 조명성의 다급한 질문에 친구는 이렇게 대답했다.

"넋이 빠지지 않는단 말 하지 마세요, 주렴이 서풍에 말려 올라가니, 사람은 국화보다 더 여위었어요."

이청조의 만년은 처량했다. 그에 따라 그녀의 사도 비련의 분위기가 가득하다. 「성성만聲聲慢」이란 작품을 살펴보자.

찾고 찾고 또 찾지만	尋尋覓覓
냉랭함과 스산함 뿐	冷冷淸淸
처량하고 비참하고 외로워라	凄凄慘慘戚戚
잠깐 따뜻하다 금세 추워지니	乍暖還寒時候
몸 편히 보전키 어려우리	最難將息
두 잔 석 잔 맑은 술 마시지만	三杯兩盞淡酒
슬픔 어찌 감당할꼬	怎敵他
저물수록 바람만 매서워라	晩來風急
기러기 날아가네	雁過也
이 내 맘 너무도 아프게 하지만	正傷心
그래도 옛 시절 서로 알았지	却是舊時相識
온 땅에 국화 꽃잎 쌓이더니	滿地黃花堆積
너무도 초췌히 변했구나	憔悴損

이제 어느 뉘가 너를 땋꼬	如今有誰堪摘
창가를 지켜 앉아	守着窓兒
홀로 어이 저문 날을 보낼까	獨自怎生得黑
오동잎에 가랑비 내리더니	梧桐更兼細雨
황혼이 되어도	到黃昏
후두둑후두둑	點點滴滴
이때라	這次第
어찌 근심이란 한 글자를 견딜 수 있으리오	怎一個愁字了得

처음 세 구절에서는 연이어 첩자를 써서, 고독하고 적막한 환경을 부각시켰다. 이전까지는 그녀처럼 이렇게 첩자를 활용한 사인이 없었다.

그녀는 무엇을 찾고 싶었을까? 사실 그녀는 너무나 많은 것을 잃었다. 남편의 따뜻한 사랑, 아름다운 지난날의 추억. 어떻게 하면 이 모든 것을 되돌릴 수 있을까?

갑자기 싸늘해진 가을날, 그녀는 술잔을 기울여도 추위를 이길 수 없었다. 오히려 서러움과 근심이 더더욱 사무쳤다. 기러기는 예전처

산동성 제남시
표돌천 공원에 있는
이청조 기념당.

럼 하늘을 날아가는데, 세상은 너무나 변했다. 저 기러기 편에 소식을 전하려 해도, 이제는 더 이상 보낼 곳도 없었다.

국화는 꽃을 떨어뜨려 가지에서는 이미 한 송이도 찾아볼 수 없었다. 외롭고 쓸쓸한 밤을 어떻게 견딜 수 있을지! 황혼녘까지 가랑비가 내려 오동잎 위로 후두둑 후두둑 떨어지는 광경을 어찌 '근심(愁)'이라는 말로 다 표현할 수 있겠는가?

기개 넘치는 여성

이청조는 누구나 인정하는 정통 '완약파' 사인이다. 그녀는 사를 지었을 뿐만 아니라, 창작 이론도 제시했다. 그녀는 『논사論詞』에서 사의 발전사를 회고하면서, 역대 사인들의 장단점을 지적했다. 그 과정에서 음악성을 특별히 강조하여, 음률에 대한 엄격한 기준을 제시했다. 『논사』는 완약파 사인의 의견을 대표한다.

그녀는 여성이라는 한계를 뛰어넘어 자신 있게 선배 작가들을 평가했다. 이를 통해 자신의 빼어난 재능과 호방한 성격을 유감없이 발휘했다.

이청조는 규방에만 갇혀 지내던 당시의 일반 여성과는 크게 다른 여성 지식인이었다. 그녀는 나랏일에도 관심을 기울여 적지 않은 시를 남겼다. 다음의 「여름날(夏日)」이란 오언 절구는 남쪽으로 내려가서 지은 작품이다.

살아서는 응당 인걸이 되어야 하며	生當作人傑
죽어서는 또한 귀신의 영웅이 되어야 하리	死亦爲鬼雄
지금 항우를 생각하노라니	至今思項羽
강동을 지나고 싶지 않구나	不肯過江東

앞에서도 말했듯이, 그 옛날 초패왕 항우는 유방에게 패한 뒤 강동으로 도피하지 않고 오강烏江에서 자결했다. 이 시에서 이청조는 차라리 죽음을 택할지언정 도망치지 않은 영웅을 찬양했다. 이는 금나라와 결사 항전하지 않고, 강남으로 피신하여 구차하게 목숨을 부지하는 남송 정부를 풍자한 것이다.

어떤 사람은 같은 완약파 사인 가운데 진관의 사에서 여성스러운 분위기가 풍긴다고 했다. 반면 이청조는 여자인데도 이처럼 대장부의 기개가 넘치니 정말 역설적이다.

북송 말에서 남송 초에 이르는 시기에 가장 유명한 시인은 진여의이다. 진여의陳與義(1090~1139)의 자는 현비玄非이고, 호는 간재簡齋이다. 그는 낙양 사람으로서, 휘종徽宗 시기에는 태학박사를 지냈다. '정강의 난'이 일어나 금나라가 변경(개봉)을 침공했을 때에는 진류陳留의 관리로 있었다. 그는 진류를 빠져나와 호남과 광동, 복건을 돌아, 마침내 임안臨安(오늘날의 항주시)에 도착하여 고종高宗을 배알했다.

진여의는 소식과 황정견을 존경했다. 하지만 가장 숭상한 사람은 두보였다. 두보가 안·사의 난을 거치면서 천신만고 끝에 조정을 따라갔던 경험이 그의 경험과 같았기에, 두보의 시에 담긴 참뜻을 터득할 수 있었다. 따라서 그의 일부 시도 '시로 쓴 역사(詩史)' 같은 맛이 난다. 「봄을 슬퍼하며(傷春)」가 그 대표적인 예이다.

조정은 오랑캐를 멸할 계책 없으니　　　　　廟堂無策可平戎

감천의 봉화는 늦은 밤에도 궁을 비추고 있다 坐使甘泉照夕烽

처음 변경에서 싸우는 말 울음소리에 놀랐을 때

　　　　　　　　　　　　　　　　　　　　初怪上都聞戰馬

어찌 궁벽한 곳에서 황제를 뵐 줄 알았으리　豈知窮海看飛龍

외로운 신하의 흰머리는 삼천 장인데　　　　孤臣霜發三千丈

해마다 안개꽃은 일만 겹이네　　　　　　　每歲煙花一萬重

그래도 기쁜 소식은 장사 태수 향자인이　　稍喜長沙向延閣

피폐한 병사 이끌고 적군에게 용감하게 맞섰다 하네

　　　　　　　　　　　　　　　　　　　　疲兵敢犯犬羊鋒

　이 시는 건염建炎 4년(1130) 고종이 금 군대의 침략을 피해 배를 타고 바다로 도망갔던 사실을 다루었다. 앞의 네 구절에서는 금나라의 침입에 무참히 짓밟히는 조정의 상황을 묘사했다. 시인은 황제의 궁궐 근처에까지 봉화가 끊이지 않고 이어지는 모습을 보며 가슴을 졸였다. 적의 군대가 어떻게 서울까지 쳐들어올 수 있었을까? 하지만 이런 생각도 잠시, 황제는 황급히 배를 타고 바다로 도망쳤다.

　5~6구에서는 자신의 감정을 개입시켰다. 나라와 백성에 대한 한결같은 충정과 걱정으로 머리가 다 셌다. 꽃이 만발하는 봄이 왔건만, 풍파에 흔들리는 조정의 모습만 바라보는 자신의 신세를 한탄했다.

　마지막 연에서는 억누르고 있던 감정이 폭발했다. 장사의 태수 향자인向子諲이 의병대를 조직하여 금의 군대에 대항한다는 소식에, 작자는 크게 고무되었다.

　이 시를 두보의 「봄을 슬퍼하며(傷春)」와 「제장諸將」이란 시와 함께 읽으면, 많은 공통점을 느낄 수 있다. 결과적으로 진여의는 송나라의

5 전란의 소용돌이 속에서 ●

127

시인들 가운데 두보의 시풍을 가장 잘 이어받은 사람이 되었다.

한쪽에서는 그를 강서시파냐 아니냐를 놓고 말들이 많다.

원나라 때의 시인 방회方回는 진여의를 강서시파의 '3대 인물(三宗)' 가운데 한 사람으로 꼽았다.

자신의 작품을 불태운 사나이

북송의 멸망(1127)을 전후로 네 명의 시인이 태어났다. 그들은 각각 육유, 양만리, 범성대, 우모이다. 중국인들은 그들을 '중흥中興 4대시인四大詩人'이라고 부른다. 그들은 명실상부한 남송의 시인들이었다.

그들 가운데 지명도나 성취도로 보면, 육유가 가장 뛰어났다. 그는 다음 장에서 자세히 다루겠다. 한편 우모의 시와 산문은 평이하여, 대시인의 품격은 갖추지 못했다. 그리고 양만리와 범성대는 나름대로 특성을 지니고 비슷한 성취를 이루었다.

양만리楊萬里(1127~1206)의 자는 정수廷秀이고, 호는 성재誠齋이다. 그는 길수吉水(오늘날의 강서성 길수현) 사람이다. 그의 시는 일가를 이루어 '성재체誠齋體'라는 호칭을 얻었다.

그는 진사에 합격하여, 평생 청렴결백하게 관리 생활을 했다. 노년에는 올곧은 의견을 고수하다가 재상에게 미움을 사서, 관직을 버리고 고향으로 돌아가 15년 동안 칩거했다. 그는 죽음을 앞두고는 종이와 붓을 가져다가 억울한 자신의 심정을 표현했다.

내 머리를 내어놓고, 나라에 보답하려 해도 방법이 없으니, 울분만
생긴다.

吾頭顱如許, 報國無路, 惟有孤憤.

그는 처음에는 강서시파의 시를 배웠다. 하지만 나중에는 다시 왕
안석과 만당의 시를 공부했다. 그러나 배우면 배울수록 어렵기만 했
다. 그러던 어느 날, 문득 그는 선배의 시에 매여서는 자신의 길을 찾
을 수 없음을 깨달았다. 그래서 그때까지 지었던 천여 수의 시를 모
조리 불태우고, 구속되지 않고 자유롭게 창작하기 시작했다.

그는 그가 본 경치와 사물을 시에 녹이는 작업을 쉽고 재미있게 여
겼다. 「한가로운 초여름에 낮잠 자고 일어나(閒居初夏午睡起)」를 살펴
보면 이를 잘 알 수 있다.

매실은 신맛을 남기어 이빨이 약해지고　　　梅子留酸軟齒牙
파초는 푸름을 나누어 비단 창문을 물들인다　芭蕉分綠與窓紗
해는 길어 낮잠 자고 일어났으되 무료하여　　日長睡起無情思
아이들이 버들꽃 잡는 것을 한가로이 바라본다　閒看兒童捉柳花

낮잠에서 깼는데, 매실의 신맛이 여전히 입안을 맴도는 가운데 이
빨이 뻐근했다. 파초 잎은 햇살을 받아 그 푸름으로 창을 물들이고
있었다. 긴긴 여름날 낮잠에서 깨어나 나른한 채로, 버들꽃을 잡으려
고 뛰어다니는 아이들의 모습을 멍하니 바라보는 모습이 친근하다.

이처럼 일상적인 신변잡사가 시인의 손을 거치자 시적 정취가 물
씬 풍긴다. 마치 담담하게 일상을 담은 편지글 같지만, '남기어(留)'
와 '나누어(分)' 같은 시어를 보면 얼마나 정교한지 모른다. 시인이

고심한 흔적이 역력하다.

물론 「새벽에 정자사를 나와 임자방을 전송하다(曉出淨慈寺送林子方)」처럼 순수하게 풍경만 읊은 시도 있다.

마침내 서호는 6월이라	畢竟西湖六月中
경치는 사계절과 더불어 사뭇 다르다	風光不與四時同
하늘에 맞닿아 있는 연잎은 끝없이 푸르고	接天蓮葉無窮碧
햇살에 비친 연꽃은 유달리 붉어라	映日荷花別樣紅

정자사는 경치가 아름다운 항주의 서호 주변에 있었다. 6월의 어느 새벽, 시인은 정자사에서 나와 친구를 전송했다. 마침 떠오르는 아침 햇살을 받아 아름답게 빛나는 서호의 모습을 보고는 이를 영롱한 시구로 승화시켰다.

특히 3구와 4구는 천하의 절창絶唱으로 유명하다. 호수를 가득 메운 연잎은 끝없이 펼쳐져, 그 푸름으로 하늘까지 물들일 기세였다. 반면 연꽃은 햇빛을 받아 유달리 붉었다. "끝없이 푸르고(無窮碧)"와 "유달리 붉어라(別樣紅)"란 시어는 시 전체에 생기를 불어넣고 있다.

자연 풍경은 아름다움을 주지만, 때로는 남다른 감정을 동반하기도 한다. 어느 해인가 양만리는 명령을 받고 금나라의 사신을 접견하러 갔다. 배가 회하淮河에 이르렀을 때, 그의 마음은 착잡하기만 했다. 이에 「처음으로 회하에 들어가(初入淮河)」라는 시를 지었다.

배는 홍택 호안의 모래사장을 떠나고	船離洪澤岸頭沙
사람들은 회하에 이르면 마음이 즐겁지 않다	人到淮河意不佳
하필이면 상건하는 멀리 흐르는가	何必桑乾方是遠

중류 북쪽은 하늘 끝이로구나　　　　　中流以北卽天涯

회하는 중국의 중심부로서, 중국 대륙을 남북으로 가를 때 기준이 되는 강이다. 그런데 당시에는 송나라와 금나라를 가르는 국경 역할을 했다. 예전에 송나라가 굳건했을 때에는 국경이 한참 북쪽인 상건하 부근이었다. 하지만 이제는 그 땅을 금나라에게 빼앗겨, 회하 중류에서 하늘 끝을 운운해야 하는 현실이 안타까웠다. 이처럼 냉혹한 현실 앞에서 시인은 마음이 착잡할 수밖에 없었다.

양만리는 생전에 2만 수가 넘는 시를 지었다. 모방 일변도의 강서파 시풍에서 벗어나, 분명하고 생동적인 언어로 눈앞에 펼쳐진 자연의 모습을 담담하게 표현했다.

그는 스스로 시를 지을 때 '활법活法'을 쓴다고 했다. 곧 시의 원칙을 깨지 않으면서도 변화를 예측할 수 없을 정도로 활발하고 자유롭게 시어를 구사한다는 말이다. 그래서 심각하지 않고 평범하게 쓴 것 같으면서, 신선하고 생기가 넘치는 시체詩體인 '성재체'를 이루었다. 이는 중국 문학사에 한 획을 긋는 업적이다.

전원시의 완성자

범성대의 시는 양만리와 달랐다. 양만리가 대자연을 즐겼다면, 범성대는 사람과 사회에 집중했다. 범성대范成大(1126~1193)의 자는 치능

致能이고, 평강平江 오군吳郡(오늘날의 강소성 소주시) 사람이다. 그는 문인 집안에서 태어나 어린 시절부터 책을 가깝게 접했다.

그러다가 열일곱 살에 부모님을 여의고, 가장이 되어 두 여동생을 돌봐야 했다. 그는 고생하며 두 여동생을 시집보낸 뒤에야 비로소 본격적으로 과거를 준비할 수 있었다. 그래서 20대 후반에야 진사가 되었다. 관운은 비교적 평탄하여, 참지정사參知政事에까지 올랐다. 하지만 강직한 성품을 지닌 그는, 간신을 중용하려는 황제의 조서 작성을 거절하여 황제의 미움을 사기도 했다.

또 그는 남송의 특사가 되어, 빼앗긴 땅으로 가 금나라 관리들과 담판을 벌이기도 했다. 그때 침착하게 응대하고, 기회를 보아 실리를 챙기는 방법으로 송나라 조정의 체면을 살렸다. 그는 그 과정을 『남비록攬轡錄』이라는 1권의 일기와 72수의 기록시로 남겼다. 그 가운데 「주교州橋」는 옛 수도 변량汴梁(오늘날의 하남성 개봉시)을 보고 느낀 감회를 적은 작품이다.

주교의 남북으로는 천자의 길	州橋南北是天街
노인은 해마다 어가御駕가 돌아오기를 기다린다	
	父老年年等駕回
눈물을 참으며 소리 죽여 사자에게 묻는 말	忍淚失聲詢使者
정말로 언제나 천자의 군대가 오는 겁니까	幾時眞有六軍來

주교는 북송의 수도 변량에 있는 변하汴河를 가로지르던 천한주교天漢州橋를 가리킨다. 황궁으로 가려면 반드시 거쳐야 하는 다리였다.

금나라가 중원을 점령하고 나서도 그곳의 노인들은 해마다 송의 군대가 다시 옛 땅을 회복하길 학수고대했다. 황궁 밖에서 만난 유민들은 눈물을 머금고 송의 군대가 언제 오냐고 사자에게 물었다. 여기서 시인은 '정말로(眞)'라는 시어를 통해 노인들의 간절한 소망과 쓰라린 실망감을 함축시켰다.

범성대는 만년에 잦은 병에 시달려, 쉰여덟 이후에는 석호石湖에 은거했다. 그곳에 석호 별장을 짓고, 스스로를 석호거사石湖居士라고 불렀다. 시골 풍경과 농가의 풍습 및 인정과 친근하게 어울렸다. 그는 이 시기에 60수의 칠언 절구를 짓고는 「사계절 전원의 잡흥(四時田園雜興)」이라 통칭했다.

「늦봄 전원에서의 잡흥(晩春田園雜興)」도 그 가운데 하나이다.

나비는 쌍쌍이 채소꽃밭 속으로 날아들고　　　蝴蝶雙雙入菜花
해는 길어도 농가를 찾는 손님이 없다　　　　日長無客到田家
닭은 울타리 넘어 날아가고 개는 개구멍에 짖어대니
　　　　　　　　　　　　　　　　　　鷄飛過籬犬吠竇
행상이 차를 팔러 온 것을 알겠구나　　　知有行商來賣茶

이 시에서는 움직임 속에 깃든 고요함을 보여준다. 나비가 쌍쌍이 채소꽃밭 위를 날고, 닭이 홰를 치고 날며, 개가 짖는 등 분주하게 움직이고 있다.

그러나 이 모든 것은 "해는 길어도 농가를 찾는 손님이 없는" 고요함을 부각시키고자 해서이다. 봄이 되자 모두들 농사일로 바빠, 마을이 텅 비었다. 집집마다 돌아다니며 차를 파는 행상이 우연히 들어오자, 닭이며 개들이 시끄럽게 반응한 것이다.

그렇다고 해서 시인이 농민들의 어려움을 무시하고 '전원생활의 즐거움(田園樂)'만 노래한 것은 아니다. 「사계절 전원의 잡흥」 가운데 농민의 고통을 동정한 시도 있다.

벼 익을 무렵 농사일은 고달프고 고달파　　　　垂成穡事苦艱難

비 걱정 바람 걱정 냉해 걱정　　　　　　　　忌雨嫌風更怯寒

남은 것 빼앗지 말라 하늘에 하소연도 해보지만

　　　　　　　　　　　　　　　　　　　　賤訴天公休掠剩

그나마 절반은 사채를 갚고 절반은 관아로 보낸다

　　　　　　　　　　　　　　　　　　　　半償私債半輸官

벼가 익을 무렵 농부들은 가장 힘들었다. 비바람에 벼가 쓰러질까, 냉해로 피해를 입을까 노심초사했다. 피해를 입고 남은 나머지라도 끝까지 수확할 수 있도록 보살펴 달라고 하늘에 매달리곤 했다. 그러나 수확한 뒤에도 절반은 사채를 갚느라 뺏기고, 나머지 절반도 관가의 세금으로 빼앗기는 형편이었다.

예로부터 전원시를 쓴 시인은 많았다. 그러나 먹고 마시며 전원의 경치를 즐기는 경우가 대부분이었다. 그러나 범성대의 「사계절 전원의 잡흥」 60수는 전원생활의 구석구석을 자세히 묘사했다. 농부들의 기쁨과 즐거움뿐만 아니라, 고통과 비애도 담았다. 심지어 관청과 악독 관리를 직접적으로 비판한 시도 있었다. 따라서 범성대야말로 전원시의 집대성자라 할 수 있다. 중국인들은 전원시를 거론할 때면 언제나 도연명과 함께 범성대의 이름을 언급한다.

이번 장의 첫머리에서 애국 작가인 악비와 호전을 살펴보았다. 그러나 남송 때에도 이에 못지않은 애국 작가가 있었다. 그는 바로 장효상이다.

장효상張孝祥(1132~1170)의 자는 안국安國이고, 호는 우호거사于湖居

士이다. 그는 역양歷陽 오강烏江(오늘날의 안휘성 화현和縣) 사람이다. 스물두 살에는 조정의 시험에 참가했는데, 때마침 진회의 손자인 진훈秦塤과 함께 시험을 보았다. 물론 시험관은 진회에게 잘 보이려고 진훈을 1등으로 뽑았다.

그런데 고종이 친히 그들의 글을 살펴보게 되었다. 그리고는 장효상이 더욱 뛰어나다 여겨, 그를 1등으로 정했다. 이에 앙심을 품은 진회는 장효상의 아버지에게 모반죄라는 누명을 씌워 사람을 보내 잡아들였다. 다행히 다음해에 진회가 죽어 사건은 더 이상 확대되지 않았다.

장효상은 강직한 성품과 뛰어난 재능을 가지고 있었다. 악비의 원한을 변호하는 글을 올리기도 하고, 적극적으로 항금抗金 정책을 주장했다. 그러나 안타깝게도 몸이 약하여, 스물아홉에 병으로 죽었다.

그는 주로 사로 이름을 날렸다. 천부적인 재능을 가지고 있었기에, 시흥이 일면 초고도 없이 그 자리에서 작품을 완성했다. 다음 「육주가두六州歌頭」의 뒷부분처럼 그의 일부 사는 애국심으로 가득했다.

…………

중원의 노인들 말씀 들어보니	聞道中原遺老
언제나 남쪽 바라보며 제왕의 군대 오기만을	常南望翠葆霓旌
사신으로 와 이 지경에 처하니	使行人到此
충성심과 울분이 가슴을 메워	忠憤氣塡膺
눈물을 퍼붓노라	有淚如傾

이 부분은 마치 범성대의 「주교」 같은 느낌을 준다. 사자는 제왕의 군대를 애타게 기다리는 중원의 노인들을 보면서, 그동안의 불충을

자책하며 눈물을 비 오듯 쏟았다.

전하는 바로는 이 작품은 어느 연회석에서 지었다고 한다. 함께 자리했던 대장군 장준張浚은 이 노래를 듣고 심한 자책감에, 더 이상 술을 마시지 못하고 자리에서 나갔다고 한다. 당시 그는 강회江淮의 군사를 총괄하고 있었기 때문이다.

그래도 장효상의 대표작으로는 풍경 묘사와 감정 서술을 잘 조화시킨,「염노교·동정호를 지나며(念奴嬌·過洞庭)」를 들 수 있다.

청초호라 동정호	洞庭青草
한가위가 다가오자	近中秋
바람 한 점 더욱 없네	更無一點風色
옥거울인 양 해맑은 광활한 천지	玉鑒瓊田三萬頃
나를 실은 한 조각 배	著我扁舟一葉
은백의 달빛 교교히 비추고	素月分輝
은하수 함께 그림자를 드리운다	銀河共影
하늘과 땅 한결같이 맑고도 밝아	表裏俱澄澈
마음 느긋해지니	怡然心會
이런 정경 그대에게 뭐라 말할 수 있을지	妙處難與君説
오령五嶺의 남쪽에서 지내던 때 떠올리는데	應念嶺海經年
달빛 절로 비추어	孤光自照
간담이 다 서늘해지누나	肝膽皆冰雪
휑해진 머리칼에 옷자락도 서늘하나	短髮蕭騷襟袖冷
도도한 물결 위를 시원스레 흘러간다	穩泛滄溟空闊
서강 물 모두어 술을 담그고	盡挹西江

북두성을 국자 삼아 술 따른 다음　　　　　細斟北斗
삼라만상을 손님으로 맞이하리라　　　　　萬象爲賓客
뱃전 두드리며 홀로 노래 흥얼대니　　　　　扣舷獨嘯
이 밤이 어느 밤인가 알 수가 없구나　　　　不知今夕何夕

　시인을 실은 배는 달빛을 받아 수정처럼 빛나는 세계로 들어섰다. 간담이 다 시리도록 맑은 세상이었다. 이처럼 광활한 천지를 앞에 두고 시인은 무한한 상상력을 발휘했다. 서쪽 강물을 술로 삼고, 북두칠성을 술 푸는 국자로 삼으며, 하늘의 별들과 삼라만상을 손님으로 맞이했다. 이 얼마나 호방한 기상인가.

　장효상 스스로도 다른 사람들에게 "제 사가 소동파의 사와 비교해 어떻습니까"라고 묻곤 했다. 어쨌든 남송의 사인들 가운데 장효상의 사가 소식의 풍격에 가장 가까웠다.

정강의 치욕
(靖康之恥)

북송은 요遼가 붕괴할 조짐을 간파하고 반격의 기회를 노렸습니다. 휘종은 금나라에 사신을 보내, 함께 요를 치기로 약속했습니다. 요에게 빼앗겼던 연운십육주燕十六州의 수복은 당시 북송의 간절한 바람이었지요.

그러나 1122년에 시작된 전투에서 송의 군대는 연패하고, 그 사이 금의 군대가 연경燕京을 함락합니다. 결국 송나라는 금나라에 거액의 보상금을 주기로 하고 연경과 그 일대를 건네받았습니다.

북송은 이를 보복하려고 암암리에 요의 잔존 세력과 연합하여 금나라를 공격하려 했습니다. 이 사실을 안 금나라는 격분하여, 정강靖康 원년(1126) 중원으로 내려와 송의 수도 개봉을 포위했습니다. 휘종을 비롯한 황족과 고위 관리는 남방으로 피신하고, 성안에서는 주전파와 주화파 사이에 의견이 엇갈려 많은 물의를 일으켰습니다. 결국 다시 거액의 배상금과 왕족을 인질로 내주는 등 굴욕적인 조건을 획득한 금나라는 포위를 풀고 북상했습니다.

거기서 일이 끝나지 않았습니다. 포위가 풀린 개봉에서는 다시 주전파가 득세하여, 금나라의 화를 돋우었습니다. 이에 금은 아예 송을 정복하리라 마음먹고, 다시 남하하여 개봉을 포위했지요. 가차 없는 공격으로 개봉은 폐허가 되고, 약탈과 파괴가 이어졌습니다. 흠종과 태상황 휘종은 스스로 금나라 군영에 가 포로가 되고, 황족과 고위 관료, 기술자, 예술가 등 수천 명이 금나라로 연행되었습니다. 중국에서는 이를 '정강의 치욕'이라 부릅니다.

이로써 167년 동안 이어져 내려온 송 왕조는 1126년에 멸망합니다.

북벌의 꿈 6

증기曾幾

육유陸游

시인 육유가 꿈에도 그리던
대륙 북부의 황토 고원.

스승의 가르침

'중흥 4대 시인' 가운데 가장 뛰어났던 육유를 살펴보기 전에, 먼저 그의 선생님이었던 증기를 알아보자.

증기曾幾(1084~1166)의 자는 길보吉甫 또는 지보志甫이고, 감주贛州(오늘날의 강서성 감주시) 사람이다. 그는 육유의 선배로서, 육유와 나이 차가 사십이 넘었다. 그는 강서시파와 밀접한 관련을 맺어, 스스로 황정견의 『산곡집山谷集』을 유창하게 읽을 수 있다며 자랑했다.

그러나 그의 시는 명쾌하여 강서시파의 시들처럼 전고와 생소한 언어를 쓰지 않았다. 양만리의 풍격을 닮은 「삼구부 가는 길에(三衢道中)」라는 시가 이를 잘 보여준다.

매실이 노랗게 익을 때면 날마다 날이 좋은데　梅子黃時日日晴
작은 시냇물에 배 띄워 끝닿으면 산길을 걷는다
　　　　　　　　　　　　　　　　小溪泛盡却山行

녹음이 줄지 않은 돌아오는 길에　　　　　　綠陰不減來時路
꾀꼬리 네댓 마리가 소리를 더하는구나　　　添得黃鸝四五聲

또한 증기는 두보의 시에 열중했다. 그의 시 가운데 제목이 유난히 긴 칠언 율시 「소주에서 수주로 가는 길에 7월 25일 밤부터 사흘 동안 폭우가 쏟아지자 가을 새싹이 돋아 기뻐서 짓다(蘇秀道中自七月二十五日夜大雨三日，秋苗以蘇，喜而有作)」가 있다. 거기에 나오는 다음과 같은 구절은 두보의 시 「이엉집이 가을바람에 부서지다(茅屋爲秋風所破歌)」의 몇 구절과 비슷하다.

집이 새 침상마다 젖을까 걱정하지 말고 　　不愁屋漏床床濕

잠시 시냇물이 깊이 흘러감을 기뻐하네 　　且喜溪流岸岸深

……

나처럼 밭이 없는 이도 기꺼이 춤추는데 　　無田似我猶欣舞

하물며 밭 사이에서 수확을 바라는 마음임에랴 　　何況田間望歲心

증기는 대단한 애국자였다. 그는 금나라와 협정하는 걸 반대하다가 진회의 미움을 사 관직을 잃고, 진회가 죽은 뒤에야 관직을 되찾을 수 있었다.

그가 육유와 왕래할 때는 이미 일흔 살이 넘었을 때이다. 그는 백여 명이 넘는 대가족을 이루고 있었지만, 집안일은 뒤로 하고 입만 열면 나라를 걱정했다. 그런 그가 육유와는 하루가 멀다 하고 자주 만났다. 그는 육유에게 시 짓는 법을 가르치며, 은연중에 애국의 정서를 전했다. 덕분에 육유의 시 창작 능력은 나날이 향상되어, 나중에는 스승인 증기의 수준을 뛰어넘었다. 하지만 증기의 공로를 간과해서는 안 된다.

국경에서의 체험

육유陸游(1125~1210)의 자는 무관務觀이고, 호는 방옹放翁이며, 월주越州 산음山陰(오늘날의 절강성 소흥시紹興市) 사람이다. 그는 관리 가문에서 태어나, 집에 만 권이 넘는 장서가 있었다고 한다.

그러나 육유는 태어나면서부터 편안한 날이 없었다. 그가 태어난 다음해 금나라 군대가 변경汴京을 침공하여, 그는 아버지와 함께 서둘러 고향 산음으로 피신했다. 피난길에 겪어야 했던 갖가지 어려움은 이제 막 세상에 태어난 갓난아이 육유의 무의식 속에 깊게 각인되었으리라.

소흥紹興 시기(1131~1162)에 주화파가 득세하자, 육유의 아버지는 그들을 멀리하여 고향에서 은거했다. 그러나 그의 집에는 늘 손님이 끊이지 않았다. 물론 손님의 대부분은 주전파 인사들이었다.

그들이 모여 포로가 된 두 황제와 잔혹한 금나라 병사들을 얘기할 때면, 분을 이기지 못하고 이를 갈며 눈물을 쏟곤 했다. 진회의 이야기가 나오면, 하나같이 책상을 치며 입이 부르트도록 욕을 했다. 그럴 때는 좋은 음식이 나와도 뒷전이었다. 소년 육유는 이러한 분위기에서 자랐다. 금나라와 맞서 싸우고, 간사한 무리들을 가차 없이 비판하는 사상이 그의 어린 심령 속에 깊이 뿌리박혔다.

그런데 몇 년 뒤 실제로 육유가 진회의 박해를 받을 줄 누가 알았겠는가? 스물아홉이 된 육유는 임안臨安(오늘날의 항주시)에 가서 지방 시험(省試)을 치렀다. 마침 응시생들에는 진회의 손자인 진훈秦塤도 있었다.

그때 시험 감독관인 진지무陳之茂는 정직한 사람이라, 객관적으로 답안지를 평가했다. 그래서 진훈을 제치고 육유를 1등으로 뽑았다. 이러한 결과에 앙심을 품은 진회는, 다음해 중앙 시험(殿試)에 참가한 육유를 탈락시켰다. 결국 육유는 진회가 죽고 나서야 두각을 나타낼 수 있었다.

소흥 32년(1162)에 효종孝宗인 조신趙愼이 즉위했다. 그는 금나라와 맞서 싸웠던 백전노장 장준張浚을 기용하여 중원 회복을 노렸다. 육유도 이 정책을 적극적으로 지지했다.

그러나 송의 군대는 금나라 군대와 싸워 패하고 말았다. 그러자 곧바로 주화파가 다시 기세를 올렸다. 육유도 전쟁을 부추겼다는 죄목으로 관직을 박탈당하고 낙향해야 했다. 그러다 4년 뒤에야 기주夔州 통판通判이라는 직책을 얻어, 다시 관리 생활을 할 수 있었다.

그는 기주로 가려고 가족을 인솔해, 양자강을 따라 내륙의 중심부 사천으로 향했다. 그리고 당시의 상황을 일기 형태로 적어 『입촉기入蜀記』6권을 남겼다. 이는 유려한 필치로 쓴 기행문으로서, 문학작품으로나 지리서로나 큰 가치를 지닌다.

기주에서 지내는 3년 동안 육유는 매우 괴로웠다. 기주처럼 외진 시골에 처박혀 있기보다, 군대를 통솔하여 옛 영토를 회복하고 싶었기 때문이다.

3년의 임기를 마치자, 드디어 그에게 기회가 찾아왔다. 당시 주전파의 지도자였던 왕염王炎이 사천과 섬서陝西 지방의 선무사宣撫使로와 있었던 것이다. 이에 육유는 남정南鄭으로 달려가 그의 막료가 되었다. 남정은 오늘날의 섬서성 한중시 부근이다.

육유는 날마다 성루에 올라가 장안의 남산과 금나라 군대의 진영을 바라보곤 했다. 「추파미秋波媚, 7월 16일 저녁 무렵 고흥정에 올라 장안의 종남산을 바라보며(七月十六日晚登高興亭望長安南山)」는 이 시기에 지은 작품이다.

가을 맞은 변경의 성 호각 소리 슬프고	秋到邊城角聲哀
봉화는 높은 누대를 비추고 있다	烽火照高臺
슬피 노래하고 축을 치면서	悲歌擊筑
높은 곳 올라 술을 마시니	憑高酹酒

이 흥취 가없어라	此興悠哉
남산의 달만큼 다정한 것 있을까	多情誰似南山月
특별히 저녁 구름을 헤치고 나왔다	特地暮雲開
안개에 잠긴 파교의 버들	灞橋煙柳
곡강 연못가의 집	曲江池館
마땅히 사람들 돌아올 날을 기다리리라	應待人來

가을 밤 성루에 올라 술잔을 기울이며, 금나라 군대에게 **빼앗긴** 장안을 바라보는 시인의 심정을 헤아릴 수 있다. 몸은 비록 남정성에 있으나, 마음은 이미 "안개에 잠긴 파교의 버들"과 "곡강 연못가의 집"에 가 있었다.

육유는 왕염에게 중원을 회복하려면 먼저 장안을 탈취해야 한다고 주장했다. 아울러 군량미를 비축하고 병사들을 훈련시킨 다음, 기회를 보아 급습하여 승기를 잡은 뒤 그 여세를 몰아붙여야 한다고 강조했다.

그는 언제나 말을 타고 각지를 시찰하고 탐사했다. 멀게는 최전방인 대산관大散關까지 가기도 했다. 직접 갑옷을 두르고 적군을 추격하는 전투에도 참여했다. 그럴 때면 육유의 마음은 극도로 흥분했다.

"드디어 반격의 날이 다가왔구나! 수십 년 동안 꿈꾸던 바람이 이루어지는구나!"

이러한 움직임에 당황한 금나라 군대는, 장안 주위에 세 겹의 방어선을 치고 완강하게 저항했다. 하지만 이런 중요한 시기에 조정에서는 느닷없이 왕염을 임안으로 소환했다. 결과적으로 반격하려고 세운 모든 계획과 준비가 수포로 돌아갔다.

육유의 마음은 억장이 무너지는 듯했다. 그는 결국 사천으로 돌아가 새로운 명령을 기다릴 수밖에 없었다. 육유는 남정에서 사천으로 가려고 검문劍門을 지나면서 그 유명한 절구 「검문으로 가는 길에 가랑비를 맞으며(劍門道中遇微雨)」를 지었다.

출정 때 먼지와 거친 술로 얼룩진 옷이여　　衣上征塵雜酒痕

정처 없이 머나먼 길을 왔지만 넋은 잃지 않았다

　　　　　　　　　　　　　　　　遠遊無處不銷魂

이 몸은 정녕 시인이 아닌가　　　　　此身合是詩人未

가랑비 속에 나귀 타고 검문산에 들어선다　　細雨騎驢入劍門

예전에 이백과 두보, 가도 등 유명한 시인들이 모두 나귀를 타고 그곳을 지나갔다는 기록이 있다. 시인도 그러한 기록에 영향을 받은 듯 나귀를 타고 검문산에 들어섰다. 가랑비를 맞으면서 시인은 틀림없이 선배 시인들을 떠올렸으리라. 그리곤 이렇게 자문했다.

"고난에 찬 나의 이 한평생이라면 시인이 되기에 충분하지 않을까?"

이런 자문 속에는 깊은 회한이 담겨 있다. 어제까지만 해도 말 위에서 적을 무찌르는 영웅을 꿈꾸었지만, 지금은 한갓 꿈일 뿐이다. 꿈에서 깨어난 그는 자신이 나귀 위에서 고통에 신음하는 시인일 뿐이라는 사실을 깨달았다.

방자한 늙은이

그 뒤 육유는 사천의 몇몇 지방을 돌아다니며 지방관으로 활동했다. 오래지 않아 육유와 교분이 있던 범성대가 제치사制置使가 되어 사천으로 왔다. 그는 육유를 자신의 막료로 불러 참의관參議官에 임명했다.

그러나 범성대는 결코 육유를 자신의 부하로 대하지 않았다. 육유도 범성대 앞에서 아무런 격의 없이 행동했다. 두 사람은 언제나 함께 술과 시를 주고받으며 여러 문제를 놓고 토론을 벌였다. 동료들은 그런 모습을 보면서 육유가 자신의 신분은 생각하지 않고 방자하게 행동한다며 힐난했다. 이에 육유는 아예 자신의 호를 '방자한 늙은이 (放翁)'로 짓고, 날마다 기루와 술집을 전전했다. 이는 사실 시름을 잊으려고 의식적으로 한 행동이었다.

그는 잃어버린 옛 영토를 회복하겠다는 생각을 단 하루도 잊은 적이 없었다. 악부시 「관산의 달(關山月)」은 당시의 심정을 잘 보여주고 있다.

오랑캐와 평화협정을 맺은 지 15년　　　　　和戎詔下十五年

장군은 그저 변방을 지킬 뿐 싸우지 않는다　將軍不戰空臨邊

붉은 대문 안 깊은 곳은 노래와 춤으로 흥청거리고

　　　　　　　　　　　　　　　　　朱門沈沈按歌舞

마굿간의 튼실한 말은 간 데 없고 활시위는 끊겼다

　　　　　　　　　　　　　　　　　廐馬肥死弓斷弦

수루의 작두는 달이 떨어지기를 재촉하고　戍樓刁斗催落月

서른 살에 종군하여 이제는 백발이라　　　三十從軍今白髮

피리 소리 속 뉘 알리오 장사의 마음을　　笛裏誰知壯士心

사막은 부질없이 전사한 이의 해골을 비춘다　沙頭空照征人骨

중원이라 옛날에도 창칼 부딪치는 소리 있었으나

　　　　　　　　　　　　　　　　　中原干戈古亦聞

오랑캐가 대대로 그 땅을 차지한 적 있었단 말인가

　　　　　　　　　　　　　　　　　豈有逆胡傳子孫

나라 잃은 백성들은 죽음을 무릅쓰고 중원의 회복 바라건만

　　　　　　　　　　　　　　　遺民忍死望恢復

오늘밤도 곳곳마다 눈물의 흔적만이　　幾處今宵垂淚痕

　5구에 나오는 작두刁斗는 군중에서 밤에 시간을 알리는 북 대용으로 쓰던 것으로, 낮에는 솥으로 이용하였다. 남송 정부가 금나라와 평화 협정을 맺은 지도 15년이 지났다. 관리들은 옛 치욕을 잊은 채, 꿈속에 젖어 술과 노래로 세월을 보냈다. 전쟁터를 질주하던 날쌘 말들은 모두 사라지고, 무기들도 녹슬어 버렸다. 병사들의 애국심을 알아줄 사람은 아무도 없었다. 국경에 흩어져 있는 해골을 볼 때면 더욱 상심했다.

　예로부터 많은 전쟁이 있었지만, 지금처럼 오랑캐가 대대로 중원을 차지하고 다스리던 적은 없었다. 중원에 남아 있는 한족들은 치욕을 참으며 광복의 그날을 손꼽아 기다렸다. 그 와중에 밤마다 그들의 눈은 눈물이 마를 새가 없었다.

　순희淳熙 5년(1178) 육유는 조정의 부름을 받아 임안으로 갔다. 사천 지방에서 이미 8년을 보낸 상태였다. 사천에서 생활한 경험은 그에게 많은 영향을 끼쳤다. 명산대천을 유람하고, 특히 남정에서는 금나라

와 싸우는 데 참가하기도 했다. 군대에서 경험한 호방한 생활과 변방의 웅혼한 기상은, 시인 육유에게 깊은 인상을 심어 주었다. 이로써 육유는 시인으로서 득도의 경지에 다다른 듯했다. 이때부터 그의 시는 나날이 성숙해지고, 자유분방하면서도 웅혼한 풍격을 이루었다.

그는 사천과 섬서 지방에서 생활한 것을 기념하려고 시집의 제목을 『검남시고劍南詩稿』라고 붙였다.

한 많은 죽음

임안으로 돌아온 육유는 다시 몇몇 지방관을 역임하고, 몇 년 동안 산음에서 한가롭게 지냈다. 그는 예순두 살이 되었을 때 엄주嚴州 지주知州로 임명되어, 같은 해 그 유명한 시 「회포를 적다(書憤)」를 지었다.

젊었을 때야 세상사 어려운 줄 어찌 알았으랴　早歲那知世事艱
중원 수복 일념에 북녘을 바라보니 기운이 산처럼 솟아

中原北望氣如山

눈 내리던 밤에 군선을 타고 과주를 건너고　樓船夜雪瓜洲渡
가을바람 헤치며 철마를 타고 대산관을 넘나들었다

鐵馬秋風大散關

국경을 지키는 장성이 되자던 스스로의 다짐은 부질없고

塞上長城空自許

거울 속의 시든 머리 벌써 세었구나　　鏡中衰鬢已先斑

만세에 남을 제갈량의 출사표   出師一表眞名世

천 년 지난 오늘 그에 비길 자가 누구인가   千載誰堪伯仲間

앞 두 구절은 웅장했던 청년 시절의 기상을 되새기면서, 중원 수복을 너무 쉽게 생각한 자신을 뉘우치며 달래고 있다. 이어서 "과주를 건너고," "대산관을 넘나들었다"는 말로써 장준의 반격과 자신의 체험을 개괄했다.

5구와 6구에서는 감정이 북받쳤다. "국경을 지키는 장성"이 되자고 다짐했건만, 이룬 것은 하나도 없이 거울 앞에 서면 백발이 성성한 모습뿐이었다. 그러나 시인은 결코 낙심하지 않았다. "몸과 마음을 다 바쳐 나라를 위하여 힘껏 싸우다가 죽은 뒤에야 그만 둘 따름입니다"라고 했던 제갈량을 흠모하면서, 비록 몸은 늙었지만 끝까지 분투할 것을 다짐했다.

전체적으로 침울한 분위기 속에서도 특유의 호방한 기풍이 잘 배어 있다. 특히 "눈 내리던 밤에 군선을 타고 과주를 건너고, 가을바람 헤치며 철마를 타고 대산관을 넘나들었다"란 구절은 중국인들이 애송하는 명구가 되었다.

육유는 2년 동안의 임기를 마치고 조정으로 돌아왔다.

눈 내리던 밤에
군선을 타고 과주를 건너다

그는 즉위한 지 얼마 안 된 광종光宗 조돈趙惇에게 글을 올려 선정善政을 호소했다. 그러나 광종은 이를 무시하고, 군주의 안색을 살피던 소인배들은 육유에게 "한가로이 음풍농월吟風弄月을 즐겼다"란 죄목을 씌워 관직을 박탈했다.

육유는 어이가 없었다. 그래서 그는 아예 산음의 고향집을 '풍월헌風月軒'이라고 이름을 지어 그들의 처사를 비꼬았다. 그 뒤 육유는 12년 동안 산음에 은거하며 직접 노동에 참여하고, 종종 나귀를 타고 사방을 돌아다니며 백성들의 병을 치료하기도 했다. 그래서 고향의 농민들은 육유를 매우 사랑했다.

한편 그는 점령지의 백성들에게도 한시도 관심을 늦추지 않았다. 「가을 밤 새벽녘에 대나무 문을 나서니 서늘한 기운이 있어 느낌을 적다(秋夜將曉, 出籬門迎凉有感)」란 시도 이때 지은 작품이다.

삼만 리 황하의 강물 동쪽 바다로 흘러들고　　　三萬里河東入海

오천 길 화산의 자태 하늘에 맞닿아 있다　　　五千仞嶽上摩天

떠도는 백성들은 오랑캐 먼지 속에서 눈물이 마르고

遺民淚盡胡塵裏

남쪽으로 군사를 바라보며 또 한해를 보낸다　南望王師又一年

남쪽 지방은 가을로 접어들었으나, 날씨는 여전히 무더웠다. 밤에 잠을 이루지 못하던 시인은 밖으로 나와 더위를 식혔다. 그때 북쪽 하늘을 바라보면서 잃어버린 땅과 점령지의 백성들을 떠올렸다.

"삼만 리 황하의 강물 동쪽 바다로 흘러들고, 오천 길 화산의 자태 하늘에 맞닿아 있다." 그처럼 아름다운 산천이건만, 지금은 금나라의 수중에 들어가 있었다. 점령지의 백성들은 이미 눈물이 메마를 지경이었다. 그들은 송의 군대가 돌아오기만을 애타게 기다렸지만, 어느덧 60여 년이 흘렀다. 한편 남송 정부는 너나 할 것 없이 안락한 생활에 젖어, 유민들 걱정은 안중에도 없었다.

어느 비바람이 몰아치던 날 밤 육유는 다시 「11월 4일 거센 비바람이 몰아칠 때 적다(十一月四日風雨大作)」란 시를 지었다.

외로운 시골의 궁핍함 속에서도 슬프다 생각지 않고
僵臥孤村不自哀

한결같이 나라 위해 국경 지킬 일념을 불태운다
尚思爲國戌輪臺

깊은 밤 자리에 누워 듣는 비바람소리　　　　　夜闌臥聽風吹雨
무장한 군마가 얼음 덮인 강을 건너 꿈속으로 들어온다
鐵馬氷河入夢來

"외로운 시골의 궁핍함"만으로도 충분히 고통스러울 법하지만, 시인은 결코 자신을 위해 울지 않았다. 일흔 살의 노인이었지만 나라를 위해 국경을 지키리라는 일념뿐이었다. 그는 밤이 다하도록 비바람소리를 듣다가, 어느새 잠이 들어 철갑을 두르고 얼음이 언 강을 건너 금나라를 공격하는 꿈을 꾸었다.

육유는 일흔일곱이 되던 해에 다시 한 번 등용되었다. 당시 황제의 외척인 한탁주韓侂冑는 권력을 장악한 뒤, 위세를 드높이려고 북벌北伐을 주장했다. 아울러 명망 있는 인사들을 조정으로 불러들였다.

관리 생활에 신물이 난 육유도 북벌이라는 말에 가만히 앉아 있을수 없었다. 비록 한탁주가 간신으로 악명을 떨치는 사람이었지만, 평생 동안 고대하던 날이 찾아오자 작은 힘이라도 보탤 수 있기를 희망했다. 그러나 그의 뜻과는 달리 고작 사료를 정리하는 직책에 임명되었다. 크게 낙심한 육유는 지루한 나날을 보내다가 1년 만에 다시 산음으로 돌아갔다.

한탁주의 북벌 정책은 결국 실패로 돌아갔다. 이에 조정은 또다시 금나라와 평화조약을 체결했다. 육유의 실망과 분통함은 말로 형용할 수 없었다.

2년 뒤 여든여섯 살의 시인 육유는 가슴 가득 울분을 끌어안은 채한 많은 세상을 떠났다. 죽음을 앞두고 그는 유명한 시 「아이들에게 보여주다(示兒)」를 남겼다.

죽으면 만사가 헛되다는 것쯤은 본디 알고 있으나

死去原知萬事空

나라가 통일되는 것을 보지 못하고 죽는 것이 슬플 따름이다

但悲不見九州同

천자의 군대가 북쪽 중원을 평정하는 날에는　　王師北定中原日

행여 잊지 말고 제사 지내 이 늙은이에게 알리거라

家祭無忘告乃翁

이는 육유가 자손들에게 남긴 유언이었다. 죽음을 앞두고서도 집안일은 하나도 언급하지 않고, 중원이 평정되는 그날 제사를 올려 소식을 알려 달라는 당부뿐이었다. 옛 땅을 회복하지 못한 상태에서는 편안히 눈을 감을 수도 없었다. 짤막한 네 구절이지만, 시인의 가슴에 담긴 회한과 애국심이 유감없이 발휘된 명작이다.

육유는 평생 동안 만여 수가 넘는 시를 지었다. 지금 남아 있는 것

만 해도 9천 3백여 수에 달한다. 그 가운데 애국의 정서를 담은 시가 절반이 넘는다. 이처럼 그는 명실상부한 애국 시인이다. 그는 자신의 생명을 다 바쳐 국토 회복과 남북 백성의 재회를 바라는 국민들의 열망을 대변했다.

하지만 그는 전쟁이나 비분강개한 시뿐만 아니라, 여유로운 일상 생활과 산수 자연을 노래한 시도 지었다. 특히 유명한 「삼산의 서쪽 마을에 놀러 가(遊山西村)」란 작품은 그가 마흔두 살 때 산음에 은거하면서 지은 시이다.

농가의 섣달 술이 텁텁하다 웃지 마소　　　莫笑農家臘酒渾
풍년이라 손님 불들고 닭과 돼지를 잡는다　　豊年留客足鷄豚
강산으로 에워싸여 길 없나 의아해 했더니　　山重水複疑無路
질푸른 버들과 활짝 꽃핀 마을 하나　　　　柳暗花明又一村
피리와 북소리 번갈아 울리니 봄 제사가 다가온 듯

　　　　　　　　　　　　　　　　　　簫鼓追隨春社近
소박한 옷차림은 옛 모습 그대로 일세　　　衣冠簡樸古風存
이제라도 한가로이 달 밟는 것 허락된다면　　從今若許閒乘月
아무 때나 지팡이 짚고 한밤중에도 문 두드릴 걸세

　　　　　　　　　　　　　　　　　　拄杖無時夜叩門

육유의 손끝을 통해 시골의 봄 풍경이 생생하게 살아나고 있다. 농가의 술은 도시의 술처럼 잘 거르지 못해 텁텁했지만, 손님을 대접하는 농민들의 열정만큼은 더할 나위 없이 감동적이었다. 그는 한가한 생활 속에서 연례행사인 봄 제사가 다가왔음을 실감했다. 농민들이 피리를 불고 북을 두드리며 제례 의식을 준비하고 있었기 때문이다.

그들의 복장은 예전처럼 소박했다.

당시 관리직에서 떠나 있던 육유는 마음이 한결 가벼웠다. 그래서 달빛 비치는 밤을 한가로이 거닐 수 있는 여유가 있다면, 지팡이 들고 농가를 돌아다니며 한담을 나누는 것도 정말 좋겠다고 생각했다.

"강산으로 에워싸여 길 없나 의아해 했더니, 짙푸른 버들과 활짝 꽃핀 마을 하나"란 구절은 지금까지도 널리 애송되는 명구이다. 아름다운 경치 속에 심오한 철학적 의미를 담고 있기에, 오랫동안 곱씹으며 음미할 만하다.

못다 한 사랑

육유는 애틋한 감정과 한없이 온유한 면도 있었다. 이런 그의 성격을 잘 보여주는 작품이 바로 「비녀머리의 봉황(釵頭鳳)」이란 사이다. 이 사는 애달프면서도 처량하기 이를 데 없는 작품이다.

여기에는 다음과 같은 사연이 담겨 있다. 육유는 스무 살 때 사촌 누이인 당완唐婉과 결혼했다. 두 사람의 사랑은 너무나 아름다웠다. 그러나 육유의 어머니는 며느리가 맘에 들지 않았다. 그래서 결국 육유는 아내와 헤어졌다.

그러다 7~8년이 지난 어느 날, 육유는 꽃이 아름답기로 유명한 심원沈園으로 나들이를 갔다. 그런데 그곳에서 우연히 당완과 마주쳤다. 그녀는 이미 다른 남자와 혼인한 상태였다.

그런데 그녀의 남편이 자기 아내의 전남편이 육유였다는 사실을

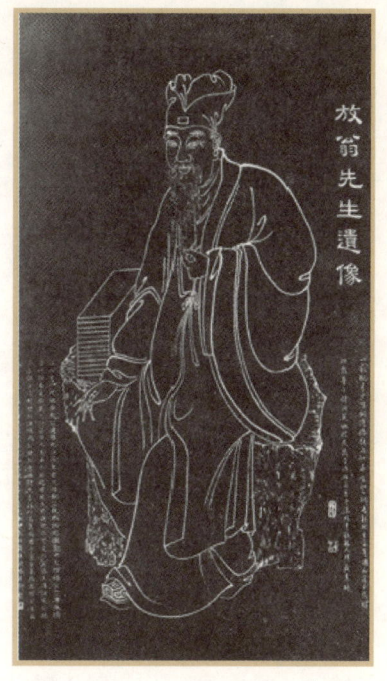

돌 위에 새긴 애국시인
육유의 모습

알고는, 특별히 그에게 사람을
보내 술과 음식을 대접했다. 사
실을 알고도 육유에게 음식을
대접한 당완의 남편도 참으로
아량이 넓고 멋있는 사람이다.

술 몇 잔을 들이키던 육유는
정겨웠던 옛 시절이 생각나, 심
원의 벽에 「비녀머리의 봉황」을
적었다.

연지로 단장한 예쁜 손으로 만든	紅酥手
황등 술을 마신다	黃滕酒
온 성은 봄이 한창 궁전 담에 버드나무 늘어졌다	
	滿城春色宮牆柳
동풍이 미워라	東風惡
부부의 정이 박했지	歡情薄
옛일 생각하니 수심의 실타래 펼쳐지고	一懷愁緖
몇 년을 헤어져 찾았던고	幾年離索
에이! 잘못됐어, 잘못됐어	錯錯錯!
봄은 그대로인데	春如舊
사람은 괜스레 여위어	人空瘦

붉게 단장한 얼굴에 눈물 흔적 손수건도 흠뻑 젖었구나

　　　　　　　　　　　　　　　　淚痕紅浥鮫綃透

복사꽃잎 떨어지는　　　　　　　　桃花落

한가로운 연못의 누각에　　　　　　閒池閣

산같은 맹세 비록 남아있건만　　　　山盟雖在

글로써 이 내 맘 기대기 어렵도다　　錦書難託

에이! 말아야지, 말아야지　　　　　莫莫莫!

　만물이 약동하는 봄날이었지만, 육유의 눈에 비친 모습은 참담하기만 했다. 술 몇 잔에 헤어지던 날의 뼈아픈 기억이 되살아났기 때문이다. 혼례를 치루면서 백년해로를 맹세하던 기억이 어제 일처럼 생생한데, 지금은 서로 가정을 이루어 편지 한 통조차 주고받을 수 없었다. 이에 육유는 "에이! 말아야지, 말아야지"하며 옛 생각 떠올려서 어쩌자는 말인가 스스로를 책망했다.

　이 작품에 담긴 진실이 너무나 애달프고 감동적이어서 눈물을 흘리지 않는 사람이 없을 정도였다. 전하는 바에 따르면, 당완은 이 사를 읽고 너무나 가슴이 아파, 몸져누운 뒤 끝내 일어나지 못하고 숨을 거두었다고 한다.

　그로부터 40여 년이 흘러 일흔다섯이 된 육유는 다시 심원을 찾았다. 그러나 오늘 찾은 심원은 예전의 심원이 아니었다. 벽에 써 놓았던 글도 잘 보이지 않았고, 당완의 모습은 노인의 마음속에서나 찾을 수 있었다. 이에 육유는 다시 시를 지어 자신의 심정을 밝혔다.

꿈같은 나날 끊기고 향기 사라진 지 사십 년　夢斷香消四十年

심원의 버들도 늙었는지 솜 날지 않는구나　　沈園柳老不吹綿

이 내 몸 계산의 흙이 되어도　　　　　　此身行作稽山土

그녀의 남은 자취 조문하며 마음껏 슬퍼하리라

猶弔遺踪一泫然

이 「심원沈園」이란 2수의 시를 통해, 전처를 얼마나 깊이 사랑했는 지 실감할 수 있다. 이처럼 풍부하고 진실한 감정이야말로 육유의 작 품이 가진 가장 큰 특징이다.

그는 정말로 넘치는 사랑의 소유자였던 것 같다. 가족을 사랑하고, 송나라를 사랑하고, 조국의 산하를 사랑했기 때문이다. 더 나아가 점 령지의 모든 유민들을 사랑했다. 그야말로 '애국 시인'이라는 예찬 에 어울리는 사람이다.

아울러 그렇게 많은 작품을 남겼다는 점도 놀라울 뿐이다. 9천여 수라는 숫자도 현재 남아 있는 작품만을 근거한 것이다. 육유가 자신 의 작품집을 편찬할 때 빼 버린 초기작들을 모두 합하면, 아마도 2만 여 수는 될 것이다.

그는 각종 시체에 뛰어났으나, 특히 칠언 율시를 잘 지었다. 적절 히 전고를 쓰고 절묘하게 대우를 활용해, 사람들이 혀를 내두를 정도 였다. 다음으로는 그의 칠언 절구를 들 수 있다. 육유는 선배들의 업 적을 충실히 계승하고, 여러 유명 시인들의 풍격을 두루 겸비했다. 그래서 당시의 시인들은 육유를 일컬어 '작은 이태백(小太白)'이라 불 렀다. 그의 시를 두보의 시에 비유하여, "시로 엮은 역사라 할 만하다 (可稱詩史)"고도 말했다.

또한 시 창작 이론에도 해박한 지식을 갖고 있었다. 그는 아들에게 시를 짓는 비결을 설명하면서 이런 말을 했다.

네가 만일 시를 배우고자 한다면, 시 이외의 것에 충실해야 한다.

汝果欲學詩, 工夫在詩外.

곧 일상생활에 충실하고, 모든 사물을 주의 깊게 관찰하는 능력을 키워야 좋은 시를 지을 수 있다는 것이다.

다른 아들에게는 이런 말도 했다.

책을 통해 배운 것은 결국 가볍게 여겨질 뿐이니, 이 일(시 창작)에 정말 뛰어나고자 한다면 몸소 체험하기를 힘쓰거라.

紙上得來終覺淺, 絶知此事要躬行.

육유 자신도 남정에서 경험한 군 생활을 통해서 '시가의 삼매경(詩歌三昧)'이라는 경지를 얻을 수 있었기 때문이다.

사 작품은 시에 비해 수는 적지만, 일류급 수준이었다. 풍격 면으로 볼 때, 앞서 살펴본 「차두봉」처럼 완약파의 풍격을 갖춘 작품도 있다. 그러나 「추파미秋波媚」처럼 호방파의 풍격을 갖춘 작품도 있다.

그는 사에서도 애국주의를 중요한 내용으로 다루었다. 「소충정訴衷情」의 하편下片을 예로 들어보자.

오랑캐 아직 물리치지 못하고	胡未滅
머리만 먼저 가을을 맞이했구나	鬢先秋
눈물 헛되이 흘러	淚空流
한평생 얼마나 살 지 누가 알 수 있으리요	此生誰料
마음은 천산에 가 있는데	心在天山
몸은 물가에서 늙어 가고 있도다	身老滄洲

육유는 항전을 주장하다가 주화파의 탄압과 배척을 받았다. 그럼에도 끝까지 절개를 지켜 굴복하지 않았다.

그는 「복산자卜算子, 매화를 읊다(詠梅)」라는 제목으로 유명한 사에서 이렇게 말했다.

쓸데없이 봄을 다투는 일에 뜻이 없어　　　　無意苦爭春

온갖 꽃들의 질투를 무심코 흘려보낸다　　　一任群芳妬

땅으로 져 진흙 벽돌 되고 먼지로 사라진 뒤에야

　　　　　　　　　　　　　　　　　零落成泥碾作塵

향기 변함없음을 알리라　　　　　　　　　只有香如故

육유는 자신을 매화에 비유했는데, 이는 너무나 적절한 비유라고 생각한다.

한탁주의 북벌론

한탁주의 집안은 명문이었습니다. 증조부는 왕안석의 정적으로 이름을 떨친 한기韓琦이고, 그의 조카딸이 광종의 황태자 조확趙擴의 비妃였습니다.

소희紹熙 5년(1194)에 조확이 즉위하여, 영종寧宗이 됩니다. 한탁주는 영종을 옹립하는 과정에서 중요한 역할을 했기에, 논공행상에서 큰 기대를 했습니다. 그러나 재상인 조여우趙汝愚는 그에게 낮은 지위를 부여했습니다. 한탁주는 이에 앙심을 품고, 인신공격을 일삼아 결국 조여우를 실각시킵니다.

더 나아가 조여우와 관련된 인물들을 차례로 제거하지요. 이때 '대유大儒'로 불리던 주희도 탄핵을 받습니다. 황제의 선생님이던 주희가 황제에게 한탁주의 농간을 경고했다는 이유였습니다. 한탁주는 주희의 학문까지 공격하여 '위학僞學'으로 몰아세웠습니다. 그의 저작은 금서禁書가 되고, 주자학을 배운 사람까지 관직에서 해임되었습니다. 중국사에서는 이 사건을 '경원 시기 위학의 금(慶元僞學之禁)'이라고 합니다.

그러나 든든한 후원자들이 하나둘씩 사라지자 한탁주의 정치적 입지는 크게 흔들렸습니다. 이를 타개하고자 '북벌론'을 내세웁니다. 그리고 육유와 신기질을 비롯한 명망 있는 지식인을 불러들여 반대 세력을 무마하려 했습니다. 그러나 금나라 공격은 실패로 돌아갔고, 금나라와 강화하는 조건으로 한탁주의 머리는 금나라에 보내졌습니다.

칼과 붓 7

신기질辛棄疾
진량陳亮
유과劉過

필자가 찍은 제남시 천불산의 모습.
신기질은 할아버지와 함께 이 산에
올라 영웅의 호연지기를 키웠다.

영웅의 눈물

앞에서 다룬 육유는 남송 때 가장 유명한 애국 시인이었다. 그렇다면 사 분야에서는 이와 같은 작가가 없었을까? 물론 있었다. 그는 바로 신기질이다. 신기질과 육유는 뜻을 함께 한 친구였다.

그러나 그들은 늙어서야 교분을 나눌 수 있었다. 육유가 마지막으로 조정의 부름을 받았을 때, 신기질도 부름을 받고 임안臨安(항주)으로 왔다. 당시 두 사람은 모두 이름을 날리던 유명 문인이자, 호탕한 성격의 소유자였다. 더욱 중요한 것은 그들이 적극적으로 항전을 주장했다는 점이다. 그들은 만나자마자 마음이 통하여, 많은 말을 나누었다. 육유는 장편의 시를 지어 신기질에게 줄 정도였다.

신기질이 세운 공적은 육유를 능가했다. 아울러 신기질의 사에 담긴 영웅적 기개는 나라와 백성을 걱정하는 육유의 시와는 분위기가 많이 다르다. 그러면 이제 신기질을 살펴보자.

신기질辛棄疾(1140~1207)의 자는 유안幼安이고, 호는 가헌稼軒이다. 그는 산동성 제남시濟南市의 명문가에서 태어났다. 당시 제남은 금나라에 점령된 지 10여 년이 지난 상태였다. 그는 아버님이 일찍 돌아가셔서 할아버지 손에서 자랐다. 할아버지는 원래 북송의 관리였는데, 제남이 함락되자 할 수 없이 금의 관리가 된 분이었다. 그래도 그는 마음속으로 송나라를 잊지 않고, 시간이 날 때마다 손자를 데리고 높은 곳에 올라 조국의 산하를 굽어보았다. 또 그는 손자에게 연경燕京(오늘날의 북경시)으로 과거를 보러 가면서 금의 통치 지역을 찬찬히 살피도록 했다. 뒷날 있을지도 모를 사태에 대비하도록 하려는 뜻이었다.

신기질이 스물두 살이 되던 해에 금왕 완안량完顔亮이 대륙의 남부를 침공했다. 그러자 북부의 한족 백성들은 기회를 틈타, 민병대를 조직하여 무장투쟁에 나섰다. 이에 신기질도 2천여 명의 동지를 모아 경경耿京이 이끄는 농민 봉기군에 합류했다. 그리고는 군대에서 장서기掌書記라는 업무를 맡았다. 이때 일어난 두 사건은 신기질이 이름을 날리는 계기가 된다.

경경의 봉기군에는 의서義端라는 중이 있었는데, 그는 원래 신기질이 데려온 사람이었다. 그런데 어느 날 밤, 그가 흑심을 품고 경경의 인장印章을 훔쳐 금군의 진영으로 도망친 일이 생겼다. 이 소식을 들은 신기질은 밤새 말을 달려 의서를 따라잡았다. 그리고는 그의 머리를 베어 죽이고, 농민군의 인장을 되찾아 왔다.

그 뒤 금의 군대가 농민군을 압박하자, 신기질은 경경에게 남송 정부에 귀의할 것을 권했다. 그리고 스스로 양자강을 건너가 남송 정부와 이 일을 논의했다. 고종이 신기질을 만나고 나자 일은 빠르게 진행되었다.

그러나 신기질이 다시 산동으로 돌아왔을 때, 경경은 이미 모반자인 장안국張安國에게 살해되었다. 더구나 그의 머리는 이미 금나라 군대에 넘어간 상태였다. 이에 신기질은 두말없이 50명의 기병을 이끌고 금군의 진영으로 향했다. 이때 장안국은 금나라의 장수들과 더불어 진영에서 잔치를 벌이고 있었다.

신기질은 노기충천하여 5만 대군이 있는 적진에 뛰어들었다. 그리고는 장안국을 사로잡아 말에 묶은 뒤 쏜살같이 빠져나왔다. 그 길로 며칠 밤낮 말을 달려 건강建康에 이른 뒤, 고종에게 모반자를 넘겨 처형했다. 이때 경경의 휘하에 있다가 신기질과 함께 귀의한 병사가 만여 명에 이르렀다.

당시 신기질은 스물세 살의 청년이었다. 하지만 이 일이 있은 뒤 그의 이름은 대륙을 뒤흔들고, 적군의 간담을 서늘하게 했다.

그런데 남송 정부는 북부에서 귀의한 농민군을 그다지 신임하지 않았다. 그래서 대우도 형편없었다. 신기질조차 강음첨판江陰簽判의 조수로 임명되어, 그의 포부를 펼칠 수 있는 기회를 잃었다. 그는 여러 번에 걸쳐 편지를 보내 결사 항전을 건의했지만, 남송 정부는 잃어버린 땅을 되찾겠다는 의지가 전혀 없었다. 이에 신기질은 괴로운 마음에 「수룡음水龍吟, 건강의 상심정에 올라(登建康賞心亭)」에서 이렇게 노래했다.

…………

지는 해 누각 머리에   落日樓頭
끊긴 기러기 소리 속   斷鴻聲裏
강남의 나그네   江南游子
오구를 잡고 다 보고나서   把吳鉤看了
난간을 다 두드리니   欄杆拍遍
아무도 모르리   無人會
산에 오르고 물을 내려다보는 뜻을   登臨意

…………

안타깝게도 흐르는 세월   可惜流年
비바람에 시름하니   憂愁風雨
나무도 오히려 이와 같구나   樹猶如此
누구에게 청하여   倩何人
붉은 수건과 푸른 소매를 불러서   喚取紅巾翠袖

영웅의 눈물을 닦게 할 것인가   搵英雄淚

　작자가 가장 괴로웠던 것은 자신의 속내를 이해해 주는 사람이 아무도 없다는 점이다. 시간은 강물처럼 끝없이 흘러가는데, 비바람에 흔들리는 조국을 지켜보면서 아무것도 할 수 없는 자신의 모습에 저도 모르게 영웅의 눈물을 흘렸다.

울고대를 둘러보고

　남송 정부는 신기질의 건의는 받아들이지 않았으나, 그의 비범한 재능은 인정했다. 그래서 까다로운 문제를 해결하려고 그를 기용했다.
　신기질은 서른두 살이 되던 해에 저주滁州의 지주知州에 임명되었다. 그곳에서 반년도 되지 않아, 침체되었던 지역을 활기차게 되살려 놓았다.
　몇 년 뒤에는 다시 '차상군茶商軍'을 토벌하라고 강서 지역으로 파견되었다. 그는 신속하게 소요 사태를 진압하는 한편, 황제에게 편지를 올려 백성들을 너무 닥달하지 말도록 건의했다.
　그는 강서 지역에 내려간 김에 감주贛州의 울고대鬱孤臺를 둘러보고는 「보살만, 강서 조구벽에 쓰다(書江西造口壁)」라는 사를 지었다.

울고대 아래로 흐르는 맑은 강물   鬱孤臺下清江水
그 속에 떠도는 이의 눈물은 그 얼마더냐   中間多少行人淚

서북쪽 장안을 바라보니	西北望長安
애석해라 산 첩첩 가렸구나	可憐無數山
청산이라도 막을 수 없는 강물	青山遮不住
반드시 동쪽으로 흘러가리라	畢竟東流去
저무는 강가는 나를 시름케 하는데	江晚正愁予
깊은 산속 자고새 울음소리 들린다	山深聞鷓鴣

40년 전 금나라 군대는 강서 지역으로 쳐들어와 많은 사람을 죽였다. 작자는 누대에 올라 눈앞에 펼쳐진 경치를 바라보며, 자연스럽게 그때의 일을 떠올렸다. 얼마나 많은 사람들이 의지할 곳을 잃고 각지로 떠도는가? 얼마나 많은 눈물을 누대 아래 저 맑은 강물에 흘렸는가?

머리를 들어 금에게 점령된 장안 쪽을 바라보자, 첩첩이 쌓인 산들이 눈길을 가로막고 있었다. 그러나 그 산들도 거침없이 동쪽으로 흘러가는 강물을 붙잡을 수는 없었다.

저녁이 되어 깊은 산에서 들려오는 자고새의 울음소리는 나그네의 마음을 더욱 애달프게 했다. 결사 항전의 뜻은 이루지 못한 채 후방에서 동분서주하던 작자의 심정이 어땠을까 상상할 수 있다.

강서 지역에서 재난 구제 활동을 이끌던 그는, 오래지 않아 다시 호남으로 파견되었다. 조정에서는 그에게 호남의 '비호군飛虎軍' 편성을 명령했다. 신기질은 허가를 받은 뒤, 자금을 모으고 병사를 모집하기 시작했다. 이렇게 창설된 '비호군'은 훈련이 잘되어, 40년 뒤 금나라 군대에게 '호아군虎兒軍'이란 소리를 들으며 그들의 간담을 서늘하게 만들었다.

늙음을 탄식하며

　그러나 당시 정권을 잡고 있던 주화파 관리들은 신기질을 싫어했다. 이에 신기질은 자신의 진로를 분명히 하여, 마흔 살이 되자 곧 은퇴 준비를 서둘렀다.

　그는 신주信州 상요군上饒郡의 외곽에 땅을 마련하여 집을 짓고, '대호신거帶湖新居'라 이름을 지었다. 장원莊園 안에는 '가헌稼軒'이라는 대청도 있었다. 이는 '농사짓는 일을 배우는 곳'이라는 뜻이다. 이후 '가헌'은 신기질의 별호가 되었다.

　신기질이 장원을 완성하던 그해, 그는 조정의 탄핵을 받아 관직이 강등되는 수모를 겪었다. 이때부터 그는 중간에 2년 동안 복건로福建路 안무사安撫使로 활동하던 시기를 빼고는, 20년 동안 이 장원에서 일생을 보냈다. 따라서 그는 매우 한적한 삶을 누릴 수 있었다.

　그러던 어느 날, 어떤 손님이 격앙된 어조로 공명을 논하며 신기질의 마음을 뒤흔든 일이 있었다. 그러자 그는 「자고천鷓鴣天」이란 사를 지어 이렇게 노래했다.

장년에 깃발로 만 명을 에워싸고　　　　　　　壯歲旌旗擁萬夫

비단 저고리에 기마로 강을 건너갈 처음에　　錦襜突騎渡江初

연나라의 군대가 밤에 은빛 화살통을 잡고 있는데

　　　　　　　　　　　　　　　　　　　　　燕兵夜娖銀胡䩮

한나라의 화살이 아침에 나르니 금복고라네　漢箭朝飛金僕姑

옛일을 회상하며　　　　　　　　　　　　　　追往事

지금 나의 늙음을 탄식한다　　　　　嘆今吾
봄바람도 내 흰머리를 검게 할 수 없도다　　春風不染白髭鬚
부질없게 된 만 자에 달하는 항금책을　　却將萬字平戎策
이웃의 나무 심는 책과 바꿔 보는 수밖에　　換得東家種樹書

　수훈과 전공을 따지자면 신기질을 따라올 사람이 어디 있겠는가? 그는 일찍이 경경과 함께 25만 대군을 이끌고 금의 군대와 맞서 싸우다가, 만여 명을 이끌고 남송에 귀의한 사람이었다.

　작자는 마음속으로 자부심을 가지고 있었지만, 이 모두가 흘러간 옛일이었다. 조정에서는 이제 더 이상 그를 기용하지 않을 것이다. 그래서 심혈을 기울여 금에 대항할 방법을 담았던 글이건만, 이제는 이웃집에 있는 농사 책과 바꿔 보는 수밖에!

　전반부의 '금복고'는 화살의 이름이다. 마지막 두 구절은 '가헌'에 담긴 의미를 보충 설명하고 있다. 그 안에는 말 못할 회한이 담겨 있다. 이처럼 그의 억울함과 울분은 그의 사에 그대로 반영되어, 웅장하면서도 비장한 풍격을 형성했다.

장엄한 사를 지어

　마흔여덟 살이 되던 해에 신기질은 아호鵝湖에서 당시 유명한 사 작가이던 진량陳亮을 만난다. 두 사람은 의기투합하여 열흘 동안 작품을 주고받았다. 진량도 적극적인 주전파 인물이자 신기질과 같은 연배였기 때문에, 지향하는 바와 사의 풍격 등 모든 면에서 둘은 뜻이 통했다. 이런 동지 앞에서 신기질은 마음의 문을 활짝 열었다.

그의 「파진자破陣子」는 이때 진량에게 바친 작품이다.

취중에 등잔 당겨 장검 살펴보고	醉裏挑燈看劍
꿈결에 뿔피리 불어 병영을 연결하네	夢回吹角連營
팔백 리 전선에 쇠고기를 나누어 굽게 하고	八百里分麾下炙
오십 현 거문고로 변경 밖의 소리 뒤집네	五十絃翻塞外聲
사막의 가을 하늘에 들리는 병사들 점호 소리	沙場秋點兵
말은 적로처럼 나는 듯 달리고	馬作的盧飛快
활은 벼락 치는 듯 시위가 놀란다	弓如霹靂弦驚
군왕의 천하 통일 위업 모두 마치면	了却君王天下事
생전에 쌓은 공적 후세까지 떨칠진대	贏得生前身後名
가련하게도 늘어만 가는 백발이여	可憐白髮生

작자는 술에 취해, 등잔불을 밝히고는 손에 잡은 긴 칼을 차근차근 살폈다. 그러다가 잠이 들어 지난날 국경에서 말달리던 꿈을 꾸었다. 군영의 여기저기서 호각 소리가 울리고, 병사들은 출정에 앞서 고기를 구워 먹는다. 군악대가 비장한 음악을 연주하는 가운데 마지막 점호를 취한다.

이윽고 공격이 시작되자 말은 나는 듯 달려 나가고, 활시위는 연이어 천둥소리를 냈다. 본래는 군주를 대신하여 천하를 평정하고 자신의 이름을 후세에 길이 남기려고 했지만, 그 뜻을 이루기도 전에 흰

머리만 가득했다.

신기질은 이 작품을 쓰고는 이런 말을 했다.

진동보(동보는 진량의 자)를 위해 장엄한 사를 지어 이를 그에게 주려 했다.

爲陳同甫賦壯詞以寄之.

'장엄한 사(壯詞)'야말로 이 작품의 특징이다. 호방하고 장엄한 기운이 거침없는 기세로 작품을 일관하고 있다.

근심의 참뜻

그러나 신기질의 모든 사가 앞의 작품들처럼 격앙되어 있지는 않다. 때때로 고독함과 적막함에 휩싸이곤 했다. 그때마다 그의 작품도 처량함과 서글픔에 잠겼다.

「추노아(醜奴兒, 박산으로 가던 길에 역참 벽에 쓰다(書博山道中壁)」는 그런 상황을 잘 보여준다.

근심의 의미를 모르던 젊은 시절	少年不識愁滋味
높은 누대에 즐겨 올랐지	愛上層樓
높은 누대에 즐겨 올라	愛上層樓
새 노래 지어 근심이람시고 읊곤 했다네	爲賦新詞強說愁

근심의 참뜻을 모두 맛본 지금	而今識盡愁滋味
말을 내뱉으려다 다시 삼키노라	欲說還休
말을 내뱉으려다 다시 삼키다가	欲說還休
나오는 소리 '정말 날씨 좋은 가을이구나'	却道天凉好個秋

젊었을 때에는 근심이 무언인지 알 수 없었다. 그러면서도 이것이 근심이네, 저것이 한스럽네 하며 사를 읊곤 했다. 그러나 이제 "근심의 참뜻을 모두 맛본 지금" 더 이상 무슨 말이 필요하겠는가? 입을 열자 흘러나온 것은, 뜻밖에도 그저 "정말 상쾌한 가을이구나"란 말 뿐이었다.

작품 전체가 일상적인 구어체로 이루어져 있어 무겁지도 않고, 그렇다고 가볍지도 않다. 근심과 걱정이 깊으면 깊을수록 말이 없어지는 법이다. 그래서 "정말 날씨 좋은 가을이구나"라는 말의 속뜻을 자세히 음미하면, 바다처럼 깊디깊은 작자의 근심을 느낄 수 있다.

신기질은 시골에 살면서 '농사를 배운 지(學稼)' 20년인지라 그의 작품은 저절로 「청평락清平樂, 촌에 살다(村居)」처럼 자연스럽게 농촌 생활을 담고 있다.

초가집 낮고 또 작아	茅簷低小
시냇가엔 짙푸른 풀들이 가득	溪上青青草
술김에 감칠맛 나는 사투리로 다정하게 주고받는 말	
	醉裏吳音相媚好
어느 집의 호호백발 부부이신가	白髮誰家翁媼
큰아이는 시냇물 동쪽에서 콩밭을 매고	大兒鋤豆溪東

둘째는 닭 조롱을 짜고 있구나	中兒正織鷄籠
하릴없는 막내만 가장 신이 나서	最喜小兒無賴
시냇가에 가로누워 연밥을 발라 먹는다	溪頭臥剝蓮蓬

또 「서강월西江月, 한밤에 황사령을 향해 가다가(夜行黃沙道中)」라는
사도 있다.

밝은 달빛에 놀라 비낀 나뭇가지에 잠자던 까치가 잠깨고	
	明月別枝驚鵲
시원한 바람에 밤늦은 매미의 울음 실려 온다	淸風半夜鳴蟬
벼꽃 향내 풍겨 와 풍년을 말하는 이때	稻花香裏說豊年
들리느니 한 무리의 개구리 울음소리	聽取蛙聲一片

일고여덟 개의 별들이 보이는가 싶더니	七八個星天外
두세 개의 빗방울이 산자락에 떨어진다	兩三點雨山前
토지묘의 주변 숲에 그 옛날의 객줏집	舊時茅店社林邊
길을 돌려 개울 다리 건너니 홀연히 나타나네	路轉溪橋忽見

정말로 아름다운 두 폭의 시골 풍경화이다. 앞 작품에서는 등장인
물들이 살아 움직이는 듯하다. 특히 낙천적인 할아버지, 할머니와 장
난꾸러기 막내의 모습은 너무 생생해서, 부르면 금방이라도 달려올
것 같다.

뒤의 작품은 여름밤의 시골 풍경을 읊고 있다. 밝은 달과 시원한
바람, 벼 익는 향기와 개구리의 울음소리 등은 읽는 이를 달밤의 그
윽한 아름다움에 빠져 들게 한다. "일고여덟 개의 별들"과 "두세 개

의 빗방울"은 또 얼마나 아름다운가?

걷는 모습은 직접 나타나지 않지만, 홀연히 나타나는 객줏집의 모습에서 그러한 움직임이 여실하게 나타나고 있다.

북고정에서의 회고

가태嘉泰 3년(1203) 한탁주가 북벌을 주장하면서, 다시 신기질을 불러 절강동로안무사浙江東路安撫使에 임명했다. 그때 그의 나이 예순넷이다.

신기질은 2년 뒤 진강지부鎭江知府로 있으면서 가장 유명한 「영우락永遇樂, 경구 북고정에서 옛일을 회상하다(京口北固亭懷古)」를 지었다.

천고의 세월 속 산천은 의구한데	千古江山
영웅은 찾아 볼 길 없으니	英雄無覓
옛적 강동의 손권이 도모하던 곳 어드멘가	孫仲謀處
춤추고 노래하던 무대에	舞榭歌臺
늘 풍류로 넘쳤던 화려한 모습	風流總被
긴 세월 비바람에 묻혀 사라졌구나	雨打風吹去
멀리 석양은 초목에 기울고	斜陽草樹
잡초 무성한 깊은 골목이	尋常巷陌
남조 송 무제의 거처였다던데	人道寄奴曾住
그때 무제가 이끌던 북벌의 정예병	想當年金戈鐵馬

대오는 만 리에 뻗쳐 기세는 호랑이와 같았지　氣呑萬里如虎

원가년에 이르러선 너무도 성급하여　　　　元嘉草草
낭거서를 봉쇄하여 단숨에 업을 이루려다　封狼居胥
후위군에 대패하여 도망쳐서는 북쪽 땅을 바라보며 후회했네
　　　　　　　　　　　　　　　　　　　贏得倉皇北顧
내 강남땅에 몸을 맡긴 지 올해로 사십삼 년　四十三年
정자에 올라 북녘을 바라보니　　　　　　　望中猶記
등불 밝혀 양주 길서 전쟁하던 기억난다　　烽火揚州路
그후 세월이야 차마 돌아보질 못하겠다　　可堪回首
후위의 불리가 승리를 기념하여 장강 기슭에 세운 불리사 아래
　　　　　　　　　　　　　　　　　　　佛貍祠下
까마귀가 제삿밥 먹고 백성이 제사에 북 치는 소리라니
　　　　　　　　　　　　　　　　　　　一片神鴉社鼓
아서라 뉘 물으리요　　　　　　　　　　憑誰問
염파장군 늙었어도　　　　　　　　　　　廉頗老矣
여전히 밥 잘 먹고 있는지를　　　　　　　尚能飯否

　　신기질은 경구에 이르러, 일대 영웅으로 역사에 이름을 남긴 손권과 무제 두 사람을 떠올렸다. 이에 그들의 '북벌을 위한 정예병과 호랑이처럼 만 리에 뻗친 기세를 자랑하던 대오'에서 풍기던 영웅의 기개를 찬양했다.
　　하편에 이르러서는 송 문제가 북벌을 너무 서두르다가 실패한 일을 언급한다. 그리고는 한탁주에게 전공을 위해 너무 서두르지 말라고 경고했다. 실패한 선배들의 전철을 그대로 밟을까 두려웠기 때문

이다.

작자는 43년 전 양자강을 건너 강남으로 넘어오던 때를 회상했다. 이제는 북방의 한족들도 민족의식이 희박해져, 이민족 통치자의 묘소 앞에서 제사지내는 일이 자연스러웠다. 이런 모습은 작자의 마음을 안타깝게 했다.

마지막 세 구절에서 작자는 자신을 염파에 비유하여, 북벌을 위해 온 몸을 바쳐 영웅의 기개를 펼쳐 보이겠다는 노익장을 과시했다.

이 사의 풍격은 침울하고, 처량하며, 무게가 실려 있다. 적지 않은 전고를 사용하고 있지만, 당시의 시국과 관련하여 적절하게 배치되었다. 그래서 곰곰이 되새길수록 작품에 담긴 의미가 깊다. 나중에 어느 평론가는 이 작품을 신기질이 지은 사 가운데 최고작으로 꼽았다.

같은 해 신기질은 다시 북고정에 올라, 「남향자南鄕子, 경구 북고정에 올라 드는 생각(登京口北固亭有懷)」이란 사를 지었다.

어디에서라야 잃어버린 중원 땅을 둘러볼 수 있을까

何處望神州

사방 경치가 눈에 가득 다가오는 북고루라네　滿眼風光北固樓

예로부터 수많은 세월 동안 거듭된 흥망성쇠　千古興亡多少事

유유히　悠悠

끝없는 장강과 더불어 도도히 흐르는구나　不盡長江滾滾流

청년 손권이 이끌던 천군만마　年少萬兜鍪

동남부에 자리를 잡고 항전을 거듭했지　坐斷東南戰未休

천하에 없는 영웅이라도 손권의 적수될 자 그 누구인가

天下英雄誰敵手

조조와 유비 젓도 　　　　　　　　　　曹劉

내 만일 아들을 난다면 손권처럼 크게 키우리라

　　　　　　　　　　　　生子當如孫仲謀

　상편에서는 경치를 읊고, 하편에서는 옛일을 회상했다. 특히 손권을 높이 평가했다. 손권은 열아홉에 오의 군주가 되어, 만여 명의 병력을 이끌면서 대륙의 동남쪽에 자리 잡았다. 그리고는 거침없는 기백으로 조조와 유비 같은 희대의 영웅들과 당당히 맞섰다. 조조 역시 진심에서 우러나와 손권을 칭찬해 마지않았다. 신기질은 여기에 당시의 장군들 가운데 손권을 능가할 사람이 있느냐며 뼈 있는 말을 덧붙였다.

　전체적으로 경치와 옛일을 막론하고 광활한 기세로 핵심적인 문제를 지적하여, 세 개의 문제를 놓고 자문자답하는 형식을 취했다. 선인이 했던 말을 천의무봉하게 작품 속으로 끌어들여 감동을 더한다. 앞에서 다루었던 「영우락永遇樂, 경구 북고정에서 옛일을 회상하다」라는 사와 비교하여 읽어보면 한결 맛이 난다.

　신기질은 진강에 부임하면서 진지한 자세로 북벌을 준비했다. 만벌의 군복을 준비하는 한편, 만 명의 병사를 모집하려 했다. 그런데 어이없게도 한탁주는 그를 기용하지 않았고, 오래지 않아 관직까지 박탈하고 돌려보냈다. 이에 신기질은 실망한 채 신주로 돌아오는 수밖에 없었다.

　그 뒤 한탁주는 신기질이 예상했던 대로 전공을 세우는 데 급급하여, 착실한 준비 없이 북벌에 나섰다가 곧바로 실패하고 말았다. 금나라는 강화하는 조건으로 한탁주의 머리를 요구했다. 화가 난 한탁주는 또다시 출병을 준비하면서 신기질에게 도움을 청했다. 그러나

필자가 찍은 제남시 대명호에 있는
신기질 사당의 모습.

그런 전갈이 연산鉛山에 다다
랐을 때 신기질은 이미 병으
로 몸져누워 다시는 일어나지
못했다. 결국 개희開禧 3년
(1207) 9월 애국 사인 신기질
은 못다 푼 울분을 가슴에 안
은 채 예순여덟의 나이로 세
상을 떠났다.

신기질의 웅혼한 기개와 비범한 재주는 제도권과 재야에서 모두
인정할 정도였다. 그러나 안타깝게도 남송 정부는 무사안일하게 지
내며 그를 기용하지 않았다. 그래서 시골 생활 20년 동안 그는 모든
정력을 사를 창작하는 데 쏟아 부었다. 이 과정에서 호방한 기개와
울분을 토하며 애국의 열정을 드러냈다.

신기질의 사는 소동파가 지은 사처럼 호방한 풍격을 계승했기 때
문에, '蘇蘇 · 신辛'이란 소리를 들었다. 그러나 사에 담긴 내용과 풍
격 등 모든 면에서 신기질의 사가 더욱 풍부하고 다양하다.

작품 속에 뚜렷하게 나타나는 영웅의 기질은 작품의 감동을 더
욱 짙게 한다. 중국의 역대 문학 작품은 대부분 문인들이 지은 것
이라서, 신기질의 사처럼 이렇게 영웅의 기질을 갖춘 작품은 매우
드물다.

가힌 사의 여풍

후배들은 이런 신기질의 사가 지닌 풍격을 쉽게 모방할 수 없었다. 신기질의 사가 지닌 풍격은, 개인의 성격과 경험 및 사회적 원인이 복합되어 형성된 것이다. 가헌 사의 호방하면서도 침울한 풍격은 당시 억눌려 있던 한족의 항금 정서를 반영한 결과였다. 이러한 사회 분위기 속에서 신기질의 사풍을 닮은 작품을 썼던 몇몇 작가가 있다. 앞서 잠깐 언급했던 진량도 그 가운데 한 사람이다.

진량陳亮(1143~1194)의 자는 동보同甫이고, 용천선생龍川先生이라 불렀다. 무주婺州 영강永康(오늘날의 절강성 영강시) 사람인 그는 평생 군사 문제에 몰두했다. 그래서 여러 번에 걸쳐 국가의 장래를 모색하는 글을 정부에 보냈지만, 별다른 주목을 끌지 못했다. 쉰 살이 되서야 진사가 되었으나, 그 다음해에 죽음을 맞이했다.

그의 사로는 「수조가두水調歌頭, 호부상서 장덕무가 금나라에 사신으로 가는 것을 전송하며(送章德茂大卿使虜)」가 가장 유명하다. 하편만 살펴보기로 하자.

………‥…

요 임금의 서울	堯之都
순 임금의 땅	舜之壤
우 임금의 봉지라네	禹之封
그 가운데 마땅히 있으리	於中應有
하나라도 오랑캐에 신하됨을 부끄러워하는 사람이	
	一個半個恥臣戎

만 리에 비린내 노린내가 이와 같은데	萬里腥膻如許
천고의 영령들은 어디에 있는가	千古英靈安在
막힌 것이 언제나 통할 것인가	磅礡幾時通
오랑캐의 운수를 어떻게 물을 필요가 있겠는가	胡運何須問
붉은 해가 스스로 가운데 있는 것을	赫日自當中

앞 다섯 구절에서는 그 옛날 요, 순, 우가 다스리던 중원을 들어, 그곳이 금나라에 넘어간 상황을 아쉬워했다. 그러면서도 그 땅에 단 한 명이라도 금나라의 신하됨을 부끄러워하는 사람이 있으리라 확신했다.

이어서 진량은 중원을 무대로 활약하던 천고의 영령들이 이제 몸을 기탁할 곳이 어디인지를 묻는다. 또 그들의 호탕한 정기가 언제쯤 사악한 기운을 누르고 천지를 가득 채울 것인지도 묻는다.

마지막으로 그는 단호하게 말했다. 금나라의 운명을 물을 필요도 없다! 이제 곧 멸망하고, 송나라의 국운이 이글거리는 해처럼 하늘 높이 솟아 끝없이 비추리라고!

문장은 신기질보다 좀 떨어지나 호탕한 기세는 손색이 없다.

부조리 문학의 선구자

신기질의 사풍을 닮은 작가애는 유과도 있다. 길주吉州 태화太和(오늘날의 강서성 태화시) 사람인 유과劉過(1154~1206)의 자는 개지改之이고,

호는 용주도인龍洲道人이다. 그도 조정에 여러 번 상소문을 보내 잃은 땅을 회복하자고 주장했으나, 별다른 주목을 받지 못했다.

나중에 그는 여러 곳을 떠돌며 한때 신기질의 문객을 지내기도 했다. 그 결과 그의 사풍은 호방하고 애국의 열정이 가득했다. 그의 사 「육주가두六州歌頭, 악왕묘에 조문하며(弔武穆鄂王忠烈廟)」는 금에 대항했던 명장 악비를 극구 칭찬하며 이렇게 말했다.

중흥 위해 나선 장군들 가운데	中興諸將
누가 만인의 영웅이리오	誰是萬人英
몸은 풀더미에 묻히고	身草莽
이미 세상에 없건만	人雖死
가슴 벅차 오르던 기상은	氣塡膺
여전히 살아 숨 쉰다	尚如生

또 그는 「심원춘沁園春」이란 사에서 백거이, 임포, 소식, 신기질 등 여러 시인을 한데 모아, 항주 서호를 소재로 이야기를 주고받는 모습의 형식으로 재미있게 엮었다. 현대의 일부 '부조리' 문학작품들이 이러한 수법을 자주 이용했다. 이렇게 볼 때 그들은 유과를 스승으로 모셔야 할 것이다.

새로운 노래의 여운

8

임승林升

강기姜夔

오문영吳文英

강호파江湖派

문천상文天祥

유진옹劉辰翁

남송의 시인들이 노래한
황혼녘 태호의 모습.

남송의 문단 상황

육유와 신기질이 나라의 운명을 걱정하며 눈물을 흘리고 비분강개한 마음을 시로 달래고 있을 때, 남송의 임시 수도 임안臨安은 오히려 춤과 노래에 젖어 흥청대고 있었다. 그런 관리들의 마음에 잃은 땅을 되찾고자 하는 의지가 남아 있을 리 없었다. 그들은 송의 수도 변량이 금나라에게 점령된 사실을 잊어버린 지 오래였다.

그리 잘 알려지지 않은 시인 임승林升(태어나고 죽은 해를 알 수 없음)은 '장두시牆頭詩'로 유명한 「임안의 주점에 부쳐(題臨安邸)」란 시를 지어 이렇게 말했다.

겹겹이 푸른 산 끝 모를 누대의 행렬	山外靑山樓外樓
서호 주변의 노래와 춤 언제나 그치려나	西湖歌舞幾時休
솔솔 부는 훈풍에 사람들 모두 취하여	暖風薰得遊人醉
항주를 변경으로 착각하고 있는 듯	直把杭州作汴州

참으로 신랄한 풍자이다. '솔솔 부는(薰)'이라는 한 글자로 귀족들의 덧없는 생활을 잘 표현했다.

이렇게 나약해진 세태는 문단에도 영향을 끼쳤다. 남송 후기로 접어들자 완약파 사인들이 문단을 장악했다. 그들은 오로지 글자의 꾸밈과 성률에만 신경을 썼다. 그래서 정치를 멀리 하고, 자연 경치에 눈을 돌려 개인의 감정만 노래했다. 그러나 당시 독자들은 이런 사풍에 불만을 가져, "기운이 쇠했다(衰氣)"고 말했다. 당시 완약파 사인으로는 강기와 오문영이 가장 유명했고, 적지 않은 작가들이 그 뒤를 이었다.

당시 시단에는 '영가사령永嘉四靈'이라고 불리는 4명의 시인이 활동했다. '영가永嘉'는 온주溫州 지역을 일컫는 말이고, '사령四靈'은 우연히도 자신의 별명에 '영靈'자를 가지고 있던 4명의 작가를 말한다. 그들을 시작으로 새롭게 형성된 유파를 '강호파江湖派'라고 한다.

그러다가 몽골족이 침입하고 남송이 멸망하려 하자, 한족 사대부들 가운데 일부 애국 시인이 나와 주목을 끌었다. 그 가운데 문천상이 가장 유명했고, 그밖에도 유진옹과 왕원량 등이 있었다. 그들의 시문은 지금까지도 빛을 잃지 않고 있다.

안개에 잠긴 꽃

강기姜夔(1155~1221)의 자는 요장堯章이고, 호는 백석도인白石道人이다. 호가 꼭 도교의 도사와 비슷하지만, 실제로 그렇지는 않았다. 요주饒州 파양鄱陽(오늘날의 강서성 파양시波陽市) 사람이었던 그는 일생 동안 여러 번 과거에 응시했으나, 합격하지 못하여 줄곧 평민으로 지냈다. 그저 관리의 집을 드나들며 사람들과 시문을 주고받는 식객 노릇만 했을 뿐이다.

그는 사뿐만 아니라 시로도 이름을 날려서, 당시에는 앞서 이야기한 '중흥 4대시인'의 인기에 버금갈 정도였다. 그는 양만리와 범성대 및 우모 등과 교제하며 시를 주고받았다.

「석유시昔遊詩」라고 이름 지은 일련의 시에서는, 그가 생계를 위해 동분서주하던 어린 시절에 겪은 일들을 회상하며 드넓은 강과 얼음 덮인 강기슭, 눈보라 등을 생생하게 그리고 있다.

「그믐 밤 석호에서 소계로 돌아오다(除夜自石湖歸苕溪)」라는 시는 그가 범성대의 별장에서 식객으로 지내다가 집으로 돌아오는 길에 지은 작품이다. 그 가운데 하나를 살펴보자.

가녀린 풀은 모래 뚫고 나오고 눈은 반쯤 녹았는데

　　　　　　　　　　　　　　　　　細草穿沙雪半銷

오나라 궁궐의 안개는 차갑고 물은 아득하구나

　　　　　　　　　　　　　　　　　吳宮煙冷水迢迢

매화는 대나무 숲에 피어 볼 수 없으나　　梅花竹裏無人見

하룻밤 바람에 실려 온 향기 석교를 건넌다　一夜吹香過石橋

매화가 대숲에 가려 사람들의 주목을 끌지 못했다. 그런데 은은한 향내는 바람에 실려 거침없이 돌다리까지 풍겼다. 참으로 아름다운 밤 풍경이다.

그래도 강기는 시보다 사로 더 유명하다. 소식이나 신기질처럼 내용이 충실하지는 않지만 서정적인 면이 아주 뛰어났다. 「점강순點絳脣, 정미년 겨울 오송을 지나며 짓다(丁未冬過吳淞作)」에서 그러한 특징을 잘 살필 수 있다.

북쪽에서 날아온 기러기 아무 근심 없는 듯　燕雁無心

태호 주변 서쪽으로 구름과 함께 날아간다　太湖西畔隨雲去

저 멀리 박혀 있는 외로운 산봉우리들　　數峰淸苦

황혼 무렵 내릴 소낙비를 머금고 있는 듯　商略黃昏雨

오강성 밖 감천교 주변에서　　　　　　　　第四橋邊

육구몽 같은 이와 함께 살 수 있다면　　　擬共天隨住

그러나 지금은 어떤가　　　　　　　　　　今何許

난간을 부여잡고 옛날을 돌아보며　　　　憑欄懷古

낙엽 되어 바람에 흘날리는 버들잎을 바라볼 뿐

　　　　　　　　　　　　　　　　　　殘柳參差舞

　작자는 이처럼 눈앞에 펼쳐진 풍경을 쓸쓸하게 바라보고 있다. 북쪽에서 날아온 기러기를 쉽게 떠나보내지 못하고 못내 아쉬워한다. 그럼에도 무심한 기러기는 구름을 따라 남쪽으로 날아간다. 금방이라도 비를 뿌릴 것 같은 황혼녘에 버들잎이 낙엽 되어 바람 따라 흩날릴 뿐이었다.

　"저 멀리 박혀 있는 외로운 산봉우리들, 황혼 무렵 내릴 소낙비를 머금고 있는 듯"이란 구절이 가장 절묘하여, 무심한 경치가 사람의 감정에 따라 움직이고 있다. 작자의 서글픈 심정이 가을을 맞은 산과 강, 그리고 저녁 바람에 흩날리는 버들잎과 절묘하게 어우러졌다.

　이처럼 감정에 충실했던 작자도 위기를 맞은 사회 현실을 외면할 수는 없었다. 어느 해인가 강기는 양주揚州(오늘날의 강소성 양주시)를 지나게 되었다. 양주는 교통의 요충지로서, 번화하기 그지없는 도시였다. 당나라 때에는 가장 부자 도시로 소문이 났다. 그래서 그 옛날 두목杜牧은 자신의 시 「이별하며 주다(贈別)」에서 이렇게 말했다.

봄바람에 넘실대던 양주길 십 리　　　　春風十里揚州路

　그 뒤 두목의 시구는 양주의 번화함을 대표하는 수식어가 되었다.

8 새로운 노래의 여운 ●

185

하지만 화려했던 도시는 금군金軍의 침입을 당한 뒤, "냉이와 보리만이 푸름을 더하는(薺麥靑靑)" 폐허로 변했다. 그 모습에 그는 만감이 교차했다.

그 옛날 양주에는 '스물네 개의 다리(二十四橋)'가 있고, 다리 주변에는 붉은 작약이 가득한 번화한 곳이었다. 그런데 이제는 옛 영화를 찾을 길이 없었다. 그는 이것을 그의 사 「양주만揚州慢」에서 다음과 같이 노래했다.

스물네 개의 다리는 여전하건만	二十四橋仍在
물결이 흔들려도	波心蕩
차가운 달은 소리 없다	冷月無聲
다리 옆 붉은 작약을 보며 떠오르는 생각	念橋邊紅藥
해마다 누굴 위해 꽃망울을 터뜨리는지	年年知爲誰生

마치 "나라 깨어져도 산하는 그대로, 성에 봄 들어 초목이 깊어라(國破山河在, 城春草木深)"라고 노래했던 두보의 시와 비슷한 느낌이다. 그처럼 황폐한 도시에 작약은 또 누굴 위해 붉게 피었는지! 「양주만」의 내용은 두목의 시 「양주판관 한작에게 보내다(寄揚州韓綽判官)」와 비교해서 읽으면 더욱 많은 느낌을 얻을 수 있다.

푸른 산은 아스라이 푸른 강물 아득히	靑山隱隱水迢迢
한가을에도 강남의 초목 시들지 않았으리라	秋盡江南草未凋
달빛 아래 빛날 양주의 스물네 개의 다리	二十四橋明月夜
그대는 어디에서 노래와 피리 가르치고 있을지	
	玉人何處敎吹簫

평민 식객 시인 강기의 초상.

두 작품의 배경이 된 도시는 같지만 분위기는 사뭇 다르다.

어쨌든 강기의 사를 읽으면 "안개 속에서 꽃을 보는 듯(霧裏看花)"하여 답답하다는 사람이 있는가 하면, 이런 운치를 좋아하는 사람도 있었다. 범성대, 양만리, 신기질 등 당시의 유명 문인들도 강기의 사를 즐겨 노래했다.

꿈꾸는 창

남송의 대표적 사인인 오문영吳文英(약 1200~약 1260)의 자는 군특君特이고, 호는 몽창夢窓이다. 늙어서는 각옹覺翁이란 호를 쓰기도 했다. 그는 사명四明(오늘날의 절강성 영파시寧波市) 사람이다.

오문영은 강기의 뒤를 이어 완약파 사인으로 활동했다. 그의 삶도 강기와 비슷하여, 일생 동안 관직을 얻지 못했다. 하지만 그는 은사隱士로 지내기보다는 소주와 항주 일대의 관리들을 찾아다니며 식객 노릇을 했다.

그의 사는 대부분 자연의 경치를 노래했다. 그 가운데 「바람이 소나무에 들어(風入松)」처럼 풍경과 감정의 조화가 뛰어난 작품이 있다.

바람소리 빗소리 들으며 청명절은 가고	聽風聽雨過淸明
쓸쓸한 풀들만이 꽃을 묻어 묵념한다	愁草瘞花銘
암록색 누대 앞으로 나 있는 갈림길	樓前綠暗分携路
한 줄기 버들은	一絲柳
한 가닥 님의 사랑이런가	一寸柔情
싸늘한 봄추위 속에 술이 과했는지	料峭春寒中酒
일찌감치 꿈길 접어들려다 앵무의 울음에 정신이 든다	
	交加曉夢啼鶯

날마다 서쪽 정원 말끔히 청소된 곳에서	西園日日掃林亭
한결같이 아름다운 아침을 홀로 맞이한다	依舊賞新晴
노란 벌들이 그네 줄을 열심히 더듬어	黃蜂頻撲鞦韆索
그때면 드는 생각	有當時
그녀의 여린 손 향내 맺혀 있구나	纖手香凝
서성거려 보건만 그녀의 발자국 보이지 않고	惆悵雙鴛不到
고요한 돌계단엔 밤새 이끼 늘었어라	幽階一夜苔生

남자임에도 불구하고 섬세한 감성을 지녔음을 알 수 있다. 그네 줄에 여인의 손 향기가 남아, 노란 벌들이 모여든다는 부분은 정말 감탄이 절로 난다. '꿈꾸는 창'이라는 호가 정말 잘 어울린다.

이 작품은 금군을 피해 강남으로 건너와 처음 맞는 청명절에, 헤어진 애인을 그리며 지었다고 한다. 꽃피고 새 우는 생명이 약동하는 봄이건만, 작자의 눈에는 왠지 모를 서글픔이 담겨 있었다. 바람소리, 빗소리, 떨어진 꽃잎을 덮어 묵념하는 듯이 쓸쓸한 풀들, 갈림길, 버들가지 한 줄기 등 모든 사물이 작자의 마음에 아픔으로 다가왔다.

이를 이기려 술을 마시기도 하고, 날마다 깨끗이 청소를 하기도 했다. 하지만 그네 줄에 모여드는 벌들 때문에, 또다시 그녀를 떠올리게 되었다. 그리고는 그녀의 빈자리가 더욱 크게 느껴졌다.

"노란 벌들이 그네 줄을 열심히 더듬어, 그때면 드는 생각, 그녀의 여린 손 향내 맺혀 있구나"란 구절은, 많은 이들에게 천하의 명구라고 극찬을 받았다.

오문영은 후배에게 사를 짓는 방법을 이렇게 설명했다.

뜻을 나타낼 때에는 너무 높아서는 안 된다. 너무 높으면 미친 듯하고 괴상하여 부드럽고 완곡한 뜻을 잃는다.
發意不可太高, 高則狂怪而失柔婉之意.

그런데 이처럼 글자의 꾸밈과 음률의 조화에 치중했기에, 사상적 깊이가 빈약하여 최고의 경지에는 이르지 못했다.

이밖에 남송 말기에 비교적 이름을 날린 사인으로는 사달조史達祖, 고관국高觀國, 주밀周密, 왕기손王沂孫, 장염張炎 등이 있으나 여기서는 자세히 언급하지 않겠다.

강호파 작가들

그렇다면 남송 말기의 시인은 어떤 사람들이 있었을까? 남송 말기의 시를 말하려면, '사령四靈'과 '강호파江湖派'를 빼놓을 수 없다.

강기와 거의 같은 시기에 영가 지방에는 서기徐璣, 서조徐照, 옹권翁卷, 조사수趙師秀라는 네 명의 시인이 활동했다. 그들은 공교롭게도 별명에 영연靈淵, 영휘靈暉, 영서靈舒, 영수靈秀처럼 모두 '영靈' 자가 들어 있었다. 그래서 사람들은 그들을 통틀어 '영가사령'이라고 불렀다. '강호파'는 바로 이 '사령'이 선도한 시파를 일컫는 말이다.

사령은 전고를 지나치게 많이 쓰고, 거의 남의 것을 베끼는 강서파의 문학론에 반대했다. 그리하여 두보를 떠받드는 강서파에 정면으로 맞서 만당 시인, 특히 가도賈島와 요합姚合을 내세웠다.

그러나 그들도 이것이 또 하나의 극단이며 자아도취임은 알지 못했다. 배우려는 대상 자체가 높은 성취를 이루지 못했기에, 그들의 시도 자연스럽게 재주가 빈약하고 기세가 미약하여 두드러진 성과를 얻을 수 없었다.

하지만 옹권의 「시골의 4월(鄕村四月)」과 조사수의 「약속된 나그네(約客)」처럼, 일부 소품은 담백함과 자연스러움 속에 생기를 담아내 참신한 맛을 주기도 한다.

산과 들은 온통 푸르고 가득한 강물은 흰데	綠遍山原白滿川
두견새 소리 속에서 비는 안개처럼 내린다	子規聲裏雨如煙
4월이라 농촌은 너나없이 바쁜지라	鄕村四月閒人少
누에치기 끝나기 무섭게 논에 모를 심는다	纔了蠶桑又插田

노란 매화꽃 필 무렵 집집마다 비가 내려 　　黃梅時節家家雨

푸른 풀숲 연못가엔 곳곳마다 개굴개굴 　　青草池塘處處蛙

약속하고 오지 않아 한밤으로 접어드니 　　有約不來過夜半

하릴없이 바둑알 두드리는데 불똥이 떨어진다 　閑敲碁子落燈花

　옆 사람에게 말을 건네듯 눈앞의 풍경과 신변의 정취가 가깝게 다가온다. 이런 면에서 강서파의 시와는 확실히 다르다.

친구를 기리며

　남송 말기에는 강호파의 시풍이 한동안 성행하여, 강서파의 기세를 크게 약화시켰다. 사령의 뒤를 이은 강호파의 시인으로는 유극장과 대복고가 있다.

　유극장劉克莊(1187~1269)의 자는 잠부潛夫이고, 호는 후촌거사後村居士이다. 그는 보전莆田(오늘날의 복건성 보전시) 사람이다. 사람들은 그를 강호파 최고의 시인으로 꼽는다.

　강호파 시인의 대부분은 강호를 떠돌던 평민이었다. '강호파' 란 명칭도 그래서 붙은 것이다. 하지만 유극장은 다른 강호파 시인과 달리, 정부의 주요 관직을 두루 거쳤다.

　그도 처음에는 사령의 영향을 받아, 당나라 말기의 요합과 가도의 시를 배웠다. 그러나 나중에는 왕건과 허혼, 이하의 시를 배우면서 여러 번 시풍이 변했다.

「무진년에 감회를 적다(戊辰即事)」처럼 현실을 비판한 시도 적지 않다.

나에게 어찌 푸른 저고리 있으리오	詩人安得有青衫
올해 비단 백만 필로 오랑캐에게 평화를 얻었으니	
	今歲和戎百萬縑
이제부터 서호 주변엔 버들 심지 말지어다	從此西湖休插柳
넉넉하게 뽕나무 심어 비단을 짜야 할테니까	剩栽桑樹養吳蠶

남송은 금군에 반격하는 일에 실패하고, 결국 치욕적인 타협을 맺었다. 그래서 해마다 많은 양의 은과 비단을 바쳐야 했다. 시인은 그러한 사실을 풍자하고 있다.

유극장은 육유를 흠모하는 한편, 그를 능가하고자 무진 애를 썼다. 하지만 질적인 면에서 육유를 따라잡을 수 없었다. 양적인 면에서도 죽을 때까지 육유를 따라가지 못했다.

그는 사는 신기질을 따라 배웠다. 「심원춘沁園春, 방신유를 꿈꾸다(夢孚若)」 같은 작품은 신기질의 사와 매우 비슷하다. 이 작품의 하편을 살펴보자.

세월의 흐름을 한탄하노라	歎年光過盡
공명을 아직 세우지 못한 채	功名未立
선비는 늙어 갔노라	書生老去
기회가 찾아와	機會方來
이장군에게	使李將軍
고조 유방을 만나게 했더라면	遇高皇帝

만 호의 제후로 만족했을까마는	萬戶侯何足道哉
옷자락 부여잡고 떨쳐 일어나 보지만	披衣起
처량하게 밀려드는 옛 생각	但淒凉感舊
북받치는 가슴에 슬픔만이 쌓인다	慷慨生哀

방신유는 유극장의 친구로서, 이미 죽고 없었다.

작품 속에 나오는 '이장군'은 한나라의 장군이었던 이광을 말한다. 앞서 특출난 장군이었지만 때를 얻지 못해 기량을 마음껏 펼치지 못했던 영웅이었다고 언급한 적이 있다. 그래서 한 문제는 그를 애석해 하며 이렇게 말했다.

"안타깝구나! 기회를 얻지 못했으니 말이다. 고조高祖 시대에 태어났더라면, 만 호를 관장하는 제후쯤은 아무것도 아니었을 텐데!"

유극장은 이처럼 옛 영웅의 삶을 빌어, 친구의 불행을 안타까워했다.

마지막 세 구절은 과거사를 회상하는 동시에 울분으로 가득한 작자 자신의 마음을 나타내는 것이기도 하다.

어두운 현실을 바라보며

대복고戴復古(1167~?)의 자는 식지式之이고, 호는 석병石屏이다. 그는 천대天臺 황암黃岩(오늘날의 절강성 황암시) 사람이다. 일생 동안 가난하게 살았던 그는, 각지를 떠돌며 많은 이들과 시를 통해 교제하여

민간에서 이름을 떨쳤다

    그의 시는 어두운 현실을 통렬하게 비판했다. 「경자년에 기근이 이어져(庚子薦飢)」 6수는 그러한 특징을 잘 보여준다. 그 가운데 세 번째 수를 살펴보자.

굶주린 배 움켜쥐고 집 버리고 떠났으나	餓走抛家舍
사방팔방 헤매다가 갈림길에서 죽어간다	縱橫死路歧
마魔가 끼어 곡식에 비도 내리지 않고	有天不雨粟
땅이 없어 시신을 묻을 수도 없구나	無地可埋尸
재난의 참담함이 이와 같거늘	劫數慘如此
우리 관청에서는 이 꼴을 보고만 있구나	吾曹忍見之
관리들은 구휼한다고 법석을 떨지만	官司行賑恤
그저 문서만 오고갈 뿐	不過是文移

    해를 거듭하여 가뭄이 들자, 수많은 백성들이 굶어 죽어 여기저기 나뒹굴어도 손을 쓸 수가 없었다. 관공서에서는 구제에 힘쓴다고 했으나, 쓸데없는 공문만 달랑 내놓았을 뿐 실질적인 성과가 없었다. 통치자는 백성이야 죽든 말든 자신의 환락만 추구했다. 이 얼마나 통렬한 비판인가.

지남석 같은 마음

　남송 말기의 애국 시인을 꼽으면, 문천상을 드는 데 이견이 있을 수 없다. 문천상文天祥(1236~1283)의 자는 이선履善 또는 송서宋瑞이고, 스스로는 문산文山이라고 불렀다. 길주吉州 여릉廬陵(오늘날의 강서성 길안시吉安市) 사람인 그는, 장원 급제하여 정치가로 활동했다. 전하는 말에 따르면, 대단한 미남이었다고 한다.

　한때 그는 국난이 임박해서는 우승상右丞相을 맡아 원나라 진영으로 가, 평화적인 해결을 모색했다. 그러나 강제로 억류되었다가, 구사일생으로 탈출에 성공한다. 나중에는 온주溫州에서 단종端宗을 옹립하고, 동남부에서 원나라 군대와 대치하며 국력을 회복하고자 헌신했다. 그러나 결국 광동 오파령五坡嶺에서 원군의 포로가 되어, 대도大都(오늘날의 북경)로 끌려간 뒤 4년 동안 절개를 굽히지 않다가 죽임을 당했다.

　「양자강揚子江」이란 그의 시에는 송나라 정부에 대한 한결같은 충성을 잘 보여주는 구절이 나온다.

> 신의 마음은 지남석과 같아　　　　臣心一片磁針石
> 남쪽이 아니라면 쉬지를 못합니다　　不指南方不肯休

　이 때문에 그의 시집을 『지남록指南錄』과 『지남후록指南後錄』이라고 불렀다.

　『지남록 후서』에서 작자는 원의 진영에 담판을 지으러 갔다가 억류되었던 일과 구사일생으로 탈출하는 과정을 단숨에 뱉어냈다. 도망치면서 열여덟 번이나 죽을 고비를 넘겼다는 구절을 읽을 때면 간담이 서늘해진다.

「영정양을 지나며(過零丁洋)」는 『지남록』에 실린 칠언 율시로 잘 알려진 작품이다.

경서 읽어 급제하여 몸 일으켰으나 난세 만나 괴로움을 당하나니

　　　　　　　　　　　辛苦遭逢起一經

전쟁으로 4년 세월은 황폐해졌다　　　干戈寥落四周星

바람에 날리는 버들솜인 양 조국은 깨지고　山河破碎風飄絮

빗물에 부평초 떠가듯 이내몸 정처없구나　身世浮沈雨打萍

황공탄 어귀에서 두렵다고 말하더니　　惶恐灘頭説惶恐

영정양 속에서 탄식하고 외로워한다　　零丁洋裏嘆零丁

태어나면 예로부터 누구든 죽기 마련　　人生自古誰無死

절개를 역사책에 비추어 남기련다　　留取丹心照汗青

이 시는 그가 원나라 군대의 장교 장홍범에게 붙잡혀 항복문서를 강요받자, 그 대신 쓴 시라고 전한다. 여덟 구절뿐이지만, 시에 담긴 내용은 작자의 개인적 체험에서 국가의 운명까지 더할 나위 없이 풍부하다.

황공탄과 영정양이 나오는 구절에서는 교묘하게 지명을 끌어들여 대우를 맞춰 자신의 심정을 표현한 점이 매우 뛰어나다. 황공탄이란 '무서운 바다'이고, 영정양이란 '비참한 바다'란 뜻으로 실제 지명이다. 영정양은 먼 훗날 있을 아편전쟁의 싸움터이기도 하다.

그래도 가장 감동적인 부분은 바로 미련尾聯이다. "태어나면 예로부터 누구든 죽기 마련, 절개를 역사책에 비추어 남기련다!" 이 구절

하나가 이후 중국의 많은 애국지사들의 마음을 얼마나 고무시켰는지 모른다. 그래서 그들은 죽음을 무릅쓰고 의로운 길에 나설 때마다, 이 말을 하며 스스로를 다짐하곤 했다.

문천상은 대도로 끌려가서 몸을 제대로 펼 수조차 없는 토굴에 갇혀 지냈다. 여름이면 더위와 습기로 견딜 수없이 괴로웠다. 이런 고통 속에서 「정기가正氣歌」가 탄생했다.

문천상은 「정기가」의 서문에서 토굴 안에는 7개의 기운이 있다고 했다. 물기운(水氣), 흙기운(土氣), 해기운(日氣), 불기운(火氣), 쌀기운(米氣), 사람기운(人氣), 더러운 기운(穢氣)이 그것이다. 이 가운데 어느 하나의 기운만으로도 충분히 병에 걸릴 수 있었다. 그럼에도 문천상은 이렇게 말한다.

맹자께서 '나는 나의 호연지기를 잘 기른다'고 말씀하셨습니다. 저 기운은 일곱 가지이고 나의 기운은 한 가지입니다. 하나로써 일곱을 상대한다 한들 내가 어찌 근심하겠습니까?

孟子曰, 吾善養吾浩然之氣. 彼氣有七, 吾氣有一, 以一敵七, 吾何患焉.

문천상이 말한 '한 가지 기운'이 바로 맹자가 말한 '호연지기'이다. '호연지기'란 '사람의 마음에 차 있는 너르고, 굳세며, 맑고 올바른 기운'을 가리킨다. 곧 도의에 뿌리박고 공명정대하여, 조금도 부끄러울 것이 없는 도덕적 용기를 말한다.

계속해서 문천상은 역사에 나타난 12명의 충신과 열사들을 예로 들어 '정기正氣'를 강조한다. 그들이 정기를 가슴에 품고 있었기 때문에, 그처럼 위대한 업적을 쌓을 수 있었음을 강조했다. 문천상도

북경시 부학 골목 안에 있는 문승상사文丞相祠. 원나라가 멸망하고 명나라가 들어서자 문천상을 기념하기 위하여 그가 갇혀 있던 곳에 건물을 지었다.

이러한 '호연지기'를 잃지 않았기 때문에, 원나라의 회유와 핍박에도 굴하지 않고 절개를 지켜 영웅의 모습을 보여주었다.

바다의 마음을 품은 문인

　문천상과 거의 같은 시기에 활동한 또 한 명의 애국 문인이 있었다. 그는 바로 유진옹이다. 유진옹劉辰翁(1232~1297)의 자는 회맹會孟이고, 호는 수계須溪이며, 길주吉州 여릉廬陵(오늘날의 강서성 길안시) 사람이다.

그는 남송 정권에서 진사가 되었으나, 관리의 길을 포기했다. 그러다가 송이 망하자, 더더욱 바깥출입을 끊고 숨어 지냈다. 그래서인지 그의 사에는 나라 잃은 설움이 가득하다. 「유초청柳梢靑, 봄의 느낌(春感)」을 살펴보자.

몽골군의 철마는 담요를 둘렀으나	鐵馬蒙氈
정월 보름의 꽃등이 눈물을 떨굴 제	銀花灑淚
시름 쌓인 성에도 봄이 찾아드는구나	春入愁城
오랑캐 곡조로 피리 소리 울리고	笛裏番腔
온갖 소리 거리를 진동하건만	街頭戱鼓
모두가 노래라 할 수 없어라	不是歌聲
홀로 앉아 푸른 불빛 어찌 감당하리오	那堪獨坐靑燈
그리워라 밝은 달빛 높은 누대 비추던 우리나라	
	想故國高臺月明
서울 임안의 풍경	輦下風光
초야에 묻혀 흘려보낸 세월	山中歲月
바다의 마음을 품어본다	海上心情

원소절을 맞았으나 임안성은 근심 어린 안개에 쌓여 앞을 분간할 수 없었다. 심지어 등불조차 눈물을 흘리는 듯했다. 곳곳마다 몽골족의 기병대가 진을 치고 있는데, 그들이 연주하는 낯선 음악은 결코 노래로 들리지 않았다. 술잔과 외로운 등불을 마주한 채 고도의 번화했던 옛 모습을 그려보지만, 그때마다 산속의 생활은 더더욱 적막하게 느껴질 뿐이었다.

그래도 작자는 저항 세력의 존재를 보고 송나라의 운명이 지속될 수 있다는 허상에 집착했다. 하편 마지막 구절의 '바다의 마음'이란 바로 저항 세력을 의미한다. 원의 군대가 임안을 점령하자, 남송의 많은 애국지사들은 바다로 피신했다. 그 뒤 복건성과 광동성 일대, 곧 중국 대륙의 동남부를 중심으로 항원抗元 운동이 전개된다.

망국의 한을 노래한 궁중 악사

남송 말기에는 왕원량이라는 시인도 활동했다. 전당錢塘(오늘날의 절강성 항주시) 사람인 왕원량汪元量(태어나고 죽은 해를 알 수 없음)의 자는 대유大有이고, 호는 수운水雲이다. 그는 남송의 궁중 악사라는 특이한 경력이 있다. 그가 주로 다루던 악기는 거문고였다.

왕원량은 송이 망하자 태후, 어린 황제와 함께 북쪽으로 끌려가, 불행한 역사의 산 증인이 되었다. 그는 끌려가면서 98수의 시를 짓고 「호주의 노래(湖州歌)」라고 이름을 붙였다. 여기에는 북방의 자연과 생활 풍습과 함께 망국의 감정이 절절이 배어 있다.

작자는 앞 다투어 투항한 태후 사도청謝道淸과 문무백관들에게 불만이 많았다. 그는 「술에 취하여(醉歌)」에서 사태후가 항복문서에 서명하던 광경을 이렇게 노래했다.

| 대신들 이미 항복문서 바쳤으니 | 侍臣已寫歸降表 |
| 소녀 또한 사도청이라 서명하는 바입니다 | 臣妾僉名謝道淸 |

....

어제의 황태후가 차와 밥을 구걸하고   昨日太皇請茶飯

조정의 모든 고관들은 치욕의 신하 되었도다   滿朝朱紫盡降臣

태후와 고관을 가리지 않고 투항한 사람들에 대한 불만과 멸시로 가득 차 있다.

왕원량은 오랫동안 연경燕京의 감옥에 머물면서 여건이 허락하는 한 문천상과 만나 적지 않은 시를 주고받았다. 그도 송나라에 대한 연민의 정이 이처럼 깊었다.

눈 속에서 더욱 푸른 나무

나라는 잃었지만 뜻을 굽히지 않고 계속하여 원나라에 저항한 사람들을 일컬어 유민遺民이라고 한다. 원나라 초기에는 이런 사람들이 많았는데, 대부분 하층 문인이었다. 고위 관리들은 오히려 모두 원나라 정부에 투항했다. 유민들 가운데 유명한 문인으로는 사방득, 사고, 정사초, 임경희 등이 있다.

사방득謝枋得(1226~1289)의 자는 군직君直이고, 호는 첩산疊山이다. 신주信州 익양弋陽(오늘날의 강서성 익양시) 사람인 그는 문천상과 함께 진사가 되었다. 송나라 말기에는 저항군을 조직하여 활동하다가, 송 정부의 지원을 얻지 못하고 실패한다. 그 뒤에는 성과 이름을 바꾸고 민閩 땅에 살면서, 점치는 일과 학생들을 가르치는 일로 소일했다.

나중에 원 정부는 여러 번에 걸쳐 그를 끌어들이려고 노력했다. 하지만 끝내 거절당하자, 강제로 그를 대도大都로 압송했다. 그러나 사방득은 끝까지 뜻을 굽히지 않고, 단식 끝에 죽었다.

그가 강제로 끌려가기 전 친구들에게 건네준 시의 첫 구절은 다음과 같다.

소나무와 측백은 눈 속에 더욱 푸르러라　　雪中松柏愈青青

추위에 아랑곳없이 푸름을 더하는 소나무와 측백에 자신을 비유한 것이다.

아울러 그가 쓴 『문장궤범文章軌範』은 조선시대에 필독서로서, 널리 읽었다고 한다.

사고謝翶(1249~1295)의 자는 고우皐羽 또는 고보皐父이고, 스스로는 희발자晞發子라고 불렀다. 복주福州 장계長溪(오늘날의 복건성 하포시霞浦市) 사람인 그도 하층 지식인이었다.

그는 문천상이 저항군을 일으키자, 수백 명의 인원을 이끌고 저항군에 합류했다. 거기에서 그는 자의참군諮議參軍이라는 직책을 맡아 활동했다.

그러다 문천상이 비운의 죽음을 맞이한다. 그 뒤 그는 동남 지방을 전전하면서 문천상을 위해 통곡했다. 「서대에 올라 통곡하는 글(登西臺慟哭記)」은 그가 절강성 동려桐廬 서대에 올라 문천상을 위해 제사지내던 모습을 그리고 있다.

이 글에서는 황량한 서대가 궂은 날씨와 어우러져, 읽는 이에게 참담한 느낌을 준다. 또 사고 자신은 대나무 막대기로 돌을 두드려 박자를 맞추면서 초혼가를 부른다.

노래가 끝나자, 막대기는 부러지고 돌멩이는 깨져 있었다. 작자의 분통한 감정이 그처럼 격했던 것이다.

본혈세계를 그리워함

정사초鄭思肖(1241~1318)는 연강連江(오늘날의 복건성에 속함) 사람이다. 처음에는 이름이 모某였는데, 남송이 망하자 이름을 바꾸었다. '사초 思肖'는 '조趙씨를 그리워하다'라는 의미를 담고 있다. '조씨'는 곧 송나라 황제의 성이니, 조국 송나라를 그리워한다는 뜻이다.

그는 또 자신이 사는 방에 '본혈세계本穴世界'라는 글이 담긴 족자 를 내걸었다고 한다. '본本'자에 있는 '십十'을 '혈穴'자에 갖다 붙이 면 '대송세계大宋世界'가 된다. 그만큼 송을 그리워하는 그의 간절한 마음을 읽을 수 있다.

이뿐만 아니라 그는 평소에 앉거나 누울 때, 언제나 북쪽을 등지고 남쪽을 향했다고 한다.

그림에도 능했던 그는 그림을 그릴 때에는 난초만 그리고, 땅은 그 리지 않았다고 한다. 송 왕조의 땅은 이미 다 빼앗겼다는 의미였다.

그의 시 「겨울국화(寒菊)」에는 이런 구절이 나온다.

온 몸에 향기 안고 죽을지언정   寧可枝頭抱香死
어찌 삭풍을 맞아 산산이 찢어지리오   何曾吹落北風中

그가 지녔던 강렬한 민족 감정을 여실히 보여준다.

상소문을 창호지로 바르다

임경희林景熙(1242~1310)도 기개 있는 문인이었다. 그의 자는 덕양德陽이고, 호는 제산霽山이며, 온주溫州 평양平陽(오늘날의 절강성에 속함) 사람이다. 그는 진사 출신으로 천주泉州 교수敎授 등의 관직을 역임했다.

송이 멸망한 뒤 어느 날, 양련진가楊璉眞伽라는 몽골족 승려가 송 황제의 능묘를 파헤치는 사건이 일어났다. 그러자 그는 위험을 무릅쓰고 황제의 유골을 수습하여, 원래의 자리에 매장하고는 감탕나무(冬靑樹)를 심어 자신의 의지를 표현했다.

한번은 창호지를 새로 바르는데, 그 창호지가 뜻밖에도 송나라 때에 쓴 상소문이었다고 한다. 이에 감정이 일어, 칠언 절구「산창의 새로 바른 문풍지에 송나라 때에 쓴 상소문이 있어 그걸 읽고 드는 느낌(山窓新糊有故朝封事稿閱之有感)」을 지었다.

우연히 외로운 구름을 따라 영동에 묵으니　　偶伴孤雲宿嶺東
사산에 눈 내리려 하건만 화로는 벌겋다　　四山欲雪地爐紅
가을을 대비해야 한다던 한 장의 상소문이　　何人一紙防秋疎
오히려 산창에 발리져 북풍을 막아주는구나　　却與山窓障北風

이제 송나라는 사라지고, 모든 것은 구시대의 유물이 되고 말았다.

애초에 올바른 의견은 받아들여지지 않고 오히려 휴지조각이 되었으니, 이는 도대체 누구의 책임이란 말인가? 지금에 와서 이렇게 산창에 나붙은 상소문을 보자 작자는 만감이 교차했다.

송나라 말기에는 이들 말고도 많은 애국 시인들이 있었다. 그들의 시문은 곧 송나라 문학의 마지막 장이자 한 시대를 마감하는 마지막 종소리였다. 그러나 그 여운은 지금까지도 면면히 이어지고 있다.

제2부

금·원나라의 문학

다양한 움직임 9

시화詩話
속문학俗文學의 발전
오격吳激
원호문元好問

휘파람을 부는 흙인형.

시화

　지금까지는 송나라 문인들의 상황을 대충 살펴보았다. 그렇다면 송나라 때에 '속문학'의 상황은 어떠했을까? 또 송나라의 문학 이론에 관한 연구는 어느 정도 진척되었을까? 아울러 요나라와 금나라의 문학적 성취는 어느 정도였을까? 이 장에서는 이런 점들을 살펴보기로 하자.

　'시화詩話'는 간단히 말하면, 시에 대한 이야기라고 할 수 있다. '시화'란 송나라 때에 새롭게 나타난 시가 비평 형식을 가리킨다. 곧 '시에 대한 평론(詩評)'이다.

　이러한 시화는 작자가 독자와 함께 잡담하듯이 짤막한 단락들로 이어지기에, 내용이 매우 자유롭다. 여러 시인들과 그들의 작품에 얽힌 신변잡사를 다루기도 하고, 유명 작품에 대한 고증과 해석을 다루기도 했다.

　그러나 그 임의성과 즉발성 및 감각적 성격 때문에, 평론서로는 확고하게 자리를 잡을 수 없었다. 그 뒤 시간이 지나면서 시나브로 이론적 성격이 강화되고 체계화되었다. 정리하자면 처음에는 시에 얽힌 에피소드를 중심으로 다루다가, 나중에는 차츰 비평문의 성격을 갖추었다는 것이다.

　송나라 때의 첫 번째 시화를 꼽으라면 구양수의 『육일시화六一詩話』를 들 수 있다. 앞서 구양수가 노년에 스스로를 '육일거사'라고 불렀다는 말을 기억할 것이다. 책, 골동, 거문고, 바둑, 술과 이를 즐겼던 자신이 한데 어울린다고 하여 '육일거사'라 했다.

　구양수는 『육일시화』에서 시를 지을 때에는 '여유(閑),' '깊이(遠),'

‘전통의 계승(古),’ ‘담백함(淡)’이 필요하다고 지적했다. 아울러 매요 신梅堯臣이 말했듯이, 이런 시평의 원칙을 내세웠다.

묘사하기 어려운 경치를 묘사하여 눈앞에 있는 것처럼 하고, 머금어 다하지 못한 뜻을 글 밖에서 드러낼 수 있어야 한다.
狀難寫之景如在目前, 含不盡之意見於言外.

선으로 시를 비유함

『육일시화』가 ‘시화’라는 형식의 길을 열자, 사마광司馬光은 『속 시화續詩話』를 지어 그 뒤를 이었다. 남송 때에는 더 보편적으로 시 화를 저술하여 장계張戒의 『세한당시화歲寒堂詩話』, 강기의 『백석도 인시화白石道人詩話』, 엄우의 『창랑시화滄浪詩話』등 유명한 작품이 많 이 나왔다.

그 가운데 엄우嚴羽(태어나고 죽은 해를 알 수 없음)를 살펴보자. 그의 자는 의경儀卿 또는 단구丹邱이고, 소무邵武(오늘날의 복건성에 속함) 사 람이다. 그는 주로 남송 후기에 활동했다. 자신은 스스로를 ‘창랑포 객滄浪逋客’이라 했기에, 책이름도 ‘창랑’이라 했다.

『창랑시화』는 시변詩辯, 시체詩體, 시법詩法, 시평詩評, 고증考證의 다섯 부분으로 나뉘어 있다. 엄우는 스님들의 어투로 시를 평론했기 때문에, “선으로 시를 비유한다(以禪喩詩)”라는 말을 들었다.

그는 소식과 황정견 이후의 시풍에 불만을 품었다.

말장난으로만 시를 짓고, 학식으로만 시를 지으며, 정치적인 주장으로만 시를 짓는다.

以文字爲詩, 以才學爲詩, 以議論爲詩.

그리고는 한漢과 위魏 및 성당의 시를 최고의 기준으로 내세웠다.

아울러 "말은 다해도 뜻은 무궁하다(言有盡而意無窮)"라거나 "영양이 뿔을 나무에 걸면, 발자취가 없어져 찾을 수 없다(羚羊掛角, 無迹可求)"는 말로 시의 최고 경지를 표현했다.

영양이 뿔을 나무에 건다는 말은 불교 경전에 나오는 이야기이다. 영양은 잠시 쉬거나 잠을 잘 때, 자신의 뿔을 나뭇가지에 걸어 발자국을 없애고 몸을 숨긴다고 한다. 결론적으로 눈앞의 형상이나 말에 매이지 않고 한없는 의미를 나타낼 수 있어야 훌륭한 시라는 것이다. 이런 비유를 통해 시의 최고 경지를 나타냈으니, 정말 오묘하기 그지없다.

엄우의 시화가 후대에 끼친 영향은 정말 대단했다. 송나라 이후 발전하는 성령파性靈派나 신운파神韻派 등은 엄우의 관점을 그대로 답습했다. 이처럼 구양수가 길을 연 시화라는 형식이 엄우에 와서 활짝 꽃을 피웠다.

중국 희곡의 발전 맥락

이제는 송나라 때 발전한 희곡과 소설을 살펴보자. 이들은 모두 속문학의 범주에 속한다.

사실 중국에서 희곡은 매우 일찍 탄생했다. 희곡이란 '노래와 춤(歌舞)'에서 비롯되는 것이기 때문이다. 원시시대에 원시인들은 사냥한 고기와 식물의 열매 등을 먹으며 살았다. 수확물이 있으면 불을 피우고 그 주위에 둘러 앉아 먹고, 배가 부르면 그 순간의 행복을 노래와 춤으로 표현했다. 이런 활동이 거듭되면서 노래에 일정한 과정이 생기고, 배역이 정해졌다. 이런 것이 최초의 희곡 형태였으리라.

원시 예술, 곧 노래와 춤 그리고 연극의 기원은 수확의 기쁨을 표현한 유희적 성격이 있다. 하지만 그보다는 당시의 '제사 의식'에서 비롯되기도 했다. 이처럼 희곡의 기원에 대해서는 노동기원설, 제사기원설, 오락기원설 등 갖가지 이견과 추측이 존재한다. 여기에 각 지역적 특성을 고려하면, 자생설과 유입설 등이 덧붙여진다.

중국에서는 춘추시대에 이미 전문적인 배우俳優가 나타났다는 주장도 있다. '배우'들은 노래와 춤에 능숙했고, 전문적으로 남에게 웃

백희를 묘사한 흙인형들.

음과 즐거움을 주는 일에 종사했다. 그들이 바로 희곡 배우의 조상격이라고 할 수 있다. 또 중국 희곡이 인도 범극梵劇의 영향을 받아 생겼다는 견해도 있다.

서한西漢에 이르러서는 백희百戲가 성행했다. '백희'란 각종 춤과 곡예 공연을 총칭하는 말로서, '각저희角抵戲'라고도 부른다. 내용이 풍부할 뿐만 아니라, 지금 우리가 알고 있는 서커스의 동작들이 많이 포함되어 있다. 청동으로 된 무거운 솥을 들어 올린다든지, 칼을 삼킨다든지, 불을 뿜는다든지, 높은 곳에서 줄을 탄다든지, 씨름을 하는 동작들이 있었다. 이때 배우들은 인물 또는 동물로 분장했다.

이런 백희 가운데 「동해의 황공(東海黃公)」이란 공연이 있다. 신통력이 있는 동해 사람 황공이 어려서부터 구름과 안개를 부리고, 뱀과 호랑이를 제압하는 등 대단한 활약을 한다. 하지만 나중에는 신통력이 떨어져, 호랑이를 잡으려다 오히려 잡아먹혔다는 이야기이다. 이것이 바로 기록으로 남아 있는 최초의 중국 희곡이다.

남북조시대에는 발두撥頭, 대면代面, 답요낭踏謠娘 등의 공연 예술이 있었다. 글자로만 보자면, '발두'는 머리를 풀어헤치고 추는 춤이다. 그 기원은 서역의 소수민족이 행하던 춤극이다. '대면'은 말 그대로 가면 놀이이다. 배우들이 무대에 오를 때 가면을 썼다. '답요낭'은 발을 구르고 노래하는 여자를 일컫는다. 그것은 발두보다 좀 더 발전된 공연이었다. 남자 배우가 여장을 하고, 한 사람이 노래하면 여러 사람이 이에 화답하는 형태였다.

당나라와 송나라 때에 이르면 '참군희參軍戲'가 성행했다. 참군희에는 참군參軍과 창골蒼鶻이라는 두 개의 배역이 등장한다. '참군'은 부패한 관리이고, '창골'은 참군의 잘못을 풍자하고 희롱하는 역할이다. 두 사람은 노래하고, 춤추고, 웃고 떠들며 소란을 피운다. 이때

틈틈이 당시 정치를 풍자하여, 해학과 농담 속에 엄숙한 내용을 숨겨 놓았다.

이러한 해학과 엄숙함이라는 중국 희극의 전통은 송나라 때에도 계속되었다. 아울러 '참군' 과 '창골' 은 '비난당하는 사람' 과 '비난하는 사람' 이라는 배역으로 굳어졌다.

남송 때의 어느 황제는 주화파의 거두였던 진회秦檜를 위해 연회를 베풀어, 그 자리에 배우들도 불러 공연을 하게 했다. 배우 갑이 태사太師의 의자를 옮겨와, 배우 을이 오기를 기다렸다. 이윽고 배우 을이 등장하여 의자에 앉으려다가, 실수로 두건을 떨어뜨렸다. 그때 머리 뒤에 꽂았던 한 쌍의 머리 장식이 드러나자 배우 갑이 물었다.

"이건 무슨 장식이냐?"

이에 배우 을이 답했다.

"두 개의 아름다운 고리(二勝環 : er-sheng-huan) 장식이지."

그러자 배우 갑이 크게 화를 내고, 을의 머리를 세게 쥐어박으며 이렇게 욕했다.

"네 놈은 태사의 의자에 앉아 황제가 주는 상만 받아 처먹는구나! 네 머리가 날아가면 그 두 개의 아름다운 고리는 어떻게 할래?"

그때는 송나라의 '두 명의 성인(二聖 : er-sheng)' 인 휘종徽宗과 흠종欽宗이 금나라에 끌려 가 '돌아오지(還 : huan)' 못한 상태였다. 배우 갑은 '두 개의 아름다운 고리' 라는 발음을 이용하여, 이러한 역사적 사실을 빗댄 것이다. 아울러 매국노인 진회가 태사의 자리에 앉아 부귀영화만 생각할 뿐, '두 성인의 귀환 문제' 는 신경 쓰지 않는 상황을 비판한 것이다.

이 공연에 진회는 크게 화가 나, 다음날 배우들을 옥에 가두었고, 배우들 가운데 일부는 옥에서 죽음을 맞았다고 한다.

또한 송나라 때에는 '잡극雜劇'이 출현했다. 잡극은 참군희에서 발전한 것이다. 배우가 2명에서 4~5명으로 늘어나고, 이에 따라 배역도 말니末泥, 인희引戲, 부정副淨, 부말副末, 장고裝孤로 세분되었다.

공연은 보통 두 단락의 정극正劇으로 이루어져 있었다. 여기에 정극에 앞서 '염단艷段'이라는 모자를 씌우고, 두 개의 정극이 끝나면 '잡분雜扮'이라는 꼬리를 달았다. 이에 영향을 받아 이후 원나라 때의 잡극은 4개의 절折로 나뉘었다.

그런데 안타깝게도 송나라 때의 잡극 극본은 현재 한 권도 전하지 않는다.

한편 남방의 영가永嘉 일대에서는 새로운 희곡 형식이 나타났으니, 그것을 일러 '남희南戲'라고 한다. 남희는 나중에 다시 살펴보기로 하자.

중국 소설의 발전 맥락

이제는 송과 원나라 때에 발전한 소설을 살펴보자.

당나라 때 성행하던 전기傳奇 소설을 기억해 보라. 그 전기 소설은 대부분 문인들이 문언문으로 쓴 것들이라서 매우 생동적이긴 했지만, 백성들이 읽을 수 없어서 대중적인 인기는 얻지 못했다.

그러나 당시 민간에서는 구어체(白話)로 된 소설들이 인기를 끌기 시작했다. 이 소설들은 얘기꾼들의 입을 통해 전해졌기에 책으로 인쇄되지는 않았다. 이처럼 구어체로 전하던 이야기를 일컬어 '설화說

송나라 때 도시 경제의 발달은 오락 문화의 발전을 촉진시켰다. 그림은 송나라 화가 장택단이 그린 「청명상하도」의 일부.

話'라고 했다. 현재까지 남아 있는 중국의 '설평서說評書'나 '평서評書'가 그와 비슷하지 않을까 한다.

'설화'는 송과 원나라 때 황금시대를 맞이한다. 송나라 때의 변경과 임안, 원나라 때의 대도 같은 대도시에는 거리마다 상점이 줄지어 있고, 수레가 꼬리에 꼬리를 물었다. 풍요로운 경제 상황과 함께 새롭게 형성된 시민 계층은, 일이 끝나면 언제나 '놀 거리'를 찾았다. 그들을 바탕으로 설화나 희곡 같은 예술 형식이 발전할 기회를 얻었다.

특히 송나라 때 변경과 임안에는 오락을 위한 전문 장소가 마련되었다. 당시에는 이를 '기와집(瓦舍)'이라고 불렀다. 기와집에는 '구란勾欄'이라고 부르는 누각이 여러 채 있었다. 오늘날로 치면 연극 무대 같은 것이다. 큰 구란은 수천 명의 관객을 수용할 수 있었다고 한다. 거기에서는 각종 설화 예술과 희곡, 만담, 서커스 같은 공연이 상연되었다.

설화는 '소설小說,' '강사講史,' '설경說經,' '합생合生'이란 네 가지로 분류할 수 있다. 그 가운데 '소설'의 제재가 가장 광범위하여 남녀외 애정, 법정 드라마(公案), 영웅의 전설, 전쟁, 요괴 등 다양한 이야기를 담았다. 대부분 분량이 짧고, 생생하게 장면을 묘사하여 대중의 사랑을 받았다.

'강사서'도 설화에서 중요한 부분을 차지했다. 송나라 때의 기록을 보면, 강사를 담당하던 예술인 가운데 '삼국지 전담자(說三分)'와 '오대 전담자(說五代)'가 있었다고 한다. 한 왕조의 이야기를 하루만에 끝낼 수 없었기 때문에, 날마다 한 단락씩 여러 날에 걸쳐 이야기했던 것이다.

그리고 '설경'은 불경의 내용을 이야기하는 것이다. 앞서 언급했던 당나라 말기의 속강에서 발전한 것으로서, 불교의 대중 전파와 밀접한 관련이 있다.

마지막으로 '합생'은 앞의 것들과 달리, 어떤 사물을 지정하고 즉석에서 그에 대한 말을 지어내는 재주였다. 해학적 요소가 많았는데, 요즈음으로 치면 상성相聲과 비슷하다. 상성이란 비슷한 발음으로 구성된 문장을 말하여 재미있게 하는 재주를 말한다. 이를테면 "강남 공장 공장장은 강 공장장인가 공 공장장인가" 같은 문장을 말한다.

이러한 설화인들은 오로지 입에만 의존했다. 그러나 그들의 품에는 종종 자신들이 직접 쓴 이야기 대본이 들어 있었다. 이것이 바로 '화본話本'이다. 화본은 대부분 스승이 제자에게 대물림했다. 거기에 기록한 내용은 이야기의 대체적인 줄거리뿐이라, 이야기할 때면 이야기꾼의 임기응변과 순발력이 필요했다.

나중에 이런 화본에 살을 덧붙이고, 내용을 보충하여 책으로 펴내게 되었다. 이렇게 하여 최초의 백화 문학 작품이 탄생했다. 당시의 기록에 따르면 100여 개의 화본이 있었다고 한다. 이는 결코 적은 숫자가 아니다. 그런데 아쉽게도 현재는 이 가운데 20~30종만이 전한다. 모든 작품이 명나라 때의 화본 소설집인『경본통속소설京本通俗小說』과『청평산당화본淸平山堂話本』및 청나라 때 풍몽룡의 '삼언三言'에 실려 있다.

화본 소설의 새로운 여인상

화본 소설은 일반적으로 편수篇首, 입화入話, 두회頭回, 정화正話, 편미篇尾 등 몇 개의 부분으로 구성되어 있다. 서사적인 부분은 통속적인 회화체를 이용했지만, 서정적인 부분은 여러 편의 시와 사를 즐겨 이용했다. 그래서 실제로 공연장에서 이야기할 때면 이러한 부분은 노래로 불렀다. 따라서 설화는 일종의 설창 문학이라 할 수 있다. 우리나라의『춘향전』과『심청전』같은 판소리도 설창 문학으로 이해할 수 있다.

송과 원의 화본 소설에서는 도시민이 자주 이야기의 주인공이 되었다. 설화의 청중이 모두 도시민이었기 때문이다. 아무래도 자신들의 이야기에 가까워야 더 호감이 가게 마련이다.

도시민의 이야기에는 당연히 애정과 관련된 것이 많았다.「옥관음을 조각하다(碾玉觀音)」는 지배자의 폭력에 시달리는 수공업자들의 이야기를 남녀 사이의 사랑으로 풀어내고 있다.

남송 함안咸安의 군왕은 표구 장인인 거공璩公에게 자수 솜씨가 뛰어난 딸을 자신의 집에 보내라고 요구했다. 거공은 군왕의 압력을 거절할 수 없어서, 딸을 군왕에게 보냈다. 이리하여 군왕의 관청에 들어온 거공의 딸은 수수秀秀라는 이름을 얻었다.

그런데 군왕의 휘하에는 솜씨 좋은 옥돌 장인인 최녕崔寧이 있었다. 한번은 그가 반투명한 백옥인 양지옥羊脂玉으로 관음상을 조각하여 군왕에게 바쳤고, 이를 받은 군왕은 그를 각별히 우대했다.

나중에 군왕이 살던 관청에 난 불을 끄려고 분주하게 오가던 최녕은 우연히 수수와 마주친다. 여기서 눈이 맞은 두 사람은 혼란을 틈타 군왕의 관청을 빠져 나와 부부의 인연을 맺는다. 그리고 함안에서 천리나 떨어진 담주潭州로 도망가, 그곳에서 옥 세공 상점을 열어 오순도순 살았다.

그렇게 1년 뒤 군왕의 부하 가운데 곽립郭立이라는 하급 장교가 최녕의 행적을 캐 군왕에게 밀고했다. 흉악한 군왕은 곧바로 사람을 보내, 최녕 부부를 서울(임안)로 압송하여 재판에 넘겼다. 그 결과 최녕은 옥살이와 함께 건강建康의 관청으로 배치되고, 수수는 군왕의 관청 후원에 감금되었다.

몇 년 뒤 최녕이 감옥에서 풀려나 건강으로 가는데, 어떤 가마 하나가 따라오는 게 아닌가? 이윽고 가마가 서고 한 사람이 내렸는데, 그 사람은 다름 아닌 수수였다. 그녀의 말로는 곤장 30대를 맞고 쫓겨났다고 했다.

그 뒤 황제가 최녕에게 옥 관음상을 수리하도록 명령하자, 조정은 그가 서울에 살 수 있도록 배려했다. 그래서 최녕 부부는 예전처럼 옥 세공 상점을 열고 새 삶을 시작했다.

그러다가 최녕 부부는 뜻밖에도 곽립을 다시 만났다. 그런데 곽립은 수수를 보자 소스라치게 놀라면서 뒤로 넘어졌다. 그러면서 하는 말이 수수가 관청에 붙잡혀 왔을 때 군왕에게 심하게 매를 맞아 죽어, 그 시체를 후원에다 묻었다는 것이다. 그러니 눈앞에 있는 수수는 귀신이었다.

집요한 곽립은 또다시 사람들을 동원하여 수수를 잡으려다가, 그녀의 노여움을 사 천벌을 받았다. 그리고 사정을 모두 알아챈 최녕은 후회 없이 목숨을 끊고 귀신이 되어 수수와 함께 사라졌다.

소설 속에서 수수는 평민 출신의 아가씨로 나온다. 그녀는 확실한 주관을 가지고 행복을 얻으려고 봉건 도덕의 사슬을 끊고자 노력했다. 비록 현실에서는 이루지 못했지만, 귀신이 되어서도 자신의 의지를 꺾지 않았다. 이러한 수수의 형상은 이전의 문학 작품에서는 찾아볼 수 없던 여인상이다.

「번루를 소란스럽게 한 다정한 여인 주승선(鬧樊樓多情周勝仙)」에 나오는 주승선도 수수와 비슷한 성격을 가진 아가씨이다. 그녀는 범이랑范二郞을 사랑하여, 그를 위해 두 번씩이나 죽는다. 귀신이 되어서도 사흘의 말미를 얻어 범이랑을 감옥에서 구한다. 이와 같은 수수와 주승선의 반항 정신은 봉건 사회를 살던 많은 젊은이들을 감동시켰다.

죄 없는 목숨

법정 드라마도 송과 원나라 화본 소설의 주요 제제였다. 그 가운데 「실수로 최녕의 목을 베다(錯斬崔寧)」가 가장 유명하다.

이 소설의 남자 주인공 이름도 최녕이다. 그는 성실한 농촌 청년이었다. 하루는 도시로 나가 비단을 팔고 돌아오는 길에 어떤 여자와 동행한다. 그런데 갑자기 한 사람이 쫓아오더니, 다짜고짜 두 사람이 짜고 사람을 죽이고 돈을 훔쳤다며 몰아붙이는 것이 아닌가? 그리고는 두 사람을 붙잡아 관아로 끌고 갔다. 관아에서 알고 봤더니 그 여자는 진이저陳二姐라고 하는데, 서울(임안)의 관리인 유씨의 첩이었다.

바로 그날 유씨는 처가에 가서, 15관貫의 돈을 빌려왔다. 1관이 1,000냥이니까 15관이면 1만 5천 냥에 해당하는 당시에는 막대한 금액이다. 돈을 빌려온 유씨는 이저에게 농담으로 말했다.

"이 돈은 당신의 몸값으로 받은 거요."

이저는 이를 심각하게 받아들이고는, 자신을 팔아 버릴까 두려워서 유씨의 집을 나와 도망쳤다. 그리고 도망치는 길에 최녕을 만난 것이다.

한편 유씨는 그날 밤 누군가에게 살해되고, 15관은 감쪽같이 사라졌다. 그런데 공교롭게도 최녕이 비단을 팔아 번 돈이 정확하게 15관이었다. 그래서 최녕과 이저가 누명을 쓰고, 둘은 사형 판결을 받았다.

두 사람이 죽은 뒤, 우여곡절 끝에 사건의 진상이 밝혀졌다. 하지만 죄 없는 사람은 이미 목숨을 잃은 뒤인지라, 죽은 사람을 다시 살릴 수는 없는 일이었다.

당시에는 이처럼 봉건 관리들의 판단 착오 때문에 죄 없는 목숨을 잃는 일이 비일비재했다. 「실수로 최녕의 목을 베다」는 그런 현실에 매우 분개하고 있다.

나중에는 이 이야기를 바탕으로 「15관十五貫」이란 연극을 만들었다. 지금도 중국에 가면 이 공연을 볼 수 있다.

협객 소설의 원조

「송사공이 구두쇠인 장씨를 혼내주다(宋四公大鬧禁魂張)」도 또 다른 재미를 준다. 재주가 출중한 '의적'이 부당한 방법으로 재물을 모은 고급 관리나 부자들의 재산을 빼앗아, 가난한 사람들을 돕는다는 이야기이다.

우리나라도 그렇지만, 중국인들도 『삼협오의三俠五義』 같은 무협 소설을 즐겨 읽는다. 아마 이 「송사공이 구두쇠인 장씨를 혼내주다」 가 그런 협객 소설의 원조가 아닐까 한다.

지금까지 말한 작품은 거의 모두 '소설' 류에 속한 것들이다. 송나라 때의 '강사' 류 화본으로 현재까지 전하는 작품은 그리 많지 않다. 공인된 것은 『신편오대사평화新編五代史平話』와 『대송선화유사大宋宣和遺事』 2종뿐이다.

『오대사평화』는 당나라 말기의 양梁, 당唐, 진晉, 한漢, 주周 오대의 역사를 다룬 이야기이다. 전체적으로 역사서에 근거하여 썼기 때문에, 문학적 가치는 그리 높지 않다.

『선화유사』는 북송의 흥망을 다룬 이야기이다. 이 작품도 너무 간단하고, 이야기 전개가 산만하며, 문어체와 구어체가 뒤섞여 있어 작품성이 떨어진다. 그러나 송강宋江의 봉기를 다룬 부분은 읽는 이의 눈길을 끌기에 충분하다.

송강은 『수호전水滸傳』에 나오는 인물이다. 그런데 『수호전』은 원나라 말기에서 명나라 초기에 나온 작품이고, 『선화유사』는 송나라 때의 작품이기 때문에 시기적으로 앞선다. 『선화유사』가 『수호전』의 선배인 셈이다.

그러나 『선화유사』에는 수호水滸 이야기와 관련된 부분은 매우 적다. 다 해야 송강, 양지楊志, 조개晁蓋 등 몇 명의 이야기뿐이고, 수천 자도 되지 않는다. 『수호전』의 작자는 이를 바탕으로, 수십만 자에 달하는 장편 소설을 지은 것이다. 우리는 이를 통해 문학이 어떻게 변화하고 발전하는지 살필 수 있다.

금나라의 문단 상황

송나라 때의 문학은 이것으로 마치고, 송나라와 같은 때였던 요와 금의 문단 상황도 몇 마디 해야겠다.

알다시피 요나라는 거란족契丹族이 세운 국가이다. 그들은 북송의 이웃나라로서, 북송과 줄곧 적대적인 관계에 있었다. 요나라는 유목을 위주로 했기 때문에, 경제와 문화면에서는 조금 낙후된 모습을 보였다. 그래서 자신들의 문자는 있었지만, 이렇다 할 문학작품은 남기지 못했다. 소관음蕭觀音이란 황후가 시를 써서 이름을 조금 얻었지만, 송나라의 문학가에는 비할 수 없을 정도이다.

금나라는 여진족女眞族이 세운 나라이다. 금나라는 요나라를 물리친 뒤, 계속하여 중원의 넓은 지역을 차지했다. 그렇게 백 년 동안 남송 정부와 대치했다. 가끔씩 충돌을 벌이며 긴장된 국면을 맞기도 했으나, 대체적으로 평화를 유지할 수 있었다.

그들은 적극적으로 한화漢化 정책을 폈기 때문에, 문단에서도 송나라의 문학적 전통을 계승하여 배울 수 있었다. 따라서 요나라에 비해 뚜렷한 발전을 보였다. 이처럼 금 정부는 지배 민족이면서도, 스스로 문화적 열세를 인정하고 피지배 민족인 한의 문화를 받아들이려고 노력했다.

　여기에는 현실적인 이유도 있었다. 곧 힘으로는 중원을 정복했지만, 통치하면서 생기는 문제가 이만저만이 아니었다. 인구 비례도 지배 민족의 인구가 턱없이 부족하여, 한족 출신을 끌어들이지 않을 수 없었다. 한 마디로 소수의 기마민족 지배자가 다수의 정착민족 피지배자를 다스리려는 고육지책이었다. 따라서 금나라 정부에는 한족 관료들이 꽤 포함되어 있었다. 그들은 중원이 함락되면서 투항한 사람들이거나, 남송의 사절로 왔다가 강제로 억류된 사람들이었다. 금나라 때의 문학 작품 가운데 일부는 바로 이들의 작품이다.

눈물로 적신 푸른 적삼

　지금 얘기하려는 오격은 금나라 정부에 억류된 남송 사절 가운데 한 사람이다. 오격吳激(1090~1142)의 자는 언고彦高이고, 호는 동산東山이며, 건주建州(오늘날의 복건성 건구시建甌市) 사람이다.

　그가 한번은 금의 관리인 장씨 집의 연회에 초대되어 갔다가, 그곳에서 아름다운 시녀를 보았다. 그런데 그녀는 계속하여 근심 어린 얼굴을 하고 있었다. 사정을 물어보니, 그녀는 본래 북송 황궁의 궁녀였다. 하지만 나라가 망하여, 그곳으로 끌려와 노비 생활을 하고 있다고 했다.

이에 오겸은 깊이 느끼는 바가 있어, 즉석에서 「인일원人月圓, 징씨의 연회에 참석하여 느낀 소감(宴張侍御家有感)」을 지었다.

대대로 가슴 아픈 남조의 역사이건만	南朝千古傷心事
여전히 후정화를 부르고 있구나	猶唱後庭花
그 옛날 왕씨네 사씨네	舊時王謝
저택 앞을 날던 제비	堂前燕子
오늘은 어느 집 앞을 날고 있을까	飛向誰家

혼미한 가운데 꿈결에 드니	恍然一夢
눈처럼 새하얀 살결과	仙肌勝雪
칠흑 같은 머리 궁중식으로 장식했구나	宮鬢堆鴉
강주사마인 내가	江州司馬
푸른 적삼 눈물로 적심은	青衫淚濕
나도 세상에 버려진 몸이기에	同是天涯

이 사는 선배의 시구를 활용하여 눈앞에 펼쳐진 상황을 절묘하게 그렸다.

하편의 4, 5구는 당나라 때 백거이의 시 「비파행」에 나오는 다음 구절을 인용한 것이다.

| 그 가운데 누가 가장 눈물 많이 흘렸는가 | 就中泣下誰最多 |
| 나 강주사마의 푸른 적삼 흠뻑 젖었어라 | 江州司馬青衫濕 |

작자는 자신도 원래는 송나라의 신하였으나, 지금은 금나라의 관

리가 되었음을 생각한다. 이런 처지는 그 여자와 너무나 닮아 있었다. 그리고는 그 여자를 위해, 그리고 자기 자신을 위해 슬픔의 눈물을 흘렸다.

금 정부에 억류된 송의 관리들이 지은 작품은 대부분 이와 같은 비애가 서려 있다. 나라 잃은 백성이 어떻게 기뻐하고 즐거워할 수 있겠는가.

전쟁을 가슴 아파한 문인

여진족 작가로 가장 유명한 사람은 바로 원호문이다. 원호문元好問(1190~1257)의 자는 유지裕之이고, 호는 유산遺山이다. 태원太原 수용秀容(오늘날의 산서성 흔주시忻州市)의 여진족 사대부 가정에서 태어났다. 그는 이미 여덟 살에 시를 짓고, 나중에는 금나라 시단에서 가장 뛰어난 시인으로 성장했다.

그는 시뿐만 아니라, 문학 전반에도 탁월한 식견을 가지고 있었다. 자신의 나라와 백성을 사랑하여, 언젠가 세상에 평화가 찾아오기를 꿈꾸며 이런 시구를 지었다.

아침저녁으로 숲속에서 개와 닭을 볼 수 있고　早晚林間見鷄犬
한 번 쟁기질에 봄비 맞아 푸른 보리 넘실대는　一犁春雨麥青青

그러나 그도 멸망하는 조국을 지켜볼 수밖에 없었다. 북방의 몽골족이 세력을 확장하면서 금나라는 커다란 위협을 맞는다. 결국 남송의 멸망은 물론이거니와 금나라도 몽골족에게 멸망했다.

원호문은 몽골족 병사들에게 짓밟히고 약탈당하는 동포들을 보면서 견딜 수 없었다. 이에 「전쟁을 가슴 아파하는 시(喪亂詩)」들을 지어 조국의 멸망을 지켜보는 느낌을 적었다.

다음에 나오는 「계사년 5월 3일 북쪽으로 강을 건너다(癸巳五月三日北渡)」라는 이름의 작품도 그 가운데 하나이다.

길옆에 고꾸라진 채 가득한 죄수들	道旁僵臥滿纍囚
그 옆으로 휘장 친 수레는 물 흐르듯 지나간다	過去旃車似水流
아낙네들 통곡하며 몽골군의 말 따라 끌려가는데	
	紅粉哭隨回鶻馬
누굴 위해 걸음마다 뒤돌아보는가	爲誰一步一回頭

얼마나 처참한 장면인가. 사방에 보이는 사람들은 모두 몽골군에게 포로가 되었다. 끌려가던 젊은 아낙은 발걸음을 옮길 때마다 뒤를 돌아보며 울부짖었다. 부모와 떨어지는 일은 물론이고, 자식과 떨어져 끌려가는 심정이 어떠했을지 상상해 보라.

원호문의 「전쟁을 가슴 아파하는 시」는 이처럼 처절하여, 그 감동도 매우 강력하다. 이는 두보의 시 이후에 보기 힘든 성과이다. 그래서 청나라의 어느 평론가는 원호문의 시를 일컬어 "나라의 불행이 시인에게 노래의 대상이 되어, 동란에 관련된 시를 지으니 이 또한 진한 감동을 주는구나(國家不幸詩家幸, 賦到滄桑句便工)"라고 했다.

원호문은 사와 필기 소설도 지었지만, 시가 가장 뛰어났다. 그 가운데 칠언율시는 최고였다.

이밖에도 금나라 때의 시들을 모아 『중주집中州集』을 펴내, 조국에 대한 사랑과 회한을 나타냈다.

줄을 뜯으며 부르는 노래

금나라 때에도 송나라와 마찬가지로 희곡이 있었다. 금나라 때의 희곡은 '원본院本'이라고 부른다. 사실 이름만 다를 뿐 송나라의 잡극과 별로 다르지 않다. 당시 어떤 문인이 자신의 저작 속에 7백여 종의 원본 제목을 실었는데, 이를 통해 당시에 성행하던 희곡의 모습을 살필 수 있다.

이것 말고도 '제궁조諸宮調'라는 문예 형식이 있었다. 현존하는 제궁조는 3종이다. 그 가운데 동해원董解元의 「서상기西廂記 제궁조諸宮調」가 가장 잘 보존되어 있고 뛰어나다.

동해원의 행적은 알려진 바가 없다. '해원'도 그의 이름이 아니라, 당시 지식인들에게 붙이던 일반적인 존칭이다. 원나라 때에 왕실보王實甫란 작가가 「서상기」라는 잡극을 써서, 이 작품과 구별하려고 동해원의 제궁조를 「동서상董西廂」이라고도 부른다.

「동서상」은 당나라 때 원진의 전기인 「앵앵전」을 바탕으로 지었다. 하지만 많은 부분을 보충하여 새롭게 발전시켰다. 내용을 보면 「앵앵전」에서 장생은 앵앵을 농락한 뒤, 그녀를 버리고 떠나는 매정한 사내로 나온다. 하지만 「동서상」에서는 그녀와 더불어 행복한 미래를 위해 봉건 도덕에 맞서 싸우는 사람으로 나온다. 둘은 결국 부부가 되어 대단원을 맞이한다.

분량에서도 3천 자 정도였던 「앵앵전」이 「동서상」에서는 5만 자로 늘었다. 그에 따라 인물들의 개성이 뚜렷하게 살아나고, 어투도 눈에 띄게 발전했다. 고급스러운 시와 사 작품이 민간의 구어와 자연스럽게 어울리면서 책 읽는 재미를 더한 것이다.

명나라 때의 어느 평론가는 "금나라의 문단에는 「동서상」만이 존재한다"고 할 정도였다. 비록 과장되긴 했으나, 전혀 틀린 말은 아니다.

그런데 왜 '제궁조'라는 이름이 붙었을까?

이 문예 형식이 가진 특징을 설명하려면 먼저 '궁조宮調'를 알아야 한다. 서양 음악에는 도, 레, 미라는 음이름과 장조, 단조라는 음조가 있다. 중국의 고전음악에도 이와 비슷하게 정궁正宮, 중려궁中呂宮, 대석조大石調 같은 음조가 있다. 이러한 것이 모두 수십 종인데, 이것을 통틀어 '궁조'라 했다. 따라서 '제궁조'는 '궁조에 포함된 여러 음조'란 뜻이다.

제궁조는 원래 한 사람만 공연했다. 그러다 나중에 공연 내용이 길어지자, 궁조를 바꿔 가며 이야기를 엮어 갔다. 그러자 여러 개의 서로 다른 궁조를 결합하여, 하나의 이야기를 들려주는 형태가 되었다. 그리고 그것을 '제궁조'라고 했다. 이후 발전하는 원나라의 잡극은 이러한 음악 체제를 받아들였다.

제궁조는 비파 등 현악기로 반주했기 때문에 "줄을 뜯으며 부르는 노래(撥彈曲)"라고도 했다. 그래서 「현색서상弦索西廂」이나 「서상추탄사西廂搊彈詞」 등의 명칭은 다름 아니라 「동서상」을 가리킨다.

원나라 문단의
충격과 변화

10

잡극의 내용
공연 상황

원나라 세조 쿠빌라이.

원나라 문단의 충격과 변화

이 장부터는 원나라의 문학을 살펴보겠다.

원나라의 전신은 몽골제국이다. 그 제국의 초대 황제는 징기스칸으로 알려진 테무친이다. 12~13세기까지도 몽골의 경제와 문화는 매우 낙후되어, 그저 유목하던 수준일 뿐이었다. 그렇지만 그들의 군사력은 최고 수준을 자랑했다. 그들의 기병대는 질풍노도처럼 밀어닥쳐, 중국 대륙의 북부와 동부 지역을 짓밟곤 했다.

그들은 먼저 서역의 여러 나라들을 차례로 무너뜨린 뒤, 중국 북부 지역에 자리 잡고 있던 금나라와 운남 지역에 있던 대리국大理國을 멸망시켰다. 결국 티베트(吐蕃)도 그들의 신하를 자청했다. 그리고 남송 정부도 그들에게 멸망했다.

그 뒤 백여 년 동안의 분열 상태를 극복하고, 몽골인의 손으로 새로운 통일 시대를 열었다. 그 황제가 바로 원 세조世祖 쿠빌라이(忽必烈)이다. 그는 수도를 오늘날의 북경 지역으로 정하고, 이름을 대도大都라 했다.

나라가 통일되자, 경제도 빠르게 발전했다. 이에 문학도 사회의 변화에 따라 자신의 모습을 갖추어 갔다. 그 결과 새로운 문학 형식인 '원곡元曲'이 성장하여, 원나라의 문학을 선도했다.

앞서 지적했듯이, 중국 문학은 시대마다 두드러진 성취를 이루는 문학 형식이 있었다. 한 유명한 학자가 다음과 같은 말로 그러한 특징을 개괄했다.

초나라의 소, 한나라의 부, 육조시대의 병문, 당나라의 시, 송나라의 사, 원나라의 곡은 모두 그 시대 최고의 문학 형식이었다.
楚之騷漢之賦六朝之騈唐之詩宋之詞元之曲, 皆一代之文學也.

이렇듯 원곡은 원나라를 대표하는 문학 형식으로 인정받았다. 나중에 살펴보겠지만, 그토록 발전했던 원곡도 한 시대를 뛰어넘지 못하고 생명력을 잃는다.

먼저 원곡의 성장 과정을 짚어 보자.

원나라 전기에는 작가와 작품을 막론하고, 그야말로 쟁쟁한 인재와 빼어난 작품들이 앞 다투어 출현했다. 관한경關漢卿, 왕실보王實甫, 백박白朴, 마치원馬致遠, 기군상紀君祥, 강진지康進之, 고문수高文秀, 양현지楊顯之 등은 그야말로 대단한 활약을 했다. 그런데 후기로 접어들면서 작가와 작품은 많았지만, 정광조鄭光祖나 궁천정宮天挺 등 몇 명을 빼고는 이렇다 할 성과가 없었다.

'원곡 4대가元曲四大家' 란 말이 있다. 원곡으로 가장 유명한 작가 4명을 꼽으라면 관한경, 마치원, 정광조, 백박을 든다. 어떤 사람은 백박 대신 왕실보를 넣기도 한다. 아예 다 포함시켜 '오대가' 라고 말하는 사람도 있다.

여기서 다시 원곡 최고의 작가와 작품을 하나씩만 꼽으라고 한다면 작가는 단연코 관한경이고, 작품은 의심할 바 없이 왕실보의 「서상기」를 들 수 있다. 이것은 다음 장과 그 다음 장에 걸쳐 자세히 살펴볼 것이다. 이번 장에서는 원 잡극의 대체적인 상황만 알아보자.

원곡은 '산곡散曲' 과 '잡극雜劇' 을 포괄하는 말이다. 산곡에는 다시 '소령小令' 과 '투수套數' 라는 두 가지 양식이 있다. '소령' 은 단 한 곡의 노래이고, '투수' 는 여러 곡을 연결한 노래를 말한다. 이것들은 기본적으로 시가에 속한다. 그런데 '잡극' 은 희극이다. 그래서 산곡

괴 잡극의 관계를 설명하지면 시외 시극의 관계라기거니, 노래와 노래극의 관계라고 할 수 있다.

원나라 때 연극배우는 미천한 직업이었다. 극작가 또한 사람들에게 멸시받는 대상이었다. 하지만 잡극 작가들은 대부분 재주와 학식이 뛰어난 지식인이었다. 그런 문인들이 어째서 사람들에게 멸시를 받으면서 극본을 쓰지 않으면 안 됐을까?

원래 원나라의 통치자들은 문화를 중시하지 않았다. 엄밀히 따지면, 유목민족과 정착민족의 문화가 달랐다고 할 수 있다. 한족 정권에서 선비들은 과거 시험을 통해 사회 지도층을 형성할 수 있었다. 하지만 원나라의 통치자들이 보기에 그들은 반사회적 집단일 뿐이었다. 그래서 전통적으로 내려온 한족의 과거 시험을 70~80년 동안 폐지하여, 한족 문인들이 관리가 되는 길을 막았다.

그러자 문인의 사회적 지위는 갈수록 낮아져, "여덟 번째는 창녀요, 아홉 번째는 유생이며, 열 번째는 거지로다(八娼九儒十丐)"라는 말이 나돌 정도였다. 유생의 지위가 창녀만도 못하고 거지와 비교될 정도였으니, 당시의 상황을 짐작할 수 있다.

이에 문인들은 별다른 생계 수단이 없어, 하층민들과 어울리며 어렵게 생활할 수밖에 없었다. 이 과정에서 일부 문인들이 민간 예술인들과 함께 전문적인 극작가의 길로 들어섰다.

이런 문인들은 백성들의 고통을 누구보다도 잘 이해하여, 불우한 처지에서 오는 여러 감정을 작품 속에 충실히 반영했다. 이는 원 잡극에 사상적 깊이를 더하는 결과를 가져왔다. '아문학'의 담당자들이 '속문학'의 발전에 밑거름이 된 셈이다.

조반아

그렇다면 원 잡극의 내용은 어떠했을까? 과거의 한 연구자는 원 잡극의 내용을 아래처럼 몇 가지로 분류했다.

왕후장상王侯將相의 이야기를 전문적으로 다룬 '군신君臣 잡극,' 무술극인 '탈박脫膊 잡극,' 사랑 이야기를 다룬 '규원閨怨 잡극,' 그밖에 '녹림綠林 잡극'과 '신불神佛 잡극'이다.

'탈박'이란 '웃통을 벗다'라는 뜻이다. 공연 과정에서 배우들이 웃통을 벗고 격투하는 모습을 연기했기 때문에 붙은 이름이다.

'규원'이란 '규방에 얽힌 원한'이란 뜻이다. '규방閨房'이나 '규수閨秀'라는 단어에 나오는 '규閨'란 원래 궁중의 쪽문이다. 이 문은 위는 둥글고 밑은 각이 져, 마치 열쇠 구멍처럼 생겼다. 이것이 나중에는 여자들의 거처라는 뜻으로 쓰였다. 이곳에서는 여자라는 이유만으로 행동과 출입에 제약이 따랐다. 따라서 이곳의 여성들은 기쁨보다 슬픈 감정이 더 많았다. 좋아하는 사람도 마음대로 만나지 못하고, 가고 싶은 곳도 마음대로 가지 못했기 때문이다. 그래서 '규원'이란 말이 생겼다.

'녹림'이란 강호의 협객 이야기이다.

이렇게 볼 때 원 잡극은 사회의 현실을 다양하게 반영했음을 알 수 있다. 조정 군신 사이의 정치에 얽힌 이해득실에서부터 민간의 부자父子, 형제, 부부, 친구 사이의 은혜와 원한이 담긴 이야기까지 모두 담았다. 의사, 약사, 점술사, 수공업자, 심지어는 중과 도사까지도 잡극에 등장했다. 이전까지 '감히' 문학의 전당에 오를 수 없었던 하층 백성들이 잡극의 주인공으로 발탁되면서 중국 문학사에 한 획을 그

대중들을 상대로 극을 상연하는 장면.

었다.

잡극에는 기녀와 상인의 모습도 등장했다. 대표적으로는 관한경의 「속세에서 구출하다(救風塵)」를 들 수 있다.

극에서 주사周舍는 관리의 자제이자 부유한 상인으로서, 여성들을 농락하는 재미로 사는 사람이었다. 한번은 그럴듯한 말로 순진하고 착한 기녀 송인장宋引章을 손아귀에 넣었다. 그런데 주사는 송인장이 집에 들어오자마자 태도가 돌변하여, 다짜고짜 곤장 50대를 때렸다. 그리고 아침저녁으로 욕을 하는 등 그녀를 혹사시켰다.

이런 사실을 송인장의 친구이자 같은 기녀인 조반아趙盼兒가 알았다. 그녀는 기지가 있고 억척스러우며 사회 경험이 풍부한 여성이었다.

조반아는 송인장을 구출하려고, 결혼 예물로 술을 준비하여 정주鄭州로 갔다. 그리고는 주사를 만나 거짓으로 이렇게 얘기했다.

"저는 먼 길을 아랑곳하지 않고 오직 선비님과 혼인하려고 이렇게 달려왔어요."

주사는 아름다운 여인이 이처럼 간절하게 말하자 마음이 끌렸다. 그러자 조반아는 한 가지 조건을 제시했다. 그것은 휴서休書를 쓰고 송인장을 놔주라는 것이다. 휴서란 결혼 서약을 파기하는 증서로서 한마디로 이혼장인 셈이다.

주신은 조반아에게 얼이 빠져 흔쾌히 수락했다. 휴서를 받아 든 조반아는, 기회를 보아 송인장과 함께 달아났다. 나중에 자신이 속은 걸 깨달은 주사는 추적 끝에 그녀들을 잡아 관아의 법정에 넘겼다.

그러나 조반아에게 있는 휴서가 증거가 되어, 오히려 주사의 죄가 드러났다. 이에 주사는 60대의 곤장을 맞고, 모든 특권까지 잃었다. 한편 송인장은 일찌감치 결혼을 약속했던 안安 수재秀才와 결혼하여 행복하게 살았다.

이 연극의 주인공은 조반아이다. 그녀는 대담하고 똑똑하며 강인한 성격의 인물이다. 이전의 전기 소설과 화본 소설에도 기녀가 나오기는 했지만, 조반아처럼 개성이 강하고 총명하며 사랑스러운 기녀는 없었다.

원나라의 통치자들은 성생활이 매우 문란하여, 대도에만 2만 명의 창녀가 있었다고 한다. 「속세에서 구출하다」류의 잡극은 그런 기녀들의 고통과 반항 정신을 표현했다.

원 잡극에서는 기녀 말고도 여성의 역할과 능동성이 매우 두드러졌다. 「두아의 원한(竇娥寃)」 속의 두아, 「망강정望江亭」 속의 담기아譚記兒, 「금전기金錢記」 속의 유미아柳眉兒, 「담 너머와 말 위에서(墻頭馬

H)」속의 이천금李千金은 모두 개성이 넘치는 인물이다.

원의 통치자였던 몽골족은 윤리 관념과 풍속이 한족과 많이 달랐다. 여성들도 한족에 비해 봉건 도덕의 제약을 덜 받았다. 원 잡극 속의 여성들이 강한 개성을 보이는 원인은 여기에 있을 것이다.

포청천

한족에 비해 여성을 덜 제약했다고 하지만, 그렇다고 원의 통치자들이 특별히 인자하고 관대하지는 않았다. 특히 당시 한족은 엄청나게 탄압하고 감시했다. 법률을 집행할 때에도 몽골족에게는 느슨하게 했으나, 한족에게는 엄격하게 적용했다. 또한 한족은 무기를 소지할 수 없을 뿐만 아니라, 사냥 모임도 가질 수 없었다. 심지어 개나 닭을 기르는 일조차 금지되었다.

이런 분위기 속에서 백성들은 위축될 수밖에 없었다. 그래서 하소연할 곳을 잃고, 대신 희곡 속에서 위안을 찾고자 했다. 그래서 공명 정대한 관리가 나오는 법정 드라마가 크게 성행했다. 그 가운데 포공包公의 이야기를 다룬 희곡이 가장 유명하다. 우리나라에서도 한동안 텔레비전에서 포청천包青天을 방영한 적이 있다. 포청천은 실존 인물로서, 송나라 때의 포증包拯이 바로 그다. 물론 오랫동안 민간에 구전되면서 많은 내용이 덧붙었다.

그밖에도 관한경의 「노재랑魯齋郎」, 이잠부李潛夫의 「회란기灰蘭記」, 무명 작가의 「진주에서 쌀을 팔다(陳州糶米)」 등이 모두 법정 드라마에 속한다.

「진주에서 쌀을 팔다」는 포공이 탐관오리를 징벌하는 이야기이다. 진주에 3년 동안 기근이 들어, 곡식을 한 톨도 수확할 수 없었다. 그러자 조정에서는 유득중劉得中과 양금오楊金吾를 파견하여, 곡물 창고를 열어 백성들을 구제하도록 명령했다.

그런데 이 두 사람은 구휼미의 가격을 터무니없이 높이고 농간을 부리는 등 가뜩이나 힘든 백성들을 궁지로 몰아넣었다. 이에 장창고라는 노인이 항의하자, 두 사람은 몽둥이로 그를 때려 죽였다.

그래서 장창고의 아들인 소창고가 동경東京의 포공에게 이 사실을 알렸다. 포공은 은밀하게 진주로 가서, 유득중과 양금오의 죄상을 낱낱이 살폈다. 결국 양금오를 처형하고, 소창고에게 유득중을 죽이게 함으로써 아버지의 원수를 갚게 했다.

조정 대신이던 유득중의 아버지 유아내劉衙內는 아들을 사면시키려고 황제의 뜻을 받았지만, 때는 이미 늦었다. 오히려 포공은 "살아 있는 사람은 용서하고 죽은 사람은 용서하지 말라(赦活的不赦死的)"는 황제의 조서를 교묘히 이용하여, 유득중을 죽인 소창고를 사면했다. 자연스럽게 유득중은 '죽어 마땅한 놈'이 되었다.

작자는 장창고의 입을 빌어 탐관오리를 가차 없이 비판했다. 당시 '장창고' 역을 맡은 연기자가 구란에서 이처럼 큰 소리로 노래를 불렀다면, 틀림없이 청중의 커다란 호응과 갈채를 받았을 것이다. 아울러 공명정대한 포공의 형상은 원 잡극을 통해 확고하게 자리를 굳혔다.

고아의 복수

원 잡극에는 역사 이야기와 '수호 이야기'를 다룬 작품이 적지 않다. 역사와 관련된 작품으로는 백박의 「비 듣는 오동나무(梧桐雨)」, 마치원의 「한궁의 가을(漢宮秋)」, 기군상의 「조씨의 고아(趙氏孤兒)」 등이 있다. '수호 이야기'와 관련된 작품으로 가장 유명한 것은 강진지의 「이규가 가시나무를 짊어지다(李逵負荊)」와 고문수의 「쌍헌두雙獻頭」이다.

기군상紀君祥(태어나고 죽은 해를 알 수 없음)은 기천상紀天祥이라고도 하는데, 대도 사람이다. 그의 작품 「조씨의 고아」는 감동 어린 역사 비극으로서, 춘추시대에 일어났던 한 사건을 다루고 있다.

진晉 영공靈公 시절에 간신 도안가屠岸賈가 정권을 잡고, 충신 조순趙盾의 일가 3백여 명을 모조리 죽였다. 그런데 단 한 명 조순의 며느리만은 살려 두었다. 그녀가 영공의 딸이라 감히 건드리지 못한 것이다. 대신 도안가는 임신하고 있던 그녀를 가두어 놓고 아이가 나오는 대로 화근을 없애려고 했다.

아이가 태어났을 때 민간 의원이던 정영程嬰이란 사람이 죽음을 무릅쓰고 도안가의 집에 뛰어들어, 그 고아를 안고 사라졌다. 악독한 도안가는 아이가 사라진 것을 알고는, 사흘 안에 고아를 찾지 못하면 전국의 갓난아이를 모두 죽이겠노라며 호통을 쳤다.

그 정영에게는 갓 태어난 아들이 하나 있었다. 그래서 그는 공손저구公孫杵臼라는 인물과 상의하여 아이를 바꾸기로 했다. 곧 정영이 자신의 아이를 공손저구의 집으로 보낸 뒤, 도안가에게 공손저구가 조씨의 고아를 숨기고 있다고 밀고하기로 입을 맞추었다. 정영은 조씨의 고아를 살리려고 자신의 아들을 내놓고, 공손저구는 자신의 목숨을 내놓은 셈이다.

이 작품은 『춘추좌씨전』과 『사기』 및 『설원』 등의 문헌에 실린 내용을 소재로 채택했다. 오늘날의 관점에서 보면 이상할지 모르나, 봉건시대라면 가능한 설정이다.

이렇게 목숨을 건진 조씨의 고아는 정영의 아들로 자랐다. 심지어 조금도 의심받지 않고 도안가의 양아들까지 되었다. 20여 년이 지난 뒤 조씨의 고아가 청년이 된 어느 날, 그는 정영에게 사건의 진상을 듣는다. 모든 사실을 안 고아는 복수의 의지를 불태운다. 나중에 도공悼公이 즉위하자 대신인 위강魏絳의 도움으로 도안가를 죽이고, 마침내 조씨 집안의 원한을 갚는다.

「조씨의 고아」는 극의 이야기 전개와 극적 갈등이 뛰어나고, 인물의 형상도 깊은 감동을 준다. 18세기부터 이미 외국에 소개되어 영어와 러시아어, 독일어, 프랑스어 등으로 번역되었다. 프랑스 작가 볼테르는 이 작품을 각색한 「중국의 고아(中國孤兒)」를 지어 프랑스인들의 많은 사랑을 받았다.

가시나무를 짊어진 이규

'수호 이야기와 관련된 희곡(水滸戲)'은 10여 종이 있다. 그 가운데 「이규가 가시나무를 짊어지다」가 가장 뛰어나다.

양산박梁山泊의 일원인 이규가 산을 내려와 놀러 다니다가, 술집

주인 왕림王林이 고민히는 모습을 보았다. 이유를 물으니 그의 딸인 만당교滿堂嬌가 양산박의 두령인 송강과 노지심에게 붙잡혀 갔다고 했다.

이 말을 들은 이규는 크게 화를 내고, 득달같이 산으로 올라가 취의당聚義堂 앞에 행황기杏黃旗를 꺾고서 송강에게 따겼다. 물론 송강과 노지심은 터무니없는 말이라고 일축했다. 그래서 이규는 두 사람을 이끌고 산을 내려가 왕림과 대면시켰다.

그러자 진상이 밝혀졌다. 어떤 놈들이 신분을 속이고 주인의 딸을 데려가, 양산박 의적들의 명성에 먹칠을 했던 것이다. 그래도 이규는 밑도 끝도 없이 형님들을 의심한 부끄러움에, 가시나무 한 짐을 등에 지고 송강 앞에 가 용서를 구했다. 결국 이규는 자신의 손으로 범인을 잡아, 왕림의 딸을 찾아 주고 자신의 죄를 줄일 수 있었다.

억압된 분위기에서 살던 원나라의 백성들은 언제나 누군가가 나타나 자신들 대신 울분을 풀어 주기를 고대했다. 불의와 악을 미워하여 용감하게 나서는 강호의 사나이 이규야말로 백성들이 기다리던 영웅의 모습이었다.

올바른 생각과 직선적인 행동, 그리고 잘못을 뉘우치고 이를 고치려고 노력하는 이규의 모습이 정말 신선하게 다가온다. 이 이야기는 나중에 소설 「수호전」으로 개편되었다.

바닷물을 끓인 사나이

원 잡극에는 은둔과 신화를 다룬 작품도 있다. 마치원의 「진단고와 陳摶高臥」는 관리가 되기를 원치 않는 은둔자의 이야기이고, 이호고李好古의 「장생이 바닷물을 끓이다(張生煮海)」는 사랑이 담긴 아름다운 신화이다.

「장생이 바닷물을 끓이다」의 첫 부분은 장우와 경련의 사랑 이야기로 시작한다. 젊은 선비 장우張羽는 용왕의 딸인 경련瓊蓮과 사랑을 나눈다. 그리고 다음해 추석에 바닷가에서 다시 만나기로 약속한다.

마침내 그날이 되어 장우가 약속 장소에 가보니, 경련은 그림자도 보이지 않았다. 동화東華의 선녀가 그런 장우를 보고, 그를 불쌍히 여겨 은으로 된 병과 금으로 된 동전 및 쇠로 된 표주박을 주었다. 그리고는 금으로 된 동전을 은병에 넣고, 다시 쇠표주박으로 바닷물을 떠 넣은 뒤 불로 끓이라고 했다. 그러면 1분마다 바닷물이 한 길씩 줄어들 것이라고 말했다.

이에 장우가 사문도沙門島로 가서 선녀가 시킨 대로 은병을 끓였다. 그러자 바닷물이 부글부글하면서 새우 병정과 게 장군 등 용궁의 군대가 '가마솥 속의 개미'처럼 어쩔 줄 몰라 했다. 용왕은 할 수 없이 석불사石佛寺의 주지를 통해 장우를 용궁으로 데려와 경련과 짝을 맺어 주었다.

원나라 때에는 각종 종교가 성행했다. 이 이야기에 나오는 동화 선녀는 도교의 인물이고, 석불사의 주지는 물론 불교의 인물이다. 이처럼 서로 다른 종교의 인물들이 선비 장우의 결혼을 돕는다는 설정이 재미있다.

원나라 때 잡극의
흥성을 보여주는 벽화.

잡극의 공연 상황

　지금까지 알려진 잡극 작가만 해도 2백여 명이나 되고, 작품은 그
보다 훨씬 많다. 당시의 기록을 살펴보면, 7백여 종이 넘는 극본의 제
목이 나온다. 그런데 안타깝게도 현재 전하는 극본은 2백여 종 정도
밖에 되지 않는다. 잡극 공연은 앞서 말했던 것처럼 구란에서 이루어
졌다.

　잡극의 규칙은 매우 엄격했다. 하나의 연극은 4개의 마당(場)으로
이루어지고, 각 마당은 '마디(折)'라고 불렸다. 그리고 어떤 극본은
시작 부분이나 중간 부분에 '설자楔子'라는 것을 두어, 마디를 열거
나 마디와 마디를 잇는 작용을 했다. 그래서 '네 마디와 하나의 설자
(四折一楔)'가 원 잡극의 일반적인 형태였다.

각 마디는 다시 같은 궁조에 속한 10여 곡의 노래로 구성되어 있었다. 따라서 하나의 마디는 곧 일종의 '투수'라고 할 수 있다.

잡극에는 또 말末, 단旦, 정淨, 축丑이란 네 가지 배역이 있었다. 그 가운데 말과 단이 주요 배역이다. 말은 주로 중년 남자로 분장하고, 단은 여자 주인공으로 분장했다. 하나의 잡극에서는 일반적으로 말이나 단 가운데 한 배역이 혼자서 노래를 이끌고, 다른 배역은 이에 응답할 뿐이었다.

이처럼 노래를 위주로 했으나, '과科'와 '백白'도 곁들였다. '과'란 등장인물의 몸동작과 표정 연기를 지시하는 표시이다. 곧 극본에 '궤과跪科,' '좌과坐科,' '소과笑科' 등이 표시되어 있으면, 독자들은 이 부분에서 배우가 '꿇어앉거나' '앉거나' '웃으리라'는 것을 알 수 있었다. '백'이란 오늘날 우리가 아는 '연극 대사'라고 할 수 있다. 중국 희곡의 대사는 전통적으로 유머와 해학이 넘치는데, 잡극도 예외는 아니다. 이런 '창,' '과,' '백' 말고도 우스꽝스러운 연기를 전문으로 하는 '삽과타원揷科打諢'도 있었다. 특이한 것은 잡극의 제목이다. 우리의 상식으로는 작품 첫머리에 제목을 놓아야 하는데, 잡극의 극본에서는 제목을 맨 뒤에 놓았다.

'제목題目' 말고도 '정명正名'이라는 것이 있었다. 관한경의 「두아의 원한(竇娥寃)」을 예로 들면, 이 작품의 제목은 '거울 받쳐 들고 저울 집어든 염방사의 법도(秉鑒持衡廉訪法)'이다. 그리고 정명은 '하늘을 감응시키고 땅을 감동시킨 두아의 원한(感天動地竇娥寃)'이다.

이 작품을 공연할 때면 제목과 정명 두 구절을, 구란의 입구에 걸린 간판에다가 멋들어지게 써 붙여 청중들을 불러 모았다. 이후 제목을 부를 때면 편의상 마지막 서너 자만 따서 불렀다.

공연이 시작할 때면 구란의 점원이 나와 문짝을 두드리며 큰 소리

ㄹ 외쳤다.

"죄송합니다! 죄송합니다! 늦게 오신 분들은 자리가 없으니 다음에 다시 오시면 고맙겠습니다. 이렇게 뛰어난 공연을 쉽게 볼 수는 없겠지요! 헤헤, 죄송합니다!"

원나라 때 두인걸杜仁杰의 투수인 「농사꾼은 구란을 몰라(庄家不識勾欄)」를 보면, 잡극을 공연하는 상황을 그림 보듯이 생생하게 살펴볼 수 있다. 노래도 뛰어날 뿐만 아니라, 배꼽 잡는 장면도 많다.

극단의 마당지기 11

『녹귀부錄鬼簿』

관한경關漢卿

백박白朴

귀신이 사람을 잡아가는 장면.

귀신을 기록한 책

원곡을 연구하는 사람들치고 종사성이란 이름을 모르는 사람은 없다. 이는 그가 뛰어난 잡극 극본을 써서가 아니라, 희곡 전문 서적인 『녹귀부錄鬼簿』를 썼기 때문이다.

『녹귀부』는 '귀신을 기록한 책' 이란 뜻이다. 책에 기록된 사람들이 모두 죽은 작가들이기 때문이다. 그들은 사회적 편견 때문에 살아서는 멸시를 받았고, 죽어서는 변변한 비문조차 남길 수 없었다. 만일 종사성이 그들의 이름을 남기지 않았다면, 그들의 행적은 역사에서 흔적도 없이 사라졌을지도 모른다.

종사성鍾嗣成(태어나고 죽은 해를 알 수 없음)의 자는 계광繼光이고, 호는 축재丑齋이다. 본적은 대량大梁(오늘날의 하남성 개봉시)이나, 주로 항주에서 살았다.

그도 다른 희곡작가들과 마찬가지로 하층 지식인이었다. 전하는 바에 따르면 그는 못생겼지만, "마음은 비단 같았고, 입에서는 주옥 같은 말만 흘러나왔다(胸藏錦綉, 口吐珠璣)"고 한다. 그럼에도 정부의 부름을 얻지 못하여, 늘 우울한 나날을 보냈다.

그러던 차에 희곡계의 많은 친구들과 어울리면서 그들에게 동정과 칭찬을 받았다. 종사성은 이에 보답이라도 하듯이 "출신이 미천하고 큰 사회적 신분을 얻지(門第卑微職位不振)"는 못했으나, "뛰어난 재주와 넓은 학식(高才博識)"을 가진 잡극 작가들의 이름을 기록했다.

종사성은 서문에서 자신의 견해를 밝혔다. 곧 어떤 사람들은 하루 종일 먹고 마시며 무의미한 삶을 산다. 그들은 비록 육신을 입고 살아 있지만, "아직 죽지 않은 귀신(未死之鬼)"일 뿐이다. 그런데 어떤 사람들은 사회를 위해 일하다가 목숨은 잃었으나, 많은 이들의 가슴 속에 살아 숨 쉰다. 그래서 그들은 "불멸의 혼(不死之鬼)"이라 할 수 있다.

『녹귀부』는 두말할 나위 없이 후자의 삶을 산 사람들을 기록했다. 물론 그 범위는 극단의 작가들로 한정된다. 『녹귀부』에는 원곡 작가 152명의 행적과 극본 제목 400여 종이 실려 있다. 종사성은 높은 예술적 판단력으로, "선배들 가운데 이미 죽었으나 이름을 떨쳤던 예술가(前輩已死名公才人)"로 관한경을 으뜸으로 꼽았다. 시기적으로나 성취로나 이견이 있을 수 없는 판단이다.

불멸의 완두콩

그럼 이제 원나라의 가장 위대한 희곡가인 관한경關漢卿을 살펴보자.

한경漢卿(태어나고 죽은 해를 알 수 없음)은 그의 자이고, 이름은 알 수 없다. 그에게는 이재수己齋叟라는 호도 있다. 그는 대도(오늘날의 북경) 사람이다. 전하는 바로는 관한경은 원에 편입된 금나라의 유민으로서, 의원 출신이었다고 한다. 당시 의원은 장인匠人과 마찬가지로 미천한 직업이었다. 또 그는 생의 대부분을 주로 대도에서 생활했으나, 노년에는 양주揚州와 항주杭州 일대에서 보냈다고 한다. 그의 생애를 알 수 있는 것은 이것이 끝이다. 그밖에 그의 산곡 작품을 통해 그가 호방한 성격에 반反봉건적인 인물이었음을 짐작할 수 있을 뿐이다.

그는 팔방미인이었다. 그래서 시와 극본뿐만 아니라, 가야금과 바독, 그림, 도바, 축구 등 못하는 것이 없었다. 투곡 「일지화一枝花, 불복로不伏老」에서 그는 자신을 이렇게 소개했다.

나는 쪄도 문드러지지 않고, 삶아도 익지 않으며, 망치로 쳐도 납작해지지 않고, 볶아도 터지지 않는, 소리가 쟁쟁 나는 구리로 된 완두콩이라오.

저 자제들 누가 그대들에게 호미질해도 끊어지지 않고, 도끼로 찍어도 쓰러지지 않으며, 풀어도 갈라지지 않고, 몸부림쳐도 벗어날 수 없는, 꾸물꾸물 천 길이나 되는 비단실 올가미 속으로 뚫고 들어가게 했을까?

내가 늘 즐기는 것은 양원의 달이고, 늘 마시는 것은 동경의 술이며, 늘 감상하는 것은 낙양의 꽃이고, 늘 붙잡고 있는 것은 장대의 버들이라.

나는 바둑, 축국, 사냥, 우스갯소리도 할 줄 알고, 춤에도 능하며, 관현악기도 다룰 줄 알고, 노래도 할 줄 알며, 시도 읊을 줄 알고, 쌍륙 놀이도 할 줄 안다. 당신들이 내 이빨을 뽑아 버리고, 나의 입을 비뚤어지게 하며, 내 다리를 못 쓰게 하고, 내 손을 끊어 버리며, 하늘이 나에게 나쁜 병을 주어도 나는 (극단의 마당지기 역할을) 그만두지 않을 것이다. 염라대왕이 직접 나를 부르고, 귀신이 와서 날 잡아가며, 나의 혼백이 지옥으로 다시 돌아가는 것을 제외하고는.

하늘이시여! 나는 그때 가서야 이 극마당에서 떠날 겁니다!

我是箇蒸不爛·煮不熟·搥不扁·炒不爆·響璫璫一粒銅豌豆.

恁子弟每, 誰教你鑽入他鋤不斷·斫不下·解不開·頓不脫·慢騰騰千層錦套頭.

我翫的是梁園月, 飮的是東京酒, 賞的是洛陽花, 攀的是章臺柳.

我也會圍棋·會蹴踘·會打圍·會插科·會歌舞·會吹彈·會
嚥作·會吟詩·會雙陸. 你便是落了我牙·歪了我嘴·歪了我腿,
折了我手, 天賜與我這幾般兒歹症候, 尚兀自不肯休. 則除是閻王
親自喚, 神鬼自來勾, 三魂歸地府, 七魄喪冥幽.

天哪! 那其間纔不向烟花路兒上走!

차근차근 살펴보자. '양원梁園'은 한나라 양효왕梁孝王이 대량(오늘
날의 개봉시)에 세운 토원兔園을 말한다. 한나라 이전에는 낙양이 '동
경東京'이었으나, 송나라 이후에는 변주(오늘날의 개봉시)를 동경이라
했다.

'낙양의 꽃'은 모란꽃을 가리킨다. "낙양의 모란이 천하제일이다
(洛陽牡丹甲於天下)"라는 말도 있었다. 그래서 송나라 때의 구양수는
『낙양모란기』를 짓기도 했다.

'장대의 버들(章臺柳)'이란 술집의 기생을 말한다. '장대'는 본래
한나라 때 장안에 있던 거리의 이름이었는데, 나중에 기루를 일컫는
말로 쓰게 되었다. '버들'은 고대에는 봄, 상여의 꽃 장식, 상여, 미
인 등 여러 뜻으로 썼는데, 여기서는 기녀를 가리킨다.

글 전체에 담겨 있는 그의 기백을 보라. 당시 세상의 안목에는 전
혀 개의치 않고 있다. 부당한 멸시에는 강력하게 맞서는가 하면, 놀
이패와 기녀 등 세상의 멸시를 받는 사람들과는 스스럼없이 사귀었
다. 그러니 그의 작품에는 당연히 그들의 도움과 영향이 컸다. 당시
유명한 여배우였던 주렴수珠簾秀와 관한경의 연애 이야기는 잘 알려
져 있다.

관한경은 극본을 썼을 뿐만 아니라, 공연을 기획하고 연출하기도
했다. 심지어는 분장을 담당하거나 직접 배우로 참여하기까지 했다.

결과적으로 그는 희곡의 전문가이자 연극계의 지도자였다. 이후 높은 성취를 이룬 후배 작가들을 일컬어, '작은 관한경(小漢卿)'이라거나 '관한경 닮은 놈(蠻子漢卿)'이라고 했다. 이를 통해서도 관한경의 명성이 얼마나 높았는지 알 수 있다.

왜 '만자蠻子'라고 했을까? '만'은 '오랑캐'이니, '만자'는 '오랑캐의 자식'이란 뜻이다. 옛날 중국에서는 소수민족이나 남방 사람을 가리킬 때 이 말을 썼다. 일종의 멸시하는 뜻이 담겨 있었다. 자신보다 뛰어나 탐탁치는 않지만, 인정할 수밖에 없었기에 그런 말이 붙지 않았을까 추측된다.

오뉴월에 내리는 눈

『녹귀부』의 기록에 따르면, 관한경의 잡극으로는 50~60개의 제목(劇目)이 있었다고 한다. 하지만 지금은 17~18개만 전한다. 그나마 몇몇 작품은 일부 내용만 전한다. 이들 중에는 어두운 사회 현실을 폭로하여 반항 정신을 담은 작품도 있고, 사랑을 다룬 작품도 있으며, 역사를 소재로 한 작품도 있다.

그런데 내용에 상관없이 17~18개 가운데 12개의 작품에서 여성의 역할이 두드러진다. 가장 대표적인 작품은 당연히 「두아의 원한(竇娥冤)」이다. 이는 법정 드라마로서, 그 내용은 『한서』에 실려 있을 정도로 아주 널리 알려진 이야기이다. 관한경은 이처럼 대중에게 친숙한 내용에다 현실 사회의 일면을 덧붙여 극본으로 개편했다.

작품을 살펴보면, 불쌍한 여자아이 두아가 나온다. 그녀는 세 살 때 엄마를 잃었다. 아버지인 두천장竇天章은 서울로 과거 시험을 보러 가려고, 이웃 아주머니인 채蔡씨 집에 일곱 살 난 딸을 민며느리로 넘기고 여행비를 챙겨 떠났다. 그로부터 13년이 흐른 뒤, 두아의 남편이 세상을 떠난다. 그래서 시어머니인 채씨와 며느리인 두아는 서로를 의지한 채 하루하루를 보냈다.

그러다가 생각지도 않던 사건이 일어났다. 고리대금업을 하며 살림을 꾸리던 채씨는, 어느 날 빌려준 돈을 받으러 돌팔이 의원인 새노의賽盧醫를 찾아 갔다. 헌데 이 새노의가 갑자기 살기등등하여 덤비는 게 아닌가? 다행히 장려아張驢兒 부자父子가 지나던 길에 이 장면을 목격하고 구해 줘 겨우 살았다.

그런데 그 두 사람도 날건달이었을 줄 누가 알았겠는가? 두 사람은 채씨와 두아의 처지를 알고는 강제로 자신들과 혼인하자고 했다. 늙고 힘이 약한 채씨는 할 수 없이 장려아 아버지의 요구를 받아들였다. 그러나 강직한 두아는 결코 장려아를 받아들이지 않았다. 이에 장려아는 앙심을 품고 새노의에게 독약을 구해, 먼저 채씨를 죽이고 다음에는 두아를 죽이기로 마음먹었다.

어느 날 채씨가 양 내장탕이 먹고 싶다고 하자, 장려아는 기회를 놓치지 않고 내장탕에 독약을 탔다. 그런데 아뿔싸, 누가 알았겠는가? 채씨가 헛구역질이 난다며 음식을 미루어, 장려아의 아버지가 대신 먹고 죽었다. 이에 장려아는 급히 생각을 바꾸어, 모든 일을 두아의 소행으로 몰아붙였다. 그리고는 결혼해 주면 없던 일로 하겠다며 두아를 협박했다.

그러나 두아는 관아의 공정한 판결을 믿었다. 그래서 장려아의 협박을 무시했고, 결국 누명을 쓰고 재판정에 섰다. 그런데 수준 이하의

『원곡선元曲選』에 판각된 「두아의 원한」의 한 장면. 검은 먹구름, 마른 땅이 두아의 결백을 증명하기 위해 배치되어 있다.

관리였던 초주楚州 태수 도올桃杌은 장려아의 말만 믿고, 두아에게 곤장을 때리라고 명령했다. 참으로 부패한 관리의 전형적인 모습이다.

그럼에도 두아가 혐의를 부인하자, 이번에는 시어머니인 채씨를 치라고 명령했다. 이에 두아는 시어머니가 고통을 받을까 염려하여, 저지르지도 않은 '자신의 죄'를 자백했다. 그러자 도올은 기다렸다는 듯이 사형을 언도했다.

형장에 끌려온 두아는 시어머니에게 눈물로 하직 인사를 올린 뒤, 자신의 결백을 확인할 수 있는 세 가지 징조를 말했다. 하나는 자신의 목이 잘리면 목에서 나온 피가 한 방울도 땅에 떨어지지 않고, 옆에 준비해 놓은 흰 비단으로 날아가 붉게 물들일 것이라고 했다. 두 번째는 삼복더위이지만 하늘에서 큰 눈이 내려 자신의 시체를 덮을 것이며, 세 번째는 그날 이후 초주에 3년 동안 가뭄이 닥치리라는 것이었다. 물론 두아의 말은 하나도 어김없이 그대로 이루어졌다.

3년 뒤 서울로 떠났던 두아의 아버지 두천장이 감찰어사(提刑肅政廉訪使)가 되어 초주에 시찰을 나왔다. 그날 밤 두아의 원혼이 관사로 찾아와, 아버지에게 그동안의 일을 알리며 억울함을 호소했다. 자초지종을 들은 두천장은 반드시 잘잘못을 가리겠노라 약속했다.

다음날 두천장은 죄인들을 심문하여, 날건달 장려아와 아둔한 관리 도올 및 돌팔이의사 새노의의 죄를 징벌하고 마침내 두아의 원한을 씻어 주었다.

「두아의 원한」은 원나라 사회의 어두운 현실을 잘 보여준다. 민간에는 불량배가 가득하고, 관아에는 어리석고 포악한 관리들이 들끓었다. 억울함이 있어도 호소할 데가 없는 백성들은 그저 하늘만 원망할 뿐이었다. 하루 빨리 하늘의 재앙이 내려 자신들의 억울함을 속시원히 해결해 줄 날만 고대했다. 이 얼마나 비참한 상황인가?

반면 두아의 형상은 꿋꿋하고 효성스러운 여성의 모습을 부각시켰다. 시어머니를 공경하여 재판정에서 시어머니를 위해 죄를 무릅쓰는 모습이라든지, 형장으로 끌려가는 길에 시어머니께 누가 되지나 않을까 싶어 뒷길로 가자고 하는 마음 씀씀이는 읽는 이의 마음을 감동시킨다.

그렇다고 그녀가 나약하지만은 않았다. 자신을 희생하면서 남을 위한다는 것은 근본적으로 강한 사람만이 할 수 있는 일이다.

또한 두아는 재판정에서 불량배의 협박에 맞서 당당하게 결백을 주장할 수 있는 강한 사람이었다. 누명을 쓰고 재판정에 나섰을 때에는 감히 하늘과 땅을 원망하기도 했다. 피눈물 나는 그녀의 외침을 들어보자.

〔곤수구〕 해와 달은 아침저녁으로 내걸리고, 귀신은 생사여탈권을 쥐었도다!

천지시여, 맑고 탁한 걸 가려 주셔야지, 어쩌자고 도척과 안연을 혼동하시나이까? 선행을 베푸는 이는 헐벗고 수명마저 짧은데, 악행을 저지르는 놈은 부귀를 누리고 장수까지 하다니요!

천지시여, 강자를 겁내고 약자는 깔보시니, 이거야말로 물 흐르는 대로 배를 내맡기는 꼴이로군요!

땅이시여, 좋고 나쁜 것도 가리지 못하면서 땅이라 하십니까? 하늘이시여, 어질고 어리석은 것마저 따지지 못하시니 하늘 노릇은 헛하셨구려!

아, 두 줄기 눈물만 하염없이 흐르도다.

〔滾綉球〕有日月朝暮懸, 有鬼神掌着生死權.

天地也祗合把淸濁分辨, 可怎生糊突了盜跖顔淵. 爲善的受貧窮更命短, 造惡的享富貴又壽延.

天地也, 做得箇怕硬欺軟, 却元來也這般順水推船.

地也, 你不分好歹何爲地. 天也, 你錯勘賢愚枉做天!

哎, 祗落得兩淚連連.

'척跖'은 고대 전설에 따르면 귀족 통치를 반대하던 무리의 지도자였다고 한다. 봉건 통치자들에게 '도적(盜)'이라는 이름을 얻어 '도척'이라 불리게 되었다. 그 뒤로 '도척'하면 '도둑'이나 '악당'을 가리키는 말이 되었다.

'안연顔淵'은 공자의 학생으로서, 가난하지만 배움을 즐긴 사람이다. 그래서 중국인들은 그를 '현자'의 전형으로 꼽는다.

'물 흐르는 대로 배를 내맡기는 꼴'이란 '일을 편하게 처리하다'라는 뜻이다. 이는 권세에 빌붙어 아부하는 모습이다. 만물의 원천으로 존경받는 하늘과 땅을 상대로 이처럼 통렬한 비판을 가한 것이다.

도적과 현자가 뒤바뀌고, 선량한 사람이 고통 받고, 악한 사람이 부귀와 장수를 누리는 사회라면 한참 잘못되지 않았는가?

그래도 두아는 인격의 존엄성을 잃지 않았다. 남들이 그녀를 하찮게 여긴다고 스스로를 비하하지 않았다. 그래서 누명을 썼지만, 하늘이 자신의 결백을 증명할 것이라 믿었다. 결국 하늘은 그녀의 소원을 저버리지 않고 위로 솟아오른 피와, 삼복더위에 내린 눈, 3년 동안 이어진 기근을 통해 그녀의 억울함을 깨끗이 씻어 주었다. 그야말로 "하늘을 감응시키고 땅을 감동시킨 두아의 원한(感天動地竇娥冤)"이다.

이 이야기는 서양에도 많이 알려졌다. 참고로 『두아의 원한』의 영문 제목은 "Snow in midsummer"이다.

나비의 꿈

관한경은 인물의 심리 묘사에도 뛰어났다. 「나비의 꿈(蝴蝶夢)」이 그 대표적인 예이다.

「나비의 꿈」의 줄거리는 이렇다. 왕씨 부부에게는 세 아들이 있었는데, 모두들 책 읽기를 좋아했다. 어느 날 왕씨가 아들들에게 문구류를 사주려고 시내에 나갔다가, 권력을 등에 업고 날뛰던 갈표葛彪에게 맞아 죽는 일이 생겼다. 갈표는 황제의 친척이었다.

이에 세 아들은 아버지의 원수를 갚으려고 갈표를 잡아 때려죽였다. 그러나 이 일 때문에 관가로 잡혀 갔다. 재판장에서 왕씨 부인은 포공包公에게, 막내만 남기고 첫째와 둘째는 풀어 달라고 애원했다. 아니 다 같은 자식인데, 왜 누구는 남기고 누구는 풀어 달라고 했을까?

포공도 이 점이 의아했는데, 심문하면서 그 까닭을 알았다. 원래 왕씨 부인은 왕씨의 후처였다. 그래서 첫째와 둘째에게는 새엄마이고, 막내만 그녀의 친자식이었다. 그런데 선량한 왕씨 부인은 전처의 자식들이 처벌 받는 게 안타까워, 독한 마음을 먹고 친아들을 남기려고 했던 것이다.

포공은 깊은 감동을 받아 잠시 심문을 중단했다. 결국 오래지 않아 첫째와 둘째는 풀려나고, 막내는 사형을 언도받았다. 아들의 시신을 찾으러 온 왕씨 부인은 찢어지는 가슴에 울음을 감출 수 없었다.

그런데 놀랍게도 막내아들이 되살아나 그녀의 눈앞에 서 있는 게 아닌가? 앞에 놓인 시신은 다름 아닌 마적 조완려趙頑驢였다. 막내아들은 포공에게 무죄를 인정받아 풀려난 것이다. 이어서 연극은 대단원의 분위기 속에서 막을 내린다.

극중에서 심리적 갈등의 정도를 꼽자면 당연히 왕씨 부인이 가장 심하다. 그녀는 감정적으로 누구보다 막내를 사랑했지만, 이성적으로 자신의 감정을 억제했다. 첫째와 둘째가 풀려나고 막내만 옥중에 남아 사형을 언도받았을 때, 그녀는 억지로 태연한 체하며 이렇게 말했다.

첫째야 둘째야 집에 돌아가 있거라. 걱정하지 말고.
大哥·二哥家去來, 休煩惱者.

그러나 곧 가슴에 맺힌 고통을 참지 못하고 이렇게 노래했다.

눈앞에 보이는 너희 들은 삶을 얻었으나, 너의 동생은 홀로 황천에 가게 되었구나. 나의 몸을 돌려다오. 끊임없이 흐르는 눈물 참을 수가 없구나.

眼見的你兩個得升天, 單則你小兄弟喪黃泉. 教我扭回身, 忍不住淚漣漣.

그 와중에 첫째와 둘째의 울음소리를 듣고 다시 스스로를 위로하며 이렇게 말한다.

됐다, 됐어, 됐구나! 너희 둘이 있으니, 그 애는 죽었어도 정말 바라던 바란다.
罷罷罷! 但留的你兩個呵, 他便死也我甘心情願.

이 인자하신 어머니의 마음에 얼마나 많은 고통이 따랐을까 상상해 보라. "누가 한 뼘 풀과 같은 작은 마음으로, 봄날 햇살 같은 어머니의 사랑을 갚을 수 있다고 말하는가(誰言寸草心, 報得三春暉)"라는 맹교의 시구가 아니더라도, 다시금 어머니의 깊은 사랑을 느끼게 해준다.

그런데 「나비의 꿈」이란 제목은 어떻게 붙었을까?

나비 이야기라는 제목은 초반부 포공의 꿈에서 나온다. 포공이 관아에서 잠시 쉬다가 잠이 들었는데, 관아의 뒤뜰에 꽃이 만발한 꿈을 꾸었다. 그런데 동산의 정자 옆에 쳐진 거미줄에

「원곡선」에 판각된 「나비의 꿈」의 한 장면. 포공이 잠이 들어, 큰 나비 한 마리와 작은 나비 세 마리가 나오는 꿈을 꾸는데…

나비 한 마리가 걸렸다. 이때 갑자기 커다란 나비가 다가와 그 나비를 구해 주었다.

잠시 뒤 또 다른 나비 한 마리가 다시 거미줄에 걸렸다. 그런데 이번에는 어찌된 영문인지 그 큰 나비가 구해 주지 않았다. 그래서 포공이 다가가 그 나비를 구해 날려 주려는 순간, 시종의 외침으로 꿈에서 깼다.

꿈의 내용이 극 전개의 실마리를 제공하는 역할을 한다. 이후 중국의 많은 희곡 작품에서 꿈의 내용을 활용한다.

아름다운 담기아

관한경이 포공의 이야기를 다룬 다른 작품이 있다. 그 작품의 제목은 「노재랑魯齋郎」이다. 언제나 그렇듯 청렴한 판관이 백성을 위해 악한 자를 징벌한다는 내용이다.

이와 함께 자신의 실력으로 악의 세력과 맞서 싸우는 사람의 이야기도 있다. 「망강정望江亭」에서는 그런 여성을 찬양하고 있다.

아름다운 신부 담기아譚記兒는 남편이 죽자 암자에 들어가, 백白씨 성을 가진 비구니와 함께 지내게 되었다. 어느 날 조카인 백사중白士中이 고모를 보러 암자에 왔다가, 담기아를 보았다. 이에 백씨가 나서서 둘을 맺어 주고, 백사중과 담기아는 부부가 되어 담주潭州로 벼슬길을 떠났다.

그런데 이 일이 조정 대신인 양아내楊衙內의 화를 북돋았다. 난봉

꾼인 그가 일찍부터 담기아를 맘에 두고 있었기 때문이다. 그래서 양아내는 황제에게 백사중을 모함했다. 곧 백사중이 여자와 술에 빠져 황제가 내린 보검과 금패를 가지고 담주로 내려가, 무고한 사람을 죽이고는 그의 아내를 빼앗았다고 누명을 씌운 것이다. 이 소식을 전해 들은 백사중은 놀라고 무서워 어쩔 줄을 몰랐다.

하지만 담기아는 눈 하나 깜짝하지 않았다. 그녀는 고기 잡는 아낙네로 변장하고서, 추석날 밤 양아내가 쉬고 있는 호심정湖心亭으로 찾아가 고기를 팔았다. 그처럼 아름다운 아낙네가 고기를 들고 오자 양아내는 마음이 동했다. 이에 담기아는 고기를 요리하고 술을 마련하여 그의 혼을 뺀 뒤, 기회를 틈타 그의 보검과 금패 및 노비 문서를 훔쳐 달아났다.

다음날 양아내는 집안사람들을 심문했으나, 어떠한 물증도 찾을 수 없었다. 그리고는 어젯밤 찾아왔던 고기잡이 아낙이 꾸민 일이라는 것을 깨달았다. 그러나 이미 때는 늦었다. 결국 양아내는 죄가 밝혀져 처벌을 받고, 담기아는 백사중과 함께 행복했다는 이야기이다.

극에서는 백사중, 양아내, 그의 부하 장천張千, 이초李稍 등 많은 남자들이 등장한다. 그러나 그 어떤 남자도 담기아와 비교할 수 없다. 권력을 등에 업고 날뛰는 양아내의 계략도 젊은 여성 담기아의 용기와 지혜, 침착성에는 상대가 될 수 없었다. 담기아는 관한경의 잡극에 등장하는 여성 가운데 가장 두드러진 인물이다.

달을 보며 기도한 여인

관한경의 잡극에는 「배월정拜月亭」과 「조풍월調風月」 같은 사랑 이야기가 빠질 수 없다.

「배월정」은 우연한 사건이 계속되는 이야기이다. 금나라가 몽골의 침략을 받아 수도를 옮기자, 백성들은 피난길에 나섰다. 그때 지방 관리로 가 있던 왕王 상서尙書의 부인도 딸 서란瑞蘭과 함께 피난길에 나선다. 하지만 혼란 속에 딸과 헤어진다.

그런데 선비인 장세륭蔣世隆도 왕씨 모녀와 마찬가지로 피난길에서 여동생을 잃어버린다. 동생을 찾아 헤매던 장세륭은 우연히 왕서란과 만나 동행하고, 여동생인 장서련蔣瑞蓮은 왕 상서의 집에 양녀로 들어간다.

나중에 왕 상서는 우연한 기회에 여관에서 딸 서란과 만난다. 그런데 딸과 함께 있던 장세륭이 가난한 선비인 것이 맘에 걸려, 병으로 누워 있는 세륭만 남겨 놓고 딸과 함께 떠난다.

그 뒤 장세륭은 뼈를 깎는 노력 끝에 문과 시험에 장원으로 합격한다. 또 세륭과 의형제를 맺은 타만흥복陀滿興福은 세륭과 나란히 무과의 장원으로 합격한다.

한편 이 사실을 모르는 왕 상서는 딸 서란을 무과 장원에게, 양녀 서련을 문과 장원에게 시집보내기로 결정했다. 그러나 혼인식 날 모두가 모인 자리에서 그동안의 사정이 밝혀지고, 결국 세륭은 서란과 타만흥복은 서련과 부부로 맺어졌다.

서란은 아버지에게 이끌려 집으로 돌아갔을 때, 밤마다 후원에 나가 향을 피우고 달을 바라보며 세륭을 위해 기도하곤 했다. 이 때문에 극본의 제목이 '배월정'이 되었다.

이 연극은 왕씨 모녀와 장씨 형제라는 두 축을 중심으로 줄거리를 전개하면서 여러 우여곡절과 우연한 사건이 연속된다. 이처럼 관한경은 인물의 성격 창조에 뛰어났을 뿐만 아니라, 줄거리 안배, 이야기의 구조 설정, 극적 갈등의 배치에도 탁월한 재능을 보여주었다. 그런 점에서 보면 「배월정」을 통해 작가의 숙련된 문학적 기교를 살필 수 있다.

칼 한 자루의 만남

관한경의 역사극으로는 「칼 한 자루의 만남(單刀會)」을 대표작으로 꼽을 수 있다. 「칼 한 자루의 만남」의 주인공은 '삼국 이야기'에 나오는 관우이다.

관우는 유비의 명을 받들어 형주를 지키고 있었다. 그곳은 오와 촉이 탐내는 군사 요충지였다. 형주를 빼앗으려고 동오의 장군 노숙은 연회를 열어 관우를 초대했다. 하지만 연회를 연 목적은 관우가 연회에 참석하려고 양자강을 건너오면, 기회를 보아 없애려는 속셈이었다.

관우는 뻔히 속임수임을 알면서도 초대에 응했다. 그리고 그날 아침 '칼 한 자루(單刀)'만 몸에 지니고 수십 명의 호위 병사와 함께 강을 건너 연회에 참석한다. 결국 관우는 적장의 계략을 역으로 이용하여 적의 공격을 제압하고, 무사히 돌아온다.

전체적인 줄거리는 그렇게 복잡하지 않지만, 작가는 극의 흐름을 조절하는 뛰어난 능력을 보여준다. 전체 네 마디(四折) 가운데 앞의 두 마디가 진행되는 동안, 관우는 한 번도 등장하지 않는다. 단지 노숙의 계획과 사마휘의 권고에서만 관우의 윤곽을 제시할 뿐이다. 이때문에 관중들은 자연스럽게 흥분된 가슴을 억누르며 영웅의 풍모를 보기를 기대한다.

그러다 진정한 '칼 한 자루의 만남'은 마지막인 넷째 마디(四折)에 집중된다. 배에 오른 관우가 강으로 나와 먼저 두 곡의 노래를 부름으로써 자신의 심정을 드러낸다.

〔쌍조신수령〕 거대한 강은 수없는 파도 일으키며 동쪽으로 흐르면서, 수십 명이 함께 탄 이 작은 배 이끄는구나. 제왕의 구중궁궐도 이에 비할 바가 아니어라, 우리는 지금 호랑이와 승냥이의 소굴로 향하니, 대장부의 심정은 사뭇 다르도다. 나 이렇게 칼 한 자루 차고 가는 모임은 시골의 친선 경기에 나가는 기분이라. (말 : 강변의 경치가 정말 뛰어나군. 노래 :)

〔주마청〕 물결이 용솟음치고 산은 첩첩이 쌓여 있는데, 젊은 주유 장군은 어디 있는지, 갑자기 재가 날고 연기 사라지도다. 가련하구나 전공 세운 황개 장군 오히려 가슴 아파 탄식하니, 조조 군대 격파했던 돛대와 노가 순식간에 사라졌노라. 조병을 무찔렀던 강물은 여전히 뜨거워, 나의 감정 더더욱 처절하게 하도다. (말 : 이는 단순한 강물이 아니야. 노래 : 20년이 흘렀어도 다하지 못한 영웅들의 피로다!)

〔雙調新水令〕 大江東去浪千疊, 引著這數十人駕著這小舟一葉. 又不比九重龍鳳闕, 可正是千丈虎狼穴, 大丈夫心別. 我戲這單刀會似賽村社. (云 : 好一派江景也呵. 唱:)

〔駐馬聽〕水涌山疊, 年少周郎何處也, 不覺的灰飛煙滅. 可憐黃
蓋轉傷嗟, 破曹的檣櫓一時絕. 鏖兵的江水猶然熱, 好教我情慘切.

(云 : 這也不是江水. 唱 : 二十年流不盡的英雄血)

이 두 곡을 읽노라면 저도 모르게 소식의 사 「염노교念奴嬌」가 떠오
른다.

거대한 강은 동쪽으로 흘러가서   大江東去
물결이 다 씻어 버렸네   浪淘盡
천고의 풍류 어린 인물들을   千古風流人物
……

아니나 다를까 관우의 노래 가운데 적지 않은 부분이 소식의 사를
활용했다. 그러나 처량한 분위기는 더욱 짙다. 탕탕히 흘러가는 강물
을 보며 고금의 역사와 영웅들을 돌이켜보자니, 은연중에 비장한 정
서가 흐른다. 천지 고금의 모든 것을 다 포용할 것 같은 감격이 밀려
온다. 이 속에서 적장의 음모와 눈앞의 위험은 일고의 가치도 없다.
이렇게 보면 이 두 곡은 실제로 소식의 「염노교」보다 더욱 웅장하다.

이처럼 관한경은 오색찬란한 필치를 보여준다. 젊은 아가씨를 묘
사할 때는 아름답고 사랑스럽게, 인자하신 어머니를 묘사할 때는 애
끓는 심정으로 그렸다. 가볍고 활발한 희극이 있는가 하면, 우울하고
참담한 비극도 있으며, 기세가 호탕하고 천지를 뒤흔들 듯한 영웅의
전기도 있다.

그런 면에서 관한경은 원나라 최고의 희곡 작가라는 찬사를 받기
에 충분하다. '원곡 4대가' 가운데 1위의 자리를 지키기에 부끄러움

이 없다. 1958년에는 국제연합(UN)이 관한경을 '세계 문화를 이끈 명인' 으로 선정함으로써 그의 이름이 세계에 알려졌다.

담 너머와 말 위에서

'원곡 4대가' 가운데 백박이라는 사람이 있다. 백박白朴(1226~?)의 자는 인보仁甫 또는 태소太素이고, 호는 난곡선생蘭谷先生이다. 본적은 오주隩州(오늘날의 산서성 하곡시河曲市)이나, 진정眞定(오늘날의 하북성 정정시正定市)에서 살았다. 노년에는 다시 금릉金陵(오늘날의 남경시)으로 이사했다.

그의 아버지인 백화白華는 금나라의 대문호인 원호문과 친구였다. 백박은 몽골군이 변량을 공격하던 해(1232)에 일곱 살이었다. 그는 원호문과 함께 산동 지역으로 피난하다가 어머니와 헤어졌다. 그런 불행 속에서도 백박은 원호문의 보살핌과 가르침을 받으며 올곧게 자라, 그 출중한 재주를 드러냈다. 그러나 그는 몽골 정부 밑에서 일하는 것을 원치 않았다. 그래서 평민으로 남은 채, 술과 시를 즐기고 사곡詞曲을 지으면서 여유로운 평생을 보냈다.

백박은 10여 개의 잡극을 지었다. 내용은 대부분 남녀의 사랑 이야기이다. 지금은 3개만이 온전하게 전한다. 그 가운데 「담 너머와 말 위에서(墙頭馬上)」와 「비 듣는 오동나무(梧桐雨)」를 대표작으로 꼽을 수 있다.

먼저 「담 너머와 말 위에서」의 줄거리는 다음과 같다.

『원곡선』에 실린 「담 너머와 말 위에서」의 한 장면. 배소준과 이천금은 첫눈에 반하는데…

배 상서尚書의 아들이자 작품의 주인공인 배소준裵少俊이 하루는 말을 타고 가다가, 우연히 이 총관總管의 딸 이천금李千金과 눈이 마주친다. 때마침 이천금이 뜰 옆의 담에서 밖을 내다보고 있었기 때문이다.

두 사람은 첫눈에 반하고, 이천금은 배소준을 따라 배씨 집으로 갔다. 그러나 부모의 허락을 받지 않은 만남인지라, 배소준은 이천금을 후원에 숨겨 두고 불안한 마음으로 생활했다. 7년 뒤 이천금은 1남 1녀의 어머니가 되었다.

그러던 어느 날 결국 배 상서에게 발각되고 만다. 그는 노발대발하며 이천금에게 싸구려 창녀라고 욕하고는 집밖으로 쫓아냈다. 부부의 인연과 모자 사이의 정이 하루아침에 끊어진 것이다.

그러나 이런 시련 속에서도 배소준은 열심히 정진하여, 과거에 급제해 관리가 되었다. 이어 이천금을 찾아 집으로 돌아오고, 이천금은 시아버지에게 눈물로 하소연하여, 결국 용서받고 떳떳하게 시댁으로 들어갈 수 있었다.

「담 너머와 말 위에서」의 이야기는 당나라 백거이의 시에서 유래했다. 그의 신악부 시인 「우물 밑에서 은병을 끌어 올리며(井底引銀瓶)」에 이런 구절이 있다.

담 너머의 말 위에서 멀리 서로를 바라보았지 墻頭馬上遙相顧

　이렇게 만난 두 연인이 함께 도망갔다가 결국 여자가 버림받는다는 것이 시의 전체적인 내용이다. 백거이는 시의 끝부분에서 이렇게 말했다.

그대 하룻밤의 사랑을 위해	爲君一日恩
내 평생의 몸을 버렸군요	誤妾百年身
어리석은 소녀들에게 당부하기를	寄語癡小人家女
신중하여 자신의 몸 함부로 내맡기지 말기를	愼勿將身輕許人

　백거이는 또 이 시의 서문에서, 남녀가 "눈이 맞아 도망치는 것을 막고자(止淫奔也)" 시를 지었다고 했다. 이렇게 볼 때 '사회의 질서 유지' 와 '남녀의 자유연애' 라는 문제에 부딪힌다. 언뜻 보면 양립할 수 없을 것 같지만, '이성적 판단' 을 놓치지 않는다면 남녀 문제를 떠나서 좋은 해결책을 찾을 수 있지 않을까?
　어쨌든 이천금이란 여성의 형상은 백거이의 시에 나오는 여성과는 큰 차이가 난다.
　「비 듣는 오동나무」도 백거이의 시 「사랑의 한(長恨歌)」에 바탕하여 지은 작품이다. 다른 점이 있다면 백거이는 현종과 양귀비라는 개인의 사랑 이야기를 다루었고, 백박은 황제와 후궁의 사랑 이야기를 다루었다는 점이다.
　넷째 마디(四折)에서 당 현종은 이미 죽은 양귀비를 그리워하며 창밖에 내리는 가을비 소리를 듣는다.

이 비는 후두둑후두둑 쏟아져 오동잎 떨구고, 방울방울 떨어져 사람 마음 찢는구나!

一陣陣打梧桐葉凋, 一點點滴人心碎了.

「비 듣는 오동나무」라는 이름은 여기에서 따온 것이다. 이 넷째 마디는 이야기라기보다는 한 편의 서정시이다. 경치 묘사와 과거 회상만으로 당 현종의 처량한 심정을 부각시켰다.

백박의 잡극이 지닌 예술적 매력은 여기에서 한껏 발휘되었다. 번역된 글을 읽더라도 처량하고 가슴 시린 심정을 체험할 수 있다. 그러고 나면 "백박 역시 원곡의 대가답구나"라는 말이 절로 나온다.

원나라 잡극의
시기 구분

『녹귀부』의 초고는 원 지순至順 원년(1330)에 완성했습니다. 그 뒤 두 번의 개정을 거쳐 2권으로 확충했지요. 또 원나라 말기에서 명나라 초기에는 『녹귀부속편』이 나와, 『녹귀부』 이후 작가의 작품을 보충했습니다.

앞서 살펴본 대로 종사성은 원의 잡극 작가를 시기순과 자신과의 친분을 기준으로 크게 셋으로 나눴습니다.

첫째는 "선배들 가운데 이미 죽었으나 이름을 떨쳤던 예술가(前輩已死名公才人)"입니다. 둘째는 "동년배로서 이미 죽었으나 이름을 떨쳤던 예술가(方今已亡名公才人)"입니다. 셋째는 "동년배의 예술가(方今才人)"였습니다.

근대의 대학자 왕국유王國維(1877~1927)는 『송원희곡사宋元戲曲史』라는 책에서 원 잡극을 시기별에 따라 셋으로 나눴습니다. 그것은 몽골 시기(1234~1279)와 통일 시기(1280~1340), 원말 시기(1341~1367)입니다.

그러나 지금은 전기와 후기로 나누는 것이 일반적입니다. 전기는 금의 멸망(1234)과 원나라의 통일 뒤 성종成宗 대덕大德 시기(1297~1307)까지 입니다. 원곡元曲 4대가四大家를 포함한 전기의 작가는 대부분 북방 출신이고, 활동의 중심지는 대도였습니다.

후기는 대덕 시기 이후(1308)부터 원의 멸망(1368)까지입니다. 이 시기에는 정광조와 교길을 비롯한 많은 작가가 나왔지만, 대체적으로 전기만 못하다는 평입니다.

잡극의 세계 12

마치원馬致遠
왕실보王實甫
정광조鄭光祖

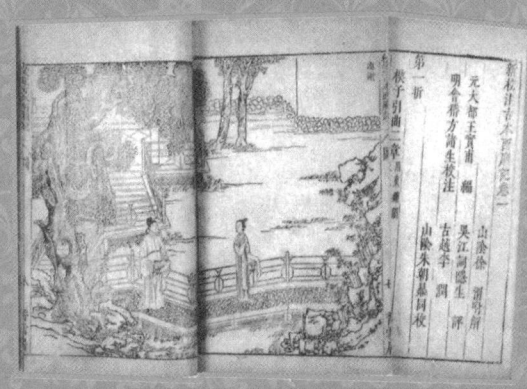

원곡 가운데 가장 유명한 연애
이야기인「서상기」의 명나라 때 판본.

먼저 다음 소령小令 한 곡을 감상해 보자.

썩은 나무 위의 까마귀	枯藤老樹昏鴉
물 흐르는 작은 다리 옆 동네	小橋流水人家
서풍 속에 옛 길 지나가는 여윈 말	古道西風瘦馬
석양이 지는 서쪽	夕陽西下
하늘가에서 사람의 애를 끊나니	斷腸人在天涯

이는 마치원의 산곡인 「천정사天淨沙, 가을 느낌(秋思)」이다. 20여 자밖에 안 되지만, 이래봬도 원 산곡 가운데 가장 유명한 작품이다.

머릿속에 장면을 그려보라. 어느 가을날 황혼 무렵, 나그네 홀로 정처 없이 여윈 말을 타고서 울퉁불퉁한 옛길을 따라가고 있다. 이윽고 서산으로 해가 지고 가을바람이 불어오자, 그 나그네의 심정은 어떠했을까?

이처럼 이 소령은 경치와 감정이 잘 어우러져 높은 시적 경지를 보여준다. 아나나 다를까 후대 연구자들에게 "가을 느낌의 원조(秋思之祖)"라는 찬사를 받았다. 또 "당나라 때 절구의 묘미를 깊이 깨우쳤다(深得唐人絕句之妙)"는 평가를 얻기도 했다.

마치원馬致遠(태어나고 죽은 해를 알 수 없음)의 자는 천리千里이고, 호는 동리東籬이다. 그는 대도 사람으로서, 강소성과 절강성 일대에서 관리 생활을 했다. 나중에 노년에는 항주의 시골에 은거했다.

그는 청년 시절 공명을 얻지 못하자, 원정元貞 서회書會에 참가해 민간 예술인들과 함께 극본을 창작했다. '서회'란 쉽게 말하면 같은 직종의 사람들을 위한 협력 단체라 할 수 있다. 정확히 말하면, 송나라와 원나라 때에 활동한 설화인과 희곡 작가 및 예술인들의 조직을 가리킨다. 그리고 서회에 참가한 작가들은 '재인才人'이라고 불렀다.

당시에는 항주와 북경 등 대도시를 중심으로 많은 서회가 조직되어 있었다. 여러 작가들 가운데 그의 글은 워낙 뛰어나, 다른 작가들에게 "희곡계의 장원(曲狀元)"이란 소리를 들었다.

그는 노년에는 도교를 신봉하여, 작품에 신선도사극이 많았다. 그런 작품에는 주로 소극적인 사상을 담았다. 그러나 다른 작품에서는 뛰어난 예술적 재능을 보여주었다. 「한궁의 가을(漢宮秋)」이 그 대표적인 예이다. 서한 원제元帝 시절, 흉노의 왕이 궁녀를 요구해 그림책을 뒤져 제일 못난 왕소군王昭君을 뽑았다. 하지만 나중에 알고 보니, 그 궁녀가 가장 아름다워 화가를 처형했다는 이야기를 기억할 것이다.

이 작품에서는 그 뒤 왕소군이 흑룡강黑龍江 가에서 강물로 뛰어들어 자살하는 모습을 그리고 있다. 아무튼 왕소군을 보내고 궁전으로 돌아온 원제는, 깊은 밤 정적 속에서 외로이 날아가는 기러기의 울음소리를 듣는다. 이에 그는 억장이 무너져 잠을 이루지 못했다. 그래서 이 잡극의 '정명正名'은 「외로운 기러기가 그윽한 꿈을 깨우는 한궁의 가을(破幽夢孤雁漢宮秋)」이다.

셋째 마디(三折)에 나오는 다음 두 곡은 원제와 왕소군의 이별 장면을 노래했다.

[매화주] 아! 광활한 들판 대하니 슬프고 처량하구나. 풀은 이미 누런색 더하고, 색은 벌써 서리를 맞아 하얗다. 개는 털갈이로 듬성듬성 파르스름한데, 사람들은 술 달린 창 치켜들고, 말은 행장 짊어졌으며,

수레는 신랑 신고서, 행렵두 사냥터를 떠나누나. 그녀는, 그녀는, 그녀는 슬퍼하며 이 한나라 군주에게 작별을 고하고, 나는, 나는, 나는 손 맞잡고 다리로 오르노라. 그 일행은 아득한 황야로 접어들고, 내 어가는 함양으로 돌아갈 것이라. 함양으로 돌아가 궁궐 담장 지나고, 궁궐 담장 지나 회랑을 돌고, 회랑을 돌아 초방으로 다가서고, 초방에 다가설 때 달은 어둑어둑할 테지? 달 어둑어둑해지면 밤에 한기 일어나고, 밤에 한기 일어나매 쓰르라미 울어대고, 쓰르라미 울면 푸른 비단 창가에 ……, 푸른 비단 창 마주하고 나면, 어찌 그립지 않으리오!

[수강남] 아! 그리워하지 않는다면, 무쇠 같은 마음 아니겠나? 무쇠 같은 마음이라도, 시름의 눈물 수천 줄기로 떨구리라! 미인도를 오늘 밤 소양궁에 걸고, 내 거기서 공양하리니, 그건 바로 높게 타 들어가는 은촛불로 아름답던 모습 비춰 보기 위함일세. …….

[梅花酒] 呀! 俺向着這回野悲涼. 草已添黃, 色早迎霜, 犬褪得毛蒼, 人擱起纓槍, 馬負着行裝, 車運着餱粮, 打獵起圍場. 他他他傷心辭漢主, 我我我携手上河梁. 他部從入窮荒, 我鑾輿返咸陽. 返咸陽, 過宮墻; 過宮墻, 遶回廊; 遶回廊, 近椒房; 近椒房, 月昏黃; 月昏黃, 夜生涼; 夜生涼, 泣寒螿; 泣寒螿, 綠紗窓; 綠紗窓, 不思量!

[收江南] 呀! 不思量除是鐵心腸! 鐵心腸也愁淚滴千行. 美人圖今夜掛昭陽, 我那裏供養, 便是我高燒銀燭照紅妝. …….

한 원제는 가을 들판에 서서 왕소군이 멀어져 가는 모습을 지켜보았다. 아울러 혼자 몸으로 궁전에 돌아가 느낄 처량함과 고독감을 상상하면서 깊은 시름에 잠겼다.

[매화주]의 후반부는 "함양으로 돌아가 궁궐 담장 지나고, 궁궐 담장 지나 회랑을 돌고, 회랑을 돌아 초방으로 다가서고, 초방에 다가

「한궁의 가을」의 한 장면. 원제가 한밤에 잠 못 이루고 왕소군을 그리워하고 있다.

설 때 달은 어둑어둑할 테지"처럼 '정침속마頂針續麻'의 수법을 사용했다.

'정침속마'란 송과 원나라 때 유행한 수사법의 하나이다. 앞 구의 마지막 글자나 구를, 다음 구의 첫 부분에 이어 써서 재미를 불러일으키거나 내용을 증폭시키는 역할을 했다. 여기서도 그 수사법을 써서, 한 원제가 상심한 정도를 부각시키고 있다. 희곡 갈등의 창조라는 면에서는 관한경에게 뒤떨어질지 모르나, 이처럼 노래 가사(曲詞) 방면에서는 일류라 할 수 있다.

서상기

그럼에도 불구하고 원 잡극 가운데 최고의 작품을 꼽으라면 두말할 나위 없이 「서상기西廂記」를 들 수 있다. 작품의 규모만 보더라도 「서상기」는 5본本 21마디(折)로서 타의 추종을 불허한다.

왕실보王實甫(태어나고 죽은 해를 알 수 없음)는 대도 사람으로서, 관한경과 비슷한 시기에 활동한 작가이다. 일설에 따르면 이름은 덕신德信이고, 실보는 자였다고 한다. 그는 관직 생활에서 은퇴한 뒤 전적으로 극본 창작에 매달렸다. 그렇게 쓴 극본마다 너무 아름다워서 동료들의 존경을 한 몸에 받았다.

그는 모두 10여 종의 잡극을 썼으나, 현재는 「파요기破窯記」, 「여춘당麗春堂」, 「서상기」만이 전한다. 이 가운데 「서상기」는 앞에서 제궁조를 설명하면서 언급한 동해원의 「서상기」를 잇는 작품이다. 그래서 두 작품을 구별하기 위해 '동「서상」'과 '왕「서상」'이라고 부른다.

왕「서상」은 동「서상」의 기초 위에 썼기 때문에 대체적인 줄거리에는 변함이 없다. 같은 내용과 줄거리를 가졌지만, 원작을 바탕으로 한 재창작이라고 할 수 있다. 더욱이 왕「서상」은 사상적 깊이와 예술적 수준에서 동「서상」을 뛰어넘고 있다. 또한 인물의 형상 면에서도 많은 발전을 이루었다. 당나라 때 원진의 「앵앵전」에서 시작된 이야기가 동「서상」과 왕「서상」으로 이어지고, 명나라 때로 가면 다시 남곡南曲으로 개편되었다. 이처럼 사랑 이야기는 시대를 초월하여 많은 이들의 관심을 불러일으켰다.

「서상기」의 온전한 이름은 「최앵앵대월서상기崔鶯鶯待月西廂記」이다. 작품은 이렇게 시작한다.

최 상국相國의 딸 최앵앵은, 어머니 정鄭씨와 함께 아버지의 유해를 모시고 고향으로 돌아간다. 그러나 길이 좋지 않아, 잠시 하중부河中府(오늘날의 산서성 영제현永濟縣)에 있는 보구사普救寺에 머물게 된다. 그런데 그들의 거처가 서쪽 별채(西廂)라서 극본의 제목이 「서상기」가 되었다. 한편, 과거 시험을 보려고 서울로 올라가던 선비 장공張珙도 우연히 보구사에 들러 유람을 하고 있었다.

어느 날 장공은, 시녀 홍낭紅娘과 함께 뜰에서 꽃을 구경하던 앵앵을 본다. 둘은 서로 눈길을 주고받으며 호감을 보였다. 이에 장생張生 (장공)은 내친 김에 주지 스님께 부탁하여 방 하나를 얻는다. "아침저녁으로 경전과 역사서를 탐구한다(朝晚溫習經史)"는 것이 이유였다. 하지만 핑계일 뿐, 기회를 보아 앵앵에게 접근하려고 했다.

정 부인은 남편을 위해 이곳에 엄청나게 많은 시주를 하려고 했다. 장생도 이 일을 거들었다. 그는 틈나는 대로 홍낭을 붙잡고서, 앵앵에 관해 꼬치꼬치 캐물었다. 그러다 한 번 홍낭에게 호되게 골탕을 먹는다.

그 뒤 장생은 상사병을 앓는다. 시주 예식이 벌어지던 날, 장생과 앵앵은 법당에서 만났다. 그러나 두 사람은 높은 산과 넓은 강에 가로 막혀 있는 듯, 말 한 마디도 하지 못한 채 서로 얼굴만 바라볼 뿐이었다.

그런데 이때 생각지도 않던 일이 벌어졌다. 반란군의 두목 손비호 孫飛虎가 최 상국의 딸 최앵앵이 "온 나라와 도시를 뒤흔들 만한(傾國傾城)" 미인이라는 소문을 듣고, 군대를 보내 보구사를 포위했다. 그는 사흘 안에 앵앵을 내놓지 않으면, 사람들을 해치고 절에 불을 지르겠다고 협박했다. 이에 다급해진 정부인은 누구든지 해결책을 내는 사람에게 앵앵을 시집보내겠다고 발표했다. 장생은 이를 절호의 기회로 받아들였다.

장생에게는 두확杜確이라는 친구가 있었다. 그는 포관蒲關의 수비대장으로서, 백마장군白馬將軍이라 불렸다. 장생은 재빨리 그에게 구원을 요청하는 편지를 써서, 스님 한 분이 포위를 뚫고 나가 편지를 전달하도록 했다.

결국 백마장군의 군대가 들이닥쳐, 손비호의 무리는 포위를 풀고 도망갈 수밖에 없었다. 일이 잘 해결되자 장생은 희희낙락하면서 앵앵과 맺어질 날만 손꼽아 기다렸다 하지만 이게 어찌된 일인가? 정부인은 술자리를 마련하여 둘을 불러 놓고, 오빠 동생하며 지내라고 말하는 게 아닌가?

그러자 두 사람 모두 실망이 이만저만이 아니었다. 앵앵은 한 입으로 두 말하는 어머니가 미웠고, 장생은 너무 충격을 받아 견디지 못하고 나무에 목을 맬 생각까지 했다.

이때 홍낭이 나섰다. 그녀는 장생에게 가야금으로 아가씨의 마음을 떠보도록 시켰다. 이윽고 밤이 되자, 장생은 자신의 방에서 「봉구황鳳求凰」 곡조를 탔다. 이 소리를 들은 앵앵은 밀려오는 감동을 참지 못했다.

장생은 그 이후 충격을 이기지 못하고 몸져눕고 말았다. 이에 앵앵은 홍낭을 보내 장생의 병을 돌보게 했다. 장생은 기회를 보아 앵앵에게 편지를 써서 홍낭 편에 보냈다. 답장으로 온 앵앵의 편지에는 시 한 수가 적혀 있었다.

달을 맞은 서쪽 별채 아래	待月西廂下
바람을 맞이하여 창문 반쯤 열려 있다	迎風戶半開
담 넘어 꽃 그림자 흔들릴 때면	隔墻花影動
임께서 오셨나 의심한다	疑是玉人來

이 시를 읽은 장생은 기뻐서 어쩔 줄 몰랐다. 달밤에 서쪽 별채에서 만나자는 내용이었기 때문이다. 애타게 기다리던 그날 밤, 장생은 담을 넘어 약속 장소로 향했다. 그런데 뜻밖에도 앵앵은 사색이 되어 홍낭과 함께 장생의 경박한 행동을 조롱하는 게 아닌가? 병을 앓던 장생은 이 일을 겪은 뒤 병세가 더욱 악화되었다. 사실 앵앵은 처음

부터 장생에게 호감을 가지고 있었다. 하지만 막상 장생을 대하자, 솔직하게 자신의 감정을 드러낼 용기가 없었다.

그 뒤 장생의 병세가 더욱 악화되었다는 말에, 앵앵은 홍낭을 시켜 처방전을 보냈다. 그것은 다름 아니라 지난번의 시 한 수였다. 그리고는 밤을 이용하여 홍낭과 함께 직접 장생의 숙소로 찾아갔다. 두 사람은 마침내 온갖 역경을 극복하고 부부의 언약을 맺는다.

그러나 이 소문은 꼬리를 물고 정 부인의 귀까지 전해졌다. 이에 정부인은 홍낭을 심문하여 진상을 알아내려 했다. 그런데 홍낭은 무서워하기는커녕, 오히려 정 부인에게 말할 자격이 없다고 밀어붙였다. 그러면서 집안의 허물을 밖으로 드러내면, 최 상국의 가문에 먹칠을 하는 것이라고 강변했다.

정 부인은 홍낭이 자신의 속내를 훤히 꿰뚫는 말을 하자, 어쩔 수 없이 장생과 앵앵의 관계를 묵인했다. 그래도 "우리 가문에 벼슬 없는 사위는 받아들이지 않는다(俺三輩兒不招白衣女婿)"며, 과거 시험에 합격해야만 혼인을 승낙하겠다는 조건을 달았다. 그래서 장생은 공부하러 떠나고, 앵앵은 십 리 밖 역사驛舍까지 따라가 그를 배웅했다. 두 사람은 할 말을 잊고 헤어짐을 안타까워했다.

장생은 앵앵의 기대를 저버리지 않고 단 한 번에 장원으로 합격했다. 앵앵은 기쁜 소식을 듣자마자 서둘러 인편에 약혼 예물을 보낸 뒤, 하루 빨리 다시 만날 날을 고대했다.

그런데 다 된 밥에 재 뿌린다고, 갑자기 앵앵의 사촌오빠 정항鄭恒이 나타난다. 그는 원래 앵앵과 어려서 정혼한 사이였다. 하필 이렇게 중요한 때에 그가 나타나 그녀와 결혼하자고 했다. 그러면서 그녀의 마음을 돌리려고, 장생이 서울에서 이미 위衛 상서尚書의 딸과 결혼했다고 거짓말까지 했다. 정 부인은 이를 그대로 믿고, 장생을 욕

앵앵이 장생의 편지를 받아 몰래 읽고 있다. 명나라 때의 판각화.

하며 앵앵과 정항의 혼사를 서둘렀다.

그러나 때마침 장생이 돌아오고, 그의 친구 백마장군도 결혼을 축하하려고 함께 왔다. 얼마 안 가 정항의 거짓말이 탄로나, 수치심을 견디지 못한 정항은 나무에 머리를 부딪쳐 자살했다. 장생과 앵앵은 수없는 우여곡절 끝에 결국 백년가약을 맺었다.

연극의 끝부분에서는 다음과 같은 노래가 울려 퍼진다.

바리건대 세상 모든 연인들이 다 부부로 맺어지기를!
願普天之下有情的都成了眷屬.

이것이 바로 이 작품 전체의 주제이다.

앵앵과 장생이 그토록 갈구하던 행복이 가득한 사랑과 혼인은 결국 결실을 맺었다. 인간의 자연스러운 감정을 억압하던 봉건 도덕도 그들의 결합을 가로막을 수 없었다. 앵앵과 장생처럼 세상 모든 연인들이 봉건 도덕의 여러 장애물을 넘어, 행복한 부부로 맺어지는 것이 작가의 소망이었다. 당시의 상황을 고려할 때 이는 매우 당돌하고 파격적인 견해였다.

앵앵과 홍낭

왕실보는 인물의 심리 묘사에 매우 뛰어났다. 그는 아무렇게나 이야기를 이끌어 가지 않았다. 인물의 형상이 곧 극작의 관건임을 너무나 잘 알고 있었기 때문이다. 인물의 성격이 살아야 작품도 살아 움직이지 않겠는가?

먼저 앵앵을 보자. 현대적 관점에서 보면, 열아홉 살의 아가씨가 한 남자를 몰래 사랑하다가 결국 부부로 맺어진다는 이야기는 별로 이상할 것 없다. 그러나 왕실보가 그린 앵앵의 입장은 그렇게 간단치가 않았다.

그녀는 상국이라는 귀족 가문의 딸로서, 엄격한 가정교육을 받고 자랐다. 아버지는 돌아가셨지만, 어머니가 나서서 딸아이의 일거수일투족을 감시했다. 홍낭은 바로 정 부인이 앵앵의 행동을 감시하려고 붙여 놓은 염탐꾼이다. 이런 상황에서 앵앵이 장생과 '자유연애'를 하기란 보통 어려운 일이 아니었다. 보수적인 어머니와의 갈등은 물론이거니와, 그때까지 받은 가정교육의 영향 때문에 앵앵 스스로도 얼마나 많이 고민하고 갈등했을까 생각해보라.

홍낭은 그런 앵앵의 마음을 잘 헤아려 주었다. 예를 들어 그녀가 장생 대신 아가씨에게 처음 편지를 건네주던 날을 들 수 있다. 홍낭은 직접 아가씨 손에 편지를 쥐어 주지 않고, 화장함 속에 몰래 갖다 놓는다. 과연 편지를 받아 본 앵앵은 속으로는 기뻤지만, 전혀 내색하지 않았다. 오히려 크게 화를 내며 이렇게 말했다.

"미련한 것! 이따위 것을 어디서 가지고 왔느냐? 상국의 딸인 나에게 감히 어떤 놈이 이런 편지로 희롱하려 든단 말이냐? 내가 언제 이런 것을 받은 적 있더냐? 내 당장 어머니께 고하여 네년을 혼쭐내 줄 테다!"

그러나 홍낭이 짐짓 편지를 뺏어 정 부인에게 자수하려 하자, 앵앵은 황급히 가로막으며 말했다.

"내가 그냥 한 소리야."

이어 겉으로는 별로 관심 없는 척하면서, 홍낭에게 장생의 병세를 시시콜콜하게 캐물었다. 앵앵은 내심 장생을 깊이 사랑하고 있었다. 하지만 봉건사회에서 부모의 명을 어기고 낯선 남자와 사사로이 정분을 통하는 일은 범죄나 다름없었다. 앵앵은 그때까지도 홍낭의 마음을 알 수 없었고, 그렇다고 더더욱 공개적으로 자신의 사랑을 고백할 수도 없었다. 그래서 기선을 제압하려고 짐짓 화를 내며 홍낭의 반응을 살핀 것이다. 결국 홍낭이 이런저런 사실을 고백한 뒤에야 앵앵은 홍낭에게 도와달라고 부탁한다.

연애하는 내내 앵앵의 마음은 이처럼 안절부절 못하고, 갈피를 잡지 못했다. 주동적으로 장생과 만나자고 약속했으나, 막상 만날 시간이 되자 자신의 경솔한 행동을 자책했다. 이것이야말로 귀족 신분을 가진 아가씨의 정확한 심리 상태였다. 만일 앵앵이 처음부터 아무런

거리낌 없이 장생의 품에 안겼다면, 상국의 딸이라는 신분을 대표하지 못했을 것이다.

한편 장생은 성실하고 올곧으며 불굴의 의지를 가진 사람이었다. 공부를 많이 했지만 어수룩한 구석이 있고, 발랄함과 용기가 모자랐다.

이런 두 사람에 비해 홍낭은 완전히 다른 성격의 소유자였다. 배운 것은 없지만, 거울처럼 맑은 마음을 가지고 있었다. 그녀는 한 입으로 두 말하는 노부인의 처사에 불만을 품고, 청춘 남녀의 애틋한 만남에 동정심을 가졌다. 그래서 위험을 무릅쓰고 그들을 위해 편지를 전해 주기도 하고, 만남을 주선하기도 했다.

장생과 앵앵은 서로 사랑했지만, 봉건 도덕의 틀을 벗어나는 일에는 소극적이었다. 그 둘 사이에서 홍낭은 속 시원히 말을 전달하고, 재치 있게 행동했다. 만일 홍낭의 도움과 격려, 주선이 없었다면 장생과 앵앵은 영원히 맺어질 수 없었을 것이다.

홍낭의 그런 행동은 따지고 보면 의리를 앞세운 것이다. 하녀가 주인을 위해 한 일이라기보다, 오히려 친구의 도리에 가깝다. 홍낭은 두 사람의 답답한 모습을 대할 때마다 이를 꼬집으며 비판했다. 그러면 두 사람은 홍낭을 '아가씨'나 '언니'라고 부르면서 부끄러워했다.

또 홍낭은 대담하여 중요한 일에 앞서 자제할 줄 알았다. 정 부인의 심문을 받으면서도 두려워하거나 위축되기는커녕, 오히려 부인의 잘못을 열거하며 반박해 읽는 이에게 통쾌함을 준다.

홍낭이란 인물 형상은 이후 중국인들에게 특별한 사랑을 받았다. 그래서 일상생활에서 둘 사이에서 줄을 놓는 사람이나 남녀 사이의 중매자를 가리킬 때 '홍낭'이라고 했다.

정 부인은 극 속에서 방해자로 나온다. 완고한 그녀의 머릿속은 온통 봉건 관념으로 가득했다. 사실 그녀 자체는 결코 나쁜 사람이 아니다. 단지 극의 역할상 봉건 도덕의 대리인으로 나왔을 뿐이다. 그래서 봉건 도덕의 특징인 권위주의와 허위의식, 상명하달上命下達을 대변했다.

서상기의 노랫말

「서상기」의 노랫말은 매우 아름답고, 시적 정취가 물씬 풍긴다. 역사驛舍에서 앵앵이 장생을 전송하는 「정궁正宮, 단정호端正好」는 사람들이 애창하는 노래이다.

하늘에는 푸른 구름	碧雲天
땅에는 누런 나뭇잎	黃花地
가을바람 싸늘한데	西風緊
북녘 기러기가 남쪽으로 날아가네	北雁南飛
새벽에 누가 서리 내린 숲 술 취한 듯 붉게 물들여 놓았나	
	曉來誰染霜林醉
모두가 님 떠나보내는 자의 눈물 자아내네	總是離人淚

이 노래에는 늦가을 풍경이 담겨 있다. 하늘은 높고, 구름은 가벼우며, 땅에는 낙엽이 가득 쌓여 있다. 싸늘한 바람이 불자 기러기가 남쪽으로 날아가고, 숲속 단풍잎은 서리를 맞아 피처럼 붉게 물들어간다. 과거를 보려고 먼 길을 떠나는 장생을 앞에 두고 앵앵의 눈에

서는 수심 가득한 눈물이 흘러내렸다.

이 제4본본 셋째 마디(三折) 마지막에, 멀어져 가는 장생의 뒷모습을 바라보며 앵앵이 부르는 노래가 나온다.

〔일살〕 청산은 임 보내는 이의 눈길을 막고, 휑한 숲도 사람의 마음 달래지 못하는데, 엷은 안개와 저녁놀이 멀어져 가는 임을 가린다. 노을 비낀 옛길엔 인적조차 없고, 곡식 무르익은 들판 바람결에 들려오는 먼 말울음 소리. 나는 왜 돌아가는 수레에 오르지 못하고 머뭇거리나, 올 때는 그렇게 급히 왔는데, 갈 때는 왜 이렇게 더디기만 한지!

……

〔수미〕 사방을 둘러봐도 푸르른 산들, 채찍 한 번 휘두르자 말이 노을 진 길을 달린다. 지금 세상 모든 근심 걱정이 내 마음을 채우니, 요만한 수레에, 어떻게 다 담을 수 있으리오?

〔一煞〕 青山隔送行, 疏林不做美, 淡煙暮靄相遮蔽. 夕陽古道無人語, 禾黍秋風聽馬嘶. 我爲甚麼懶上車兒内, 來時甚急, 去後何遲!

……

〔收尾〕 四圍山色中, 一鞭殘照裏. 遍人間煩惱塡胸臆, 量這些大小車兒, 如何載得起?

이 노래는 감정과 사물이 잘 어우러져 있다. 『홍루몽』의 주인공 임대옥林黛玉은 「서상기」의 "노래가 사람을 놀라게 하고, 그 여운이 입 안에 가득(詞口警人, 餘香滿口)"하다고 칭찬했다.

「서상기」의 가치는 일찍부터 알려졌다. 명나라의 한 평론가는 "요즈음의 잡극과 옛날 전기를 통틀어 「서상기」가 천하제일이다(新雜

劇・舊傳奇, 西廂記天下奪魁)"라고 말했다. 현대의 어느 학자도 「서상기」는 생명력 넘치는 인성이 생명력 없는 봉건 예교와 싸워 이긴 개선가이자 기념탑이다"라고 높이 평가했다.

결국 「서상기」에 담긴 뜻은 시간과 공간을 초월하여 지금까지도 감동을 준다. 이것이야말로 위대한 고전문학 작품이 가지는 공통점이라 할 수 있다.

천녀유혼? 천녀리혼!

원나라 후기의 가장 대표적인 잡극 작가는 정광조이다. 정광조鄭光祖(태어나고 죽은 해를 알 수 없음)의 자는 덕휘德輝이고, 평양平陽(오늘날의 산서성 임분현臨汾縣) 사람이다. 그는 항주에서 관리로 지내다가, 죽은 뒤에는 서호 주변에 묻혔다.

당시 그의 인기는 대단했다. 그래서 희곡계에서는 모두들 그를 '정 선생님'이라고 부르며 존경했다. 규방의 부녀자들도 그의 이름을 알고 있을 정도였다.

그는 모두 20종의 잡극 작품을 썼다. 하지만 지금은 8~9종만이 전한다. 그 가운데 「천녀의 떠도는 혼령(倩女離魂)」이 가장 유명하다.

천녀는 어려서 왕생王生과 정혼한 상태였다. 그러나 천녀의 어머니는 아직 관직에 오르지 못한 왕생을 탐탁치 않게 생각했다. 그래서 딸에게 서로 오누이 사이로 지내라고 다그쳤다. 그녀는 절대 왕생이 과거에 합격하지 못하면, 둘을 혼인시킬 수 없다고 했다.

그래서 왕생은 천녀를 두고 서울로 과거를 보러 떠난다. 하지만 천녀는 왕생을 너무나 그리워한 나머지, 저도 모르게 영혼을 날려 왕생을 좇아갔다. 남아 있는 육신은 침상에 꼼짝없이 누워 일어나지 않았다.

처음 왕생은 자신을 좇아온 천녀를 보고는 돌려보내려 했다. 그러나 천녀의 간곡한 부탁을 거절하지 못하고, 결국 함께 서울로 올라갔다. 왕생은 노력 끝에 장원으로 합격하고, 천녀와 함께 금의환향한다.

왕생은 천녀를 나루터에 남겨 놓고, 그 길로 바로 그녀의 집으로 찾아갔다. 그리고 어머니께 그동안의 일을 용서해 달라고 빌었다. 그런데 천녀의 어머님이 이상한 말을 하는 게 아닌가?

왕생이 떠난 뒤, 천녀는 몸져누워 꼼짝도 하지 않았다는 것이다. 왕생이 이를 부인하며 직접 확인하니, 진짜로 천녀가 방에 누워 있었다. 그때 천녀의 영혼이 다시 몸으로 들어왔다. 그제야 왕생은 자신과 함께 서울로 갔던 것이 천녀의 영혼이었음을 깨달았다.

내용을 보면 중국판 '사랑과 영혼(Ghost)'이라 할 만하다. 이런 내용을 통해 작가가 말하고자 했던 것은, "진실한 사랑을 가로막을 것은 없다"이다.

「천녀의 떠도는 혼령」은 노랫말도 매우 아름답다. 다음 노래를 들어보자.

〔소도홍〕 갑자기 말울음에 사람 소리 왁자지껄 들리면서, 늘어진 버드나무 아래에서 무언가 어른거리니, 놀란 내 마음은 두근두근. 알고 보니 탕탕탕 판때기 울리며 고기 잡는 소리로다. 내 여기서 서풍 따라 조용히 귀 기울여 보니, 동글동글 맺힌 이슬, 맑디맑은 달빛 아래 놀란 기러기 끼룩끼룩 고운 모래 위 날아오르네!

휘역첨한 달밤, 왕생이 시름을 잊기 위해 거문고를 타고 있을 때, 홀연 천녀의 영혼이 찾아온다.

〔小桃紅〕舊聽得馬嘶人語鬧喧嘩, 掩映在垂楊下, 唬的我心頭丕丕那驚怕, 原來是響瑯瑯鳴榔板捕魚蝦. 我這裏順西風悄悄聽沈罷, 趁著這厭厭露華, 對著這澄澄月下, 驚的那呀呀呀寒雁起平沙.

이는 천녀의 영혼이 강가의 왕생을 좇아가 부르는 노래이다. 한 번도 집을 떠나지 않았던 아가씨가 홀로 낯선 환경을 접하니 매우 두려웠다. 노래는 이러한 감정을 세밀하고 진실하며 아름답게 그리고 있다. '원곡 4대가'의 이름이 헛되지 않음을 알 수 있다.

그의 작품 가운데 「누대에 오른 왕찬(王粲登樓)」도 옛날에는 많은 사랑을 받았다. 재주는 있으나 기회를 얻지 못한 선비의 감정을 노래했기 때문에, 문인 사회에서 많은 호응을 얻었다.

봉건 사회에서 지식인이 출세할 수 있는 기회란 아주 적었다. 그러니 대부분의 지식인은 자신은 재주가 있지만, 기회를 얻지 못해 이렇게 산다고 생각하며 살았다.

원나라의 사회 :
한족 문화의 충격과 활력

남북조 시대에도 외래의 충격이 있었으나, 원나라 때에는 한족이 아닌 몽골족이 중국 대륙 전역을 통치했던 첫 번째 시기였습니다. 전체적으로 문화적 동질성을 유지하던 한족에게는 큰 충격이 아닐 수 없었습니다. 특징을 꼽는다면 다음과 같습니다.

먼저 한 무제 때 국교의 지위를 얻어, 1천 2백여 년 동안 확고한 지위를 누리던 유교가 폐기되었다는 점입니다. 이에 따라 한족 지식인들이 사회로 진출하는 등용문이던 과거제도 폐지되었습니다. 결국 많은 한족 지식인들은 인생의 목표를 잃고 방황하다, 송나라 말기부터 확산된 일반 시민층 사회로 빠르게 편입되었습니다. 그들을 기반으로 하여, 지금까지 비주류로 여겨지던 대중문학(俗文學)이 크게 발달하는 계기가 되었습니다.

또한 원나라의 사회는 유럽과 아시아 대륙 전체를 오고가는 과정에서 동서 문화 교류의 역할을 했습니다. 화약과 인쇄술, 나침반, 의학, 천문학, 종교, 비단, 도자기 등이 원나라 때를 중심으로 오고갔습니다. 이 과정에서 결과적으로 '중국 문화'는 새로운 활력을 얻어, 더욱 풍성해졌습니다.

산곡과 남희의 세계

산곡散曲

4대 전기傳奇

「비파기琵琶記」

조맹부가 그린 「준마도」. 그는 뛰어난 문인이자 화가로
본래 송나라 종실의 일원이었지만 원나라에 투항하여,
고관 노릇을 했다. 그래서 그의 조카조차 그와 왕래하지
않을 정도라고 한다.

산곡의 이모저모

지금까지 원나라의 문학을 말하면서 잡극만 다루었다. 그런데 이제부터 산곡散曲을 비롯해, 시와 산문 및 소설과 남희南戲를 살펴보기로 하자.

먼저 산곡부터 시작하자. 지금까지 전하는 작품을 토대로 하면, 원나라 때 산곡 작가는 모두 2백여 명 정도이다. 그리고 작품 가운데 소령小令은 3천 8백여 수이고, 투수套數는 4백 7십여 개 정도이다.

산곡의 창작 경향도 편의상 전기와 후기로 나눌 수 있다. 전기의 대표 작가로는 관한경, 마치원, 백박, 장양호 정도이다. 그들의 작품은 민가와 비슷하여, 자연스럽고 소박한 풍격이었다. 후기의 대표 작가로는 장가구, 교길, 저경신, 유치 등을 꼽을 수 있다. 그들 작품의 풍격은 차츰 고상함과 수사 기교를 추구하는 쪽으로 흘러갔다.

가을 경치

앞에서 관한경의 「일지화一枝花, 불복로不伏老」와 마치원의 「천정사天淨沙, 가을 느낌(秋思)」을 살펴보았다. 마치원의 다른 작품으로는 「사해아耍孩兒, 말을 빌어(借馬)」라는 투수도 있다. 이 작품은 말을 끔찍이 아끼는 구두쇠를 노래했는데, 아주 재미있다.

전기에 속하는 작가로 분류한 백박은, 사계절의 풍경을 담은 「천정사」4수를 지었다. 그 가운데 「가을 경치(秋景)」를 살펴보자.

외로운 마을 노을에 잠기고	孤村落日殘霞
희미한 안개 속 까마귀 나무에 깃들며	輕煙老樹寒鴉
기러기 떼 그림자 드리우고 하늘을 가로지른다	一點飛鴻影下
푸른 산과 파란 강물	靑山綠水
땅에는 흰 풀 붉은 잎 노란 꽃만이	白草紅葉黃花

작가가 감정을 자제하고 담담하게 경치만 읊고 있지만, 가을의 정
서와 작가의 속내가 물씬 풍긴다. 정지 화면과 동작 화면이 알맞게
교차되고, 총천연색으로 펼쳐진 가을이 확 눈에 들어온다. 마치원의
「가을 느낌」과 잘 어울리는 작품이다.

나라가 흥해도 백성은 힘들어

장양호張養浩(1270~1329)의 자는 희맹希孟이고, 호는 운장雲莊이다.
그는 제남濟南(오늘날의 산동성 제남시) 사람이다.

장양호는 원나라 정부에서 고관을 지냈다. 하지만 백성의 고통을
돌보는 일을 결코 소홀히 하지 않았다. 「산파양山坡羊, 동관에서 옛일
을 돌아보다(潼關懷古)」를 보면 그러한 면을 느낄 수 있다.

첩첩이 쌓인 봉우리는 머리를 맞댄 듯	峰巒如聚

황하의 파도는 화가 나 울부짖는 듯	波濤如怒
화산과 황하가 안팎을 둘러싼 동관의 험한 길	山河表裏潼關路
서쪽의 고도를 바라보니	望西都
어지럽게 밀려드는 생각들	意踟躕
가슴 아파라, 진한 시절 사람들이 수시로 드나들던 곳	
	傷心秦漢經行處
으리으리하던 궁전은 흙이 되어 사라졌도다	宮闕萬間都做了土
나라가 흥해도 백성은 힘들고	興百姓苦
나라가 망해도 백성은 힘들어	亡百姓苦

"나라가 흥해도 백성은 힘들고, 나라가 망해도 백성은 힘들어"라는 구절이 가슴에 와 닿는다. 흥하면 흥하는 대로 대규모 사업에 동원되어 뼈 빠지게 일하고, 망하면 망하는 대로 전쟁터로 끌려가 목숨을 잃는 판국이었으니 그런 말이 나올 만도 하다.

동관은 후한 건안 시기에 만든 관문으로서, 오늘날의 섬서성 동관현 북쪽에 위치한다. 중요한 길목에 자리 잡고 있어서 역대로 군사 요충지 역할을 했다.

여러 작가들

장가구도 「꽃파는 소리(賣花聲), 회고懷古」에서 장양호처럼 백성들에 대한 깊은 동정을 표시했다. 자세한 내용은 더 이상 살펴보지 않겠다.

그밖에도 교길의 「수선자水仙子, 매화를 찾아(尋梅)」처럼 재미있는 작품도 있다. 그는 이 작품에서 구절마다 매화를 노래한다. 하지만 처음부터 끝까지 '매화(梅)'란 글자는 전혀 나오지 않는다.

투수만 놓고 보자면, 저경신의 「반섭조般涉調, 초편哨遍, 고향으로 돌아온 고조(高祖還鄉)」와 유치의 「정궁正宮, 단정호端正好, 상고감사上高監司」가 유명하다.

저경신雎景臣(태어나고 죽은 해를 알 수 없음)의 자는 경현景賢이고, 양주揚州(오늘날의 강소성 양주시) 사람이다. 그의 「고향으로 돌아온 고조」는 시골사람의 눈을 통해 한 고조 유방의 모습을 이야기해, 봉건 황제의 진면목을 대담하게 풍자했다.

유치劉致(태어나고 죽은 해를 알 수 없음)의 자는 시중時中이고, 호는 포재逋齋이며, 홍도洪都(오늘날의 강서성 남창시南昌市) 사람이다. 그의 「상고감사」는 원나라 때 일어났던 대기근을 다루었다.

어떤 평론가는 이 작품을 '원 산곡 가운데 신악부'라고 말하면서 백거이의 신악부와 견주었다. 아니나 다를까 원 산곡에는 이 작품처럼 중대한 사회 현실을 반영한 작품이 없다.

시문의 이모저모

산곡과 잡극을 포함한 원곡을 원나라 문학의 주류로 내세우는 데에는 반론의 여지가 없다. 그러나 시와 사, 산문 등 기타 문학 장르는 상대적으로 별다른 진전을 보지 못했다.

이 시기의 시와 사 작가들은 대부분 관리 생활을 했기에, 사회 현실을 접할 수 있는 기회가 적었다. 더욱이 그들은 당과 송의 작품을 모방하는 일에만 힘을 쏟아, 예술적으로 이렇다 할 독창성도 없었다. 여기에는 시와 사를 제대로 감상할 수 없었던 몽골의 최고 통치자들도 한몫 거들었다.

반면 희곡을 이해하는 수준은 매우 높았다. 그들의 후원과 배척이 문단의 창작 흐름에 영향을 끼쳤다는 사실은 어찌 보면 당연하다. 그런 상황에서도 원이 통치하던 백여 년 동안, 주목할 만한 시인들이 나왔다.

원나라 초기의 시인으로는 유인과 조맹부 등을 들 수 있다.

유인劉因(1249~1293)의 자는 몽길夢吉이고, 호는 정수靜修이며, 웅주雄州 용성容城(오늘날의 하북성 청원시淸苑市) 사람이다. 그는 본래 북방에 남아 있던 한인漢人이었으나, 스스로는 늘 남송의 유민이라고 자처했다.

그의 명망이 높아지자, 원 세조는 그를 조정으로 불렀다. 그러나 그는 오래지 않아 어머니의 병을 핑계로 관직을 버리고 고향으로 돌아갔다. 이후 조정에서는 거듭 그에게 복귀하라고 종용했지만, 그는 죽을 때까지 고향을 떠나지 않았다.

그런 그의 시에는 언제나 유민의 정서가 흐른다. 「매화를 보고 드는 느낌(觀梅有感)」을 살펴보자.

동풍이 불어와 전장의 모래 먼지 사라져   東風吹落戰塵沙
꿈속에 서호처사의 집을 그려 본다   夢想西湖處士家
혹시나 강남의 봄 빛깔이 바래지는 않았는지   只恐江南春意減

이 맘 애초부터 매화에는 관심 없었노라　　　此心原不爲梅花

　이 시는 남송이 멸망한 뒤에 지은 작품이다. 유인은 북방에서 매화를 바라보다가, 자연스럽게 서호처사 임포林逋를 떠올렸다. 임포는 북송의 시인으로서, 항주 서호 주변의 고산孤山에 살면서 매화를 감상하고 학을 키웠다고 한다. 평생 관직에 나아가지 않고 독신으로 살아서, "매화를 아내 삼고 학을 자식 삼았다(梅妻鶴子)"는 말을 들었다.

　작자가 임포를 생각하는 마음이 자연스럽게 강남의 상황으로 옮아간다. 전쟁은 끝났지만, 몽골 귀족들의 말발굽에 짓밟힌 강남땅에는 봄날조차 빛이 바랬으리라 짐작했다.

　시인은 마지막 구절에서 자신의 심정을 분명히 밝혔다. 내 어찌 하릴없이 매화만을 감상하기 위함이겠는가? 오직 강남 동포들의 운명만이 가슴 가득 맺혀 있을 뿐이라는 것이다.

　매화를 읊은 그의 시는 이후 많은 문인들의 사랑을 받았다.

　조맹부趙孟頫(1254~1322)의 자는 자앙子昻이고, 호는 송설도인

매화를 아내 삼고 학을 자식 삼은 임포를
그린 청나라 때 임위장의 그림.

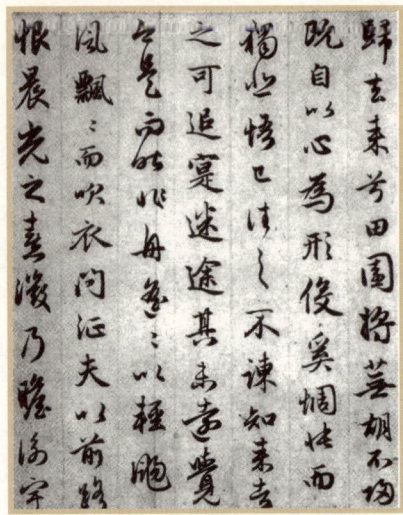

조맹부가 쓴 도연명의 「귀거래사」.

松雪道人이며, 호주湖州(오늘날
의 절강성 오흥시吳興市) 사람이
다. 그는 본래 송나라 종실의
일원이었다. 하지만 이후 원
정부에 투항하여, 고관 노릇
을 했다. 그는 이처럼 절개를
지키지 않아, 당시 유민들에
게 멸시를 받았다. 그의 조카
조차 그와 왕래하지 않았을 정도라고 한다.

그래서 그의 마음속에는 심한 갈등이 있었다. 그가 남긴 시문에는
언제나 고국을 그리워하는 마음이 배어 있다. 그가 지은 「악악왕묘岳
鄂王墓」에서는 남송의 민족 영웅 악비를 추모하면서 망국의 설움을
노래했다.

또 그는 유명한 화가이자 서예가이기도 했다. 그의 글씨는 아름답
고 깔끔하며 힘이 넘쳤다. 그래서 '조맹부체(趙體)'라는 호칭을 얻으
며 안진경顏眞卿, 유공권柳公權, 구양순歐陽詢 등 쟁쟁한 서예가들과
어깨를 나란히 했다.

몽골족 시인

원나라 중엽에는 '사대가四大家'가 출현했다. 그들의 이름은 각각 우집虞集, 양재楊載, 범곽范椁, 게혜사揭傒斯이다. 비교적 안정된 시기에 생활해서 그들의 작품 속에는 이렇다 할 사상적 깊이와 감회가 적어, 그들 모두 두드러진 성취를 이루지는 못했다. 따라서 그들의 우열을 가리는 일은 도토리 키 재기나 다름없다.

이러한 때, 비교적 뛰어난 성과를 이룬 작가는 뜻밖에도 몽골족 시인인 살도자였다. 살도자薩都剌(1308~?)의 자는 천석天錫이고, 호는 직재直齋이며, 본적은 안주雁州(오늘날의 산서성 대현代縣)이다. 그는 어려서부터 문학에 소질이 있었다.

살도자는 진사에 합격하여 관리가 된 뒤, 일생 동안 여러 지방을 전전했다. 그래서 그의 시에는 북방의 웅혼한 기상과 강남의 아름다운 경치가 모두 담겨 있다.

또 그는 백성을 동정하고, 전쟁을 혐오했다. 그가 생각한 이상 사회는 이렇다.

남자는 밭 갈고 여자는 길쌈하며 천하가 태평한 가운데, 영원토록 전쟁이 없어라.

男耕女織天下平, 千古萬古無戰爭.

그는 사에 가장 뛰어났다. 그래서 「만강홍滿江紅, 금릉에서 옛일을 돌아보다(金陵懷古)」 같은 훌륭한 작품을 많이 남겼다.

6대에 걸친 화려함은	六代豪華
봄날과 함께 사라져	春去也
다시는 소식이 없네	更無消息
괜스레 초조한 마음에 눈길을 멀리 하니	空悵望
산과 강의 모습 빼어나	山川形勝
이미 예전과는 다르다	已非疇昔
왕씨네 사씨네 집 앞을 나는 제비 한 쌍	王謝堂前雙燕子
까막옷 골목에서 노닐곤 했지	烏衣巷口曾相識
들리는가 깊은 밤 적막 속에 외로운 성을 치며	聽夜深寂寞打孤城
급히 흘러가는 봄 강물 소리	春潮急

지난일 생각하면	思往事
켜켜이 밀려드는 근심	愁如織
고국이 그리울 때면	懷故國
괜스레 되새기는 옛일	空陳迹
황량한 연기와 쇄락한 풀들	但荒煙衰草
까마귀 떼 날아올라 해를 가린다	亂鴉斜日
옥수가 끝자락에 가을 서리 차갑고	玉樹歌殘秋露冷
연지 우물 무너지니 가을 매미 울어 옌다	胭脂井壞寒螿泣
이제는	到如今
장산만이 남아 푸르고	只有蔣山青
진회하의 푸름만이	秦淮碧

시인은 6대에 걸친 수도였던 금릉성에 올라, 그 옛날 파란만장한
역사를 돌이켜보았다. 그리고는 지금 그토록 오랜 시간과 사람들은

모두 사라져 버리고, 오직 청산과 푸른 강만이 남아 대자연의 위대함을 보여준다고 생각했다. 이 작품은 고금을 넘나들며, 호방하면서도 비장한 느낌을 준다.

그는 이 시에서 옛 시인의 유명한 시구를 교묘하게 활용했다. 금릉(오늘날의 남경시)과 관련하여 회고시를 썼던 유명한 시인으로는 당나라의 유우석이 있다. "왕씨네 사씨네 집 앞을 나는 제비 한 쌍, 까막옷 골목에서 노닐곤 했지"라는 구절은, 유우석의 시 가운데 「까막옷 골목(烏衣巷)」에서 따온 것이다.

또 "들리는가 깊은 밤 적막 속에 외로운 성을 치며, 급히 흘러가는 봄 강물 소리"라는 구절도, 유우석의 시 「석두성石頭城」에서 따온 것이다.

그리고 "옥수가 끝자락에 가을 서리 차갑고, 연지 우물 무너지니 가을 매미 울어 옌다"는 구절은, 진陳 후주의 노래 「옥수후정화玉樹後庭花」와 관련된 것이다.

아울러 연지 우물은 바로 진 후주가 처첩과 함께 몸을 숨겼다고 하는 우물의 이름이다. 그리고 장산蔣山은, 곧 종산鐘山이자 자금산紫金山이다. 지금은 쑨원孫文의 무덤인 중산릉中山陵이 자리 잡고 있는 산으로 더욱 유명하다. 진회하秦淮河도 옛 금릉성에서 가장 번화한 곳이었다.

후대 평론가는 이러한 살도자를 높여, "원나라 사인들 가운데 으뜸(有元一代詞人之冠)"이라고 했다.

그는 그림 솜씨도 수준급이었다.

매화집 주인

원나라 때 유명했던 또 다른 시인을 들라면, 화가이기도 했던 왕면을 꼽을 수 있다. 왕면王冕(1287~1359)의 자는 원장元章이고, 호는 자석산농煮石山農이며, 제기諸暨(오늘날의 절강성 제기현) 사람이다.

그는 어려서 목동으로 일하면서, 틈틈이 서당에 가 몰래 학생들이 책 읽는 소리를 들으며 마음에 새겼다. 그러는 동안 소들이 남의 집 밭에 들어가, 남의 밭을 망친 적이 한두 번이 아니었다. 그래도 왕면은 자신의 행동을 고치지 않았고, 아버지도 그런 그를 나무라지 않았다. 어머니만 남편에게 이렇게 말했다.

"우리가 어쩌다가 저런 멍청한 놈을 낳아서 이 고생을 하는지 모르겠어요. 차라리 없는 셈 치는 게 낫겠네요."

이때부터 왕면은 절에 들어가 살았다. 밤이면 홀로 불상의 무릎 위에 앉아, 불전에 켜 놓은 등잔 불빛으로 새벽까지 책을 읽었다. 이런 노력을 거쳐 왕면은 훌륭한 문인이 될 수 있었다.

그는 그림도 혼자 힘으로 배웠다. 그가 그린 매화는 먹을 쓰지 않고 연지만 써서, '몰골체沒骨體'라고 불렀다. 이는 '뼈가 없는 그림'이란 뜻이다. 그리고 '연지臙脂'는 잇꽃의 꽃잎에서 뽑아 만든 붉은빛 물감을 가리킨다.

왕면은 일찍이 대도(북경)에 여행을 갔다가 관리로 추천받았다. 하지만 그는 이를 거절했다. 조정에서는 그를 억지로라도 붙잡아 두려 했지만, 몰래 도망쳐 나왔다. 그 뒤 가족과 함께 구리산九里山에 숨어서 세 칸짜리 집을 짓고는 '매화서옥梅花書屋'이라 이름 붙이고 살았다. 그리고 집 둘레에는 천여 그루의 매화를 심고서 자신을 '매화집 주인(梅花屋主)'이라 불렀다. 원나라 말기에 주원장朱元璋이 그를 군사 참모에 임명했지만, 집을 나서기 전에 생을 마감했다.

그는 숨어사는 은둔자였지만, 마음속에는 언제나 나라와 백성을 생각했다. 「상정호傷亭戶」, 「강남부江南婦」, 「비고행悲苦行」 등의 시에는 당시 사회 현실을 그대로 반영하고 있다.

이밖에도 고상한 절개를 나타낸 시도 적지 않다. 「먹매화(墨梅)」란 시를 보자.

우리 집 벼루 씻는 연못가의 매화나무   我家洗硯池頭樹

가지마다 열린 꽃에 어려 있는 먹의 흔적   個個花開淡墨痕

색깔 좋다 남들에게 자랑하지 말자꾸나   不要人誇好顏色

맑은 기운 천지 사이에 남길 수만 있다면   只留淸氣滿乾坤

담담하면서도 자연스럽게 작가의 속내를 비치고 있다. 마치 문천상의 「정기가正氣歌」를 읽는 듯하다.

왕면 말고도 원나라 말기의 시인으로는, 양유정楊維楨과 예찬倪瓚 등이 있다. 하지만 모두 왕면만 못했다.

시인은 여기까지 알아보고, 이제는 남희南戲를 살펴보자.

유행가에 맞춘 남희

원 잡극은 북방에서 발생했기에, 북쪽 지방의 연극이라고 할 수 있다. 그렇다면 남쪽 지방에는 연극이 없었을까?

당연히 있었다. 그것이 바로 남희이다.

남희는 대략 북송 말엽부터 시작되었다. 거기에 쓴 음악은 민간에서 유행하던 '유행가(里巷歌謠)'였다. 그래서 거창하게 궁조라 할 것도 없어, 지식인들은 이렇다 할 관심도 없었다.

그러다 원나라 때에 이르러, 북곡을 사용하는 잡극이 남방으로 전파된다. 그러면서 토착 연극인 남희와 서로 영향을 주고받았다. 그렇게 원나라 말기가 되자 잡극은 조금씩 쇠퇴했지만, 남희는 북곡의 장점을 흡수하며 갈수록 발전했다.

남희는 원래 희문戱文이라고 불렸는데, 온주溫州(오늘날의 절강성 온주시) 지방에서 처음으로 시작되었다. 온주의 옛 지명이 영가永嘉였기에, 희문을 다른 말로는 '온주 잡극' 또는 '영가 잡극'이라고 했다. 나중에 북곡이 전해지자, 구별하기 쉽게 '남곡 희문'이란 뜻으로 '남희'라고 했다.

여러 종류의 희곡 가운데 북곡 잡극의 규칙이 가장 엄격했다. 그래서 극소수만 빼면 대다수의 작품(本)은 4마디(四折)로 이루어졌다.

반면 남희는 융통성이 많았다. 남희의 한 마당은 '출出'이라 불렸는데, 작품은 길기도 하고 짧기도 했다. 긴 작품은 50여 출에 이르기도 하고, 짧은 작품은 20~30출 정도였다. 어쨌든 원 잡극에 비하면 분량이 많이 늘었다.

남희는 남곡으로 노래했기 때문에, 하나의 출을 반드시 하나의 궁조로 한다는 제재가 없었다. 나중에는 북곡을 흡수하여, '남북연합곡(南北合套)'의 형식이 출현했다.

남희에는 크게 생生, 단旦, 정淨, 말末, 축丑, 외外, 첩貼이란 일곱 가지 배역이 있었다. 모두 무대에 등장하는 배역들인데, 모두들 노래를

부를 수 있었다. 주인공 혼자서만 노래를 부를 수 있었던 북잡극과는
뚜렷한 차이를 보인다.

장협장원

보존 상태가 양호한 초기 남희의 극본은 10여 종밖에 되지 않는다.
그 가운데 「장협장원張協狀元」, 「환문자제착립신宦門子弟錯立身」, 「소
손도小孫屠」를 가장 오래된 작품으로 꼽는다.

「장협장원」에서는 장협이라는 선비가 서울로 과거를 보러 가다가,
도둑을 만나 가진 것을 모두 빼앗긴다. 엎친 데 덮친 격으로 병까지
걸려 버려진 사당에 머물게 되었다. 다행히 가난하지만 마음씨 고운
아가씨의 도움으로 병을 고치고, 둘은 부부가 되었다.

나중에 장협은 과거에 장원으로 합격한다. 하지만 아내가 "못생긴
외모에 비천한 신분이고, 가난한 집안과 보잘것없는 가문(貌陋身卑家
貧世薄)"임을 꺼려하여 그녀를 외면했다. 버림받은 장협의 아내는 추
밀사樞密使 왕덕용王德用의 집에 양녀로 들어갔다가 다른 사람과 재혼
했다.

추정컨대 「장협장원」은 대략 남송 때에 지은 것으로서, 현존하는
남희 작품 가운데 그보다 빠른 것은 없을 것이다.

「소손도」와 「착립신」은 모두 원나라 때의 작품이다. 「소손도」는 백
정인 손필귀孫必貴가 형을 위해 복수하는 이야기이다. 그리고 「착립
신」은 여진족 관료의 자제가 어느 여성 연예인과 함께 강호를 떠돌며

공연을 벌이는 사람 이야기이다.

이 3종의 희문은 모두 명나라 때에 편찬한 『영락대전永樂大典』에 수록되어 있어서, '영락대전 희문 3종'이라고도 부른다.

4대 전기

원나라 말기의 남희 작품 가운데 가장 유명한 것은 '원나라 4대 전기傳奇'와 「비파기琵琶記」이다. '4대 전기'란 형荊, 유劉, 배拜, 살殺을 일컫는 말이다.

형, 유, 배, 살은 작품의 첫 글자만 모아 놓은 약자이다. 이제 하나씩 살펴보자.

'형'이란 「가시나무 비녀(荊釵記)」를 가리킨다. 온주 지방의 선비 왕십붕王十朋은 가난 속에서 전옥련錢玉蓮과 결혼했다. 그들의 결혼 예물이라곤 가시나무로 만든 비녀가 고작이었다.

나중에 왕십붕은 서울로 과거를 보러 가, 장원으로 합격했다. 재상인 만사萬俟가 그를 불러 사위로 삼으려 하자, 왕십붕은 이를 거절한다. 이 일 때문에 그는 관직에서 강등된다. 그 뒤 몇 차례의 우여곡절 끝에 왕십붕은 결국 옥련과 재회하며 대단원을 이룬다.

이전의 희곡에서는 변심하는 남자의 이야기가 단골로 등장했다. 하지만 「형차기」에서는 부귀영화를 얻은 뒤에도 조강지처를 버리지 않은 선비의 형상을 창조하여, 독자와 관객의 이목을 새롭게 했다.

'유'란 「유지원백토기劉知遠白兔記」를 가리킨다. 유지원은 오대五代

후한後漢의 개국 황제인데, 이 작품에서는 그가 황제가 되기 전의 일을 다루었다.

청년 시절 유지원은 계부에게 집에서 쫓겨나, 사방을 전전하다가 이씨 집의 데릴사위가 되었다. 그 뒤 군에 입대하여 장교가 된다. 그의 아내 이삼랑李三娘은 홀로 집을 지키며 오빠와 올케에게 갖은 핍박을 받았다. 그 와중에 방앗간에서 아들 교제랑咬臍郎을 낳았다. 그런데 집에서는 키울 수가 없자, 다른 사람에게 부탁하여 아이를 유지원에게 보냈다.

16년 뒤 아들이 장성한 어느 날, 유지원 부자가 사냥하며 흰 토끼를 쫓다가 우연히 이삼낭을 만난다. 마침내 온 가족이 눈물로 해후한 것이다.

극중에서 이삼낭은 찬양의 대상으로 그려졌다. 그녀는 선량하고, 소박하며, 모진 고통을 묵묵히 이겨내는 전통적인 여인상을 보여주었다.

'배' 란 「배월정拜月亭」으로서, 「유규기幽閨記」라고도 한다. 사람들은 이것이 똑같은 이름을 가진 관한경의 작품에 근거하여 개편했으리라 추측한다. 그러나 이 작품은 장장 40출의 분량에 내용도 매우 풍부하다.

'살' 이란 「살구기殺狗記」로서 권선징악을 다룬 이야기이다. 방탕한 선비 손화孫華는 날마다 나쁜 친구들과 어울려 주색에 빠져 지냈다. 그리고는 친형제들을 집에서 내쫓아 버려진 가마(窯) 속에서 살게 했다. 손화의 아내 양월진楊月眞은 현모양처였다. 그래서 어떻게 남편의 잘못된 행동을 고칠까 고심하다가 묘책을 생각했다.

어느 날 밤, 술에 곤드레만드레 취하여 집으로 돌아온 손화는 문앞에서 무엇인가에 걸려 넘어졌다. 정신을 차리고 일어나 보니, 문

앞에 시체 하나가 있는 게 아닌가? 더럭 겁이 난 손화는 급히 술친구에게 달려가, 시체 치우는 일을 도와 달라고 부탁했다. 그러나 이 친구는 도와주기는커녕, 그를 협박하며 돈을 뜯어내려 했다.

한편 양월진은 시동생, 곧 남편의 남동생을 불러 시체 치우는 일을 돕게 했다. 그런데 뜻밖에도 손화의 친구는 협박이 통하지 않자, 손화를 관가에 고발했다. 그 결과 모든 진상이 밝혀졌다.

모든 것이 양월진이 꾸민 일이었다. 그 시체도 진짜 사람이 아니라, 죽은 개의 몸에 옷을 입혀 놓았던 것이다. 마침내 손화는 크게 깨달은 바가 있어, 그동안의 잘못을 반성하고 형제들을 의지하며 잘 살았다.

조강지처 이야기

'원나라 4대 전기'에는 각각 작가의 이름이 달려 있다. 하지만 그리 믿을 바는 못 된다. 단 하나 믿을 만한 것은 「비파기」의 작가가 원나라 말기의 고명이라는 것이다.

고명高明(약 1305~1359)의 자는 칙성則誠이고, 호는 채근도인菜根道人이며, 온주 사람이다. 그는 진사에 합격한 뒤 간간이 여러 관직을 역임하다가, 노년에 고향으로 돌아가 희극 창작에 전념했다. 「비파기」는 바로 그때 쓴 작품이다.

「비파기」의 내용은 너무나 잘 알려져 있다. 이 이야기는 오랫동안 민간에서 전해지던 희문 「조정녀채이랑趙貞女蔡二郎」을 근거로 만든 것이다. 주인공은 동한 말년의 문인이던, 동탁을 위해 눈물을 보였다가 모함을 받아 죽은 채용蔡邕이다. 그러나 역사적 인물을 주인공으로 삼았을 뿐, 줄거리는 그의 생애와 무관하다.

채백개蔡伯喈는 아버지의 분부를 받들어, 서울에 가 과거에 응시한다. 여기서 그는 단번에 장원으로 합격한다. 그의 비범함을 본 당시 조정의 승상이던 우牛씨는, 그를 사위로 삼으려 했다. 이에 채백개는 강경하게 반대했지만, 결국 우씨의 사위가 되었다. 사실 채백개에게는 고향에 두고 온 아내 조오낭趙五娘이 있었다.

그즈음 고향에서는 대기근이 밀어닥쳤다. 조오낭은 자기는 술지게미나 들풀을 뜯어먹으면서도, 시부모님은 시집올 때 가져온 패물을 모두 팔아 음식을 마련하여 공양했다. 하지만 이런 정성에도 불구하고 시부모님은 모두 굶어 죽고 말았다.

조오낭은 명주 치마에 흙을 담아 날라서 시부모님을 매장한 뒤, 여도사 차림으로 길을 나선다. 서울로 남편을 찾아 나선 것이다. 그녀는 여정 내내 비파를 타며 구걸했다. 결국 우여곡절 끝에 우 승상의 집에서 남편과 만나 새로운 삶을 시작한다.

두말할 필요도 없이 작품 속에서 제일 감동을 주는 사람은 조오낭이다. 모든 고통을 이겨내고 시부모를 공경하며, 사랑에 충실했다.

이에 비하면 채백개는 수준 미달이다. 아내를 버리고, 부모도 돌보지 않고서 권세가의 사위가 된 행위는 비판받아야 마땅하다. 그래서 민간에서 전해지던 초기 작품에서는 벼락을 맞아 죽는 설정이었다. 그러나 고명의 작품에서는 채백개의 위상이 크게 바뀌었다. 사대부였던 작자의 입장이 크게 반영된 것이다.

이 작품에서 특히 '조강자염糟糠自厭'이란 이름의 제21출은 매우 감동적이다. 조오낭은 자신을 쌀겨에, 그리고 채백개를 쌀에 비유했다, 그녀의 노래를 한 번 들어보자.

　[전강] 쌀겨와 쌀은, 본래 서로 의지했으나, 그 누가 키로 까불러 두 길 가게 했는가? 하나는 천해지고 하나는 귀해짐이, 마치 나와 그대 같아서, 영원토록 다시 볼 날 없으리라. 지아비여, 당신은 쌀이라, 쌀은 어디에서도 찾을 길이 없구려. 이내 몸은 쌀겨라, 어떻게 쌀겨로 배고픔을 채울 수 있단 말인가? 그대 집을 나갔으니, 나 혼자 부모님을 어찌 모시란 말인가?

　[前腔] 糠和米, 本是相倚依, 誰人簸颺作兩處飛? 一賤與一貴, 好似奴家與夫婿, 終無見期. 丈夫, 你便是米麼, 米在他方沒尋處. 奴家恰便似糠麼, 怎的把糠來救得人饑餒? 好似兒夫出去, 怎的教奴供饍得公婆甘旨?

　쌀과 쌀겨는 원래 한 몸이다. 그러나 방아를 찧으면 각각 나뉘어, 하나는 귀하게, 하나는 천하게 쓰이는 전혀 다른 운명을 맞는다. 이처럼 작자는 일부러 조오낭과 채백개의 생활을 대비하여, 운명의 장난과 사회의 불공평을 부각시켰다.

　「비파기」는 예술적으로도 당시의 모든 남희와 대적할 만큼 뛰어났다. 그래서 당시의 관중뿐만 아니라, 후세 사람들에게도 많은 사랑을 받았다. 19세기부터는 외국어로도 번역되어 영어, 독일어, 프랑스어, 일어, 라틴어 등 20여 가지의 언어로 번역되었다.

송원 화본

남희라는 희극 형식은, 처음에는 강소성과 절강성 일대에서만 성행했다. 그러다가 차츰 강서성과 안휘성 지역까지 확산되어, 이에 영향을 받아 여러 새로운 가락(腔調)이 생겼다. 해염강海鹽腔, 여요강餘姚腔, 익양강弋陽腔, 곤산강崑山腔 등이 바로 그것이다.

명나라 때에 이르면 새로운 발전을 이룬다. 전국을 무대로 한 희극 형식인 '전기傳奇'로 발돋움하는 것이다. 결국 '명 전기'는 남희의 기초 위에서 형성되고 발전했다.

희곡과 설화는 서로 뗄 수 없는 밀접한 관계를 맺고 있다. 모두가 '통속문학'이고, 또 기와집(瓦舍) 구란勾欄에서 함께 공연되면서 서로 영향을 주고받았다. 그래서 희곡 작품의 상당수가 화본의 이야기를 근거로 개편한 것들이다.

지금까지 살펴본 대로 원나라 때에는 희곡이 성행했으나, 설화도 그에 못지않게 발달했다. 그러나 안타깝게도 이제는 어느 작품이 원나라 때의 화본이고, 어느 작품이 송나라 때의 화본인지 구분할 수 없다. 그래서 초기 화본을 말할 때면 '송원 화본'이라는 말로 뭉뚱그려 부르게 되었다.

하지만 몇 종의 강사講史 화본은 확실하게 원나라 때의 작품이라고 말할 수 있다. 그것은 바로 원 지정至正 시기에 신안新安 우虞씨가 출간한 『전상평화오종全相平話五種』이다.

거기에는 「무왕벌주서武王伐紂書」, 「악의도제칠국춘추후집樂毅圖齊七國春秋後集」, 「진병육국평화秦幷六國平話」, 「전한서속집全漢書續集」, 「삼국지평화三國志平話」 등이 실려 있다. 제목에서 알 수 있듯이, '무왕이 주를 벌하는 이야기' '진나라가 나머지 여섯 나라를 함락시켜 가는 이야기' '춘추시대 이야기' '전한시대 이야기' '삼국시대 이야기'이다. 그런데 '후집'이니 '속집'이니 한 걸로 보아, '전집前集'이나 '본집本集'이 있었음을 짐작할 수 있다.

이렇게 볼 때 당시에는 화본도 크게 번성했음을 알 수 있다. 이런 화본들은 쪽마다 위아래 부분으로 나누었다. 그리고 윗부분은 그림을 넣고, 아랫부분은 글을 썼다. 그런 면에서 송원 화본은 중국 최초의 만화책이었다고도 할 수 있다.

하지만 문학적 수준은 전반적으로 높지 않았다. 서술이 간략하고, 어투가 투박했으며, 틀린 글자가 많았다. 그래도 이런 모습이야말로 문인의 손을 거치지 않았다는 점에서 화본의 진면목을 보여준다고 할 수 있다.

이런 화본들은 나중에 장편 장회章回 소설의 발전에 직접적인 영향을 끼쳤다. 한 예로 「무왕벌주서」는 명나라 때에 「봉신연의封神演義」로 발전하고, 「삼국지평화」는 「삼국지통속연의」로 발전했다.

명과 청나라 때에는 소설의 시대라고 할 정도로 많은 명작들이 나왔다. 그 기틀을 송원 화본이 마련한 셈이다.

제3부
명·청나라의 문학

명나라 초기의
문단과 소설의 발전

14

『삼국연의三國演義』

명나라 태조 주원장

명나라 초기의 아문학 작가

이 장에서는 명나라의 문학을 알아보기로 한다. 잘 알다시피 명나라의 개국 황제는 주원장朱元璋이다. 그는 문화계와 사상계를 엄격하게 통제했다. 농민 출신인 그는 문화에 일종의 열등감을 가지고 있었다. 그래서 언제나 지식인을 경계했고, 특히 문인들을 시기했다. 한번은 어떤 문인이 주원장의 공로를 축하하는 뜻에서 이런 말을 했다.

"광명한 세상에 하늘은 성인을 낳아 세상의 모범이 되게 하셨습니다(光天之下, 天生聖人, 爲世作則)."

이 문인은 이 말 때문에 목이 달아났다. 그 까닭은 이렇다. 원래 주원장은 한때 스님 생활도 하고, 홍건적紅巾賊의 반란에 참가하기도 했다. 허나 주원장은 남들이 이런 과거사를 들추는 것을 매우 싫어했다. 그런데 중의 '깎은 머리(光頭)'를 떠올리게 하는 '광명(光)'이란 말과 '홍건적(賊:zei)'을 떠올리게 하는 '모범(則:ze)'이란 말을 썼으니 가만둘 리 없었다.

사정이 이러하여 당시 문인들은 입이 있어도 감히 말할 수 없는 상황이었다. 그 결과 문단은 명나라 초기 100여 년 동안 침묵할 수밖에 없었고, 송렴과 유기, 고계 등 몇몇 소수의 문인만 나름의 성과를 올렸을 뿐이다.

먼저 송렴을 살펴보자. 송렴宋濂(1310~1381)의 자는 경렴景濂이고 호는 잠계潛溪이며, 포강浦江(오늘날의 절강성 의오현義烏縣 서북쪽) 사람이다. 그는 어린 시절 집이 가난하여 책을 볼 수 없어, 이웃에서 책을 빌려다 베낀 다음 돌려주곤 하였다. 또 사방으로 선생님을 찾아다니며 열심히 공부하여, 마침내 이름을 얻을 수 있었다. 「동양 마생군을 보내며(送東陽馬生序)」에서는 어린 시절에 어렵게 공부하던 모습을 회상하고 있다.

송렴은 명나라 초기에 한림학사翰林學士를 지내며 『원사元史』의 편찬을 주관했다. 그래서 그는 '개국문신開國文臣의 수장'이라는 추앙을 받았다.

그는 산문에 뛰어났고, 특히 인물의 전기에 남다른 재능을 보였다. 「진사록秦士錄」이란 글은 전기문의 맛이 농후하다. 글의 주인공은 등필鄧弼인데, 그는 힘이 세고 성격이 포악한 인물이다. 모두들 그를 낫놓고 기역자도 모르는 무식한 놈이라고 여겼다. 하지만 사실 그는 박학다식하고, 큰 뜻을 품은 인재였다. 심지어 과거에 합격한 지식인들도 그를 따를 수 없을 정도였다. 그러나 안타깝게도 그는 조정의 부름을 받지 못했다. 그래서 산에 들어가 도사로 지내다가 쓸쓸히 생을 마감한다.

송렴은 이 글에서 등필의 외모와 언행을 완전히 파악한 다음 성격을 부여하여, 생기 넘치는 인물로 살렸다. 이밖에 「기이가記李歌」나 「왕면전王冕傳」 등도 널리 알려진 글이다.

다음으로 유기도 명나라 초기에 한 획을 그은 문인이다. 유기劉基(1311~1375)의 자는 백온伯溫이고, 청전靑田(오늘날의 절강성 청전현) 사람이다. 원나라 말기에 진사가 되고, 나중에 명의 개국공신이 되었다.

그는 우언식의 글을 즐겨 지어, 『욱리자郁離子』란 우언집을 냈다. 여기에는 2백여 편에 달하는 우언이 수록되어 있다. 또 사이사이에 심각한 의론議論을 제시하기도 했다.

그의 산문 가운데 가장 유명한 작품은 「감귤 장사의 이야기(賣柑子言)」이다. 이 글은 속뜻이 깊다. 어느 거리에 감귤을 파는 한 노인이 있었다. 그는 언제나 "겉은 황금색을 띠며 반지르르하나, 속은 썩어 문드러지(殉下其外, 敗絮其中)" 감귤을 팔았다.

하루는 작자가 이를 따져 물었다. 그러자 그는 다음과 같은 이치를 설파했다. 겉으로만 번지르르하고 고상한 척하는 대관료라고 하여 참으로 나라를 다스리는 실력을 갖추고 있을까? 당신은 내가 속이는 것만 눈에 보이고, 그들의 속임수는 보이지 않냐고 했다.

유기의 이 산문은 원나라 때 쓴 것이다. 그는 이 글에서 감귤 파는 노인의 입을 빌어, 원나라의 부패한 관리들을 비판한 것이다.

마지막으로 고계는 시가 방면에서 큰 성취를 이루었다. 고계高啓 (1336~1374)의 자는 계적季迪이고, 호는 청구靑邱이다. 그는 장주長洲(오늘날의 강소성 소주시) 사람이다. 오랫동안 시골에서 생활한 덕에 그의 시에는 하층민의 생활이 많이 담겨 있다. 또 「금릉의 우화대에 올라 양자강을 바라보며(登金陵雨花臺望大江)」처럼 호방한 기세와 비장함으로 대자연을 노래한 작품들도 있다. 그래서 어떤 평론가는 고계를 명나라의 가장 으뜸가는 시인으로 꼽기도 한다.

원나라의 문학이 곡을 위주로 했다면, 명나라의 문학은 어떤 특징을 가지고 있을까? 어떤 사람은 민가民歌라고도 하고, 어떤 사람은 팔고문八股文이라고도 한다. 그러나 대다수의 사람들이 백화 소설을 꼽는 데 주저하지 않는다.

팔고문은 일종의 문장 형태로서, 한 편의 글을 여덟 부분으로 나누어 각각의 규칙에 맞추어 짓는 글을 말한다. 이에 대해서는 나중에 다시 설명하기로 하자.

삼국 이야기

　명나라 때의 소설이라고 하면 가장 먼저 『삼국연의』, 『수호전』, 『서유기』, 『금병매』가 떠오른다. 이 네 작품은 통틀어서 '4대기서四大奇書' 라고도 한다. 그들은 각각 역사연의歷史演義, 영웅전기英雄傳奇, 신마神魔소설, 염정艷情소설이란 네 가지 유형을 대표한다.

　『삼국연의』는 『삼국지연의』라고도 한다. 명나라 때의 소설 가운데 시기적으로 가장 빠른데, 대략 원나라 말기에서 명나라 초기에 완성되었다. 그러나 '삼국 이야기'의 흐름을 따진다면 훨씬 오래되어, 수나라 때까지 거슬러 올라간다. 수나라 양제는 민간의 잡기를 관람하다가 조조와 유비에 얽힌 이야기 공연을 듣기도 했다. 또한 당시唐詩를 살펴보면 삼국 이야기에 나오는 인물을 언급한 경우가 많다.

　송나라 때의 소동파는 다음과 같은 기록을 남기기도 했다. 당시 마을 곳곳에서는 아이들이 귀찮게 하면, 잔돈을 주며 거리의 재담꾼에게 가서 삼국 이야기를 듣게 했다는 것이다. 아이들은 유비가 패하는 장면이 되면, 인상을 찌푸리거나 눈물을 흘렸다. 반면 조조가 패하는 장면이 되면, 기뻐서 손뼉치며 춤추었다고 한다.

　삼국 이야기는 연극으로도 공연되었다. 원 잡극 가운데 삼국 이야기에 관련된 작품(三國戲)은 40~50종에 이른다. 그러나 삼국 이야기가 책으로 정식 인쇄된 것은 원나라 때에 나온 「삼국지평화」가 최초이다. 이는 지난 장에서 살펴봤던 『전상평화오종』에 들어 있던 작품이다.

　그런데 그 책은 너무 간략하여 기껏해야 8만 자 정도의 분량이었다. 그러던 것을 나중에 나관중이라는 소설가가 「평화」를 기초로, 진晉나라 때 진수陳壽가 편찬한 정사正史 『삼국지』와 배송지裵松之의 『삼국기』 주해본을 참고하여 새로 지었다. 그 결과 마침내 장장 75만 자에 달하는 『삼국연의』를 완성했다.

『삼국연의』의 내용 가운데 절반 이상은 실제 역사에 근거하고, 여기에 작자의 문학적 허구와 예술적 가공을 더했다. 그래서 사람들은 연의소설의 특징을 일컬어, "사실이 일곱이고 허구가 셋이다(七實三虛)"라고 했다.

나관중의 소설 삼국지

나관중羅貫中(1328?~1398)의 본래 이름은 나본羅本이고, 호는 호해산인湖海散人이다. 관중은 그의 별명이다. 본적은 태원太原이나, 오랫동안 항주에서 생활했다. 전하는 바로는 원나라 말기에 영웅심이 발동하여 큰일을 이루겠다는 뜻을 품었다고 한다. 그런데 왕조가 바뀌고 천하가 태평해지자, 그 뜻을 접고 대신 소설 창작에 전념했다.

그는 『삼국연의』 말고도 『삼수평요전三遂平妖傳』, 『잔당오대사연의전殘唐五代史演義傳』, 『수당양조지전隋唐兩朝志傳』 등 많은 소설을 썼다. 심지어는 『수호전』도 그가 썼다고 말하는 사람이 있다. 이를 뒷받침이라도 하듯이 『수호전』의 초기 판본에는 "전당 시내암의 책으로, 나관중이 배열했다(錢塘施耐庵的本, 羅貫中編次)"라고 적혀 있다.

삼국이란 누구나 알듯이 동한 말의 위, 촉, 오라는 세 군사 정권을 가리킨다. 그 가운데 조조의 위魏나라가 중원을 점거하고, 유비의 촉한蜀漢이 사천四川 지방을 점거하며, 동오東吳가 양자강과 천혜의 지

현대 화가 진전승이 그린 유비, 관우, 장비
가 복숭아밭에서 의형제를 맺는 모습.

형을 이용하여 강동 지방을 점
거했다. 이러한 형세가 고대의
제기祭器인 발이 셋 달린 정鼎
과 같아서, 사람들은 이를 "정
의 발처럼 셋으로 나뉘었다(鼎
足三分)"고 했다.

옛사람들은 역사를 쓸 때 한
가지 나쁜 버릇이 있었다. 그
것은 언제나 승자를 높이고, 패자를 짓밟았다는 점이다. 그래서 "이
기면 왕이고 지면 역적(成者爲王敗者賊)"이란 말이 생겼다. 그러나 『삼
국연의』는 달랐다. 앞에서도 언급했듯이 촉한 정통론을 앞세워, 삼국
가운데 가장 먼저 멸망한 촉나라를 높였다. 그뿐만이 아니라 작자는
촉나라에 무한한 동정을 표시했다.

촉나라의 건국자인 유비는 이렇다 할 재주와 능력이 없었지만, 세
가지 장점이 있었다.

첫째는 그의 출신이다. 그는 "한 황실의 종친이며 중산정왕 유승의
후예(漢室宗親中山靖王劉勝之後)"였다. 그는 비록 돗자리와 짚신을 만들
어 파는 신세였지만, 혈통만큼은 '고귀'했다. 봉건사회에서는 그것
만으로도 생색을 낼 수 있었다.

둘째는 그가 인재를 중시했다는 점이다. 관우와 장비는 무예가 출
중하고 용감한 장군이었다. 유비는 그들과 의형제를 맺고, 친형제 이
상으로 끈끈하게 지냈다. 그는 또 재야에 묻혀 있던 제갈량을 세 번

이나 찾아가, 자기를 낮추고 도움을 청하여 제갈량을 감동시켰다. 그 뒤 제갈량의 도움으로 유비의 대업은 승승장구할 수 있었다.

셋째는 가장 중요한 것으로서, 유비의 사람됨이 인자하고 온후하며 민심을 깊이 헤아렸다는 점이다. 한번은 그가 수십 만의 백성을 이끌고 후퇴한 적이 있다. 그는 적군의 추격을 당하는 위험을 무릅쓰면서도 끝까지 백성들을 버리지 않았다. 이 점을 작품에서는 하늘의 시운(天時)과 땅의 형세(地利) 및 인덕(人和)이라는 세 가지 가운데 유비는 인덕을 가졌다고 평가했다.

유비는 거의 맨 손으로 모든 것을 일구었다. 처음에는 각 지방의 군벌에 끼지도 못할 정도였다. 오늘은 원소袁紹, 내일은 조조, 모레는 여포呂布와 유표劉表 식으로, 남의 처마 밑을 전전하며 세력을 키웠다. 그러다 적벽대전 이후에야 비로소 형주荊州 땅에 자리 잡을 수 있었다. 그때부터 그는 서쪽으로 진출하여 사천 지방을 점령하고, 마침내 촉한을 세울 수 있었다.

유비가 죽자, 제갈량은 변치 않고 후주인 유선劉禪을 보좌하여 촉한의 생명을 유지했다. 그러나 전국 통일이라는 원대한 꿈을 실현할 수는 없었다. 결국 제갈량은 자신의 몸을 돌보지 않고 국가의 대업을 위해 헌신하다가 죽음을 맞이한다. 그는 "몸과 마음을 다 바쳐 나라를 위하여 힘껏 싸우다가, 죽은 뒤에야 그만 둘 따름입니다(鞠躬盡力, 死而後已)"라는 자신의 맹세를 몸으로 보여주었다. 제갈량마저 죽자 촉한의 생명도 끊어지고 말았다.

동오도 촉한과 비슷하여, 비교적 세력이 약한 지방 정권이었다. 오의 주군이던 손권孫權은 아버지와 형의 유업을 이어 받아, 양자강을 낀 천혜의 '땅의 형세(地利)'를 이용하여 독자적인 입지를 굳혔다.

손권은 자신의 힘만으로는 난세에서 살아남기 힘들다는 것을 잘 알고 있었다. 그래서 유비와 손을 잡고 조조에 대항했다. 적벽대전이 야말로 손권과 유비의 연합군이 힘을 합하여 조조의 군대를 물리친 성공적인 군사작전이다. 적벽대전 당시 두 나라 군대의 참모였던 주유周瑜와 제갈량은 화공법火攻法으로 조조의 83만 대군을 일거에 격파했다. 이때부터 조조는 더 이상 오와 촉을 만만하게 보지 않았다. 그래서 정세는 '정족삼분' 의 국면으로 접어들었다.

그러나 나중에 손권과 유비는 형주를 둘러싼 영유권 문제 때문에 사이가 멀어진다. 둘은 티격태격하다가 서로 국력이 소모되었다. 그 와중에 관우와 장비가 차례로 죽고, 유비 자신도 목숨을 잃었다. 결국은 어부지리로 조조만 득을 보았다.

조조의 위나라는 삼국 가운데 가장 막강했다. 조조는 각지의 제후를 이끌고 동탁을 토벌하면서부터 자신의 입지를 굳혔다. 뒤에는 혼란을 틈타 헌제獻帝를 옹립하여, "천자를 옆에 끼고 제후를 호령(挾天子以令諸侯)"할 수 있었다. 이때부터 그의 세력은 날이 갈수록 확대되었다.

조조는 군사적 능력과 정치적 수완을 바탕으로, 북방 최대의 군벌인 원술袁術과 원소袁紹 형제를 진압했다. 이어서 북쪽의 오환烏桓과 서쪽의 마등馬騰까지 차례로 제거하여, 마침내 중원의 패왕으로 군림했다.

조조가 죽자 그의 아들 조비는 허수아비를 앞세워 정치하는 것도 귀찮았는지, 아예 한나라 황제를 폐위시키고 국호를 위魏로 바꾸었다. 그리고 스스로 1대 황제에 올랐다.

그러나 불행히도 조씨 가문에는 더 이상 조조를 능가할 만한 인재가 나오지 않았다. 결국 조씨 정권은 사마司馬씨에게 실권을 넘겨줘야 했다. 마침내 사마씨 정권이 촉과 오를 멸망시키고 삼국을 통일했다, 그리고는 진晉나라를 세웠다. 소설도 여기에서 끝을 맺는다.

의리의 화신 관우

『삼국연의』에는 수많은 인물이 등장한다. 하지만 그 가운데 수십 명만이 개성을 부여받았다. 그들 가운데 3명의 인물이 가장 두드러져, 이들을 '3명의 중추인물(三絕)'이라고 부른다. 그들은 바로 관우와 제갈량과 조조로서, 각각 의리와 지략과 간교함의 대명사가 되었다.

관우는 그야말로 엄청난 영웅이다. 그는 9척의 키에 체격도 당당했다. 또 붉은 얼굴에 형형한 눈과 짙은 눈썹이었으며, 2척이 넘는 수염을 길렀다. 아울러 무게가 82근이나 되는 청룡언월도靑龍偃月刀를 들고 다녔다.

그는 의리가 산처럼 무거운 사람이었다. 도원결의桃園結義를 충실하게 지켜, 어떤 상황에서도 자신의 형제를 배반하지 않았다. 서주徐州에 있으면서 유비, 장비와 소식이 끊겼지만, 끝까지 두 형수, 곧 유비의 두 부인을 보호했다. 조조에게 포위되었을 때에는 조금도 두려워하지 않고, 잠시 조조의 군대에 몸을 의탁했다. 그때 관우는 조조에게 다음과 같은 조건을 내세웠다. 첫째, 한나라에 항복하는 것이지 조조에게 항복하는 것이 아니다. 둘째, 두 형수를 각별히 보살펴 주어라. 셋째, 유비의 소식을 들으면 곧바로 그곳을 떠나 유비에게 돌아간다는 것이다.

조조는 무슨 일이 있어도 관우를 자신의 휘하에 두고 싶었다. 그래

명나라 상희商喜가 그린 관우가 적장 방덕을
사로잡는 장면.

서 사흘 걸러 작은 연회를 열고,
닷새 걸러 큰 연회를 열며 정성을
쏟았다. 또한 금은보화와 비단, 미
녀들을 끊임없이 제공했다. 하지
만 관우는 미녀들은 형수들에게
보내 시중들게 하고, 금은보화도
형수들에게 보관하도록 했다.

어느 날 조조는 천하의 명마라고 하는 '적토마赤兎馬'를 관우에게
선물했다. 그러나 관우는 이를 극구 사양했다. 이상하게 생각한 조조
가 물었다.

"이전에 금은보화나 미녀를 선물했을 때에는 이처럼 한사코 사양
하지는 않더니, 오늘은 왜 그렇습니까?"

그러자 관우는 이렇게 대답했다.

"이 말이 하루에 천리를 달릴 수 있음을 알기 때문입니다. 이 말을
가지고 있다가 내 형제의 행방을 듣는다면, 그날로 달려가지 않겠습
니까?"

마침내 관우는 유비의 소식을 듣는다. 그러자 그동안 자신이 사용
하던 인장은 벽에 걸어 놓고, 조조가 준 금은보화는 그대로 남겨 놓
았다. 그리고는 조조에게 아무 작별 인사도 없이, 두 형수를 데리고
유비를 찾아 나섰다. 다섯 관문을 통과하며 여섯 적장의 머리를 베
고, 온갖 난관을 이기고 1천여 리를 간 끝에 결국 유비와 상봉했다.

이 "인장을 벽에 걸고 보화를 쌓아 놓은(掛印封金)" 이야기와 "단신

오로 천리를 주파한(千里走單騎)" 이야기는 중국인들이 가장 좋아하는 부분이 되었다. 그리고 관우가 보여준 의리는 중국인들이 그를 신으로 추대하는 요인이 되었다.

관우는 또 무예에서도 둘째가라면 서러워할 정도로 뛰어났다. 칼한 자루와 10여 명의 병사만 데리고 호랑이 굴인 동오의 진영에 들어가 연회에 참석하기도 했다. 관한경의 「칼 한 자루의 만남(單刀會)」은 이 장면을 다룬 작품이다.

한번은 오른팔에 독화살을 맞아 독이 퍼진 일이 있었다. 보통 사람 같으면 잠시도 참지 못할 아픔이었을 것이다. 하지만 관우는 신음 소리 한 번 내지 않고, 술을 마시고 바둑을 두면서 수술을 받았다. 칼로 "사각사각 소리를 내며(悉悉有聲)" 뼈를 깎자, 주위 사람들은 "얼굴을 가리고 대경실색했다(掩面失色)." 하지만 정작 관우만은 아무 일도 없다는 듯 태연하게 웃음을 지었다.

그러나 이런 위대한 영웅에게도 결점이 있었다. 그는 늘 자신이 최고라고 생각했다. 또 모든 일에 의리를 앞세워 행동했다. 그가 형주에 주둔할 때는 촉한과 동오가 좋은 관계였다. 이를 바탕으로 하루는 손권이 그에게 사돈을 맺자고 청했다. 그러자 관우는 이렇게 말했다.

"호랑이처럼 고결한 내 딸을 개새끼 같은 당신 아들에게 어찌 시집보낼 수 있겠소!"

감정이 뒤틀린 손권은 그때부터 촉한과 전면 전쟁에 돌입하고, 관우는 결국 맥성麥城에서 전사한다.

관우가 내뱉은 문제의 발언은 정치적으로 보면 물론 중대한 실수이다. 하지만 인간적으로 보면 자존심을 내세운 당당한 태도라고도 할 수 있다.

지혜와 총명의 대명사

제갈량은 관우와는 전혀 다른 또 하나의 전형이다. 위로는 하늘의 운행을 알고, 아래로는 땅의 형세를 꿰뚫었다. 또한 갖가지 병법에 통달하여, 다양한 작전을 구사할 수 있었다. 심지어 육갑술六甲術과 음양술陰陽術에도 능통했다.

그는 산속에 있으면서도 '정족삼분'의 형세를 손바닥 보듯 꿰고 있었다. 그러다 유비의 부름을 받자, 물 만난 고기처럼 종횡무진 활약했다. 적벽대전을 치를 때에는 단신으로 양자강을 건너가, 동오의 군신들을 설득하여 촉과 오의 연합을 이루었다. 겉으로 보면 적벽대전의 총지휘자는 주유였지만, 사실 제갈량이야말로 실질적인 계획 수립자였다.

제갈량은 동오를 도와 조조의 군대를 공격하는 한편, 음으로 양으로 뻗쳐 오는 주유의 견제를 막아야 했다. 주유는 속이 좁아서 언제나 유능한 사람들을 시기했다. 제갈량이라고 예외일 수 없었다. 그러나 제갈량은 주유가 펼치는 모든 위협을, 백우선白羽扇을 흔들며 묵묵히 물리쳤다.

제갈량이 유비에게 정족삼분鼎足三分의 형세에 대해 설명하고 있다.

가장 재미있는 부분은 검초를 가득 실은 배를 적진에 보내, 화살을 얻어 오는 장면이다. 주유는 제갈량을 궁지에 몰아넣으려고 짧은 시간 안에 10만 개의 화살을 만들라고 명령했다. 하지만 제갈량은 조금도 당황하지 않았다. 오히려 아무 일도 하지 않고 있다가, 기한이 임박해서야 친구 노숙魯肅에게 배 20척을 빌렸다.

그는 일찌감치 그날의 육갑을 알고 있었다. 그래서 그날 강에 안개가 짙게 깔려, 적군에게 들키지 않고 배를 움직일 수 있음을 미리 알고 있었다. 제갈량은 빌린 배들을 조조의 군영에 접근시킨 다음, 갑자기 큰 소리를 울려 댔다. 조조군은 사태를 제대로 파악하지 못한 채, 그저 소리가 나는 쪽을 향하여 화살을 쏘았다. 이에 앞서 제갈량은 배 위에 짚으로 만든 허수아비들을 무수히 세워 놓았다.

제갈량은 허수아비에 충분한 화살이 박힐 때까지 기다렸다. 그리고는 부하들에게 "승상의 화살에 감사드립니다(謝丞相箭)"라고 외치게 한 뒤, 유유히 배를 몰아 돌아왔다. 그러자 주유도 이번만큼은 제갈량의 재주에 감탄하여, "나로서는 공명의 신묘한 수완을 따라갈 수 없다(孔明神機妙算, 吾不如也)"고 말했다.

또 제갈량은 비와 바람을 부를 수도 있었다. 그가 만일 "동풍을 빌지(借東風)" 않았다면, 주유의 화공법은 탁상공론으로 그쳤을지도 모른다.

교활하고 간사하기로 소문난 사마의司馬懿마저도 제갈량의 "성을 비우는 계략(空城計)"에 말려들 정도였다.

"가만히 앉아 5개 지역을 평정한(安居平五路)" 이야기와 "맹획을 일곱 번 풀어 주고 다시 잡아들인(七擒孟獲)" 이야기도 제갈량의 형상을 더욱 신비롭게 한다. 그래서 중국에서는 지금까지도 제갈량이라는 말이 지혜와 총명의 대명사처럼 쓰인다.

간웅? 영웅?

부정적 인물의 전형으로는 조조를 으뜸으로 꼽을 수 있다. 많은 사람들은 그의 영웅적 기개와 넓은 안목을 인정하면서도, 조조를 일컬어 '간웅奸雄'이라고 한다. 실제로 그는 음험하고 말을 쉽게 바꾸며, 매우 이기적인 모습을 보여주었다.

한번은 조조의 군대가 원술의 군대와 맞붙었다. 대치 기간이 길어지자 양식이 바닥났다. 조조는 남몰래 창고 담당인 왕후王垕를 불러다, 병사들에게 양식을 배분할 때 작은되를 쓰라고 시켰다. 그렇게 며칠을 더 버텼다. 하지만 그 사실을 안 병사들의 불만이 높아졌다. 그러자 조조는 왕후를 불러서, 이번에는 그의 목을 요구했다. 왕후가 자기 책임이 아니라며 반박하자, 조조는 이렇게 말했다.

> 나 역시 자네가 무죄라는 것을 아네. 그러나 자네를 죽이지 않으면, 군대가 동요할 것이야. 자네가 죽은 뒤에도 자네의 가족은 내가 잘 돌볼 테니, 염려하지 않아도 되네.
> 吾亦知汝無罪, 但不殺汝, 軍心變矣. 汝死後, 汝妻子吾自養之, 汝勿慮也.

그리고는 그의 목을 쳐 장대 끝에 매달아 세우고, 왕후가 군량미를 훔쳤다고 발표했다. 이로써 병사들의 불만을 잠재울 수 있었다.

조조는 사람을 대할 때 겉으로는 후대했지만, 속으로는 언제나 의심을 늦추지 않았다. 언젠가 원소의 군대와 대치하다가 식량이 떨어진 일이 있었다. 때마침 원소의 모사였던 허유許攸가 조조에게 투항했다. 조조는 신발도 신지 않고 맨발로 뛰쳐나가 그를 반갑게 맞이했고, 심지어 얼굴을 맞대고 손을 부여잡으며 큰절까지 했다. 그러나 이야기를 나누다가 군사기밀인 식량문제가 나오자, 조조의 태도는 순식간에 변했다. 다음 대화를 들어보자.

허유가 조조에게 물었다. "지금 공께서는 군량미를 얼마나 비축하고 계십니까?"

조조가 대답하길, "1년쯤 버틸 수 있습니다."

그러자 허유가 웃으며 말했다. "그렇게는 안 될 텐데요?"

이에 조조가 말하길, "반 년분은 될 것입니다."

이 말에 허유는 갑자기 소매를 떨치고 일어나, 장막을 나서며 말했다. "내가 애써서 공에게 투항했는데, 공은 이처럼 나를 속이시니, 내 어찌 더 바랄 것이 있겠습니까?"

그러자 조조가 옷자락을 잡으며 만류했다. "선생께서는 화를 거두십시오. 제가 사실대로 말씀드리겠습니다. 군중에 있는 군량미로는 3달밖에 버틸 수 없습니다."

이에 허유가 웃으며 말했다. "세상 사람들이 모두 선생을 가리켜 간웅이라던데, 지금 보니 과연 그렇군요."

조조도 따라 웃으며, "작전상 거짓말도 할 수 있다는 말을 들어보시지 못하셨습니까?" 그리고는 허유의 귀에 대고 낮은 소리로 속삭였다. "군중의 군량미는 이번 달치밖에 없습니다."

그러자 허유가 큰소리로, "저를 속이지 마십시오. 양식은 이미 바닥이 나 있을 것입니다!"

이에 조조는 깜짝 놀라 말했다. "어떻게 그걸 아셨습니까?"

조조가 배 위에서 연회를 베풀고 있는
장면. 장강을 배경으로 한껏 호기를 부
리며 시를 짓고 있는 모습이 그의 성격
을 잘 드러내고 있다.

이 글에 묘사된 조조는 그
야말로 생생하기 그지없다.
거듭하여 허유를 속여 넘기
는 기술이 대단하다. 겉으로
는 솔직담백한 모습으로 만
류하기도 하고, 웃기도 하고,
또 귓속말로 속삭이기도 했
다. 그야말로 영화나 그림처
럼 생생하게 묘사했다.

실제 역사에서 조조는 유능하고 기백이 넘치는 군사가이자 정치가
였다. 그러나 『삼국연의』에서는 그를 부정적 인물로 그렸다. 거듭 말
하지만 "유비를 높이고 조조를 낮추는(尊劉貶曹)" 촉한 정통론이 『삼
국연의』의 기조였기 때문이다.

거친 인물의 본보기

장비의 개성도 비교할 대상이 없을 정도이다. 그의 성질은 직선적
이고 거칠었지만, 악은 원수처럼 미워했다. 그는 한 번 잘못이라고

생가하면, 상대가 누구든지 채찍을 휘둘러 내리치고 창을 들어 찔렀다. 상관이나 연장자라고, 또는 의형제라고 해서 피해 갈 수 없었다. 유비가 세 번이나 제갈량을 찾아갔을 때에도 제갈량이 잠자는 체하며 나오질 않자, 장비는 초조해 하며 이렇게 말했다.

"어디 나오는지 안 나오는지 두고 보자. 내가 집에 들어가서 확 불을 싸질러 버릴 테니까!"

그러나 나중에 제갈량의 재주와 학식을 보고는 너무 존경스러워 온 몸을 땅바닥에 대고 엎드렸다.

당양當陽(오늘날의 호북성 서부 지역에 있음)의 장판교長坂橋에서는 그가 큰소리로 세 번 외치자 이에 놀란 적장이 말에서 떨어지기도 했다.

이렇게 과장이 섞인 묘사에 힘입어 장비의 형상은 독자들에게 깊은 인상을 심어 주었다. 그래서 뒤에 나온 소설에는 장비를 본받아 성격이 거친 인물 형상이 자주 등장했다. '양가장楊家將' 이야기에 나오는 초찬焦贊, '악비 이야기(說岳)'에 나오는 우고牛皐, '수호水滸' 이야기에 나오는 이규李逵 등이 바로 장비의 영향을 받은 인물이라고 할 수 있다.

삼국연의 여담

삼국의 역사는 매우 혼란하여 여러 세력과 파벌들이 충돌과 연합을 반복했다. 그래서 서로서로 이해관계에 따라 얽혀 있었다. 그럼에도 불구하고 나관중은 뛰어난 재주로 그런 혼란한 상황을 조리 있게 헤쳐 나갔다. 수백 번이 넘는 정치, 군사, 외교적 갈등과 대결 상황을, 하나하나 사리를 분별하여 완벽하게 다루었다. 아울러 천여 명에 가까운 여러 인물들을 주도면밀하게 배치하고 결말을 맺었다.

『삼국연의』의 또 다른 장점은 전쟁 묘사에 뛰어났다는 점이다. 적벽대전 같은 전투 장면은 앞뒤로 8회에 걸쳐 다루어서, 전체 분량의 1/15에 해당한다. 나관중은 그 상황을 파란만장하고 웅장한 기세로 썼다. "관우가 따뜻한 술이 식기 전에 화웅의 목을 벤(關羽溫酒斬華雄)" 사건처럼, 수백 자 분량의 짧은 전투 장면도 세밀하고 감동적으로 묘사했다.

한 가지 짚고 넘어갈 것은 『삼국연의』의 창작 연대이다. 일반적으로는 원나라 말기에서 명나라 초기로 알고 있다. 하지만 지금 확인할 수 있는 가장 빠른 판본은 명나라 가정嘉靖 시기(1522~1566)의 것이다. 그 책의 이름은 『삼국지통속연의』로서, 240칙則으로 나뉘어 있다. 그리고 내용도 지금 알려진 것과는 좀 다르다. 명나라 말기에는 240칙이 120회回로 개편되었다.

청나라 때에는 모륜毛綸과 모종강毛宗崗 부자가 명나라 때의 판본을 바탕으로, 첨삭을 가하고 논평을 덧붙여 그 유명한 '모씨가 손을 본 『삼국지』(毛批『三國』)'가 되었다. 이를 통해 등장인물들의 형상이 더 선명해지고, 이야기 줄거리가 더 치밀해지고, 문장이 더 유창해졌다. 이것이 그 뒤 3백여 년 동안 통용되어, 지금 우리가 읽고 있는 판본이 되었다.

『삼국연의』는 인물의 형상 창조라는 면에서 단점이 드러난다. 예를 들어 제갈량은 지나치게 신격화되어, 사실성이 떨어진다. 또한 덮어놓고 유비의 후한 인덕만 강조하다 보니, 곳곳에서 독자들에게 의구심을 불러일으킨다. 장판파長坂坡의 전투에서 조운趙雲은 죽음을 무릅쓰고 유비의 아들인 아두阿斗(뒷날의 유선)를 적군들 속에서 구출했다. 그런데 유비의 반응은 뜻밖이었다. 그는 아들을 땅바닥에 집어던지며 이렇게 말했다.

너 같은 젖먹이 때문에 나의 장수 한 명을 잃을 뻔했구나!
爲汝這孺子, 幾損我一員大將.

그래서 민간에서는 이를 빗댄 다음과 같음 말이 유행했다.
"유비는 아이를 집어던지고 인심을 얻었다(劉備捧孩子, 邀買人心)."
한편 『삼국연의』는 문어체로 썼지만, 아주 쉬운 어투를 써서 이야기 전개의 효율성을 높여 독자들의 흥미를 유발했다.

명나라 초기에는 『삼국연의』와 『수호전』이라는 장편 백화 소설 말고도 몇 권의 문언 필기筆記 소설이 있었다. 그 가운데 『전등신화剪燈新話』와 『전등여화剪燈餘話』가 비교적 중요한 작품이다. 『전등신화』의 작자는 구우瞿佑이고, 『전등여화』의 작자는 이정李禎이다. 여기에는 전설 이야기, 사랑 이야기, 신화 이야기와 봉건 도덕을 선양하는 이야기 등이 실려 있다.
이러한 이야기 가운데 적지 않은 것들이 나중에 화본 소설과 희곡으로 개편되었다. 이런 이유로 이 두 권의 필기 소설은 학자들에게 중요한 연구 대상이 되었다.

명나라 초기의
공포정치

원나라 말기, 백련교의 난이 일어나 사회는 혼란으로 치달았습니다. 그 틈을 타 주원장은 이선장李善長, 송렴宋濂, 유기劉基 등의 도움으로 명을 개국했지요. 드디어 몽골족을 물리치고 한족의 자존심을 되찾았습니다. 그러나 곧이어 정권 내부에서 분란이 이어졌습니다.

먼저 주원장은 개국공신들을 대거 숙청했습니다. 그리고 좌승상 이선장을 파면시키고, 유기에게 후임 대상자의 명단을 보여주며 추천을 의뢰했습니다. 유기는 그들 모두 부적합하다고 했습니다. 이 일로 명단에 포함되어 있던 호유용胡惟庸은 유기에게 앙심을 품었습니다.

그 뒤 호유용의 모함으로 유기는 주원장의 미움을 사고, 결국 호유용이 준비한 독약을 마시고 죽습니다. 호유용의 독약 처방이 주원장의 묵인 아래 이루어졌으리라는 견해도 있습니다.

이리하여 좌승상에 오른 호유용도 가족의 밀수 사건에 연루되어, 주원장의 추궁을 받지요. 호유용은 자신에게도 곧 화가 닥치리라 예감하고는 쿠데타를 결심합니다. 그러나 극적으로 음모가 발각되어 호유용은 물론 구족이 몰살당했습니다.

이 사건을 계기로 많은 문인들도 죽임을 당했습니다. 고계高啓는 주원장을 비판하는 글 때문에 허리가 잘려 죽고, 손분孫蕡은 대장군 남옥藍玉의 쿠데타에 연루되어 처형되었습니다. 이밖에도 송렴, 왕위王褘, 방효휴方孝孺 등이 박해를 받거나 피살되었습니다.

대중에 의한 대중의 이야기

15

『수호전水滸傳』

『금병매金瓶梅』

명·청나라 때 경제 및 도시의
발전은 예술의 대중화를 촉진
시켰다(「皇都積勝圖」 일부).

수호전의 형성 과정

원나라 때의 희곡작가들은 모두 재주는 있으나 뜻을 얻지 못한 가난한 선비들이었다. 그러나 명나라 초기에 이르면 극단 상황은 크게 달라진다. 극작가 중에는 2명의 황족도 있었다. 한 명은 주권朱權(1378~1448)으로서 주원장의 열일곱 번째 아들이다. 그는 나중에 영헌왕寧獻王에 봉해졌다. 또 한 명은 주유돈朱有燉(1379~1439)으로서 주원장의 손자뻘이다. 그는 주헌왕周憲王에 봉해졌다.

주권은 몇 개의 잡극을 남겼으나, 별다른 특색은 없었다. 그러나 그가 쓴 『태화정음보太和正音譜』는 중국 희곡사에서 중요한 이론서로 손꼽힌다. 이 책에는 원나라 때와 명나라 초기에 나온 잡극의 제목과 함께, 많은 작가와 작품에 대한 평론이 실려 있다.

주유돈의 호는 성재誠齋이다. 그는 31종의 잡극을 남겼는데, 그 모두가 『성재악부』란 책에 실려 있다. 그의 잡극에서는 원나라 작가들의 풍모를 느낄 수 있다. 그가 다룬 내용도 매우 광범위하다. 특히 사람들의 관심을 끄는 작품은 '수호 이야기'를 다룬 『흑선풍장의소재黑旋風仗義疏財』와 『표자화상자환속豹子和尙自還俗』이란 작품이다.

주유돈의 '수호희'는 소설 『수호전』과 큰 연관이 없다. 『장의소재』는 이규李逵가 신부로 위장하여 권문세가인 조도순趙都巡을 혼내는 이야기이고, 『표자화상』은 노지심魯智深에 관한 이야기이다. 그러나 이 노지심은 오대산五臺山을 떠들썩하게 했던 중과는 전혀 다른 인물이다. 그는 송강宋江의 법령을 어겨 곤장 40대를 맞자, 홧김에 다시 출가한다. 그런 그를 송강이 다시 양산梁山으로 불러들인다는 것이 『표자화상』의 내용이다.

이처럼 주유돈의 '수호희'가 소설『수호전』과 다른 이유를 어떻게 설명할 수 있을까? 주유돈이 황족이었기 때문에 원작에 구애받지 않고 자유롭게 쓸 수 있었다는 견해도 있고, 두 작품의 창작 연대가 소설『수호전』보다 빠르기 때문이라는 견해도 있다.

『수호전』은『삼국연의』와 마찬가지로 원나라 말기에서 명나라 초기의 작품으로 알려져 있다. 그러나 당시의 판본을 본 사람은 아무도 없다. 현재 확인할 수 있는 가장 이른 판본은 명나라 가정嘉靖 시기의 것이다. 그래서『수호전』의 탄생 시기를 가정 시기(1522~1566)로 잡는 학자도 있다.

그러나 '수호 이야기' 역시 '삼국 이야기' 처럼 민간에서 아주 오래 전부터 전하던 이야기였다. 주인공의 한 사람인 송강宋江은 실존 인물로서, 북송 말 선화宣和(1119~1125) 시기에 농민 봉기를 이끌었던 사람이다.『송사宋史』「휘종본기徽宗本記」에 실린 다음의 기록을 살펴보자.

> 선화 3년(1121) 2월, 회남淮南의 도적 송강 등이 회양군淮陽軍을 습격하니, 장군을 파견하여 토벌케 했다. 그런데 다시 경동京東과 강북江北을 침범하여, 초주楚州와 해주海州 지역으로 들어왔다. 그래서 지주知州인 장숙야張叔也에게 그들을 회유하도록 명했다.

역사 기록에 따르면, 송강은 36명의 동지들을 이끌고 산동과 하북 및 회남 일대를 종횡무진 누볐다고 한다. 수만에 이르는 관군도 그들을 상대할 수 없었다. 그러자 후몽侯蒙이라는 관리가 송강의 죄를 사면하는 대신, 남방의 또 다른 농민군 지도자인 방랍方臘을 토벌토록 하는 방안을 황제에게 제시했다. 황제가 후몽의 제안을 받아들였는지는 알 수 없다. 그래도 이런 사실에 영향을 받아, 이때부터 송강 이야기에는 사면과 방랍을 토벌하는 내용을 거론한다.

송강의 이야기는 남송 시대에 널리 유행했다. 어떤 화가는 36명의 동지들의 초상을 하나하나 그린 뒤, 각각의 인물에 대한 시구를 적기도 했다. 아울러 당시 설화인들의 화본을 보면 「화화상花和尙」, 「청면수靑面獸」, 「무행자武行者」 등 그들과 관련된 제목이 많았다.

송나라 말기에서 원나라 초기에 나온 강사講史 화본인 『대송선화유사大宋宣和遺事』는, 멸망의 길로 치닫는 북송을 다룬 이야기이다. 여기에도 송강이 봉기하는 내용이 나온다.

원나라 때에도 일부 극작가들이 송강의 이야기를 극본으로 개편하여 무대에 올려 대중들의 관심을 샀다. 그런데 이러한 잡극에서는 36명이던 송강의 동지가 자질구레한 인물을 빼더라도 108명으로 늘어났다. 이렇게 볼 때 '수호 이야기'는 어느 개인의 독창적인 창작이라기보다, 일반 백성과 설화 예술인 및 연극인들이 함께 이룩한 성과물이라 할 수 있다. 명나라 때에 이르면, 이렇게 전하던 갖가지 이야기들을 하나로 모아 오늘날 우리가 보는 『수호전』을 완성한다.

'수호水滸'란 '물가'를 말한다. 송강이 정의의 기치를 내걸고 호걸들을 불러 모은 곳이 8백리에 달하는 양산박梁山泊이었기 때문이다. '양산'은 현재 산동성 수장현壽張縣의 동남쪽에 있는 산이다. 북송 시기에 황하가 범람한 뒤 그 부근에 물이 고였는데, 그 반경이 너무 넓어 '호수泊'라고 불렀다. 그러나 나중에 황하의 물길이 남쪽으로 옮겨가자 호수의 물도 말라 평지로 변했다. 그래서 지금은 양산박의 흔적을 찾을 수 없다.

그렇다면 『수호전』을 마지막으로 완성한 사람은 누구일까? 여기에는 나관중이라는 설과 시내암施耐庵이라는 설이 있다. 또 나관중은 개편자일 뿐이고, 시내암이야말로 원작자라는 설도 있다. 어쨌든 정설

강소성 염성시에 세워진 시내암기념관의 시내암 상.

은 없고 여러 의견이 분분하다.

　시내암만 하더라도 현재 그에 대해 알 수 있는 자료가 전혀 없다. 전하는 바로는 항주 사람이라고도 하고, 또는 강소江蘇 사람이라고도 한다. 1920~30년대에 강소에서 시내암 가문의 가보와 시내암의 묘비 가 나왔다는 말도 있다. 하지만 이것도 후인들이 위조한 것이라고 하 는 사람도 있다.

　초기 『수호전』은 100회본이었다. 70회 전까지의 내용은 108명의 호걸들이 각지에서 양산으로 모여드는 것이다. 70회에서는 모두가 모인 가운데 정의의 기치를 내걸고 행동 규약을 정하며, 아울러 위계 질서를 확립하며 일단락을 짓는다.

　그 뒤 약 11~12회의 분량에 걸쳐, 송강과 그의 동지들이 동관童貫 과 고구高俅를 혼내는 이야기를 전개한다. 이에 조정에서는 그들을 진압하기 어렵다는 것을 깨닫고 유화책을 쓴다. 결국 송강의 무리는 사면을 받아들인다.

　마지막 20회 정도의 분량에서는 송강 등이 조정의 명령을 받고 요
遼나라를 공격하거나, 방랍의 반란을 진압하는 내용이 전개된다. 그
과정에서 많은 동지들이 목숨을 잃는다. 살아남은 동지들은 나라를
위해 애쓴 공로를 인정받아 관직과 포상을 받지만, 그들도 오래지 않
아 죽거나 뿔뿔이 흩어져 버린다. 송강 등 몇 명은 간신들에 의해 독
주를 받아 마시고 생을 마감한다. 책의 결말은 이처럼 비극적인 분위
기로 끝을 맺는다.

송강과 양산박의 호걸들

　예술적으로 보면 앞부분 70회까지가 가장 뛰어나다. 좀 더 구체적
으로 이야기하면 40여 회까지가 가장 훌륭하다.

　『수호전』은 장편소설이지만, 여러 호걸들이 양산으로 모이는 내용
이 큰 비중을 차지하기에 여러 개별 인물들의 전기 모음집이라 할 수
있다. 그러한 각각의 전기 사이에는 이렇다 할 관련성이 없다. 이런
여러 전기 가운데 송강宋江, 양지楊志, 무송武松, 임충林沖, 노지심魯智
深의 전기가 가장 재미있다.

　송강의 별명은 보의保義 또는 급시우及時雨이다. 그는 본래 운성현
鄆城縣의 압사押司라는 말단 관리였다. 그러나 의로운 일에 앞장서고,
재물을 멀리 하며, 힘들고 어려운 처지의 사람들을 도와주어서 강호
에 명성이 자자했다. 그래서 별명이 '때맞춰 내리는 비(及時雨)' 였다.

어느 날 조개晁蓋와 그의 일행이 채경의 생일 선물을 가로채고 숨어 있었다. 관아에서는 사람을 보내 그들을 잡아들이려고 했다. 송강은 그 사실을 듣고는, 그들에게 소식을 전하여 관군의 습격을 피하도록 했다. 이것만 보아도 송강이 얼마만큼 의리를 중시했는지 알 수 있다.

그런 송강에게는 염파석閻婆惜이란 아내가 있었다. 그녀는 마지못해 얻은 아내였기에 송강은 거의 관청에서 생활했다. 이에 염파석은 자기대로 다른 남자와 정분을 맺고 있었다. 그런데 우연히 염파석은 송강의 호주머니에서 조개가 보낸 편지를 보았다. 거기에는 자신들을 도와줘서 감사하다는 내용과 황금 백 냥을 보낸다는 내용이 실려 있었다. 이에 염파석은 송강을 위협하여 황금을 가로채려고 했다.

화가 난 송강은 염파석을 찔러 죽였다. 관가에서는 송강을 체포하여 강주江州로 유배시켰다. 송강은 그곳에서 술에 취하여 벽에 체제를 비판하는 시를 썼다가, 체포되어 사형을 언도받았다. 다행히 이 소식을 들은 양산의 호걸들이 달려와, 한바탕 싸움을 벌인 뒤 송강을 데리고 양산으로 돌아갔다.

시간이 흘러 조개가 죽자, 송강은 "하늘을 대신하여 천도를 행한다(替天行道)"는 기치를 내걸고 충의당의 가장 윗자리에 앉는다. 그러나 애초부터 마음 한 구석에 귀순하려는 뜻을 품고 있던 송강은 결국 호걸들을 이끌고 조정에 귀순한다.

앞에서 말했듯이 '수호 이야기'는 남송 시대에 널리 유행하면서 내용이 더욱 풍부해졌다. 당시는 남송과 금이 대치하던 시대였다. 그래서 여진족의 통치를 받던 한족들은 반군을 조직하여 소동을 일으키다가 남송 정권으로 귀순하는 경우가 빈번했다. 그들은 스스로를 '충의군忠義軍'이라 부르며 여진족과 맞서 싸웠기 때문에, 당시에는 매우 '정의로운 행동'이라고 생각했다. 송강이 조정의 귀순을 받아들이는 줄거리는 아마도 이러한 역사 사실에 영향을 받았으리라 추측된다. 송강이 양산의 지도자가 되어 가장 먼저 한 일이, 바로 취의청聚義廳의 이름을 충의당忠義堂으로 바꾼 것이다. 이러한 이야기 형성 과정을 이해하지 못한 채 『수호전』이 투항 의식을 고취시켰다고 비난하는 것은 어불성설語不成說이라 할 수 있다.

양산의 호걸들은 대륙 각지에서 모여든 각계각층의 사람들이다. 원소이, 원소오, 원소칠 삼형제는 어민 출신이고, 조개와 이응李應 등은 장원의 지주였다. 임충, 노달魯達, 양지, 관승關勝 등은 군관 출신이고, 지다성智多星 오용吳用은 학교 선생님이었다. 북경에서 내노라하는 부자였던 노준의盧俊義도 하인 연청燕靑과 함께 양산에 올라, 서로 호형호제呼兄呼弟하는 사이가 되었다. 이밖에도 감옥의 간수와 옥졸, 망나니, 의사, 어부, 장사꾼, 대장장이, 뱃사공, 승려, 도사 등 다양한 이들이 총망라되어 있다.

군관에서 강도로

양산박의 호걸들은 왜 자신의 터전을 버리고 모였을까? 한마디로 말하면 관리들의 억압과 착취 때문이었다. 『수호전』의 첫 부분에는 고구高俅의 이야기가 나온다. 이러한 설정은 나라의 기강이 위에서부터 흔들리기 시작했음을 보여주려는 것이다.

고구는 원래 어느 누구도 거들떠보지 않는 날건달이었다고 한다.

그런데 공차는 재주 하나로 단왕端王 유佴의 심복이 되었다. 나중에 그 단왕이 휘종의 뒤를 이어 왕위에 오르자, 고구도 임금을 경호하는 전수부殿帥府 태위太尉가 되었다.

그런 그가 관직에 올라 가장 처음 한 일은, 직위를 이용하여 사적인 원한을 갚는 것이었다. 그 첫 상대로 80만 경호부대원(禁軍)을 통솔하는 교관(教頭) 왕진王進을 제거하려고 했다. 이에 왕진은 어머님을 모시고 고구를 피해 피신한다.

이어서 고구는 임충을 괴롭힌다. 임충이 양산에 합류하는 과정은 관리들의 억압과 착취를 보여주는 가장 전형적인 예이다. 임충도 왕진처럼 80만 경호부대원의 교관으로서, 통치 집단 안에서 촉망받는 중진급 군관이었다.

그는 현숙한 아내와 화목한 가정을 꾸리고 있었다. 그러던 어느 날 아내와 함께 악묘岳廟에 분향을 드리러 갔다가, 우연히 고구의 수양아들인 고아내高衙內 일행과 마주친다. 고아내는 아름다운 임충의 아내를 보고는 그녀를 붙잡고 희롱했다. 뒤늦게 임충의 아내라는 사실을 알고서 물러났지만, 임충의 아내를 빼앗고 싶어서 고구와 함께 임충을 없애려는 악랄한 계획을 세운다.

며칠 뒤 임충은 우연히 거리에서 보검을 발견하고는 그 검을 샀다. 그런데 다음날 아침 고 태위의 집에서 두 사람이 임충을 찾아와, 고구가 얼마나 좋은 검인지 보고 싶어 한다며 어제 산 보검을 가지고 오라고 전했다. 내키지 않는 마음으로 고구의 집에 간 임충은 백호절당白虎節堂으로 인도되었다.

백호절당은 군사 기밀이나 중대사를 의논하는 곳으로서, 고 태위의 허락 없이는 아무도 들어갈 수 없는 곳이었다. 순간 임충은 함정임을 깨달았지만, 이미 때는 늦었다. 갑자기 고구가 들어와서는, 칼을 들고 서 있는 임충에게 자신을 죽이러 왔다며 호통을 쳤다. 임충의 변명 따위는 통할 리 없었다.

이윽고 임충은 고구의 부하들에게 사로잡혀 옥에 갇히는 신세가 되었다. 그래도 주위 사람들의 도움으로 죽음은 면하고, 대신 창주滄州로 귀향을 간다.

이에 고구는 호송꾼을 매수하여, 가는 길에 임충을 살해하려 했다. 다행히 임충과 의형제를 맺은 노지심이 야저림野猪林 숲에서 그를 살려주었다. 이런 소동에도 임충은 크게 개의치 않고, 창주에서 형기를 마치고 집으로 돌아가 아내와 함께 안정된 생활을 누릴 날만을 소망했다. 그러나 결국 초료장草料場의 화재 사건으로 그것이 꿈일 뿐임을 크게 깨우친다. 임충은 창주에서 유배 생활을 하면서 여러 일을 전전하다가, 관리들의 배려로 말에게 먹일 건초를 관리하는 직책을 맡는다. 그곳이 바로 초료장이다.

하루는 날이 몹시 추워서 몸을 녹이려고 술집에 다녀온 사이, 눈이 많이 내려 막사가 무너져 있는 게 아닌가? 그래서 근처 낡은 사당에 자리를 피했는데, 그때 초료장에 큰불이 났다. 깜짝 놀란 임충이 창을 집어 들고 초료장의 불을 끄려고 밖으로 나오려는 순간, 문밖에서 사람들의 말소리가 들렸다. 그 내용은 고구의 졸개들이 임충을 죽이려고 일부러 불을 질렀다는 것이다.

이에 임충은 문을 박차고 나아가, "살인은 용서할 수 있어도 의리를 배반한 놈은 용납할 수 없다(殺人可恕, 情理難容)"고 호통을 치고는 세 사람을 죽여 버렸다. 그런 다음 휘몰아치는 눈보라를 무릅쓰고 양산으로 향한다.

임충은 원래 안분지족安分知足하던 군관이었지만, 산천초목이 벌벌 떠는 '강도'가 되고 말았다. 작자는 이러한 변화 과정을 실감나게 그려, 독자들에게 부패한 관리들의 억압과 착취를 여실히 보여주었다.

입신출세를 꿈꾸던 양지

양지의 사정은 임충과 달랐다. 임충의 인생철학은 되도록 참고 분수를 지키며 운명을 따르는 것이었다. 하지만 양지는 출세를 지향하는 인물이었다.

그는 본래 "3대에 걸친 장군의 후예이자, 오후 양령공의 후손(三代 將門之後, 五侯楊令公之孫)"이었다. 그런데 전수제관殿帥制官으로 지내다가 화석강花石綱을 잃어버려 관직을 잃는다. 북송 말기의 채경蔡京이란 관리는 휘종徽宗의 환심을 사려고 혈안이 되어 있었다. 그래서 기암괴석이나 귀한 화초가 있다는 소문이 들리면, 그 집으로 쳐들어가 강제로 빼앗곤 했다. 그렇게 모은 화초와 괴석을 운반하던 조직을 '화석강'이라 부른다.

그는 강호를 떠돌면서 복직을 시도했지만, 그리 여의치 않았다. 그러다 양지는 가진 것을 모두 탕진하고, 조상 대대로 내려오는 보검까지 팔아야 할 처지가 되었다. 그때 '털 빠진 호랑이(沒毛大蟲)'라는 별명의 우이牛二라는 건달이 생떼를 쓰며 양지의 칼을 빼앗으려 했다. 그러자 양지는 그를 단칼에 베어 버렸다. 이 일로 재판을 받았는데, 판관은 정상을 참작하여 그를 대명부大明府(북경)로 보냈다.

이것이 그에겐 전화위복이 되었다. 당시 대명부의 책임자(留守)인 양중서梁中書는 채경의 사위이다. 그런데 때마침 그가 널리 인재들을 블러 모으고 있었디. 그는 양지를 지신의 군권으로 심고, 징인인 채경에게 보낼 생일 선물을 호송하는 중책을 맡겼다. 이에 양지가 행여나 일을 그르칠까 장사꾼처럼 위장하는 등 만반의 조치를 취했다. 하지만 채경의 생일 선물을 조개, 오용 등의 호걸들에게 빼앗긴다. 이렇게 해서 입신출세하려던 양지의 꿈은 물거품이 되고 말았다. 그에게는 이제 산에 올라 산적이 되는 길밖에 없었다.

속이 후련한 이야기

노지심도 임충과 양지처럼 군관 출신이었다. 하지만 그의 입산 동기는 그들과는 사뭇 다르다.

군대의 지휘관(提轄)이던 호방한 성격의 노달魯達(노지심)은 악한 일을 원수 대하듯 하는 관서關西 지방 사나이였다. 그는 무슨 일을 하든지 앞뒤를 고려하지 않았다.

어느 날 그는 술집에서 금취련金翠蓮의 딱한 사정을 전해 듣고는, 화가 나서 저녁밥도 거를 지경이었다. 다음날 날이 밝자마자, 그는 금취련 대신 원수를 갚아 주겠다고 했다. 그는 먼저 여관에 억류되어 있던 금씨 부녀를 풀어 주고, 장원교狀元橋로 가 푸줏간을 하고 있는 정도鄭屠를 찾아 간다. '진관서鎭關西'라는 별명을 가진 정도는 바로 금취련 부자를 속여 돈을 갈취하려던 놈이다.

노지심은 정도에게 회로 먹을 살코기 10근을 썰게 했다. 그리고는 다시 살코기가 아닌 기름과 비계를 10근, 또 연골 10근을 썰게 했다.

거듭되는 황당한 주문에 정도가 불평하자, "너 같은 놈하고 장난하게 생겼느냐"며 호통을 치고는 썰어 놓은 고기를 쥐고 정도의 얼굴에 짓쑤셨다. 정도도 더 이상 참지 못하고 날카로운 칼을 들고 노달에게 덤벼들었다.

노달은 먼저 길거리로 나가 그를 기다렸다. 정도가 그를 보고 달려들자, 그는 칼을 든 정도의 손을 붙잡고 오른발로 그의 아랫배를 걷어찼다. 정도가 뒤로 나가떨어지며 일어나지 못하자, 노달은 달려들어 그를 가로타고 앉아 주먹질을 했다. 정도는 주먹으로 얼굴을 맞아 입에서 피가 나왔지만, 그래도 악을 쓰며 대들었다. 이에 다시 두 눈 사이를 치니, 그제야 정도는 아무 말을 하지 못했다. 다시 관자놀이와 눈 옆에 있는 태양혈에 주먹을 날리니, 정도는 더 이상 숨을 쉬지 못했다.

노달의 행동은 정도에게 괴롭힘을 당하던 많은 사람들을 통쾌하게 했다. 그러나 정작 자신은 관직을 잃고 도망을 다니는 신세가 되었다. 결국 그는 오대산에 들어가 머리를 깎고 중이 된다. 그때 받은 법명이 바로 지심智深이다.

"진관서를 때려잡는 이야기"는 『수호전』의 내용 가운데 가장 재미있는 부분이다. 이를 통해 노지심의 성격이 적나라하게 드러난다.

"노지심이 오대산을 뒤흔든 이야기"도 매우 재미있다. 여기서도 솔직하고 순박하며, 어떤 구속에도 얽매이지 않으려는 노지심의 성격이 잘 나타난다. 이 부분을 읽으면 가슴이 확 트이고, 통쾌한 느낌을 받는다. 지금 읽어도 막힌 속이 후련하게 트이는데, 봉건사회에 살던 당시 백성들의 마음은 어떠했을지 상상해 보라.

또 의리 하면 노지심이 빠질 수 없다. 그는 임충과 의형제를 맺은 뒤, 생사를 함께 하는 우정을 나눈다. 전혀 다른 성격의 두 인물이 서루를 부완하며 펼치는 우정은, 읽는 이에게 깊은 인상을 준다. 이처럼 생생한 형상은 이전 문학 작품에서는 찾아보기 힘든 것이다.

호랑이를 때려잡다

『수호전』은 인물 창조에만 뛰어난 것이 아니라, 장면 묘사도 탁월하다. 예를 들어, 작자는 "채경의 생일 선물을 탈취하는" 장면을 이중 구조로 전개한다. 그래서 한편으로는 조개의 일을 다루고, 다른 한편으로는 양지의 일을 다룬다.

조개는 양중서가 생일 선물을 운반한다는 소식을 듣고, 7~8명의 호걸들을 모아 도중에 가로채는 작전을 세운다. 그런 반면 양지는 공을 세우겠다는 일념으로, 만반의 준비를 하고 생일 선물을 수송한다. 이렇게 하여 두 세력이 황니강黃泥崗에 있는 소나무 숲에서 맞닥뜨린다.

조개는 허허실실의 수법을 써서, 양지의 경계를 뚫고 일꾼들 틈에 잠입한다. 그리고는 약을 탄 술을 먹여 일행을 잠재운다. 양지도 팔다리에 맥이 풀려 꼼짝할 수 없었다. 눈만 멀뚱게 뜬 채 10만 관의 금은보화를 훔쳐 가는 모습만 바라보았다. 이 장면은 읽는 이들이 눈을 뗄 수 없을 정도로 생생하게 묘사되어 있다.

"생일 선물을 탈취하는 이야기"는 사람과 사람의 싸움이지만, "무송이 호랑이를 때려잡는 이야기"는 사람과 짐승의 싸움이다. 작자는 사람이 호랑이를 때려잡는 모습을 직접 보지 못했겠지만, 무한한 상상력을 발휘하여 아래처럼 생생하게 그렸다.

그때 아직 무송의 손에는 부러진 몽둥이 토막이 들려 있었다. 무송은 그걸 내던지고는 두 손으로 범의 머리를 끌어안았다. 호랑이가 그 머리를 빼려 했지만, 무송이 워낙 힘을 다해 끌어안아서 빠져나갈 수 없었다. 무송은 그런 호랑이의 눈어름에 발길질과 무릎을 퍼부었다. 호랑이가 빠져나오려고 뒷발질을 해대는 통에 양쪽에는 진흙 더미가 쌓이고, 발밑에는 구덩이가 패였다. 무송은 그 구덩이에 호랑이를 밀어 넣고 몸으로 눌렀다. 그러자 호랑이의 몸부림은 훨씬 줄어들어, 무송에게 여유가 생겼다. 무송은 왼손으로 호랑이 대가리의 털가죽을 꽉 움켜쥐고, 오른손을 빼 그 쇳덩이 같은 주먹으로 호랑이의 미간을 후려치기 시작했다. 한 오륙십 번이나 내리쳤을까, 마침내 그 큰 호랑이는 눈, 코, 입, 귀로 피를 줄줄 흘리며 뻗었다. 더 이상 움직이지 못하고, 단지 입으로 씩씩댈 뿐이었다.

어떤 독자는 이 부분을 읽다가 믿을 수 없다며 투덜댔다고 한다. 고양이면 모를까 호랑이를 어떻게 제압할 수 있느냐며 말이다. 그러나 그는 문학의 진실성과 일상생활의 진실성을 구분하지 못한 것이다. 무송의 용기를 과장하려고 작자가 그린 장면을 그런 식으로 받아들이면 안 된다.

수호전의 빛과 그림자

『수호전』은 여러 문학적 장점을 가지고 있지만, 그렇다고 단점이 없을 수 없다. 무송의 이야기민 하디리도 이야기는 다채롭게 펼쳐진다. 하지만 인격적인 면에서 무송은 노지심을 따라가지 못한다.

무송은 형의 원수를 갚으려고 형수 반금련潘金蓮과 서문경西門慶을 죽인다. 이는 인정상 충분히 납득할 수도 있는 일이다. 그러나 뒤에 시은施恩의 말만 믿고 술에 취해 장문신蔣門神을 혼내는가 하면, 장張도감都監의 식구 15명의 목숨을 앗아간다. 아울러 장씨네 마부와 하녀들을 붙잡고 놔주지 않기도 한다. 이런 행동은 무고한 사람들을 함부로 죽이는 꼴이다.

시은이란 사람도 그렇다. 그는 본래 쾌활림快活林 주점의 주인인데, 그의 아버지는 지역 관아의 감옥을 다스리던 관영이었다. 그는 아버지의 권세를 믿고 쾌활림의 상권을 장악하여, 상인들에게 달마다 상납금을 받아 챙겼다. 그래서 한 달에만 2~3백 냥의 은을 벌어들였다.

그런데 어느 날 장문신이 장 단련團練의 세력을 등에 업고 주점을 빼앗아 시은의 돈줄을 끊었다. 그래서 시은은 무송의 힘을 이용하여 원수를 갚으려 했던 것이다. 이렇게 볼 때 무송은 지역 세력 다툼에 말려든 청부업자나 다름없다. 이런 사건 때문에 무송의 인격은 장문신에게도 미치지 못하는 무뢰배가 되었다.

또한 『수호전』에서는 부녀자들을 정당하게 대우하지 않았다. 그나마 묘사된 부녀자들의 형상도 절반은 음탕하고 부정한 여성으로 나온다. 아울러 기본적으로 대중문학이라서 낙후된 의식이 심심치 않게 보인다.

그래도 위안으로 삼을 만한 점은, 봉건사회에서도 이처럼 부패 관리를 비판하는 소설이 나왔다는 것이다. 또 다른 각도에서 보면, 『수호전』은 언어의 보물 창고라고 할 만하다. 글에서 쓴 언어가 거의 구어체에 가깝다. 이는 현대의 관점에서 보면 너무 당연한 이야기지만, 당시의 상황에서는 획기적인 작업이다.

당시의 문단은 문언문의 세계였다. '공자 가라사대, 맹자 가라사대'라든지 '~하였노라' 식의 고리타분한 어투가 대부분이었다. 그런 분위기 속에서 수십만 자에 달하는 장편소설을 완전히 통속적이고 유창한 구어체로 말끔하게 엮었다는 것은, 그야말로 기적에 가까운 일이다. 그래서 문화 수준이 낮은 대중들이 즐겨 읽고 들었음은 물론이거니와, 고상한 사대부들도 심심풀이로 집어 들었다가 손을 놓지 못했다고 한다.

『수호전』의 판본에 대해 몇 마디 덧붙여 보자. 현재 널리 읽히고 있는 판본은 세 종류가 있다. 하나는 가장 이른 100회로 구성된 것이다. 다른 하나는 이보다 조금 늦게 나온 120회본이다. 여기에는 전호田虎와 왕경王慶을 토벌하는 내용이 첨가되었다.

청나라 때에는 박학다식한 문인이었던 김성탄金聖嘆이 『수호전』에 손을 댔다. 이것이 마지막 판본으로서, 70회로 이루어져 있다. 김성탄은 『수호전』을 살펴본 뒤, 70회 이후로는 별 내용이 없고 상투적이라 판단하고는 단칼에 무를 베듯이 과감히 잘라 버렸다. 그리고는 '고본古本'이라는 명목으로 70회본을 만들었다. 지금에 와서는 김성탄의 70회본이 가장 유행하는 판본이 되었다.

명나라 풍엽의 풍속화, 『금병매』

송강의 봉기가 역사적 사실이라면, 『수호전』도 『삼국지』처럼 역사연의에 포함시켜야 하지 않을까? 하지만 『삼국연의』는 대다수의 내용이 역사적 근거가 있는 반면, 『수호전』은 그 근거가 너무 박약하다. 앞서 살펴보았듯이 역사서에 기재된 몇 줄에 의지하여 작자들이 임의대로 상상의 나래를 펼쳤기 때문이다. 그래서 역사연의에 포함시키는 것은 어렵다고 생각한다.

더 나아가 『금병매』는 순수한 문학 창작이라 할 수 있다. 『금병매』 역시 무송의 이야기에 기초하여 만든 작품이다. 앞서 무송이 형수를 죽여 원수를 갚았다는 내용을 언급했다. 그 이야기를 보충해서 만든 작품이 바로 『금병매』이다.

『금병매』는 색정소설이라고 하여 좋은 평가를 받지는 못한다. 보는 관점에 따라 다르겠지만, '좋다,' '나쁘다'라고 단정 짓기에 애매한 작품이다. 담고 있는 의미가 복잡하고 다양하기 때문이다. 아무튼 이 소설은 중국문학사에서 차지하는 비중이 만만치 않다. 이전까지의 소설과는 전혀 다른 면모를 보여주기 때문이다.

『삼국연의』는 왕후장상王侯將相의 이야기이고, 『수호전』은 다양한 계층의 삶을 보여주긴 하지만 주인공들은 여전히 영웅호걸들이다. 『서유기』도 신선 요괴의 이야기라 현실과는 거리가 멀다. 하지만 오직 『금병매』만이 일상생활을 주제로, 보통 사람들이 사는 이야기를 들려주었다. 문제는 성性을 다루었다는 점인데, 이것도 기존에 갖고 있던 성에 대한 편견 때문에 생겼다고 볼 수 있다. 『성세인연전醒世因緣傳』에서 『홍루몽紅樓夢』에 이르는 이후에 나오는 인정人情소설들은 모두 『금병매』의 영향에서 벗어날 수 없었다.

『금병매』는 명나라 만력萬曆(1573~1620)에 정착되었다. 책 앞에는 '난릉소소생蘭陵笑笑生'이라는 서명이 있는데, 유명 문인의 필명이었으리라 추측한다. 그 문인이 누구인지는 아직 밝혀지지 않았다. 현재 많은 추론이 있으나, 정설은 없는 형편이다.

다만 난릉이 오늘날의 산동성 역현嶧縣 지역이고, 작품 속에 산동 지방의 방언이 자주 눈에 띄는 점으로 보아 산동 사람이었을 것이라고 추측할 뿐이다. 또 당시 문단의 거물이던 왕세정王世貞이 썼다고 하는 사람도 있다. 하지만 강소성 출신인 왕세정이 산동 방언에 능숙하지는 않았을 것이다. 아무튼 당시의 형편으로는 이런 소설을 쓰면서 당당하게 이름을 밝힐 수 없었다. 지금과 비교하여 별다른 오락물이 없었던 당시에는 이 책이 매우 인기였으리라.

그런데 『금병매金瓶梅』란 제목은 무슨 뜻일까? 소설 속의 남자 주인공인 서문경西門慶에게는 많은 여자가 있었다. 그런 그가 가장 좋아했던 반금련潘金蓮과 이병아李瓶兒, 춘매春梅의 이름에서 한 글자씩 따서 책의 제목을 지었다. 서문경은 약국을 경영하면서 돈을 모은 뒤, 당시 조정의 실권자이던 채경蔡京에게 뇌물을 주고 관직을 샀다. 그는 이때부터 사방을 들쑤시고 다니며 온갖 나쁜 짓을 다한다. 그러다 도에 지나치게 음탕한 생활을 하여 결국 젊은 나이에 죽는다. 그의 집안이 풍비박산風飛雹散이 난 것은 물론이다.

『금병매』는 송나라 때의 이야기를 빌어 명나라의 사회 현실을 반영했다. 명나라 중반 이후 중국에서는 자본주의적 요소가 싹트면서 나날이 상품 경제가 발전했다. 서문경은 바로 이때 등장한 신흥 상인 세력을 대표하는 인물이다. 그는 관리들과 친분을 맺고, 단체를 형성하는 등 폭넓은 인간관계를 맺었다. 물론 그의 부정한 행동은 지탄받아아 마땅하지만, 그에게는 이처럼 참을 수 없는 활력이 넘쳤던 것이다.

서문경 주위의 부녀자들도 모두 다양한 개성을 지닌 인물들이다. 그들의 행동거지와 성질, 품행, 처세관은 천차만별이다. 작자는 그 속에 진실성과 생명력을 담아냈다. 따라서 『금병매』를 읽으면 마치 명나라 중엽의 세태를 그린 풍속도를 보는 것 같다. 아울러 일상의 대화를 통해 인물의 심리를 묘사하고 성격을 잘 그려서, 기교에서도 발전한 모습을 보여준다.

그러나 작자가 당시 사회를 너무 어둡게 그렸기 때문에, 어떠한 희망도 없어 보인다. 여기에는 노골적으로 묘사한 성이 한몫 거든다. 따라서 이 책을 읽을 때, 너무 성 묘사에만 매달려 전체적인 의미를 놓쳐서는 안 된다.

양명학

리학파理學派라 할 수 있는 주자학이 송나라와 명나라 초기의 대표적 학문이었다면, 심학파心學派라 할 수 있는 양명학陽明學은 명나라를 대표하는 학문입니다. "마음이 곧 리心卽理"라는 이론은 송나라 때의 주희와 동시대 인물인 상산象山 육구연陸九淵이 제시했습니다. 이를 체계화하여 발전시킨 사람이 바로 양명陽明 왕수인王守仁입니다.

왕양명은 마음(心)이 곧 리理로서, 마음 밖에는 어떤 리도 존재하지 않는다고 합니다. 따라서 마음을 정확히 알아야 리理가 생긴다고 했지요. 또 그 앎(知)은 실천(行)을 통해서만 확실해진다는 '지행합일知行合一'을 주장했습니다.

이러한 사상은 당시의 시대 분위기를 반영합니다. 당시에는 주자학이 형식화되면서 사회·정치의 질서 원리로만 작용하여, 그러한 원리를 강요하는 성격만 강해졌습니다. 따라서 심학은 인간의 자유로운 주체성을 회복하려는 움직임을 반영한 것입니다. 그렇기에 본래의 마음을 충분히 발휘하도록 하는 '치양지致良知'야말로 양명학의 핵심입니다.

그러나 양명학의 주장은 통치자들의 반감을 샀습니다. '양지良知'라 함은 모든 사람의 평등과 욕망의 긍정하는 것이기에, 체제에 도전하고 질서를 붕괴시키려는 것으로 인식했기 때문입니다. 결국 양명학과 관련된 학자들은 많은 탄압을 받았습니다. 하지만 심학은 그동안 빛을 보지 못하던 대중문학의 발전을 이끌고, 작품 내용의 폭을 넓히는 데 큰 공헌을 했습니다.

손오공과 함께 한
미지의 세계

16

『서유기西遊記』

손오공이 파초선으로 불을 끄려
한 화염산의 모습. 투르판 분지
중북부에 있다.

명나라 말기에 나온 다양한 소설들

　명나라 가정嘉靖 시기(1522~1566)에서 만력萬曆 시기(1573~1620)에 이르는 100년은 소설의 전성시대라 할 만하다. 지난 장에서 말했던 『금병매』 같은 인정소설 말고도 역사소설, 신선요괴소설, 법정소설 등이 대규모로 출현했다.

　역사소설들은 대부분 『삼국연의』를 모방하여, 쉬운 문언문으로 역사 이야기를 펼쳤다. 유명한 작품으로는 여소어余邵魚의 『열국지전列國志傳』과 웅대목熊大木의 『당서지전통속연의唐書志傳通俗演義』, 『남북양송지전南北兩宋之傳』, 『대송중흥통속연의大宋中興通俗演義』 등이 있다.

　가장 많은 사랑을 받았던 작품은 웅대목의 『북송지전北宋志傳』이다. 『송사宋史』 「양업전楊業傳」에 따르면, 북송의 양씨 가문은 자자손손 국경을 수비하며 요나라에 대항하여 송을 지켰다고 한다. 특히 양업과 양연소楊延昭, 양문광楊文廣 등의 공적이 탁월하여 백성들에게 많은 존경을 받았다. 이 소설은 이러한 양가장楊家將의 이야기를 다루었다.

　웅대목은 책방의 주인이자 대중소설 작가였다. 유주幽州 대전, 노령공老令公이 이릉李陵의 묘비 앞에서 죽은 사건, 양육랑楊六郎이 세 개의 관문을 지키는 이야기, 열두 과부가 서쪽의 소수민족들을 정벌하는 이야기 등을 다루었다. 그는 소설 속의 인물인 양육랑과 양령파楊令婆 및 목계영穆桂英 등의 형상을 선명하게 부각했다. 또한 맹량孟良과 초찬焦贊처럼 초야에 묻힌 영웅들도 멋지게 그렸다.

　그런데 이런 작품들은 현재 쉽게 찾아볼 수 없다. 요즈음 볼 수 있는 역사소설들은 대부분 이런 작품들에 근거하여 다시 엮은 소설들이다. 예를 들어 청나라 초에 나온 『동주열국지東周列國志』는 『열국지전』을 기초로 하고, 『수당연의隋唐演義』는 『당서지전통속연의』에 기초하며, 『설악전전說岳全傳』은 『대송중흥통속연의』에 의거하여 나온 작품이다.

법정(公案)소설로 가장 유명한 작품은 이춘방李春芳의 『해강봉선생거관공안전海剛峰先生居官公案傳』이다. 해강봉은 청렴결백하기로 유명했던 명의 관료 해서海瑞이다. 모두 71회이고, 회마다 하나의 사건을 다루었다.

청나라 때 나온 『대홍포大紅袍』와 『소홍포』는 바로 이 작품을 근거로 개편한 이야기이다. 안우시安遇時의 『포룡도판백가공안包龍圖判百家公案』도 상황은 비슷하다. '포룡도'는 바로 포공을 가리킨다.

또 명나라 중엽에는 도교와 불교가 성행했다. 그 영향으로 신선요괴소설도 적지 않게 나왔다. 『봉신연의封神演義』는 비교적 널리 알려져 있고, 그밖에도 오원태吳元泰의 『동유기東遊記』, 여상두余象斗의 『남유기』와 『북유기』, 나무등羅懋登의 『서양기西洋記』 등 다양한 작품이 있다. 제목에서 알 수 있듯이, 이는 대부분 『서유기』의 아류작들이다. 이 가운데 『서유기』를 능가할 만한 작품은 없다.

오승은과 『서유기』

이제 본격적으로 『서유기』를 알아보자. 요즈음 흔히 하는 말로 판

타지소설이자 SF소설의 원조이며, 로드 무비와 어드벤처 무비의 원조라 할 수 있는 작품이다. 아울러 '드래곤볼'과 '날아라 슈퍼보드' 같은 만화의 원작이기도 하다.

이전까지 『서유기』는 원나라 때의 구처기丘處機라는 도사가 지은 작품으로 알려졌다. 그런데 현대 학자의 고증을 통하여, 실제 작가는 명나라의 오승은이라는 사실이 밝혀졌다. 구처기의 『서유기』는 지리학 관련서이다.

오승은吳承恩(1500?~1582?)의 자는 여충汝忠이고, 호는 사양산인射陽山人이다. 그는 회안淮安 산양山陽(오늘날의 강소성 회안시) 사람이다. 그의 아버지는 비단과 견직물을 취급하는 상인이었는데, 역사에 관심이 많고 책읽기와 토론을 즐겼다고 한다. 오승은은 어려서부터 이런 아버지에게 많은 영향을 받았다.

그는 학문에 정진했지만, 줄곧 과거 시험에 낙방했다. 결국 마흔세 살이 되어서야 비로소 세공생歲貢生으로 관직을 얻을 수 있었다. 추천을 받아 국자감의 생원으로 들어간 것이다. 그 뒤 얼마 동안 현승縣丞을 지내기도 했다. 하지만 워낙 고집이 세고 남에게 허리 굽히는 일을 싫어하여, 오래지 않아 관직을 그만두었다. 그리고는 고향으로 돌아와 궁핍한 생활을 이어갔다. 『서유기』는 대략 그의 만년에 지은 작품이다.

그는 또 신화와 전기소설을 모은 『우정기禹鼎記』를 펴내기도 했지만, 안타깝게도 지금은 전하지 않는다. 시내암이 『수호전』을 마무리한 사람이듯이, 오승은도 민간에 떠돌던 이야기를 『서유기』로 정착시킨 작가라고 할 수 있다.

그 이전에도 당나라 승려가 인도에 가서 불경을 가져온 이야기는 널리 퍼져 있었다. 실제로 당나라 승려가 인도에 가 불경을 가져온 진리의 말씀을 찾아 먼 길을 떠난 현장법사.

이야기는 역사적인 사실이다.

　그 승려의 본래 성은 진陳이고, 법명은 현장玄奘이다. 젊은 현장은 당 태종太宗 정관貞觀 3년(629)에 혼자서 천축天竺, 곧 오늘날의 인도로 가는 길에 나섰다. 산을 넘고 강을 건너 사막의 모래 바람을 뚫고, 모진 고생 끝에 그는 결국 원하던 것을 얻을 수 있었다. 바로 산스크리트Sanskrit어로 된 불경 657부를 얻어 중국으로 돌아온 것이다. 무려 17년이나 걸린 긴 여정이었다.

　중국인들에게 현장의 체험은 전혀 색다른 것이었다. 여행길에서 겪었던 일과 이국적 풍경들은 일반인의 관심을 끌기에 충분했다. 나중에 현장의 제자들은 그의 체험담을 『대당서역기大唐西域記』란 책으로 엮었다. 그러면서 제자들은 불가의 교리를 선전하고, 스승의 업적을 찬양하려고 내용을 과장하거나 신화적인 내용을 첨가했다. 이렇게 하여 "당나라 승려가 인도에 가 불경을 가져온 이야기"가 민간에 널리 퍼지게 되었다.

　초기 판본인 『대당삼장취경시화大唐三藏取經詩話』는 남송 시대에 발간된 설경說經 화본이다. 1만 6천여 자의 짧은 분량이고, 줄거리도 간단하며, 묘사도 치밀하지 못하다. 그러나 그 내용에 이미 손오공과 사오정의 원형이 되는 원숭이와 사막신이 등장한다. 다만 저팔계는 아직 보이지 않는다.

원나라 말기에서 명나라 초기에 이르러서는 더욱 체계를 갖춘 『서유기평화西遊記平話』가 나왔다. 현재 전하지는 않지만 『영락대전永樂大典』에 그 일부분이 남아 있다. 내용을 살펴보면, 오승은의 『서유기』는 이 『평화』를 근거로 확대했을 가능성이 높다.

또한 당, 송, 원나라 때의 벽화와 도자기의 도안, 희곡 등에서도 "불경을 가져온 이야기"를 많이 다루었다. 명나라 초기 양경현楊景賢은 24마디(折)에 이르는 장편 잡극 『서유기』를 짓기도 했다.

신출귀몰 손오공

오승은의 『서유기』는 100회본으로서, 내용상 세 부분으로 나눌 수 있다. 첫째 부분은 7회까지로, 손오공孫悟空의 탄생과 천궁을 뒤흔든 이야기이다. 가장 짧은 둘째 부분은 8회에서 12회까지로, 현장의 처지와 불경을 가지러 가는 이유를 적었다.

가장 긴 셋째 부분은 13회에서 100회까지로, 본론에 해당한다. 이 부분은 불가에 귀의한 손오공이 저팔계豬八戒, 사오정沙悟淨과 함께 삼장三藏을 보호하며 천축에 가서 불경을 가져오는 내용을 담았다. 그들은 험악한 자연환경과 끊임없이 나타나는 마귀나 요괴들을 만나면서 모두 81개의 고난을 겪는다. 실제로 마귀를 물리치는 이야기는

41개이다. 결국 그들은 경전을 얻어 넷 모두 깨달음을 얻는다. 심지어 삼장을 태웠던 백룡마白龍馬도 깨달음을 얻어, 불법을 수호하는 여덟 신장 가운데 하나인 용이 되어 승천한다.

여기서 주목할 것은 『서유기』의 주인공이 더 이상 삼장법사가 아니라 손오공이라는 점이다. 손오공은 부모 없이 신령한 바위산 속에서 태어났다. 그는 화과산花果山 원숭이들을 이끌고 왕으로 지내다가, 홀연히 모든 것을 떨치고는 자신의 삶을 인도해 줄 스승을 찾아 길을 나선다. 그러다가 수보리조사須菩提祖師를 만나 72가지 둔갑술을 배우고, '손오공'이라는 이름도 얻었다. 또 단숨에 10만 8천 리를 나는 근두운筋斗雲을 타는 법도 배웠다. 그 뒤 수렴동으로 돌아와, 동해 용왕에게 1만 3천 5백 근짜리 여의금고봉如意金箍棒을 얻고서 천하무적이 되었다.

그러던 어느 날, 손오공은 염라대왕에게 잡혀가는 꿈을 꾼다. 잠에서 깨어난 손오공은 지하 세계로 가, 염라대왕의 살생부를 빼앗아 자신의 이름을 지우고 장생불사의 힘을 얻는다.

한편 용왕과 염라대왕의 보고를 받은 옥황상제는, 하늘의 군사를 보내 손오공을 제압하려 하나 실패한다. 그래서 손오공을 천궁으로 불러 마차와 말을 관리하는 '필마온弼馬溫'이란 관직을 주었다. 그러자 손오공은 보잘 것 없는 벼슬이라며 화과산으로 돌아와 '제천대성齊天大聖'을 자처했다. 옥황상제는 할 수 없이 다시 그를 불러들여 '제천대성'에 봉한다. 하지만 실제로는 과수원인 반도원蟠桃園을 관리하는 직책이었다.

반도원의 복숭아(仙桃)는 9천 년에 한 번 익는데, 그것을 먹으면 영원히 죽지 않는다고 한다. 이에 손오공은 '먼저 줍는 사람이 임자'라고 그 복숭아를 먹어 버렸다. 그 뒤 옥황상제도 자신의 상대가 되지 못함을 안 손오공은, 천궁을 들쑤시고 다니며 어주의 금단약(金丹藥)을 훔쳐 먹고는 화과산으로 도망친다.

옥황상제는 어떻게 해서든지 손오공을 잡겠다는 생각으로 다른 신에게 도움을 청했다. 그러나 손오공은 이제 칼과 도끼, 우뢰와 화염 등 그 어떤 것도 두렵지 않았다. 태상로군太上老君은 그를 팔괘화로(八卦爐)에 집어넣고 49일 동안이나 불태웠다. 그러나 손오공은 끄떡없을 뿐만 아니라, 모든 것을 꿰뚫어 볼 수 있는 혜안까지 얻었다. 손오공은 팔괘화로를 빠져나와, 여의봉을 휘두르며 천궁을 아수라장으로 만들어 버렸다.

이에 옥황상제는 더 이상 견디지 못하고 천축의 석가여래에게 도움을 구했다. 제아무리 재주가 많은 손오공도 석가여래의 손바닥을 벗어날 수 없었다. 마침내 손오공은 오행산五行山 밑에 갇히는 신세가 되고 말았다.

5백 년이 지나, 삼장이 인도로 가다가 손오공을 만나 꺼내 준다. 마침내 손오공은 자신의 이름처럼 "모든 것이 공허함을 깨닫고(悟空)" 전심전력으로 삼장을 도와 수호신 역할을 다한다. 그가 없었더라면 삼장은 아마 한 걸음도 내딛지 못했을 것이다.

『서유기』의 주인공 손오공은 중국문학사에서 가장 특색 있는 인물 형상의 하나이다. 그는 오만방자하여 세상에 무서운 것이라곤 하나도 없었다. 세상의 어떤 질서와 권위에도 굴하지 않았다. 그는 늘 혈기왕성하고 투지가 넘쳤다. 그래서 말썽을 일으키는 일을 즐거움으로 삼았다. 하지만 마귀와 요괴로 대표되는 사악한 무리는 철저하게 응징했다.

손오공은 모습만 원숭이지 사람이나 다름없다. 말을 하고, 지혜로 우며, 웃음을 선사하는 등 인정미가 넘친다. 물론 온몸에 털이 나 있

중국 배우 주성치가 연출한 손오공.

고, 동작이 기민하며, 성질이 조급한 원숭이의 특징도 가지고 있다. 거기에다가 신성神性까지 겸비하고 있다. 둔갑술과 신통력, 법력法力까지 무한한 능력의 소유자이다. 이러한 손오공의 인성은 우리에게 친밀감을 주고, 동물성은 우리에게 재미를 주며, 신성은 우리에게 놀라움을 선사한다. 이처럼 생기발랄한 인물 형상을 감히 누가 싫어하겠는가.

다른 등장인물들

손오공에 비하면 삼장은 그야말로 군더더기라고 할 수 있을 정도이다. 그는 위험에 처할 때마다 공포에 질려 눈물을 흘렸다. 한편으로는 '착한 일'에 솔선수범하지만, 나른 한편으로는 선악을 구분하지 못하여 요괴를 감싸기도 했다. 그러면서도 손오공에게는 얼굴이 시뻘게지도록 긴고주緊箍咒를 외워 제압하려 들었다.

사제의 이런 관계는 "백골 요괴를 세 번 물리친(三打白骨精)" 이야기에서 가장 잘 드러난다.

처음 요괴는 눈부시게 아름다운 아가씨로 변신하여 삼장을 홀린다. 그러나 손오공은 그녀의 정체를 간파하고, 여의봉을 휘둘러 죽인다. 두 번째에는 팔순이 넘은 할머니로 둔갑하여 딸을 찾는 행세를 했다. 그러나 이번에도 손오공이 그녀를 죽인다. 삼장은 아무 것도 모르고 손오공에게 감사하기는커녕, 꾸짖기만 했다. 마지막으로 요괴는 할아버지로 둔갑하여, 아내와 딸을 찾는다며 삼장에게 도움을 청한다. 그러자 손오공은 토지신과 산신의 도움을 받아 요괴를 완전히 죽인다.

본래의 모습을 드러난 요괴는 하얀 해골이었다. 하지만 삼장은 요괴의 정체를 눈으로 보고도, 사람을 세 명씩이나 죽였다고 화를 내며 손오공을 내쫓는다.

손오공을 쫓아낸 삼장은 황포黃袍 요괴에게 붙잡혀 보상국寶象國에 억류되는 신세가 된다. 저팔계가 손을 써 봤지만 힘이 모자라, 화과산으로 달려가 손오공을 불러왔다. 결국 손오공의 도움으로 요괴들을 물리치고 삼장을 구할 수 있었다. 삼장은 그제야 손오공에게 고마워하며 이렇게 말했다.

"충성스러운 제자야, 네 덕분에 살았구나! 바로 네 덕분에. 너의 공로가 가장 크다."

손오공을 부르러 간 저팔계는 어떤 모습이었을까? 그는 툭 튀어나온 입에 큰 귀를 가진 돼지였다. 행동도 돼지를 닮아, 먹고 자는 것을 탐하고 멍청했다. 그의 무기도 그를 닮아 쓸데없이 무거운 철퇴였다.

그래도 둔갑술은 익히고 있었다. 변하는 대상이 고작해야 돌덩어리나 흙무더기, 또는 코끼리나 낙타 등이었지만 말이다. 만일 여자로 변하는 재주가 있었다면, 아마 밥 잘 먹는 하녀로 변했을 것이다. 그래도 나중에는 손오공의 영향으로 똑똑한 모습으로 거듭난다.

저팔계에게는 여러 허점이 있었다. 작은 욕심을 내다가 큰 손해를 본다든지, 시기심이 강하다든지, 게으르고 거짓말을 잘하며 남의 험담을 늘어놓는 일 따위가 그러했다. "백골 요괴를 세 번 물리친 이야기"에서도 저팔계가 삼장에게 험담하여 손오공이 쫓겨났다. 또한 딴에는 머리를 써서 세운 계획이 너무나 단순하여, 오히려 자신이 피해를 보는 일도 많았다.

하지만 저팔계는 언제나 선한 마음을 지니고 있었다. 여정 내내 앞장서서 길을 트고, 삼장과 형들을 위해 힘을 아끼지 않았다. 손오공을 불러와 삼장을 구한 것도 저팔계의 공로이다. 이런 점에서 저팔계의 허물은 충분히 덮어 줄 만하다. 아무튼 저팔계 때문에 그들의 여정은 심심치 않았다.

그 일행 가운데 오직 사오정만 좀 평범하다. 그러나 그 역시 과묵하고 충실한 모습으로 독자들에게 깊은 인상을 남겼다.

현실을 비추는 거울

많은 연구자들은 『서유기』가 신화를 다루고 있으나, 실제로는 봉건사히이 다양한 현실을 반영한다고 생각한다. 예를 들어 하늘의 옥황상제와 세상의 제왕 사이에는 별 차이가 없다. 그는 손오공을 제압하려고 온갖 수단을 다 동원했다. 마치 역대 제왕들이 반항하는 백성을 대하듯 했다.

여정 내내 나타나는 여러 요괴와 마귀도 현실 종교의 숭배 대상과 관련이 있다. 흉악한 황포괴黃袍怪는 원래 하늘의 장수(神將)였고, 금각대왕金角大王과 은각대왕은 태상로군太上老君 노자의 두 하인이었다. 또 머리가 아홉 달린 사자 괴물은, 고해의 바다에서 헤매는 중생을 구제하는 천존天尊 보살이 타고 다니던 동물이었다. 이처럼 요괴와 현실 종교의 숭배 대상을 연관시킨 것도 이와 비슷한 현실 세계를 풍자한 것이다.

삼장 일행은 차지국車遲國, 비구국比丘國, 멸법국滅法國 등 몇몇 나라를 지나간다. 그런데 이들 나라는 대부분 "선비들이 어질지 못하고, 장수들도 신통치 않으며, 임금 역시 바르지 못했다(文也不賢武也不良國君也不是有道)."

차지국왕은 도사들을 맹종하여, 도사 복장을 뒤집어쓴 세 요괴를 "나라의 스승이자 어르신(國師兄長先生)"으로 받들어 모시는 웃지 못할 일을 벌였다. 또 비구국왕은 불로장생을 꿈꾸다가 도사의 '비방秘方'을 전해 듣고 1,111명의 아이들에게서 심장을 꺼내 약으로 쓰기까지 했다. 잔인한 걸로 치자면 멸법국왕이 더하다. 그는 1만 명의 승려를 죽이게 해 달라고 기원했을 정도였다. 그런데 명나라 가정嘉靖 황제 주후총朱厚熜이 바로 도교를 맹신하고 불교를 억압한 장본인이다. 따라서 『서유기』의 이러한 묘사는 당시의 사회 현실을 풍자했을 가능성이 높다.

기상천외한 상상력과 웃음

『서유기』의 가장 큰 특징은 풍부한 상상력이다. 손오공의 신통력을 보라. '길어져라' 라는 한 마디에 하늘을 찌를 정도로 커진다. 그리고 '작아져라' 라는 한 마디에 초명충蟭螟蟲이 되어 찻잎에 붙은 다음, 철선鐵扇 공주의 뱃속으로 들어가 공중제비도 돌고 물구나무도 선다. '초명충' 이란 모기 눈썹에 산다는 전설 속의 미세충이다. 진晉 갈홍葛洪의 『포박자抱朴子』「교만함을 풍자하다(刺驕)」편에 나오는데, 모기 눈썹에 살면서도 하늘을 뒤덮는 대붕大鵬을 비웃었다고 한다.

요괴들의 모습과 행동도 기상천외하다. 코끼리 요괴는 코로 사람을 둘둘 말기가 특기이다. 사자 마귀는 한 입에 10만 천군天軍을 집어삼킨다. 쥐 요괴는 함공산陷空山 무저동無底洞에 살았다.

거미 요괴는 더 재미있다. 그들은 배꼽에서 실을 뽑고, 저마다 벌과 개미, 잠자리 같은 수양아들이 있었다. 이러한 상상력은 기발하기도 하거니와 매우 합리적이다.

책 속에는 또 난생 처음 보는 환경과 물건들이 수두룩하다. '유사하流沙河' 는 8백 리 가량을 끝 간 데 없이 펼쳐져 있어서, 아무리 가벼운 거위 깃털이나 갈대꽃도 떠오를 수 없었다. 화염산의 불길은 더 말할 것도 없다.

　8백리나 뻗어나는 불길로 사방에는 풀 한 포기 나지 않았다. 청동으로 된 머리와 쇠로 된 몸을 가졌더라도 그 산을 지나간다면 주르르 녹아내릴 정도였다.
　　有八百里火焰, 四周圍寸草不生, 若過得山, 就是銅腦蓋鐵身軀.

16
손오공과 함께 한 미지의 세계
·
371

也要化成汁哩

또 손오공의 무기인 여의금고봉은 본래 해저 용왕이 바다를 다스리릴 때 쓰던 도구였다. 바람을 불면 사발 굵기로 굵어져 마음껏 휘두를 수 있고, 쓰지 않을 때는 바늘 크기로 작아져 귓속에 넣고 다닐 수 있다.

오장관五莊觀에 있던 인삼과人蔘果는 태어난 지 사흘 된 갓난아이의 모습이다. 이 냄새만 맡아도 360세를 살고, 먹으면 4만 7천 년을 살 수 있다. 습성도 특이하여 꼭 금붙이로 건드려야 떨어진다. 나무를 만나면 시들고, 물을 만나면 녹으며, 불을 만나면 타고, 흙을 만나면 깊숙이 들어가 버린다. 이런 내용들은 전부 작자가 가진 상상력의 결과이다.

웃음이 넘치는 이야기

『서유기』의 기본 색조는 밝고 쾌활하며 웃음이 넘친다. 주인공인 손오공만 하더라도 얼마나 낙관적인지 알 수 있다. 어떤 일도 그를 심각하게 만들지 못했다. 그는 관음보살을 '천하에 둘도 없는 노처녀 (一世無夫)'라고 놀리고, 석가여래를 '요괴의 생질(甥)'이라고 했다.

또 그는 주자국朱紫國 왕의 병을 치료한다며 말의 오줌으로 알약을 만들어 먹였다. 삼장과 함께 몇 번인가 죽을 고비에 처했을 때에도 여유와 농담을 잃지 않으며 장난까지 쳤다.

그와 함께 저팔계의 우둔함도 사람들의 웃음을 자아낸다.

어쨌든 이들이 나오는 장면은 언제나 시끌벅적하고 활발한 분위기가 이어졌다. 엄격히 말하면 그들의 여정은 언제나 요괴와 마귀들이 들끓는 공포의 길이다. 그러나 그 누구도 『서유기』를 읽으면서 심각해지지 않는다. 그래서 어떤 학자는 『서유기』의 주제를 '냉소주의'라고 했다. 루쉰도 『서유기』를 이렇게 평가했다.

실로 작자의 유희에서 벗어나지 않는다.
實不過出於作者之遊戱.

『서유기』의 인기는 대단하여, 오승은이 살아 있을 때부터 명성을 얻었다. 현재 남아 있는 판본 가운데 가장 이른 것은 명나라 만력 20년(1593)에 나온 금릉 세덕당본世德堂本이다. 그때는 오승은이 죽은 지 10년째 되던 해이다.

『서유기』는 우리나라에도 일찍부터 전해졌다. 원나라 때의 언어가 나오는 것으로 보아 이미 고려시대에 들어왔을 것이다. 조선시대에 널리 썼다고 하는 중국어 교본인 『박통사언해朴通事諺解』의 예문에 보면 "차지국투성車遲國鬪聖"이라는 부분이 나온다. 따라서 고려시대에 이미 『서유기』가 있었음을 짐작할 수 있다.

그러나 문헌에 남아 있는 기록으로는 광해군 때 허균許筠이 지은 『성소복부고惺所覆瓿藁』가 가장 처음이다. 또 정조 때 이규경李奎景의 『오주연문五洲衍文』에도 『서유기』에 대한 기사가 실려 있다.

국내 연구자들에 따르면 『서유기』의 내용은 『옹고집전雍固執傳』, 『홍길동전洪吉童傳』, 『전우치전田禹治傳』, 『구운몽九雲夢』, 『옥루몽玉樓夢』 같은 우리나라 고소설에도 많은 영향을 끼쳤다고 한다.

신화로 부활한 고대사

　삼장법사가 실존 인물이었던 현장을 모델로 했다면, 손오공은 누구를 모델로 했을까? 중국 고대 신화에 보면, 무지기無支祁라는 물귀신이 나온다. 전하는 바로는 그 괴물이 원숭이를 닮았다고 한다. 이마는 넓고, 코는 납작하며, 부리부리한 눈에 날카로운 이빨을 가지고 있었다. 그 물귀신은 힘이 세고 행동이 민첩했다. 하지만 나중에 우禹에게 붙잡혀 회음淮陰의 거북산 밑에 갇혔다고 전한다. 일부 학자들은 이 무지기가 바로 손오공의 원형일 것이라 추측한다.

　이와 달리 손오공의 원형이 인도에서 전래되었다는 견해도 있다. 고대 인도의 유명한 서사시 『라마야나Ramajana』에 보면 '하누만'이라는 원숭이신이 등장한다. 이 원숭이신이 마궁을 한바탕 뒤엎는다는 내용이 나오는데, 손오공의 행동과 비슷하다. 그래서 하누만을 손오공의 원형으로 추정한다. 심지어 어떤 학자는 중국 고유의 귀신과 외래 귀신의 모습이 결합하여 생겼다고도 한다. 여러 학설이 있지만, 어느 누구도 뚜렷한 증거를 제시하지 못하고 있다. 확실한 증거가 없는 상황에서, 어느 한 가지에서만 영향을 받았다고 단정하기 어렵다.

또 다른 신선요괴소설

　앞에서 잠깐 언급한 『봉신연의』도 신선이나 마귀들을 다룬 작품이다. 원나라 때 『무왕벌주평화武王伐紂平話』를 토대로 명나라 융경隆慶 시기(1567~1572)에 만들었다. 초기에는 『상주연의商周演義』라고 불리다가, 언제부터인가 『봉신연의封神演義』 또는 『봉신방封神榜』이라고 부르게 되었다. 120회본과 200회본이 있다고 하는데, 지금은 200회본만 남았다. 작자는 확실치 않아서, 허중림許仲琳이라는 설과 육서성陸西星이라는 설이 있다.

예로부터 상商나라 주왕은 포학하고 색을 밝히는 것으로 악명이 높았다. 반면 인자하고, 백성을 사랑하며, 정의로운 주周나라 무왕武王은 그런 주왕의 신하였다. 한편 주 무왕에게는 충직한 신하인 강자아姜子牙가 있었다. 그가 곧 강태공姜太公이다. 강태공은 오늘날 낚시꾼을 일컫는 말로 쓴다.

이렇게 연결하는 데에는 다 이유가 있다. 강태공은 거의 평생을 외롭고 쓸쓸히 보냈다. 자신을 알아줄 사람과 좋은 기회를 얻지 못했기 때문이다. 그렇지만 그는 언젠가 반드시 자신의 진가를 알아줄 사람과 기회가 오리라고 확신했다. 그래서 그때를 기다리며 위수渭水에서 미늘 없는 낚시로 낚시질하며 세월을 보냈다. 고기를 잡는 것이 목적이 아니었기 때문이다. 이 때문에 사람들은 강태공을 낚시꾼과 연결시킨다.

또 중국인들은 "태공이 낚시할 때면 낚싯줄이 물 위로 세 치 이상 떠 있었다(太公釣魚, 離水三寸)"고 말한다. 이 말도 고기를 낚으려는 의지가 없다는 뜻이다. 이런 의미가 바뀌어 그냥 "태공이 낚시질하다(太公釣魚)"라는 말만 쓰면, '쓸데없는 짓'이나 '의미 없는 행동'을 가리키게 되었다.

그는 마침내 82살이 되던 때, 우연히 주 문왕文王을 만난다. 그 뒤에는 문왕의 아들 무왕을 보좌하여 상나라 주왕을 몰아낸다. 이 사건

16
손오공과 함께 한 미지의 세계 ·

375

고기를 낚지 않는 강태공의 낚시질.

은 역사에 기록된 사실이다. 『봉신연의』는 이런 역사를 신화화한 것이다. 그래서 주나라와 상나라의 싸움을 신선들의 싸움으로 바꾸었다.

예를 들어 양임楊任은 두 눈을 도려냈지만, 곧 손바닥에서 새로운 눈이 돋아났다. 또 뇌진자雷震子는 어깨 밑에 날개가 있어 하늘을 날 수 있었다. 그리고 토행손土行孫은 땅 속을 걸어 다닐 수 있어서 '땅숨이(土遁)'라고 불렀다. 고명高明과 고각高覺의 눈과 귀는 천리 밖의 것도 보고 들었다. 양전楊戬은 72가지 모습으로 둔갑할 수 있고, 머리가 셋에 팔이 여섯 개인 나타哪吒는 무한한 신통력을 부릴 수 있었다.

강태공은 주왕을 토벌하면서 이렇게 선언했다.

세상은 어느 한 사람의 것이 아니라, 세상 모든 사람들의 것이다.
天下者, 非一人之天下, 乃天下人之天下也.

이 말에는 민주적인 요소가 뚜렷하다. 그러나 운명론을 제창하거나 부녀자를 경시하는 등 부정적인 요소도 적지 않다. 예술적으로도 허점이 많다. 그래서 작자는 "『서유기』, 『수호전』과 함께 3대 작품이 되고자 하는(欲與西遊記水滸傳鼎立而三)" 욕심을 냈지만, 별로 성공한 것 같지는 않다.

명나라
희곡의 세계

잡극雜劇
전기傳奇
탕현조湯顯祖

탕현조가 쓴 『모란정』의 한 장면.

명나라 잡극의 이모저모

중국 고전문학에서 소설과 희곡은 밀접한 관계였다. 지금까지 살펴본 대로 명나라 때 소설이 그토록 발전했다면, 희곡도 함께 발전했을 것이 당연하다. 명나라 때에도 원나라 때의 전통을 계승하여 여러 잡극 작품들이 나왔다. 앞에서도 두 황족 작가를 소개한 적 있다.

그런데 명나라 때에는 새로운 희곡 양식이 등장한다. 그것은 바로 남희의 전통을 계승하고 발전시킨 '전기傳奇'이다. 이를 당나라 때의 소설인 '전기'와 헷갈리는 것을 피하고자, '당 전기'와 '명 전기'로 구분한다. 당 전기는 소설을 말하고, 명 전기는 희곡을 말한다. 이러한 명 전기의 출현으로 연극 무대의 판도도 바뀌었다. 이전까지 잡극이 우세하던 연극계가 전기의 우세로 돌아선 것이다.

그동안 잡극도 자체적으로 많은 변화를 시도했다. 1본本에 네 마디(四折)로 정해졌던 규칙도 완화되어, 자유롭게 더하고 뺄 수 있었다. 사용하는 곡조도 북곡에 한정하지 않고, 남곡을 끌어들여 남북 연합곡이 생겼다. 심지어 완전히 남곡의 곡조만 사용하는 작품도 생겼다. 이런 작품을 '남잡극'이라고 불렀다.

명나라 중기의 잡극 작가

명나라 중기의 잡극 작품으로 유명한 것은 왕구사의 『두자미고주유춘杜子美沽酒遊春』과 강해의 『중산랑中山狼』 및 서위의 『사성원四聲猿』 등이다.

왕구사王九思(1468~1551)의 자는 경부敬夫이고, 호는 미피渼陂이다. 그는 호현鄠縣(오늘날의 섬서성 호현戶縣) 사람이다. 왕구사는 '전칠자前七子'의 일원이었다. 전칠자는 명나라 때의 문학 유파 가운데 하나인데, 뒤에서 명나라의 시와 산문을 다루면서 살펴보겠다.

그가 쓴 『두자미호주유춘』은 '두보가 술을 사서 봄나들이하다' 라는 뜻이다. 그런데 제목에 담긴 풍류의 느낌과는 달리, 내용은 매우 침울하다.

글에서 두보는 안·사의 난이 끝난 뒤 서울인 장안의 곡강曲江을 다시 찾았다. 하지만 그토록 번화하던 거리는 적막하기 그지없었고, 궁궐은 무참하게 파괴되었다. 두보는 어질고 실력 있는 사람들을 멀리하여 나라를 그 지경을 이끈, 간신 이림보李林甫에 대해 끓어오르는 분노를 참지 못했다.

사실 왕구사는 이 작품을 빌어 자신의 울분을 해소하고자 했다. 고위 관직에 있다가 두 번이나 강등을 당하고, 결국 관직을 그만 둔 그로서는 충격이 이만저만 아니었다.

강해康海(1475~1540)의 자는 덕함德涵이고 호는 대산對山이다. 그는 무공武功(오늘날의 섬서성 무공현) 사람이다. 그도 왕구사와 함께 전칠자의 한 명이다. 강해의 『중산랑』은 말 그대로 '중산의 이리' 라는 일종의 우언이다. 이는 명나라 문단의 상황을 여실히 보여주는 사건을 빗댄 이야기이다. 이 이야기도 뒤에서 명나라의 '순문학' 계열을 살펴보면서 자세히 말하겠다.

정신병에 시달린 작가

　서위는 왕구사와 강해보다 한참 뒤에 활동한 작가이다. 서위徐渭 (1521~1593)의 자는 처음 문청文淸이었는데, 나중에 문장文長으로 바뀌었다. 호는 천지산인天池山人이고, 산음山陰(오늘날의 절강성 소흥시) 사람이다. 그는 명나라 문단에서도 유명한 괴짜였다. 어린 시절 '신동' 소리를 들으면서 스무 살에 수재秀才가 되었지만, 이후 계속 본과 시험에 낙방하여 관운이 따르지 않았다. 마흔 살이 다 되어서야 겨우 절민浙閩 지역 총독 휘하의 막료가 될 수 있었다.

　서위는 고집이 세고 오만하여, 모든 규제와 예의범절을 무시했다. 그 때문에 많은 사람들에게 미움을 샀다. 이에 우울한 나날을 보내다가 신경 쇠약 증세를 보이기도 했다. 마흔다섯 살이 되던 해(1565)에는 자신의 묘지명을 쓰고 자살을 결심한다. 도끼로 자신의 머리통을 내리쳤으나, 다행인지 불행인지 죽지 않았다. 이후에도 9번이나 자살을 시도했지만, 번번이 실패했다. 그 과정에서 정신 이상 증세가 악화되어, 결국 의처증으로 아내를 죽이고 7년 동안 감옥에서 생활해야 했다. 그 뒤 여생을 시와 그림을 팔면서 어렵게 살았다.

　『사성원四聲猿』은 그가 지은 잡극 4부의 총칭이다. '사성원'이란 제목에는 심각한 의미가 있다. 옛말에 이런 말이 있었다.

　사천의 동쪽 삼협이라 무협은 길고, 원숭이의 울부짖음에 눈물이 옷을 적신다.
　巴東三峽巫峽長, 猿鳴三聲淚沾裳.

9번이나 자살을 시도했지만,
번번이 실패한 서위의 초상.

또 전설에 따르면, 삼협을 지
나던 어느 선주船主가 원숭이 새
끼를 잡아 배에 싣고 갔다. 그런
데 그 새끼의 어미가 울부짖으면
서 배를 따라왔다고 한다. 한참을
따라오던 어미는 결국 탈진하여
죽고 말았다. 선주가 죽은 어미의
배를 갈라 보니, 창자가 모두 끊
어져 있었다고 한다.

　서위는 바로 이 점에 착안했다. 자신의 작품 모두가 비극은 아니지
만, 전체적으로 인생의 슬픔을 다루었다고 생각한 것이다. 서위 자신
의 인생 체험이 그처럼 심각한 제목을 짓게 했다.

　첫 작품인 「광고리狂鼓吏」는 삼국시대의 명사인 미형彌衡이, 죽은
뒤에 사후 세계에 가서도 북을 두드리며 조조를 욕했다는 이야기이
다. 이를 보고 서위가 미형의 입을 빌어, 당시 실권자인 엄숭嚴嵩을
비난했다고 말하는 사람도 있다.

　두 번째 작품인 「취향몽翠鄕夢」은 옥통玉通 스님이 죽었다가 환생하
는 이야기로, 줄거리가 흥미진진하다.

　「자목란雌木蘭」은 잘 알다시피, 화목란이 여자의 몸으로 군대 생활
을 한 이야기이다.

　마지막으로 「여장원女狀元」은 황숭하黃崇嘏란 여성이 남자로 변장
하고 시험을 봐, 장원으로 합격한다는 이야기이다. 그녀는 목란과 더

붙어 남성이 능력을 뛰어넘고 있다. 우리는 이를 통해 시위의 여성관을 엿볼 수 있다.

특히 「여장원」은 작품 전체에 남곡을 활용했다. 이렇게 볼 때 서위가 남잡극의 형식을 선도했다고 말할 수 있다. 결과적으로 서위의 희곡 창작은 쇠퇴하던 잡극 분야에 새로운 활력을 불어넣었다.

그는 또 『남사서록南詞敍錄』이라는 희곡 이론서를 쓰기도 했다. 이는 남희만 전문적으로 다룬 유일한 이론서이다.

서위의 삶은 고난의 연속이었으나, 그가 남긴 시문과 희곡 작품, 글씨 및 그림은 후배들에게 깊은 영향을 남겼다. 이후 문단의 개혁을 주도했던 원굉도袁宏道는 우연히 서위의 시문집을 읽다가 이렇게 감탄했다고 한다.

"이것이 누구의 작품이지? 요즘 사람이야 옛날 사람이야?"

그리고는 서위를 '명나라 제일의 문인'으로 추켜세우고, 서위의 시문집을 편집 발간하고 친히 서문을 썼다.

『보검기』

앞에서 명나라의 잡극을 대충 살펴보았다. 이제는 앞서 언급했던 '명 전기'를 살펴보자.

먼저 전기는 남희의 기반 위에서 발전했다. 그래서 체제와 규칙은 남희와 큰 차이가 없다. 전기도 남곡에만 얽매이지 않고, 남북 연합곡의 형식을 보편화시켰다. 배역과 역할도 더욱 세분화하여, 남희에서는 7개였던 배역이 전기에서는 12개로 늘어났다.

이러한 특징의 명나라 전반기를 대표하는 전기 작품으로는 『보검기』와 『명봉기』 및 『완사기』 등을 꼽을 수 있다. 그 가운데 이개선이 쓴 『보검기寶劍記』가 시기적으로 가장 빠르다.

이개선李開先(1502~1568)의 자는 백화伯華이고, 호는 중록中麓이다. 그는 산동 장구章丘 사람이다. 그는 진사에 합격하여 관리 생활을 했다. 그런데 부패한 조정을 비판하다가, 당시 실권자였던 하언夏言과 엄숭에게 미움을 사 관직을 박탈당했다. 그 뒤 20여 년 동안 줄곧 고향인 산동에 머물면서 한가로이 생활했다. 하루 종일 시를 읊고 노래를 지으며, 극본과 민간의 노래들을 수집했다. 덕분에 그의 집에는 장서가 차고 넘쳐, '사산곡해詞山曲海'라는 말을 들었다. '사와 곡에 관련된 책이 산더미를 이루었다'는 말이다.

『보검기』에서는 임충林冲의 이야기를 다루었다. 이 극본에서는 임충을 완전히 사대부의 모습으로 그렸다. 임충이 고구高俅와 동관東貫 같은 간신과 싸우다가, 결국 원수를 갚고 아내와 재회한다는 줄거리이다. 이는 앞서 『수호전』을 다룰 때 나왔던 내용이다. 임충이 고구 부자의 미움을 사, 그들의 계략에 빠져 도망치는 이야기이다. 임충이 고구의 부름으로 시내에서 산 보검을 들고 백호절당에 들어갔다가 계략에 빠진다. 그래서 제목이 '보검기'이다. 이 작품에서 임충은 다분히 정치적인 색채를 띤다. 이는 이개선이 엄숭에게 당한 핍박과 무관하지 않다.

극중에서는 제37출 「임충이 한밤에 도망치다」라는 부분이 가장 뛰어나다. 감정과 풍경이 어우러져, 비장하고 침울한 분위기가 연출된다. 임충은 이루 말할 수 없는 울분과 고통을 안고 양산으로 향했다. 사랑하는 아내와 늙으신 어머니를 남겨 두고 쫓겨 갈 수밖에 없는 임

춤이 신정이 독자에게 깊은 감동을 준다.

당시에는 극본에 따라 '읽을거리'의 희곡과 '볼거리'의 희곡이 따로 있었다. 따라서 '읽을거리'의 희곡은 애초부터 무대에서 상연하는 것을 전제하지 않았다. 그런 작품을 '책상 희곡(案頭戲)'이라고 불렀다. 그렇지만 이「임충이 한밤에 도망치다」라는 부분만큼은 '단막극(折子戲)' 형태로 만들어 널리 공연되었다. 지금까지도 경극京劇과 대표적인 지방극인 곤곡崑曲으로 꾸준히 공연되고 있다.

『명봉기』

『명봉기鳴鳳記』는 확실치 않지만 왕세정 문하의 작가가 지은 작품이라고 알려져 있다. 또 아예 왕세정이 지었다는 주장도 있다.

왕세정王世貞(1526~1590)의 자는 원미元美이고, 호는 봉주鳳洲 또는 엄주산인弇州山人이다. 그는 태창太倉(오늘날의 강소성 태창시) 사람이다. 그는 '후칠자後七子'를 이끈 거물급 인사로, 진사에 합격하여 형부상서形部尙書까지 지냈다. '후칠자'도 '전칠자'처럼 문학 유파 가운데 하나인데, 나중에 다시 설명하겠다.

세종世宗 주후총朱厚熜은 불로장생을 추구하고 도교를 숭상하여, 그 폐단이 이만저만 아니었다. 도사들을 신봉하여 그들에게 고관대작을 맡길 정도였다. 그리고 비공개로 도사들의 상소문을 받아 그들의 의견을 반영했다. 이런 일로 신하들의 불만을 사서 1542년에는 암살을 당할 뻔했다. 이를 겪은 뒤 그의 도교 숭배를 비판하는 신하들은 가차 없이 파면하거나 사형을 내렸다.

그런데 엄숭嚴嵩은 제사를 잘 지내고, 비공개 상소문을 잘 지었다. 이 때문에 세종의 총애를 얻어, 20년 동안이나 재상 자리를 유지했다. 그러나 그는 사리사욕에 눈이 어두워, 정치는 아예 뒷전이었다. 왜구를 막는 데 공이 많은 장군을 자살로 내몰고, 수도 근처까지 침입한 타타르 군대를 진압하지 않고 방치하는 등 그의 실정失政은 끝이 없었다. 이후 양계성楊繼盛 등의 충신이 죽음을 무릅쓰고 힘겹게 투쟁한 끝에 엄숭을 몰아냈다. 강직한 성격의 왕세정도 간신 엄숭과 과감히 맞서 싸웠다. 아울러 충신 양계성에게 깊은 동정을 표했다.

『명봉기』는 이처럼 당시 조정 안팎과 전국을 뒤흔들었던 엄숭 반대 투쟁을 다루었다. 극중에서는 양계성과 추응룡鄒應龍 등 '8명의 직언파 신하(八諫臣)'가 한 진영을 형성하고, 엄숭 부자父子와 조문화趙文華 등의 간신배가 반대 진영을 형성한다. 충신들은 죽음도 두려워하지 않았다. 한 사람이 죽으면 다른 사람이 뒤를 이어 어지러운 정치를 바로잡으려 했던 그들의 모습이 비장한 아름다움을 느끼게 한다.

이전까지의 희곡은 언제나 옛날 사건에 빗대어 현실을 풍자하거나, 허구적인 이야기가 대부분이었다. 그런데 『명봉기』는 처음으로 당시에 발생한 중대한 정치 사건을 작품 속으로 직접 끌어들였다.

『완사기』

『완사기浣紗記』의 작가는 양진어梁辰魚(1521?~1594?)이다. 그의 자는 백룡伯龍이고, 호는 소백少白 또는 구지외사仇池外史이나. 그는 곤산崑山(오늘날의 강소성 곤산시) 사람이다. 그는 아주 재미있는 작가였다. 키가 크고, 당당한 체구에 수염까지 길러서 문인이 아니라 협객 같았다고 한다.

그런 그는 관직에는 별 뜻이 없어, 오로지 희곡 음악을 연구하는데에만 몰두했다. 덕분에 당시 유명하다는 문인들은 거의 모두 그와 교분을 나누었다. 그의 이름이 알려지자, 내로라하는 명창과 춤꾼들이 앞을 다투어 몰려들어 가르침을 청했다. 그래서 그의 집 앞은 언제나 값나가는 선물을 들고 몰려든 예술인들로 북적댔다.

『완사기』는 월越나라의 모사謀士 범려范蠡와 미녀 서시西施의 사랑이 기본 줄거리이다. 이를 바탕으로 춘추시대 오吳나라와 월나라의 전쟁 이야기를 다루고 있다.

중국의 셰익스피어

그래도 명나라를 통틀어 가장 위대한 희곡 작가를 꼽으라면, 당연히 탕현조를 들 수 있다.

탕현조湯顯祖(1550~1616)의 자는 의잉義仍이고, 호는 해약海若 또는 청원도인淸遠道人이다. 만년에는 약사若士라고도 불렀다. 그는 강서江西 임천臨川(오늘날의 강서성 임천시)사람으로서, 유서 깊은 가문에서 태어났다. 몇 대째 이렇다 할 관리를 배출하지 못했지만, 지역사회에서는 여전히 높은 명망을 유지했다.

탕현조도 일찍부터 탁월한 재능을 보여, 21살에 지방 시험(鄕試)에 합격했다. 스물여덟에 중앙 시험을 보려고 서울로 올라갔을 때에는, 이미 그의 이름이 널리 알려진 상태였다. 그런데 공교롭게도 바로 그 해(1577) 재상이던 장거정張居正의 아들도 시험에 참가했다. 장거정은 아들을 합격시키려고, 대신 당시 유명 인사들의 합격을 보장했다. 그러나 탕현조는 이 제의를 거절했다. 그는 고위 관리의 세력을 등에 업고 합격하기를 원치 않았다. 그만큼 자신의 재능을 믿은 것이다. 더구나 그들의 기세를 북돋아 주는 일은 더더욱 싫었다.

그 결과, 그는 과거에서 낙방했다. 3년 뒤에도 똑같은 일이 반복되었다. 그렇게 그 뒤에도 4번 모두 낙방한다. 그러다 1582년 장거정이 죽고, 1583년에야 진사에 합격했다. 그때 그의 나이 서른네 살이었다.

그 뒤로도 여러 번 고위 관리들이 회유했으나, 그때마다 거절했다. 그래서 남경의 한직閑職으로 내쳐지고 말았다. 그래도 그의 강직한 성격은 여전했다. 불의를 참지 못하고, 어떤 문제라도 과감히 자신의 의견을 제시했다. 그래서 '미친놈(狂奴)' 소리를 들은 적이 한두 번이 아니었다.

언젠가는 상소문을 올려 집권자와 황제를 싸잡아 비판한 적이 있다. 이에 조정은 발칵 뒤집혔고, 그는 대륙의 땅 끝에 해당하는 뇌주雷州 반도의 작은 마을로 폄적되었다. 이곳은 당시에는 가장 오지였다. 바다만 건너면 바로 해남도海南島였다.

그래도 2년 뒤에는 사정이 좀 나아졌다. 그는 절강성의 산골 마을로 배치 받아 촌장(知縣)이 되었다. 그러나 탕현조는 이 모든 것에 개의치 않았다. 그는 자신이 맡은 지역사회를 위해 최선을 다해 노력했다.

그는 탐관오리를 몰아내고, 지역 유지와 부호들의 세력을 견제했다. 등불을 내거는 정월 대보름이면, 관아의 죄수들을 집으로 보내

가족들과 지내도록 배려하기도 했다. 그러자 반대 세력들이 나서서 공무를 소홀히 한다는 누명으로 상부에 보고했다. 일찍부터 관직에 염증을 느끼고 있던 탕현조는, 그 사실을 알고 크게 화를 내며 스스로 관직을 그만두었다. 그리고는 고향으로 돌아가, 죽을 때까지 더 이상 어떠한 관직에도 나가지 않았다.

죽었다 살아난 두여낭

고향으로 돌아온 탕현조는 극본 창작에 전력하는 한편, 스스로 연출과 연기를 하기도 했다. 그의 고향 임천은 유명한 지방극인 해염강 海鹽腔이 성행하여, 직업 배우만 1천여 명이나 되었다. 탕현조는 바로 이러한 연극의 열기를 이끄는 지도자였다.

그의 노년 생활은 궁핍했지만, 희곡 창작에서 얻는 즐거움은 이루 말할 수 없었다. 그의 서재인 옥명당玉茗堂에는 그를 찾아와 문학과 연극을 토론하는 친구들이 끊이지 않았다. 창밖으로 꿀꿀대는 돼지와 목청을 돋우는 닭은 그들의 흥을 돋우었다. '옥명玉茗'이란 차나무의 일종으로, 백산차라고도 한다. 탕현조가 지내던 방 앞에 그 나무가 있어서, 서재 이름을 지었다고 한다.

탕현조는 많은 작품을 썼다. 그 가운데 『자차기』, 『모란정』, 『한단기』, 『남가기』라는 네 작품이 가장 유명하다. 이 작품들은 모두 꿈과 관련되어 있어서, '임천사몽臨川四夢' 또는 '옥명당사몽'이라고 불렸다.

그 가운데 『남가기』는 바로 '당 전기'에 나오는 그 「남가태수전」 이야기에서 비롯된 것이다. 다른 작품들도 '당 전기'에서 소재를 빌어 왔다. 그밖에도 그가 쓴 많은 시들이 『옥명당집』과 『홍천일초紅泉逸草』 등의 시집에 남아 있다.

'사몽' 가운데 가장 뛰어난 작품은 『모란정牧丹亭』이다. 이를 『환혼기還魂記』라고도 하는데, 내용은 다음과 같다.

남송 시대 남안南安 태수였던 두보杜寶에게는 열여섯 살 된 여낭麗娘이라는 딸이 있었다. 그는 딸을 끔찍이 사랑하여 품에서 놓지 않았다. 그래서 두여낭은 대문 밖을 나서지도 못했고, 심지어 뒤뜰 정원에도 가지 못했다. 그저 하루 종일 시녀인 춘향春香과 가정교사와만 함께 지낼 뿐이었다. 가정교사는 고리타분한 할아버지라서 경전을 낭독하는 것이 고작이었다.

어느 따스한 봄날, 두여낭은 따분한 책을 집어 던지고 춘향과 함께 몰래 뒤뜰에 가서 놀았다. 정원에는 온갖 새들이 지저귀고, 모란꽃이 활짝 피어 있었다. 여낭은 너무 기쁜 나머지 살짝 흥분하기까지 했다. 그러나 차츰 서글픈 마음이 들었다. 봄꽃이 피고 지듯이, 자신도 언젠가는 젊음을 잃고 세상을 떠나지 않을까 하는 생각에서였다. 여낭은 탄식하며 방으로 돌아와, 피곤하여 침대에 누웠다.

그런데 얼마나 지났을까, 갑자기 몸이 가벼워지더니 다시 정원으로 돌아간 듯했다. 그때 갑자기 어디서 왔는지 잘생긴 청년이 나타나, 버들가지를 꺾어 그녀에게 건네는 것이 아닌가? 잠깐이지만 두 청춘 남녀는 모란정에서 꿈에도 잊지 못할 아름다운 시간을 보냈다. 그러다가 문득 잠에서 깨니, 이 모두가 꿈이었다.

그때부터 두여낭은 넋이 나간 사람처럼 하루 종일 멍하니 지냈다. 몸도 하루하루 쇠약해졌다. 그녀는 자신이 오래 견디지 못하리라는 겄음 알고는, 붓을 들어 비단에디가 자화상을 그리고 시를 한 수 적었다. 마지막 두 구절은 이렇게 지었다.

뒷날 과거 급제한 선비님 뵙는다면   他年得傍蟾宮客

매화 곁이 아니라 버들 곁이 되리라   不在梅邊在柳邊

중추절이 지나고 마침내 여낭은 세상을 떠났다. 그녀의 시신은 정원에 있는 매화나무 아래에 묻히고, 그녀의 자화상은 태호석太湖石 아래에 묻혔다.

오래지 않아 그녀의 아버지 두보는 양주揚州로 발령을 받았다. 그는 떠나기에 앞서 정원에 매화암梅花庵을 짓고, 여도사 석石씨를 불러 딸의 묘를 지키며 명복을 빌어 달라고 부탁했다.

3년이 흐른 뒤, 유몽매柳夢梅라는 선비가 서울로 과거 시험을 치르러 가다가 매화암에 들렀다. 그는 황폐해진 정원을 거닐다가, 우연히 태호석 밑에서 한 여인의 초상화를 발견했다. 그는 초상화에서 "매화 곁이 아니라 버들 곁이 되리라"는 시구를 보았다. 이를 본 그는, 문득 몇 년 전에 꾼 꿈이 생각났다. 아름다운 아가씨가 매화나무 아래에서 유생柳生을 부르는 꿈이었다. 원래 이름은 유생이었는데, 그 꿈을 잊지 못하여 몽매夢梅로 이름을 바꾸었다. 유몽매는 초상화를 보고는 아침저녁으로 생각에 잠겼다. 과연 이 여인은 누구일까?

그러던 어느 날 저녁, 그가 막 잠이 들려 할 때였다. 갑자기 한 아리따운 아가씨가 들어오더니, 자신을 이웃집 여자라고 소개했다. 두 사람은 첫 만남인데도 오랜 연인 같은 느낌이 들었다. 그날 이후 두 사람은 날마다 만나며 사랑을 싹틔워 갔다.

하루는 그 아가씨가 몽매에게 충격적인 고백을 했다. 자신이 바로

중국의 셰익스피어 탕현조.

초상화 속의 여인이며, 지금 정원에 묻혀 있다는 것이다. 그러면서 무덤을 열고 자신을 꺼내 주면, 다시 살아날 수 있다는 말도 덧붙였다. 몽매는 뛸 듯이 기뻤다. 그는 매화암을 지키는 여도사와 상의하여 길일을 택해 무덤을 열었다. 그러자 과연 여낭이 살아 나왔다. 두 사람은 함께 그곳을 떠나 임안으로 향했다.

유몽매는 과거 시험을 치른 뒤, 사위 자격으로 장인 두보를 찾아뵈었다. 이미 딸의 무덤이 파헤쳐졌다는 소식을 들은 두보는, 유몽매가 제 발로 찾아오자 사람들을 시켜 관아로 끌고 갔다.

그 시간, 수도 임안에서는 시험 결과가 발표되었다. 몽매가 1등 장원으로 뽑혔다. 그런데 장원이 어디에도 없었다. 그때 유몽매는 두보의 관아에서 곤장을 맞고 있었기 때문이다. 두보는 시험관이 와서 유몽매의 신분을 확인한 뒤에야 몽매를 풀어 주었다. 결국 황제의 주례로 몽매와 여낭은 부부가 된다. 그리고 두보도 딸의 결혼을 인정하고 축복하는 가운데 대단원의 막이 내린다.

극중에서 두여낭은 감정이 풍부한 아가씨로 나온다. 하지만 안타깝게도 관료 집안에서 태어나, 아버지의 엄격한 통제 속에서 자랐다. 선생님도 아버지와 비슷했다. 그러다 보니 감수성이 풍부한 두여낭을 봉건적인 예이 도더이 무겁게 짓눌렀디. 그녀는 오직 꿈속에서만 사랑의 달콤함을 느낄 수 있었다.

이렇게 볼 때 억압과 고통에서 벗어나는 길은 오직 죽음밖에 없었던 것이다. 그러나 진실한 사랑은 생사의 한계를 초월했다. 애타게 기다리던 임이 다가오자, 여낭은 죽음을 딛고 되살아났다. 사랑을 위하여 "산 사람이 죽고, 죽은 사람이 살아난(生者可以死, 死可以生)" 것이다.

이것이 바로 『모란정』의 주제이다. 이런 주제는 지금 보면 너무 평범하지만, 봉건 예교를 숭상하고 인간성을 억압하던 봉건사회에서는 대단한 견해이다.

수많은 여인들을 울린 『모란정』

탕현조는 대단한 작곡가이기도 하다. 그가 지은 곡은 서정성이 풍부하고, 우아하면서도 맑고 아름다웠다. 가사도 곡에 못지않게 아름다웠다. 『모란정』의 제10출「꿈에 놀라(驚夢)」라는 부분에 나오는 노래 '조라포皂羅袍'는 너무나 유명하다.

본디 온갖 꽃들 울긋불긋 만발했건만, 이제는 이처럼 우물물 끊기고 담장이 무너진 채 내맡겨져 있네. 호시절에 아름다운 경치 펼쳐지건만 어이 하리오, 마음속 사람과 즐거움을 누리는 이 그 누구인가! ……아침에 일고 저녁에 걷히는, 구름과 노을 스치는 비취빛 처마, 비끼는 비와 한줄기 바람, 안개를 헤치는 화려한 배. 비단 병풍에 갇힌 사람은 눈

부신 봄날을 덧없이 보내노라!

　　原來姹紫嫣紅開遍. 似這般都付與斷井頹垣. 良辰美景奈何天,
賞心樂事誰家院. ……朝飛暮捲, 雲霞翠軒. 雨絲風片, 煙波畫船.
錦屛人忒看的這韶光賤.

"차자언홍姹紫嫣紅"이란 가지각색의 아름다운 꽃을 일컫는 말로 현
대 중국어에서도 쓰는 말이다. "아침에 일고 저녁에 걷히는"으로 시
작하는 구절은, 초당의 시인 왕발이 지은 「등왕각滕王閣」이란 시에 나
오는 다음 구절에 영향을 받았다.

　아침엔 남포의 구름이 채색기둥을 흘러 지나가기도 했을 터이고
　　　　　　　　　　　畵棟朝飛南浦雲
　저녁엔 붉은 색 발을 말아 올려 서산에 내리는 비를 바라보았으리라
　　　　　　　　　　　朱簾暮捲西山雨

　앞서 왕발을 살펴볼 때, 산문인 「등왕각서」만 다루고 시는 언급하
지 않았다. 위의 「등왕각」이란 시는 「등왕각서」를 짓고서 곧바로 지
은 것이다. 시도 「서」만큼 뛰어나서 모두들 감탄했다고 한다.
　대자연의 봄빛은 이처럼 사람을 유혹하는데, "비단 병풍에 갇힌 사
람(錦屛人)"은 규방에서 꼼짝없이 갇혀 있다. 이 노래는 봄 햇살을 노
래하면서 두여낭의 괴로운 마음을 모두 보여주었다. 그래서 탕현조
의 『모란정』은 당시 억압받던 부녀자들의 심령을 자극했다. 전하는
바에 따르면, 어떤 사람은 『모란정』에 심취하여, 여낭의 처지를 불쌍
하게 여긴 나머지 가슴이 아파 죽었다고 한다. 이 일을 전해들은 탕
현조는 「누강의 여인을 슬퍼하며(哭婁江女子)」란 다음의 시를 지어 그

녀의 명복을 빌었다.

<table>
<tr><td>화려한 촛불 금빛 누각 흔들고</td><td>畵燭搖金閣</td></tr>
<tr><td>진주 같은 눈물 수놓은 창 적시었다</td><td>眞珠泣綉窓</td></tr>
<tr><td>이 노래로 얼마나 가슴 아팠으면</td><td>如何傷此曲</td></tr>
<tr><td>누강에 망연히 서 있는 걸까</td><td>偏只在婁江</td></tr>
<tr><td>어찌 정 때문에 죽었으리오</td><td>何以爲情死</td></tr>
<tr><td>슬픔 자체가 감동의 힘 지녀서인 것을</td><td>悲傷自有神</td></tr>
<tr><td>한때의 글 공력이</td><td>一時文字業</td></tr>
<tr><td>세상사람 마음을 뒤흔들 줄이야</td><td>天下有心人</td></tr>
</table>

또 항주에 살던 어느 여배우는 두여낭 역을 맡아 연기하다가, 자신이 두여낭이라는 망상에 사로잡혀서 공연할 때마다 눈물에 젖었다. 그러던 어느 날, 비극적인 '꿈을 좇아(尋夢)'라는 부분을 연기하다가 혼절하여 쓰러졌다. 놀란 사람들이 달려갔지만 그녀는 이미 숨을 거두었다고 한다. 믿을 수 없지만 『모란정』이 봉건사회를 살던 여성들에게 끼친 영향을 엿볼 수 있다.

자줏빛 옥비녀

『모란정』을 제외한 나머지 세 작품도 매우 유명하다. 그 가운데 『자차기紫釵記』는 당 전기인 「곽소옥전霍小玉傳」을 근거로 한 것이다.

극중에서 농서隴西 지방 선비인 이익李益은, 정월 대보름 원소절에 등불 축제를 보다가 '자줏빛 옥비녀(紫釵)'를 줍는다. 그 비녀의 주인은 곽왕霍王의 딸 곽소옥이었다. 당시 그녀는 집을 떠나 어머니와 살고 있었다. 이에 이익은 중매쟁이를 통해 결혼 의사를 밝히고, 스스로 곽씨 집에 들어가 데릴사위가 되었다.

그 뒤 이익은 진사에 합격하고, 국경에 나아가 큰 공을 세운다. 그러자 권세를 자랑하던 노盧 태위太尉가 강압적으로 이익을 사위 삼으려 했다. 그리고는 곽소옥에게 사람을 보내, 이익이 변심했다는 거짓말을 했다.

이 소식에 충격을 받은 소옥은 살아갈 힘을 잃고, 살림도 엉망이 되었다. 그녀는 할 수 없이 자줏빛 옥비녀를 내다 팔았다. 그런데 공교롭게도 그 비녀가 노 태수네 집으로 들어갔다. 태수는 이익에게 옥비녀를 들이대며, 소옥이 이미 다른 사람에게 시집갔다고 속였다.

그런데 의협심 강한 스님 한 분이 모든 내막을 알았다. 그는 준마를 구해 이익을 태우고, 그 길로 소옥의 집으로 향했다. 결국 이익과 소옥은 다시 만나고, 모든 진상이 밝혀진다. 그리고 자줏빛 옥비녀는 제 주인을 만난다. 부부는 처음 만난 그 마음으로 행복을 되찾았다.

이 작품에서 탕현조는 곽소옥에게 깊은 동정을 보였다. 그리고 극중 스님의 형상은 정말 믿음직스럽고, 칭찬받을 만하다. 그런데 이익에 대해서는 아무 평가를 내리지 않았다.

중국의 세익스피어가 그린 꿈의 세계

『한단몽邯鄲夢』도 『자차기』와 마찬가지로 당 전기에서 소재를 빌린 작품이다.

글에 등장하는 노생盧生은 언제나 벼락출세를 꿈꿨다. 그러던 어느 날, 그는 한단교 근처의 가게에서 여동빈呂洞賓이라는 사람을 만난다. 그는 노생에게 도자기로 된 베개 하나를 빌려주며, 그걸 베고 누워 보라고 했다. 베개를 베고 누운 노생은 곧 졸음이 오는가 싶더니, 그대로 꿈의 세계에 빠졌다.

꿈속에서 그는 부잣집 여자와 결혼한다. 그리고 서울에 올라가 과거 시험을 치른 뒤, 장원으로 합격한다. 관계에 진출한 그는 여러 애환을 거쳐, 마침내 재상의 자리까지 오른다. 이렇듯 온갖 부귀영화를 누리며 여든 살이 넘도록 살았다.

그런데 갑자기 잠에서 깨니, 자신은 여전히 가게 안에 있었다. 잠이 들기 전 가게 주인이 짓고 있던 기장밥이 채 익기도 전이었다. 그 순간 노생은 깊은 깨달음을 얻어, 여동빈과 함께 어디론가 떠난다.

이 이야기와 관련하여 '일장춘몽' 처럼 '허황된 꿈' 을 뜻하는 말로, '한단몽' 또는 '황량미몽黃粱美夢' 이란 말을 쓰기도 한다.

또 다른 작품인 『남가몽南柯夢』은, 앞서 언급했듯이 당 전기 「남가 태수전」을 무대에 올린 극본이다. 이것도 『한단몽』처럼 인생의 허무함과 덧없음을 다루었다.

탕현조가 이 두 극본을 쓸 때 그는 이미 늙었고, 더구나 아들을 먼저 보낸 상태였다. 그래서 시간이 갈수록 불교에만 심취하고, 정치에는 더 이상 관심을 기울이지 않았다. 이 두 극본에서 당시 탕현조의 그런 심리상태를 볼 수 있다.

탕현조의 '사몽'은 큰 영향력을 발휘했다. 많은 극작가들이 그의 풍격을 답습하여, 명나라 말기에는 '옥명당파' 또는 '임천파'라고 하는 학파를 이루기도 했다.

이러한 탕현조는 재밌게도 영국의 극작가 셰익스피어와 비슷한 시기에 살았다. 우연히 같은 해(1616)에 세상을 떠났다. 그래서 중국에서는 탕현조를 '중국의 셰익스피어'라고 부르며 떠받들기도 한다.

임천파

'임천파'에 속한 작가들은 맹칭순, 오병, 완대성 등이다. 임천파는 탕현조의 주장을 이어받아, 내용을 중시하고 문장의 아름다움을 추구했다. 그리고 격률에 얽매이는 것에 반대했다.

맹칭순孟稱舜은 전기『정문기貞文記』와 잡극『도화인면桃花人面』을 지었다. 그리고 오병吳炳은 전기『정우기情郵記』와『녹모란綠牧丹』을 지었다.

마지막으로 완대성阮大鋮은 전기『연자전燕子箋』과『춘등미春燈謎』를 지었다. 그의 작품 가운데 일부는 탕현조를 능가한다는 평가를 받기도 했다. 그러나 정치적으로 악명 높은 환관 위충현魏忠賢과 어울리고, 명이 멸망한 뒤 청나라에 투항하여 인격적으로는 많은 비난을 받았다. 이 때문에 그의 작품에 대한 전반적인 평가는 그리 좋지 않다. 청나라 때 유명한 극작가인 공상임은 자신의 작품『도화선』에서 완대성의 추태를 고발하기까지 했다.

오강파

임천파가 등장했을 무렵, '오강파吳江派'라는 학파도 있었다. 그들의 주장은 임천파와 전혀 달랐다. 그들은 극본을 공연하려면 반드시 "음률과 가락에 맞아야 한다(合律依腔)"고 주장했다. 그래서 문장의 아름다움은 그 다음 문제라고 했다. 읽을 때 문맥이 통하지 않아도, 유창하게 노래할 수만 있다면 문제가 없다고 본 것이다. 임천파와 오강파는 서로의 장점을 인정하고 수용하기는커녕, 고집스럽게 자신의 주장만 밀고 나갔다.

'오강파'의 창시자는 심경沈璟이다. 그는 오강吳江(오늘날의 강소성 오강시) 사람이다. 인생의 전반기를 관리로 보내다가, 나중에는 관직을 버리고 30여 년 동안 오로지 희곡 창작에 전념했다. 그의 전기 작품으로는 『홍거기紅蕖記』, 『의협기義俠記』, 『박소기博笑記』 등이 있다.

오강파에 속한 다른 작가로는 왕기덕王驥德, 여천성呂天成, 엽헌조葉憲祖 등과 명나라 말기의 원진袁晉, 심자진沈自晉 등이 있다. 왕기덕과 여천성은 희곡 이론가이기도 하다. 그들은 각각 희곡 전문 이론서인 『곡품曲品』과 『곡률曲律』을 지었다. 이 책에는 중국 희곡사에 관련한 귀중한 자료들이 실려 있는데, 해박하면서도 예리한 견해가 빛난다.

귀신이 맺어 준 사랑

당시 임천파와 오강파 어느 파에도 속하지 않고 좋은 작품을 남긴 작가들도 있다. 주조준의 『홍매기紅梅記』가 그런 작품이다. 주조준周朝俊(태어나고 죽은 해를 알 수 없음)의 자는 이옥夷玉이고, 사명四明(오늘날의 절강성 영파시寧波市) 사람이다.

『홍매기』에서 남송의 선비 배우裴禹는 항주 서호 주변을 유람하고 있었다. 그때 재상 가사도賈似道의 첩이던 이혜낭李慧娘이 우연히 배우를 보고는 첫눈에 반하여 중얼거렸다.

"저 청년, 정말 아름답구나."

그러나 이 말이 가사도의 질투를 불러일으키리라곤 생각하지도 못했다. 가사도는 혜낭을 잔인하게 살해한 뒤, 경고의 의미로 그녀의 머리를 다른 첩들에게 보였다.

배우는 이런 일이 있었는지 아무것도 몰랐다. 그는 늘 하던 대로 서호 주변에서 매화를 감상하다가, 이미 고인이 된 총병總兵의 딸 노소용盧昭容을 만난다.

그런데 가사도가 소용의 미모에 눈독을 들여, 그녀를 강제로 잡아다가 자신의 첩으로 삼으려 했다. 이에 배우는 노씨의 사위 행세를 하며 가사도의 집으로 찾아가, 소용을 내놓으라고 하다가 밀실에 갇히는 신세가 된다.

이처럼 위급한 순간, 갑자기 이혜낭의 혼백이 나타난다. 그녀는 배우를 서쪽 주랑으로 인도한 다음, 무사히 탈출하도록 돕는다. 그러자 가사도는 누가 감히 배우를 빼돌렸냐며 첩들을 심문했다. 그때 다시 이혜낭이 나타나 자기가 그랬다고 밝히고, 가사도의 잔인함을 비난했다.

　나중에 배우는 과거 시험에 3등으로 합격하고, 마침내 노소용과 부부가 된다. 그리고 가사도는 전투에 나갔다가 패하는 바람에 좌천되고, 결국 다른 사람에게 피살당한다.

　이 이야기는 진실성은 떨어지지만, 귀신이 나서서 자신이 이루지 못한 사랑의 인연을 맺어 준다는 설정이 재미있다. 극중에서 이혜낭의 형상은 매우 감동적이다. 그녀의 비참한 운명은 사람들의 가슴을 시리게 했다. 반면 죽은 뒤에도 대담하게 나서서 폭력에 맞서는 장면은 정말 통쾌하다.

　이 이혜낭의 이야기는 지금도 새로 만든 극본으로 연극 무대에서 상연되고 있다.

세상을 일깨우는 이야기

삼언三言
이박二拍
민가民歌

『이각 박안경기』의 서문.

풍몽룡과 '삼언'

이 장에서는 명나라 때의 '의화본擬話本소설'에 대해 살펴보자. 알다시피 송나라 때의 화본은 설화說話 예술인들이 지니고 있던 간략한 대본이었다. 그러던 것이 나중에 출판되면서 많은 인기를 얻었다. 그러자 시간이 흐를수록 화본을 모방한 단편소설들이 나타났다. 이렇게 화본을 모방하여 지은 작품을 사람들은 '의화본'이라고 불렀다.

이렇게 만든 의화본은 '구연되는 것(說話)'이 아니라, 오로지 책상 위의 읽을거리로만 제공되었다. 그래서 이야기 전개와 인물 묘사가 크게 발전했다. 그렇지만 한편으로는 민간 문학으로서 '설화 예술'이 가지고 있던 자유롭고 소박한 맛을 많이 잃어버렸다.

이러한 의화본의 번영기는 명나라 중기와 후기였다. 이때에는 몇몇 작가와 편집자들이 여러 권의 의화본 소설집을 펴내기도 했다. 그 가운데 '삼언'과 '이박'이 가장 뛰어나다.

'삼언'이란 3권의 단편 소설집을 총칭하는 말이다. 그 이름은 각각 『유세명언喻世明言』, 『경세통언警世通言』, 『성세항언醒世恒言』이다. 『유세명언』은 다른 이름으로 『고금소설古今小說』이라고도 한다.

그런데 그 이름들을 자세히 살펴보면 매우 재미있다. 곧 세상을 '빗대고(喻)' '놀래키며(驚)' '일깨우는(醒),' '밝고(明)' '널리(通)' '언제나(恒)' 읽히는 '이야기(言)'라는 뜻이다. 한동안 유행하던 "마음을 열어 주는 101가지 이야기"식의 책이라고 할 수 있다.

이 '삼언'의 편저자는 풍몽룡馮夢龍(1574~1646)이다. 그의 자는 유룡猶龍 또는 자유子猶이고, 장주長洲(오늘날의 강소성 오현吳縣) 사람이다. 그는 박학다식하고, 다양한 취미 생활을 즐겼다. 그러나 관직 생활에

『성세항언』에 실린 삽화.

서는 좌절을 거듭하다가,
쉰일곱이 되어서야 1차 지
방 시험을 거쳐 공생貢生이
되었다. 그 뒤로도 서당 선
생님이나 촌장 등을 맡았을
뿐이다.

풍몽룡은 자신이 몸담았
던 명 왕조를 매우 사랑했
다. 그래서 명이 망하자
『중흥위략中興偉略』 같은 책을 지어 애석함을 표현했다. 그는 나라 잃
은 슬픔으로 괴로워하다가, 오래지 않아 세상을 떠났다.

풍몽룡은 일생 동안 화본, 희곡, 민가 등의 민간 문학 작품을 열심
히 수집했다. '삼언' 말고도 장회章回 소설 『평요전平妖傳』을 증보增補
하고, 『신열국지新列國志』를 개작했다. 또 여러 편의 역사소설들을 감
정하기도 했다. 소주 일대의 민가 8백여 편을 모아서는 『괘지아掛枝
兒』와 『산가山歌』라는 2권의 민가집을 편찬했다. 이밖에도 『쌍웅기雙
雄記』를 비롯한 네다섯 편의 극본을 창작 또는 개편하고, 『지낭智囊』,
『고금담개古今譚概』, 『정사情史』, 『태평광기초太平廣記鈔』 등 여러 권의
수필(筆記小品)집을 냈다.

그야말로 직접 발로 뛰면서 열심히 글을 쓴 문인이라 할 수 있다.
이런 사람이 있었기에 민간의 문학 작품이 사라지지 않고 지금까지
전하는 것이다. 여기에는 그의 시집과 곡보曲譜는 아예 포함시키지도

않았다. 이처럼 평생을 '민간 문학'에 헌신한 작가는 아마도 전무후무할 것이다. 한마디로 민간 문학을 정리했다는 점이 풍몽룡의 업적이다.

풍몽룡은 진심으로 민간의 문학 작품을 좋아했다. 『산가』의 서문에서는 책을 펴내는 목적이 "남녀 사이의 진실한 감정을 빌어, 예의 도덕의 위선을 드러내기 위함(借男女之眞情, 發名教之僞藥)"이라고 밝혔다.

『유세명언』의 서문에서도 그러한 뜻을 밝혔다. 소설을 읽으면 겁쟁이도 용감한 사람이 될 수 있고, 음탕한 사람도 수절자守節者가 될 수 있다. 또 구두쇠도 남을 위하는 사람이 될 수 있고, 목석같은 사람도 감정에 북받쳐 눈물을 흘릴 수 있다고 했다. 아무리 날마다 『효경』과 『논어』를 떠받들어도 소설만큼 깊은 감동과 명쾌한 즐거움을 줄 수 없다고 했다. 그는 이렇게 소설이 가진 순기능을 높이 샀다.

'삼언'은 작품집마다 40편의 소설을 실어, 모두 120편이 수록되어 있다. 그 가운데 송원 화본이 대략 1/3을 차지하고, 나머지 70~80편은 모두 명나라 때의 의화본이다. '삼언'에 실린 작품은 대부분 풍몽룡의 손을 거쳐 윤색潤色되었기에 풍몽룡의 창작이라고 할 수 있다.

의화본 작품들의 내용은 다음의 몇 가지로 분류할 수 있다.

첫째, 남녀 사이의 사랑 이야기이다. 여기에서는 당시의 부녀자들이 겪는 불행과 그들이 추구하는 행복을 부각시켰다. 둘째, 당시 사회의 하층민이던 수공업자와 소규모 상인들을 전문적으로 다룬 작품이다. 사회적 신분은 낮았으나, 의리를 중시하고 재물에 연연하지 않는 등 많은 장점과 미덕을 지닌 모습으로 나온다. 셋째, 왕후장상의 이야기이다. 관리들의 추악한 모습과 통치자들의 이전투구泥田鬪狗의 양상을 적나라하게 보여주었다.

모든 작품의 내용이 이렇게 좋은 곳은 아니다. 그래서 봉건 도덕을 찬양하고, 운명론을 받아들이며, 노골적으로 성을 다룬 작품도 있다.

강물로 뛰어든 두십낭

먼저 사랑 이야기를 살펴보자. 우리가 볼 작품은 「두십낭노침백보상杜十娘怒沈百寶箱」이다. 제목의 뜻은 내용을 알면 쉽게 이해할 수 있다.

이갑李甲이란 선비가 북경에서 공부하고 있었다. 그러던 어느 날, 그는 기루에서 아름다운 기녀 두십낭을 보았다. 두 사람은 첫 눈에 반해 진심으로 사랑하게 된다.

처음 이갑은 두십낭을 위해 아낌없이 돈을 썼다. 기루의 왕엄마 두 씨는 당연히 언제나 그를 반갑게 맞이했다. 하지만 나중에 돈이 떨어지자, 그녀의 태도는 싸늘하게 변했다. 결국 이갑을 사랑한 두십낭은, 그동안 자신이 벌어 놓은 돈으로 몸값을 치루고 기루를 빠져 나왔다. 그리고는 아름다운 꿈을 간직한 채, 이갑과 함께 북경을 떠나 그의 고향으로 가는 배에 올랐다.

과주瓜洲를 지나면서 십낭은 이갑과 함께 선창에서 술을 마시며 노래를 불렀다. 그런데 이 노래가 옆 배에 있던 부자 상인 손부孫富의 주목을 끌었다. 바람둥이 손부는 구실을 만들어 이갑을 초대해, 술과 음식을 대접하면서 자연스럽게 두십낭에 대해 물었다.

한편 이갑은 고향에 돌아가기에 앞서 걱정이 태산이었다. 그의 아버지는 고지식한 관리라서, 아들이 기녀와 함께 돌아오면 난리가 날

형편이었다. 이갑은 부모님께 뭐라고 얘기해야 할지 막막했다. 흑심을 품고 있던 손부는 짐짓 이갑을 위로하는 척하며, 누이 좋고 매부 좋은 제안을 내고는 이렇게 말했다.

"일개 기녀에게 진실한 감정이 얼마나 있겠소? 그런데 당신은 어째서 그녀 때문에 집안을 시끄럽게 만들려고 하오? 차라리 그녀를 나에게 넘기시오. 내 그 대가로 천금을 드리리다. 그렇게 하면 전화위복이 되지 않겠소?"

이 말을 들은 이갑은 마음이 흔들렸다. 그 역시 이기적이고 귀가 얇은 사람인지라, 결국 양심을 저버리고 손부의 말을 따랐다.

이 소식을 들은 두십낭은 하늘이 무너져 내리는 것 같았다. 자신이 그토록 사랑했던 사람이 이토록 무정한 사람인 줄 누가 알았겠는가? 그러나 그녀는 마음을 굳게 먹고, 겉으로 연약한 모습을 보이지 않았다.

손부가 상자를 들고 왔을 때, 그녀는 많은 사람들이 지켜보는 앞에서 상자를 열었다. 거기에는 온갖 귀중품이 가득했다. 장신구와 야광 진주 및 골동품 등 값을 매길 수 없이 귀한 물건들이었다. 그러나 그런들 무슨 소용이 있겠는가.

두십낭은 사람들 앞에서 이갑의 나약함과 손부의 무례함을

「두십낭이 분노하여 보물 상자를 들고 강물로 뛰어들다」의 한 장면.

가차 없이 비난한 뒤, 그 상자를 품에 앉고 파도가 출렁이는 강물에 몸을 던졌다. 이 광경을 본 사람들은 이갑과 손부에게 몰매를 퍼부었다. 둘은 겨우 빠져나왔지만, 결국 병이 들어 평생을 쓸쓸히 보내거나 일찍 죽고 말았다.

따라서 제목을 「두십낭이 분노하여 보물 상자를 들고 강물로 뛰어들다」라고 풀이하면 된다. 이 작품에서 두십낭의 모습은 정말 잊을 수 없다. 그녀의 감정은 뜨겁고 진실했으며, 행복을 위해 자신의 모든 것을 버렸다. 강한 개성을 가진 그녀는 봉건 예교의 압박에 죽음으로 맞서며 인격의 존엄성을 보여주었다. 그녀에 비해 이갑과 손부는 사회적 지위와 돈만 있었지, 추악한 영혼이었다.

기름 장수의 진실한 사랑

또 다른 사랑 이야기로 「기름 장수가 화괴를 독차지하다(賣油郎獨占花魁)」가 있다.

이 작품의 여주인공 왕미낭王美娘은 임안臨安(항주)에서 가장 아름다운 기녀였다. 사람들은 그녀를 화괴낭자花魁娘子라고 불렀다. 그런 그녀가 상대하는 이들은 모두 왕손이나 귀공자들이었다.

남자 주인공인 진중秦重은 임안에서 혼자 기름을 파는 상인이었다. 그런데 우연히 미낭을 본 진중은, 그날 이후 미낭의 모습을 잊을 수 없었다. 그래서 앉으나 서나 어떻게 하면 미낭과 만날지 궁리했다.

이때부터 1년 동안 진중은 열심히 일하고·근검절약하여, 마침내

10여 냥의 은전을 모았다. 진중은 용기를 내어 미낭을 찾아갔다. 그러나 미낭은 눈코 뜰 새 없이 바빴다. 그녀는 늘 선비들의 술시중을 들거나, 관리들과 함께 서호 유람을 나가기가 일쑤였다.

그러던 어느 날, 진중은 마침내 미낭과 만난다. 그는 설레는 마음으로 미낭의 방에서 기다렸지만, 정작 미낭은 어느 관리의 집에 갔다가 밤늦게 돌아왔다. 그것도 술에 많이 취한 상태였기에, 방으로 들어서자마자 곧바로 잠이 들고 말았다.

그래도 진중은 미낭과 함께 있다는 기쁨에 잠을 잘 수 없었다. 그는 미낭이 추울까 봐 이불을 덮어 주고, 차 주전자를 덥혀 그녀의 품에 안겨 주었다. 그리고 입이 마를까 봐 차를 끓여 먹였다. 한밤에 미낭이 토악질을 하자 진중은 자신의 옷으로 그것을 받았다. 그리고 그녀의 입을 닦아주고 입가심하게 했다.

관리들과 귀공자들의 눈에 미낭은 한낱 노리개일 뿐이다. 하지만 진중의 진실한 마음을 안 미낭은, 성실하고 정 많은 이 사람이야말로 자신이 평생 의지할 사람이라는 것을 깨달았다. 한 번 결심을 굳힌 미낭은 신분이 낮은 기름 장수 진중에게 시집을 갔다.

그 뒤 미낭은 오랫동안 헤어져 있던 부모를 만난다. 진중도 우연히 8년 전에 헤어졌던 아버지를 만난다. 이후에도 진중 부부는 두 아들을 낳고 행복하게 잘 살았다.

그전까지 사랑 이야기의 주인공은 십중팔구 재자가인才子佳人이었다. 한 마디로 선비와 기녀의 사랑이 주류였다. 그런데 '장사꾼'이 당당하게 주인공으로 등장했다는 것은 놀라운 변화이다.

아울러 이 작품은 아무리 많은 돈으로도, 또 아무리 높은 지위로도 진정한 행복을 살 수는 없다는 점을 말하고 있다. 진실한 감정만이 사랑과 결혼의 든든한 밑바탕이라는 것이다. 그렇지만 '진실한 감정'은 말처럼 쉽지 않다. 이를 가로막는 사회 현실이 그렇고, 서로의 자존심도 빠질 수 없기 때문이다. 그러니까 '사랑'이라는 주제가 역사 이래 '가장 진부한 이야기'이면서도 또 '가장 새로운 이야기'일 수 있는 것이다.

두 장인의 우정

'삼언'에는 앞의 이야기처럼 상인과 수공업자들을 다룬 이야기가 적지 않다. 「시윤택이 탄궐에서 친구를 만나다(施潤澤灘闕遇友)」도 그런 이야기이다.

누에를 키우고 비단 짜는 일을 하는 장인 시복施復이, 한번은 비단을 팔러 시장에 가다가 돈주머니를 주웠다. 그는 돈 잃은 사람의 처지를 생각하여, 수소문 끝에 주인에게 돌려주었다. 그런데 주인은 고맙다는 말 한 마디 없었다.

몇 년 뒤 시복의 동네에 뽕나무가 말라, 뽕잎을 딸 수 없었다. 시복은 뽕잎을 구하려고 태호太湖로 갔다가, 우연히 돈주머니 주인의 아들을 만났다. 그는 주은朱恩이란 이름의 같은 직종에 종사하는 사람이었다. 그는 시복을 잘 보살펴 주었고, 시복이 떠날 때에는 한 배 가득 뽕잎을 실어 주었다. 그런데 큰 폭풍우를 만나 배가 뒤집히는 바람에 일행은 모두 물에 빠져 죽고, 시복만 살아서 집으로 돌아왔다.

이 이야기에 나오는 두 수공업자의 순수한 우정은 깊은 감동을 준다.

그런데 곳곳에 너무 많은 인과응보因果應報의 내용을 넣어서 작품의 완성도가 떨어진다. 예를 들면 시복이 닭을 죽이지 않자 나중에 그 닭이 시복의 목숨을 구한다든지, 시복의 집 응접실을 파보니 대량의 은이 나왔다는 이야기가 그렇다.

삼언의 여러 이야기

'삼언' 속에 등장하는 통치자들의 형상은 별로 신통치 않다.

「심소하가 출사표를 만나다(沈小霞相會出師表)」는 조정에서 싸우는 충신과 간신들을 다룬 이야기이다. 그러면서 엄숭嚴崇 부자의 간사함과 잔인함을 은근히 폭로했다.

또 「노태학이 시와 술에 뛰어나 왕후장상을 깔보다(盧太學詩酒傲王侯)」에서는 음험하고 난폭한 촌장 왕汪씨의 행태를 고발했다.

그리고 「정원에 물주는 노인이 저녁에 선녀를 만나다(灌園叟晚逢仙女)」의 주인공인 늙은 꽃장수 추옹秋翁은 꽃을 자기 목숨처럼 사랑했다. 그래서 사람들은 그를 '꽃에 미친 늙은이' 라고 했다. 그는 꽃밭을 지키려고 장아내張衙內와 맞서다가 감옥에 갇힌다. 그러나 꽃을 주관하는 선녀의 도움으로, 결국은 장아내를 물리치고 득도하여 신선이 되었다.

이밖에도 '삼언' 에는 「장흥가가 진주 적삼을 다시 보다(蔣興哥重會珍珠衫)」, 「금옥노가 몽둥이로 인정없는 사내를 때려주다(金玉奴棒打薄情郎)」, 「왕교란의 백 년에 걸친 기나긴 한(王嬌鸞百年長恨)」 등 유명한 이야기가 많이 실려 있다. 이런 소설들은 이야기의 전개가 파란만장하고, 논리적이면서도 독자들의 예상을 뛰어넘는다. 세부 묘사도 뛰어나고, 각 인물의 일거수일투족은 생생하게 살아 움직인다. 그래서 하층민 독자들에게 특별한 사랑을 받았다.

능몽초와 '이박'

'이박'은 『초각初刻 박안경기拍案驚奇』와 『이각二刻 박안경기』를 함께 일컫는 말이다. 모두 합하여 78편의 소설이 두 권에 실려 있다. 따라서 '손으로 책상을 내려칠 만큼 놀랍고도 기이한 이야기 1 · 2' 정도로 이해하면 된다.

작가는 풍몽룡과 같은 시대의 인물인 능몽초이다. 능몽초凌濛初(1580~1644)의 자는 현방玄房이고, 호는 초성初成이다. 그는 오정烏程(오늘날의 절강성 오흥현吳興縣) 사람이다. 그도 1차 지방 시험만 통과한 공생貢生 출신으로, 하급 관직을 전전했다. 그러나 민간 문학에 특별한 애정을 가지고 반평생을 바쳐 심혈을 기울였다. 그 결과 '이박' 말고도 여러 권의 시집과 2권의 희곡 이론서, 1권의 희곡 선집과 여러 편의 잡극 · 전기 극본을 지었다.

전체적으로 볼 때 '이박'의 성취는 '삼언'만 못하다. 내용에 담긴 사상의 깊이도 떨어지고, 예술성도 '삼언'에 비할 바가 아니다. 작가가 충분한 시간적 여유를 가지지 못해서인지 어색하고 서툰 작품들이 많다. 또 선배들이 사용한 소재를 여과 없이 그대로 옮겨 놓은 작품도 있다. 그러나 냇가에서 사금을 채취하듯이 일부 작품은 읽어볼 만한 가치가 충분하다. 당시의 사회상을 반영한 시민과 상인의 이야기는 더더욱 가치가 있다.

「여러 번 기이한 일을 겪은 정재가 도움을 얻다(疊居奇程客得助)」는 불운한 상인이 바다신(海神)의 도움을 받아 마침내 큰 부자가 된다는 이야기이다. 그리고 「오장군이 한 끼 식사의 은혜에도 반드시 보답하다(烏將軍一飯必酬)」도 장사하는 이야기이다. 이를 통해 상업이 번창했던 명나라의 상황을 살펴볼 수 있다. 당시 사람들은 더 이상 상인을 하층민으로 취급하지 않았다.

억세게 재수 좋은 사나이

'이박'에서 가장 재미있는 이야기로는 「억세게 재수 좋은 사나이가 공교롭게도 동정홍을 만나다(轉運漢遇巧洞庭紅)」를 꼽을 수 있다.

문약허文若虛라는 상인은 하는 장사마다 손해를 보았다. 부채를 팔려고 하면 별안간 흐리고 선선한 날이 계속되어, 도대체 팔리지 않았다. 게다가 습기를 먹은 부채는 다 망가졌다. 결국 또 밑지는 수밖에 없었다. 그래서 사람들은 그를 일컬어 '더럽게 재수 없는 놈(倒運漢)'이라고 하였다.

국내에서는 더 이상 발붙일 곳이 없다고 생각한 문약허는, 다른 상인들과 함께 바다로 나갔다. 이번 기회에 외국에 나가, 견문도 넓히고 마음을 다잡을 요량이었다. 그는 출발하기 전에 배에서 목이나 축일 생각으로 은냥 한두 푼으로 '동정홍洞庭紅'이라는 이름의 귤 110 근을 샀다.

긴 항해 끝에 배가 길령국吉零國에 도착했다. 그러자 동료들은 장사하려고 모두들 뭍으로 올라갔다. 혼자만 배에 남은 문약허는 심심하던 차에 출발하기 전에 산 귤을 갑판 위에 올려놓고 햇볕에 말리기 시작했다.

그런데 누가 알았겠는가? 그곳 사람들은 이제껏 귤을 본 적이 없었다. 그래서 귤을 사려고 비싼 값을 부르며 너도나도 달려들었다. 문약허는 그 자리에서 순식간에 팔구백 냥을 벌었다. '더럽게 재수 없는 놈'이 운이 트이는 순간이었다.

돌아오는 길에는 폭풍우를 만나 표류하다가 무인도에 정박했다. 혼자서 해안선을 따라 어슬렁거리던 문약허는 풀 속에서 커다란 책상만한 거북 껍질을 발견했다. 이를 신기하게 여긴 문약허는 그것을 가져가 배에 실었다. 동료들은 쓰레기 같은 것을 보물 다루듯 하는 그를 보며 비웃을 따름이었다.

그러다 배가 복건福建 지방에 도착했다. 동료들은 페르시아 상인이 운영하는 상점으로 달려가, 자신들이 가져온 물건을 팔기 시작했다. 하지만 아무것도 가진 것이 없던 문약허는 맨 뒤에 우두커니 서 있을 뿐이었다.

그때 우연히 갑판 위에 있던 거북이 껍질을 발견한 페르시아 상인이 소스라치게 놀랐다. 그는 다짜고짜 그것을 자신에게 팔라고 하면서 문약허의 손에 거금 5만 냥을 쥐어 주었다. 문약허가 엉겁결에 돈을 받자, 페르시아 상인은 그 물건의 비밀을 말해 주었다.

그것은 원래 신령스런 거북이의 껍질로서, 거북이는 이미 용이 되어 날아갔다는 것이다. 그 껍질에 있는 24개의 늑골 안에는 야광 진주가 가득하다고 했다. 그 진주는 캄캄한 밤에도 주위를 대낮같이 밝힌다는 것이다.

이렇게 하여 문약허는 명실상부한 '억세게 재수 좋은 사나이(轉運漢)'가 되었다. 이 모든 것이 동정홍이라는 귤이 가져다 준 행운이었다. 중국판 '아라비안나이트'라 할 만하다.

실제로 명나라 때에는 해운업이 크게 발달했다. 외국에 나가 행운을 잡고 큰돈을 버는 것이 상인들의 꿈이었다. 문약허의 이야기는 물론 '백일몽'에 지나지 않지만, 이러한 백일몽이 실제로 많은 이들에게 해외 개척의 꿈을 가져다주었는지도 모른다.

'이박'의 여러 이야기

'이박'에도 적지 않은 사랑 이야기가 실려 있다.

「만소경이 배고플 때에는 달라붙다가 배 부르자 떠나가다(滿少卿飢附飽颺)」는 남녀 사이의 연애에 얽힌 평등 문제를 제시하여, 진보적인 의의를 담고 있다.

또한 청춘 남녀의 변함없는 사랑을 다룬 「조사호가 천리 밖에서 유언을 보내다(趙司戶千里遺音)」는 깊은 감동을 준다.

그리고 '이박'에는 미신을 찬양하거나 도색적인 작품도 적지 않다. 어떤 작품은 설교를 남발하기도 한다.

특히 작자는 백성들의 반란에 적대적인 태도를 보였다. 이자성李自成이 반란을 일으키자, 능몽초는 「역적을 소탕하는 열 가지 대책(剿寇

十策)」이란 글을 조정에 올렸다. 그리고 친히 관군을 이끌고 반란군 진압에 나서기도 했다. 그런데 오히려 반란군에게 포위되어, 피를 토하며 죽고 말았다. 그토록 민간의 문학을 관심 있게 지켜보고 수집한 사람이, 민심의 동향을 제대로 파악하지 못한 점은 고정관념의 문제가 아니었나 싶다.

명나라 말기의 선집들

명나라 말기에는 『금고기관今古奇觀』이라는 백화소설집이 있었다. 여기에는 포옹노인抱瓮老人이라는 편자 서명이 달려 있다.

그런데 이 작품은 사실 '삼언'과 '이박'의 축약본이라 할 수 있다. '삼언'과 '이박'에 실렸던 작품 가운데 좋은 작품만 골라서 엮었기 때문이다. 그 덕에 그 뒤로도 3백여 년 동안 변함없는 사랑을 받았다.

하지만 이것 때문에 '삼언'과 '이박'의 판본은 명맥을 잇지 못하고 사라지고 말았다. 그래서 루쉰이 『중국소설사략中國小說史略』을 쓸 때 (1923)에는 '삼언'과 '이박'의 판본을 구할 수 없을 정도였다. 다행히 나중에 후배 학자들이 열심히 발굴한 끝에 귀중한 문학 유산이 다시 빛을 보았다.

이밖에도 명나라 말기에서 청나라 초기에 나온 의화본 선집으로 『석점두石點頭』, 『서호이집西湖二集』, 『인중화人中畵』, 『조세배照世杯』, 『두붕한화豆棚閑話』 등 40여 부가 있었다. 하지만 모두 '삼언'과 '이박'의 수준에는 미치지 못했다.

명나라의 산곡과 민가

　　민간의 문학 양식으로는 명나라의 산곡도 나름의 특색을 가진다.
일부 산곡 작품은 문인이 지었지만 대중적이고 소박한 맛을 풍기며,
현실을 신랄하게 비판했다.

　　왕반王磐의 「조천자朝天子, 나팔을 노래하다(詠喇叭)」도 그 가운데
하나이다.

나팔 불고 날라리 불어	喇叭鎖哪
곡조는 보잘 것 없으나 소리는 어찌나 큰지	曲兒小腔兒大
오고가는 관선은 어지럽기 그지없어	官船往來亂如麻
나팔 소리 의지해 귀한 신분 뽐내는구나	全仗你擡身价
군인은 군인대로 걱정하고	軍聽了軍愁
백성은 백성대로 두려워	民聽了民怕
공무公務인지 사유私遊인지 어찌 분간하리오	哪里去辨什麽眞共假
훤히 보이는구나 이 집 말아먹고	眼見的吹翻了這家
저 집 들어먹고	吹傷了那家
백성의 고혈 다 빨아 없어져야 그만두겠지	只吹的水盡鵝飛罷

　　명나라 때 막대한 권력을 누리던 환관들은 관선官船을 타고 곳곳의
명승지를 돌아다녔다. 그때마다 떠들썩하게 잔치를 벌여 흥청망청했
다. 백성들은 나팔과 날라리 소리를 들을 때마다 혼이 나갈 정도였다.

　　위의 산곡은 이처럼 환관들의 허장성세와 백성들의 원한을 극명하
게 대비시켰다. "물이 빠지면 거위도 날아간다(水盡鵝飛)"는 마지막 구

절은, 원래 한량에게 돈이 떨어지면 주위의 기녀들도 멀어진다는 뜻으로 쓰던 말이다. 여기에서는 백성의 고혈을 빨아먹는 부패 관리에 비유했다.

진탁陳鐸이라 부르는 산곡 작가도 주목할 만하다. 그가 펴낸 『골계여운滑稽餘韻』에는 소령小令 작품 136수가 실려 있다. 다양한 활동을 하는 인물들을 생동감 넘치게 그려서, 마치 산곡을 통해 명나라의 민속사를 저술한 듯한 느낌을 준다.

명나라의 문단에는 산곡 말고도 풋풋한 야생화들이 피어났으니, 그것이 바로 민가民歌이다. 그래서 당시에는 명나라의 시는 당시만 못하고, 사는 송사만 못하며, 산곡은 원곡만 못하다는 말이 유행했다. 하지만 민가라는 문학 양식은 명나라 때가 제일이라고 손꼽을 만하다는 말이다. 당시 풍몽룡은 『괘지아』나 『산가』 같은 민가 모음집을 내기도 했다.

이 시기의 민가는 대부분 도시의 하층민들 사이에서 유행했다. 따라서 사랑 노래가 가장 큰 비중을 차지한다. 백성들의 진심에 바탕을 두고 문인들의 윤색을 거쳐서, 감정이 풍부하고 열기로 가득하다. 진소문陳所聞이 정리한 「변성시곡汴省時曲, 쇄남지鎖南枝」라는 작품을 보자.

바보 같기도 하고 똑똑하기도 한 우리 오빠	傻俊角我的哥
찰흙을 뭉쳐 우리 둘을 빚는다	和塊黃泥兒捏咱兩個
자기를 빚고	捏一個你
나를 빚고	捏一個我
빚어내니 살아서 움직이는 듯	捏的來一似活托
빚어내니 한 침대에 누워 쉬는 듯	捏的來同在牀上歇臥
찰흙 인형 부수어	將泥人摔破

물을 붓고 반죽한 뒤	菁水兒重和過
다시 자기를 빚고	再捏一個你
다시 나를 빚고	再捏一個我
오빠 몸에도 여동생이 있고	哥哥身上也有妹妹
여동생 몸에도 오빠가 있다	妹妹身上也有哥哥

바보스럽지만 이 얼마나 열렬한 사랑인가? 이 노래는 명나라 때 널리 유행하여, 수없이 많은 변형태가 생기기도 했다.

대부분의 민가는 위의 노래처럼 과장 수법을 많이 활용했다. 이개선李開先이 정리한 「일소산一笑散, 취태평醉太平」 같은 작품은 그 점을 잘 보여준다. 백성의 피를 빨아먹는 자들을 풍자하는 내용이다.

제비 입에서 진흙을 빼앗고	奪泥燕口
바늘 끝에서 쇠를 벗기고	削鐵針頭
불상 얼굴의 금박을 살살이 쓸어간다	刮金佛面細搜求
무에서 유를 찾아내는도다	無中覓有
암순의 목구멍에서 완두콩을 찾고	鵪鶉素裏尋豌豆
노사의 다리에서 살코기를 발라내며	鷺鷥腿上劈精肉
모기의 뱃속에서 기름을 짠다	蚊子腹內剜脂油
흥! 잘난 사람들, 손 떼시지!	虧老先生下手

정말 신랄한 비유이다. 제비 입에 진흙이 얼마나 있겠으며, 바늘 끝에 쇠가 얼마나 되겠으며, 불상의 금박을 벗겨야 얼마나 나오겠는 가! 당시 관리들이 착취하던 정도를 알 수 있다.

암순은 좁쌀 정도의 적은 먹이만 먹고 산다는 조그마한 새이다. 그런데 그런 암순의 목을 비틀어 완두콩을 찾아낸다고 상상해 보라! 또 노사는 길고 앙상한 다리를 가진 새 이름이다. 그런 다리에서 살코기를 발라낸다고 했다. 그리고 모기의 뱃속에서 기름을 짜낸다면 더 이상 말이 필요 없다.

마지막 구절에 나오는 "잘난 사람들(老先生)"은 봉건시대의 지주와 관료 및 토착 신사층을 모두 일컫는 호칭이다.

명나라의 시단은 오랫동안 복고파가 지배하여 죽음과도 같은 침체에 빠져 있었다. 그러나 민간의 단가는 이처럼 신선하고도 활발한 생기를 간직하고 있었다. 그래서 원굉도는 이렇게 한탄했다.

"오늘날의 시문은 오랫동안 전해질 수 없을 것이다. 그럴 수 있는 작품이 있다면, 뒷골목의 아녀자들이 부르는 「벽파옥擘破玉」과 「타초간打草竿」 등이 전부일 것이다."

문단의 흐름을 좌우하던 거물 원굉도가 그런 말을 할 정도였으니, 당시 민가의 위세를 짐작할 수 있다. 명나라 때의 민가는 이처럼 진보적 관점을 가진 몇몇 문인들의 지원과 격려 속에서 발전할 수 있었다.

복고와 이단 | 19

전·후칠자前·後七子

공안파公安派

이지李贄

복건성 천주시에 있는 이지의 옛집. 이지는 봉건 도덕에 정면으로 맞섰으나 2천 년의 벽을 깨뜨리기에는 너무 앞섰다.

대각체

　이 장에서는 명나라의 시와 산문, 그리고 그 작가들을 살펴보려고 한다. 앞장의 끝에 언급한 원굉도도 이 가운데 한 사람이다.

　명나라 초기로 거슬러 올라가면 송렴宋濂, 유기劉基, 고계高啓 등이 활약했다. 그리고 명의 개국 이후 100여 년 사이에는 '삼양三楊'이라 일컫는 시인들이 활동했다. 양사기楊士奇, 양영楊榮, 양부楊溥가 바로 그들이다.

　그들은 고위 관직에 있으면서 시 짓기를 즐겼다. 그러나 내용은 대부분 태평성대를 과장하고, 황제를 찬양하는 것으로 일관했다. 이렇듯 전아하고 안정된 모습만 추구하다 보니, 진실한 감정은 없고 천편일률적이었다.

　말했듯이 '삼양'은 모두 내각의 고위 관료들이었다. 그래서 그들의 시풍을 일러 '각료체(臺閣體)'라고 했다. 이 대각체는 명나라 초기 100여 년 동안 문단을 주도했다.

민족 영웅 우겸

　당시 유행하던 천편일률적인 대각체의 시풍에 좌우되지 않고, 독자적인 시풍을 개척한 사람이 있었다. 그는 정치가이자 군사전문가이기도 한 우겸이다. 중국인들이 민족 영웅으로 떠받드는 우겸于謙

우겸의 초상.

(1398~1457)의 자는 정익廷益이고,
호는 절암節庵이다. 그는 전당錢塘
(오늘날의 절강성 항주시) 사람이다.

명 정통正統 시기(1436~1449)에
몽골 오이라트(瓦刺) 부족의 군대
가 토목土木 요새에서 명나라 군
대를 물리치고, 황제 영종英宗을 포로로 잡아 북경으로 치닫는 상황
이 벌어졌다. 절대 위기를 맞은 조정에서는 남방으로 피난하자는 주
장도 나왔다. 하지만 당시 군 총사령관(兵部尙書)이던 우겸은 남송의
예를 들어 단호하게 거절했다.

우겸은 사태 수습하고자 새로운 황제 대종代宗(주기옥朱祁鈺)을 옹립
하고 민심을 안정시킨 다음, 북경을 잘 수비하여 마침내 몽골 군대를
물리쳤다. 그 뒤 포로로 잡혀 있던 영종도 명나라로 돌아왔다. 그런
데 후계자 지명을 둘러싸고 쿠데타(奪門之變)가 일어나, 영종이 다시
권좌에 복귀한다. 그러고 나서 영종은 대종을 옹립한 죄로 우겸의 목
을 베었다. 그러나 백성들은 우겸이 취한 조치가 오직 나라와 백성들
을 위한 일임을 잘 알고 있었다.

우겸은 평생 정정당당한 삶을 살았다. 「횟돌의 노래(石灰吟)」란 시
를 보면 우겸의 마음이 잘 나타나 있다.

정으로 수없이 쪼여 깊은 산에서 나와　　千錘萬擊出深山
뜨거운 불에 타도 아무 일 없다는 듯　　烈火焚燒若等閒

온 몸이 부서져도 전혀 두렵지 않아   粉骨碎身全不怕

그저 이 세상에 청백으로 남고파라   要留清白在人間

횟돌, 곧 석회석은 깊은 산에서 캔다. 그것을 뜨거운 불에 구우면 흰색의 횟가루, 곧 강회를 얻을 수 있다. 이 강회에 물을 치면 삭은 회가 되는데, 이것으로 하얀 담장을 만든다. 우겸은 이런 횟돌을 들어, 자신의 지조와 절개를 보여주었다.

그의 다른 시에는 나라의 장래를 걱정하고, 백성들의 고통을 염려하는 내용이 많이 담겨 있다. 「농가의 노인(田舍翁)」과 「반가운 비(喜雨行)」 등은 읽어볼 만한 가치가 충분하다.

전칠자와 후칠자

이동양은 '삼양'과 우겸의 뒤를 이었다. 이동양李東陽(1447~1516)의 자는 빈지賓之이고, 호는 서애西涯이다. 그의 본적은 다릉茶陵(오늘날의 호남성 다릉현)이었는데, 나중에 북경으로 이주했다. 그는 두보를 표방하며 고악부를 모방하여, 많은 시를 남겼다. 그의 출신이 호남 다릉이라서 그를 중심으로 한 시파를 '다릉시파'라고 했다.

그는 '대각체'의 영향을 완전히 벗지 못한 상태에서 또다시 복고의 길을 걸었다. 이런 면은 이후에 등장하는 '전·후칠자'의 활동에 커다란 영향을 끼쳤다.

'전·후칠자'는 명 가정嘉靖 시기(1522~1566)에 활발히 활동하던 문학 유파를 말한다. 그들은 앞서거니 뒤서거니 하며 100여 년 동안 문단을 장악했다. 두 유파 모두 문학적 주장이 비슷한 7명의 문인들이었기에, '전칠자前七子'와 '후칠자後七子'라는 이름을 얻었다.

전칠자의 지도자는 이몽양과 하경명 두 사람이다. 이몽양李夢陽(1472~1529)의 자는 천사天賜이고, 호는 공동자空同子이다. 그는 경양慶陽(오늘날의 감숙성 경양현) 사람이다. 그리고 하경명何景明(1483~1521)의 자는 중묵仲默이고, 호는 대복산인大復山人이다. 그는 신양信陽(오늘날의 하남성 신양시) 사람이다. 그밖에 전칠자의 구성원으로는 왕구사王九思, 왕정상王廷相, 강해康海, 변공邊貢, 서정경徐禎卿이 있다.

한편 후칠자의 지도자는 이반룡과 왕세정이다. 왕세정王世貞은 이미 앞에서 소개한 적이 있다. 『금병매』와 『명봉기』의 작가였다고 추정하는 사람이다. 이반룡李攀龍(1514~1570)의 자는 우린于鱗이고, 호는 창명滄溟이다. 그는 역성歷城(오늘날의 산동성 제남시濟南市 교외) 사람이다. 그밖에 후칠자의 구성원으로는 사진謝榛, 서중행徐中行, 종신宗臣, 양유예梁有譽, 오국륜吳國倫이 있다.

전·후 칠자의 문학적 주장은 다음처럼 집약할 수 있다.

"산문은 반드시 진·한을 본받아야 하고, 시는 반드시 성당을 본받아야 한다(文必秦漢, 詩必盛唐)."

나머지 것들은 볼 필요가 없다는 논리이다. 한 마디로 시문을 지을 때에는 선배들의 작품을 그대로 모방하면 된다는 주장이다.

어떤 사람은 당당하게 이렇게 말했다.

"글이란 옛 것을 잘 모방하면 할수록 좋은 것이 아닙니까? 글이란 게 다 그렇지요!"

이러한 주의 주장에 힘입어, 당시 문인들은 선배들의 시문을 맹목적으로 답습하며 날로 삼키려 들었다. 그래서 어휘의 모방은 물론이

거니와, 선배들의 구법과 사상과 감정까지도 모방했다. 일부 문인들은 거리낌 없이 표절을 일삼았다. 이런 작품들이 높은 성취를 이루었을 리 없다.

그렇다고 해서 전·후칠자에게 장점이 전혀 없는 것은 아니다. 그들이 내세운 복고 운동은 문단에 만연한 대각체의 풍조를 완전히 뒤엎었다. 100여 년 동안 미동도 없던 썩은 연못에 커다란 파문을 일으킨 것이다.

그들이 복고를 한창 주장할 때만 하더라도, 지나치게 모방하고 표절하는 모습은 없었다. 개개인의 시집을 살펴보면 좋은 작품도 적지 않다. 일부 작가들은 사고틀의 변화를 보이기도 했다.

또 그들 각자의 면모를 보면, 모두가 정치적으로 정직한 사람들이었다. 조정에 있으면서 잔혹하고 탐욕스러운 귀족과 관료 및 환관(太監)에 맞서 싸우기도 했다. 이몽양은 두 번이나 감옥에 갇혔고, 하경명도 환관 유근劉瑾과 맞서다가 관직을 잃었다. 왕세정도 앞서 살펴보았듯이 엄숭嚴嵩 부자에 맞서 싸우다가 죽음을 맞이했다.

중산의 이리

이쯤에서 강해의 잡극 「중산의 이리(中山狼)」에 얽힌 이야기를 해야겠다. 이 작품의 내용은 잘 짜인 한 편의 우화이다.

하루는 묵자의 제자라는 동곽 선생이 자비를 베풀어, 사냥꾼에게 쫓기던 이리를 구해 주었다. 그런데 이리는 위험한 고비를 넘기자,

오히려 자신을 구해 준 동곽 선생을 잡아먹으려 했다.

그때 어느 노인의 도움으로 다시 이리를 잡았다. 노인은 이리를 칼로 찔러 후환을 없애라고 충고했다. 하지만 '어짐(仁)'과 '사랑(愛)'을 운운하던 동곽 선생은 선뜻 칼을 댈 수 없었다. 그러자 노인은 한순간의 자비로 하나뿐인 목숨을 버리지 말라고 충고했다. 결국 동곽 선생은 이를 받아들여 이리를 칼로 찔러 죽인다는 내용이다. 이 이야기는 이미 언급한 대로 명나라 문단의 상황을 빗댄 것이다.

결론부터 얘기하자면, '중산의 이리'란 바로 이몽양을 가리킨다. 앞에서도 언급했듯이, 이몽양은 당시의 세도가 유근을 공격하다가 죽을 뻔했다. 그때 친구인 강해의 간곡한 요청에 힘입어 죽음을 면한다.

나중에 유근은 정계에서 축출되는데, 강해까지 유근의 일파라고 몰리게 된다. 그런데 이몽양은 옛 은혜를 저버리고 강해의 인품을 조롱한다. 이몽양은 이 일 때문에 사람들의 비난을 받았다.

마중석馬中錫은 이몽양과 강해의 스승이었다. 그는 이 소식을 듣고, 강해의 억울함을 생각하면서 「중산의 이리 이야기(中山狼傳)」를 지었다. 나중에 강해는 스승의 작품을 읽고 슬픔을 감추지 못했다. 그는 이에 자극을 받아 잡극 「중산의 이리」를 지었다.

그뿐만 아니라 왕구사도 「중산랑원본中山狼院本」을 지어 이몽양을 비난했다. 이렇게 되자 '중산의 이리' 사건은 전칠자 내부에 큰 소동을 불러일으켰다. 전칠자 집단의 내분은 한때 복고 사조가 성행했지만, 강력한 구심력이 없어 '아문학'을 회생시키기에는 힘에 부쳤음을 단적으로 보여준다.

죽음도 무릅쓴 강골

후칠자의 한 사람인 종신宗臣(1525~1560)의 자는 자상子相이고, 호는 방성산인方城山人이다. 그는 흥화興化(오늘날의 강소성 흥화현) 사람이다.

그는 산문에 뛰어난 재주를 보였다. 「유일의 아버님께 드리는 편지 (報劉一丈書)」에서는 인맥과 연줄을 이용하여 부귀영화를 누리려고 위로만 치닫는 사람들을 묘사했다. 그들이 부끄러움을 잊고 펼치는 온갖 추태들이 낱낱이 드러나 있다.

종신도 엄청난 강골强骨이었다. 당시 양계성楊繼盛이라는 신하가 상소문을 올려 엄숭을 탄핵하자, 엄숭이 그를 살해한 사건이 벌어졌다. 종신은 공공연히 그를 두둔하며, 저고리를 풀어 그의 시체를 덮어 주었다. 그리고는 추도문을 짓고 제사를 드리며 대성통곡했다.

이렇듯 종신의 사람됨과 글은 언제나 올곧은 모습을 보여주었다.

당송파

전 · 후칠자가 문단을 주름 잡고 있을 때, '당송파唐宋派'도 큰 활약을 했다. '당송파'는 말 그대로, 당 · 송의 시문을 본받자는 문학 유파이다. 이 유파의 대표적 인물로는 왕신중王愼中, 당순지唐順之, 모곤, 귀유광 등이 있다.

그 가운데 모곤은 『팔대가문초八大家文鈔』라는 책을 엮었다. 팔대가는 '당·송 팔대가'를 말한다. 모곤茅坤(1512~1601)의 자는 순보順甫이고, 호는 녹문鹿門이다. 그는 귀안歸安(오늘날의 절강성 오흥현) 사람이다. 그가 펴낸 『팔대가문초』는 중국 전역에 알려져, 시골 아이들도 그의 이름을 알았다고 한다.

귀유광歸有光(1507~1571)의 자는 희보熙甫이고, 호는 진천震川이다. 그는 곤산昆山(오늘날의 강소성 곤산시) 사람이다. 당송파 문인들 가운데 가장 문학적 성취가 높은 사람이다.

그는 젊은 나이에 지방 시험을 통과하여 거인擧人이 되었다. 그 뒤 중앙 시험에 여덟 번이나 응시했지만, 번번이 낙방하여 진사가 되지 못했다. 이에 그는 관직의 뜻을 접고, 가정嘉定 안정강安亭江 주변에 정착하여 독서와 강의로 소일했다. 그에게 배운 수백 명의 제자들은 그를 존경하는 뜻에서 '진천선생'이라 불렀다. 그는 결국 60의 나이에 진사에 합격한다.

귀유광의 글은 부드러운 어조로 일상사를 다루어, 문맥이 매끄럽고 잔잔한 감동을 준다. 「항척헌지項脊軒志」를 가장 대표적인 예문으로 들 수 있다.

항척헌은 그의 집에 있는 누각의 이름이다. 귀유광의 먼 조상 가운데 송나라 때 사람인 귀륭도歸隆道가 있었다. 그가 일찍이 태창현太倉縣의 항척경項脊涇에 살아서 항척이란 이름을 붙였다. 이 누각은 크기가 아주 작아, 한 사람이 겨우 들어가 앉을 정도였다. 그는 어려서부터 항척헌에서 공부하기를 즐겼다.

귀유광은 이 볼품없는 공부방을 소개하면서 어린 시절의 기억을 떠올렸다. 그러면서 자연스럽게 보모와 어머니, 할머니, 그리고 먼저 세상을 떠난 아내를 생각했다. 상대가 누구이든지 한두 마디의 말이나 작은 일들, 몇 가지 행동만 언급했다. 그러나 독자들은 그 속에서

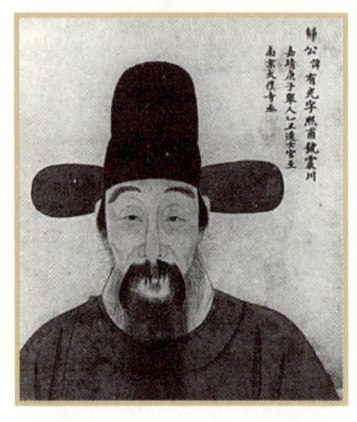

귀유광의 초상,

작가의 깊은 애정을 느낄 수 있다. 그래서 읽다 보면 자신도 모르게 눈물을 흘리게 된다.

그래도 당송파는 전·후칠자로 대표되는 복고파의 상대가 되지 않았다. 이는 당송파가 지나치게 유가의 도에 치중하여, 사람들의 반감을 샀기 때문이다.

실질적으로 복고파에게 큰 타격을 준 것은 만력萬曆 시기 (1573~1620)에 나타난 '공안파公安派'였다.

공안파

앞에서 원굉도를 말한 적이 있다. 그 원굉도가 바로 공안파의 지도 자이다.

진사 출신인 원굉도袁宏道(1568~1610)의 자는 중랑中郎이고, 호는 석 공石公이다. 그는 호광湖廣 공안公安(오늘날의 호북성 공안현) 사람이다.

공안파의 대표적 인물은 원씨 삼형제인데, 첫째가 원종도袁宗道, 둘 째가 원굉도, 셋째가 원중도袁中道이다. 그 가운데 원굉도의 성취가 가장 높았다. 공안파라는 이름은 그들의 출신지를 따서 지은 것이다.

삼형제는 선배들의 시문을 그대로 모방하는 것에 반대했다. 그들의 주장은 이러했다. 곧 진·한의 문인들이 글을 쓸 때 선진의 경전들을 그대로 답습했다면, 어떻게 진·한 특유의 문장 성격이 나올 수 있었겠는가? 또 성당의 시인들이 시를 지으면서 한·위의 시를 판에 박은 듯이 그대로 모방했다면, 성당의 시에 넘치는 기백을 어떻게 얻을 수 있었겠는가?

시대의 변화에 따라 글도 자연스럽게 변하는 것이다. "각각 그 변화를 다하고, 추구하는 바를 다하는 것(各極其變, 各窮其趣)"만이 중요하다. 무조건 선배들을 추종하는 것은 엄동설한에 구멍이 숭숭 뚫린 삼베옷을 입고 있는 것처럼 우스운 짓일 뿐이다.

원굉도는 또 '성령설性靈說'을 주장했다. '성령'이란 외부 사물에 대한 작가 자신의 독특한 체험을 말한다. 글을 쓸 때에는 여러 가지 격식에 얽매이지 말고, 자신의 진실한 감정과 개성을 표현해야 한다는 것이다. 곧 글이 자연스럽게 나올수록 높은 성취를 이룬다는 주장이다. 그들은 학문을 한다는 핑계로 아리송하고 심오한 말만 일삼는 글이야말로 가장 천박한 글이라고 했다.

공안파는 복고파의 폐단을 지적하면서 그들의 가장 큰 약점으로 식견이 부족하다는 점을 들었다. 마음속의 진실한 감정도 없으면서 창작 훈련도 등한시하니, 내놓는 글마다 깊은 맛과 여운이 없다는 것이다. 그러니 경전을 끌어들이고, 선배들의 자구를 베껴 보았자 무슨 소용이 있겠냐는 논리였다.

삼형제는 이론뿐만 아니라 실천에도 앞장섰다. 그들이 쓴 글은 대부분 읽기가 쉽다. 이는 되도록 속어와 백화를 쓰고, 전고를 거의 쓰지 않았기 때문이다. 공안파는 이런 구호를 외쳤다.

"현대어를 쓰고 속어를 쓸지언정, 선배들의 글에서는 한 글자도 취하지 않겠다(寧今寧俗, 不肯拾人一字)!"

이를 다음의 전·후칠자이 구효와 비교하면 완전히 다른 모습을 볼 수 있다.

"한나라 이후의 글에서는 한 글자도 영향 받지 않았고, 한나라 이전의 글에서 나오지 않은 글자는 하나도 없다(無一語作漢以後, 亦無一字不出漢之前)."

공안파의 글쓰기

공안파의 글은 대부분 한가한 멋과 일상사, 개인의 감정에 치우쳐 사회 현안을 다룬 작품은 많지 않다. 그래서 사람들은 이들의 글을 '소품문小品文'이라고 한다. 이는 '수필'의 하나라고 보면 된다.

원굉도의 기행 소품 「만정을 다녀와서(滿井遊記)」를 예로 들어보자. '만정滿井'은 북경의 동쪽 교외에 있는 옛 우물인데, 사시사철 끊임없이 샘물이 솟아올랐다. 그래서 봄날 청명절을 전후해서는 지역 사람들이 즐겨 찾는 유원지였다.

이러한 만정이 있던 곳은 원래 평범한 들판이다. 그런데 원굉도는 봄기운과 사람들의 감정을 정확히 파악하여 아름다운 모습으로 그렸다. 따스하면서도 쌀쌀한 이른 봄날의 날씨, 이른 봄의 산과 강, 이 모든 것에 대한 느낌이 잘 어우러져 물고기와 새들도 기뻐하는 것 같았다. 원굉도는 이처럼 봄날의 분위기를 생생하게 글에 담아 독자들의 마음을 감동시켰다.

원굉도는 또 인물 묘사에도 뛰어났다. 「서문장전徐文長傳」에서는 문단의 괴짜 서위徐渭에게 깊은 존경과 동정을 표했다. 서위의 가슴 속에는 "결코 사라지지 않을 강한 기개(勃然不可磨滅之氣)"와 함께 "낙심한 영웅의 의지할 곳 없는 비애(英雄失路托足無門之悲)"가 담겨 있다고 했다. 그래서 그의 시는 다음과 같은 특징을 보인다고 했다.

화가 난 듯, 조롱하는 듯, 계곡을 때리며 돌아 나가는 물살인 듯, 싹이 땅을 비집고 나오는 듯, 과부가 밤에 일어나 흐느끼듯, 나그네가 추운 밤에 옷을 걸치고 일어나는 듯하다.

如嗔, 如笑, 如水鳴峽, 如種出土, 如寡婦之夜哭, 羈人之寒起.

이렇듯 그는 일련의 선명한 형상을 통하여 서위의 시를 평가했다. 오히려 평가 자체가 한 편의 시처럼 느껴질 정도이다.

또 권세가들에게는 당당하고, 돈이 생기면 하급 관리들과도 어울려 술을 마셨던 서위의 모습을 묘사했다. 그러면서 은연중에 그의 고고한 성품을 찬양했다.

공안파는 주관적 체험만을 강조하다 보니, 갈수록 "사대부들의 퇴폐적이고 향락적인 인생관을 장려한다"는 평가를 들었다. 그럼에도 공안파의 글은 명나라 문단에 신선한 공기를 불어넣었다는 점은 무시할 수 없다.

또한 이들의 글은 중국의 근·현대 문학에까지 영향을 끼쳤다. 그래서 이후 신문화운동을 주도했던 선구자들도 '성령이 담긴 글'을 제창했다.

경릉파

공안파와 함께 '경릉파' 문인들도 나름의 길을 걸었다. 이 유파를 이끌었던 종성鍾惺과 담원춘譚元春이 모두 호북성 경릉竟陵 출신이라 경릉파라고 했다.

그들도 공안파처럼 옛글의 모방을 반대하고, '성령'이 담긴 글을 내세웠다. 그러나 그들의 감정이 너무 편벽된 길로 치달았고, 시도 고고한 경지만 추구하여 사람들에게는 외면을 당했다.

경릉파의 대표작으로는 유동劉侗이 지은 「서울의 풍경(帝京景物略)」을 들 수 있다. 이는 북경 성의 안팎 풍경을 다룬 작품이다.

이밖에도 명나라 말기에는 왕사임王思任과 기표가祁彪佳 등의 문인도 활동했다.

소설 같은 인생

소품문을 지은 작가로는 장대가 가장 주목을 끌었다. 장대張岱 (1597~1679)의 자는 종자宗子 또는 석공石公이고, 호는 도암陶庵이다. 그는 산음山陰(오늘날의 절강성 소흥시) 사람이다.

장대는 소설 같은 인생을 살았다. 대대로 관리를 배출했던 그의 집안에는 진사 출신이 여러 명이었고, 장원을 한 사람도 있었다. 그러나 장대는 과거에 합격하여 이름을 날리는 일에는 관심이 없었다. 그는 마흔이 되기 전까지는 돈을 펑펑 쓰며 귀공자 생활을 했다.

그는 다방면에 취미를 가지고 있었다. 그의 말을 빌면 "절, 미녀, 미소년, 고운 옷, 맛있는 음식, 좋은 말, 장식등, 기생, 극장, 악기, 골동품, 꽃과 새 등을 좋아하고, 아울러 차를 마시고 귤을 까먹으면서 음담패설을 즐기고, 시문을 즐겼다"고 한다.

그런 장대가 마흔 살이 되던 해 명나라가 멸망한다. 그는 청나라에 투항하는 것을 원치 않아, 깊은 산으로 들어갔다. 그곳에서 누더기 옷을 입고, 짚신을 삼아 신으며, 변변치 않은 음식을 먹었다. 방에는 다 부서진 책결상과 조각난 벼루뿐이었다.

그는 예전 자신의 생활을 돌이켜보면서, 그때를 꿈이라 생각한 적이 한두 번이 아니었다. 그 뒤 지난 일을 추억하는 소품문을 많이 지었는데, 그런 작품들을 엮어 책으로 낼 때면 '꿈(夢)'이란 제목을 붙였다. 『서호몽심西湖夢尋』이니 『도암몽억陶庵夢憶』이 한 예이다.

장대의 글은 매우 뛰어나다. 소품문이란 문체는 그에게 와서 절정의 아름다움을 보여주었다. 그의 책을 펼치면 명승지의 풍경, 세상 인정과 풍속, 음악과 기예, 술집과 찻집, 골동품의 향기 등 모든 것이 망라되어 있다. 따라서 그의 글은 당시 사회상을 살필 수 있는 좋은 자료가 되기도 한다. 아울러 그 속에 담긴 진실성은 독자들의 마음을 끌기에 충분하다.

옛일을 회상하다 보면 자연스럽게 나라 잃은 서러움이 배어 나오게 마련이다. 그는 「서호의 7월 보름(西湖七月半)」이란 글에서 명나라 말기에 서호에서 달구경하던 때를 추억하고 있다. 밤이 깊어지자 사람들은 흩어지고 사위가 고요한데, 고고한 선비들만 남아 달을 감상하는 모습을 조리 있고 맛깔나게 그렸다.

「유경정의 설서인(柳敬亭說書人)」에서는 재담꾼이 사람들을 불러 모아 펼치는 재주를 현장에서 중계하듯이 생생하게 그렸다.

하지만 장대는 정치를 멀리 했던 사람이라, 마음 한가득 울분을 품었어도 끝내 항청抗淸 운동에 뛰어들지 않았다. 그렇게 그는 가난과 괴로움 속에서도 여든 살이 넘게 살았다.

사회운동가 장부

장대와는 달리 정치투쟁에 적극적으로 나선 문인들도 있다. 장부張溥(1602~1641)의 자는 건도乾度인데, 나중에 천여天如로 바꾸었다. 호는 서명西銘이고, 태창太倉(오늘날의 강소성 태창시) 사람이다. 그는 복사復社의 창시자였다. 그들 역시 문학 유파라 할 수 있지만, 그보다는 정치적 색채가 강했다. 그들은 권문세가와 당시 정치를 비판하여 전국적으로 큰 호응을 얻었다. 문학적으로는 복고파에 해당하여 전 · 후칠자를 옹호하고, 공안파와 경릉파에 반대했다.

장부는 정말로 공부를 좋아했다. 책을 읽을 때면 먼저 그 내용을 종이에 쓴 다음, 그것을 한 번 읽고 불태웠다. 그러기를 예닐곱 번했다. 그래서 그의 서재 이름이 '칠록재七錄齋'였다.

장부의 대표작은 「오인묘비기五人墓碑記」이다. 제목에 나오는 다섯 사람은 소주蘇州의 평범한 시민들이다. 안패위顔佩韋를 필두로 한 그들은, 당시 악명을 떨친 환관 위충현魏忠賢에 대항하는 시민 폭동을 주도했다.

장부는 그들의 의로운 항거를 극구 찬양했다. 위충현이 전권을 휘

소주에 있는 5인의 묘비. '의로운 기운 만세에 전하리라(義風千古)'는 글귀가 선명하다.

두르던 때, 과연 몇 명의 사대부가 의리와 절개를 지켰던가? 그런데 이 다섯 사람은 성현들의 책이라곤 읽어본 적도 없는 평민이지만, 목숨을 아끼지 않고 정의를 위해 일어나지 않았는가? 그 이유는 무엇인가?

그들의 행동은 위충현의 간담을 서늘하게 하여, 더 이상 함부로 날뛸 수 없도록 했다. 뒤에 숭정제崇禎帝가 즉위하자, 위충현은 결국 자살한다. 그 모든 것이 이 다섯 의사義士들 덕분이었다.

장부는 이 글 말고도 위충현의 엄당閹黨에 가담한 고병겸顧秉謙을 몰아내자는 격문을 쓰기도 했다. 당시에는 매우 대담한 행동이라고 하지 않을 수 없다.

청나라에 대항하며

복사의 구성원에는 진자룡이라는 사람도 있었다. 진자룡陳子龍(1608~1647)의 자는 인중人中 또는 와자臥子이고, 호는 대준大樽이다. 그는 화정華亭(오늘날의 상해시 송강진松江鎮) 사람이다.

그는 명나라가 망하자 고향인 화정에서 의병을 일으켜, 청나라 군대에 대항하다가 포로로 잡혀 강물에 뛰어들어 자살했다. 그는 명나라 복고파 최후의 작가라 할 수 있다.

그가 가르치던 학생 가운데 하완순이라는 청년이 있었다. 하완순夏完淳(1631~1647)의 원래 이름은 복復이다. 그의 자는 존고存古이고, 호는 자은子隱이다. 그도 진자룡과 같은 화정 사람이다. 그는 열네 살 때 선생님을 좇아 의병에 가담하여, 청에 대항하다가 열여섯 꽃다운 청춘을 마감했다.

그는 「옥중에서 어머님께 드리는 글(獄中上母書)」을 지었다. 어린 나이임에도 불구하고, 그의 글에는 애국의 열망이 가득하여 읽는 이들에게 깊은 감동을 준다.

청나라에 대항한 사람으로 장황언張煌言(1620~1664)도 있다. 그의 자는 현저玄著이고, 호는 창수蒼水이다. 그는 은현鄞縣(오늘날의 절강성 영파시寧波市) 사람이다.

장황언은 명나라가 망한 뒤에도 20년 동안 항청 운동을 벌이다가 결국 체포되었다. 그는 압송되는 길에 고향을 지나치게 되었다. 그를 바라보는 고향 사람들의 심경은 착잡했다. 그의 불행을 안타까워하는 사람들이 있는가 하면, 어리석은 짓이라며 조롱하는 사람들도 있었다. 그래도 그의 행동이 과거에 합격하여 금의환향하는 것보다 더 값지다고 하는 사람도 있었다.

남들이 뭐라고 하든지 장황언은 자신의 행동을 절대 후회하지 않았다. 그는 「붙잡혀 가다가 고향을 지나면서(被執過故里)」라는 시에서, 백 년도 못사는 인생인데 정의롭게 행동하다가 그 자리에서 죽은들 무슨 미련이 있겠느냐고 말했다.

명나라 때의 시는 이처럼 비장한 울림 속에 마침표를 찍는다.

이단자 이지

마지막으로 명나라 말기의 사상계를 알아보자. 당시 사상계의 흐름을 알려면 반드시 이지를 살펴봐야 한다.

이지李贄(1527~1602)의 호는 탁오卓吾이고, 진강晉江(오늘날의 복건성 천주시泉州市) 사람이다. 그는 문인이자 사상가였다. 공안파가 그의 영향을 받아 생겼다고 해도 지나친 말이 아니다.

그는 20여 년 동안 하급관리로 지냈다. 예부禮部에 몸을 담았을 때 많은 진보적 학자들과 사귀면서 철학에 관심을 가졌다고 한다. 나중에는 관직을 버리고 마성麻城 용담호龍潭湖로 가서 머리를 깎고 중이 된다. 그때부터 학생들을 가르치는 한편, 글을 쓰기 시작했다. 그가 가르친 학생에는 여학생도 있었는데, 이는 당시에는 아주 드문 경우이다.

이지의 사상은 너무 자유로워, 그 어떤 전통에도 얽매이지 않았다. 그는 정주리학程朱理學을 가장 혐오했다. 그리고 유가에서 성인으로 떠받드는 공자에게도 험담을 일삼았다. 이에 당연히 통치자들은 그를 눈엣가시로 여겼다. 결국 그에게 '이단자(異端)'와 '귀신들린 사람(妖人)'이라는 죄명을 씌워 감옥에 가두었다. 그러나 그는 옥중에서도 끝까지 자신의 주장을 굽히지 않았다. 결국에는 간수의 칼을 빼앗아 스스로 목을 베고 죽었다.

그는 『분서焚書』, 『속續 분서』, 『장서藏書』, 『속續 장서』, 『초담집初潭集』 등 많은 책을 남겼다. 그러나 그의 책은 명나라와 청나라에 걸쳐 금서禁書로 지정되어, 여러 차례 수난을 당했다.

문학 방면에서 이지는 '동심설童心說'을 주장했다. '동심'은 말 그대로 '어린이의 마음'을 말한다. 어린이처럼 때 묻지 않고 순수한 마음을 가진 사람이 '참된 사람(眞人)'이고, 그러한 참된 사람만이 좋은 글을 쓸 수 있다는 주장이다. 원씨 삼형제의 성령설이 바로 '동심설'에서 비롯되었기에, 앞에서 공안파가 이지의 영향을 받았다고 한 것이다. 그리고 탕현조와 풍몽룡도 이지에게서 많은 영향을 받았다.

이지는 동심을 주장하다 보니, 자연스럽게 복고 사조에 반대했다. 이지는 이렇게 생각했다. 왜 옛날의 시와 산문만 좋다고 하는가? 현대의 전기, 원본院本, 잡극, 『서상기』, 『수호전』 등이 모두 "고금을 통해 길이 남을 명작(古今至文)"이 아닌가? 이 모두 동심을 담은 명작이다. 유가의 경전이나 『논어』, 『맹자』 등에도 뒤지지 않는다.

이렇듯 이지는 중국문학사에서 희곡과 소설의 가치를 높이 평가한 최초의 문인이다. 그야말로 대담한 견해가 아닐 수 없다.

이지는 말로만 그치지 않고, 직접 『수호전』, 『삼국연의』, 『비파기』, 『유규기』 등의 소설과 희곡 작품을 평점評點했다. '평점'이란 작품을 읽다가 주요 문장 옆에 점을 찍어 강조하고, 책장의 위아래 여백에다 짤막하게 자신의 견해와 소감을 밝혀 독자의 이해를 돕는 것을 말한다.

이지 이후 많은 소설 평점가들이 나온다. 그 가운데 청나라의 김성탄金聖歎과 지연재脂硯齋가 가장 유명하다. 김성탄은 『수호전』을, 지연재는 『홍루몽』을 평점하여 중국 소설 평점의 본보기가 되었다. 그래도 중국에만 있는 특유의 소설 비평 방식인 평점을 처음으로 시도한 공로는 이지에게 돌려야 한다.

봉건사회의
이단자

이지李贄(1527~1602)의 호는 탁오卓吾이고, 천주泉州 진강晉江(오늘날의 복건성 천주시) 사람입니다. 서른에 관리가 되어 쉰네 살에 관직에서 물러났습니다. 그 뒤 강의와 저술 활동에 전념했지요.

그는 스스로 '이단자'라 하며 주자학과 봉건 전통에 통렬한 비판을 서슴지 않았습니다. 당시 상상할 수도 없는 여학생을 제자로 받아들였습니다. 그런가 하면 "부모님에게 물려받은 몸을 조금도 훼손해서는 안 된다(身體髮膚受之父母, 不敢毁傷)"는 통념이 판을 치는 때, 덥다며 머리를 깎기도 했지요. 아울러 공자를 비판하고, 재혼을 권장했습니다.

그는 양명학의 영향으로 '어린이와 같이 순수한 마음(童心)'을 주장했습니다. 그 결과 진부한 아문학을 뒤로 하고, 소설과 희곡의 가치를 높였지요. 그는 자신의 책을 『분서焚書』, 『속분서續焚書』, 『장서藏書』, 『속장서續藏書』라고 했습니다. 자신의 학설이 사회의 배척으로 '불에 태워지고' '금서'가 되리라 예견한 것이지요. 그의 책은 출판 초기에는 큰 호응을 얻었지만, 그의 예상대로 됐습니다.

그는 결국 "감히 이상한 주장을 내세워 사회를 어지럽히고 백성을 현혹한다(敢倡亂道, 惑世誣民)"는 죄목으로 체포됩니다. 그는 북경의 감옥에서 모진 고문을 당합니다. 그러다 칼로 자살을 기도한 지 하루 만에 목숨을 잃습니다.

청나라
의 문학의 세계

20

삼대가三大家
당송파唐宋派
동성파桐城派

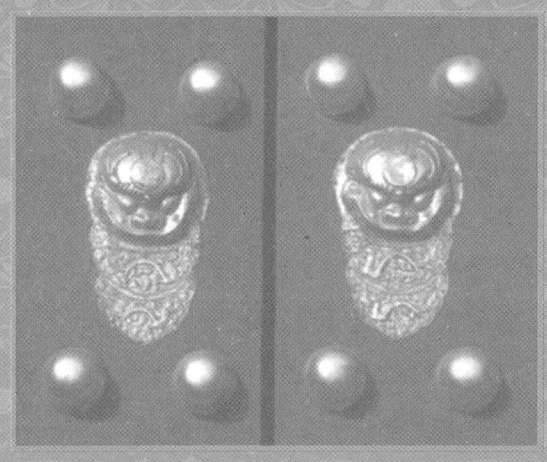

만주족의 청나라가 중원을 장악하면서
중국문학은 또 다른 세계로 진입한다.

새로운 환경에서 방황하다

　다들 알다시피 청나라의 통치자는 만주족滿洲族이었다. 만주족은 금나라를 세웠던 여진족女眞族의 후예이다. 명나라 말기 이자성李自成은 농민군을 이끌고 북경 도성으로 쳐들어왔다. 그러자 마지막 임금인 숭정제崇禎帝는 현재 자금성紫金城 뒤편에 있는 경산景山 공원의 산으로 올라가, 나무에 목을 매고 자살했다. 이로써 '대명나라(大明朝)'의 종말을 고했다.

　이때를 틈타 만주족이 쳐들어왔다. 그들은 한족 출신의 간신 오삼계吳三桂의 협조를 받아, 중요한 관문인 산해관山海關을 뚫고 중원으로 내려와 새로운 왕조인 청나라를 세웠다.

　청 왕조는 개국하자마자 신속하게 반항자들을 숙청했다. 그뿐만 아니라 여러 번에 걸친 필화 사건(文字獄)을 일으켜, 사상계와 문화계를 통제했다. '필화筆禍'란 어떤 글이 발단이 되어 관련된 사람들을 처벌하고, 문제가 된 글과 책의 유통을 금지하는 것을 말한다.

　언젠가 어느 시험관이 문제를 출제하면서 '유민소지維民所止'라는 글을 적었다. 이에 옹정제雍正帝는 노발대발하며 당장 그의 목을 치라고 명했다. '유維' 자와 '지止' 자가 '옹雍' 자와 '정正' 자의 목을 친 형상으로 보인다는 이유에서였다. 결국 그 시험관은 목만 고향집으로 돌아갈 수 있었다.

　건륭乾隆 시기에는 황족들이 각계각층의 학자들을 모아 놓고 『사고전서四庫全書』를 편찬했다. 이를 편찬하면서 청의 통치에 불리한 책들은 모조리 불태웠다.

　여느 조대와 같이 청나라 초기의 통치자들도, 농민들에게 세금을 감면하는 등의 방법으로 농업 생산을 북돋우고 경제 발전을 유도했다. 이에 따라 수공업과 상업도 함께 발전했다. 그래서 강희제康熙帝와 건륭제乾隆帝에 이르면, 사회와 경제 모든 면에서 전에 없는 번영을 누렸다. 이 시기를 일컬어 '강희와 건륭 시기의 번영기(康乾盛世)'라고 한다.

그러나 이 시기에도 심각한 사회적 위기가 내재하고 있었다. 그래서 이러한 번영기가 지나자, 청 정부는 날이 갈수록 쇠퇴한다. 17세기에 서구 제국주의 열강들이 중국에 들이닥쳤을 때, 청나라는 이미 빈껍데기에 지나지 않았다.

청나라 초기의 문단에는 두 부류의 문인들이 존재했다.

한 부류는 명나라의 유민임을 자처하며 청나라에 협조하지 않은 문인들이다. 그들의 글 속에는 올곧은 민족의 절개가 드러나, 한족漢族의 후예들에게 많은 존경을 받았다. 황종희, 고염무, 왕부지 세 사람이 이 부류의 대표적인 인물이다.

다른 한 부류는 '양다리를 걸친(兩截人)' 문인들이다. 그들 대부분은 일생의 전반부를 명나라의 관리로 지내다가, 청나라가 들어서자 투항하고 변발을 했다. 그리고는 새로운 정부에서 다시 관리 생활을 했지만, 마음만은 편치 않았다. '변절'이라는 인생의 오점을 남기고 스스로 자신의 명예를 떨어뜨렸으니, 어떻게 마음이 편할 수 있겠는가? 그래서 그들의 글을 보면, 자신들이 느꼈던 당혹감과 명나라에 대한 그리움이 짙게 배어 있다. 그들 가운데 전겸익과 오위업 등이 가장 이름을 날렸다.

지혜를 갖추고 임금을 기다리다

먼저 첫 번째 부류의 문인들을 살펴보자.

황종희黃宗義(1610~1695)의 자는 태충太沖이고, 호는 이주梨洲이다. 그는 여요餘姚(오늘날의 절강성 여요시) 사람이다. 동림당東林黨의 당원이던 그의 아버지는, 위충현 등 반대파의 탄압을 겪다가 옥사했다. 나중에 위충현이 탄핵을 받아 자결하자, 열아홉 살이던 황종희는 북경으로 올라가 아버지의 억울함을 호소했다. 그리고 가져간 송곳으로 공공장소에서 엄당의 인물들을 찔러 상처를 입혔다. 또 아버지에게 고문을 가했던 간수 두 명을 찾아내 죽여서 아버지의 원수를 갚았다.

이러한 그의 행동은 북경성을 온통 뒤흔들었다. 명이 멸망하자 황종희는 전당강錢塘江 일대(오늘날의 항주 부근)로 달려가, 군대를 조직하여 온갖 위험을 무릅쓰고 항청 운동에 헌신했다. 그러나 이미 대세가 기울었음을 깨닫고, 숨어서 교육과 저술 활동에 전념하며 사람들의 애국정신을 고취시키려고 했다.

황종희는 어려서부터 독서에 몰두했다. 그는 집에 있던 책을 모두 읽고도 모자라, 책이 많기로 소문난 이웃집에서 빌려다 보기까지 했다. 밤이면 빌려온 책을 열심히 옮겨 적고, 다음날 어김없이 돌려준 뒤 다른 책을 빌려왔다고 한다. 이 때문에 그의 글방에는 '속초당續鈔堂'이

황종희의 초상

란 이름이 붙었다. '계속해서 끊임없이 옮겨 적었다' 라는 뜻이다.

황종희는 워낙 박학다식하여, 후반 30년 동안에는 중국 남부 지방의 학술계를 이끄는 지도자가 되었다. 많은 유명 학자들이 그에게 찾아와 가르침을 청했다. 심지어 당시 지방장관(巡撫)까지 찾아와 배울 정도였다.

그의 대표작은 정치의 원리를 설명한 『명이대방록明夷待訪錄』이다. '명이明夷'는 우리가 『역』에서 살펴본 64괘 가운데 하나이다. '밝음(明)이 이지러져(夷)' 아직 충분히 빛을 발하지 못하고 있다는 뜻이다. 이는 현자가 자신의 뜻을 펴지 못하고 비난 받을까 두려워하는 것을 비유한 말이다.

'기자箕子의 명이' 라는 말이 있다. 은殷나라의 현자였던 기자는, 폭군인 주왕紂王에게 자신의 지혜를 내보이지 않았다고 한다. '비인부전非人不傳' 이라고, '진실한 인재가 아니면 도를 전하지 않은' 것이다.

'대방待訪' 은 어진 임금인 무왕武王이 기자를 찾아와 치국의 도리를 물은 것처럼, 지혜를 갖춘 현자가 어진 임금의 방문을 기다린다는 뜻이다.

따라서 '명이대방' 은 지혜를 갖춘 현자가 어진 임금이 찾아와 치국의 도리를 묻는다면 이렇게 말하겠노라는 뜻을 담고 있다. 이 책에는 「군주론(原君)」, 「신하론(原臣)」, 「법제론(原法)」 등 20편의 글이 실려 있다.

그는 봉건 황제를 일컬어 "세상의 큰 재해(天下之大害)"라 했다. 또 "세상 정치의 혼란은 어느 한 가문의 흥망에 달린 것이 아니라, 천하 만민의 희로애락에 달렸다(天下之治亂, 不在一姓之興亡, 而在萬民之憂樂)" 라고도 했다.

신하된 자들은 마땅히 "천하를 위해 일해야지 임금만을 위해서는

안 되고, 만민을 위해 일해야지 일개 가문을 위해서는 안 된다(爲天下
非爲君也, 爲萬民非爲一姓也)"고도 했다.

이런 황종희의 글 속에서 민주적인 사상을 엿볼 수 있다.

청나라 정부는 그에게 관직을 맡아 달라고 여러 번 청했다. 하지만
그때마다 결연하게 뿌리쳤다고 한다. 그럼에도 그의 학식을 높이 산
청 정부는 명사明史를 편찬할 때, 특별히 그에게 원고를 검토해 달라
고 부탁하여 그의 의견을 수용했다.

청나라의 학문을 이끌다

첫 번째 부류에 속하는 고염무顧炎武(1613~1682)의 자는 영인寧人이
고, 강소성 곤산현崑山縣 정림진亭林鎭 사람이다. 그래서 그를 정림선
생亭林先生이라고도 부른다.

그는 청소년 시절에 복사復社에 가담했다. 하지만 명나라가 망하
자, 강남과 강북을 넘나들며 각지의 호걸들과 연계하여 명의 재건을
도모했다. 그러나 결국 체포되어 옥살이를 했다.

20여 년의 형기를 마치고 나와서는 북방 지역을 돌아다녔다. 그러
면서 지형과 인정을 살피고, 동지들을 사귀는 등 끝내 한족 정부를
재건하려는 꿈을 버리지 않았다. 그러다 예순다섯이 되어서야 화음華
陰이란 곳에 정착하여 저술에만 전념했다.

그는 30여 년 동안 심혈을 기울여, 학문 연구방법에 대한 『일지록
日知錄』을 남겼다. 여기에서 그는 "세상의 흥망은 보통 사람에게도 책

고염무의 초상.

임이 있다(天下興亡, 匹夫有責)"고 선
언했다. 아울러 자신은 "나면서부
터 송곳 꽂을 땅도 가진 바 없지
만, 마음만은 언제나 우주 만물을
품고 있는(生無一錐土, 常有四海心)"
애국자라고 자부했다.

　탁월한 학자인 고염무는 노년에
는 고증학에 치중하여, 청나라의 학문 방향을 선도했다. 또한 음운학
에도 커다란 공헌을 했다. 이렇듯 학술계에서 그의 명망은 엄청났다.

동굴에서 이룬 성과

　앞에서 본 것처럼 황종희와 고염무는 생전에 이름을 떨쳤다. 하지
만 지금 살펴볼 왕부지는 죽은 뒤에도 수십 년 동안 빛을 보지 못했다.
　왕부지王夫之(1619~1692)의 자는 이농而農이고, 호는 강재姜齋이다.
그는 형양衡陽(오늘날의 호남성 형양시) 사람이다. 그는 노년에 형양 석
선산石船山에 머물면서 교육과 저술 활동을 하여, 사람들이 '선산선
생'이라고도 부른다.
　왕부지는 청소년 시절부터 각고의 노력으로 학문에 전념했다. 하
지만 미처 과거 시험을 보기도 전에 명나라가 망했다. 그러자 청나라

왕부지의 초상.

를 무너뜨리려고 적극적으로 무장투쟁에 나섰다. 하지만 목적을 이루지 못하고, 청나라 군대를 피해 호남의 깊은 산속으로 숨는다. 그리고는 성과 이름을 바꾸고, 소수민족인 요족

傜族 사람처럼 행세했다. 그리고는 남은 40여 년 동안 분발하여 글쓰기에 전념했다.

왕부지는 천문과 역법, 수학, 지리학 등에 조예가 깊었다. 또한 경학, 사학, 철학, 불교학 등에 정통했다. 그가 남긴 저작으로는 『장자정몽주張子正蒙注』, 『상서인의尚書引義』, 『독통감론讀通鑑論』 등 모두 100여 종 400여 권에 달한다. 이 모두가 깊은 산의 동굴 속에서 이룬 성과이다. 외부의 모든 잡념을 끊고, 정신을 집중하여 한 가지 일에만 매달릴 수 있어서 가능했으리라. 그밖에도 더 많은 글을 남겼지만, 안타깝게도 대부분 사라졌다.

그는 또 탁월한 문학관을 지녔다. 왕부지는 글을 쓴 뒤 다른 사람들에게 아무렇게나 주어 초고를 남기지 않았다. 그래서 그가 죽은 뒤 수십 년이 지나서야 후손들에 의해 속속 발간되기 시작했다. 그제야 왕선산의 이름이 차츰 알려졌다.

명나라의 애국 시인들

이 시기의 또 다른 애국자들로는 시인 굴대균屈大均과 귀장歸莊 등이 있다.

굴대균의 일생도 항청 운동의 연속이었다. 그의 시「임술년(1682) 청명절에 짓다(壬戌淸明作)」에 이런 구절이 있다.

조국 강산은 헛된 꿈에 젖어 故國江山徒夢寐

중화 인걸들이 또다시 스러진다 中華人物又銷沈

재기를 기다려 보건만 세상 어디에도 돌아갈 곳 없어

　　　　　　龍蛇四海歸無所

해마다 한식이면 애끓는 나그네 마음 寒食年年愴客心

여기서 '용사龍蛇'란 초야에 묻혀 재기할 날만 기다리는 지사志士를 비유하는 말이다. 나라를 잃은 뒤 침울하고 비통한 심정을 잘 표현했다. 청명과 한식이란 절기를 통해 불에 타 죽은 개자추介子推에 빗대어, 돌아갈 곳 없는 자신의 처지를 한탄했다.

예부시랑 전겸익

전겸익錢謙益(1582~1664)의 자는 수지受之이고, 호는 목재牧齋이다.

노년에는 몽수蒙叟라고도 불렀다. 상숙常熟(오늘날의 강소성 상숙시) 사람인 그는 명나라 말기에서 청나라 초기 시단詩壇의 지도자였다.

그는 명나라 정부에서 예부시랑禮部侍郎을 지냈고, 동림당 안에서도 명망이 높았다. 그러나 나중에 엄당으로 변절했다. 청나라의 군대가 남하했을 때에는 여러 사람들을 이끌고 투항하기까지 했다. 그렇다고 청나라에서 그를 특별히 우대하지는 않았다. 예전처럼 예부시랑 자리를 주었을 뿐이다. 이에 전겸익은 크게 실망하여, 오래지 않아 병을 핑계로 고향으로 내려갔다.

그 뒤 어떤 사건에 연루되어, 두 번의 옥살이를 하며 많은 돈을 쓰고 나서야 겨우 풀려날 수 있었다. 그래서인지 노년에는 생각이 많이 바뀌어, 비밀리에 항청 문서를 작성해 반청反淸 운동가들에게 보내기도 했다. 또 정성공鄭成功이 남경을 포위했을 때에는, 친히 양자강에 나가 군대의 사기를 북돋우기도 했다.

정치적으로는 오점이 있지만, 전겸익의 문학적 성취는 무시할 수 없다. 그는 시에도 뛰어나, 노년에는 명나라를 그리워하는 시들을 많이 남겼다. 그래서 청나라에서는 그의 시집을 금서로 낙인찍었을 정도였다.

그의 문학관도 독특하여 "시는 반드시 성당을 본받아야 한다"는 전·후칠자의 주장을 반대하고, 소식과 원호문을 대표로 하는 송과 원의 시를 내세웠다. 이러한 주장은 이후 청나라 시단에 큰 반향을 불러 일으켰다.

늙으신 어머니를 위한 밥벌이

　오위업吳偉業(1609~1671)의 자는 준공駿公이고, 호는 매촌梅村이다. 그는 태창太倉(오늘날의 강소성 태창시) 사람이다. 명나라 말기에서 청나라 초기에 가장 큰 성취를 이룬 시인으로 꼽힌다.

　오위업은 어려서부터 병이 잦아, 제대로 공부할 시간이 없었다. 그러나 타고난 재능 덕에 그의 학업 성적은 언제나 출중했다. 열네 살 때에는 이미 뛰어난 글을 지어 주위 사람을 놀라게 했다고 한다. 또 과거에 응시해서는 스승인 장부張溥보다 높은 점수로 합격하여, 숭정제崇禎帝에게 칭찬을 듣기도 했다.

　그는 명나라 말기에는 남경 국자감國子監의 사업司業이란 직을 지냈고, 태자의 스승으로 지내기도 했다. 하지만 청나라가 들어서자 문을 닫아걸고 외부 출입을 삼갔다. 그러나 그의 명성이 워낙 널리 알려져 있어서, 청나라에서는 그를 서울로 불러 국자감 제주祭酒라는 관직을 맡겼다. 그는 과감히 뿌리치지 못하고 배웅 나온 사람들에게 이렇게 말했다.

　"나는 결코 명나라를 배반한 것이 아니다. 이는 오로지 늙으신 어머님을 위한 밥벌이일 뿐이다."

　몇 년 뒤 어머님이 돌아가시자, 이를 핑계로 관직에서 물러났다. 그리고는 고향으로 돌아와 더 이상 관직을 맡지 않았다. 그는 이때 일을 죽을 때까지 잊지 못하고 유감스러워 했다.

　원래 오위업의 시는 글이 화려하고, 격률이 잘 갖추어져 있었다. 그런데 청나라가 들어선 뒤에는 침울하면서도 처량한 시풍으로 바뀌었다. 그래서 어떤 사람들은 그를 「강남을 슬퍼하며(哀江南賦)」를 지은 육조六朝 시기의 유신庾信에 견주기도 한다. 이러한 그의 시는 주로 백성의 고통, 변절한 신하들에 대한 풍자, 어두운 현실에 대한 불만 등의 내용을 담고 있다.

대표작으로는 민요체의 시인 「원원의 노래(圓圓曲)」를 들 수 있다. '원원'이란 '진원원陳圓圓'을 말한다. 그녀는 본래 소주 지방의 유명한 기생이었는데, 나중에 명나라의 장수 오삼계吳三桂의 첩이 된 여자이다.

그러던 어느 날, 이자성의 세력이 북경을 공격했다. 그때 그녀는 그들의 포로가 되었다. 그런데 당시 오삼계는 산해관山海關을 지키고 있다가, 뒤늦게 이 소식을 들었다. 그는 이 일에 화가 나서 청나라에 투항하고, 그 길로 청의 군대를 이끌고 북경으로 쳐들어왔다. 결국 오삼계는 원원을 되찾았지만, 명나라는 영원히 사라지고 말았다.

「원원의 노래」는 이러한 내용을 풍자적으로 읊고 있다. 전하는 바로는 오삼계가 거금을 주고 이 시를 사려고 했는데, 끝내 오위업의 답을 듣지 못했다고 한다.

청나라 시단을 이끈 왕사정

전겸익과 오위업의 뒤를 이어 왕사정이 시단을 이끌게 되었다. 왕사정王士禎(1637~1711)의 자는 자진子眞이고, 호는 완정阮亭이다. 그는 신성新城(오늘날의 산동성 환태현桓台縣) 사람이다.

진사 출신인 그는 형부상서刑部尚書까지 지냈다. 이처럼 고위 관리

청나라 화가 우지정이 그린 왕사정의 초상화.

였지만, 명사답게 호쾌한 면이 있어 제남濟南의 대명호大明湖에 유명
인사들을 초청하여 시 모임을 열기도 했다. 그때 모인 사람이 수백
명에 이르렀다고 한다. 이처럼 관대하고 성실한 대인관계로 많은 시
인들을 사귀어, 자연스럽게 문단에서도 명망이 높았다. 그래서 어느
샌가 그를 스승으로 대접하는 명사들이 수천 명에 달했다. 강희제康
熙帝도 특별히 그의 시들을 모아 『어람집御覽集』을 펴기도 했다.

　왕사정은 '당시唐詩의 추종자'이다. 그는 특히 왕유와 맹호연 같은
시인을 높이 평가했다. 그가 펴낸 『당현삼매집唐賢三昧集』은 이후 시
를 배우는 교과서가 되었다.

　그는 '신운설神韻說'을 표방하여, "한 글자를 더하지 않고서 풍류
를 다 얻을 수 있어야 한다(不着一字, 盡得風流)"고 주장했다. 이는 송나
라 때 엄우嚴羽의 주장과 일맥상통한다. 「진주절구眞州絶句」를 예로
들어 보자.

강변 어디나 어부들이 사는 곳	江干多是釣人居
버들길 마름늪 부근 모두 성기어라	柳陌菱塘一帶疎
때마침 해지고 바람 잦아들면	好是日斜風定後
단풍 우거진 강가에서 농어를 팔겠지	半江紅樹賣鱸魚

이 시에 담긴 경지는 그야말로 한 폭의 그림 같다. 그래서 당시 사람들은 이 시를 소재로 그림까지 그렸다고 한다.

강남의 노신사

청나라의 시단을 이끌었던 전겸익과 왕사정은 각각 '송시'와 '당시'의 추종자였다. 그래서 이후 청나라의 시인들도 대부분 '송시 추종자'와 '당시 추종자'로 나뉘었다. 예를 들어 시윤장施閏章, 송완宋琬, 주이존朱彝尊, 조집신趙執信 등은 모두 '당시 추종자'들이었다. 그리고 송락宋犖, 사신행査愼行, 여악厲鶚 등은 모두 송시를 배우자고 주장했다.

'당시 추종자'들에서는 심덕잠과 옹방강이 뛰어났다.

심덕잠沈德潛(1673~1769)의 자는 확사確士이고, 호는 귀우歸愚이다. 그는 장주長洲(오늘날의 강소성 오현) 사람이다. 그는 과거 시험과 인연이 없어, 17번이나 응시했지만 지방 시험조차 통과하지 못했다. 그러다 간신히 66살 때 비로소 진사가 되었다. 그래도 건륭제乾隆帝는 이 '강남의 노신사'를 특별히 아껴서, 언제나 그와 함께 시를 주고받았다고 한다.

심덕잠은 당시를 높이려는 목적으로 『고시원古詩源』, 『당시별재집唐詩別裁集』, 『명시별재집明詩別裁集』, 『청시별재집淸詩別裁集』 등 일련의 시 선집들을 편찬했다. 그 가운데 『당시별재집』의 영향력이 가장 컸다.

서위 문하의 앞잡이

심덕잠과 거의 같은 시기, 문단에는 괴짜가 한 명 있었다. 그는 바로 정섭이다. 정판교로 더 잘 알려진 정섭鄭燮(1693~1765)의 자는 극유克柔이고, 호는 판교板橋이다. 그는 강소성 흥화興化(오늘날의 흥화시) 사람이다.

정섭은 명나라의 문인인 서위徐渭를 너무나 흠모하여, 스스로 자신의 도장에다 "서위 문하의 앞잡이 정섭(徐靑藤門下走狗鄭燮)"이라고 새겼을 정도이다. 보통 사람 같으면 자신을 그처럼 낮추지 않을 텐데, 기꺼이 '앞잡이'를 자처한 걸 보면 서위를 무척이나 좋아했음을 알 수 있다.

정섭은 송시를 내세우지도, 그렇다고 당시를 내세우지도 않았다. 자신의 시문은 "청나라의 시이자 청나라의 글(淸詩淸文)"일 뿐이며, 선배들의 쓰레기와 함께 취급하지 말라고 주장했다. 그래서인지 그의 시사詩詞와 산문은 솔직 담백하여, 겉멋만 부리는 모습이 없다.

10여 편에 달하는 "가족 편지(家書)"는 정말 아름답다. 대부분 그가 현령으로 지낼 때 형제들에게 보낸 글이다. 가족에게 보내는 편지라서 마음속의 깊은 속내를 허물없이 털어놓았다.

그는 동생에게 하인들은 비록 지위는 낮지만, 자신들처럼 "황제와요·순임금의 자손(皇帝堯舜之孫)"이니 절대 깔보지 말라고 당부한다. 또 "세상에서 제일 중요한 사람은 농민이다. …… 만일 세상에 농민이 없다면, 세상 모든 사람은 굶어 죽을 거야"라고도 했다. 당시 이러한 견해는 매우 소중한 가치를 지닌 것이다.

정섭은 서예로도 이름을 날렸다. 하지만 글씨체는 아주 괴상했다. 해서楷書 같기도 하고 예서隸書 같기도 하여, 스스로는 이를 '육분반체六分半體'라고 불렀다.

그는 또 그림에도 뛰어났다. 특히 난과 꽃과 대나무를 즐겨 그렸다. 그림에서도 맑고 깨끗한 기운이 풍겼다. 그래서 사람들은 그의 시와 글씨와 그림을 일컬어 '삼절三絕'이라고 했다. 여기서 '절絕'은 '뛰어나다'라는 뜻이다. 양주揚州에는 화풍이 괴이한 화가 8명이 있어 '양주팔괴揚州八怪'라고 불렀다. 정섭도 그 한 사람이다.

여동생 추모문

정섭을 이어서 문단에는 원매가 등장한다. 원매袁枚(1716~1798)의 자는 자재子才이고, 호는 간재簡齋이다. 그는 전당錢塘(오늘날의 절강성 항주시) 사람이다.

그는 어렸을 때 집이 가난하여 책을 살 수 없었다. 그래서 이웃 부잣집에서 책을 빌려다 공부했다. 이웃집에서 책을 빌려주지 않는 날에는 책을 빌리는 꿈을 꾸곤 했다. 나중에 관리가 되어 집에 책이 많아지자, 그는 가난한 청년들에게 흔쾌히 자신의 책을 빌려주었다고 한다. 「황생차서설黃生借書說」이란 글에 이 이야기가 실려 있다. 이렇듯 세상 모든 사람들이 서로 입장을 바꾸어 생각하며, 남을 배려하는 마음을 가진다면 아름다운 세상을 만들 수 있으리라.

원매의 글 가운데 가장 감동적인 글은 「여동생 추도문(祭妹文)」이다. 그는 셋째 여동생을 각별히 아꼈다. 하지만 그녀는 불행한 삶을 살았다. 시집을 갔지만 남편의 모진 학대에 이혼하고, 집으로 돌아와서는 마흔 살의 젊은 나이에 병으로 죽었다.

원매는 추도문에서 어릴 적 여동생과 함께 지낸 세월을 추억했다. 매우 일상적인 내용이지만, 그 속에는 깊고 애틋한 감정이 담겨 있다. 추도문의 마지막은 이렇다.

아! 예전에는 생각지도 못했던 일, 네가 떠난 지금도 이해할 수 없구나. 너를 위해 울어 보건만 너의 목소리 들리지 않고, 너를 위해 음식을 건네건만 너의 먹는 모습 볼 수 없어라. 지전은 재가 되어 높이 날아오르고, 삭풍은 들판을 몰아친다. 오빠가 돌아와 너의 모습 보일까 수없이 고개 돌려 바라본다. 아, 슬퍼라! 아, 슬퍼라!

嗚呼! 身前旣不可想, 身後又不可知. 哭汝旣不聞汝言, 奠汝又不見汝食. 紙灰飛揚, 朔風野大, 阿兄歸矣, 猶屢屢回頭望汝也. 嗚呼哀哉! 嗚呼哀哉!

원매는 '성령性靈'을 담아 시를 쓰라고 주장했다. 이는 명나라의 공안파와 경릉파의 관점과 일맥상통한다. 그의 시는 내용과 형식 모든 면에서 신선미가 넘쳤다.

또 그는 시론서인 『수원시화隨園詩話』를 지어, 시가 이론에 관한 해박한 견해도 제시했다.

시를 논하다

원매와 함께 이름을 떨친 문인으로는 조익과 장사전蔣士詮이 있다. 그래서 이 세 사람을 함께 '건륭 시기의 3대 문인(乾隆三大家)'이라고도 했다.

조익趙翼(1727~1814)의 자는 운숭雲崧이고, 호는 구북甌北이다. 그는 강소성 양호陽湖(오늘날의 무진현武進縣) 사람이다. 그는 유명한 시 「시를 논하다(論詩)」를 지었다.

이 · 두의 시가 만세에 전하나	李杜詩篇萬口傳
지금 느끼기엔 신선하지 않구나	至今已覺不新鮮
이 땅에 대대로 인재가 나와	江山代有才人出
저마다 수백 년 동안 시단을 누볐노라	各領風騷數百年

그는 각 시대마다 독특한 풍격을 지닌 문학이 있다고 역설했다. 시대마다 그 시대의 거장이 있는 법이니, 반드시 옛사람을 좇아 앵무새처럼 답습할 필요가 없다는 주장이다.

사단詞壇의 마지막 불꽃

청나라 때의 사詞를 논하자면 납란성덕을 빼놓을 수 없다. 그는 청나라 때 사라는 분야에서 최고의 성취를 이루었다.

납란성덕納蘭性德(1655~1685)의 본명은 성덕成德이고, 자는 용약容若이며, 호는 능가산인楞枷山人이다. 그는 만주滿洲 정황기正黃旗 사람이다. 만주족은 군대의 편제를 따른 호적 제도인 '팔기八旗 제도'를 시행했다. 그 가운데 하나가 바로 '정황기'이다. '정백기,' '정홍기'와 함께 통치 세력의 중심이었다. 청나라를 세운 뒤에는 한족들도 '팔기 제도'에 따라 구분했다.

귀족 출신의 아버지인 납란명주納蘭明珠는 강희제가 다스릴 때 대학사大學士를 지내면서 오랫동안 국정을 주관했다. 납란성덕은 스무 살 때 자기 실력으로만 진사가 되어, 강희제를 호위하는 업무를 맡는다. 문무를 가리지 않고 뛰어나서 강희제의 신임을 한 몸에 받았다.

그러나 시인의 기질을 타고난 납란성덕은 황제 앞에 서면 언제나 불편했다. 그래서 늘 평민 신분으로 시를 짓는 문인들을 부러워했다. 그는 이러한 마음을 달래기라도 하듯이, 많은 글 친구를 사귀었다.

그의 사는 그 옛날 이욱李煜의 사가 지닌 풍격과 비슷하다. 기억할지 모르지만, 당나라 말기 남당南唐의 후주였던 이욱은 나라를 잃은 비운의 주인공이다.

그의 사 「장상사長相思」는 강희제를 따라 동부 지방을 순례할 때 지은 작품이다.

산길로의 여정   山一程

물길로의 여정	水一程
산해관 그곳 가는 길에 몸을 맡긴다	身向榆關那畔行
밤이 깊자 천막마다 등불이 걸린다	夜深千帳燈

한참 동안 바람 불고	風一更
한참 동안 눈 쏟아져	雪一更
그 바람에 고향 그리는 마음 부서져 이룰 수 없구나	
	聒碎鄉心夢不成
집 마당에는 이런 소리 없겠지	故園無此聲

군대의 행렬이 들판에서 야영을 하는데, 눈보라가 몰아쳐 작자는 이런저런 생각에 좀처럼 잠들지 못했다. 이에 자리에서 일어나 천막을 나왔다. 그러자 줄지어 늘어선 천막에서 불빛이 새어나오고 있었다.

사위가 어둠과 적막으로 쌓인 밤, 천막에서 새어나온 불빛을 받아 반짝이며 내리는 눈을 바라보는 작자의 느낌이 어떠했을까? 그야말로 장관이었으리라. 어느 근대 학자는 이렇게 말했다.

"납란성덕은 자연의 눈으로 사물을 보고, 자연의 입으로 감정을 노래했습니다. 이는 중원中原에 들어와 아직 한족의 분위기에 물들지 않았기에 그렇습니다. 그만큼 진솔한 마음을 담을 수 있었던 거지요!"

그러나 납란성덕의 이런 재주를 하늘이 시기했는지, 그는 서른 살의 나이로 세상을 떠나고 말았다.

아름다운 강등

주이존도 청나라 초기에 이름을 떨친 문인이다. 주이존朱彝尊(1629~1709)의 자는 석창錫鬯이고, 호는 죽타竹垞이다. 그는 수수秀水(오늘날의 절강성 가흥시嘉興市) 사람이다.

그는 책읽기를 즐겨 먼 길을 나서면 언제나 '13경'이나 '21사' 같은 책을 가져가, 여관방을 가득 채웠다고 한다. 나중에 한림학사翰林學士를 지내면서는 궁 안의 진귀한 서적들을 몰래 가져다가 옮겨 적었다. 하지만 결국 그 일 때문에 강등 조치를 당했다. 그러나 사람들은 그를 비난하기보다 '아름다운 강등(美貶)'으로 봐주었고, 스스로도 결코 부끄러워하지 않았다. 아무튼 주이존은 평생 8만 권의 장서를 모았다. 그리고 특별히 '폭서정曝書亭'이라는 건물을 지어 그 장서들을 보관했다.

한편 그는 8년이란 시간을 들여, 당나라 때부터 원나라 때에 이르는 사 작품 2천여 수를 모은 『사의 발자취(詞綜)』란 책을 펴냈다.

아울러 청나라 때 사단詞壇의 한 유파인 절서사파浙西詞派를 창설하여, 양선파陽羨派를 이끈 진유숭과 어깨를 나란히 했다.

가슴에 품은 웅장한 기상

앞서 살펴본 주이존은 남송의 강기姜夔와 장염張炎을 떠받들었다.

그에 바해 진유슝우 소식과 시기질의 호방한 풍격을 본받았다. 진유슝陳維崧(1625~1682)의 자는 기년其年이고, 호는 가릉迦陵이다. 그는 의흥宜興(오늘날의 강소성 의흥현) 사람이다.

그는 「만강홍滿江紅」과 「금루곡金縷曲」처럼 웅장한 기상을 담은 장편(長調) 사에 뛰어났다. 그뿐만 아니라 짧은 소령小令을 통해서도 호방한 풍격을 보여주었다.

기백이 넘치는 작품 「남향자南鄕子, 형주가는 길에 짓다(邢州道上作)」를 예로 들어보자.

가을 기운에 병주의 칼이 차갑고	秋色冷幷刀
매서운 한줄기 바람에 성난 파도 일렁인다	一派酸風卷怒濤
말과 함께 한 북방의 젊은이	幷馬三河年少客
호기가 넘쳐	粗豪
술 취해 상수리나무 숲에서 화살을 날린다	皂櫟林中醉射雕

남은 술에 형가와 고점리를 떠올리니	殘酒憶荊高
연과 조의 슬픈 노래 아직 끝나지 않았어라	燕趙悲歌事未消
어제는 수레 소리 내며 차가운 이수 건넜는데	憶昨車聲寒易水
오늘 아침	今朝
터질 듯한 가슴 안고 예양교를 건넌다	慷慨還過豫讓橋

청나라의 산문

　그렇다면 청나라 때의 산문은 어떠했을까? 청나라 초기에는 '고문
古文 3대가三大家'라고 불린 3명의 산문가가 있었다. 그들은 바로 위
희와 왕완, 후방역이다.

　위희魏禧(1624~1681)의 자는 빙숙氷叔 또는 숙자叔子이고, 호는 유재
裕齋이다. 그는 영도寧都(오늘날의 강서성 영도현) 사람이다.

　위희는 청 정부에 항거한 인물로도 유명하다. 그는 명나라가 망한
뒤 다른 여덟 가문의 사람들과 함께, 영도 부근의 요충지이자 험준하
기로 이름난 취미봉翠微峰을 점거했다. 그들은 그곳에 작은 공동체를
만들고, 암암리에 명의 부활을 모색했다. 그러나 고립된 지형과 미약
한 역량으로 이렇다 할 성과가 없었다. 결국 위희는 전염병으로 중도
에 죽는다.

　그는 인물 전기傳記에 매우 뛰어났다. 그 가운데 「대철추전大鐵椎
傳」은 뛰어난 재주를 가졌지만 때를 얻지 못한 기인을 서술했다. 작
자는 마음속으로 그런 사람을 의협심 넘치는 이상적 인물로 상정하
고 있었던 것이다.

　다음으로 왕완汪琬(1624~1691)의 자는 초문苕文이고, 호는 둔암鈍庵
이다. 그는 장주長洲(오늘날의 강소성 오현吳縣) 사람이다. 그도 인물 전
기에 뛰어나, 여러 작품을 남겼다. 「강천일전江天一傳」은 청나라에 항
거하다가 죽은 민간의 열사를 생생하게 묘사했다.

　마지막으로 후방역侯方域(1618~1655)의 자는 조종朝宗이고, 호는 설
원雪苑이다. 그는 상구商丘(오늘날의 하남성 상구시) 사람이다. 그는 명나
라 말기 복사復社의 일원으로서, 풍류를 즐기며 크게 이름을 떨쳤다.

나중에 청나라가 들어선 뒤 과거에 응시하여 2등으로 합격했다.

그는 대의명분을 좇아 의로운 행동을 한 진회秦淮 지방의 기녀를 다룬 「이희전李姬傳」을 썼다. 이 작품에 나오는 후생侯生은 바로 작자 자신이었다.

이 감동적인 이야기는 나중에 극작가인 공상임孔尚任이 전기傳奇로 개편한다. 그 작품이 바로 청나라 극단을 평정한 『도화선桃花扇』이다. 이에 대해서는 나중에 다시 살펴보기로 한다.

동성파의 창시자

청나라 최대의 고문파古文派를 꼽으라면 동성파桐城派를 들 수 있다. 주요 구성원으로는 방포와 유대괴, 요내 등이 있다. 그들 모두 동성桐城(오늘날의 안휘성 동성현) 사람이라서 그런 이름을 얻었다.

방포方苞(1668~1749)의 자는 영고靈皐이고, 호는 망계望溪이다. 그는 동성파의 창시자이다. 그의 산문은 멀리 당송팔대가를 이었고, 가까이는 명나라의 귀유광을 본받았다.

방포는 단순히 고문을 본받자고 주장하는 선에서 그치지 않고, "의법義法을 준수해야 한다"고 주장했다. 그는 '의법'을 『역』의 글을 인용하여 설명했다. 곧, 의義란 "말 속에는 온갖 사물이 들어 있다(言有物)"는 것이다. 그리고 법法은 "말에는 질서가 있다(言有序)"는 것을 의미한다. 따라서 '의'는 내용을 가리키며, 내용에 충실해야 한다는 것이다. 그리고 '법'은 문장의 논리를 가리키며, 문장 구성 같은 형식을 잘 고려해야 한다는 것이다.

그의 이러한 주장은 내용과 형식의 조화를 말하는 것으로서, '형식(法)'보다 '내용(義)'을 앞세우고 있다. 이러한 이론은 나중에 요내가 더욱 발전시킨다.

방포의 글은 대부분 설교하는 식이라서 이렇다 할 수작은 많지 않다. 그러나 일부 수필 소품은 살펴볼 만하다. 그 가운데 「좌충의공일사左忠毅公逸事」는 명나라 말기의 충신 좌광두左光斗의 행적을 다룬 글이다.

좌광두는 환관 위충현魏忠賢에 맞서 싸우다가 동창東廠의 감옥에 갇힌다. 그는 그곳에서 피범벅이 되도록 얻어맞기도 했다. 어느 날 그의 학생 사가법史可法이 옥중으로 선생을 찾아가 뵙고는 이렇게 말했다.

가법이 앞으로 가 무릎을 꿇고, 선생님의 무릎을 부여잡고 흐느껴 울었다. 선생님은 그 소리를 들었으나 눈을 뜰 수 없었다. 이에 겨우 팔을 들어 손가락으로 눈을 벌리니, 그 눈길은 횃불 같았다. 선생님은 화를 내며 말했다.

"이 못난 놈! 여기가 어딘 줄 알고 왔단 말이냐? 나라의 일이 이처럼 썩었고, 늙은 이 몸도 살 날이 얼마 남지 않았다. 그렇다고 너까지 몸을 함부로 다루어 대의를 그르친다면, 천하의 대업을 누가 지탱한단 말이냐? 어서 돌아가지 않으면, 간사한 무리들이 너를 험담하여 함정에 빠트리기 전에, 내가 당장 너를 쳐 죽이고 말테다!"

그러면서 땅에 있는 형틀을 더듬어 막대기를 잡고는, 그를 내려칠 기세를 취했다. 가법은 감히 소리는 내지 못한 채, 울먹이며 쫓기듯 자리를 빠져나왔다.

史前跪, 抱公膝而嗚咽. 公辨其聲而目不可開, 乃奮臂以指撥眥,
目光如炬, 怒曰: 庸奴, 此何地也. 而汝来前. 國家之事, 糜爛至此.
老夫已矣, 汝復輕身而昧大義, 天下事誰可支拄者. 不速去, 無俟姦
人構陷, 吾今即撲殺汝. 因摸地上刑械, 作投擊勢. 史噤不敢發聲,
趨而出.

온갖 위협에도 굴하지 않는 좌광두의 형상은, 이처럼 생생한 묘사
를 통하여 우리 눈앞에서 살아 움직이는 것 같다. 그 모습이 숙연한
감정과 존경심을 불러일으킨다.

방포는 필화 사건(文字獄) 때문에 옥살이하면서 간수들의 횡포와 잔
혹성을 몸소 체험했다. 그는 나중에 감옥에서 나와 「옥중잡기獄中雜
記」를 지어, 감방 안에서 벌어지는 각종 비리를 폭로했다. 그 내용을
읽어보면 너무 잔혹해서 머리가 쭈뼛해지고 소름이 돋는다.

동성파의 완성자

유대괴劉大櫆(1698~1779)의 자는 재보才甫 또는 경남耕南이고, 호는
해봉海峰이다. 방포보다 서른 살이나 어린 그는 방포에게 많은 칭찬
을 받았다. 그러나 동성파 안에서는 방포와 요내를 이어주는 다리 역
할만 했을 뿐이다. 오히려 그의 학생인 요내가 방포의 이론을 발전시
켜 문단의 종주가 되었다.

요내姚鼐(1732~1815)의 자는 희전姬傳 또는 몽곡夢穀이다. 그의 방 이

름이 석포헌惜抱軒이라서 그를 '석포선생' 이라고도 불렀다.

그는 '의법' 이론에 만족하지 않고, '의리義理,' '고거考據,' '사장辭章' 세 가지를 모두 갖추어야 한다고 주장했다. 아울러 '신神, 리理, 기氣, 미味, 격格, 률律, 성聲, 색色' 이라는 문장의 8대 요소를 내세웠다.

또 문장의 풍격을 크게 '양강陽剛' 과 '음유陰柔' 두 가지로 나누었다. 그러면서 '양강의 아름다움' 과 '음유의 아름다움' 을 동시에 갖추어야 한다고 주장했다.

쉽게 설명하자면 '의리' 란 글에 담긴 사상적 내용을 가리킨다. 그리고 '고거' 란 글의 사실 근거를, '사장' 이란 글 자체의 아름다움을 가리킨다.

그리고 문장의 8대 요소 가운데 '신' 은 정신, '리' 는 의리, '기' 는 기백 또는 기세, '미' 는 운의 멋, '격' 은 체제, '률' 은 법도, '성' 은 음조, '색' 은 문장의 분위기를 의미한다.

그런데 요내의 글은 '음유의 아름다움' 쪽으로 기울어져 있었다. 그의 대표적 산문인 「태산에 올라(登泰山記)」는 겨울에 태산을 오르면서 보고 들은 내용이다. 그는 세련된 문장으로 내용을 엮어 진한 감동을 준다. 이와 함께 우리는 글에 쏟은 작자의 정성을 엿볼 수 있다.

그는 동성파의 이론과 주장을 선전하고자 『고문사류찬古文辭類纂』이란 책을 펴냈다. 여기에는 전국시대에서 청나라에 이르기까지 나온 각종 산문 작품을 선별하여 싣고 있다. 논변論辯, 서발序跋, 주의奏議, 서론書論 등 13개의 부분으로 분류되어 있다. 이후 이 책은 고문 학습의 교과서로 널리 읽혔다.

근대의 문을 두드리다

앞에서 본 것처럼 청나라 때에도 시문을 중심으로 하는 '아문학'이 끊임없이 이어졌다. 우리는 마지막으로 유명한 시인이었던 공자진을 살펴보며 이번 장을 마치자.

공자진龔自珍(1792~1841)의 자는 슬인瑟人이고, 호는 정암定盦이다. 그는 인화仁和(오늘날의 절강성 항주시) 사람이다. 그는 대대로 관리를 배출한 집안에서 태어났다. 그의 외할아버지는 청나라의 유명한 문자학 연구자였던 단옥재段玉裁 선생이었다. 따라서 어려서부터 좋은 가정교육을 받으며 자랐다.

공자진은 예리한 관찰력으로 청나라 사회의 부패가 이미 도를 지나쳐 쇠퇴기로 접어들었으며, 오래지 않아 멸망하리라고 예견했다. 그래서 「은자를 존경하다(尊隱)」란 글에서 이렇게 큰 소리로 외쳤다.

갑자기 조용해져 등불이 빛을 잃었다. 다른 말들 들리지 않고, 코고는 소리만 들릴 뿐! 밤이 계속되자 잘 싸운다는 산박쥐도 울지 않는구나. 한편 산속 백성은 큰 소리로 떨쳐 일어나리라. 천지는 그들을 위해 종과 북을 울릴 것이며, 신은 그들을 위해 파도를 몰아치리라!

俄焉寂然, 燈燭無光, 不聞餘言, 但聞鼾聲, 夜之漫漫, 鶚旦不鳴, 則山中之民, 有大音聲起, 天地爲之鐘鼓, 神人爲之波濤矣.

그는 죽음의 분위기로 가득 찬 당시 사회 현실에 염증을 느끼고, 일대 파란과 변혁이 일어날 것을 기대했다.

그는 또 「기해년의 잡시(己亥雜詩)」라는 제목으로 3백여 수의 시를 남겼다. 그 가운데 다음의 시는 작자의 의지를 잘 표현했다.

이 땅에 생기 있으려면 태풍 번개 몰아쳐야 하리라

九州生氣恃風雷

모두가 벙어리 신세 그야말로 안타깝다   萬馬齊喑究可哀

하늘에 권하노라 다시 한 번 정신 차려   我勸天公重抖擻

격식에 매임 없이 인재를 내리길   不拘一格降人材

또한 공자진은 「병매관기病梅館記」라는 유명한 글을 남겼다. 매화를 기르는 일에 빗대어, 인재를 기를 때에는 어떠한 구속도 해서는 안 됨을 설명했다.

이렇게 볼 때 공자진은 19세기 전반에 중국 사회와 중국인을 이끈 계몽주의자이자 사상가였다. 이러한 면에서 그는 참으로 근대 개혁 운동을 이끈 선구자였다.

문학 방면에서도 형식적이고 교조적이던 옛 관습을 버리고 근대문학을 지향한 첫 번째 문인이다. 따라서 중국 문학사에서는 근대문학을 다룰 때 언제나 공자진을 첫머리에 놓는다.

병든 사회를 향한
이야기꾼의 외침

21

『요재지이 聊齋志異』

위대한 이야기꾼 포송령이 죽기 2년 전(1713)에 그린 초상화. 그는 다음과 같은 말을 덧붙였다. "내 모습은 추하고, 내 몸은 꾸며져 있구나. 74년 2만 5천여 일이라는 세월 동안 이룬 일이 없건만, 어느덧 백발이 성성하다."

청나라의 백화 소설

청나라 때에도 희곡의 발전이 가장 두드러졌다. 희곡 무대에서는 『장생전長生殿』과 『도화선桃花扇』이라는 유명한 작품이 선을 보였다. 또한 소설 분야도 더할 나위 없는 번영기를 맞이했다. 이 시기에는 너무나 유명한 『유림외사儒林外史』와 『홍루몽紅樓夢』 말고도 수많은 백화 소설들이 등장했다.

청나라 때에는 앞서 말한 『수호전』의 뒤를 이어서 『수호후전水滸後傳』이 나왔다. 전 작품에서 아직 죽지 않은 32명의 양산박 호걸들이 다시 모여, 이준李俊을 지도자로 내세우고 부패한 관아에 대항하는 내용이다. 마지막에는 이준이 호걸들을 이끌고 바다를 건너가, 섬라국暹羅國이라는 나라를 세우고 왕이 된다. 일설에는 섬라국이 샴Siam의 음역으로서, 오늘날의 태국泰國을 가리킨다고도 한다.

『수호전』을 읽어본 사람이라면, 양산박의 호걸들이 간신들의 핍박을 받아 수난을 당하는 모습에 너나없이 울분을 가졌을 것이다. 그런데 『수호후전』을 읽으면 호걸들이 잘되는 모습을 보면서 어느새 속시원한 느낌을 받는다. 따라서 『수호후전』은 『수호전』의 현대판 같은 느낌이다. 월트 디즈니의 『인어공주』가 거품으로 사라지는 인어공주에게 행복한 결말을 맺어 주었던 것처럼!

『수호후전』의 작가는 진침陳忱(1613?~?)이다. 오정烏程(오늘날의 절강성 호주시湖州市) 사람인 그의 자는 하심遐心이고, 스스로는 안탕산초雁宕山樵라고 불렀다. 그는 명나라 말기의 유민으로서 빈곤한 일생을 보냈다. 하지만 끝내 청나라에 투항하지 않았다. 그가 이준을 해외로 보내 왕으로 만든 것은, 이처럼 남다른 뜻을 가지고 있었다. 아울러 청나라 초기에 정성공鄭成功이 대만臺灣을 점거하고 항청 운동을 벌인 일도 작품에 영향을 끼쳤을 것이다.

또 다른 소설로는 『설악전전說岳全傳』이 있다. 사실 악비岳飛와 관련된 이 이야기는 이미 명나라 때 완성되었다. 그런데 청나라에 들어와 전채錢采와 금풍金豐이 명나라 때에 나온 『무목연의武穆演義』와 『정충전전精忠全傳』을 바탕으로 새롭게 엮었다.

악비는 가난한 집에서 태어났으나, 모든 장애물을 극복하고 열심히 공부했다. 어머니는 그런 아들의 애국심을 높이려고 그의 등에 "충성을 다해 나라에 보답하라(精忠報國)"는 글씨를 새겨 넣었다. 악비는 나중에 금나라와 전투하면서 악가군岳家軍을 이끌고 나가 수많은 금군 병사를 물리쳤다. 그래서 금군은 '악비' 라는 이름만 들어도 전투를 마다하고 도망칠 정도였다.

그런데 악비가 금군의 거점인 황룡부黃龍府를 공격하려고 하자, 간신 진회가 이를 가로막고 나섰다. 그는 고종高宗을 설득하여 십이도十二道 금패를 악비에게 보내 임안臨安으로 불러들였다. 그런 다음 말도 안 되는 죄목으로 풍파정風波亭에서 악비를 죽인다.

『설악전전』이 민간에 끼친 영향은 절대적이었다. 일부 줄거리는 희곡으로 개편되어 연극 무대에서 상연되기도 했다. 이처럼 악비라는 민족 영웅에 대한 각별한 애정과 존경은, 아마도 청나라에게 핍박받던 한족 백성들의 강렬한 민족 감정과 깊은 연관이 있을 것이다. 적군의 지도자로 나오는 김올술金兀術 등은 바로 만주족 통치자의 먼 조상이다.

이밖에도 『도올한평檮杌閒評』이란 작품은 명나라 말기의 환관 위충현魏忠賢의 추악한 행적을 다루었다.

또 저인획褚人獲의 『수당연의隋唐演義』는 주로 수 양제煬帝와 당 명황明皇의 궁중 생활을 다루었다.

『설당전전說唐全傳』은 수·당의 이야기를 다루었으나, 내용의 중심은 와강채瓦崗寨에 모인 영웅호걸의 반수反隋 항쟁에 실려 있다.

포송령과 『요재지이』

청나라 초기에는 문언 소설 분야에서도 대작이 출현했다. 그것은 바로 유명한 소설가 포송령이 지은 문언 단편 소설집 『요재지이聊齋志異』이다.

포송령蒲松齡(1640~1715)의 자는 유선留仙이고, 호는 유천거사柳泉居士이다. 그가 회족回族이나 몽골족 출신이라는 설이 있으나, 모두 확실치는 않다. 그의 집안은 본래 치천淄川(오늘날의 산동성 치박시淄博市) 지방의 대호족이었다. 그러나 청나라 초기의 전란을 겪으며 가세가 몰락했다. 포송령의 할아버지는 가족을 부양하려고 가보로 전해 내려오는 책들을 팔 수밖에 없었다.

포송령은 어려서부터 총명하고 노력하는 아이였다. 그는 실로 묶어서 한 권의 공책을 만든 뒤, 아침마다 날짜를 적었다. 그런 다음 그날 본 책, 그날 쓴 문장, 그날 쓴 글씨를 일기 형식으로 기록했다. 그리고 아무 것도 한 일이 없는 날은 스스로 부끄러워 식은땀을 흘렸다고 한다. "하루라도 책을 읽지 않으면, 입에 가시가 돋는다(一日不讀書, 口中生荊棘)"라고 했던 안중근 의사가 생각나는 대목이다.

열아홉이 되어서는 동자시童子試를 보아 현縣, 부府, 도道의 시험에서 모두 1등을 하여 장학관의 칭찬을 받았다. 그런 추세로 보아 진사 합격은 따 놓은 당상이었다.

그런데 누가 알았겠는가? 그 뒤 포송령은 몇 번이나 시험에 떨어지더니, 결국 진사가 되지도 못했다. 그가 일흔두 살이었을 때 그의 손자는 지방 시험에 합격하여 거인擧人이 되었는데, 그는 여전히 세공생世貢生에 머물러 있었다.

포송령은 가난한 살림을 위해 관리의 막료로 들어가, 관리 대신 문서를 작성하거나 가정교사 같은 일로 푼돈을 버는 수밖에 없었다. 가정교사로 들어간 김에 그 집의 장서를 읽는 일이 그나마 위로가 되었다. 그래서 경서와 문학 서적은 물론이고, 농학과 의학 서적 등 수많은 책을 읽을 수 있었다. 그럼에도 그의 커다란 포부와 재능을 펼칠 곳이 마땅치 않았다. 그 결과 소설 창작의 길로 들어선다.

문언 단편 소설집인 『요재지이』는 포송령이 마흔 살 때 이미 완성했다. 그러나 끊임없는 수정과 보완 및 윤색을 거쳐, 노년에 이르러서야 탈고했다. 따라서 『요재지이』는 포송령이 평생 동안 피땀 흘려 이룩한 대작이라 할 수 있다.

전하는 바로는 『요재지이』를 더 잘 쓰려고, 아침마다 교차로에 나가 자리를 깔고 차를 팔았다고 한다. 그는 지나가는 사람들에게 재미있는 이야기를 들려주는 조건으로, 차와 담배를 공짜로 주었다. 그는 이러한 방법으로 수많은 민간 전설을 수집할 수 있었다. 물론 그렇게 모은 민간 전설은 작자의 세심한 선별과 윤색을 거쳤다. 그리고 일부 이야기들은 포송령 자신의 경험과 관찰을 토대로 한 순수 창작물이었다.

『요재지이』의 필사본은 포송령이 살아 있을 때부터 민간에 널리 유행했다. 나중에 여러 종의 판본이 나왔는데, 각 판본에 실린 작품수와 내용에는 큰 차이가 난다. 그러나 지금은 여러 판본들을 종합적으로 검토하여, 총 491편의 작품을 실은 책이 완성되었다.

현재 산동 치박시에 있는 포송령의 옛집에 가보면, '요재聊齋'라고 이름 붙인 글방 안에 다음과 같은 글이 담긴 족자가 걸려 있다.

> 귀신과 요괴를 묘사하여 사람의 지위를 한층 높이고, 재물을 탐하고 백성을 학대하는 관리들을 베어 그 뼈를 잘게 나눈다.
> 寫鬼寫妖, 高人一等, 刺貪刺虐, 入骨三分.

이를 통해 『요재지이』에 실린 내용을 대충 짐작할 수 있다.

이 작품은 풍자의 의미가 짙어, 당시 사회의 각종 폐단을 날카롭게 비판했다. 재물을 탐하고 백성을 학대하는 관리, 무소불위의 권력을 휘두르는 부호와 황족, 지식인의 앞길을 막는 과거제도, 인간성을 파괴하는 봉건 예교 등이 모두 풍자와 비난의 대상이었다. 따라서 "재물을 탐하고 백성을 학대하는 관리들을 베어 그 뼈를 잘게 나눈다"라는 말은 조금도 틀리지 않다.

산동성 치박시에 있는 포송령의 옛집. 세로로 걸린 족자에 "귀신과 요괴를 묘사하여 사람의 지위를 한층 높이고, 재물을 탐하고 백성을 학대하는 관리들을 베어 그 뼈를 잘게 나눈다"고 씌여 있다.

아울러 『요재지이』에 실린 작품들은 대부분 신화의 형식을 빌려 썼다. 예를 들어 사람이 호랑이로 변하여 형제의 원수를 갚고, 어린 아이의 영혼이 귀뚜라미의 몸을 빌려 적을 상대한다. 또 사람과 귀신이 부부로 맺어지며, 꽃의 요정과 여우 귀신도 보통 사람들처럼 친근하게 다가온다. 따라서 "귀신과 요괴를 묘사하여 사람의 지위를 한층 높였다"는 말은 올바른 지적이다.

과거제도의 폐해

과거제도를 비판한 글로는 「사문랑司文郎」이 가장 대표적이다. 이는 생전에 큰 뜻을 품었으나 때를 얻지 못하고, 죽은 뒤에도 과거 시험에 미련을 버리지 못한 귀신 송생宋生의 이야기이다.

송생은 왕평자王平子라는 선비와 친구가 되어, 정성을 다해 그의 시험 준비를 도왔다. 그래서 자신이 못다 한 꿈을 이루고자 했다. 송생의 도움으로 왕평자는 늘 뛰어난 답안을 써냈지만, 결과는 언제나 낙방이었다. 반면 오만방자하고 실력도 없는 여항생餘杭生은 시험에 합격했다. 왜 그랬을까?

나중에 알고 봤더니, 시험관들이 까막눈이었기 때문이다. 그러니 어떻게 글의 우열을 가릴 수 있겠는가!

또 이 이야기 속에는 송생 말고 전문적으로 글을 품평하는 눈먼 중(瞎和尚)이 나온다. 그런데 품평하는 방법이 매우 특이하여, 글을 쓴 종이를 불에 태워 그 냄새를 맡았다. 오만한 여항생도 처음에는 이를 믿지 못하여, 유명인의 글을 태워 그를 시험했다. 중은 그 냄새를 맡더니, "기가 막히는구나, 아주 쓸 만해"라고 하지 않는가?

이에 여항생은 자신의 글이 적힌 종이를 불태웠다. 그러자 중은 "제발 그만 태워, 토할 것 같아"라고 했다. 그래서 이번에는 다른 사람이 글에 불을 붙였다. 그러자 중은 갑자기 얼굴을 벽 쪽으로 돌리더니, 우레와 같은 소리를 내며 한바탕 토악질을 하는 게 아닌가. 그 글은 바로 여항생을 뽑아 준 시험관의 글이었다.

마지막에 그 중은 이렇게 한탄했다.

"내가 비록 눈은 멀었어도, 아직 코는 멀지 않았다. 그런데 그 시험관 때문에 하마터면 코까지 멀 뻔했네."

「우거악于去惡」의 주제 역시 과거제도에 대한 비판이다. 우거악도 앞서 말했던 송생처럼 과거 시험에 한을 품고 죽은 귀신이다. 그가 송생과 다른 점은, 죽은 뒤에도 미련을 버리지 못하고 음계陰界에서 시행하는 과거 시험에 계속 응시한다는 점이다.

그러나 음계라고 해서 세상과 다를 바 없었다. 그곳에서도 그의 문장은 1·2등을 다툴 정도로 출중했지만, 결과는 언제나 낙방이었다. 다행히 진작 귀신이 되어 있던 장비張飛가 음계를 순찰하다가, 그의 글을 읽고 탄복하여 교남순해사交南巡海使라는 직책에 추천해 주었다. 그제야 우거악은 자신의 기량을 마음껏 펼칠 수 있었다.

장비라면 무용武勇에는 뛰어나지만 문학에는 문외한이나 다름없는 사람이다. 그런 사람이 우거악의 글 솜씨를 식별하고 관직을 추천했다는 설정이 어이없지만, 이 또한 풍자의 한 방법이라 할 수 있다.

민간 전설에 따르면, 장비는 30년에 한 번씩 음계를 순찰하고, 35년에 한 번씩 세상을 순찰한다고 한다. 그래서 포송령은 35년에 한 번은 너무 늦다고 한탄했다. 과거 시험 때문에 평생 곤혹을 치른 포송령으로서는, 장비가 좀 더 일찍 세상을 순찰했다면 자기가 이렇게 고생하지 않았을 것이라 믿은 것이다. 불합리한 세태를 개혁하고자 하는 포송령의 희망을 보여주는 우화이다.

세상의 불공평한 일들

포송령의 글에는 불공평한 세상의 모순을 시정하고자 노력한 사람들이 많이 나온다. 「정의를 위한 일념(席方平)」에 나오는 석방평도 그런 사람 가운데 하나이다.

석방평의 아버지는 양羊씨 성을 가진 부자와 원수 관계에 있었다. 그러던 어느 날, 양씨가 먼저 세상을 떠났다. 하지만 양씨는 죽어서도 원한을 잊지 못하고, 재물과 권세를 동원하여 음계의 관리들을 매수했다. 그리고는 석방평의 아버지를 음계로 잡아와 모진 고문을 가했다.

석방평은 아버지를 대신하여 원수를 갚고자 했다. 그는 몸에서 영혼을 분리한 다음 명계로 잠입했다. 그러나 양씨에게 뇌물을 받은 음계의 관리들은 공정하게 일을 처리하기는커녕, 온갖 방법으로 석방평을 괴롭혔다. 곤장을 치고, 불에 달군 침상에 눕혀 놓고 몸을 지졌다. 또 그를 양쪽 널빤지 사이에 끼운 다음, 큰 톱으로 톱질을 했다.

괴롭힘은 여기서 그치지 않았다. 그가 진상을 들추어 고발할까 두려워, 그를 어느 농촌에 사는 천민의 자식으로 환생하게 했다. 석방평은 그런 처지를 달갑게 받아들이지 않았다. 그래서 사흘 동안 어머니 젖을 먹지 않고 굶어 죽은 뒤 음계로 돌아왔다. 결국 관구灌口의 이랑신二郎神이 그의 상소문을 받아 보고, 음계의 탐관오리들을 징벌했다. 이에 석방평은 아버지를 음계에서 구출할 수 있었다.

석방평은 불의에 맞서 용감히 싸우는 평민의 모습을 대변한다. 수많은 고난과 역경에도 위축되지 않고, 끝내 자신의 뜻을 이루고야 마는 굳센 의지를 보여준다. 따라서 염라대왕도 고개를 절레절레 흔들고, 귀신들도 은연중에 그를 흠모했던 것이다.

「호랑이로 변한 사나이(向杲)」의 주인공인 향고의 반항 정신은 더욱 강렬하다. 향고의 형은 같은 마을의 세도가인 장공자莊公子에게 맞아 죽었다. 그는 형의 원수를 갚고자 날마다 칼을 갈아 품에 지니고서, 장씨가 잘 다니는 길목에 숨어 있었다.

장공자도 향고의 속셈을 알아서, 외출할 때마다 경계를 늦추지 않았다. 심지어 활을 잘 쏘는 경호원을 두기까지 했다. 그러니 향고는 도저히 손 쓸 겨를도 없었다.

어느 날 향고가 풀숲에 숨어 있을 때였다. 갑자기 세찬 비바람이 몰아치고, 우박까지 쏟아지는 바람에 온몸이 흠뻑 젖었다. 서둘러 산 속의 사당으로 몸을 피한 향고는, 거기에서 낯익은 도사의 도움으로 옷을 갈아입었다.

그런데 옷을 갈아입고 나자, 자신이 호랑이로 변해 있는 게 아닌가? 그는 호랑이가 된 채 장공자에게 달려들어, 그의 머리를 물어뜯었다. 이 호랑이야말로 향고의 반항 정신을 상징한다.

포송령은 끝부분에서 이렇게 말했다. 이 세상에는 사람의 화를 돋우는 불공평한 일이 많이 있다. 그래서 사람들은 잠시라도 자신이 호랑이가 될 수 없음을 한스러워 한다고 말이다.

귀뚜라미가 뭐길래

「귀뚜라미 사냥(促織)」은 신기한 이야기를 통하여 추악하고 불공평한 봉건사회의 단면을 폭로한다.

귀뚜라미 놀이를 즐기던 황제는, 해마다 각 지역에서 좋은 귀뚜라미를 수집하여 바치도록 했다. 그러자 지방 관리들은 귀뚜라미를 사서 헌상한다는 구실로 집집마다 그 비용을 분담토록 했다. 그래서 여러 가정의 가계는 날이 갈수록 기울었다.

그러던 어느 날, 어수룩한 서생인 성명成名이 약삭빠른 관리의 꾐에 빠져 귀뚜라미를 모집하는 책임자가 되었다. 그는 마음이 약해서 마을 사람들을 쥐어 짤 수 없었다. 그는 할 수 없이 새벽부터 밤늦도록 직접 귀뚜라미를 찾아다녔다.

무너진 담 밑이나 잡초 더미를 뒤지고, 돌을 들추어 보며, 흙을 파보기도 했다. 그러나 좀처럼 찾을 수 없었다. 그러다가 어느 곱사등이 무당의 도움으로, 어렵게 상품上品의 귀뚜라미를 잡을 수 있었다.

그러나 그의 아들이 장난을 치다가 그만 귀뚜라미를 죽여 버렸다. 아버지에게 혼이 날까 겁을 먹은 아들은 우물 속으로 뛰어들었다. 사람들이 우물에서 싸늘한 시체를 거두어 묻으려고 아이의 몸을 살펴보니 아직 숨이 붙어 있었다.

혼수상태에 빠진 아들 때문에 성명은 뜬눈으로 밤을 새웠다. 그런데 갑자기 문 밖에서 귀뚜라미의 울음소리가 들리는 게 아닌가? 성명은 간신히 귀뚜라미를 다시 잡았지만, 이내 실망하고 말았다. 크기가 좀 작았던 것이다.

그런데 이 작은 귀뚜라미는 마을에서 가장 큰 귀뚜라미와 싸워서

「귀뚜라미 사냥」의 한 장면. 귀뚜라미 싸움은 청나라 때 뉴행한 놀이로, 놀음을 겻들였다.

이겼다. 그뿐만 아니라 커다란 닭까지 혼냈다. 이 귀뚜라미를 헌상 받은 황제는 기뻐서 어쩔 줄 몰랐다. 그 결과 성명은 부역을 면제받고, 수재秀才가 되는 특전을 얻었다.

그로부터 1년 뒤, 혼수상태에 빠져 있던 아들이 갑자기 깨어나 이렇게 말했다.

"저는 귀뚜라미로 태어나 모든 귀뚜라미를 다 물리쳤습니다. 그리고 오늘에서야 비로소 다시 환생했습니다."

그 뒤 성명의 집은 나날이 번창했다.

봉건사회에서는 통치자의 하찮은 취미가 백성의 등골을 휘게 하는 일이 비일비재했다. 성명이 글공부로 출세하지 못하고, 귀뚜라미를 잡아 '이름을 날렸다(成名)'는 줄거리에는 작자의 불편한 심기가 담겨 있다.

죽어서 갚은 원수

　그래도 『요재지이』에는 사랑 이야기가 가장 많은 부분을 차지한다. 진실한 사랑을 노래하는가 하면, 「버림받은 여인의 원한(竇氏)」처럼 변심한 남자를 질책하기도 했다.

　어느 명문가에서 태어난 남삼복南三復은 별장에 다녀오다가 소낙비를 만났다. 이에 두씨 성을 가진 농부의 집에서 비를 피하다가, 우연히 그의 아름다운 딸을 보았다. 그 처녀에게 반한 남삼복은 결혼을 미끼로 동침한다.

　열 달 뒤, 그 처녀는 남삼복의 아들을 낳았다. 사태가 이 지경이 되었지만, 남삼복은 두씨가 가난한 농부라며 남편이자 아버지의 책임을 회피했다. 아버지의 심한 매질을 참다못한 딸은 아이를 데리고 한밤중에 남씨의 집으로 찾아간다.

　그녀는 문 앞에서 제발 아이만이라도 거두어 달라며 사정했다. 그러나 비정한 남삼복은 문조차 열어 주지 않았다. 밤새도록 문밖에서 울던 처녀는 어린아이를 안은 채 그만 얼어 죽는다. 남삼복은 자신의 비인간적 행위가 문제가 될 듯하자, 어마어마한 뇌물을 써서 처벌을 면했다. 그리고 두씨의 고소는 무시되었다.

　그런데 그 뒤 이상한 일이 벌어졌다. 남삼복은 부잣집 딸과 결혼했는데, 무슨 까닭인지 남씨 집에 신부가 들어서자마자 목을 매고 죽었다. 그 뒤에도 조曹 진사의 딸을 아내로 맞이했는데, 그녀도 하룻밤을 넘기지 못하고 싸늘한 시체가 되었다. 이런 일이 계속되자, 남삼복은 살인 사건과 사체 훼손 혐의로 마침내 사형을 선고받는다.

　이야기의 후반부는 허구임이 분명하다. 그러나 못된 남삼복을 혼

21 병든 사회를 향한 이야기꾼의 외침 ●

485

내야 한다는 독자들의 심리를 잘 헤아렸다.

너무나 순진하여 버림받은 농부의 딸은 살아서는 아무런 대항을 하지 못했다. 하지만 죽어서 귀신이 되어서는 원수를 갚았다. 이 글을 읽으면 너나없이 통쾌함을 느낀다.

꽃의 요정

또 다른 사랑 이야기로는 「향옥과 강설(香玉)」이 있다.

황생黃生이란 서생이 노산嶗山에 있는 도교 사원 하청궁下淸宮에 거처를 마련하고 공부를 했다. 그러다가 경내에서 흰 옷(白衣)과 붉은 옷(紅裳)을 입은 두 아가씨를 만났다. 황생은 특히 흰 옷 입은 아가씨 향옥을 좋아하여, 서로 밤마다 만나곤 했다.

어느 날 밤, 향옥은 울면서 황생에게 작별을 고했다. 황생은 무슨 영문인지 알 수 없었다. 이튿날 남藍씨 성을 가진 사람이 하청궁에 놀러 왔다. 그는 탐스런 백모란을 보더니 뿌리 채 파내어 가져가 버렸다. 황생은 그제야 향옥이 바로 백모란의 요정이었다는 것을 깨달았다.

그런데 남씨 집에 옮겨 심은 백모란은 점점 시들어 갔다. 이 소식을 들은 황생은 슬픔을 달랠 길 없었다. 그는 시를 지어 향옥의 건강을 위해 기도했다. 그러다가 황생은 붉은 옷의 아가씨를 만난다. 황생은 붉은 옷의 아가씨 강설絳雪과 시를 주고받으며 시간이 갈수록 친해졌다. 그녀도 다름 아니라 하청궁 안에 높이 솟은 인동忍冬나무였다.

그 뒤 황생의 진실한 사랑에 하늘도 감동하여, 백모란은 생기를 되찾아 새롭게 꽃을 피운다. 그리고 향옥은 우여곡절 끝에 황생의 곁으로 돌아왔다. 나중에 황생이 죽자, 하청궁의 백모란 곁에는 건장한 모란이 돋아났다. 물론 이는 황생의 화신이다.

순정 소설이나 만화처럼 아름다운 이야기이다. 꽃의 요정이 사람으로 변하여 선비와 함께 부부의 인연을 맺었다. 그리고 서생은 다시 꽃나무로 변하여 꽃의 요정과 함께 산다는 설정이 참으로 재미있다. 진실한 사랑이 있다면, 사람이든 꽃이든 무슨 차이가 있겠는가?

아름다운 여우

포송령의 손끝에서는 여우도 인간미를 지닌다. 「도산씨의 후예들(靑鳳)」이 바로 사람과 여우의 사랑 이야기이다.

경耿씨 성을 가진 선비에게는 조상에게 물려받은 커다란 저택과 넓은 땅이 있었다. 그러나 가세가 몰락하여 폐가로 변하고 말았다. 그러자 귀신이 나온다는 소문까지 돌아, 누구도 그 집에 가까이 가기를 꺼렸다. 그런 경씨에게는 천방지축 조카인 거병去病이 있었다. 그는 귀신도 두려워하지 않았다.

어느 날 밤, 집을 지키는 노인에게 보고를 받은 거병은 겁도 없이 폐가 안으로 들어가 상황을 살폈다. 그런데 2층으로 올라가 보니, 어떤 노부부가 젊은이 둘과 함께 촛불을 켜 놓고 술과 음식을 먹고 있었다. 남자 청년은 그들의 아들 효아孝兒였고, 아름다운 아가씨는 조카딸인 청봉이었다.

경거병은 곧 청봉과 사랑에 빠졌다. 그러다 거병이 술에 취해 말과 행동이 거칠어지자, 그들은 한 마디 말도 없이 어디론가 사라졌다. 다음날 밤 잠시 청봉을 만났지만, 아저씨가 나타나 심하게 꾸짖은 뒤 청봉을 데리고 사라졌다.

1년 뒤 경거병은 우연히 사냥개에게 쫓기던 여우를 구해 줬다. 그런데 그 여우가 바로 청봉이었다. 거병은 그 사실을 알면서도 사랑하기 때문에 청봉과 결혼하여 가정을 이루었다.

그로부터 2년이 지난 어느 날 밤, 갑자기 효아가 찾아와 아버지를 살려 달라고 애원했다. 거병은 예전에 자신이 당한 수모를 생각하면 내키지 않았으나, 청봉을 생각해서 돕겠다고 대답했다.

다음날, 거병의 친구인 막삼랑莫三郞이 사냥을 하다가 거병의 집을 지나게 되었다. 사냥감에는 상처를 입은 검은 여우도 있었다. 거병은 손질해야 할 털옷이 있다고 핑계를 대며 그 검은 여우를 달라고 했다. 이에 삼랑은 쾌히 승낙했다.

삼랑이 떠난 뒤, 청봉은 그 여우를 자기 품에 꼬옥 안았다. 그렇게 사흘이 지나자 여우는 의식을 회복했다. 그리고는 다시 아저씨의 모습으로 변했다. 그때부터 그들은 과거의 앙금을 모두 씻고 한 가족처럼 지내게 되었다.

사랑으로 사람과 여우의 벽을 넘어섰다는 이 이야기는 인정이 넘칠 뿐만 아니라, 따뜻한 감동까지 준다.

『요재지이』에 나오는 여우는 대부분 총명하고 귀여우며, 선량하고 다정하다. 반대로 일부 사람들은 인간의 탈을 쓰고 있지만, 마귀의 심보를 가지고 있다. 「미인의 탈(畵皮)」이란 글은 바로 그러한 사회현

「미인의 탈」의 한 장면. 요괴가 아름다운
여자의 탈을 쓰고 있다.

상을 풍자했다.

주인공 왕생王生은 길을 가
다가 우연히 아름다운 아가
씨를 만나, 집으로 몰래 데려
와 동거를 시작했다. 그러던
어느 날, 왕생은 못 볼 것을
보고 말았다. 그 여자는 다름
이 아니라 시퍼런 얼굴에 톱날같이 날카로운 이빨을 가진 요괴가 아
닌가?

그 요괴는 사람의 가죽을 침대 위에 펼쳐 놓고, 붓으로 그 가죽에
그림을 그리고 있었다. 요괴는 그림을 다 그리자 사람 가죽을 집어
들더니, 먼지를 털듯 한 번 툭툭 털고는 자기 몸에 뒤집어썼다. 그러
자 순식간에 아름다운 여자로 변했다. 그러나 왕생은 다행히 어느 도
사의 도움으로 죽음을 면할 수 있었다.

『요재지이』의 재미난 이야기들

이밖에도 『요재지이』에는 재미있는 이야기들이 많다. 예를 들어
「노산의 도사(嶗山道士)」는 신선을 꿈꾸지만, 그에 따르는 고생을 두려

워하는 왕칠玉七의 이야기이다.

그는 노산의 도관에서 수행하다가 힘든 수련 과정을 이기지 못하고, 중도에 산을 내려왔다. 그러나 도사를 설득하여 한 가지 도술을 배웠다. 그것은 아무런 장애 없이 벽을 통과하는 기술이다.

득의양양하게 집으로 돌아온 왕칠은 아내에게 자랑을 늘어놓았다. 그러나 신통력은커녕 번번이 벽에 부딪혀 머리에 혹만 생길 뿐이었다.

그렇다고 『요재지이』가 신화적 색채로만 일관한 것은 아니다. 사실을 담은 이야기도 적지 않다. 「지진地震」 같은 글은 청나라 강희 시기에 산동 지역에서 발생했던 대지진을 다루었다. 그리고 「연지臙脂」는 사건을 해결해 나가는 일종의 추리소설로서, 귀신의 흔적은 어디에도 없다.

『요재지이』에 실린 소설은 모두 단편이다. 길어야 3~4천 자를 넘지 않고, 짧은 것은 2천여 자에 지나지 않는다. 문언문을 썼지만, 내용의 전개는 간결하면서도 생동감이 넘친다.

또 각각의 인물은 개성이 뚜렷하다. 젊은 여성의 모습만 놓고 보더라도 아름답고 단아한 성격, 천진난만한 성격, 고통에 잠긴 성격, 활발하고 낙천적인 성격, 나약하고 겁 많은 성격, 굳건한 성격 등 다양한 형태를 보여준다. 어디 하나 닮은 구석이 없을 정도로 개성이 넘친다. 그래서 『요재지이』를 읽으면 인물전을 열고 있는 화랑의 전시실을 걸어가는 느낌이다.

줄거리의 배치와 구성에서도 작가의 세심한 배려와 정성을 엿볼수 있다. 전개가 치밀하고 힘이 있어, 한 작품을 읽고 나면 재빨리 다음 작품이 읽고 싶어진다.

포송령의 후예들

『요재지이』가 나온 뒤 이를 모방한 작품들이 속출했다. 심기봉沈起鳳의 『해탁諧鐸』, 화방액和邦額의 『야담수록夜譚隨錄』, 원매袁枚의 『자불어子不語』 등이 나와 비교적 널리 읽혔다. 그래도 가장 인기를 얻은 작품은 기윤의 『열미초당필기閱微草堂筆記』이다.

기윤紀昀(1724~1805)의 자는 효람曉嵐이고, 직예直隸 헌현獻縣(오늘날의 하북성 헌현) 사람이다. 그는 건륭과 가경 시기에 문단의 핵심 인물로서, 그 유명한 『사고전서四庫全書』의 편찬을 주관했다. 그는 예부상서禮部尙書까지 지냈으나, 신강성新疆省 우루무치로 유배당하는 수모를 겪기도 했다.

기윤은 박학다식하고 견문이 넓어, 그의 『열미초당필기』에 실린 내용도 매우 풍부하다. 지괴志怪 이야기도 있고, 현실 사회를 다룬 이야기도 있다. 글재주도 뛰어나 독자들의 눈길을 사로잡았다.

그런데 기윤의 창작관은 포송령과 매우 달랐다. 그는 작품을 문학 창작으로 보지 않고, '사실에 대한 묘사'로 보았다. 이런 점에서 『열미초당필기』의 문학성은 크게 떨어지고, 문학적 성취도 『요재지이』에 미치지 못한다.

뒤바뀐 관계

지금까지 다룬 백화 소설들은 대부분 역사 연의이거나 영웅 전기였다. 인정 소설도 있었는데, 『홍루몽』이 그 대표작이다. 『홍루몽』은 나중에 상세히 다루겠다.

이밖에도 『금병매』의 영향을 받아 가정생활을 주로 다룬 『성세인연전醒世因緣傳』이 있다. 이 작품은 서로 얽힌 원한을 갚는 내용인데, 미신적 색채가 농후하다.

활소조원闊少晁源은 사냥을 나가 여우 한 마리를 쏴 죽였다. 그 뒤 그는 기녀인 진가珍哥를 첩으로 들여, 그녀에게 아내 계計씨를 살해하라고 재촉했다.

세월이 지나 조원은 죽은 뒤 적희진狄希陳으로 환생했다. 그리고 그 옛날 화살에 맞아 죽은 여우는 그의 아내 설소저薛素姐로 환생했다. 아울러 계씨는 그의 첩 동기저童寄姐로 환생하고, 진가는 하녀 진주珍珠로 환생했다. 모든 관계가 뒤바뀐 것이다. 그래서 옛날과 마찬가지로 기저는 진주를 죽이고, 소저와 함께 적희진을 학대했다. 나중에 적희진은 고승의 충고를 받아들여, 『금강경金剛經』을 1만 번 낭송한 뒤에야 액운에서 벗어날 수 있었다.

이처럼 작품에 담긴 사상적 내용은 진부하다. 하지만 글 솜씨 하나만큼은 매우 뛰어났다. 산동 지방의 방언을 써서, 인물의 대화를 유창하면서도 생동감 있게 그렸다.

아울러 각 인물의 등 · 퇴장과 이야기의 구성을 살펴보면, 마치 일반 백성의 생활을 담은 풍속화를 보는 듯하다. 그래서 총 100회에 이르는 이야기가 일사불란하게 엮여 있다.

이 『성세인연전』을 지은 작가는 서주생西周生이란 필명으로 전한다. 서주생이 누구인지는 여러 추측이 있으나, 많은 사람들이 포송령일 것이라 짐작한다. 포송령과 거의 같은 시기에 살았던 문인도 『성세인연전』의 작가가 포송령이라고 했다.

그리고 일부 이야기의 줄거리는 『요재지이』와 매우 비슷하다. 또 포송령이 산동 사람이란 점에서 그러한 추측이 더욱 힘을 얻고 있다. 이렇게 볼 때 서주생이 포송령일 가능성이 매우 높다.

포송령은 이처럼 문언 소설이든 백화 소설이든, 장르에 상관없이 마음껏 솜씨를 발휘했다는 점에서 청나라 전기의 위대한 소설가임에 틀림없다.

백화白話

고대와 현대를 막론하고 구어로 된 중국어를 백화白話라고 합니다. 문어와 구어가 어떻게 분화되었는지는 확실치 않습니다. 그러나 구어는 일상의 실용적인 것이고, 문학이란 그 위에 조작을 가해 미적 언어를 만드는 것이라고 생각했습니다. 이런 생각은 양한과 위진남북조를 거치며 뿌리를 내렸지요.

당나라 때의 고문 운동이 병문騈文을 배척했을 때, 백화 운동이 이루어졌어야 합니다. 하지만 그들이 표방한 것은 진한의 문장이라서, 결국 문어체 운동이 되고 말았지요. 더 나아가 당시의 구어는 문장에서 완전히 배제되어, 문어와 구어의 차별이 더욱 뚜렷해졌습니다. 소수의 지식인이 문학을 독점하려면 문언의 필요성이 절대적이었지요.

그러나 문언은 장점도 많았습니다. 예로부터 중국 대륙에는 방언이 많았지요. 그런 면에서 기록 언어인 문어는 표준어 역할을 했습니다. 아울러 시대에 따라 급속히 변하는 구어에 비해, 문어는 오랜 시간에도 불구하고 쉽게 뜻을 이해할 수 있습니다.

그런데 송나라 이후 도시가 발달하고 강창과 연극 등 대중문학(俗文學)이 발전하면서, 중국 문학은 전통적인 문언 문학과 통속적인 백화 문학이 공존하게 되었습니다. 그리고 근대에 들어와 언문일치 운동이 일어나, 백화문이 우위를 점했습니다.

궁전과 부채 22

『장생전長生殿』
『도화선桃花扇』

『도화선』의 한 장면. 양용우는 부채의 붉은 피에
점점이 복사꽃을 그려서 후조종에게 보냈다.

이옥

이번 장에서는 청나라의 희곡을 살펴보려고 한다. 그 가운데 먼저 청나라 초기의 이옥과 이어에 대해 알아보자.

이옥李玉(1591?~1671?)의 자는 현옥玄玉이고, 오현吳縣(오늘날의 강소성 오현) 사람이다. 그는 명나라 말기에 태어나, 청나라가 들어서자 관직의 뜻을 버렸다. 그리고 같은 처지의 문인들과 사귀면서 희곡 창작에 전념했다. 그는 평생 동안 60여 종의 극본을 창작하고, 친구들과 함께 몇 권의 사보詞譜와 곡보曲譜를 펴내기도 했다.

그의 작품으로는 '일인영점一人永占'이 유명하다. '일인영점'이란 이옥이 명나라 말기에 쓴 4편의 극본을 총칭하는 말이다. 각각 『일봉설一棒雪』, 『인수관人獸關』, 『영단원永團圓』, 『점화괴占花魁』를 가리킨다. 이옥의 호가 '일립암주인一笠庵主人'이었기 때문에, 이 4편을 일컬어 '일립암 4종곡'이라고도 했다.

그래도 이옥의 대표작을 꼽으라면 『청충보淸忠譜』를 들 수 있다. 앞에서 장부張溥가 쓴 『오인묘비기五人墓碑記』를 언급한 적이 있다. 복사復社의 창시자인 장부가 환관 위충현의 폭정에 항거하여 소주蘇州에서 의거를 주도했던 다섯 시민을 다룬 이야기이다. 이 사건은 결국 위충현을 자살로 몰아간 계기가 된다. 이옥의 『청충보』도 그 일을 다룬 작품이다.

작품 속의 주인공은 동림당원인 주순창周順昌이다. 그는 공개적으로 위충현에 대한 불만을 드러냈다가, 체포되어 관아에 갇힌다. 이에 안패위顔佩韋를 비롯한 다섯 시민이 나서서, 1만여 명이 넘는 인원을 동원하여 관아에 탄원한다. 그러는 한편, 위충현이 보낸 관리를 때려

죽인다. 결국 다섯 시민은 정의를 위하여 용감히 맞서다가 죽음을 맞이하고, 주순창도 옥중에서 죽는다.

작자는 사실에 충실하면서도 장렬한 분위기와 불타오르는 열기를 담아 사람들의 마음을 뒤흔들었다. 이 극본은 나중에 『도화선』을 비롯한 많은 작품에 영향을 끼쳤다.

희곡 이론을 정립한 이어

이어李漁(1611~1676)의 원명은 선려仙侶이고, 자는 입홍笠鴻 또는 적범謫凡이며, 호는 입옹笠翁 또는 천도天徒, 이십랑李十郞이다. 그는 절강성 난계시蘭溪市 사람이다.

그는 극작가이자 연출가, 극단주는 물론, 출판사 사장이자 희곡 이론가이기도 했다. 하지만 당시에는 그런 직분들이 결코 풍부한 소득을 보장하지 않았다. 아무튼 그는 연극에 다방면의 능력을 가지고 있었다. 극본 창작은 기본이고, 극단(戲班)을 조직하여 배우들을 훈련시키고, 연출을 담당하고, 전국 각지를 돌며 영업에 힘쓰기도 했다. 따라서 이어는 어떤 극본이 대중에게 사랑받는지를 누구보다도 잘 알고 있었다.

그의 『한정우기閒情偶寄』는 선비들의 일상생활을 위한 지침을 담은 수필이다. 그 가운데 일부는 중국의 고전 희곡을 종합하고 체계화한 희곡 이론 논문으로 너무나 유명하다.

그는 먼저 희곡이 "주요 줄거리를 세워야 한다(立主腦)"고 주장했

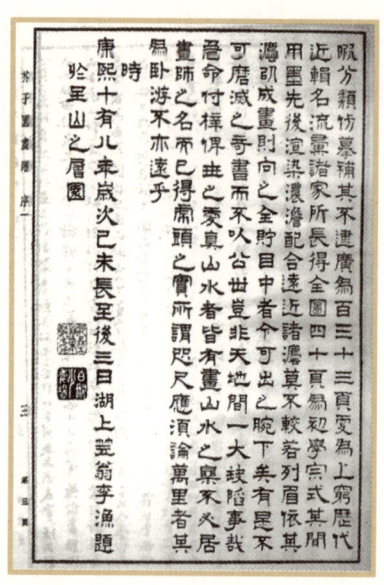

이어가 차린 출판사에서 펴낸 책의 서문.

다. 곧 이야기를 전개할 때에는 두서없이 우왕좌왕하지 말고, 주요 인물과 사건을 세워 내용을 뚜렷하게 전달해야 한다는 것이다.

그리고 "짜임새를 긴밀히 하라(密針線)"고 했다. 곧 탄탄한 구성으로 느슨해지거나 공백이 생기는 현상을 막아야 한다는 주장이다.

또한 희곡의 언어는 실제 공연에 맞춰 음악성을 고려해야 한다고 지적했다. 이어에게는 연기자의 입에 맞지 않고, 청중의 귀를 괴롭히는 가사(曲詞)는 좋은 가사가 아니었다.

이러한 이어의 주장은 모두 자기가 직접 경험한 것을 근거로 했다. 따라서 이처럼 희곡 전반에 대해 종합적인 이론 체계를 세운 사람은 이전까지 한 명도 없었다. 그 결과 10종에 이르는 그의 작품인 '입옹십종곡笠翁十種曲'의 내용은 비록 평범하고 통속적이었지만, 무대 공연이란 측면에서는 큰 성공을 거두었다.

청나라 초기에는 이옥과 이어 말고도 주소신朱素臣과 우동尤侗 등 많은 극작가들이 활동했다. 그 가운데 가장 유명한 극작가를 꼽으라면, 주저없이 홍승과 공상임을 꼽을 수 있다.

죽음을 부른 사랑가

홍승과 공상임은 모두 순치順治와 강희康熙 시기에 활동한 극작가
이다. 그들이 각각 당시 남북의 희곡계를 주도해서, "남쪽에 홍승 북
쪽에 공상임(南洪北孔)"이라는 말을 얻었다.

홍승洪昇(1645~1704)의 자는 방사昉思이고, 호는 패휴稗畦이다. 그는
전당錢塘(오늘날의 항주시) 사람이다. 그가 태어나던 해에 명나라는 멸
망하고, 강남 지방은 전란이 지속되었다. 홍승의 어머니는 만삭의 몸
을 이끌고 피난을 가다가, 어느 농가의 문설주 앞에서 홍승을 낳았다
고 한다.

그의 집안은 전당 지방에서 명망이 자자하여, 대대로 관리와 학자
를 배출했다. 그래서 홍승은 자연스럽게 좋은 가정교육을 받으며 자
랐다. 그는 스물네 살 때 북경의 국립대학교(國子監)에 들어가서 공부
했다. 그곳에서 홍승은 유명한 선생님들의 지도를 받았을 뿐만 아니
라, 많은 인재들도 사귀었다. 그 과정에서 그의 시문은 차츰 널리 알
려졌다.

그러나 홍승은 국자감에서 공부한 지 20년이 넘도록 관직을 얻을
수 없었다. 이는 아마도 그의 성격 때문이었으리라. 그는 거침없고,
바른말을 잘하며, 상사에게도 예의를 차리지 않았다.

그러던 어느 날, 집에 우환이 생겼다. 아버지가 무고한 모함을 받
아 유배를 간 것이다. 홍승은 아버지를 구하고자 동분서주했지만, 쉽
게 해결되지 않았다. 그는 이 일 때문에 가족의 생계를 책임지게 되
었다.

일은 그것으로 끝나지 않았다. 마흔네 살이 되던 해, 홍승은 국자

감의 학생이라는 신분을 버리고 고향으로 돌아갈 수밖에 없었다. 그 건 바로 그가 쓴 유명한 전기傳奇 극본 『장생전長生殿』 때문이다. 홍승은 그전부터 극본 쓰기를 즐겨서, 10여 종의 작품을 창작했다. 그 가운데 가장 심혈을 기울인 작품이 바로 『장생전』이다. 10여 년에 걸쳐 완성하여, 3번이나 고쳐 쓸 정도였다. 정성을 들인 만큼, 『장생전』은 무대 위에 오르자마자 관중의 뜨거운 호응을 얻었다. 사람들은 앞 다투어 『장생전』을 필사했고, 『장생전』을 연기하거나 노래할 수 있는 배우는 그 자리에서 극진한 대우를 받았다.

당시 북경에는 '내취반內聚班'이라고 하는 곤산강崑山腔 극단이 있었다. 그런데 당시 곤산강은 이미 인기를 잃고 있던 터라 극단의 분위기도 말이 아니었다. 그런데 『장생전』이 나와 곤산강이 다시 인기를 끌자, 내취반은 곧 활기를 되찾았다. 그래서 극단 사람들은 고마움을 표시하고자 홍승에게 총연출을 맡기고, 그의 친지와 친구들을 불러 관람토록 했다.

공연 날이 되자 극장은 모여든 사람들로 발 디딜 틈이 없었다. 홍승의 얼굴에도 의욕이 넘쳤다. 그런데 뜻하지 않은 재난이 닥칠 줄 누가 알았겠는가?

당시 황黃씨 성을 가진 어사御使가 있었는데, 그는 공연에 초대받지 못했다. 그러자 홍승이 자신을 무시한다고 생각했다. 그래서 조정에 글을 올려 공연하는 날이 바로 돌아가신 황후의 기일이니, 관례에 따라 일체의 오락 행위를 금지해야 한다고 호소했다. 이를 빌미로 아예 홍승의 공연을 가로막으려고 한 것이다. 이에 홍승은 큰 충격을 받고, 국자감을 나와 고향으로 돌아왔다. 그 뒤 산과 강을 떠돌며 시와 술로 가슴 속의 울분을 삭일 수밖에 없었다.

홍승은 예순 살이 되던 해에 강남직조江南織造 조인曹寅을 만났다.

강남직조란 강남에서 나는 모든 면직물과 비단의 수급을 책임지는 고위 관직이다. 조인은 바로 뒤에 이야기할 『홍루몽』의 작가 조설근의 할아버지이다.

조인은 홍승을 남경으로 초청하여, 연극을 구경시켜 주었다. 그 연극이 바로 『장생전』이었다. 그들은 3일 밤낮을 계속하여 작품 전체를 보았다. 홍승은 자신의 작품을 다시 볼 수 있다는 기쁨에 술을 많이 마셨다. 그리고 집으로 돌아오다가 배에서 발을 헛디뎌 강물에 빠져 죽었다. 이처럼 『장생전』은 홍승에게 기쁨과 슬픔을 동시에 가져다 주었다. 따라서 홍승의 일생은 『장생전』을 빼고는 생각할 수도 없다.

『장생전』의 내용은 너무나 잘 알려진 당 현종과 양귀비의 사랑 이야기이다. 앞서 언급했듯이 백거이가 「사랑의 한(長恨歌)」이란 시에서도 다루고, 백박이 『오동우梧桐雨』라는 잡극에서도 다룬 내용이다. 그 밖에도 이 이야기를 다룬 희곡과 화본 소설은 수십 종에 달한다.

홍승은 이처럼 너무나 잘 알려진 이야기를 다루었다. 그만큼 자신감이 있었기 때문이다. 그는 당 현종과 양귀비의 사랑을 소재로, 그 누구보다도 뛰어난 작품을 쓰고자 했다. 그리고 그 결의는 마침내 실현되었다.

홍승은 그동안의 이야기 가운데 음란한 성적 묘사 등 기록할 만한 가치가 없는 부분은 깨끗이 없앴다. 그리고 진실한 사랑에 초점을 맞추어 작품을 전개했다.

양옥환은 귀비로 책봉된 뒤, 다른 궁녀들을 제치고 당 현종에게 가장 사랑받는 여인이 되었다. 현종은 조정의 임무도 뒤로 미룬 채, 날마다 양귀비와 노는 데에만 빠졌다. 그러다 견우와 직녀가 일 년에 한 번 오작교에서 만난다는 칠월칠석이 되었다. 두 사람은 장생전長

소주 출신의 유명한 화가 당인唐寅(1470~1523)
이 그린 양귀비의 초상.

生展에서 하늘의 견우성과 직녀성을 바라보며 영원한 사랑을 다짐했다.

그런데 마른하늘에 날벼락처럼 어양漁陽 절도사인 안록산이 반란을 일으켜, 군사를 이끌고 장안으로 쳐들어왔다. 현종은 손쓸 겨를도 없이, 양귀비와 양국충 등을 데리고 촉 지방으로 황급히 달아날 수밖에 없었다.

마외역馬嵬驛에 이르렀을 때, 그들을 수행하던 병사들이 역모를 꾀했다. 그들은 양국충을 죽이고, 현종에게 양귀비의 목을 요구했다. 현종은 속수무책으로 양귀비가 참살되는 장면을 지켜볼 수밖에 없었다. 그제야 병사들의 화가 가라앉았다.

현종은 촉 지방에서 잠시 머물다가, 사태가 수습되자 장안으로 돌아왔다. 그 뒤 권좌에서 물러났지만, 현종의 마음은 다른 데 가 있었다. 그는 더 이상 양귀비를 볼 수 없다는 생각에 가슴이 아팠다.

그때 어떤 도사가 나타나, 죽은 자의 영혼을 불러올 수 있다며 자랑했다. 또 신선이 산다는 봉래蓬萊라는 섬에서 신선이 된 양귀비를 만나, 현종에게 주는 정표로 금비녀와 부채를 받아왔다고 했다. 결국 현종은 도사의 도움으로 월궁月宮에서 양귀비와 꿈같은 재회를 한다.

어떤 사람은 현종과 양귀비가 그처럼 진실한 사랑을 나누었을 리 없다고 주장한다. 그러나 이는 역사적 사실과 문학적 표현이 전혀 다른 차원임을 모르고 하는 소리이다. 홍승이 비록 현종과 양귀비라는 역사 인물을 빌려오긴 했지만, 작품 속에 담긴 내용은 영원히 변치 않는 사랑을 추구하는 작가의 마음이었다. 부귀와 권세를 잃고서도 예전의 애틋한 사랑을 잊지 못하는 현종의 모습에서 사랑의 위대함을 느낄 수 있다. 죽은 사람을 다시 살려낼 수는 없지만, 혼백이나마 불러서 감격스럽게 재회하는 장면에서는 생사를 초월하는 사랑의 힘을 볼 수 있다. 이는 『모란정』의 줄거리와도 일맥상통한다.

홍승은 명이 멸망한 직후에 살았기 때문에, 작품에서 은연중에 명의 멸망을 애석해 하는 심리가 드러난다. 그래서 작품의 곳곳에서 반란을 일으킨 이민족 출신의 안록산을 증오하고, 반란군에게 이렇다 할 대항도 못하고 무력하게 항복한 관리들을 멸시한다. 작자는 극중 인물인 악사 뇌해청雷海青의 입을 빌어, 안록산과 청나라의 한족 관리들을 신랄하게 비판했다. 청나라의 통치자들이 이 대사와 노래를 들었다면, 온몸에 식은땀이 흘렀을 것이다. 이 점도 홍승이 국자감을 나온 이유였으리라.

그러나 관중들은 『장생전』을 너무나 좋아했다. 극의 내용뿐만 아니라, 노랫말과 노래도 매우 뛰어났기 때문이다. 제38착 「탄사彈詞」에 나오는 '칠전七轉'도 그 가운데 하나이다.

폐허가 된 마외 역사, 차디찬 불당도 쓰러져 버렸구나. 절세가인 낭군 위해 목숨을 끊었던 곳, 역사의 한 되새기며 피눈물로 손수건을 적시노라. 반절 키의 배나무는 박명인의 묘비이고, 한 줌 흙은 애끓는 이의 무덤이라. 이제는 황량한 이곳 지나는 이 없으리니, 세상 끝 배꽃의 설움 위로할 자 누구리오? 가련하도다 원한에 잠겨 떠도는 혼령이여, 소쩍 소쩍 두견이 소리 벗 삼아, 달밤 쉬지 않고 슬피 울어 옌다.

破不刺馬嵬驛舍, 冷清清佛堂倒斜. 一代紅顔爲君絕, 千秋遺恨滴羅巾血. 半棵樹是薄命碑碣, 一捧土是斷腸墓穴. 再無人過荒凉野, 莽天涯誰弔梨花謝. 可憐那抱幽怨的孤魂, 只伴著鳴咽的望帝悲聲啼夜月.

이는 궁정 악사이던 이구년李龜年이 민간을 떠돌며 부르는 노래이다. 모두 9곡으로서, 현종과 양귀비의 연애 과정을 읊고 있다.

'칠전'은 그 가운데 일곱 번째 곡이다. 양귀비가 죽은 뒤 찬 바람과 창백한 달빛 속에서 황량한 마외역 들판에 묻혀 있는 장면을 노래했다. 양귀비에 대한 작가의 동정심과 비애가 절절히 드러나 있다.

홍승은 음률에도 뛰어나 전문가들의 존경을 받았다. 따라서 각 장의 음악은 세밀하게 안배되었을 뿐만 아니라, 무대 공연에 알맞도록 짜여 있었다. 아름다운 노랫말이 감미로운 가락을 따라 흘러나올 때마다 관중들은 넋을 잃고 음악에 취했다.

현종과 양귀비의 사랑 이야기는 홍승의 『장생전』에 이르러 집대성되었다고 할 수 있다.

부채와 함께 역사는 흐르고

이제는 '남쪽의 홍승'과 이름을 나란히 한 '북쪽의 공상임'을 살펴보자.

공상임孔尚任(1648~1718)의 자는 빙지聘之 또는 계중季重이고, 호는 동당東塘 또는 안당岸堂이다. 그는 산동 곡부曲阜 사람이다. 공상임은 공자의 64대 손으로 알려져 있다.

그는 열아홉 살에 수재秀才가 된 뒤, 한동안 곡부의 동북쪽에 있는 석문산石門山에서 외부와의 출입을 끊고 공부에 전념했다. 하지만 여러 번 중앙 시험에 응시해도 번번이 떨어지자, 전답을 팔아 국자감 학생이라는 신분을 샀다.

그의 나이 서른여섯 살 때, 강희제가 지방을 순찰하다가 곡부에 들렀다. 공상임은 황제 앞에서 유가의 경전을 강연하고, 황제에게 공림孔林을 안내했다. 이 일로 황제의 신임을 얻어, 파격적인 대우를 받아 국자감 박사가 되었다. 공상임은 감격하여 어찌할 줄 몰랐다. 그때부터 공상임의 관리 생활은 시작되었다.

얼마 뒤에 그는 양주揚州 지방에 배치되어, 치수治水를 담당했다. 공상임은 그곳에 근무하면서 관가의 부패와 백성들의 고통을 몸소 체험했다. 또한 몇몇 명나라 말기의 유민들과 사귀면서 명 왕조의 흥망에 관한 소재들을 다양하게 수집했다.

북경으로 돌아온 뒤에도 몇몇 한직을 전전했다. 그때 무료함을 달래려고 골동품과 고서들을 수집하여 감상하는 일로 소일했다. 그래도 가장 흥미를 가지고 매달린 일은 바로 극본 창작이었다. 이제 우리가 살펴볼 유명한 전기傳奇『도화선桃花扇』도 그가 쉰 살 되던 해에 북경에서 완성한 작품이다.

공상임도 홍승처럼 10여 년 동안 3번이나 원고를 고치며 『도화선』을 완성했다. 그의 피나는 노력도 헛되지 않아, 『도화선』은 나오자마자 북경 일대를 뒤흔들었다. 왕족과 대신들까지 앞 다투어 극본을 베끼고, 무대에서는 일 년 내내 하루도 빠짐없이 『도화선』을 공연했다.

한번은 궁전에서도 공상임에게 사람을 보내 극본을 요구했다. 이

필자가 찍은 공상임의 묘지. 공씨 집안의 가족묘 한편에 소박하게 잠들어 있다.

에 극본을 보냈는데, 잘 받았다는 회답이 없었다. 아마 명나라의 멸망을 슬퍼하고 기리는 『도화선』의 내용이 눈에 거슬렸으리라 짐작된다.

이 작품은 명나라 말기 복사復社의 유명 인사인 후조종侯朝宗과 진회秦淮 지방의 유명한 기생인 이향군李香君의 사랑 이야기를 중심으로 전개된다. 후조종은 남경에서 아름다운 이향군과 만나, 그녀에게 시가 적힌 부채를 정표로 주었다. 그날 두 사람 모두의 친구인 양용우楊龍友도 두 사람에게 온갖 예물을 주었다.

그런데 다음날 알고 봤더니, 그 예물은 원래 완대성阮大鋮이 양용우에게 건네주었던 것이었다. 완대성은 환관 위충현의 충실한 부하로서, 위충현이 권좌에서 물러나자 함께 물러났다. 그러나 정계에 미련을 버리지 못했다. 그래서 복사의 인사들이 정계로 진출하는 흐름을 파악하고는, 색깔을 바꾸어 복사에 가입한 인물이다.

그는 복사 안에서도 후조종의 명망이 가장 높은 것을 알고는, 그를 포섭하기로 마음먹었던 것이다. 후조종은 그가 보내온 예물 앞에서 난감했다. 그러나 완대성이 이미 관직에서 물러난 이상, 그에게 냉대할 필요가 없다고 생각했다.

한편 이향군의 생각은 달랐다. 완대성이라는 인물이 잔악하기로 소문나 모두들 싫어한다는 사실을 너무나 잘 알고 있었다. 그런 사람은 절대 신뢰할 수 없었다. 향군은 그 길로 완대성이 보낸 옷과 장신구를 돌려보냈다. 후조종도 이향군의 태도를 보고 느낀 바가 있어 완대성의 선물을 거절했다.

그 뒤 이자성이 북경을 함락하고, 숭정제崇禎帝가 세상을 떠났다. 바로 그해 마사영馬士英과 완대성 등은 남경에서 복왕福王을 옹립하여 남명南明 정권을 세웠다. 그러나 주관이 없는 군주와 주위의 간신들은 청의 군대에 용감히 맞서기는커녕, 술과 여자에 빠져 시간을 허비했다.

이때부터 완대성은 이향군을 괴롭히기 시작했다. 그러나 후조종은 자신에게 앙심을 품은 완대성의 핍박에 시달리다가 일찌감치 달아난 상태였다. 하지만 이향군은 완대성에게 굴하지 않고, 자신의 지조를 보이고자 땅에 머리를 찧었다. 그러면서 흘러나온 이마의 붉은 피가 후조종이 정표로 주었던 부채를 물들였다. 그녀의 지조에 감동받은 양용우는, 부채의 붉은 피를 바탕으로 점점이 복사꽃을 그려서 후조종에게 보냈다. 이향군은 결국 완대성에게 끌려가, 연회석에서 마사영과 완대성을 '환관의 양아들'이라 욕하다가 궁중에 갇혔다.

청의 군대가 남하하는 와중에도 남명 정권은 내부의 권력 다툼으로 정신이 없었다. 그래서 군사를 담당한 장군들조차 적군과 맞서 싸우기는커녕, 도망갈 궁리만 하고 있었다. 결국 강남의 대부분은 청의 군대 앞에 손쉽게 무너졌다.

후조종과 이향군은 약속이나 한 듯이 각각 서하산栖霞山으로 피신했다가, 백운암白雲庵에서 감격적으로 재회했다. 명나라의 순국선열을 추모하는 제단 앞에서 두 사람은 옛 정을 다시 확인했다. 그런데 제사를 주관하던 장도사는 그들에게 다음과 같이 말했다.

"아아! 어리석은 사람들이여, 보시게! 나라가 어디 있으며, 집은, 임금은, 또 부모는 어디에 있는가? 그러니 남녀 사이의 정도 헛된 것이 아니겠는가?"

도사의 이 말에 조종과 향군은 대오 각성했다. 그래서 도복으로 갈아입고는 산속으로 들어가 수도에 정진한다.

마지막에 장도사는 "도화선 속에서 남명 왕조는 사라지고(桃花扇底送南朝)"라는 말하며 "복사꽃을 그린 부채(桃花扇)"를 없애 버린다. 이렇듯 후조종과 이향군의 사랑은 남명 왕조의 운명과 함께, 처량하고 애달픈 노랫가락에 실려 끝을 맺는다.

이 작품은 『장생전』과 달리 비극적으로 끝난다. 마치 한 편의 사극을 보는 것 같다. 『도화선』은 역사극으로서, 극중 인물과 사건은 사실에 기초했다.

후조종은 후방역侯方域이 바탕인데, 명나라 말기에서 청나라 초기의 유명한 문인이었다. 그는 자기 자신과 대의를 앞세울 줄 알았던 진회 지방의 유명한 기녀 이향군과의 로맨스를 바탕으로, 「이희전李姬傳」이란 소설을 남기기도 했다. 『도화선』은 바로 이런 역사적 사실에 근거하여 지은 것이다.

극중의 이향군은 작자가 심혈을 기울여 창조한 긍정 인물이다. 그녀는 이전에 나왔던 여러 여성의 형상과는 매우 다르다. 최앵앵이나 두여낭 등도 주목받는 여성 형상이지만, 그녀들은 언제나 개인의 목적을 위해 행동했다. 그러나 이향군은 신분은 비천하나, 마음속에는 언제나 국가의 운명이라는 대의명분이 깊숙이 자리 잡고 있었다. 그녀가 후조종을 사랑한 이유도 그가 단지 풍류를 아는 멋쟁이라서가 아니라, 복사의 일원으로서 정의를 대표하기 때문이다.

이렇듯 총명하고, 지조 있으며, 권력 앞에서 당당했던 그녀는 문학작품이 만든 최고의 여성 형상이라 할 만하다. 결정적인 순간에는 후조종이 그녀보다 못한 모습을 보여주었다.

후조종 역시 정면 인물이지만, 심지가 굳지 못하고 연약한 모습을 보여서 강한 인상을 주지 못했다. 그래도 작자는 그에게 힘을 실어 주었다. 역사적으로 볼 때, 후조종은 최후까지 청나라에 대항하여 명망을 얻은 사람이다. 물론 이후에는 청나라에서 시행하는 과거 시험에 합격하여 관운을 이어가기도 했다. 하지만 공상임은 망국의 설움을 표현하고자 『도화선』을 썼기에, 이런 주인공의 오점을 가리지 않으면 안 되었다.

극중에서 양용우란 인물도 매우 흥미롭다. 그는 세상 물정에 해박하고 발이 넓어서, 복사의 사람들과는 물론 엄당閹黨의 관련자들과도 폭넓은 관계를 맺고 있었다. 그래서 한마디로 좋다 나쁘다 말할 수 없는 회색 인물이었다. 그러나 그의 행동거지는 담백하고 색깔이 분명하다. 이를 통해 공상임의 뛰어난 인물 묘사 능력을 다시 한 번 확인할 수 있다.

『도화선』 전체를 일관하고 있는 망국의 설움은 너무나 절실하다. 후방역과 이향군이 산으로 들어간 뒤에도, 작자는 여전히 미진하다고 생각했는지 「여운餘韻」 1편을 덧붙였다. 거기에서 명나라 유민인 어느 어부와 나무꾼의 입을 빌어, 명나라에 대한 애정과 그리움을 눈물겹게 그렸다. 7개의 곡이 포함된 북투곡北套曲 '애강남哀江南'에서는 나라가 망한 뒤의 남경의 폐허를, 번화하던 예전의 모습과 비교하여 눈물을 자아냈다.

일찍이 우리 보지 않았던가 금릉의 화려한 궁전 앵무새 우는 새벽, 진회하 정자에서 맞던 꽃피는 아침, 그러나 그 모든 것 얼음 녹듯 사라질 줄 누가 알았겠는가? …… 이처럼 이끼 낀 기와 더미 속에서, 풍류에 잠겨 있다가 50년 흥망의 세월을 여실히 지켜보았노라. 오의항엔 더 이상 왕씨네 살지 않고, 막수호엔 밤마다 귀신이 울며, 봉황루엔 올빼미가 둥지를 틀었구나. …… 이에 '애강남' 노래 한 자락 읊어, ……

〔離亭宴帶歇拍煞〕俺曾見金陵玉殿鶯啼曉, 秦淮水榭花開早, 誰知道容易氷消. …… 這青苔碧瓦堆, 俺曾睡風流覺, 將五十年興亡看飽. 那烏衣巷不姓王, 莫愁湖鬼夜哭, 鳳凰臺棲梟鳥. …… 謅一套「哀江南」, …….

이처럼 명나라에 대한 그리움의 정서가 너무 짙게 배어 있어서, 청 정부는 공상임과 『도화선』을 그냥 둘 수 없었다. 그래서 공상임은 관직을 잃고, 산동의 고향집으로 내려간다. 몇 번 여행을 하기도 했지만, 그는 일흔 살에 석문산에서 병으로 죽을 때까지 고향을 지켰다.

결론적으로 『도화선』은 연극성과 문학성이 잘 결합된 전기 작품이다. 강렬한 감정을 담은 노랫말(曲辭), 사실적이고 구체적인 대사 등으로 인해 『도화선』은 명·청 전기 가운데 최고 수준의 작품이라 할 만하다.

잡극과 전기를 위한 진혼곡

명·청 전기는 『장생전』과 『도화선』이후로 쇠퇴하기 시작했다. 문인들이 곤곡의 형식을 너무 선호한 나머지, 노랫말이 더 고아하고 난해하게 변했다. 이에 따라 노래의 리듬도 갈수록 쳐졌다. 그리고 내용도 흡인력을 잃었다.

그러자 관중들은 '화부花部'라고 하는 활기찬 지방 연극 쪽으로 관심의 방향을 돌렸다. 따라서 곤곡은 이때부터 사양길로 접어들었다.

물론 전기의 작가들은 여전히 작품을 창작했다. 하지만 이렇다 할 대작은 나오지 않았다. 장사전의 『임천몽臨川夢』은 탕현조의 '임천사몽'에 나오는 등장인물들을 한 자리에 불러내, 관중들에게 색다른 면모를 보여주었다. 이는 아마도 중국 최초의 부조리 연극일 것이다.

잡극의 처지는 더욱 비참했다. 청나라 초기에 일부 유민 작가들이 잡극의 형식으로 망국의 설움을 표현했다. 그러나 곧 퇴색하고 말았다. 그래도 옹정雍正과 건륭乾隆 시기에 활동했던 잡극 작가 양조관은 짚고 넘어가야 한다.

양조관楊潮觀(1712~1791)의 자는 굉도宏度이고, 호는 입호笠湖이다. 그는 강소江蘇 금궤金匱(오늘날의 강소성 무석시無錫市) 사람이다. 그는 모두 단막극으로 이루어진 잡극 작품 32본을 지었다. 그리고 이를 모아 『음풍각잡극吟風閣雜劇』이란 책으로 펴냈다. 대부분 옛 것을 빌어 현실을 풍자하는 내용이다.

「가난한 완적이 술에 취해 재물신을 욕하다(窮阮籍醉罵財神)」란 작품은 무소불위無所不爲한 돈의 위력을 비판하는 내용이다. 돈을 내세우고 있지만, 실질적으로는 당시의 불공평한 사회 현실을 폭로했다. 그의 통렬한 비판에서 독자들은 작자의 불편한 심기를 역력히 확인할 수 있다. 이렇게 볼 때 양조관은 이름을 남긴 최후의 잡극 작가라 할 수 있다.

『음풍각잡극』은 잡극의 종말을 알리는 진혼곡이 되었다. 원나라 때 발생해서 꾸준히 발전하던 잡극은, 명·청 때를 거치면서 겨우겨우 명맥을 잇는다. 그러다 마침내 이 진혼곡과 함께 중국 문학의 무대 위에서 사라졌다.

복사復社

16세기 후반에 장거정張居正(1528~82), 해서海瑞(1514~1587), 여곤呂坤 (1536~1618) 등의 정치가가 나타났습니다. 이들은 실정實政, 실학實學, 실 용實用을 주장했지요.

이들의 태도를 사상적으로 정리하고, 양명학 일파의 극단적인 자유사상 을 비판·수정하여 경세제민經世濟民의 정치를 실현하려 한 것이 바로 동림파의 강학講學 운동이며 정치활동입니다.

동림파의 강학과 정치운동은 환관 위충현의 탄압으로 크게 위축되었으 나, 1630년대에 동림파의 유지를 계승한 복사가 결성되어 반反환관운동 과 정치사회 개혁 운동을 전개했습니다. 복사는 주로 하층 신사紳士와 서민층을 포함한 광범한 계층의 청년 문인 결사였지요.

명나라가 망하고 청군이 들어오자, 복사의 동인들은 각지에서 항청抗淸 운동에 참가하기도 했습니다. 청나라가 통치 질서를 확립한 뒤에는 출판 을 통한 저항과 세금 체납 운동을 계속 전개했지요. 그 결과 여러 번 문 자옥文字獄을 초래하기도 했습니다.

그 뒤 일부는 은둔하여 저작 생활에 몰두하고, 나머지 대부분은 과거 시 험을 통하여 관리로 진출했습니다.

봉건사회 말기의
허상

『유림외사儒林外史』
『경화연鏡花緣』

풍자의 대가 오경재의 상.

풍자의 대가 오경재

『유림외사儒林外史』의 저자는 강희와 건륭 시기에 활동한 오경재吳敬梓이다. 그는 청나라, 아니 중국을 통틀어 최고의 풍자소설가로 손꼽힌다.

오경재(1701~1754)의 자는 민헌敏軒이고, 호는 입민粒民이다. 그는 안휘성安徽省 전초현全椒縣 사람이다. 그의 집안은 대대로 학자와 관리를 배출했다. 그의 할아버지도 하급관리였는데, 성품이 강직하고 청렴결백하여 재물에는 뜻이 없었다. 오경재는 열세 살에 어머니를 여의고, 그런 할아버지를 따라다녀서 그의 영향을 많이 받았다.

그는 스물세 살에 수재秀才가 되었다. 그런데 안타깝게도 바로 그해 할아버지는 세상을 떠났다. 그런데 얼마 되지 않는 할아버지의 유산을 놓고 집안사람들끼리 다툼이 벌어졌다. 오경재는 주먹질까지 오가는 모습을 보면서 큰 충격과 함께 많은 깨달음을 얻었다.

그 뒤 그는 더 이상 고향에 머물지 않고 남경으로 내려갔다. 그리고는 그 번화한 도시에서 많은 친구들과 사귀며 10년도 되지 않는 기간에 가진 재산을 모두 써 버렸다. 집안사람들은 그런 그를 패가망신시킨 놈이라고 욕하며 자기 자식이 그를 닮을까 전전긍긍했다.

오경재는 그때부터 내친 김에 남경에 눌러앉아 살았다. 남경에서는 그래도 알아주는 풍류객이라, 술과 예술을 즐기는 많은 문인들이 그를 중심으로 모여들었다. 이에 오경재는 점차 과거 시험과 관리 생활에 대한 미련을 깨끗이 버렸다. 오히려 적대감과 혐오감까지 가졌다. 그래서 박학홍사과博學鴻辭科 시험에 참가해 보라는 관리의 추천도 거절하고, 갈수록 판박이 같은 팔고문八股文에 매달린 선비들도 경멸했다.

하지만 오경재는 책읽기를 즐겼다. 글재주도 뛰어나서 붓을 한 번 휘두르면, 마치 원고가 준비되어 있었다는 듯이 하나의 작품을 완성했다.

쉰 넷이 되던 해 겨울, 오경재는 양주揚州에 가서 친구를 만났다. 술을 마시고 한담을 나누는데, 갑자기 한없는 슬픔이 몰려 왔다. 그래서 당나라 때 두목杜牧의 시구인 "한 번 인생 양주에서 끝냄이 좋으리라(人生只合揚州死)"를 여러 번 되뇌었다. 그러고 며칠 뒤, 친구와 함께 술을 마시고 숙소로 돌아와 그 중얼거림처럼 갑자기 숨을 거두었다.

『유림외사』는 그가 쉰 살 이전에 지은 작품이다. 사서삼경을 비롯하여 고대 중국의 수험서는 모두 유가의 경전이었다. 그래서 '유림외사' 란 '선비들의 사회(儒林) 안에서 벌어지는 이야기(外史)' 란 뜻이다.

이 소설은 겉으로는 명나라 때의 이야기를 표방하지만, 사실은 청나라 전기前期의 문인과 사대부들의 생활상을 다루고 있다. 다 같은 선비들이지만, 작품 속의 인물들은 각기 다른 모습으로 나타난다. 가난한 수재秀才도 있고, 돈 많은 거인擧人도 있으며, 토착 지주인 신사紳士가 있는가 하면, 관직을 가진 어르신도 있다. 또 속세를 피해 숨어사는 진짜 선비가 있는가 하면, 봉건 예교를 맹신하며 세상 물정 모르는 선비도 있다.

원숭이 얼굴의 두꺼비

오경재의 풍자와 비판의 칼끝은 특히 과거제도에 집중되었다. 과거제도 때문에 일생을 망친 선비의 이야기를 들어보자.

범진范進은 이미 쉰네 살이었으나, 여전히 동생童生에 머물러 있었다. 그는 20여 차례나 시험을 치렀지만, 수재에도 오르지 못했다. 그러나 그해에는 시험 준비를 특별히 열심히 하지도 않았는데, 시험관이 그를 불쌍히 여겨 합격시켜 주었다.

수재가 된 그는 이에 만족하지 않고, 지방 시험(鄕試)에 응시하여 거인이 되고자 했다. 가난하여 노잣돈이 없던 그는, 장인인 호胡 백정(屠戶)에게 가서 이 문제를 상의했다. 그러자 호 백정은 그의 얼굴에 침을 뱉으며 고래고래 욕을 퍼부었다.

"수재가 되더니, 주제넘게 미꾸라지국 먹고 용트림을 하려 드는구만! 거인擧人이란 모두 하늘이 내리는 거야. 성내 장씨 댁의 거인님들 보지 못했나? 그들은 모두 부자에 얼굴이 너부죽하고, 귀가 크지 않은가. 자네처럼 입이 뾰족한 잔나비 상을 한 사람은, 먼저 오줌이나 싸 놓고 제 꼴을 비춰 보란 말이네. 두꺼비가 백조 고기를 먹으려 한다더니, 자네가 바로 그 짝이군. 주제도 모르고! 그런 생각일랑 아예 집어치우게."

범진은 그야말로 아무짝에도 쓸모없는 사람이었다. 노모와 아내를 부양하지도 못하는 형편인지라, 장인도 그를 이처럼 괄시했다.

그러나 범진은 거인의 꿈을 버리지 않았다. 그는 가족 몰래 향시에 응시했다. 그렇게 과거를 보고 집에 돌아오니, 식구들은 사흘째 굶고 있었다.

과거 시험에 입고간 컨닝용 두루마기. 유일한 출세 관문인 과거를 향한 필사적인 욕망을 보여준다.

그런데 운이 좋았던지 범진은 향시에 합격하여 거인이 되었다. 합격 통지를 받던 그날, 범진은 집안의 식량을 마련하려고 닭 한 마리 들고 시장에 나가 있었다. 이웃 사람들에게 떠밀려 집으로 돌아온 범진은 방안 한복판에 걸려 있는 통지서를 보았다. 범진은 그 내용을 거듭하여 읽더니, 손뼉을 치면서 크게 웃었다.

"와! 이렇게 좋을 수가! 드디어 합격했구나!"

그는 크게 웃으면서 다짜고짜 문 밖으로 내뛰었다. 대문을 나선 범진은 발을 헛디뎌 늪에 풍덩 빠졌다. 주위 사람들의 도움으로 온몸이 진흙투성이가 된 채 겨우 기어 나와서도, 그는 연신 손뼉을 치고 웃으면서 곧장 장터로 달려갔다. 너무 기쁜 나머지 정신이 이상해진 것이다.

가족이 이 일을 걱정하자, 어떤 사람이 정신을 되돌릴 방법을 알려주었다. 범진이 평소에 가장 무서워하던 사람에게 데려가, 범진의 뺨을 한 대 후려치면 병이 나을 거라 했다. 그 역할은 자연히 호 백정에게 맡겨졌다.

그러나 사위가 하늘이 내린 거인님이 된 이상, 어떻게 장인이라고 범진을 맘 놓고 때릴 수 있겠는가? 그래도 술을 연거푸 두 사발이나 마시고 담을 키운 다음, 시장으로 나가 미친 사위를 찾았다. 그리고 들은 대로 사위의 뺨을 힘껏 후려치자, 과연 범진이 제정신으로 돌아왔다.

범진이 정신을 차린 이후, 사위를 대하는 호 백정의 태도는 완전히 달라졌다. 그러면서 다른 사람들에게 이렇게 자랑했다.

"내가 늘 말하는 바이지만, 내 사위는 학식도 높거니와 용모도 훌륭하오. 성내의 저 장씨 나리나 주씨 나리도 우리 사위보단 못하오. 여러분은 모를 것이외다. 좀 뭣한 말이지만 내가 사람 보는 눈이 있단 말이오."

그리고는 집으로 돌아가는 길에 사위의 옷 뒷깃이 몹시 구겨진 걸 보고는, 뒤따라 걸으면서 고개를 수그리고 그것을 수십 번이나 펴놓았다. 거인이 되기 전에는 '입이 뾰족한 원숭이 얼굴'에 '주제도 모르는 두꺼비'였던 사람이, 거인이 되자 '학식이 높고 용모 또한 훌륭하며 하늘이 내린' 사람이 되었다.

거인이 된 범진의 이야기는 일개 선비와 백정을 풍자했다기보다는, 과거제도와 그 제도를 낳은 봉건사회 전체를 풍자한 것이다. 범진의 경우는 당시 흔하게 볼 수 있는 일이었다.

범진이 다니던 서당의 훈장인 주진周進의 경우도 범진과 비슷하다.

주진은 예순 살이 넘도록 거인이 되지 못했다. 결국에는 훈장 노릇도 하지 못한 채 장사꾼으로 전락한다.

한번은 상인들과 시험장에 놀러 갔다가, 자신의 처지가 한스러워 스스로 책상에 머리를 박고 기절했다. 깨어난 뒤에도 울음을 그치지 않고 죽을상을 지었다.

이 일 때문에 다행히 몇몇 상인들의 도움으로 다시 시험을 보았다. 뜻밖에도 운까지 따라, 순풍에 돛단 듯이 내쳐 진사進士까지 되었다. 그는 이때부터 두각을 나타냈다. 그뿐만 아니라 예전에는 온갖 굴욕과 냉대만 받았는데, 관리가 되자 모든 것이 달라졌다. 대놓고 그를 조롱하던 수재들도 그를 보면 옆 사람에게 이렇게 자랑했다.

"저 분이 내 선생님이셨네."

옛날 서당에서 학생들을 가르칠 때 썼던 흔해빠진 문구도 깨끗하게 손질되어 보물 취급을 받았다.

이처럼 범진과 주진의 일희일비一喜一悲와 쉽게 변하는 세상 사람들의 모습을 통해, 작자는 과거제도가 사회 전체에 미치는 악영향을 지적했다. 독자들은 아마 이런 왜곡된 인물 형상을 접하고는 입을 삐죽이며 비웃겠지만, 결국 씁쓸한 느낌을 지울 수 없으리라.

구두쇠 형제

토착 지주도 풍자의 대상이었다. 그들 가운데 대부분은 책 한두 권 읽고서 돈 좀 써서 시험에 합격한 사람들이었다. 관리라는 허울을 썼지만, 본질은 여전히 인색하고 탐욕스러운 수전노에 지나지 않았다. 엄공생과 엄감생 형제가 가장 대표적인 예이다.

동생인 감생監生은 타고난 수전노였다. 많은 논밭을 가지고 있었지만, 마음 놓고 돼지고기 한 근조차 사 먹지 않았다. 그리고 날마다 밤늦도록 장부 정리에만 열중했다.

그러던 어느 날, 그는 병으로 쓰러져 말조차 할 수 없는 지경이 되었다. 온 가족이 걱정이 되어 침상 주위에 몰려 있자, 그는 오히려 화를 내면서 이불 밖으로 손가락 두 개를 펴 보였다. 그래서 조카가 나서서 그에게 물었다.

"아직 못 보신 친척 두 분이 있어 그러십니까?"

감생은 고개를 가로저었다. 다른 조카가 나서서 다시 물었다.

"은전 둔 곳 두 곳을 아직 알려주지 못해 그러십니까?"

하지만 또다시 고개를 가로저었다. 그리고 두 손가락에 더욱 힘을 주었다. 그래도 감생의 마음을 가장 잘 아는 사람은 그의 아내였다. 아내 조씨는 여러 사람들을 헤치고 앞에 나서 이렇게 말했다.

"당신 속을 알 사람은 저밖에 없어요. 당신은 저 등잔의 심지가 두 개인 것을 보고 기름이 허비되는 것이 아까워서 그러시지요. 제가 하나만 남겨 두겠으니 걱정 마세요."

말을 마친 조씨는 등잔 앞으로 가 심지 하나를 꺼 버렸다. 그제야 엄 감생은 머리를 두어 번 끄덕이더니 손을 내려놓고 숨을 거두었다.

작가의 재치가 번뜩이는 장면이다. 작가는 그에 대해 가타부타 말하지 않고, 담담하게 이야기를 끌어갔다. 그러나 엄감생의 인색함은 낙인을 찍듯이 확연하게 드러난다.

형인 공생貢生도 결코 동생에게 뒤지지 않았다. 그는 구두쇠일 뿐만 아니라 흉악하기까지 했다. 남의 논밭을 빼앗고, 과부가 된 제수

씨의 재산도 가로챘으며, 이웃의 돼지를 빼앗으려고 사람을 때리는 등 온갖 나쁜 일을 서슴지 않았다.

언젠가 공생은 동생의 일로 성성省城에 갔다가, 돈은 도착해서 주기로 하고 배를 전세 내어 집으로 돌아오게 되었다. 그런데 고향을 이삼십 리 앞두고서 갑자기 머리가 어지럽고 눈앞이 깜깜해지며, 속이 메스꺼워 허연 침을 흘렸다.

이에 그는 싸구려 과자인 운편고雲片糕 여남은 개를 한 조각 한 조각씩 벗겨 먹으며 배를 문질렀다. 그러다 방귀를 요란스럽게 두어 번 뀌자 병이 씻은 듯 나았다. 그리고는 일부러 남은 운편고를 뱃전 위에다 놓았다.

배가 부두에 닿자, 공생은 뱃전 여기저기를 뒤지며 '약'을 찾았다. 그러자 사공이 말했다.

"아까 뱃전 위에 놓았던 운편고 말입니까? 드시다 남은 거라 버리는 줄로 알고 제가 먹었는데요."

이 말에 공생은 펄쩍 뛰며 소리쳤다.

"그 값진 것을 다 먹어 버렸단 말이냐? 그게 뭘로 만든 것인 줄이나 아느냐? 내가 멀미 때문에 몇 백 냥을 써서 조제한 약이란 말이다. 거기에는 성성에 계신 장 대감이 산동 지방에서 벼슬하실 때 가져온 인삼과 주 대감이 사천 지방에서 벼슬하실 때 가져온 황련黃連이 들어 있다. 방금 네놈이 먹은 것만 해도 그 값어치가 은전 몇 십 냥은 족히 된다, 이놈아! 내가 앞으로 또다시 멀미가 도지면 무엇으로 치료한단 말이냐?"

이는 배 삯을 내지 않으려는 수작이었다. 엄 공생은 한바탕 소동을 벌이더니 사공을 관아에 넘기려고 했다. 결국 큰 선심을 쓰는 척 사공을 타이르고는, 배 삯을 치루지 않은 채 유유히 사라졌다.

오경재는 일찍이 지방의 토착 지주들과 자주 만나서 그들의 탐욕과 비열함을 누구보다도 잘 알았다. 여기 나오는 엄씨 형제의 성격 속에는 모르긴 해도 그의 친척의 그림자가 투영되어 있을 것이다.

인간다운 삶을 위하여

『유림외사』에는 '유명하신 인사들'도 나온다. 대부분 과거 시험에 운이 따르지 않았으나, 자신의 위신을 세우려는 사람들이다. 그들은 시모임(詩社)을 결성하여 시집을 내고, 고상함을 앞세워 자기만족에 힘쓰며 '유명해지려고 노력'했다. 기생집 주인, 점쟁이, 도장 가게 주인들도 잔머리를 굴려 '유명하신 인사들' 축에 들려고 무진 애를 썼다.

하지만 두건 가게의 주인은 시를 지으려고 본전을 다 날린다. 또 소금 업무를 담당하던 말단 관리는 술에 취해 길거리에서 큰소리로 시를 읽다가, 관아의 책임자에게 밧줄에 묶여 끌려가기도 한다.

이들과는 달리 정말로 '명예'를 소중히 한 사람들도 있다. 대표적으로 만년 수재秀才인 왕옥휘王玉輝는 봉건 예교에 푹 빠져 있었다. 그의 평생소원은 3권의 책을 편찬하여 후세에 '도움'을 주는 것이었다. 하나는 『예서禮書』요, 또 하나는 『자서字書』이며, 나머지 하나는 『향약서鄕約書』이다. 이 모두가 '우매한 백성을 깨우쳐 주는 설교문' 들이다.

그의 셋째 딸은 이런 아버지의 영향 때문인지, 남편이 죽자 비통해

하며 따라 죽겠다고 했다. 그러자 왕옥휘는 딸의 행동을 말리기는커녕, 오히려 격려하며 이렇게 말했다.

"얘야, 네가 그처럼 마음을 먹었다면 그건 청사에 길이 남을 행위가 된다. 나부터도 말리지는 않을 생각이다. 그렇게 하도록 해라."

결국 그 딸은 8일 동안 굶다가 죽었다. 아내가 딸의 죽음을 슬퍼하며 울음을 그치지 않자, 왕옥휘는 하늘을 우러러 크게 웃으며 외쳤다.

"잘 죽었다, 잘 죽었어."

그 뒤 관아에서 그의 딸을 '열녀'로 추대하고, 그를 초대해 성대한 연회를 베풀었다. 그런데 왕옥휘는 막상 이때가 되니 너무 슬퍼서 자리에 나가지 않았다.

결국 그는 마음에 가득한 근심을 덜고자 먼 여행길에 나섰다. 그러나 수시로 딸 생각이 나서 마음을 잡을 수 없었다. 길을 가다가 흰 옷을 입은 젊은 부인을 보면 딸 생각에 뜨거운 눈물을 쏟기도 했다.

봉건 예교가 제아무리 그의 이성을 사로잡았다 할지라도, 아버지된 사람으로서 딸을 사랑하는 감정까지 없앨 수는 없다. 이렇듯 뒤늦게라도 딸을 위해 가슴을 태우고 뜨거운 눈물을 흘리는 왕옥휘의 모습을 보면서, 독자들은 틀림없이 연민의 정을 느꼈을 것이다.

오경재가 꿈꾼 인물들

이처럼 『유림외사』에 나오는 지식인들은 대부분 풍자와 비판의 대상이었다. 그렇다고 긍정 인물이 없었던 것은 아니다. 두소경杜少卿

이 그 대표적인 인물로서, 작자 자신의 모습을 담고 있다.

그는 과거 시험을 통해 출세하는 길을 멸시하고, 재물을 하찮게 여겼다. 그 대신 의리를 중시하여 많은 친구를 사귀었다. 한마디로 반역의 기운을 지닌 채 풍류를 즐기고, 어떤 구속에도 얽매이지 않는 사나이였다.

또한 소설 첫머리에 나오는 왕면王冕이란 인물도 작자가 모범적인 지식인상으로 제시한 인물이다. 그는 목동이면서도 책읽기를 즐기고, 대자연 속에서 어떠한 스승의 가르침도 없이 스스로 그림을 익혔다.

또 '초사도楚辭圖'에 그려져 있는 굴원의 의관을 보고서 스스로 높다란 모자를 만들어 쓰고, 유달리 넓은 옷을 지어 입었다. 그리고는 소가 끄는 수레에 어머니를 모시고 사방을 떠돌아 다녔다. 그리고 관아의 벼슬아치들과 사귀는 것은 끔찍이 싫어하여, 회계산會稽山에 숨어살면서 평생 어떤 관직에도 나가지 않았다. 이러한 왕면이야말로 오경재가 꿈꾼 이상적인 인물이다.

작자는 소설의 끝부분에서는 자기 힘으로 살아가는 시정市井의 기인들을 다루었다. 절간에서 밥을 빌어먹는 서예가 계하년季遐年, 불쏘시개 통을 팔아 연명하는 바둑계의 고수 왕태王太, 찻집을 경영하는 화가 개관蓋寬, 재봉질을 하는 음악가 겸 시인 형원荊元 등이 그들이다.

형원은 이렇게 말했다.

"나는 꼭 문인이 되려는 것이 아니라오. 그저 그 흉내를 낼 뿐이고, 그걸 즐기는 타고난 성질이 있어서 그러오. 우리 집의 이 장사는 조상 대대로 내려오며 해온 것이오. 책읽기나 글 쓰는 것이 바느질을 한다고 해서 더럽혀지는 일이야 없지 않겠소? 그리고 저 선비님네들은 따로이 보는 눈이 있어 우리 같은 사람하고 상종하려 하겠소? 지금 나는 날마다 여섯 푼이나 일곱 푼은 버니까 밥을 배불리 먹을 수 있고, 거문고를 타거나 글씨 쓰는 것도 내 마음대로 할 수 있소. 남의 부귀를 부러워하지 않고, 남의 낯빛도 살피지 않으며, 두려운 것 없이 지내는 일이야말로 유쾌한 것입니다!"

이들과 비교하면 부귀와 명예에 급급해 하는 많은 지식인들이 얼마나 천박하고 가소로운지 모른다.

『유림외사』의 특징

풍자는 『유림외사』의 가장 큰 특징이다. 중국 소설사를 통틀어 이만큼 깊이 있고 예리한 풍자를 보여준 작품은 일찍이 없었다.

이를 시발점으로 하여 사회를 풍자하는 소설들이 봇물 터지듯 쏟아져 나왔다. 만청 시기에 『관장현형기官場現形記』와 『이십년목도지괴현상二十年目睹之怪現狀』 같은 풍자소설이 연이어 출현했다. 그러나 어느 것 하나 『유림외사』의 영향을 받지 않은 작품이 없었다.

오경재는 확실히 풍자의 거장이었다. 겉으로는 자신의 감정과 애증을 개입시키지 않고 방관자의 입장에서 담담하게 쓴 것 같다. 그러나 당시 사회에서 볼 수 있는 다양한 형태의 인물들을 묘사할 때에는 그들의 영혼을 담아 생생하게 살려냈다.

소설의 구성도 매우 특이하다. 작품 전체를 이끄는 하나의 주인공과 주요 줄거리가 없다. 한 인물이 나오면 그에 따라 이야기가 시작되고, 이야기가 끝나면 그 인물은 더 이상 나오지 않는다. 따라서 작품 전체를 55개의 독립된 단편으로 볼 수도 있고, 동일한 맥락으로 이어지는 장편으로 볼 수도 있다. 그래서 어느 학자는 이러한 구조를 "맑은 장편이되 단편 모음과 같다"고도 했다. 뒤에 나온 풍자소설들은 너나없이 이러한 구조를 채택했다.

처음 『유림외사』는 필사본의 형태로 전파되었다. 최초의 인쇄본은 오경재가 죽은 지 10여 년 만에 나왔다. 그러나 안타깝게도 지금은 전하지 않는다. 현재 확인할 수 있는 초기 판본으로는 1803년에 찍은 와한초당본臥閑草堂本이다. 이 판본은 56회로 되어 있는데, 후배가 덧붙인 것이라고 한다. 지금은 55회본이 널리 유행하고 있다.

이상한 나라의 이여진

『유림외사』와 함께 중국 최고의 고전소설로 손꼽히는 『홍루몽』은 다음 장에서 자세히 살펴보기로 하자. 『홍루몽』은 『유림외사』와 함께 명·청 소설의 최고봉을 이룬다. 이후에도 여러 고전소설이 끊임없이 쏟아졌지만, 이처럼 뛰어난 작품은 더 이상 나오지 않았다. 비교적 우수한 작품으로는 이여진의 『경화연鏡花緣』을 들 수 있다.

이여진李汝珍(1763~1830)의 자는 송석松石이고, 북경 사람이다. 한동안 하남河南 지방에서 관리 생활을 했지만, 삶의 대부분은 강소江蘇 지방에서 보냈다.

그는 책을 많이 읽어 박학다식하고, 관심 분야가 다양했다. 그는 본래 『경화연』을 쓰면서 200회로 만들겠다는 원대한 포부를 가졌다.

『경화연』의 한 장면.

그래서 20여 년 동안 원고를
3번이나 고치며 노력했지만,
결국 100회로 마감했다.

전반부에는 과거 시험에
떨어진 수재 당오唐敖가 처제
인 임지양林之洋, 다구공多九
公 등과 함께, 배를 타고 해외
에 나가 장사하는 내용이다. 그들은 수십 개 나라를 다니면서 다채로
운 풍속과 기이한 사람들을 만났다. 그리고 괴이한 사건에도 말려 들
였다. 또 난생 처음 보는 동식물을 구경하는가 하면, 세상에 내려온
선녀인가 싶을 정도로 아름다운 여자들을 만나 사귄다.

그들이 들른 나라에는 군자국君子國도 있었다. 그곳 사람들은 모두
가 안팎으로 겸손하고, 예의범절이 몸에 배어 있었다. 군주는 재물을
멀리하여, 진귀한 보물을 상납하는 사람은 오히려 처벌을 받았다. 관
리들도 백성을 가까이 하고, 가족을 대하듯이 친절했다. 상인들은 좋
은 물건을 값싸게 팔았고, 오히려 구매자들이 가격을 후하게 쳐주며
조금 못한 물건부터 사 갔다. 물론 작자가 꿈꾼 이상 국가의 모습이
었으리라.

또 그들은 여아국女兒國이란 나라에도 들렀다. 그곳에서는 모든 일
을 여성이 주관했다. 국왕과 신하들이 모두 가죽신을 신고 갓을 쓴
여성이었다. 남자들은 치마를 입고, 전족纏足을 한 채 버선을 신어야
만 했다. 또 집밖을 함부로 나다닐 수도 없고, 걸핏하면 여성들의 구

박을 받았다.

또 숙사국淑士國의 사람들은 말 한 마디 글자 하나에도 격식을 갖추어 고상하게 썼다. 하물며 술집 심부름꾼조차 손님이 오면 예의를 갖추어 이렇게 말했다.

"세 분 선생님께서 이렇게 왕림하여 주심은 술을 드시려고 해서이지요? 그렇다면 안주는 무엇으로 대령하여야 좋을까요? 저에게 가르침을 부탁드립니다. …… 선생님, 술은 한 병을 드릴까요, 아니면 두 병을 드릴까요? 안주는 한 접시로 할까요, 아니면 두 접시로 할까요? 소견을 말씀해 주십시오."

이 숙사국에서는 식초 값이 술값보다 비쌌는데, 그래서인지 사람들의 말에서는 지독한 식초 냄새가 풀풀 풍기는 것 같았다.

그밖에도 양면국兩面國 사람들은 모두 상반된 성격을 가진 두 얼굴을 지니고 있었다.

무장국無腸國에선 사람들이 밥을 먹어도 소화를 시키지 못해 그대로 배설했다. 그래서 부자들은 자신이 배설한 것을 노비들에게 먹이고, 또 그들이 먹고 배설한 것은 다른 사람에게 먹이는 식으로 물자를 절약했다.

천흉국穿胸國 사람들은 모두가 가슴에 커다란 구멍이 나 있었다. 부자들은 외출할 때 가마를 타고 가는 것이 아니라, 대나무 막대를 가슴에 꿰고 거기에 매달려 다녔다. 그들의 심장은 모두 길쭉하게 생겼다.

이 『경화연』의 작자도 풍자를 염두에 두었다. 풍자의 대상은 단순히 해외의 괴상한 나라가 아니라, 작자가 생활하고 있는 현실 세계였다. 사람들이 서로 속고 속이는 사회, 남존여비의 사회, 부패한 지식인의 사회, 재산을 축적하려고 온갖 흉악한 일을 서슴지 않는 사회, 이 모두가 작자의 비판 대상이었다.

후반부에서는 무측천이 과거 시험을 시행하여 재주 있는 여성들을 선발하는 과정과 무씨의 몰락 과정을 다루었다. 그러나 작자가 자신의 재주를 과신하여 말장난으로 흘러, 전반부에서 보여주었던 생동감은 찾을 수 없다.

이밖에도 청나라 때의 소설을 들라면 한이 없다. 『유림외사』와 비슷한 시기에는 『야수폭언野叟曝言』과 『녹야선종綠野仙踪』이 나왔다. 『경화연』과 비슷한 시기에는 『녹모란綠牧丹』, 『뇌봉탑기전雷峰塔奇傳』, 『분장루전전粉粧樓全傳』 등이 유행했다. 그러나 이런 작품들은 사상성과 예술성 등 모든 면에서 뒤떨어지기에, 여기에서는 더 이상 다루지 않겠다.

붉은 누각의 헛된
꿈은 사라지고

24

『홍루몽紅樓夢』

『홍루몽』의 초기 삽화.

한 편의 소설로 남은 사나이

이번 장에서는 『홍루몽』을 살펴보자. 『홍루몽』은 중국의 고전 백화소설 가운데 최고의 작품으로 손꼽힌다. 비단 중국에서뿐만 아니라, 세계적으로도 공인된 명작이다. 이 『홍루몽』의 작자는 조설근이다.

조설근曹雪芹(?~1763)의 이름은 점霑이고, 자는 몽완夢阮이다. 설근은 그의 호이다. 그의 조상은 원래 요양遼陽 땅에 살던 한족漢族이었다. 그런데 명나라 말기에 만주족에게 붙잡혀 '포의아합包衣阿哈'이 되어, 만주족의 정백기正白旗에 소속되었다.

'포의아합'은 '집안의 노예'라는 뜻의 만주어이다. 만주족 귀족들의 소유가 되어, 신체의 자유 없이 여러 가사노동에 종사하던 사람들을 일컫는다. 그들은 전쟁 포로나 범죄자, 파산자 및 노예의 자식들로 충당되었다. 청 정부가 전국 규모의 통치를 하면서, 그들 가운데 일부는 전공을 세워 입신양명하는 사람도 생겼다. 하지만 그들의 노예 신분은 그대로 유지되었다.

'정백기'를 알려면 먼저 '팔기八旗 제도'가 무엇인지 알아야 한다. 팔기 제도는 만주족의 사회조직 형태를 일컫는 말이다. '팔기'는 각각 정황正黃, 정백正白, 정홍正紅, 정람正藍, 양황鑲黃, 양백鑲白, 양홍鑲紅, 양람鑲藍이다. 아울러 귀속된 몽골인과 한인들도 '팔기 몽골'와 '팔기 한군'에 편입시켰다. 이들은 평상시에는 생업에 종사토록 하다가, 유사시에는 군사 조직으로 활용했다.

이처럼 경제와 정치 및 군사를 한데 어우르는 조직 형태는, 초기 만주족의 사회경제에 적합하여 만주족이 발전하는 데 큰 기여를 했다. 그러나 중국 대륙을 장악한 뒤부터 그 성격이 변화했다. 생산 경제의 기능은 점차 축소된 반면, 군사와 행정 기능이 부각되면서 단순한 통치 제도로 변했다.

그러나 조씨 집안은 일반적인 '집안의 노예'가 아니었다. 조설근의 증조할머니인 손孫씨는 궁중의 유모였다. 강희제康熙帝가 바로 그녀의 젖을 먹고 자랐다. 설근의 할아버지 조인曹寅은 어려서부터 강희를 돌보며 함께 공부하였기에 서로 친형제와 다름없었다. 그러므로 조씨 집안의 지위는 일반 '집안의 노예'들과 큰 차이가 난다.

그 뒤에도 강희제는 조씨 집안을 꾸준히 돌봐 주었다. 그래서 증조할아버지인 조새曹璽 때부터 수입이 좋은 관직인 강녕직조江寧織造를 맡았다. 할아버지인 조인은 이 직책을 물려받았고, 양회염무兩淮鹽務라는 직책도 겸임했다. 이 모두가 막대한 부수입이 생기는 직책이다. 그러나 조인은 재물에 급급하지 않았다. 그는 문화적 교양을 갖춘 인물이었다. 그래서 집안에는 장서가 가득했고, 손님의 대부분은 시인묵객이었다. 그 자신도 시문 창작에 심혈을 기울여, 막대한 작업인 『전당시』 편찬을 주관하기도 했다.

조인이 죽자 설근의 아버지인 조옹曹顒이 뒤를 이어 강녕직조를 맡았다. 하지만 그는 2년이 못되어 병으로 죽었다. 그러자 이번에는 설근의 아저씨뻘인 조부曹頫가 그 뒤를 이었다. 이처럼 조씨 집안에서 3대에 걸쳐 네 사람이 60여 년 동안 강녕직조라는 직책을 역임했다. 그동안 강희제는 여섯 번에 걸쳐 강남을 순시했다. 그 가운데 네 번이나 조씨네 집에서 머물렀다고 한다. 황제를 영접하면서 조씨 집안은 돈을 물 쓰듯 했다고 전한다.

그러나 강희제가 죽자, 조씨 집안의 좋은 시절도 막을 내렸다. "윗사람이 바뀌면 아랫사람도 바뀐다(一朝天子一朝臣)"고 했다. 새로이 권좌에 오른 옹정제雍正帝는 난폭한 군주였다. 자신의 친형제도 가차 없이 내치는 판에, 선대 황제를 모시던 옛 관료를 가만 둘 리 없었다. 옹정은 여러 구실을 찾아 조부의 관직을 박탈하고 옥에 가두었다. 결국 조씨 집안은 풍비박산 났다.

당시 십대였던 조설근은 가족과 함께 북경으로 이사한 뒤 어려운 나날을 보냈다. 그 옛날 남쪽에서 호사스럽게 살던 날을 생각하면 꿈만 같았다. 그래서 눈물로 밤을 새우는 날이 많았다. 이처럼 큰 변화를 겪으며 조설근은 어른으로 성장했다.

조설근은 총명하고 재주가 뛰어났다. 이하李賀의 풍격을 닮은 시를 짓고, 그림도 즐겨 그렸다. 술을 좋아하여 유명한 애주가 완적阮籍을 흠모하기도 했다. 그의 자인 몽완도 '꿈속에서도 완적을 그리워하다 (夢阮)'라는 뜻이다. 그는 술을 마실 돈이 없으면, 몸에 지닌 칼을 맡기고라도 술을 사서 친구들과 마셨다고 한다. 그의 입으로 술이 들어가면 언제나 고금을 통달하는 달변이 튀어나왔다.

그는 세속의 모든 것을 하찮게 여겨, 권력에 아첨하고 출세에 연연하는 무리를 가장 혐오했다. 이런저런 일로 괴로울 때면, 붓을 잡고 시문과 소설을 창작해 감정을 쏟아 부었다. 늘그막에는 생활이 더욱 어려워져, 북경의 서쪽 교외에 있는 서산西山 자락으로 집을 옮겼다. 그곳에서 간신히 죽으로 연명했다. 그렇게 어려운 시기에 장편소설 『홍루몽』을 집필했다. 10여 년 동안 5번에 걸친 첨삭을 거친 피나는 노력의 결정이었다.

그러나 오래지 않아 유일한 자식이었던 아들이 병으로 죽고 말았다. 부모에게 자식을 먼저 떠나보내는 일은 가장 큰 슬픔이다. 조설근은 이 충격을 견디지 못하고 병으로 쓰러진다. 결국 건륭 28년 (1763) 섣달 그믐날 밤, 위대한 문호 조설근은 변변한 치료도 받지 못하고 비참한 죽음을 맞이한다.

현대 화가가 그린 조설근의 모습.

조설근의 죽음은 중국 고대 문단의 커다란 손실 이었다. 『홍루몽』을 미처 완성하지 못했기 때문이 다. 현재 우리가 보는 『홍 루몽』은 120회본으로 완 전한 체제를 갖추고 있다. 그러나 조설근은 80회본까지 마쳤을 뿐이 다. 나머지 40회 분량은 고악高鶚이라는 문인이 그 뒤 떠돌던 여러 판 본을 비교 정리하여 덧붙인 것이다. 『홍루몽』은 원래 『석두기石頭記』 란 이름으로 간행되었다. 현재 여러 종의 『석두기』 사본이 전하는데, 거기에 보면 간단한 비평문들이 실려 있다. 비평자의 이름은 지연재 脂硯齋인데, 학자들도 지금까지 그가 누구인지 밝히지 못했다. 그가 조설근의 아저씨였다거나 아내였다는 등 여러 추측이 나돌 뿐이다.

어찌되었든 그는 조설근과 매우 가까운 사이였고, 작품의 창작 과 정을 잘 이해하고 있는 사람이었다. 따라서 지연재의 비평문은 학자 들이 『홍루몽』을 연구하는 데 중요한 자료가 되고 있다.

대관원에서 펼쳐진 파노라마

그러면 『홍루몽』은 어떤 내용을 담고 있을까?

어느 조대의 어느 지역인지는 알 수 없으나, 공신의 후예인 가賈씨 집안이 있었다. 이 가문은 영국부榮國部와 영국부寧國府에 나뉘어 살았다. 영榮국부의 큰마님(賈母)인 사태군은 권위를 지닌 할머니로, 둘째아들인 가정賈政과 함께 살았다. 큰아들인 가사賈赦는 영榮국부의 또 다른 별채에서 따로 살았다.

가정은 왕부인王夫人을 아내로 맞아, 2남 1녀를 두었다. 큰아들 가주賈珠는 일찍 죽었지만, 큰딸 원춘元春은 황궁으로 들어가 현덕비가 되었다. 이로써 가씨 집안의 명예가 크게 신장되었다.

가씨 집안의 하나뿐인 종손인 둘째아들 가보옥賈寶玉은 큰 마님의 총애를 한 몸에 받았다. 이 가보옥이 바로 소설의 남자 주인공이다. 사실 가정에게는 가환賈環이라는 아들이 또 있었다. 하지만 소실인 조씨가 낳은 아이라서 그 누구도 거들떠보지 않았다.

여자 주인공의 이름은 임대옥이다. 임대옥林黛玉은 가씨 댁 큰 마님의 외손녀이다. 가보옥은 그녀를 사촌 동생이라고 불렀다. 가엽게도 그녀는 어려서 어머니를 여의었다. 또 몸도 연약하여 아버지의 배려로 외할머니 댁에 보내졌다.

또 다른 여주인공으로는 설보차薛寶釵가 있다. 그녀의 어머니 설부인은 왕부인의 동생이었다. 그들도 오랫동안 가씨 댁에 머물고 있었다. 결국 가보옥과 임대옥과 설보차는 모두 친척이었다.

이밖에도 가씨 댁에는 많은 아가씨들이 살고 있었다. 가사의 딸 영춘迎春, 가정의 소실 조씨가 낳은 딸 탐춘探春, 영국부寧國府 가경의

현대 화가가 그린 대관원 상상도.

딸 석춘惜春, 과부가 된 가보옥의 형수 이환李紈, 큰마님의 종손녀 사
상운史湘雲이 그들이다. 이들은 가보옥과 임대옥 및 설보차와 함께 지
상의 천당과 같은 대관원大觀園에서 생활했다. 대관원은 어떤 곳과 비
교할 수없이 아름다운 정원이다. 그곳은 현덕비인 원춘이 집으로 돌
아와 머물 때를 대비하여 특별히 장만한 곳이다.

아울러 수많은 하녀와 하인 및 유모들이 이런 귀공자와 귀공녀들
을 모시며 생활했다. 그들은 날마다 한가로운 일상 속에서 시를 짓
고, 꽃구경을 즐겼다. 또 술을 마시는가 하면, 문학작품과 그림을 감
상하기도 하고, 연극을 보거나 수수께끼 놀이를 하기도 했다. 이처럼
호사스러운 환경 속에서 청춘 남녀들은 자연스럽게 사랑을 싹틔웠
다. 두말할 나위 없이 남녀 주인공인 가보옥과 임대옥도 사랑을 키워
갔다.

가보옥은 성격이 남다른 청년이었다. 천부적으로 총명하고 지혜로

웠지만, 천성적으로 공부를 싫어했다. 더욱이 관리가 되려고 기를 쓰며 공부하는 선비들을 경멸했다. 그래서 그런 사대부들과 어울리기를 꺼려했다. 누구라도 그에게 과거 시험 준비에 힘쓰라고 하면, 아무리 친하던 사람이라도 곧바로 얼굴을 돌리고 말았다. 그는 단지 대관원 안에서 자유롭게 세월을 보내는 일을 즐겼다.

그는 세상 모든 사람은 평등하고, 어떤 차별도 없다고 생각했다. 그래서 하인과 하녀들에게도 언제나 친절히 대하고, 주인 행세를 하지 않았다. 가장 특이한 점은 그의 여성관이었다. 봉건사회에서는 여성의 지위가 비참할 정도로 낮았다. 하지만 가보옥의 생각은 달랐다.

"여자의 몸은 물로 만들고, 남자의 몸은 진흙으로 만들었다. 내가 보기에 여자는 맑고 깨끗한 반면, 남자는 혼탁하고 악취가 난다."

그래서 가보옥은 귀천을 막론하고, 대관원 안의 모든 여성을 존중했다. 사람들은 이런 그의 속마음은 모른 채 바보라 놀렸다.

하지만 그를 이해하는 사람도 있었다. 바로 임대옥이다. 그녀는 총명하고 예민하며, 순수한 아가씨였다. 그 어떤 속세의 때도 묻지 않은 고결한 성품을 지녔기에, 좋고 싫음이 그대로 드러났다. 그녀가 처음 가보옥을 만났을 때에는 둘 다 일고여덟 살의 어린애였다. 그 뒤 어린 시절을 함께 보내며 둘은 자연스럽게 사랑의 감정을 키웠다.

처음에는 이들의 감정이 모호했다. 하지만 서로의 사랑을 확인한 뒤에는 그 어떤 것도 둘 사이를 가로막을 수 없었다. 그러나 당시 사회 환경은 열렬하면서도 거침없는 그들의 사랑 표현을 용납하지 않았다. 그래서 그들은 수없이 마음을 졸이고, 눈물을 흘릴 수밖에 없었다.

그런데 이런 사랑의 비극은 뜻밖에도 생전에 정해진 운명이었다. 가보옥은 태어날 때 '통령보옥通靈寶玉' 이란 옥을 손에 쥐고 있었다.

'가보옥' 이란 이름도 이 옥에서 이름을 딴 것이다. 그 뒤 가보옥이 청년이 될 때까지 '통령보옥' 은 한시도 그의 곁을 떠나지 않았다.

딱 한 번 '통령보옥' 을 잃어버렸을 때, 가보옥은 넋이 나간 듯 나날이 생기를 잃었다. 가씨 댁 어른들은 영문을 몰라 쩔쩔매다가 한 가지 묘안을 생각했다. 곧 가보옥에게 짝을 맺어 주어, '기쁨' 을 되찾으면 병이 나을 것이라는 생각이다. 그리고는 신붓감을 고르다가 마침내 큰 마님이 설보차를 선택했다.

설씨네는 원래 황제의 가문이었다. 그래서 중국의 속담에서는 "눈이 많이 내리면 풍년이 오듯이, 진주와 금붙이가 남아도는구나(豊年好大雪, 珍珠如土金如鐵)"라며 설씨 가문을 비유했다. 눈(雪:xue)과 설(薛:xue)의 발음이 같아서 생긴 말이다. 설보차의 외삼촌인 왕자등王子騰은 조정의 중신이었기 때문에, 오히려 임씨보다 설씨가 더욱 세도를 누렸다.

설보차는 영리하면서도 정숙한 아가씨였다. 임대옥처럼 솔직하고 대담하지 않고, 모든 행동거지가 당시의 예의범절을 벗어나지 않았다. 아울러 인간관계가 원만하여, 윗사람이나 아랫사람에게 많은 사랑을 받았다. 그녀를 신붓감으로 선택한 결정적인 이유는 그녀의 목에 걸린 금목걸이 때문이었다. 이것이 '쇠(金)와 옥(玉)

가보옥과 설보채가 서로 구슬을 보여주고 있다.

은 천생연분' 이라는 생각을 갖고 있던 큰 마님의 마음을 움직였다.

하지만 큰 마님의 그런 결정에 가보옥과 임대옥은 큰 충격을 받았다. 큰 마님도 임대옥을 아끼고 끔찍이 사랑했다. 그러나 부모를 여의어 의지할 곳이 없고, 몸이 허약하여 병이 잦다는 면에서 가씨 가문의 며느리가 되기에는 부족하다고 생각했다.

더더욱 큰 마님의 심기를 상하게 한 것은, 그녀가 '부모의 명령' 과 '신성한 결혼 약속' 을 무시하고 가보옥과 사사로이 결혼을 약속한 점이다. 이는 '도리' 에 크게 어긋나는 일이었다. 그래서 큰 마님은 한 마디 말로 가보옥과 임대옥의 진실한 사랑을 잘라 버렸다.

가보옥에게는 왕희봉王熙鳳이라는 아주머니가 있었다. '봉랄자鳳辣子' 라고도 불리는 그녀를, 가보옥은 '봉이 아줌마' 라고 불렀다. 그녀는 큰 마님을 모시면서 가씨의 집안 살림을 도맡아 하는 실권자였다. 가보옥과 설보차의 혼사도 그녀의 머리에서 나온 생각이었다.

그녀는 임대옥에게는 물론이고, 집안사람 모두에게 가보옥의 혼사를 비밀에 붙였다. 그리고 잃어버린 통령보옥 때문에 거의 넋이 나간 가보옥에게는 임대옥과 결혼하리라고 말했다.

그런데 이런 사실이 어느 하녀의 입을 통해 누설되었다. 이 소식을 들은 임대옥은 피를 토하고 쓰러지더니, 다시는 일어나지 못했다. 가엾은 임대옥은 부모 없이 친척집에서 외로이 살며, 스스로를 다잡으려고 무진 애를 썼다. 그러나 외로움과 잦은 병치레가 그녀의 성격을 감상적으로 만들었다. 그래서 달 앞에 서면 언제나 그리움에 사로잡혔고, 꽃을 보면 눈물을 흘렸다.

그런 그녀를 지탱해 준 것은 바로 가보옥과의 진실한 사랑이었다. 그런데 마지막 희망마저 사라졌으니, 존재의 의미를 잃은 것이다. 가보옥이 시끌벅적하게 신부를 맞이하던 시각, 임대옥은 적막에 휩싸인 소상관瀟湘館에 홀로 남아 하염없는 눈물을 흘렸다. 그녀는 가보옥의 이름을 되뇌다가 한 많은 생을 마감했다.

가보옥은 신부가 들어올 때만 해도 그녀가 임대옥이라 철썩 같이 믿었다. 그런데 신부가 설보차라는 것을 안 순간, 큰 소리로 임대옥을 부르며 그녀를 찾아다녔다. 이런 소동이 있은 뒤 가보옥의 병은 더욱 악화되었다. 나중에 임대옥이 죽었다는 소식을 전해들은 가보옥은 소상관에 찾아가 대성통곡을 했다.

그런데 뜻밖에도 가보옥의 병세는 차도를 보였다. 그러나 가씨네의 사정은 나날이 악화되었다. 먼저 현덕비인 원춘이 죽고, 이어서 가씨네 재산이 몰수당했다. 그 결과 한때 대관원을 가득 메우던 아가씨들도 뿔뿔이 흩어졌다.

오래지 않아서는 큰 마님과 봉이 아줌마도 차례로 세상을 뜬다. 그리고 가씨네 집은 강도들에게 약탈을 당한다. 제 정신을 차린 가보옥은 설보차의 권유를 받아들여 마음을 추스른 뒤, 학업에 정진했다. 그러나 가보옥은 예전부터 집을 떠나 출가할 마음을 품고 있었다.

시험 당일이 되자, 그는 집안사람들에게 정중히 하직 인사를 한다. 그리고 시험이 끝나자 사람들 속으로 사라져, 더 이상 돌아오지 않았다.

백인백색의 인물들

『홍루몽』은 봉건사회에서 살아야 했던 청춘 남녀의 사랑과 결혼의 비극을 다루었다. 한 쌍의 남녀가 봉건적인 가장 때문에 헤어져야만 했다. 결국 죽을 사람은 죽고, 떠날 사람은 떠나며, 과부로 수절할 사람은 수절한다. 이처럼 피눈물 맺히는 비극을 통하여, 작자는 봉건 도덕에 대한 강한 반감과 비판 의식을 나타냈다.

『홍루몽』을 읽은 사람은 십중팔구 임대옥을 사랑하고 동정할 것이다. 반면 설보차는 별로 좋아하지 않을 것이다. 그래서 그녀를 평하여 세속적이고, 위선적이며, 음험하다고까지 했다.

그러나 따지고 보면 설보차도 불행한 여성이다. 조숙한 보차에게는 어머니와 오빠가 있었다. 그런데 이 오빠가 아주 망나니였다. 어쨌든 그녀는 얹혀사는 처지였기에, 겸손과 인내로써 모든 일을 처리했다. 아울러 봉건적 '미덕'을 갖춘 여인이 되려고 언제나 조심하며 자신의 본성을 억압했다. 그녀의 노력은 헛되지 않아, '가보옥의 둘째 부인'이라는 신분을 얻었다. 하지만 그녀는 봉건적 가장에 의해 가보옥의 병을 치료하는 '특효약'으로 선정된 것뿐이다. 그래서 그녀가 얻은 것은 반쯤 정신 나간 남편이었다. 그런 면에서 설보차의 희생은 임대옥에 못지않다.

따라서 가보옥과 임대옥을 놓고 보면, 사랑의 비극이라 할 수 있다. 하지만 가보옥과 설보차를 놓고 보면, 전형적인 혼인의 비극이라 할 수 있다.

이처럼 귀족 청춘 남녀의 사랑과 혼인의 비극을 배경으로 『홍루몽』은 당시의 사회 분위기를 폭넓게 반영했다. "나무가 넘어지면 원숭이도 흩어진다(樹倒猢猻散)"는 옛말처럼, 가씨 가문의 흥망성쇠는 몰락과 붕궤의 길로 치닫는 봉건사회의 모습을 반영하는 듯하다. 따라서 가씨 집안에서 벌어지는 일들을 읽노라면, 은연중에 "이 사회가 언제 멸망할 것인가"라는 생각을 하게 된다.

『홍루몽』은 여러 인물 군상을 잘 표현했다. 통계에 따르면, 작품 전체에 450여 명의 인물이 출현한다. 이들 모두 저마다 독특한 개성을 지니고 있다. 가보옥과 임대옥, 설보차, 봉이 아줌마 등 몇몇 주요 인물은 세계 문단에 내놓아도 전혀 손색이 없는 인물이다.

『홍루몽』에서 그리고 있는 인물은 대부분 소녀들이다. 그들은 모두 나이와 생활 방식이 비슷하여, 서로서로 차별화시키기란 여간 힘든 일이 아니다. 그러나 조설근은 그들 하나하나에 독특한 개성을 부여했다. 뚜렷한 성격, 행동거지, 웃음소리와 울음소리 등 세세한 부분까지 신경 썼다. 그래서 임의로 작품의 한 부분을 골라서 그곳에 적힌 대화를 한 번만 읽어보아도 그 사람이 누구인지 맞힐 수 있다.

봉이 아줌마를 예로 들어보자. 그녀는 젊은 아낙네이나, 총명하고 말솜씨가 뛰어나며 강인한 천성을 지니고 있었다. 글을 읽지는 못했지만, 머리 회전이 빠르고 매몰찬 면도 있었다. 큰 마님과 왕부인에게는 언제나 순종하여, 두 사람을 기쁘게 했다. 하지만 아랫사람들은 엄하게 대했다. 그녀가 눈을 시퍼렇게 치켜뜨고 쳐다보면, 누구도 꼼짝할 수 없었다.

봉이 아줌마는 등장부터 그녀의 성격을 확실히 보여준다. 임대옥이 처음 영국부에 오던 날, 그녀는 큰 마님께 문안 인사를 드리러 갔다. 가씨 댁의 부녀자들도 모두 큰 마님의 외손녀를 보려고 나와 있었다. 그런데 누구 하나 큰 마님 앞에서 당당하게 자신의 목소리를 낼 수 있는 사람은 없었다. 그때 정적을 깨고 한 사람이 들어섰다.

외할머니의 말이 채 끝나기도 전에 뜰에서 간드러진 여자의 웃음소리와 함께, "내가 한발 늦었네요. 먼데서 오신 손님을 마중 나가지도 못하고……." 하는 말소리가 들려왔다.

'누굴까? 모두들 이렇게 조용히 않았는데, 웬 사람이기에 이렇게 무례하고 방자하담?' 대옥이 속으로 이런 생각을 하고 있을 때, 안방 쪽에서 한 젊은 여인이 여러 아가씨들과 시녀들에게 둘러싸여 나타났다.

정작 그 사람은 보이지 않고 소리만 들리는데도, 활기차고 외향적인 봉이 아줌마의 성격을 확인할 수 있다. 그러면서 독자들에게 깊은 인상을 남긴다.

그밖에도 겉으로는 인자하고 선량하나, 실제로는 독단을 일삼는 큰마님과 세상 물정에 어둡고 고리타분한 가정賈政 등 가씨 가문의 사람들이 벌이는 암투와 기만이 조설근의 손에서 생생히 묘사되었다.

하녀들을 좀 더 살펴보자. 하녀들도 제각기 다른 모습이었다. 그 가운데 습인襲人의 마음은 오로지 주인에게 향해 있었다. 그녀는 모든 면에서 보옥을 살뜰히 보살피고, 애정을 쏟았다. 이처럼 온순하고 지혜로운 행동 뒤에는 개인적인 목표가 숨어 있었다. 그러다가 우연한 기회에 왕부인의 눈에 들어 두터운 신임을 얻었다. 결국 그녀는 하녀라는 신분을 넘어서 가보옥의 실질적인 첫째 부인이 되었다.

습인과 함께 가보옥을 시중들던 청문晴雯의 성격은 또 달랐다. 강인한 그녀는 자존심이 강하여, 기어 들어가는 목소리로 굽실대지 않았다. 또 주인 행세를 하는 사람들에게 절대 기가 죽지도 않았다. 한번은 왕부인이 대관원의 기강을 바로잡으려고 소지품을 검사했다. 대관원에 사는 사람이면 예외 없이 자신의 개인 사물함을 열어 검사를 받아야 했다. 검사를 담당한 사람은 권세를 등에 업고 세도를 부리는 여성 집사였다. 그녀가 여러 방의 검사를 마친 뒤 가보옥의 방에 이르렀을 때, 청문의 상자만 닫혀 있었다.

습인이 대신 열어 보이려는데, 청문이 머리를 흐트러뜨린 채 달려 나와 '덜커덩' 소리와 함께 상자를 뒤집어서 그 안에 있는 물건을 몽땅 바닥에 쏟아 놓았다. 제 풀에 멋쩍어진 여성 집사는 이것저것 뒤져보았지만, 의심스러운 물건을 하나도 찾을 수 없자 이렇게 말했다.

"얘, 그렇게 화내지 마라. 나는 마님의 명령을 따르고 있을 뿐이야. 그러니 날 그렇게 나쁘게 생각하진 말아라."

이 말을 들은 청문은 불 속에 기름을 끼얹은 듯, 그녀를 향해 손가락질하며 호통을 쳤다.

"당신이 마님의 명령을 따르고 있다고요? 저 또한 마님의 명령을 따르는 사람이에요! 내가 마님 주위에 있는 사람을 다 알고 있지만, 당신처럼 잘난 사람은 본 적이 없네요."

이 얼마나 강인한 여성인가? 하녀라는 신분을 생각한다면 그녀의 매력이 한층 돋보인다.

청문과 비슷한 성격의 소유자로 사기司棋와 원앙鴛鴦이 있다. 원앙은 큰 마님의 몸종이었다. 도련님인 가사賈赦가 그녀를 점찍어, 부인이 되어 달라고 청했다. 그러나 원앙은 신분 상승의 기회도 마다하고 도련님의 제의를 끝내 거절한다. 나중에 큰 마님이 죽자, 그녀도 순결을 지키고자 그 뒤를 따른다.

우이저尤二姐와 우삼저尤三姐는 또 다른 유형의 여성들이다. 두 자매의 사회적 지위는 하녀들보다 높았지만, 가씨네의 돈 없고 권세 없는 먼 친척이라서 귀족 아가씨라 할 수 없었다. 따라서 음탕하고 무례한 가씨네 남정네들에게 번번이 놀림감이 되었다. 결국 뚜렷한 소신 없이 소심하고 연약하던 우이저는 놀림과 수모를 견디지 못하고 죽임을 당한다.

반면 우삼저는 이저와 피를 나눈 자매이지만, 완전히 다른 성격을 가지고 있었다. 그녀는 무례한 남자들의 올가미에 걸려들지 않았을 뿐만 아니라, 오히려 그들을 속 시원히 혼내 주었다. 아울러 스스로 사랑하는 사람을 선택하여, 연극배우인 유상련柳湘蓮이 아니면 시집 가지 않겠노라 선언했다. 유상련은 가련賈璉을 중매로 하여 혼인의 의사를 밝혔고, 가보로 전해 오던 암수 한 쌍으로 된 원앙검鴛鴦劍을 예물로 주었다.

그러나 오래지 않아 우삼저의 인품을 의심한 상련은 정혼한 여인 이 있다는 핑계로 원앙검을 돌려 달라고 했다. 이 일로 우삼저는 마 음에 큰 상처를 입었다. 우삼저는 기왕에 벌어진 일이니 변명해 봤자 소용이 없음을 잘 알고 있었다. 그녀는 품속에 암검을 숨기고 상련에 게 가서, 두말할 필요 없이 정혼한 여인에게 가라고 말했다. 비 오듯 눈물을 흘리며 숫검을 건네주는 순간, 번개같이 품속의 칼을 꺼내 자 신의 목을 그었다. 죽음으로써 자신의 변치 않는 사랑을 증명한 것이 다. 이 얼마나 눈물 나는 장면인가.

결과적으로 작품 속의 아가씨들은 조설근의 손끝을 거치면서, 다 양한 개성을 지니고 깊은 감동을 주는 인물로 완성되었다.

이처럼 수많은 인물과 사건이 얽히고설키며 오르내림을 반복하면 서 위대한 명작이 탄생했다. 어느 한 곳이라도 빼면 줄거리와 구성 전체에 큰 손실을 입을 정도로, 작품 전체의 맥락이 긴밀하게 연결되 어 있다. 『홍루몽』을 읽어보면 이야기가 너무 자연스럽게 전개되어 서, 작자가 고심한 흔적을 찾아볼 수 없다. 이것이 바로 『홍루몽』의 위대한 힘이다.

또 이 작품은 기존의 중국 소설이 가지고 있던 단점, 곧 인물의 유형 화와 단순화를 극복했다. 좋은 사람은 완전무결하고, 나쁜 사람은 한

없이 나쁘다는 식의 인물 설정은 결코 『홍루몽』에서는 찾을 수 없다.

일파만파의 영향

　일부 연구자들은 대관원 안에서 벌어지는 암투의 흔적만 뒤쫓고, 계급적 관점으로 작중 인물을 양분하려는 경향을 보인다. 하지만 이는 작자의 본의를 벗어난 행위이다.

　어떤 이는 봉이 아줌마를 봉건 통치 계급의 대표적 인물이라 일컫고, 보옥과 임대옥의 사랑을 가로막은 원흉이라고 표현했다. 그러나 작품을 찬찬히 살펴보면 그것이 잘못된 견해임을 쉽게 알 수 있다. 조설근은 봉이 아줌마라는 인물에 많은 관심을 가졌다. 총명하고 능력 있는 그녀를 부각시키는 한편, 그녀의 쇠락을 동정하기도 했다.

　가정賈政이 아이들을 교육하는 장면도 재미있다. 「대관원에서 편액의 글을 지어 재주를 나타내고(大觀園試才題對額)」라는 제목의 제17회를 보면, 가정의 자식 사랑을 엿볼 수 있다. 그러나 사랑을 표현하는 방식이 남달랐다. 그는 여러 손님들과 함께 대관원의 경승지를 돌아다니면서 보옥의 학문을 시험했다. 겉으로는 잘한다는 말 한 마디 없었으나, 속으로는 보옥의 글재주를 대견해 했다.

　이는 큰 마님도 마찬가지이다. 당시에는 손자인 보옥에게 색시를 점지해 주는 일이 할머니로서 당연히 해야 할 일이었다. 그것이 바로 끔찍한 손자 사랑의 한 방식이었다.

　따라서 조설근의 비평 대상은 큰 마님과 가정, 왕부인, 봉이 아줌마 등 개별 인물이 아니라, 인권을 말살하는 봉건 예교를 겨냥했다. 이처럼 『홍루몽』은 깊이와 넓이를 고루 갖춘 명작임에 틀림없다.

언어 역시 초지일관 백화白話를 써서, 평이하고 간결하면서도 소박한 아름다움을 지니고 있다. 그렇다고 일반 백성들의 입에서 나오는 말이나 속어와는 달랐다. 언어의 마술사인 조설근의 정련과 윤색을 거친 예술적 언어였기 때문이다. 이로써 『홍루몽』은 백화문의 표본이 되었다.

『홍루몽』을 '백과사전식 장편소설'이라고 말하는 사람도 있다. 한 귀족 가문의 이야기를 주로 다루지만, 위로는 황비皇妃와 국공國公에서 아래로는 장사꾼과 심부름꾼에 이르기까지 사회 각계 각층의 인물을 다루었다. 또한 귀족 가문의 음식과 주거 상황, 정원과 건축, 가재도구, 의상, 수레와 가마 등 당시의 생활상을 세밀히 파악할 수 있다. 따라서 소설을 읽는 사람들은 조설근의 비범한 재능과 박학다식함에 감탄하지 않을 수 없다. 그는 요리, 시문, 소설, 그림, 건축, 희곡 등 거의 모든 방면에 정통했다. 이처럼 다방면의 생활을 폭넓게 다룬 작품은 세계적으로도 드물다.

『홍루몽』은 세상에 나오자마자 큰 반응을 불러일으켰다. 어떤 사람은 한 질을 베껴 시장에 내다가 수십 냥에 팔았다. 이는 수천 근의 양식을 살 수 있는 가격이었다. 뒤에 정위원程偉元이라는 사람이 처음으로 인쇄본을 만들어 세상에 널리 알려졌다. 이에 독자들과 연구자들이 차츰 늘어났다.

당시 학계에서는 경학 연구가 주류를 이루었다. 그런데 『홍루몽』의 인기가 늘면서, 『홍루몽』만 전문적으로 연구하는 새로운 학문이 생겼다. 그것이 바로 '홍학紅學'이다.

그러나 접근 방법은 천차만별이었다. "인생은 꿈과 같아서 모든 것이 헛되다"가 『홍루몽』의 주제라는 설, '음란서적'이기 때문에 불태워야 마땅하다는 설, 음양팔괘陰陽八卦로 작중 인물과 이야기 줄거리를 분석하는 방법, 불경과 대조하는 방법 등 참으로 다양했다.

나중에는 '투영파投影派'도 생겼다. 이는 모든 작중인물이 당시의 현실 인물을 투영하고 있다는 주장이다. 그래서 가보옥은 순치順治황제이고, 임대옥은 동董씨 성의 황비를 빗댄 것이라고 주장했다. 그러나 이는 얼토당토 않는 견해이다.

그 가운데 가장 신빙성이 있는 것은 '자전 소설'이라는 주장이다. 조설근이 실제 자신의 가족사를 토대로 작품을 썼다는 것이다. 그래서 가보옥의 형상은 조설근 자신을 모델로 했다고 한다. 그러나 아직도 풀어야 할 숙제들이 많기에, 홍학 연구는 여전히 완결되지 않았다.

대관원의 실제 모델도 원매袁枚의 수원隨園이라는 설, 북경 공왕부恭王府의 정원이라는 설, 가상의 장소라는 설 등 아직까지 의견이 분분하다.

조설근은 청나라 최고의 번영기라고 하는 강희제와 건륭제가 통치하던 시기에 살았다. 그러나 그 뒤 청 왕조는 급속하게 몰락했다. 조설근이 죽고 100년이 되지 않아 영국 군함의 대포가 불을 뿜어, 중국은 치욕 속에서 문호를 개방했다. 이때부터 중국은 서구 열강의 침략을 받아 반半식민, 반半봉건사회로 전락했다. 곧 근대라고 하는 새로운 역사 시기로 접어든 것이다.

이에 따라 문단에서도 새로운 내용과 형태의 문학 작품들이 출현했다. 문학사에서는 이를 '근대 문학'이라 부른다. 근대 문학과 그 뒤를 잇는 현대 문학은 다음에서 다루겠다.

팔기 제도

만주족은 수렵민족이라서 사냥이 생활의 중심이었습니다. 일반적으로 10명 정도가 한 조를 이루고, 우록액진牛彔額眞이라는 조장의 엄격한 통제를 받았습니다. '우록'이란 '큰 화살'이란 뜻으로 수렵의 기본 단위였고, '액진'은 '주인'이란 뜻입니다.

청 태조太祖 누루하치는 이 '우록'을 전투 단위로 편성하여, 3백 명을 우록으로 하는 군사 제도를 만들었습니다. 그리고 5개의 우록을 1갑라甲喇, 5갑라를 1고산固山으로 편성했습니다. 이때 고산이 바로 기旗였습니다.

각 기는 색깔로 나누어 사냥과 전투의 표적으로 삼았습니다. 사냥감이 있는 장소에는 노란색(黃), 포위대의 중앙은 푸른색(藍), 좌측은 빨간색(紅), 우측은 흰색(白)으로 표시했지요.

원래는 이처럼 4기였던 것을 누르하치가 즉위하기 전(1615)에 배로 늘려 8기로 만들었습니다. 기본 색깔은 그대로 두고 각 깃발의 테두리를 만들었습니다. 그래서 빨간 깃발에는 흰 테두리를 두르고, 나머지 깃발에는 빨간 테두리를 둘렀습니다. 테두리가 없는 것을 정황正黃, 정백正白, 정홍正紅, 정람正藍이라 부르고, 테두리가 있는 것을 양황鑲黃, 양백鑲白, 양홍鑲紅, 양람鑲藍이라 불렀습니다.

이 팔기 제도는 청나라 때에는 호적 제도의 구실을 하고, 몽골족과 한족에도 확대하여 적용했습니다.